검은머리 미군 대원수 3

명원(命元) 대체역사 소설

EugeneKim

KB058468

일러두기

· 이 책은 문피아, 네이버시리즈에서 연재된 《검은머리 미군 대원수》를 바탕으로 편집, 제작되었습니다.
· 단행본, 일간지 이름은 '《 》'로, 노래 제목, 영화, 방송국, 글의 소제목 등은 '〈 〉'로 표기했습니다.
· 전화, 라디오 등 전파 매체를 통한 대사는 '─'로, 편지 등 문자 매체를 통한 대사는 '[ ]'로 표기했습니다.
· 인명 및 지명은 일부 표준어로 등재됐거나 용례가 존재할 경우를 제외하고 모두 연재본의 표기를 따랐습니다.
· 내지에 삽입된 지도는 웹소설 연재본에 삽입된 지도를 단행본 인쇄방식에 맞게 편집부에서 재편집했습니다.

1장
싱글벙글 미 육군 메이커

싱글벙글 미 육군 메이커 1

1921년에 일어난 사건을 혹시 아는가? 나는 하나도 몰랐다. 내가 변태도 아니고 세계사 연표를 어떻게 머리에 외우고 다녀.

이게 다 상태창을 못 받았기 때문이다. 하다못해 나노머신이나 미래 AI 같은 거라도 주면 어디가 좀 덧나나?

찰리 채플린은 〈더 키드〉라는 신작 영화를 발표했고 어마어마한 대박을 터뜨렸다. 내가 아는 찰리 채플린 영화라고는 〈모던 타임스〉나 〈위대한 독재자〉 정도였는데, 가족끼리 나가서 보니 재밌긴 재밌더라.

내가 1920년대 영화를 보러 나가서 재미라는 걸 느낀 걸 보니 하여간 왜 위대한 엔터테이너로 후세에까지 추앙받았는지 알 듯했다. 저기에 투자를 못 해서 아쉬울 뿐이지. 헐리우드에 마구잡이로 뛰어들기엔 미래 지식도 부족했고, 현찰이 막 그렇게 썩어 넘치지도 않았다. 오히려 대공황을 위해 금을 착실히 모으는 일이 더 중요할 것 같기도 하고. 헐리우드 진출은 서서히, 어쩌면 내 생각엔 차라리 대공황 직후 돈줄이 다 말라비틀어진 후에 들어가는 편이 나을 수도 있겠단 생각이 슬슬 들고 있었다.

한편 우드로 윌슨이 낳은 뒤틀린 사생아 베르사유 조약의 실체가 까발

려진 후, 유럽은 평화는 개뿔이고 다시 피에 젖어들기 시작했다.

[독일 전쟁배상금, 1,320억 마르크로 확정!]

영국과 미국은 독일의 숨통을 붙여놓고 앞으로 두고두고 무역 파트너로 남겨 두길 원했지만, 프랑스가 그 꼴을 용납할소냐. 프랑스의 목표는 뚜렷했다. 두 번 다시 독일이 전쟁이네 유럽 패권이네 하는 소릴 꺼내지 못하게 조져버리는 것.

내가 봤을 때는 아니올시다지만 아무튼 프랑스인들은 기어이 자신들의 원한을 관철해냈다. 그야 그렇게 많은 사람들이 참호에서 죽어나갔는데 복수심에 불타지 않으면 비정상이지.

뒤이어 무수한 피라냐 떼들이 독일의 살점 한 점이라도 더 떼어먹기 위해 달려들었고, 나 역시 그 틈바구니에서 이것저것 챙겨 먹을 수 있었다. 특허는 소중하다고요.

어차피 군인 신분인 내가 유럽 건너 말도 안 통하는 독일에서 행복한 식사를 하기엔 무리가 있어서, 우리의 친애하는 포드 회장님이 독일에서 원하는 이권을 뜯어내고 그 식대를 내게 주는 형태로 결론지어졌다.

그렇게 벌어들인 자금? 닷지 컴퍼니 인수전과 신차 개발에 들어갔다. 단일 품종 생산을 통한 단가 파괴력 극대화에 미쳐버린 포드 회장님과 달리, 아들인 에젤 포드와 나는 다품종과 다변화라는 공통 목표를 공유하고 있었다. T형 포드 이제 지겹다고. 언제까지 마르고 닳도록 한 우물만 팔 거야. 에젤 포드 역시 아빠가 조종하는 바지사장 노릇보다는 다른 사업체에 관심이 더 컸고, 이제는 트럭과 화물차 브랜드인 닷지와 고급차 브랜드로 유명한 링컨 인수에도 손을 뻗었다.

원 역사보다 더 빨리 머스탱을 출시할 수 있을까? 아마 기술 한계상 브랜드 이름만 따온 전혀 다른 무언가가 되겠지만… 적어도 GM에 쉽게 시장을 내줄 생각은 없었다. 자동차야말로 어마어마한 고용을 보장해주는 최고의 제조업이다. 샌프란시스코를 위시한 캘리포니아 일대에 우리 집안의 일자리를 더 늘리려면 승용차 말고도 트럭이든 뭐든 더 찍어내야 했다. 탄이 더 모이면 역시 일자리 낳는 황금알인 조선업에도 진출해야지.

아일랜드 독립 전쟁은 절정에 이르러 끊임없이 영국군이 죽어 나갔고, 그 수십수백 배는 되는 아일랜드인들이 영국군에게 학살당했다. 1차대전을 통해 새롭게 성립된 나라들, 즉 폴란드, 체코슬로바키아, 헝가리와 같은 나라들은 국경선 확정을 위해 다들 신나게 치고받았다. 누가 보면 아직 대전쟁 안 끝난 줄 알겠어.

공산주의자와 아나키스트들은 온 세계로 퍼져나갔고, 미국이 안정을 되찾는 것과는 정반대로 이들은 스페인 총리를 암살하는 등 세계 적화를 위해 불철주야 노력하고 있었다.

참으로 대단한 시대였다. 꼴리면 권총이나 폭탄 챙겨 나가서 쏴 죽이는 일이 밥 먹듯이 일어나는 시대라니! 21세기 인간 입에서 이런 말이 나오는 게 굉장히 우습지만, 차라리 패튼과 그 친구들이 그렇게 사랑해 마지않는 결투가 더 신사적인 것 같다. 결투에서 총 맞으면 억울하지라도 않잖아.

그 빨갱이들의 최고지도자이자 수령이신 소련은 우리에게 그루지야라는 국명이 더 익숙한 조지아를 침공했다. 다시 한번 적색 공포가 요동치나 싶었지만 반응은 생각보다 미미했다. 미국인들은 늘 그랬듯 조지아라는 나라가 어디 붙어 있는지도 잘 몰랐고, 심지어 '아, 거기? 거기는 원래 러시아 땅이었지.'라며 애써 별일 아닌 척 자가최면을 걸기 바빴다.

그리고 나는 소령 계급장을 달았다. 레번워스에서 만 1년도 채우지 않았는데 아주 칼같이 달아주는구만. 별로 기쁘지 않다. 이 진급, 아무리 생각해도 위관급으로는 막 써먹질 못하니 허겁지겁 영관 달아주는 것 같단 말야!

전쟁부에 출두했으니 마셜에게 얼굴 도장 한 번쯤은 찍어 줘야지. 퍼싱은 덤일 뿐, 내겐 마셜이 훨씬 중요하다. 부디 절 귀엽게 봐주세요.

"그거 아냐? 원래 자네, 시베리아 원정군에 합류할 예정이었다네."

"뭐라고요? 제가 왜요? 저 그때 한창 뫼즈―아르곤에서 구르고 있었는데요?"

"그 이후에. 독일이 항복한 후 말야. 시베리아에 같이 있던 일본군과 자꾸 트러블이 발생하니 유진 킴을 보내자는 의견이 제법 있었다더군."

소름이 다 돋는다. 그러니까, 내가 한창 윌슨의 대가리를 커팅하려고 이승만 목구멍에서 지옥참마도를 꺼내고 있을 때 시베리아로 붕 날아갈 뻔했다 이거네?

역시 합중국의 어둠은 참으로 깊다. 윌슨이 괜히 니가 가라 재팬 이야기를 꺼낸 게 아니었다. 날 시베리아 보내서 잽스 친구들과 안면 좀 트게 한 후, 돌아오게 하는 대신 그대로 계급장 더 쥐여주고 도쿄에 발령낼 계획이었구만.

이건 거부하거나 뺄 수도 없다. 그냥 당하면 당하는 대로 끝장이었다. 외통수였네. 이걸 중간에서 커트한 건 어김없이 갓―퍼싱이셨다.

'전도유망한 젊은 장교에게 더 폭넓은 경험을 제공하려는 의도는 잘 알겠습니다. 킴 준장을 위관으로 복귀시키는 것 또한 무척 아쉬운 일이지요. 하지만 갑자기 예하에 다른 장군이 배치되면 지금 시베리아에 나가 있는 그레이브스(William Sidney Graves) 장군이 얼마나 난감하겠습니까. 게다가 이미 처지가 어려워진 곳에 킴 준장을 보낸다면, 자칫 그를 시기하는 자들에게 좋지 못한 신호를 줄 수도 있습니다.'

나이 먹고 점점 추해지는 꼰대라고 욕해서 죄송합니다. 소인이 머리 박고 충성을 다하겠습니다.

물론 퍼싱 입장에선 엄연히 미국원정군에 속한 장성을 갑자기 지구 반대편으로 집어 던지겠단 이야기니 곱게 보이지 않았겠지. 그치만 그건 그거고, 내가 덕을 본 것도 사실이다. 하지만 표정이 딱딱하게 굳어버린 나를 보고 마셜은 전혀 다른 생각을 한 모양이었다.

"확실히 그때 파병됐으면 계급은 지금보다 더 높아졌겠지. 아쉬웠을 수도 있겠어."

아니 시발 계급이 문제냐고. 시베리아라고 시베리아. 내가 진급에 환장한 새끼도 아니고, 시베리아에서 눈보라 맞으면서 히히 진급이다 진급 거릴 변태도 아니다. 거기에 잽스를 상대해야 한다고? 최악에는 도쿄 주재무관? 아, 안 해. 나 이 겜 던질 거야. 꼬우면 리폿하시든가.

나도 모르는 새에 내 운명이 뒤집힐 뻔했단 소릴 들으니 참 아찔해졌다. 이래서 사람은 부지런히 정치질을 해야 하는 거다. 퍼싱 장군께는 다음 부활절에 선물이라도 보내야지. 오고 가는 참치캔으로 덕과 호의를 쌓으며 예의를 지키는 것이야말로 한국인 종특 아닌가.

마셜은 저 물밑에서 벌어졌던 암투에 대해 모르니 내가 좋은 기회를 놓쳤다고 아까워하고 있다만, 거기 가면 나 좆돼요 이 사람아.

"거기 갔다간 오히려 제가 난처해졌을 겁니다."

"물론 일시적으로 난처해졌을 수는 있겠지. 하지만 장성이야 장성. 요즘 같은 군축 시즌에 별을 그대로 달 수 있다는 게 얼마나 대단한 일인지 몰라서 그러나?"

"오히려 더 빨리 옷을 벗을 수도 있죠. 계급이야 앞으로 찬찬히 올라가면 될 일입니다."

"자네는 너무 느긋해서 탈이야."

제가 느긋하다니, 이승만이 들으면 웃다가 맹장염으로 돌아가실 소릴 하고 있으시네.

"요즘 레번워스에서 전차와 태평양 쪽으로 일하고 있다 들었네."

"뭐, 어찌 됐든 일은 해야 하지 않습니까."

"차라리 한쪽에 전념하는 게 어떨까 싶은데. 둘이 딱히 어울리는 조합은 아니지 않나."

그야 그렇지. 태평양에서 전차전을 벌일 장소가 어디 있나. 중국으로 파견 나가서 대륙의 기상을 만끽하며 강철의 혈투를 벌이지 않는 한, 전차 전문가 타이틀을 달고 딱히 태평양에 갈 일은 없지. 사실 그래서 부랴부랴 태평양 방면에서도 내가 유능할 거란 어필을 열심히 하고 있는 거고.

"차라리 전차 쪽에 더 시간과 노력을 투자했으면 하는 게 내 개인적인 바람일세."

하지만 마셜은 바로 그게 불만이었던 모양이다.

"자네가 육군에서 복무하고 있는 이상, 아시아는 결국 곁가지란 사실을 잘 알고 있지 않나."

"뭐어… 그건 그렇지만, 다 잘하면 좋지 않겠습니까? 하하."

"웃지 말고. 정들라."

넵.

"정 태평양의 코딱지만 한 섬이나 정글에서 놀고 싶으면 해병대로 가버리든가! 그럼 시원하겠구만. 못난 놈 하나 치우면 속이 아주 시원하겠어."

"아니, 왜 또 그리 심술이 나셨습니까."

"내가 지금 짜증이 안 나게 생겼나! 일해야 할 게 사방천지에 널렸는데 몹쓸 놈이 여기 기웃, 저기 기웃하고 있으니까 온갖 잡놈들이 자네가 탐나서 퍼싱 장군은 물론 나한테까지 오고 있잖나!"

아, 이거 실수했다. 마셜의 다이너마이트에 어느 멍청한 놈이 불을 붙였는지 모르겠지만, 아무튼 이미 심지가 맹렬히 타오르고 있던 모양이다.

"유럽에서 자네는 두 번째 대전쟁이 있으리라고 예언했었지."

"뭘 거창하게 그걸 예언이라고 하십니까. 그냥 말실수입니다."

"보통 사람은 그런 말을 입에 올릴 일도 없어. 그냥 닥치고 듣게."

네, 넵.

"대전쟁, 자네 말마따나 제1차 세계대전이 끝난 뒤에도 유럽의 포성은 멎지 않고 있네. 배상금 액수를 확인한 독일인들이 전쟁을 결의하지 않은 이유는 오직 자국이 혼란해서일 뿐이야. 강력한 지도자가 나타나 독일 내

부를 안정시킨다면 그자는 언제고 베르사유 조약을 찢은 뒤 복수에 나설 걸세."

혹시 미래 보고 오셨습니까? 마셜의 말에서 나는 스와스티카 문양을 등 뒤에 짊어진 채 레벤스라움을 부르짖을 어떤 콧수염 총통을 연상하지 않을 수 없었다. 보헤미아의 짝불알 상병이 제2차 세계대전을 일으키리라 말한 다면 이건 짤 없이 예언이다.

하지만 마셜은 정교한 추측과 합리적 논리에 근거한 결론을 제시하고 있 었다. 저 난장판이 된 독일을 수습해낼 백마 탄 초인은, 반드시 전 독일인의 열망을 등에 업고 복수의 깃발을 들 수밖에 없다고.

"자네 말대로야. 유럽의 전쟁은 필연이야."

"……."

"그런데, 그걸 누구보다 잘 아는 놈이, 뭐? 아시아? 태평양? 미쳤나! 말 을 했으면 책임을 져야지! 민주주의건 합중국의 이득이건, 유럽에서 다시 전쟁이 일어난다면 그때 파견 나갈 가장 적합한 인재가 누구겠나!"

"…조지 마셜?"

"헛소리 그만하게. 자네는 유럽에 가야 해. 멀리 보는 자에겐 그만큼 책 임도 있다는 점을 명심하게나."

아무리 봐도 마셜의 얼굴엔 '한 번만 더 일본이 어쩌고 하면서 내 말에 토를 달면 네놈을 용기병으로 만들어버리겠다.'라는 심산이 단단히 엿보였 다. 팔다리 다 짤리고 드라군 되게 생겼네.

너무 설쳤나. 나로서는 인맥 열심히 펼쳐서 행복한 군생활을 해야겠단 얄팍한 마인드뿐이었는데, 이놈의 주둥이가 스노우볼이 되어 맹렬히 굴러 오고 있었다.

"레번워스에서 1년 채우고 나면 다음 보직이 발령될걸세."

"혹시 뭐 들은 거라도 있으십니까?"

"글쎄… 아까 말했듯 하도 자네를 탐내는 곳이 많아서 말이지. 어쩌면 유, 진, 킴으로 세 조각 나서 뿌려지지 않을까?"

마셜이 피식 웃으며 농담조로 말했지만, 그게 더 무서웠다. 그가 안심하라는 듯 내 어깨를 토닥여줬다.

"그렇게 되지 않도록 내가 최대한 도와주겠네."

"역시! 믿고 있었습니다. 감사합니다!"

"내가 잘 꿰매서 유럽으로 보내주지."

엄마, 보고 싶어.

싱글벙글 미 육군 메이커 2

1921년의 어느 봄날. 나는 마침내 새 생명이 탄생하는 울음소리를 들을 수 있었다.

"도로시는? 도로시는 괜찮습니까?"

"산모와 아이 모두 건강합니다. 예쁜 따님이세요."

"휴우."

나는 그 자리에서 털썩 주저앉았다. 등은 축축하고 손엔 비 오듯이 땀이 흘러내리고 있었다. 차라리 캉브레에서 한 판 더 날뛰고 말지, 아무것도 할 수 없는 이 느낌은 정말이지 최악이었다.

"거 사내자식이 남사스럽게 뭐 하는 짓이냐. 명색이 전쟁영웅이라는 녀석이 딱 무게를 잡고 있어야지, 에잉."

"당신 내가 유진이 낳을 땐 저거보다 더했어요."

"거 지나간 일을 왜 자꾸 꺼내고 그래!"

"이 양반이 지금 어디서 큰소리를 쳐요?"

어찌어찌하다 보니, 여기에는 우리 부모님은 물론 장인어른과 장모님까지 전부 모여 있었다. 제대로 서로 얼굴 본 적이 영 드물기도 했고, 마침 유신이 결혼 건까지 있으니 아예 일가족이 몽땅 모이기로 용케 합의가 되었다.

"우웅, 아빠아?"

"헨리 깼어?"

"웅. 시끄러워어."

"지금 헨리 동생이 태어났대. 조금만 기다리면 볼 수 있을 거야."

"동생? 진짜 동생이야?? 나, 이제 동생이랑 공놀이할 수 이써?"

"그건 조금 기다려야 해. 동생은 아직 아기야. 이쁜 공주님이래."

"여동생……!"

헨리의 눈망울이 초롱초롱해진다.

그래, 여동생이라니. 내 인생에선 인연이 없던 놀라운 단어다. 남동생이란 것들은 하나같이 무력과 폭압 없이는 형의 말을 고릴라 음메음메 하는 소리로 치부하는 못난 것들투성이인데, 헨리는 여동생이 생겼으니 아주 행복하겠구나. 부럽다 부러워.

"여동생이 더 짜증 날걸? 도로시를 닮은 여동생이면… 어우. 소름이 다 돋네."

"그럴 리가요. 헨리 이제 오빠가 됐으니 의젓해지겠지?"

"우리 아빠가 하던 말이랑 아주 똑같구먼."

도로시가 얼마나 착한데. 손위처남께서 엄살이 심하시구만. 이래서 복 받은 사람들은 자기가 얼마나 복을 받았는지 몰라. 안타깝게도 찰스 커티스 주니어, 첫째 손위처남은 이 자리에 오지 못했지만 둘째 손위처남인 헨리 킹 커티스는 이 자리에 함께했다. 레번워스가 캔자스에 있어서 가능한 일이지.

"아이 이름은 지었나?"

"샬럿(Charlotte) 어떨까요?"

첫 딸아이 이름은 역시 샬럿이지. 미국식으로 샬럿. 프랑스식으로는 샤를로트. 발음 잘 못 하기로 유명한 일본식으로 읽으면 샤를롯테.

그래. 이제 나의 원대한 계획이 실현될 때가 왔다. 딸아이 이름을 샬럿으로 하고 딸애 이름을 따서 회사를 하나 차려야지. 당연히 뒤의 다섯 글자를 따 사명은 LOTTE다. 그리고 그 회사를 열심히 키운 뒤 회사 명의로 야구단을 운영하면 내 백년대계, MLB를 지배하는 최강롯데의 꿈이 이루어진다.

후후후후. 드디어 때가 왔다. 이 신조차 모독하는 사상 최대의 천재 구단주 유진 킴께서 메이쟈—리그를 지배할 때가 온 것이다. 전쟁영웅! 미래 치트! 끝없는 자금! 이로써 그 누구도 나 유진 킴을 넘어서는 자가 없다는 사실이 증명된다. 하찮은 빠따맨들아! 지배해주마! 나의 '최강롯데' 앞에 무릎을 꿇…….

"샬럿은 좀 그런데."

"음… 좀 그렇지요?"

"첫애 지을 때 생각보다 애 이름 고민을 덜 한 모양이군, 자네."

장인어른. 거기다 장모님까지. 어째서, 어째서 이 좋은 이름을 그렇게 사정없이 매도하시는 겁니까. 어째서!!

"마가렛은 어떨까요."

"밀드레드도 요즘 모던하고 좋던데."

"메리가 무난하지 않아요?"

"메리는 길가에서 풀 뜯는 양도 죄다 이름 메리잖아. 무난한 게 아니라 너무 흔해 빠졌어."

"그럼 앨리스는?"

나는 버려졌다. 전차는 잘 만드는 주제에 딸애 이름 하나 제대로 못 짓는다고 구박받은 끝에 나는 헨리랑 놀아주는 신세로 전락하고 말았다. 거기서 대체 왜 전차가 나오는 거야. 가장의 권위가 날로 추락하고 있는, 실로 비극적인 시대였다.

내가 밖에서 굴욕을 곱씹으며 헨리와 공놀이를 하고 있을 때, 차에서 누군가 내리더니 나를 향해 걸어왔다.

"킴 장군님. 득녀를 축하드립니다."

"밀러 씨도 오셨군요! 저 이제 장군 아니니까 그 장군이라는 호칭은 빼주십시오."

"하하. 제게는 영원한 장군님이십니다. 가족분들께서 다 같이 움직이는데 제가 킴 장군님을 뵐 기회를 어찌 놓치겠습니까? 제가 운전해서 왔지요."

"아드님은 잘 크고 있는지요?"

우리가 서로 덕담을 나누자, 헨리가 조르르 달려왔다.

"안뇽하세요!!"

"어이쿠, 헨리 많이 컸구나."

"아조씨 나 아라요?!"

"그럼. 네가 아기일 때 만났단다."

"여기는 존 밀러 아저씨. 우리 집안일을 도와주시는 분이셔."

"그럼 아저씨도 총 이써?"

아냐아냐. 그거 아냐. 헨리가 그동안 봐 왔던 '집안일 도와주는 흑인'이 전부 경호원이다 보니 저런 말을 하는 것 같다. 으음, 우리 집은 굉장히 다문화스럽다 생각했는데 좀 더 교육을 빡세게 해야 하나.

마침 밀러 씨에게도 해야 할 말이 있기도 해서, 나는 잠시 헨리를 다시 어머니에게 맡긴 후 말을 건넸다.

"밀러 씨. 다른 일자리로 가셔야겠습니다."

"킴 장군님? 다시 말씀해주시겠습니까? 농담이시겠지요?"

"농담이 아닙니다. 당신은 해고예요."

밀러는 하늘이 무너지는 듯 그 자리에서 무릎을 꿇었다.

"장군님! 제가 혹시 무언가 큰 실수를 했습니까? 부탁입니다. 말씀을 해주신다면 제가 꼭 고치겠습니다. 그러니 부디……."

"흠. 실수를 했지요. 아주 큰 실수. 밀러 씨의 능력이 너무 대단해서 감히 우리 집 자잘한 일거리만 맡기기에는 너무 아쉽다는 게 실수지요."

"…네?"

"재향군인회와 US MILK의 자리 몇 개를 내 몫으로 챙길 수 있었습니다. 밀러 씨도 그중 한 군데로 가서, 유색인종 참전용사 대표로 그들의 권익을 보호해주세요."

US MILK. 나와 패튼이 결성했던 전우회는 '아메리칸 리전'과 통합되어 마침내 '미합중국 재향군인회'로 거듭났고, 재향군인회는 곧 'US MILK'라는 기업을 설립하여 합중국 전역의 우유 유통망을 새롭게 구축하기 시작했다.

내가 하딩에게 베팅한 결과가 이렇게 풍성한 결실을 맺은 것이다. 'MILK'가 뭐 어쩌고… 하여간 무언가의 약칭이긴 했는데 그것까진 잘 모르겠다. 아무튼 중간 유통상들은 필사적으로 US MILK의 성립을 막으려고 했지만 이미 그동안 쌓아놓은 업보가 너무 컸다.

"자유의 나라에서 자유를 탄압하다니!"

"우리가 안 파니 우유 물량이 없잖아!"

"당신 집에 찾아올 배달부가 깜둥이가 될지도 몰라요! 안전하게 우리 우유를 사는 게 낫지!"

"국가가 우유 유통을 장악하고 나면 자기들 마음대로 가격을 주무를 겁니다! 우유 1갤런에 10달러가 될 미래가 보이지도 않습니까?!"

하지만 그들은 시민들의 분노를 얕보고 있었다. 특히, 금주법, 참정권에 이어 첫 대통령까지 자신들의 손으로 뽑아낸 여성의 분노를 굉장히 얕보고 있었다.

"내 아이들 입에 분필이나 처넣는 놈들이 무슨 자유 타령하고 있어!"

"내가 너희들을 총으로 쏠 자유도 있어!"

"깜둥이가 아니라 인디언이 배달을 해도 먹고 죽지는 않잖아!!"

참으로 두렵도다, 우먼 파워. 곳곳에서 누구 뒷돈을 받았는지 건달이나 갱들이 나타나 US MILK의 영업에 훼방을 놓는 일이 미국 전역에서 비일비재했지만, 어찌 된 영문인지 기존 우유 유통업자들의 창고나 집이 불타고 수백 명의 주부들이 집에서 샷건을 챙겨 나와 린치를 가하는 일 역시 비일비재했었다.

그런 US MILK로 가라는 말에 그는 잠시 영문을 모르고 헷갈려하다가, 당혹해하더니, 이내 눈물을 줄줄 쏟아내기 시작했다. 여기서 흑인이 울면 흑흑 같은 소리 하면 한 대 맞겠지?

"아니, 울긴 왜 울어요. 이 사람아."

"감사합니다! 제가 살해당하는 한이 있더라도 맡겨주신 숭고한 임무를 위해 이 한 몸 불태우겠습니다!"

"왜 그런 끔찍한 소릴 해요. 오래오래 살아야지. 이제 자식도 생겼잖아요."

"장군님이 아니었다면 저는 이미 고향에서 시체가 되었을 겁니다. 반드시, 반드시 보답하겠습니다."

그래요 그래요. 앞으로 나와 우리 집안의 이익을 위해 더욱 열심히 일해주시면 됩니다. 나도 팍팍 도와드릴게. 크, 아주 훌륭해. 이게 모범적인 상사와 부하의 관계지. 애들도 내가 잘 뒷바라지해줄 테니 대를 이어 충성하십시오.

* * *

1921년, 새롭게 집권한 하딩 행정부가 가장 먼저 한 일은 무엇일까요? 정답은 바로.

"마셔라! 마셔라!"

"이게 바로 다이너마이트주요! 자! 듭시다!"

"내무장관! 자 어서 베팅하시오!"

뭐긴 뭐야. 백악관 나이트지. 그래도 명색이 장례식장이라 여자는 차마 부를 수 없었던 우보크에서 백악관으로 자리를 옮겼으니 여자가 빠지겠나. 광란의 파티. 시가 연기 자욱한 백악관에서 신나게 여자 끼고 술 빨며 포커를 치는 이것이 바로 미국인들이 그토록 원하던 노멀의 맛이었다.

모르니까 됐어. 모르니까. 들키지만 않으면 아무튼 괜찮은 일 아니겠나. 내가 저 자리에 낄 수 없는 입장이라는 게 참으로 다행이었다.

하딩 대통령 각하께서는 참으로 유능한 미래의 인재 유진 킴과 백악관에서 즐거운 '담화'를 나눌 수 없어 아쉬워하였지만, 저런 자리에 일개 소령이 끼었다간 아마 프레스기에 끼인 것처럼 납작해지고 말걸?

나는 대충 이 나라의 꼭대기가 어떻게 돌아가고 있는지 전해 듣고 경악을 금치 못했지만, 곧 깨달음을 얻고 마음의 평화도 챙길 수 있었다. 그렇다. 적어도 하딩은 두 다리로 걸어 다닐 수도 있고 말도 할 수 있었다! 윌슨에 비하면 훨씬 나아진 셈이다. 미국인들은 역시 현명한 선택을 했다.

아무튼 내가 챙길 것들은 모두 챙겼다고 생각했지만, 한 번 손대기 시작한 정치의 길은 도무지 나를 놔주질 않았다.

"사위."

"예, 장인어른."

"요즘 D.C. 소식에는 별로 관심이 없나?"

"그럴 리가요. 다만 이제 막 소령이 된 일개 장교가 너무 정치놀음을 가까이하면 이카로스 꼴이 되기 딱 좋지 않겠습니까."

태양에 접근하다가 후욱 하고 불타버리는 케이스가 오죽 많나. 백악관은 명백히 태양이다. 윌슨은… 조금 예외였다고 치자. 그 태양이 갑자기 하늘에 가만히 있기는커녕 나를 향해 전속력으로 달려왔잖아. 나도 살고 봐야지.

그리고 하딩과 친구들의 저 흥청망청 놀자판을 보니, 이번 정권에 더 가까워졌다간 나까지 부패사범으로 몰릴 것만 같아 두려웠다. 솔직히 더 엮이긴 싫어.

"그러면, 지금 통과를 앞두고 있는 국방법에 대해서도 전혀 모르고 있나?"

"국방법이요?"

"윌슨이 훅 가면서 국정이 마비되었었지. 이제 새 대통령이 뽑혔으니 의회에서는 속히 새 국방법을 통과시키고 육군 또한 '정상화'시키기를 원하고 있다네."

젠장. 안 들어도 뻔하다. 군축이겠지.

"…정말 전혀 못 들었나?"

"금시초문입니다."

"이번 국방법의 선두주자는 캘리포니아주 하원의원인 줄리어스 칸(Julius Kahn)이라네. 그런데 자네에게 아무 소식이 안 갔다니, 이상하군."

뭔가 일이라도 있나. 나는 점점 더 의아해졌다.

"50만 상비군 제안은 부결되었네. 그 대신 주방위군의 수를 늘리고 육군은 28만 명 수준으로 축소될걸세."

"28만이요? 그걸 누구 코에 붙이란 겁니까."

"나도 그 생각에 동의는 하네만… 납세자들이 더 많은 육군을 원치 않아."

"어쩔 수 없는 노릇이지요."

장인어른은 주변을 슥 둘러보더니, 내게 속삭이듯 빠르게 말했다.

"새 법률에 따르면, 현재 편제되어 있는 전차군단은 해체하고 전차는 보병의 일부로 취급될걸세."

"그건 또 무슨… 하!"

칸인지 카간인지 하는 의원은 뉘신지 전혀 모르겠지만, 나는 이 법률에서 정치 좋아하고 전차를 싫어하는 내 상관의 그림자가 보이는 듯했다. 마셜의 심지에 불을 붙인 새끼가 여기 있었네.

너무 많이 이야기하여 독자 여러분들께서도 슬슬 아시겠지만, 어김없이 고증입니다!

《뉴욕트리뷴》 1921년 11월 4일자

⟨Women Pledge Sufferers Help In Getting Milk⟩
… "We are not at all interested in the pro and con of the strike," said Mrs. Palmer, "but we are interested in seeing that the children and the sick do not suffer because of inability to obtain milk. If this strike is not settled within twenty-four hours we shall take steps to obtain a supply of milk, and if necessary we shall personally deliver it at the centers where it is most needed."

⟨여성들이 우유 수급을 돕겠다고 맹세하다⟩
… "우리는 이 파업 사태의 전후 맥락은 관심 없다." 팔머 부인이 말했다. "우리는 아이와 환자들이 우유를 구할 수 없어 고통받지 않게 하는 것에만 관심 있다. 이 파업이 24시간 안에 종료되지 않는다면 우리는 우유 공급을 재개하기 위한 행동을 시작할 것이고, 필요하다면 우유가 필요한 곳에 공급될 수 있게 개인적인 배달이라도 시작할 것이다."

싱글벙글 미 육군 메이커 3

이놈의 미 육군. 내가 미쳤다고 육군에 왔지. 무슨 수를 써서라도 해군에 가야 했다. 그랬으면 지금처럼 군축이다 뭐다 하면서 고통받을 일도 없었을 거 아냐.

사실 다 때늦은 후회다. 해군 가서 옐로 몽키 소리 들으면서 갑판 미싱하고 있었으면 이딴 이야기는 하지도 못했겠지. 거기다 킹도 고통받던 모습을 나도 봤으니, 해군도 군축을 피해 갈 수 없었단 사실은 잘 알고 있다.

그래도 해군은 이 정도 환상적인 난리는 안 났잖아. 아니, 틀림없이 우리 승전국 군대인데 왜 이렇게 두들겨 맞아야 하지? 나도 모르는 사이에 혹시 내가 독일로 이민 온 건가? 늘어나는 것은 그저 후회뿐이지만, 어쩌겠는가. 그게 다 인생이지.

새로 제안된 국방법에 따르면 전차군단은 해체하며, 기갑 병과는 당연히 창설되지 않는다. 잔존한 2개 중전차대대와 4개 경전차대대는 각각 보병부대 예하로 들어가게 된다. 이게 무슨 벼락 맞을 짓이란 말인가. 전차군단의 그 군사적 노하우와 각종 테크닉을 얻기 위해 그토록 피를 흘렸다. 그런데 그걸 댕강 날려버리겠다고?

내가 아무리 전차에서 손을 떼고 싶다는 스탠스를 보였다 해도, 이건 도무지 납득할 수 없었다. 아무리 군축에 미쳤다만 최소한 기갑의 불씨 정도는 남겨놔야 훗날 있을 대전쟁, 제2차 세계대전을 대비할 수 있지 않겠나.

개입할 수밖에 없었다. 게다가 이렇게 흐지부지 전차라는 개념 자체가 짬돼버리면 내 커리어의 핵심적인 부분에 타격을 입는다. 이게 다 내 사리사욕을 위한 어쩔 수 없는 선택이란 말이지.

나는 잔뜩 골이 난 채로 레번워스로 돌아왔고, 내 모습을 눈여겨봤는지 곧장 드럼의 호출이 있었다.

"킴 소령, 아이는 건강한가?"

"총장님께서 배려해주신 덕택에 건강한 딸이 태어났습니다. 감사합니다."

내 표정이 영 썩은 토마토처럼 엉망진창일 텐데도 드럼은 시종일관 여유로웠다.

"커피 한잔하겠나?"

"주신다면야 감사하지요."

"부관. 여기 커피 두 잔."

곧 모락모락 김이 피어오르는 커피가 배달되었지만, 나는 잔에 손을 대기도 짜증 났다.

"무슨 일인가 킴 소령. 심기가 영 불편해 보이네만."

"새 국방법에 대한 소식을 접했습니다."

"군축은 예정된 일이었네. 아쉬운 일이지만, 우리는 합중국 시민의 선택을 존중해야 하지."

그는 영국 귀족이라도 된 것마냥 최대한 우아해 보이려는 똥폼을 잡으며 잔을 홀짝였다. 오늘따라 더 밉살맞게 보이네, 이 양반은.

"전차군단이 해체된다고 들었습니다."

"그렇지. 당연한 수순이지."

"당연하다고 하셨습니까? 우리 미합중국은 세계 최초로 전차를 제식화

했습니다. 이 귀중한 군사전통을 그대로 날려버리기엔 너무 아깝지 않습니까?"

"날려버린다니. 전차는 본연의 임무로 돌아가는걸세."

드럼이 잔을 내려놓으며 딸깍이는 소리가 울려 퍼졌다.

"그러는 귀관이야말로 사실 나로서는 잘⋯ 이해하기 힘들군. 전차에서는 손을 떼는 도중 아니었나?"

"다른 임무도 맡고 있습니다만, 어쨌거나 전차는 제가 처음 제시한 개념입니다. 어떻게 제 아이들을 일방적으로 버릴 수가 있겠습니까."

"그건 조금 이상하군. 퍼싱 장군께 아무 언질 받지 못했나?"

여기서 퍼싱은 왜 튀어나와. 하지만 이어지는 드럼의 말에 나는 아연실색해졌다.

"전차군단의 해체는 퍼싱 장군이 내린 결정일세. 정확히 말하자면 의회가 장군께 질의를 했고, 장군 또한 해체가 타당하다고 입장을 표명하셨지. 나는 단지 그분께 가장 정확한 판단과 그 근거를 전해드렸을 뿐이고."

퍼싱? 퍼싱이 전차군단을 버렸다고? 갑자기 뒤통수가 뜨끈뜨끈해졌다.

"물론 지난 대전쟁에서 전차가 유용하게 쓰인 건 맞네. 그걸 부정하는 사람은 아무도 없어."

"그러면 왜⋯⋯?"

"우리 미국원정군은 유럽의 전장에서 매우 귀중한 전훈을 깨달았지. 강인한 의지와 감투정신으로 무장한 합중국 보병들의 강력한 화력은 그 어떠한 방어선이라도 돌파할 수 있다는 사실을."

어⋯ 이게 무슨 소리지. 혹시, 저랑 다른 전쟁 뛰고 오셨습니까? 드럼 장군은 그러니까⋯ 지구-3 같은 곳에서 합중국 보병대가 포스나 염력 쓰는 그런 1차대전을 치르고 온 건가? 아니면 자기 병사들이 클론 군대였다고 생각하나?

뫼즈—아르곤의 그 지옥도를 뭐로 보는 거냐. 쇼몽에 앉아서 꺼드럭거리던 네놈들이 볼트액션 딱총 한 자루만 달랑 든 병사들을 독일군의 기관총 좌 앞으로 내몰았잖아. 감투정신? 보병의 화력? 씨발, 아무 화력이 없어서 개처럼 기어가다 다 뒈졌잖아!

그 억울한 생목숨을 잃어가면서, 시체의 산을 쌓으며 피눈물을 흘려가며 꾸역꾸역 적을 물리쳤더니 지금 드럼과 같은 인간말종의 입에선 '거 봐라. 우리가 뚫지 않았느냐. 우린 틀리지 않았다!'라는 미치고 환장할 소리가 흘러나오고 있었다.

네놈이 사람 새끼냐? 뒤에서 지도와 서류만 팔랑이다 보니 이제 숫자에 담긴 사람 목숨의 의미조차 잊어버린 거냐, 이 나사 빠진 새끼야?

사람이 너무 어이가 없고 분노가 솟아오르면 웃음이 나온다고 누가 그랬던가. 나도 모르게 싱글벙글 미소가 지어지고 있었다. 하지만 그 모습을 보고 드럼은 내가 알아들었다 생각했는지 더더욱 열심히 열변을 토했다.

"강력한 포병은 이제 미래전의 필수 요소라는 점은 동의하지. 하지만 지난 대전쟁에서 그 포병은 통신수단의 부재로 빛을 잃었네. 가장 필요할 때 써먹을 수 없는 구경꾼 놈들이 바로 포병인 셈이야. 결국 일선 장병들이 믿을 수 있는 화력이란 자신들 손에 쥐고 있는 소총뿐이지! 그 당연한 진리를 어째서 모른단 말인가. 전 미군의 특등사수화를 통한 강력한 소총 화력의 응집. 여기에 곁들여지는 포병 화력. 이게 바로 퍼싱 장군과 우리 최고의 참모진이 대전쟁 끝에 집대성한 교리, 개방전(Open Warfare)일세."

이건… 이건 그냥 황군이잖아 이 싸이코들아. 내가 천날만날 2류 열강의 2류 군대라고 했지? 취소한다. 니들은 2류 열강이 아니라 그냥 유사 열강, 아니 사이비 열강의 무허가 군인들이야. 무허가 의사는 환자 목숨만 앗아가지만, 니들은 징집한 남의 집 귀한 자식들 목숨을 모조리 빨아먹게 생겼네.

1차대전은 절대, 절대로 소총의 화력만으로는 참호, 철조망, 기관총, 야포로 가득 찬 적 방어선을 제압할 수 없다는 사실을 증명했다. 나와 일선 지휘관들은 그 저주받을 힌덴부르크 선을 뚫기 위해 박격포, 기관총, 전차,

항공기, 포병, 돌격대 등 동원할 수 있는 모든 것들을 극한까지 끌어모아 별별 짓거리를 다 한 끝에야 간신히 목표를 달성할 수 있었다.

그런데 이 새끼들이 내린 결론은 '우린 틀리지 않았음. 보병이면 다 됨.' 이야? 와, 권총 마렵다. 그냥 깔끔하게 다 쏴 죽이고 싶어.

"…그게 전부입니까?"

"이런, 미안하네. 확실히 말해주지. 전차군단이 폐지된다 해도 자네에겐 아무 커리어 상의 타격이 없을 거라는 걸 먼저 말해줬어야 하는데. 전차 자체는 존속할 걸세. 적 참호선까지 보병들을 안전하게 보내줄 수 있는 병기로서 전차는 여전히 가치가 있지."

아니, 그딴 걸 물어본 게 아니라고. 그 굴러다니는 토치카 용도에 무슨 의미가 있다고. 이 꽉 막힌 인간이.

내가 여전히 입을 꾹 다물고 있자, 드럼은 잠시 커피잔을 매만지다가 '드디어 수수께끼는 모두 풀렸다!'라는 것처럼 으스댔다.

"귀관이 어떤 인물인지 내가 잠시 잊고 있었군."

"그럼……."

"그래. 까놓고 말하지. 결국 이건 정치 논리야. 왜 신병기를 기병 놈들한테 쥐어줘야 하지?"

와. 하다하다 튀어나오는 게 이제 밥그릇 싸움이냐. 대단해. 정말 대애단해.

"이건 단순히 밥그릇 문제가 아냐. 지난 전쟁에서 전차는 오랜 기간 사용할 수 없고 가동률이 현저히 떨어진다는 사실을 확인했네. 적진 한가운데에서 전차가 퍼지면 그대로 손망실이지만, 아군 보병 한가운데에서 퍼지면 수습해 수리를 할 수 있잖나. 일회용으로 막 쓰고 버리기에 전차는 너무 비싸."

드디어 드럼의 입에서 팩트가 나왔다. 너무 비싸서 기병용으로 못 쓰겠다는데 어쩔 거야. 다만 '더 열심히 기술개발해서 고장 덜 나는 전차를 만들자.'가 아니라 '어차피 저거 뻗으니까 멀리 끌고 가지 말자.'라는 결론이 나온 건 누가 봐도 밥그릇의 영향이겠지.

"이번 일로 확실하게 맥아더를 날려버릴 수 있게 됐어. 놈은 퍼싱 장군이 제시한 육군의 새 교리에 명백히 반대하고 있고, 웨스트포인트에서 생도들에게 나쁜 물을 주입하는 데 여념이 없지. 조만간 그 자식이 필리핀으로 날아갈 걸 생각하니 즐겁구만. 하하하!!"

그는 자리에서 일어나, 여전히 앉아 있는 내 어깨를 툭툭 두드리며 웃었다.

"이게 다 소령 덕택일세. 역시 기회가 있을 때 잡아야지. 마셜이 어찌 된 영문인지 소극적으로 굴고 있으니, 지금 강력한 추진력을 만천하에 선보여 이 드럼이야말로 퍼싱 장군의 후계자감이라는 사실을 모두에게 확고히 각인시킬 기회가 왔어."

으음, 드럼 참모총장이라니. 좀 많이 끔찍한데. 이게 그 스스로 불러온 재앙인가 그건가.

어차피 한국군도 그렇고 미군도 그렇고 결국 핵심 병과는 보병이다. 그러니 그 보병 병과 계통의 지지를 얻어 참모총장으로 향하는 계단을 만들겠다는 드럼의 야무진 계산은 뜻밖에도 매우 현실적이었다.

"받게."

"이게 뭡니까?"

드럼은 작은 봉투 하나를 내게 넘겨주었다.

"퍼싱 장군께서 조만간 집에서 약소하게 파티를 열 예정이라더군. 자네도 와서 얼굴도장이나 찍게. 원래 이런 소소한 일에 부지런히 얼굴을 내밀어야 출세할 수 있는 법이야."

이제 근엄하게 충고까지 해준다. 감격스러워라.

"혹시나 노파심에서 하는 말이지만."

갑자기 그의 목소리가 낮아졌다.

"사소한 일을 너무 붙들다가 큰 것을 잃는 실책을 저지르지는 말게."

"사소한 거라뇨."

"맥아더는 이제 끝났어. 두 사람 사이에 친분이 있는 건 알겠지만, 처신

똑바로 하게. 박쥐는 절대 환영받을 수 없어. 내 말 무슨 뜻인지 알겠지?"

"…알겠습니다."

간보기 금지. 내 편, 아니면 네 편. 드럼이 꺼낸 칼끝이 마침내 나를 겨냥했다.

선택해야만 했다.

* * *

씨발. 이게 아닌데.

드럼의 기세는 최고조다. 상한가 주식. 마치 테슬라처럼 미친 듯이 떡상하는 기적의 종목이다. 게다가 그 뒤에는 퍼싱이 있다. 드럼이 저렇게 기세등등한 이유는 당연히 퍼싱을 등에 업고 있기 때문이지. 아, 퍼싱이 시킨 일이라는데 누가 어쩔 거야.

하지만 그래서 더 꼴받는다. 이 유진 킴 님은, 협박당하면 괜히 옳은 말이라도 '싫은데, 에베뱁.'이라고 거침없이 말할 수 있는 희대의 반골이란 말이지. 옳은 말도 아니꼬운 투로 들으면 화가 치미는데, 틀린 말이란 게 확실하니 더더욱 거칠 것이 없다.

누가 정의냐. 내가 바로 정의다. 착한 전차를 고작 보병의 꼬붕으로 만들려는 나쁜 어른들은 이 프레지던트 슬레이어가 용서치 않아요. 바로 방금 전에 망한 인생 맥아더랑 놀지 말라는 이야기를 들었지만 뻔뻔스레 맥아더를 찾아가는 것도 바로 그런 연유에서였다.

맥아더가 망했다고? 그럴 리가. 맥아더야말로 승리자다. 적어도 내 1회차 기억 속에 드럼 참모총장이라는 네임은 없다. 맥아더는 욕을 먹기는 했지만 세계사에 불멸의 흔적을 남겼고, 마셜 또한 매한가지. 이번에 내가 급발진을 해서 커리어가 꼬일 수는 있겠지만, 그 두 사람이 있는 이상 어떻게든 살아남을 수 있다 봐야지.

그러면 뒷배도 있겠다, 들이박아 봅시다. 하와와, 뒷감당 걱정할 필요 없이 저지를 수 있다는 건 너무 행복한 것 같아요!

"그래서 날 또 여기로 불러냈나?"

"하하. 하늘 같은 선배님을 모시는 것이 후배의 덕목 아니겠습니까."

근데 맥 장군님은 왜 이 모양이야. 얼굴은 푸석푸석해지고, 입술은 말라가며, 눈 밑의 다크서클은 도저히 숨겨지지가 않고 있다. 누가 봐도 이건 패배자의 몰골이다.

내가 형만 믿고 쥐불놀이를 준비하고 있는데, 이러시면 어떡합니까. 제발 나 때문에 미래가 바뀌었다고 하지만 말아주세요. 제발.

"전차군단? 아니면 항공대? 둘 중 어느 건가."

"항공대도 뭔 일이 있습니까?"

"그 친구들은 이번에 수혜를 받는 입장이거든. 그렇게 묻는 걸 보니 전차 건이겠군."

맥아더는 손으로 마른세수를 하며 중얼거렸다.

"이번엔 포기하게. 붙어서 이길 싸움이 아냐."

"저도 전부 지켜낼 수 있다는 생각은 하지 않습니다. 그래도 최소한의 뼈대는 유지해야 하지 않을까요?"

"전차부대를 포기하면 그 유지비로 더 많은 보병부대를 굴릴 수 있다는 계산이 나왔거든. 이미 이건 군사 논리의 문제가 아니라네, 소령."

하늘 같은 스타의 보직이 몇 개가 남느냐는 문제지. 맥아더의 마지막 말에 나는 대가리가 맹렬히 쑤셔왔다.

그래. 어쩐지 그런 거 같더라. 일자리는 중요하죠. 암요.

싱글벙글 미 육군 메이커 4

웨스트포인트 교장 맥아더 장군은 극도의 위기에 봉착해 있었다. 그는 웨스트포인트 교장으로서 선진 문물 도입, 교육과정 개편, 악폐습 근절 등을 모토로 강력한 개혁 드라이브를 걸고 있었지만, 감히 전통을 파괴하려는 호로자식이라는 기존 졸업생들의 무시무시한 질타를 듣고 있었다.

예를 들자면, 맥아더는 수업 시간에 계산자를 쓰게 했다고 옴팡지게 욕을 먹었다. 또 다른 예로는, 전통적인 시험 방식이던 '교관들 앞에서 교과서 A부터 Z까지 달달달 암송하기'를 폐지했다고 욕을 먹었다. 아니, 그 교과서가 무슨 코란이냐고. 이러니까 드럼 같은 대가리 딱딱한 장교가 튀어나오지.

나는 맥아에몽에게 끝내주는 미래 아이템을 받아서 이 문제를 해결해 볼까 했었는데, 오히려 맥아더가 내게 '유진 킴! 빨리 저 꼰대들을 해치울 무기를 알려주게!'라며 매달리는 꼴을 보니 절로 힘이 빠졌다.

"나는 최선의 노력을 다하고 있네만, 못 지킬 거야."

"왜 이리 약해지셨습니까."

"그야 나는 교장이잖나. 한 조직의 장은 결코 약해 보이면 안 되네. 아무리 절체절명의 위기에 몰리더라도 올곧고, 단단하며, 위엄을 잃지 말아야 하는 법이지. 하지만 내 밑의 교관들조차 대부분 D.C.의 노인네들의 말을 듣고 내 등에 칼을 찔러대고 있다네. 내 교장 임기가 끝나는 대로 모든 개혁안은 물거품이 되겠지. 그라쿠스가 될 줄은 몰랐는데."

"…선배님께서 옳은 일을 하셨다면, 지금 교관들 중에서도 선배님이 맞다고 속으로 생각하는 자들이 있을 겁니다. 비록 일시적으로 개혁이 실패한다 하더라도 그 뜻을 이어받은 사람들이 언젠가 옳은 길을 찾아 나서겠지요."

맥아더는 천천히, 하지만 자신에게 확신을 불어넣듯 힘 있게 고개를 끄덕였다.

"그래. 이 맥아더는 결코 틀리지 않았어. 지금 교육을 받고있는 생도들, 그리고 교관들은 일신의 영달을 위해 대세에 야합하고 있지만 결코 마음속 양심을 거스를 수 없을 걸세. 지금 나를 도와주는 교관이라면 리지웨이 대위 정도지만"

"누구요?"

"매튜 리지웨이(Matthew B. Ridgeway). 각종 체육 과목을 담당하고 있는데 꽤 유능한 친구일세. 혹 기회가 된다면 자네도 만나 보게나."

리지웨이라는 성이 절대 흔한 건 아닌데, 내가 생각하는 6.25 당시 UN군 총사령관이었던 리지웨이가 맞나 모르겠네. 만약 그 사람이라면 하지, 밴플리트, 리지웨이까지 해서 한국과 연관된 인물을 모조리 수집해보고 싶다. 원래 모바일 게임에서도 시리즈 다 모으면 콤보 터진다고.

아무튼 잡생각은 뒤로 미뤄놔야지. 본인에게 집중하지 않으면 그걸 또기가 막히게 캐치하고 화내는 양반이 이 맥아더 나으리시거든.

"베이커 장관이 퇴직 전에 내 별을 확정지어 준 게 그나마 다행인가."

"그러게요. 적어도 교장직에서 물러난다고 도로 원계급으로 내려갈 일은 없어졌군요."

"혹시 신임 전쟁부 장관에 대해 아는 게 있나?"

윅스(John W. Weeks) 장관 말이지. 매사추세츠주 상원의원이었는데, 우리처럼 초반부터 하딩에게 베팅해서 장관 자리를 거머쥔 분이지. 솔직히 초반의 하딩은 정말 볼품없었으니 이 사람도 정치적 능력 하나는 일품이리라.

하지만 그런 사람이니, 당연히 군축 여론에 민감할 수밖에 없다. 오히려 성공적인 군축이 곧 자신의 소명이라 생각하던데.

내 설명을 들은 맥아더는 다시 침울해졌고, 우리는 결국 신변잡기 이야기만 떠들다 헤어졌다. 나는 맥아더는 도저히 힘을 빌릴 수 없는 상태라는 결론만 얻었지만, 그렇다고 포기할 생각은 전혀 없었다.

이제 쥐불놀이 타임이다.

* * *

지금 생각해 보자면, 강한 친구 대한민국 육군은 내게 참 많은 것들을 가르쳐주었다. 호국이가 그립구만.

실전적인 전투력 관리보다는 상관의 마음에 들기 위한 '우선순위' 먼저. 장병들의 전투력 향상보다는 사고 안 치나, 내무 부조리는 없나, 자살 위험자는 없나 자나 깨나 걱정. 맡은 임무에 전념하기보다는 경쟁자를 밀어내고 내가 올라서기 위한 치열한 눈치싸움과 딸랑딸랑 배틀.

이 몸은 그런 험악한 곳에서 악착같이 살아남아 기어이 쥐불놀이를 벌이고 프라임 타임 뉴스에 얼굴을 내민 몸이시다. 아직 마초 성분이 남아 있어서 그런가, 아니면 100년 전의 과거라 그런가 정치질에는 미숙한 미 육군 정도야 해볼 만하지.

하지만 이번 싸움은 신중해야 했다. 공화당을 비롯한 정치권. 군축을 놓고 남은 파이 갈라 먹기로 치열하게 경쟁 중인 여러 군수업체들. 그리고 미 육군의 핵심 상층부. 퍼싱까지 엮여 있단 점에서 특히나 심각하다.

이 모든 정황은, 결국 미합중국 시민들이 군축을 원하기에 일어나는 일이다. 미국인들이 강한 군대를 원했다면 군축이 핵심 어젠다로 떠오를 리가 없다. 1920년 미국이건 2020년 한국이건 모두 민주주의 국가. 국민의 지지를 얻지 못한 상태에서 일개 개인이 정권과 한판 붙어 이길 확률은 일본제국이 미국의 항복을 받아낼 확률과 비슷하지 않을까?

"미안하게 됐네, 사위. 이번 건에선 나도 도와주기 어렵네."

"아닙니다. 제게 돌아가는 사정을 알려주신 것만 해도 큰 힘이 되었습니다."

장인어른, 커티스 의원님은 가장 먼저 GG를 쳤다. 장인어른이 원래 강경 개입주의 매파였던 인물도 아니고, 여기서 갑자기 태세전환을 해봐야 사위 때문에 저런다고 손가락질만 받는다.

"의회를 설득할 수는 없을 거야. 그들은 전투 능력이나 그… 전문적인 분야에는 큰 관심이 없네. 군 출신 인사들은 더더욱 보수적이라 신무기에 매력을 못 느끼고."

"잘 알고 있습니다."

"총대를 멘 건 칸 의원이지만, 그는 단지 발안자일 뿐이야. 대체 어떻게 이 일을 처리하려고 그러나?"

"민심을 등에 업어야지요."

"…자네, 내 지역구 물려받을 생각 없나?"

아, 안 해요 안 해. 내가 출마를 해도 캘리포니아주에서 출마하지 왜 캔자스에 갑니까. 차라리 도로시를 출마시키든가!

커티스 의원이 이렇게 학을 뗄 정도니 하딩은 말할 것도 없다. 백악관과 접선하는 건 나 역시 진짜 좆될 각오를 해야 한다. 당장 윌슨이 어떻게 몰락했나. 한번 비선실세 어쩌고 하는 소리가 저 밑에서부터 스멀스멀 피어오르는 순간 나는 미국에서 발붙이고 못 산다.

게다가 하딩은 사람은 참 좋은데… 음… 신뢰를 못 하겠다. 포커판에서 돈 빌려달라 하면 얼마든지 빌려주겠는데, 이런 섬세한 건에선 좀 그렇지.

그러니 민심을 다루기 위한 내 비장의 무기, 《더 선》을 뽑아 들 때가 왔다. 내가 다음으로 찾아간 곳은 당연히 이 기적의 엑스칼리버를 보관 중이신 포드 회장님의 저택이었다.

"들었네. 전차에 대한 투자가 크게 준다면서?"

"그렇습니다. 그래서 회장님을 찾아뵈러 여기까지 왔지요."

"짭짤했는데 아쉽게 되었군. 이제 생산 라인을 정리하고 트랙터 생산에 전념하는 게 옳은 방향 아니겠나?"

"수요가 대폭 감소하니 생산 라인 조정은 당연한 이야기겠지만, 전차 연구개발은 일부나마 유지했으면 합니다. 우리는 아직 최초이자 최고의 전차 생산 브랜드라는 명성이 남아 있습니다. 이걸 버리기엔 너무 아깝지 않겠습니까."

회장님께선 잠시 고민하더니, 아들을 호출했다.

"아, 오셨군요 소령님. 진급 축하드립니다."

"별말씀을. 전차를 더 이상 사기 싫어하는 미 육군을 잘 설득해야 축하를 들을 기분이 나겠지요."

에젤과 인사를 나눈 뒤, 우리는 곧장 사악한 음모 수립 절차에 들어갔다. 역시 으리으리하게 비싼 저택에서 시가와 술을 사이좋게 마시며 국가와 세계를 상대로 한 음모를 꾸미는 것만큼 뽕가죽는 건 없다. 이 맛에 경영을 하는 건가?

"그래서, 《더 선》을 쓰겠다고?"

"이미 두 분께서는 그 종이쪼가리의 힘을 잘 아시잖습니까."

"하하하. 엄청납니다. 사람들이 우리 포드사의 신차에 대한 기사가 뜰 때마다 《더 선》이 매진된다고 하더군요!"

신차에 자신의 사장 생명을 건 에젤은 아주 어깨춤을 출 기세였다. T형 포드가 시골이네 퇴물이네 싸구려네 별별 소리를 다 듣는다 해도, 이건 다 애정이 있어서 까이는 거다. 미국인들에게 T형 포드는 최초로 '마이 카'라는 개념을 알려준 제품이자 중산층으로서의 상징이며, 동시에 아메리칸드림을 상징하는 북극성과도 같았다.

게다가 저번 《시카고트리뷴》과의 소송전으로 포드 회장님의 이미지가 의외로 좋아졌고, 그 회장님의 변태적인 T형 포드 사랑 역시 대중에게 잘 알려진 만큼 '포드사의 신차' 이야기는 미국 시민들이 환장할 만한 떡밥이었다.

그리고 나는, 여기에 약간 21세기 맛을 첨가했다.

"대체 그 홍보 방법은 어떻게 생각한 건가?"

"그야 '누출'이나 '기밀' 같은 단어에 두근두근하지 않는 사람이 어디 있단 말입니까."

[SPOILER!! 익명의 포드사 임원, "T형 포드가 아닌 완전히 새로운 차량 개발 중."]

[극비! 포드사 신차, 애리조나 사막에서 비밀 주행 테스트!]

[포드사 임원회의 회의록 단독 입수. "신차 실패하면 허드슨강에 투신하겠다." 파문!]

2020년의 인터넷 망령들도 다 알면서 클릭하게 되는 마성의 어그로 기사 제목들을 1920년에 던지면 어떻게 될까? 뭐긴 뭐야, 신문 매진이지. 어휴 달달해.

이제 대중들은 파블로프의 개처럼 길들여지고 있다. 포드사 관련 기사가 나오면 《더 선》을 사는 게 아니라, 일단 《더 선》을 사고 혹시 포드 관련 기사가 있나 찾아보는 것이다.

"이제 어그로… 아니, 대중의 관심을 최고조에 끌어모았으니 기대감이 분노로 바뀌기 전에 대대적인 홍보에 나서는 게 좋을 듯합니다."

"이미 준비해 뒀습니다. 수십여 개 신문사와 협의를 끝냈으니, 고 싸인만 떨어지면 일제히 거의 모든 신문 지면에 우리의 신차 이야기가 대문짝만하게 박힐 겁니다."

완벽하다 완벽해. 이제 포드사를 통해 테스트도 끝냈으니, 똑같은 방식으로 전차 떡밥을 살살 불태울 때가 왔다.

"아직 1달은 더 진행해도 되지 않겠나?"

"이미 몇 달은 써먹었지 않습니까. 이 이상 질질 끌면 사람들이 화냅니다."

"흠. 그러면 다음 자극적 소재는 전차 이야기로 한번 해보지. 내가 '친구들'에게 잘 말해 놓겠네."

됐다. 그날로부터 얼마 후,《더 선》은 새로운 폭로 기사를 쏟아내기 시작했다.

[합중국의 자존심 전차, 미국민의 손으로 버려지다?!]

[영국이 부러워하고 프랑스가 질투하며 독일이 두려워하는 미제 전차! 이제 과거의 유산으로 전락한다!]

[독일 정부, 포드사에 극비리에 전차 생산 라인 매입 타진!]

[세계 최고의 전차 엔지니어들이 구대륙으로 떠나는 이유?]

[소련 고위층, "미국이 전차를 포기하는 지금 우리가 그 기술력의 정수를 흡수해야 전 세계를 적화시킬 수 있다."]

군사적 논리로는 자본주의 논리를 절대 이길 수 없다. 하지만 내가 필리핀 문제로 한참 골머리를 썩이면서 다시 한번 깨달은 진리가 있었다. 자본주의 논리는 자존심 논리를 죽었다 깨어나도 못 이겨.

친애하는 의원 여러분. 국뽕 맛 좀 한번 보쉴?

싱글벙글 미 육군 메이커 5

미국인들은 항상 굶주려 있었다. 당연히 배가 고프다는 소리는 아니다. 아메리카가 얼마나 풍요로운 나라인데. 랍스터가 저급 음식으로 취급받고 흑인 노예들이 치킨을 뜯던 나라가 배고플 리가 있나.

역사와 전통의 부재. 근본 없는 나라라는 끝없는 매도. 물론 대다수 미국인들은 저런 것에 대한 열등감을 결코 표출하지 않았다. 세상에, 열등감이라니. 그런 남자답지 못하고 졸렬한 짓거리를 하는 놈이라면 당장 고추를 떼야지!

하지만 그래서 더더욱, 마음속 깊숙한 곳에 켜켜이 누적되곤 하는 것이 열등감이다. 반짝반짝 탈모맨이 풍성한 모발에 대해 열등감을 품듯. 학교 문 한번 못 두드려본 사람이 먹물쟁이에 대해 열등감을 품듯. 벼락출세한 사람이 귀족가에 대해 열등감을 품듯.

이건 성공하고 말고의 문제가 아니다. 그냥 내가 가지지 못했고 앞으로도 가질 일 없는 것에 대해 화가 나는 거니까. 아무리 온갖 발명을 해내고 기술을 찍어내면 뭐 하겠는가? 그런다고 없던 역사가 생기나.

심지어 그 발명조차 유럽에서 상도덕 없는 양키들이라고 욕 처먹어가며 훔친 기술에 기반한 것들이 수두룩하다. 일본이 미제를 카피하고, 한국이 일제를 카피하고, 중국이 한국제를 카피하듯 미국은 유럽을 카피했거든.

나는 《더 선》을 통해 그걸 효자손으로 슬슬 긁었다.

"전차? 그 무슨 신무기?"

"트랙터로 전쟁을 한다더라고."

이 정도 인지도밖에 없던 물건인데.

"합중국의 상징을 외세에 넘기지 마라!!"

"은화 서른 닢에 자존심마저 맞바꾸지는 않겠다!!"

"정부와 의회는 당장 해명해라!"

저 펄럭이는 성조기의 물결 보소. 황홀해. 아주 짜릿해. 아편보다 더 중독성 강하고 위스키보다 더 달달하다.

몇 줄의 기사만으로 어느새 전차는 합중국의 상징으로 둔갑했고, 온 유럽 대륙이 탐내는 보물 고블린이자 인도와도 바꿀 수 없는 합중국의 보석이 되었다. 일이 이렇게 된 까닭은 좀 복잡한데…….

[영국 왕실, 전차를 넘긴다면 같은 무게의 순금을 주겠노라 밀사 파견?!]

[빨갱이들의 침략 야욕! 그 뒤에 숨은 유대인의 음모!]

[디트로이트에서 화재 발생! 스파이의 사보타주?!]

자본주의가 낳은 괴물들의 나라 미합중국에, 《더 선》이 돈이 된다는 걸 본 사람들이 어디 가만있나. 전문용어로 우라까이라고 하던가? 비슷한 짭 신문이 무수히 많이 튀어나왔다.

그리고 《더 선》의 킬러 콘텐츠를 카피하는 게 가장 돈이 된다는 걸 눈치채기까진 그리 오랜 시간이 걸리지도 않았다. 이가 없으면 잇몸이라고, 《더 선》이 매진됐으면 아쉬운 대로 자기네 신문이라도 사들이거든.

그래서 《더 선》이 본격적으로 봉화를 지펴 올리자, 기다렸다는 듯 온갖 불쏘시개들이 더더욱 자극적이고 더더더욱 믿거나말거나식 기사를 쏟아냈다. 정말 땅 짚고 헤엄치기가 이런 거구만. 하지만 이 유진 킴이 있는 한 최첨단 삐슝삐슝을 따라잡을 순 없지. 10년은 더 정진해라, 애송이들.

"생각보다 너무 효과가 좋지 않나?"

"따라와주는 친구들이 있으니까요."

"아무리 그래도 이건 내 예상 범주를 넘어섰군. 전차는 그냥 군용 무기 아닌가? 이건 전함처럼 국가의 상징과 같은 무기도 아닌데?"

"그렇지요. 하지만 이제는 상징입니다. 적어도 국민들은 그렇게 생각하게 되었습니다."

회장님은 좀 많이 당혹스러운 모양이었다.

"그나저나, 뒷감당은 어떻게 할 텐가."

"별일 있겠습니까? 아무 일 없었잖아요."

"하지만 소련에 팔려고 했던 건 사실이잖나!!"

"파토 났으면 끝 아닙니까. 허허."

그치만, 원래 약간 사실이 섞여 있어야 파괴력이 극대화된단 말이에요. 비밀리에 제안이 오긴 왔지만 회장님은 당연히 일언지하에 거부했다. 아직 제대로 된 외교 관계가 수립되지도 않았고, 신경제정책(NEP)도 뜨기 전이잖아. 뭘 믿고 빨갱이 천지에 투자를 해.

"다른 친구들이 약간 불안해하고 있다네. 혹시나 《더 선》이 조사를 받게 되면 그 친구들이 굉장히 불쾌해할 걸세."

"그건 이미 말해뒀습니다."

이미 후버와 말을 맞춰 놨거든. 만약 그래도 정 안 되면 [빨갱이들에게 자유와 아메리칸드림의 소중함을 일갈한 포드 회장!] 같은 타이틀로 새끈하게 박아주면 된다. 생각할수록 후버도 괴물은 괴물이다. 《더 선》에 연관된 거물이 한둘도 아닐 텐데 어떻게 나한테까지 도달한 거지.

아무튼, 《더 선》의 역할은 여기까지다. 시민들의 관심을 불러일으키는 거면 할 만큼 했지. 더 써먹을 수도 없고, 써먹어서도 안 된다. 그리고 상황은 내 생각대로 착실히 풀려나가고 있었다.

[합중국의 보배? 합중국의 짐덩이!]

[일회용 쇳덩어리, 납세자들의 피눈물로 이루어져!]

[전차 1대와 맞바꿔야 할 합중국 장병의 숫자!!]

그야 전차 사업이 거꾸러져야 전차 외의 다른 군납업체가 이득을 볼 거 아냐. 이 자본주의 정글에서 윈—윈은 흔치 않다. 한정된 파이를 갈라 먹는 치열한 전쟁터지. 여론 돌아가는 낌새를 보고 곧장 저열한 선동과 날조로 맞서는 걸 보니 역시 미국은 대단하다.

표결만 앞두고 있던 국방법은 다시 정쟁의 한가운데로 끌려 나와 난투를 벌였고, 당을 떠나 의원 개개인의 이권과 신념에 따라 치열한 찬성과 반대, 매도와 반격이 일어났다.

그 혼란의 한가운데에서, 나는 퍼싱의 집에서 열린 파티에 참석했다.

"어서 오시게."

"오랜만에 뵙습니다, 장군님."

킹갓엠페러제너럴 퍼싱의 위세는 바야흐로 온 합중국 산천초목을 쩌렁쩌렁 울리고 있었다. 퍼싱에게 대적하던 파벌의 실질적 수장이었던 마치 육군참모총장은 마침내 퇴역하게 되었다. 그리고 누가 뭐라 할 것도 없이, 신임 육군참모총장은 너무나 자연스럽게 퍼싱의 몫이 되었다.

쇼몽파는 완전한 승리를 거두었고, 마치의 아래에서 각을 세우던 자들은 사방팔방으로 흩어졌다. 이제 그들에게 남은 일은 군복을 벗든가, 한지로 좌천되느냐 중 하나를 고르는 것뿐이었다.

하지만 정작 대승리를 거두고 미 육군의 수장이 된 퍼싱은 뭐랄까… 기력이 좀 달려 보였다. 쇼몽에서 만났던 퍼싱은 영국과 프랑스의 찬밥 대우에 분개했었고, 누구보다 합중국의 위신과 영광을 세우겠다는 의기에 차 있었으며, 자신이 맡은 임무에 막중한 책임감을 느끼던 남자였다.

하지만 정점에 도달한 게 문제였을까? 아니면 앤드루 잭슨이나 그랜트처럼 대통령이 되지 못한 게 천추의 한으로 남아서였을까? 오늘 만난 퍼싱에게서 예전과 같은 불꽃 같은 열정을 찾아보기는 힘들었다.

"그래. 군생활은 잘하고 있나?"

"총장님의 배려 덕택에 하루하루 잘 지내고 있습니다."

"내 배려보단 마셜의 배려가 크겠지."

퍼싱은 그러더니 자신의 팔뚝에 팔을 감고 있는 여자를 슬쩍 턱짓했다.

그래. 아까부터 존나 궁금했어. 이 젊은 처자는 누구세요. 딸은 아닐 텐데.

"여기는 루이스 크롬웰 브룩스(Louise Cromwell Brooks). 사교계에서도 무척 저명한 숙녀분일세."

"안녕하십니까, 유진 킴입니다."

"항상 퍼싱 씨에게 말씀 많이 듣고 있어요. 루이스라고 편히 불러주세요."

새장가 드시나 보네. 어쩐지 그녀를 볼 때마다 퍼싱이 희미한 미소를 짓는 것이 어엄… 근데… 나이 차이가……?

"시간이 나면 그때 다시 인사를 드리겠습니다."

"배려해줘서 고맙네. 하도 나한테 말 한마디 붙여보려는 사람들이 많아서 말이지. 잘 놀다 가시게."

"다음에 한번 놀러와요~"

퍼싱과 브룩스 양이 어디로 한 발자국 뗄 때마다 무슨 정어리 떼처럼 우글우글 퍼싱에게 얼굴도장 한번, 인사 한번 하려는 사람들이 몰려다니고 있었다. 그런 점에서 퍼싱이 인사를 해준 나도 꽤 고평가를 받고있는 건가? 혹시나 해서 주변을 슬쩍 돌아보니, 주변의 시선이 예사롭지가 않다.

'어째서 저놈이!'

'장군은 어째서 저 애송이 새끼를!'

'옐로 몽키 주제에!!'

으음, 말풍선이 보이는 듯하다. 질투와 시기가 아주 빗발치는구만. 이 유진 킴은 이유 없이 누군가 날 싫어하면 기꺼이 싫어하는 이유를 만들어주는 인간이지. 앞으로 내가 좆같을 일이 많아질 테니 기대하고 있어라, 이놈들아.

저 멀리 몇몇과 대화를 나누며 시종일관 미소를 짓고 있는 드럼이 보인다. 그리고 그 정 반대편엔 심각한 기색으로 이야기를 나누고 있는 마셜이 보인다. 저긴 딱 봐도 남의 파티장까지 와서 일 이야기 하는 중이다.

저런 곳에 생각 없이 와인잔 들고 기어갔다간 나까지 부려먹힐 게 뻔하니 이따 찾아가자. 군자는 무릇 위험한 곳에 가지 않는 법. 저 야근 지옥에 자발적으로 덤벼들 순 없지. 그럼 나는 누구랑 놀아야 한다…….

"후배님."

"깜짝이야. 아니, 여기에 다 초대를 받으셨습니까?"

"뭐어, 그렇게 됐네."

맥아더는 씩 웃으며 말했다.

그래, 산 사람은 살아야. 맥아더도 군생활 계속해야 하니 굽힐 건 굽히고, 유하게 지내면 될 일 아닌가. 어차피 몇 년만 참으면 미래의 참모총장감으로 거론될 양반이다. 괜히 여기서 더 트러블 일으켜서 좋을 일 없지.

"국내 분위기가 달라지는 모양이던데."

"예. 생각보다 전차에 호의적인 여론이 크더군요."

"자네가 한 일인가?"

"일개 소령이 여론을 조작한다고요? 혹시 또 피해망상 도지셨습니까. 막 뇌파 조종 뭐 이런……."

"나를 자꾸 정신병 환자로 모는군. 그땐 그럴 만한 사정이 있었다니까."

"1사단의 용사들이 독일 간첩을 잡았네, 오, 84여단 맥아더는 독일의 간첩… 읍! 읍읍!!"

맥아더는 다급히 와인잔을 쥐고 있지 않은 왼손으로 내 입을 틀어막아 버렸다.

"그 망할 노래를 한 번만 더 부르면 결투일세. 패튼에게도 조만간 내가 권총 들고 찾아가겠노라 전해주고."

"읍! 읍읍읍!!"

"알아들었지?"

"읍!"

후. 간신히 숨 쉴 수 있게 되었다. 방금 진짜로 살기가 느껴졌다고.

"나는 오늘 약속이 있어서 잠시 실례하겠네. 이따 시간이 되면 봄세."

"알겠습니다. 오래 있을 듯하니 짬 나면 오시죠."

홀로 남은 나는 이 자리에 모인 여러 간부들, 그리고 고위 인사들과 인사를 나누며 부지런히 얼굴 팔이에 나섰다.

"킴 소령! 포드 회장님은 건강하신가?"

"그럼요. 아직 50년은 더 일하실 수 있는 분이십니다."

"그래? 전차가 갑자기 주목을 받으니 혹시 그분이 뭔가… 언짢한 건 없으셨나?"

"당혹스러워하시죠. 차라리 T형 포드나 더 주목해 줬으면 하는 게 그분 속마음일 겁니다."

"하핫!! 혹시 포드 회장님이 신형 전차 발주 사업에 관심이 있는지 여부를 알고 싶은데 말야. 괜찮다면 우리와 컨소시엄을……."

일.

"득녀했다고 들었네. 커티스 의원이 좋아하겠군."

"무척 좋아하시지요, 허허."

"캔자스야 이번 US MILK 건으로 수혜를 입는 입장이니 그분 입에서 웃음이 떠나가질 않겠군. 혹시 내가 그분을 개인적으로 찾아뵐 수 있을까?"

"물론이지요. 조만간 제가 장인어른께 전보 한 통 보내겠습니다."

일.

사방에 일이다. 와, 뒤질 거 같네 진짜.

내가 이러는 동안 자꾸 뒤통수가 간지러워 힐긋 돌아보니, 드럼과 마셜이 눈에서 레이저 빔을 쏴대고 있다. 시발 이게 뭐야. 왜 이리 안 오고 있냐는 저 불타는 시선은 대체 뭐냐고.

여긴 지옥이다. 이제 보니 저 둘, 자존심 싸움 중이다. 내가 누구한테 먼저 찾아가는지로 배틀 중이었어! 나이 처먹을 만큼 처먹은 인간들이 애들처럼 뭐 하는 중이냐고!!

이래서 남자들은 전부 애라는 소리가 나오는 건가. 진절머리 난다. 나를 탐내는 인간들이 나를 유/진/킴으로 삼등분하기 전에 드럼과 마셜이 먼저 날 유ㅈ/ㅣㄴ 킴 으로 토막 낼 거 같잖아.

나는 일부러 그 둘 중 누구에게도 찾아가지 않고 더더욱 일과 연관된 이야기만 떠들다, 턱턱 막혀오는 공기를 견디지 못하고 뒷마당으로 뛰쳐나갔다. 뒤로 나오자마자 여기저기서 하하호호하는 목소리, 남자와 여자가 엉키는 사운드가 돌비 서라운드로 생생하게 재생된다. 파티가 다 그럼 그렇지.

나는 최대한 구석진 곳으로 가려 했지만, 판단 착오였다. 가장 구석진 곳은 가장 끈적끈적하게 놀 수 있는 곳이니 이미 선객이 있는 건 당연지사였다. 결국 나는 한참을 헤맨 끝에서야 간신히 담배 한 대 피울 수 있는 나만의 은신처를 찾을 수 있었다.

탁 하고 성냥에 불이 붙고, 독한 니코틴 스멜이 목구멍에 들이찬다. 음음. 내가 담배를 끊을 수 있는 날이 이래서야 언제 오겠어. 그렇게 멍하니 담배를 태우고 있노라니 슬슬 눈이 암순응했고, 저편에서 뜨거운 키스를 나누고 있는 커플의 동작 하나하나가 희끄무레하게 보이기 시작했다.

"뭐야, 저거."

남자는 가려져서 잘 안 보이지만, 여자는 아까 소개받은 그 브룩스 양이다. 근데 암만 봐도, 남자가 퍼싱이 아닌데?

이게 뭔 지랄이야. 퍼싱의 집에서 열린 파티에서 파티 안주인이 딴 남자랑 저토록 물고 빨고 난리를 치고 있다고? 아무리 결혼하지 않았다고 해도 이건 기본 예의가 아니지. 내 안의 유교맨이 이런 꼬라지를 참을 수 없었다. 퍼싱이 아무리 꼰대여도 이런 일을 당해야 할 사람은 아니니까.

나는 곧장 저벅저벅 이 망할 남녀를 향해 다가갔다. 남자는 쏴 죽이고 여자도 쏴 죽인다. 평등하게 둘 다 허드슨강에 던져주마.

"앗!"

"야 이 벼락 맞을 인간들아. 아무리 그래도 여기가 뉘 앞마당인데 이런 짓거리를 하고도 무사히 넘어갈 줄 알았어? 앙?!"

"후배님?"

뭐야.

"선배님이… 왜 여기 계십니까?"

"오해, 오해일세. 잠시, 잠시 내 말 듣게. 권총 집어넣고."

맥아더는 뺨에 묻은 자국을 닦아내며 양손을 정신없이 흔들었다.

아 씨발, 미국 진짜 어메이징하네. 이젠 하다하다 치정극이냐?

싱글벙글 미 육군 메이커 6

아, 머리 아파.

'우리 파벌의 승리를 위해 적들을 전부 허드슨강에 집어던질 음모를 꾸며 봅시다.' 같은 거면 잘할 자신이 있다. 근데 이 질척질척한 꼬라지는 대체 뭐란 말인가. 난 저런 쪽엔 인연 없다. 내 인생 두 번을 통틀어 여자랑 엮일 일은 진짜 쥐뿔도 없었다고. 하하! 싫어!

나도 너무 혼란스러우니 대충 타임라인을 정리해 봐야겠다. 1915년, 퍼싱은 부인과 세 딸을 잃었다. 부인과 나이가 스무 살 차이 났다는 점은 별로 중요하지 않으니 접어 두자. 1917년, 퍼싱은 27살 연하인 패튼의 여동생, 니타 패튼과 약혼했다. 1918년, 퍼싱은 프랑스에서 뭐시기 예술가인가 하는 여자랑 눈이 맞았다. 36살 연하였던가. 패튼 양과의 약혼은 당연히 깨졌다.

그리고 지금 1921년, 퍼싱은 루이스 크롬웰 브룩스와 관계를 진전시켜 나가고 있었다. 아니, 장군님. 진짜 인생의 낙이라곤 이제 손녀뻘 여자에게 집적대는 일밖에 없으세요?

그럼 저 브룩스 양은 대체 누군가? 알아보니 이미 사교계에서 명성 자자한 분이시더라. 1890년생. 나보다 세 살 연상에, 애가 셋 딸린 이혼녀다. 이

시대에 이혼녀면 굉장한 마이너스 요인이지만, 돈이 너무 많았다. 새아빠가 미국에서도 몇 손가락 안에 드는 은행가니까 오죽할까?

그녀는 고작 뉴욕에서나 노는 촌놈이 아니었다. 1919년 이혼한 후 파리 사교계에 상륙한 그녀는 무수한 사람들과 염문을 뿌렸고, 개중에는 당연하다면 당연한 이야기겠지만 유부남도 포함되어 있었다. 현기증 나네 진짜.

뒤늦게 알아보니, 이미 퍼싱과는 파리에 있을 적부터 알음알음 만나던 사이였다. 그 뭐시기 예술가랑 노는 거 아니었어? 그 사람은 또 어쩌고?

그리고 지금, 브룩스 양은 우리 맥아더 선배님과 불꽃을 이글이글 불태우고 있었다. 아, 진짜. 어지럽다 어지러워. 내 유교 마인드가 버티질 못하겠어.

"킴 후배님. 전부 오해일세."

얼마 후 다시 우보크에서 만난 맥아더는 필사적이었다. 나는 팔짱을 끼고 한쪽 다리를 삐딱하게 괸 채, 가타부타 대답하지 않고 맥아더의 '해명'을 잠자코 듣기만 했다. 맥아더의 구구절절한 해명을 요점정리하자면 다음과 같았다.

루이스는 이미 퍼싱과의 관계를 정리했다. 서른 살 차이 나는 아저씨를 루이스가 왜 좋아하겠느냐? 얼마 전 루이스는 퍼싱의 프러포즈를 거절했으며, 세간의 이목 때문에 '친구 사이'로서 공식석상에 함께했을 뿐이다. 나와 루이스가 만난 건 퍼싱과의 관계가 끝난 뒤다. 어차피 둘이 약혼도 결혼도 한 사이가 아니었으니 나와 루이스는 떳떳하다.

"그래서… 퍼싱 장군의 저택에서 그러고 노신 겁니까?"

"아냐! 그건 정말 내 본의가 아니었어! 루이스가… 크흠. 더 말해봤자 추해진다는 건 잘 알고 있네. 하지만 날 믿어주게, 후배님. 이 맥아더가 과연 적지에서 불장난을 하고 놀 정도로 전술적 식견이 떨어지는 인간이던가?"

으음. 그래. 이 눈치 빠른 양반이 설마 주유소 옆에서 담배 피우는 짓거리를 일부러 하러 왔을 린 없겠지. 그런다고 이미 했다는 사실이 달라지진 않지만! 하지만 맥아더의 입에서는 다시 한번 폭탄 발언이 터져 나왔다.

"나와 루이스는 이미 약혼했네."

"…네?"

내 귀가 요즘 어두워졌나. 참호에서 하도 포성을 많이 들어서 이명이 생겼나?

"루이스와 약혼했네."

"미쳤어요? 애 셋 딸린 여자랑 약혼을 해요? 뭐가 아쉬워서?"

"그녀를 처음 본 순간 이미 깨달았네. 그녀야말로 내 남은 반평생을 함께할 사람이란 사실을. 처음 만난 날 이미 우리는 서로 혼인을 약속했어."

이, 이, 이 정신줄 제대로 놔버린 인간 좀 보게. 파리의 불타는 팜므파탈이랑 주식이 뭔지도 이해 못 하는 내츄럴 본 군바리랑 약혼이요? 그것도 처음 만난 날? 아니, 이혼녀고 뭐고 다 떼고 생각해도 두 사람은 그냥 초롱아귀와 파키케팔로사우루스 수준으로 안 어울린다니까요?

아, 몰라. 진짜 사랑이라는 게 사람을 돌아버리게 만드는구나. 나는… 나는 모루겟소요. 유진 킴은 저런 거 잘 모르겠다구요. 알아서 해 이 화상아. 나는 전차 일이나 마저 할 거야. 유진이는 애기야. 애기는 저런 사랑과 전쟁 같은 거 몰라야 해…….

이 광기를 인간의 이성으로 해석하는 일을 포기하자마자, 내 우수한 생존 센서가 다시금 작동하며 맹렬히 경고음을 뱉어내기 시작했다.

"짐이나 싸요."

"짐?"

"필리핀 갈 짐이나 싸라고! 육참총장의 여자를 건드렸으니까 필리핀에 가든, 파나마에 가든 아무튼 바다 바깥으로 쫓겨날 거 아냐!"

"그러니까 루이스는 퍼싱 장군의 여자가 아니라니까?!"

"잘도 그 말이 먹히겠다, 이 머저리야!"

"이 맥아더를 머저리라고 하다니, 아무리 킴 소령 자네라고 해도……."

"됐어, 이 인간아! 옷 벗기 싫으면 빨리 전출이나 신청하라고요!"

씨발, 알아버린 이상 이거 나도 큰일이다. 지금 당장 퍼싱에게 달려가서 고자질해도 문제고, 모른 척해도 문제다. 부하에게 여자를 뺏긴 영감님의 분노가 어디까지 뻗어나갈지 누가 알겠어.

어쩔 수 없다. 무조건 나도 도망쳐야 한다. 조만간 D.C.의 전쟁부에 거대한 버섯구름이 피어오르고 휘말리는 놈은 전부 뒈질 거라고. 자기 집에서 여자를 뺏겼는데 이성이 남아 있을 리가 없잖아. 음모고 계략이고 다 필요 없다. 눈알 돌아간 사람한테 괜히 말 걸 시간이 있으면 차라리 무조건 도망치고 봐야 한다. 지금 당장 나부터 필리핀 전출 신청서 써야지.

* * *

"킴 대위, 아니 이제 소령인가!"

"킴 후배! 이리 오게!!"

워싱턴 D.C. 전쟁부. 당장 마셜을 만나 어디든 좋으니 미합중국 국경 바깥으로 도망치겠노라 요청하려던 나는 마적 떼의 습격을 받았다. 아니, 두 분 언제 그렇게 친해지셨어요? 챕챕과 패튼이라는 이 신묘한 조합이 듀오로 습격해 오자 나는 꼼짝없이 킹콩에게 납치당하는 미녀처럼 끌려갈 수밖에 없었다.

저 그냥 못 본 셈 치고 풀어주시면 안 될까요? 노래도 하나 지어드릴게. 채피랑 패튼이 제일 좋아~ 전차를 끌고 모래언덕을 지나네~ 지나네~

"자, 이리 와서 앉게! 이거 하나 받고!"

차를 대접해주는 일 따위 기대하지도 않았다. 나는 술이 가득 담긴 힙플라스크를 건네받고 곧장 한 모금 빨았다. 맨정신으로 이 두 사람을 어떻게 상대하겠어.

"무슨 일이십니까?"

"무슨 일이긴! 온 합중국 시민들이 전차를 연호하고 있는 지금이야말로 저 좆같은 땅개 새끼들에게서 전차를 지킬 타이밍 아니겠나!"

"신속한 공세야말로 용병(用兵)의 기본이지. 지금이 기회야!"

목청 사운드 좀만 줄여주세요. 귀 아파.

마적 떼에게 잡힌 나는 침착하게 전차군단의 폐지는 나도 바라지 않는 일이며, 최대한 노력해보고 있다고 구구절절 설명을 늘어놓아야 했다.

"나는 솔직히 자네가 발을 빼려는 줄 알았다네."

"그게 무슨 말씀이십니까."

"아, 발을 뺐어도 뭐라 하진 않았을걸세. 천하의 퍼싱이 저러는데 거기 맞서는 우리가 미친놈들이지! 하하하!"

"이런 말 하긴 뭐하지만, 장군께서 나이가 드셔서 최신문물에 좀 어두워졌단 말이야! 어떻게 우리가 세운 그 전공을 보고도 전차를 괄시할 수 있단 말인가!"

채피와 패튼은 아주 영혼의 단짝이라도 된 듯 서로 주고받으며 전차를 칭송하고 육군을 저주하기에 여념이 없었다.

"그래서, 혹시 자네에겐 뭔가 좋은 아이디어가 있나?"

"딱히 아이디어라고 할 만한 건 저도 없지요. 일개 소령이 어쩌겠습니까."

"흠……."

"다만 거, 조금 골치 아픈 일이 생겨서 말이지요."

"뭔가?"

"의회에서 절 부르더군요."

"의회라고??"

그래. 드디어 도망가기 아주 좋은 환경이 조성되었다. 연일 새 국방법으로 화끈하게 불타오르던 의회는 결국 추가적인 조사가 더 필요하다는 사실을 받아들였다. 정확하게 말하면, 한 발 뒤로 물러나기 위해 새로운 증언이 필요해졌다.

그리고 그들은 다시 논의를 거듭한 끝에, 전차라는 개념을 최초로 제시

한 인물이자 이를 실전에서 유용하게 활용한 인물인 나를 증인으로 소환하기로 하였다.

판이 계속 커진다. 아찔하구만. 원래 앞으로 나서는 건 내 취미가 아니었지만, D.C.에 남아 있어 봐야 분노한 퍼싱이 출 칼바람의 관객이 되거나 스파링 파트너가 되거나 둘 중 하나다. 화끈하게 쥐불놀이의 대미를 장식하고 필리핀으로 날아가는 것도 괜찮겠지.

원래는 이 지긋지긋한 전차 논쟁의 결말을 짓기 위해 준비하던 게 있었는데, 뜻밖에도 의회가 나를 부르면서 이 비밀무기의 용도가 정해졌다. 의회에서 이걸 까는 순간 아마 자못 볼만한 광경이 연출되겠지.

"의회라, 일이 또 희한하게 돌아가는군."

"후배님! 가능한 한 쩌렁쩌렁 의원님들에게 잘 말해달라고!"

"걱정 마십쇼. 안 그래도 그럴 참이니."

이미 피날레는 장전해 놨습니다요.

한참 신신당부를 들은 끝에야 마침내 나는 풀려날 수 있었고, 드디어 마셜 나리의 귀한 존안을 뵈게 되었다.

"자네, 너무 무리하는 거 아닌가? 의회에 출석할 예정이라는 이야긴 들었네."

"제 다음 보직이나 준비해 주시죠. 저 멀리 날아가는 거로. 필리핀이 딱 적당할 것 같은데."

육군참모총장에 새로 취임한 퍼싱은 일반적인 업무 대부분을 아랫사람들에게 위임해버렸다.

그 결과, 일반적인 부관과 달리 마셜이 해야 할 일이 훅 늘어나버렸고. 물론 그 자리를 탐내는 사람은 어마어마하게 많다. 참모총장 퍼싱 님의 1호 공관 옆에 있는 3호 공관이 마셜 부부의 새 보금자리가 되었거든. 얼마나 강대한 파워를 갖게 되었는지 모르겠다.

하지만 마셜의 데스크에 올라와 있는 저 무수한 서류의 산을 보노라면 자리에 대한 욕심보단 과연 퇴근은 몇 시에 할 수 있을지 두려움이 앞선다. 저런 자리는 줘도 사양이다.

"필리핀에 가겠다고?"

내 말을 들은 마셜은 곧장 난색을 표했다.

"자네, 아이는 어쩌고?"

"어쩔 수 있습니까. 단신부임 해야죠."

"군인들에게 일상이라지만… 그런데, 어쩌다 갑자기 생각을 고쳐먹었나. 얼마 전까지만 해도 최대한 본토에 남아 있으려 하지 않았나."

"이왕 의회 출석까지 하게 된 거, 그냥 전차 수호를 위해 이 한 몸 불사르려고 합니다. 어차피 제 커리어에 해외 파병 한 번쯤은 남겨놔야 하지 않습니까. 한 몇 년 정도 빠져 있으면 분위기 환기도 되겠죠."

물론 마셜은 저 물밑에서 어떤 일이 벌어지고 있는지까지는 모른다. 하지만 그도 돌아가는 추이가 점점 '전차군단 폐지 및 전차의 위치 축소'에서 이제 반반 싸움, 엄 대 엄으로 돌아갔다는 정도는 알고 있을 터.

"혹시 내가 한 말 때문에 그런가? 내가 그때 전차에 집중하라고 말했던 건 자네 커리어에 흠집을 내는 수준을 이야기한 게 아니었어."

"알고 있습니다. 하지만 거 뭐냐. 후원자님 입장도 있고, 무엇보다 저 역시 영 신경이 쓰여서요."

"후우. 알겠네. 내가 좋은 보직을 수배해보도록 하지. 자네, 의회에서 이상한 짓 저지르지는 말게. 부탁임세. 절대! 절대! 알았나?!"

마셜이 해보겠다고 했으면 된 거나 다름없다. 이거로 뒷일도 안심이다.

"내 말 듣고 있나?!"

"그렇게 말하시면 제가 무슨 사고뭉치 같잖습니까."

"사고뭉치는 무슨! 재앙신이지!"

신뢰가 부족하시네. 믿음을 가지라니까요?

* * *

얼마 후. 나는 수백 명의 미합중국 의원 앞에서 선서를 하게 되었다.

떨린다. 미국 의사당 출석은 이게 처음이다. 구렁이 수십 마리는 흉중에 품고 있을 정치인 수백 명의 시선을 한 몸에 받는 건 언제나 부담스럽단 말이지. 게다가 이번 건은 참으로 복잡한 여러 사정이 얽힌 문제.

"유진 킴 소령. 귀하는 오늘 합중국의 전차에 관해 증언하기 위해 이 자리에 오게 되었습니다."

"예, 그렇습니다."

"또한 미 육군에 납품되었던 M1917 전차의 개발, 생산에도 많은 관여를 한 것으로 알고 있습니다."

"그렇습니다."

"혹 해당 전차를 생산하였던 포드사로부터 금품이나 향응을 제공받은 적이 있습니까?"

"야, 닥쳐!"

"민주당 새끼들이 또 이상한 헛소리 한다!"

"지금 그딴 거 물으라고 질의하는 줄 아냐!!"

"너희들도 다 처먹었잖아!"

으음. 개판, 개판. 역시 이래야 의사당이지. 이제 좀 내가 아는 의회 꼬라지가 나오는군.

"제가 전차라는 개념을 처음 제시한 이후, 포드사에서는 해당 개념을 현실에 구현하기 위해 제게 접촉하였습니다. 이후 저희는 세계 최초의 전차 개발을 위해 협력하게 되었습니다. 이상입니다."

"그 말은 충분한 대가를 받았다는 것으로 들리는군요?"

"야!! 개 짖는 소리 좀 안 나게 해라!"

"지금 이게 이 안건과 무슨 관련이 있단 거냐?!"

사방에서 터져 나오는 아우성에도 아랑곳하지 않고 나는 고개를 끄덕였다.

"그렇습니다. 저는 포드사로부터 많은 것을 받았습니다."

"지금 인정하시는 게요?!"

"물론입니다. 포드사는 세계 최초의 제식 전차를 제공해주었고, 그 전차로 합중국의 아들들이자 제 소중한 부하들의 생명을 구할 수 있었습니다. 미합중국의 혈세를 받아먹는 한 사람의 장교로서 최고의 대가를 받았다고 생각합니다."

혓바닥으로 펜싱 한번 거하게 해보자. 거기 의원 나리, 일단 당신은 장병 목숨보다 돈이 더 중한 쓰레기 확정이야.

싱글벙글 미 육군 메이커 7

"전차는 합중국의 자존심입니다."

"우리는 세계 최초의 발명국이자 최초의 제식화 국가입니다."

"애—국심이 부족하시군요! 저는 오직 합중국에 공헌하겠다는 열망만으로 이 신무기를 만들었으며……."

"진짜로 우리 전차가 개쩌는 물건이라니까요? 진짜, 진짜로! 엄마라도 걸어야 믿으실 겁니까?!"

아, 목 아프다. 한참을 떠들었더니 목이 탄다, 목이 타. 몇 시간 동안 서서 떠들었더니 지쳐 죽을 것만 같지만, 적어도 여기 있는 의원들은 독일 놈들처럼 총을 쏘지는 않으니 그나마 덜 무섭다. 의회는 도떼기시장처럼 어지럽기 짝이 없었다.

"전차는 우리의 자긍심이자 자존심입니다! 이를 버린다는 건 천부당만부당한 일이에요!"

국뽕코인에 신속히 탑승한 자들.

"고작 저질 삼류 기사만 찍어내는 추잡한 언론의 말에 미합중국의 의원이 어찌 가벼이 움직인단 말입니까? 애시당초 왜 난데없이 전차가 합중국의 자긍심이 된 거요?!"

회의주의자들.

"기업이 살아야 나라가 살아요! 우리가 이왕지사 전차 선진국이자 선도국이 된 이상, 최소한 국내의 전차 산업을 살려는 놔야 할 것 아닙니까! 우리가 쓰지도 않는 전차가 타국에서 잘도 팔리겠습니다그려!"

떡값 받아먹은 분들.

"전차에 투자할 돈이면 훨씬 많은 일들을 할 수 있습니다! 그 돈이면 우리 장병들에게 훨씬 질 좋은 소총을 쥐여줄 수가 있어요!"

반대편에서 떡값 받아먹은 분들.

"빨갱이들이 전차를 탐낸다는 게 사실입니까? 헨리 포드는 평소 좌편향적인 시각을 보였었는데, 혹시 소련의 음모가 개입된 것 아닙니까?"

빨무새들.

이게 그 뭐시냐, 개판 5분 전인가 하는 거지? 하지만 내 목과 다리가 고생한 결과, 이 의회에 흐르고 있는 핵심 수맥은 전부 캐치할 수 있었다.

만약 나와 장인어른이 한 예측과 달랐다면 진짜 주옷되는 결말이었겠지만, 다행스럽게도 의회의 분위기는 예상대로였다. 아무도 전차에 대해 관심이 없을 때는, 전차는 그냥 날려버리면 될 지극히 사소한 부분에 불과했다. 하지만 대중들이 전차를 자신들에게 소중한 것으로 여기게 되자, 정치인들에겐 자신들의 정견과 이념을 보여줄 수 있는 하나의 장치가 되었다.

몇 시간 동안 필사적으로 떠든 끝에, 대놓고 '전차 OUT!'을 외치는 극렬 반대파를 제외한다면 나머지 온건 반대파들의 중론은 '그래, 전차가 그토록 우리 합중국의 자긍심이라면 어느 정도 보호해줘야지. 그게 진짜라면 말이야.'로 좁혀지고 있었다.

바로 저게, 내가 가장 바라던 것이었다. 예산이네, 자리네, 전차의 효용성이네, 개혁이네 뭐 이런 복잡한 것들 전부 다 접어 두고. 찬성파도, 반대파도 딱히 군사 전략에 대해 혜안이 있는 게 아니다. 그냥 그들은 있어 보이고 싶은 것뿐이다.

　이 똑똑한 척을 하고 싶어 안달 난 의원님들을 위해, 나는 대서양 건너편에서부터 '무기'를 준비해 왔다.

　"다음으로, 존경하는 의원님께 증거 자료를 제출하고자 합니다."

　"어떤 것입니까?"

　"일부 의원님들께서 단순한 무기에 과도한 자부심을 느끼는 몇몇 시민들의 태도에 우려감을 표명해 주셨습니다. 저는 이 우려가 지극히 사려 깊으며 또한 일리가 있다고 생각하기에 자문을 요청하였고, 이에 답변을 받아 제출하고자 합니다."

　반대파 의원들은 예상치 못한 무언가의 등장에 일단 난색부터 표하고 봤다. 하지만 포드사에서 받은 게 많은 이들이나 전차 생산 공장이 자신의 지역구에 있는 의원들, 혹은 이 국뽕 메타를 자신의 표로 바꾸고 싶어하는 의원들은 열렬히 환영의 메시지를 던져주었다.

　"일단 들어보고 결정합시다!"

　"정 아니다 싶으면 증거로 인정하지 않으면 그만이오!"

　"정숙, 정숙! 킴 소령, 해당 자료는 무엇입니까?"

　"두 건의 서신입니다."

　나는 그중 첫 번째 편지를 천천히 읽어 내려갔다.

　"친애하는 동맹국 미합중국의 의원 여러분께. 저는 헨리 보부아르 리슬이라고 합니다."

　"그게 누구지?"

　웅성이는 소리. 아주 좋아.

　"저는 1917년 캉브레에서 대영제국 제29보병사단의 사단장으로 종군했으며, 귀국의 전차대대가 어떤 활약을 펼쳤는지 두 눈으로 목격하였습니다……."

　"잠깐! 이건 개인적인 서신이잖소! 이건 무효야!"

"타국 장성의 의견이 뭐가 개인적 서신이란 말이야!"

"우리가 언제부터 타국 장성의 의견을 귀담아들어야 했단 말입니까. 이 건 주권 침해입니다. 영국 놈들의 말에 귀를 기울일 필요가 없어요!"

"그러니까 다 듣고 나서 얘기하라고!!"

리슬의 편지는 담백했다. 캉브레에 배치되었던 영국 전차가 겪었던 난관. 미합중국 326 경전차대대의 놀라운 활약. 그들이 얼마나 용맹하게 싸웠는지, 그리고 얼마나 많은 영국의 장병들을 구해냈는지. 이러한 이야기를 사적 감정을 최대한 빼내고 지극히 팩트만을 나열하며 미제 전차가 저 대전쟁에서 어떤 일을 해냈는지를 민간인도 알 수 있게 간결한 어조로 설명했다.

감사합니다. 정말 감사합니다. 타국 장성의 입장에서 이런 편지를 보내주긴 꽤 힘들었을 텐데, 내가 도와달라 하니 주저 없이 이렇게 답변을 보내주셨다. 이 은혜는 꼭 갚아야지.

그다음 편지 낭독은 방해받지 않았다.

"다음은 프랑스의 샤를 놀렛 장군이 보낸 서한입니다."

아미앵에서 싸웠던 우리 93보병사단을 위해 훈장 파티를 벌여주었던 놀렛 장군이 보내준 편지는, 누가 프랑스인 아니랄까 봐 격렬한 감정과 끝내주는 찬사, 호들갑과 멸시, 의아함으로 뒤범벅되어 있었다.

"…따라서, 앞으로 전쟁에서 전차는 결코 퇴출되지 않을 것입니다. 우리 위대한 프랑스 육군은 이미 미제에 비해 전혀 손색이 가지 않을 전차를 생산하고 있으며, 장차 있을 기갑전에 대해서도 많은 연구를 하고 있습니다. 귀국에서 전차를 배제한다면 우리 프랑스는 기꺼운 마음으로 적절한 가격에 해당 시설을 인수하리라 개인적으로 생각합니……."

"개같은 빠게트 새끼들이 이제 우리 전차를 넘보고 있잖아! 너희들이 저지른 일이야! 너희들이!"

"개구리 새끼들에게 따라잡히면 유럽 시장을 잃을 수가 있소! 합중국의 위신에 금이 간단 말이오!"

"지금 일개 개인의 의견을 듣고 의원이란 사람들이 이렇게 부화뇌동한 단 말입니까?"

"아니지! 당신이 뒷돈 받아먹고 합중국의 자존심을 팔아치우려 한 거지!"

두 명의 타국 전문가가 '오우, 미제 전차 훌륭해요, 싸랑해요 요네가 중계, 전차에 스팸을 싸서 드셔보세용!'이라 해준 이상 온건 반대파들의 주장은 완벽히 무너져내렸다. 이제 그들은 추하고 구질구질하게 다음 반대 논리를 빨리 제시하거나, 혹은 현명하고 사려 깊은 척 고개를 주억여야 했다.

"이렇게까지 뚜렷한 근거가 있다면, 확실히 미합중국의 전차라는 신무기가 전황에 큰 영향을 끼쳤나 보군요."

"크흠. 처음부터 이걸 제출했다면 이 이야기가 이렇게 길어질 일도 없었습니다."

"죄송합니다. 제가 존경하는 의원님들 앞에 선 것이 이번이 처음이라 긴장한 탓에⋯⋯."

마음에도 없는 소리가 서로 몇 차례 오간 후, 그들 중 대다수는 명예로운 퇴각을 선택했다.

"군단급의 거대한 전차를 편제하는 게 예산상 무리라고 쳐도, 지속적으로 우리 미합중국 육군이 저 신무기에 투자하는 모습 정도는 보여야 한다고 생각합니다."

"모름지기 이 나라를 이끌어갈 의원이라면 당연히 기업가의 정당한 기업 활동을 장려해야 합니다! 타국에 비해 뚜렷한 우위를 가진 제품이 생겼다면 당연히 이를 적극적으로 판촉해야지요!"

"전차에 다른 무기까지 묶어서 판매한다면 친미 국가에 대한 최고의 선물이 될 겁니다."

어느새 죄다 국방 전문가에 빙의한 의원 나리들은 마치 태어났을 때부터 성조기를 물고 태어난 애국자인 것처럼 저마다 어떻게 해야 국익에 가장 도움이 될지 열변을 토하기 시작했다. 그 모습을 뒤로한 채, 나는 쿵쾅대는 심장을 부여잡으며 의사당을 빠져나왔다.

이겼다.

* * *

새 국방법은 약간의 손질을 거친 뒤 지체 없이 상하원을 통과했다. 전차 군단은 해체를 피할 수 없었고, 그 파편이 보병부대 예하로 빨려들어 가는 것 역시 정해진 대로였다. 애초에 군단급 편제를 지켜낼 수 있으리라고는 기대도 하지 않았다.

그 대신, 육군엔 '실험 기계화 사단'이라는 일종의 교도부대가 편성되었 으며 전쟁부 내에도 기갑 관련 연구 부서가 설립되었다. 사실상 저 사단이 야말로 전차군단의 정신적 후계자이자 앞으로 미군의 기계화, 기갑화를 연 구할 핵심 브레인 집단이었다.

실험 기계화 사단이 앞으로 다룰 분야는 무궁무진했다. 전차는 일부일 뿐, 당장 트럭과 같은 차량이나 각종 중장비, 그리고 아직 희미하게 수요가 보일랑말랑 한 보병전투차, 장갑차에 대한 연구까지.

돈이 될 구멍이 보이자 여러 군수업체가 순식간에 날파리처럼 달라붙어 전력으로 로비를 펼쳤고, 이는 기어이 이 살벌한 군축의 시대에 약간이나 마 국방 예산안 증가로 이어졌다. 《더 선》에 투자한 군수업체들은 지금쯤 축배를 들어 올리고 있겠구만.

"내 새 일자리가 생겼군! 정말 고마우이!"

채피는 입이 째져라 웃으며 기꺼이 실험 기계화 사단의 첫 발자국을 떼 는 역할을 자임했다. 소원 성취해서 아주 신나셨어요.

패튼 역시 저리로 가고 싶어 안달이 났으나… 응, 못 가. 유감스럽게도 패 튼은 아직 몇 년 더 기병에 남아 있어야 할 팔자였다. 일단 레번워스부터 수 료하고 가십시오.

채피와 패튼의 운명이 뒤바뀐 이유는 간단했다.

[1919년에서 21년까지의 기간 동안 레번워스에 교관으로 부임하여 임무를 수행한 모든 장교들은 레번워스를 수료한 것으로 취급함.]

나나 맥네어는 이 신설 규정의 덕을 봤지만, 패튼은 유감입니다. 정식 절차를 밟으세요. 하핫!

"후배님."

"아직도 억울하십니까?"

"아니. 그런 건 아니고… 괜찮나?"

패튼의 저 퉁명스러운 말에 섞인 잔정을 캐치 못 할 정도로 멍청하진 않았다. 사실 제대로 좆됐습니다, 라고 말할 수도 없잖나.

"군 예산을 기어이 더 타냈는데 누가 뭐라 하겠습니까?"

"그건 그렇군. 해외 파견을 신청했다고 들었는데, 잘 다녀오게나. 돌아올 때쯤이면 나는 기갑으로 가 있을 텐데, 뒤처져서 후회하지나 말라고! 후우 하하하하!!"

그래. 우연히 군내 서열 1위가 눈독 들이던 여자가 내 친구와 뜨겁게 불타오르고 있던 광경을 목격해버린 탓에 피의 보복에 도매금으로 썰려 나갈까 봐 해외로 도망치려 합니다, 라고 말하면 너무 구구절절하잖아. 게다가 그 군내 서열 1위님께서 딴 여자랑 논다고 자기 여동생을 바람맞힌 양반이라면 더더욱 이 이야기를 입 밖으로 꺼낼 순 없지.

"잘 다녀오게. 어디로 갈진 모르겠지만."

"별일이야 있겠습니까? 안심하십쇼."

그렇게 우리는 다음 만남을 기약하며 헤어졌고, 나는 마셜을 다시 보게 되었다.

"유진 킴."

"예."

"또… 또오… 또오오오 거한 사고를 쳤구먼. 퍼싱 장군께서 친히 자네의 다음 임무를 부여해 주셨다네. 혹시, 장군께 뭔가 실례되는 행동이라도 했나?"

뭐야. 오늘 마셜의 반응은 내가 생각한 거랑 너무 다른데.

"필리핀을 희망했었지? 반려됐네. 자네만이 할 수 있는 임무가 있거든."

"그게 무엇인지요? 불안하게시리."

"타국과의 우호선린을 위해, 킴 소령 자네는 우리 합중국의 선진 문물인 기갑을 전파하고 해당 국가와의 친선을 쌓는 역할을 해줘야겠네."

복잡하게 꼬아 말했지만, 까놓고 말하면 세일즈맨 하라는 거잖아. 가서 전차 팔고 오란 말이지?

어쩌면 보복이 아닐 수도 있겠다. 말 그대로 내가 가장 적합한 일인 것도 사실이잖나. 현시점에서 세계에서 가장 전차로 인지도를 올렸고, 이해도 높으며, 영업까지 가능한 인재는 이 유진 킴이란 말씀.

지금 이 시점에서 우리가 팔아먹을 전차는 당연히 1차대전의 전장을 헤쳐나가던 M1917. 이걸 새로 구매할 나라라면 베르사유 조약으로 새롭게 태어난 여러 신생 국가들이겠지. 체코슬로바키아? 폴란드? 유럽이면 나쁘지 않지.

"일본으로 가게."

"네?"

"일본 말일세, 일본! 그쪽에서 다시 열렬한 러브콜이 들어왔어. 한 몇 년 푹 쉬다 오게."

일본 일본 일본 일본 일본······.

내 대가리에 에코가 메아리쳤다.

아니지, 아니야. 저언혀 좋되지 않았다. 2년 전 윌슨을 깍둑썰기할 때는 일본행은 정말 지옥의 아가리나 마찬가지였다. 하지만 지금은? 이 박사는 이제 내 따까리가 되어 상해임시정부를 통솔하고 있고, 일본과는 겉으로는 으르렁대고 뒤에서는 손잡고 쎄쎄쎄 하는 아주 훌륭한 그림이 나왔다.

이제 고작 일본 좀 간다고 큰일이 벌어질 가능성은 전무하다. 오히려 이 박사는 혼자 내버려두기엔 너무 불안한 인간이니 한 번쯤 가서 조여주는 것도 나쁘지 않은 것 같고.

"해군에서, 아니지, 저어 높은 곳에서 요청이 있었네."

"높은 곳……?"

"현재 워싱턴에서는 세계열강들이 모여 해군 군축에 관해 논하고 있네. 하지만 일본 놈들은 도무지 무슨 의도인지 전혀 명쾌하게 확인되질 않고 있다고 하는군."

마셜의 매서운 눈초리가 나를 향했다.

"자네는 도고 헤이하치로와 인연이 있다고 들었네. 가서 놈들의 의도를 확인해 달라는 요청일세."

2장
미스터 션셋

미스터 션셋 1

　모든 일정은 연기되거나, 번갯불에 콩 볶아먹듯 진행되었다. 출발 전까지는 휴가 처리가 됐음에도 불구하고 시간이 빠듯했다. 일반적인 장교에겐 넉넉히 가족과 친지를 만나 정리할 충분할 시간이겠으나, 내가 어디 일반적인 장교인가? 벌여놓은 일이 한둘이 아니었으니 이게 다 내가 뿌린 업보였다.

　"가서 많이 좀 팔아 보게."

　"저 영업사원 아닙니다, 회장님."

　"이제 국가가 임명한 영업사원 아닌가. 그거 팔아서 누구 주머니로 들어가나? 결국 이리저리 돌다가 자네 주머니로 들어가니 죽을힘을 다해서 영업 좀 해보게."

　악덕업자 같으니. 하지만 팔랑팔랑 흩날리는 전차 구매 대금의 일부가 내 계좌에 꽂힌다는 것도 사실이니 군말하진 않았다.

　"신차 런칭은 못 보고 가시겠군요."

　"아쉽지만 제가 더 이상 할 수 있는 일도 없습니다. 저도 태평양 건너편에서 포드 씨의 활약을 지켜보고 있겠습니다."

　"이제 슬슬 에젤이라고 편하게 부르셔도 됩니다. 하하."

당분간 포드사 일에 손댈 일은 없겠지. 《더 선》도 마찬가지. 엄연히 독립적인 언론사이자, 우리 말고도 여러 '친구'들을 가진 《더 선》을 우리 이득을 위해 한번 써먹었으면 쿨타임을 좀 가져야 한다.

그다음 만난 사람은 조금 불편한 분이었다.

"구경 잘했습니다. 의회 다루는 솜씨가 굉장하시더군요."

"그냥 열심히 증언을 했을 뿐입니다. 어떻게 감히 합중국 시민의 대표를 '다룰' 수 있겠습니까."

후버는 삐딱한 자세로 이번 내 묘기대행진을 품평했다.

"저도 사자의 코털을 뽑는 취미는 없습니다. 킴 소령을 건들 일은 없을 테니 염려 마시죠."

"서로서로 필요한 부분만 취하면 될 일 아니겠습니까. 괜히 함께하네 뭐네 해봤자 이 세상에 비밀이란 없는 법입니다."

'네가 준 정보는 쓰레기였어. 일본인과 류큐인도 구분 못 하는 놈이 무슨 수사관이라고.'를 돌려 말하며 신나게 까버린 이후, 후버의 새 관심사는 소수자 집단이나 작은 단체의 내밀한 사정을 어떻게 캐치하느냐가 되었다.

후버 같은 인물은 나도 잘 아는 타입이다. 자신의 전문분야에 대한 능력이 곧 자존심인 사람들. 그 능력 하나만으로 입신양명했으니 보통 자존심이 아니었을 텐데, 전문가도 아닌 내게 팩트로 대차게 까버렸으니 어지간히 아팠을 거다.

"깜둥이… 실례. 흑인과 아시아인에 대한 폭넓은 정보를 취득할 수 있게 된 것만으로도 개인적으로는 굉장히 큰 성과라고 생각합니다."

"우리는 이 나라를 지킨다는 같은 목적을 지니고 있지 않습니까. 굳이 우리끼리 충돌할 필요가 없지요. 허허!"

어차피 후버가 부릴 수 있는 정보원 대부분은 백인이고, 무슨 수로 다른 인종 집단에 백인을 박아넣겠나. 내가 밀러 씨를 KKK에 잠입시키는 거랑 비슷한 난이도지 이건.

후버와의 협조를 통해 내가 얻는 것? 간단하다. 누가 빨갱이인지 정하는 건 이제 나다. 감히 이 유진 킴의 자비로운 손길을 거부하고 착한 아시아계 미국인들을 선동하려는 나쁜 사람들은 후버의 지하실 옷장으로 끌려가 온갖 풀코스를 다 맛보겠지. 어차피 그런 놈들이 있어봤자 잠재적 역적이 늘어날 뿐이다. 합법적으로 썩은 살을 도려낼 수 있으면 아주 적절한 치료 아니겠나.

마지막으로 만난 인물은, 내가 아는 유일한 해군 출신 인물이었다.

"이렇게 빨리 다시 뵙게 될 줄은 몰랐군요. 진급 축하드립니다, 킴 소령."

"감사합니다."

"따님을 얻으셨다고 들어서, 간단하게 아기용품을 좀 챙겨왔습니다."

나랑 안면이 있다는 이유만으로 해군의 전령 역할을 맡은 킹의 얼굴은 어쩐지 떨떠름해 보였다. 길게 말할 것도 아니니, 그는 빠르게 본론에 들어갔다.

"워싱턴 D.C.에서 진행 중인 군축 협상에 대해선 아십니까?"

"그냥 그런 게 있다, 정도만 알고 있습니다."

내가 물개들 일을 알아서 뭐 해. 그도 예상한 일이었는지 곧장 몇 가지 서류를 건네주었다.

"이쪽은 국무부의 펜대 굴리는 친구들이 보내준 자료고, 여기는 우리 해군의 의견입니다. 참조해 주시지요."

"알겠습니다."

"현 정권은 아주 적극적으로 군축을 추진하고 있습니다. 신규 함선 건조의 중단, 이미 진수된 함선의 폐기, 요충지의 요새화 금지. 해군의 일원으로서 굉장히 당황스럽군요. 그런 점에서 전차를 지켜낸 킴 소령이 참 대단해 보입니다."

"제가 한 일은 거의 없습니다. 의원들이 뒤늦게나마 현실을 본 결과지요."

킹은 씁쓸하게 고개만 끄덕였다.

"저는 일정이 급해 먼저 일어나 보겠습니다. 아무쪼록 저 비열한 잽스의 소굴에서 몸 건강하시길."

"설마 무슨 일이 있겠습니까? 별일 없을 겁니다."

뒤이어 나는 소중한 가족들과 작별 인사를 나누고, 샌프란시스코에 들러 마지막 뒷정리를 한 후 오오타 총영사를 만났다.

"드디어 황국이 킴 소령님을 영접할 영광을 누리게 되는군요."

"어우, 이거 걱정이 됩니다. 제가 가면 오히려 귀국 측이 불편해지지 않을까요?"

"무슨 소립니까! 저희가 소령님을 초대했잖습니까. 아무쪼록 푹 쉬시다 가시지요. 다 알아서 준비해 놓을 겁니다."

그렇게 서두를 떼놓고서도 오오타는 잠시 망설이더니, 진지한 어투로 입을 열었다.

"킴 소령님께서는 정치적으로 대단히 민활한 분이시니 큰 걱정을 하고 있지는 않지만, 혹 황국의 정치 지형에 대해서 아는 바가 있으신지요?"

"아뇨. 사실 모릅니다. 총영사께서 좋은 이야기를 해주신다면 귀담아듣겠습니다."

육군과 해군이 거의 한 지붕 밑에서 원수처럼 으르렁댄다는 사실은 잘 알지만 말이야.

외국인에게 대놓고 '우리나라 정치가 이 모양입니다!'라고 말할 수는 없었는지 오오타의 설명은 꽤 간략했다. 특기할 만한 부분으로는, 군부가 일방적으로 나라를 끌고 가는 줄로만 알았던 일본도 제법 정치인과 관료의 세력이 강하다는 점이었다.

"물론, 얼마 전 하라 총리께서 암살당하긴 하셨지만……."

"예? 총리가 죽었다고요? 제가 가도 괜찮은 거 맞습니까?"

"아, 물론입니다! 그냥 정신이상자의 난동이었습니다. 절대 테러나 불순한 놈의 소행이 아닙니다. 킴 소령의 털끝 하나도 문제없도록 이미 본국에서 준비가 한창입니다."

아씨, 무섭게시리.

오히려 일본 정치보다 더 골때리는 점은 나, 유진 킴이라는 인물을 일본에서 어떻게 다뤄야 하는가의 의전 문제였다. 1차대전 당시 일본의 언론은 조회수… 아니, 실적에 미쳐서 미친 듯이 '아시아의 대영웅 유진 킴'을 해외 토픽으로 다뤘고, 육군이고 해군이고 정치인이고 모두 합심해서 나를 빨아 준 모양이었다. 당장 이득이 되니까.

하지만 지금, 일본은 바로 그 미국과 군축을 두고 이권을 다투는 사이가 되었다. 그런데 합중국의 장교를 으리으리하게 대접한다? 아, 이거 자존심 많이 무너지는데? 그러면 대충 찬밥 대우를 할까? 근데 초대해 놓고 그따위로 굴면 기껏 포섭한 유진 킴을 적으로 돌릴 텐데?

"조금 이상하네요."

나는 그의 설명을 끊으며 말했다.

"그냥… 절 초대하지 않으면 해결되는 일 아닙니까?"

"그게 안 되니 딜레마였습니다."

대체 이유는 모르겠지만, 일본 내 언론에서 언젠가부터 '유진 킴이 중국에 파병된다'는 썰이 마구 다뤄지기 시작했다고 한다. D.C.에서도 중국행은 한 번도 거론된 적이 없는 만큼, 그냥 판매부수에 미친 일본 내 기레기들의 장난질이었겠지. 그런데 이 썰이 어느새 기정사실이 되더니,

[킴(金) 장군, 지나 파병 확실시!!!]

[원통하도다! 아시아의 대영웅을 어찌 황국에서 맞이하지 못하는가!]

[미—중 포위망이 눈앞, 황국의 존망이 백척간두에!]

[1억 신민이 총단결해 킴 장군을 모시자!]

"이게 무슨 헛짓거리랩니까? 혹시 일본에는 사실여부 확인이라는 절차가 없습니까?"

"다 아실 분이 왜 그러십니까. 이 세상에서 진실이 중요했던 적이 몇 번이나 있었다고요. 저도 가끔 제 직책에 회의감을 느낄 때가 있답니다."

뭐야, 미쳤어. 도무지 느그 일본의 상식을 모르겠어. 몬가… 몬가 일어나고 있는데 내 상식으로는 이해 자체가 거부당하는 느낌이라고.

"이런저런 문제 때문에, 킴 소령님은 황국의 대영웅인 도고 제독님의 손님으로 대접할 예정입니다."

제국 최고의 대영웅의 손님인 타국 전쟁영웅. 하지만 국빈은 아님. 아무튼 아님. 저쪽도 뭔가 말을 끼워 맞추려고 나름대로 필사적이긴 하구만.

"그래서 해군에서 킴 소령을 모시려 할 텐데……."

"할 텐데?"

"모르겠습니다. 육군이 과연 가만히 있을지."

그래. 이쯤에서 안 나오면 섭섭하지. 육군 영웅을 해군에서 접대하면 또 얼마나 그놈의 가오가 상하겠나. 우리 자랑스러운 미 육군이라도 심사가 배배 꼬일 텐데, 천하의 황군 육군이면 정말 무슨 짓을 할지 짐작도 안 간다. 대단해. 정말 대애단해.

이렇게 머리만 더 복잡해진 채 본토에서의 모든 준비를 끝낸 나는 태평양을 횡단하는 배에 올라탔다. 배에 타기 직전, 나는 기쁜 마음으로 지나가는 신문팔이 소년 한 명을 붙잡아 《더 선》 한 부를 샀다.

아, 이건 못 참지. 이건 사야지.

[더글라스 맥아더 준장, 루이스 크롬웰 브룩스와 약혼한 것으로 밝혀져!!]

[세기의 결혼, 퍼싱의 분노?!]

[미 육군 희대의 치정극! 전쟁영웅들이 간곡히 매달리는 그녀는 누구?!]

드디어 터졌구나. 폭심지에서 수천 킬로미터 떨어져 있으니 참으로 안심이구나. 장군께서 이리 저를 신경 써주셔서 필리핀의 열대 우림 대신 대도시 도쿄로 보내주시니 참으로 이 은혜가 각골난망입니다. 저 멀리 D.C.에

서 피어오르는 버섯구름과 마셜의 절규가 3D 아이맥스처럼 손에 잡힐 듯
했지만,

내 일 아님. 크하하하하핫!

* * *

유진 킴이 막 출발할 무렵, 일본제국 도쿄.

"킨 장군이 출발했다는 샌프란시스코 총영사관의 연락이 있었네."

야마나시 한조(山梨半造) 육군대신은 앞의 탁자를 탁탁 두드리며 말을 이
어나갔다.

"킨 장군이 혹시 물개였나?"

"아닙니다!!"

"그러면?"

"육군입니다!!"

"그런데 어째서 빌어먹을 물개 새끼들의 손님 자격으로 오는 거야! 이런
망할! 이래서야 육군의 명예가 바닥에 처박히잖아!!"

자리에 배석한 육군 관계자들은 하나같이 '네놈이 협의하러 가서는 해
군 놈들 혓바닥에 놀아나 놓고 인제 와서 무슨 개소리냐'라는 말이 목구멍
까지 치솟았지만, 대일본제국의 영광스러운 장성이라면 모름지기 해도 될
말과 하면 죽는 말의 차이 정도는 구분할 수 있었다.

"다른 건 양보하더라도, 무슨 수를 써서라도 호위만큼은 우리가 해야 한
다. 알겠나?"

"옙!!"

"만에 하나라도 킨 장군이 하라 총리처럼 죽는 날에는 우리 모두 할복
확정이다."

장내에 있던 장성들의 얼굴이 창백해졌다. 황인종의 기개를 보여준 아미

리카 장교가 일본 땅에서 생을 마감하다? 부디 할복하게 해달라고 애걸해도 교수대로 끌려갈 판이다. 미국은 분노할 것이고, 그 대가를 받아내려 하겠지. 그리고 아마 미국이 청구서를 던지기 전에, 황국의 신민들이 알아서 책임자의 집에 불을 지르고 삼대를 조리돌림 하리라.

"혹시나 이 자리에 조센징이 어쩌고 하는 멍청한 생각을 그 대갈통에 담아 둔 놈이 있다면 지금 당장 빠져라. 상대는 앞으로 미 육군을 이끌어나갈 사람이야. 어떻게 해서든 그가 황국에 호의를 품도록 만들어! 알겠나!"

별일 없겠지. 아니, 없어야 한다. 이번에 또 사고가 터지면 '오는 손님마다 칼침 맞는 나라'라는 평판이 생길지도 모른다. 그리고 같은 시각, 도쿄의 다른 장소에서는…….

"킨 장군이 누구의 손님 자격으로 황국에 방문하나?"

"도고 제독이십니다!!"

"땅개 새끼들을 엿먹일 최고의 기회다! 다른 건 양보하더라도, 무슨 수를 써서라도 호위만큼은 우리가 해야 한다. 알겠나?"

워싱턴으로 떠난 가토 도모사부로(加藤友三郎) 해군대신을 대신하고 있던 이데 겐지(井出謙治) 해군차관 또한 열변을 토하고 있었다.

미스터 션셋 2

두근두근 워싱턴 해군 회의! 와!

1차대전이라는 지옥 무저갱 저 밑바닥 맛을 봤음에도 정치인, 관료, 군바리들의 뇌세포에는 여전히 구시대의 OS가 깔려 있었다. 전 세계 고위층의 대가리 속에는 '우리나라가 적을 압도할 수 있는 무력을 가져야 전쟁이 일어나지 않는다'가 깔려 있었고, 이웃 국가도 당연히 똑같은 발상을 하고 있다 보니 끝없이 군비 경쟁이 벌어졌다.

사실 그래서 100년 뒤, 21세기엔 이 발상에서 변화가 있느냐 하면 또 그건 아니지만, 그래도 팍스 아메리카나의 두목 미합중국이라는 절대적 1위가 있던 21세기와 달리 이 시대의 두목 대영제국의 우위는 이미 사그라들고 있었다. 하지만 윗대가리들의 생각과 달리, 국민들은 이 광기 가득한 군비 경쟁에 지쳐 있었다.

"네? 또 전함을 뽑자구요?"

"그러고도 니가 선거에서 이기길 바라니?"

"살아 돌아온 것도 기적인데 뭐? 전쟁 준비? 미쳤어!"

그리하여 군축을 핵심 공약으로 내세운 하딩 행정부가 야심 차게 영국,

일본, 프랑스, 중국, 이탈리아, 네덜란드, 벨기에 8개국 친구들을 모아 해군 군축 회의를 열었으니. 이것이 바로 워싱턴 해군 회의였다.

이 회의의 핵심 논의는 아시아—태평양 지역에서 가속되고 있는 건함 경쟁을 자제하기 위함이었고, 각국의 머릿속에서는 이미 분주히 이해득실과 손익계산이 돌아가고 있었다.

미 해군의 악몽은 바로 두 대양에서 벌어지는 양면 전선이었다. 영국과 일본이 동맹을 맺고 일본군은 태평양에서, 영국군은 대서양에서 합중국을 파멸시키기 위해 움직인다면? 해군 최고의 똑똑이들이 모여 열심히 시뮬레이션을 돌려본 결과 '아, 이거 못 이김.'이라는 답을 얻어낸 후, 미국의 목표는 영일동맹의 파괴와 '우린 돈 없으니 쟤들도 전함 못 뽑게 하자.'가 되었다.

영국의 악몽은 바로 전 세계에서 동시에 터지는 대영제국 다구리였다. 대영제국은 오대양 육대주 사방팔방에 뻗어 있었고, 그 말은 곧 그들이 지켜야 할 바다가 북해, 지중해, 대서양, 태평양, 인도양 등 더럽게 넓다는 뜻. 한 곳에서만 전쟁이 터진다면 세계 최강의 로열 네이비가 집결해 버스터콜을 날리면 된다. 하지만 두 곳을 넘어 세 곳 이상이라면? 각개격파인데요?

실제로 원 역사에서 이 악몽은 현실이 되었다. 나치 독일의 상륙을 막기 위해 북해를 통제하면서 수에즈를 지키기 위해 지중해의 이탈리아군과 싸워야 했으며, 그 결과 일본군에게 동아시아 식민지를 싹 털리고 말았다.

일본은 영미와 기본자세에서부터 차이가 있었다. 유럽인들이 참호에서 죽고 죽이는 동안 떼돈을 벌어 마침내 진정한 열강으로 거듭난 일본의 목표는 명실상부한 아시아의 맹주로 거듭나는 것. 어차피 일본은 이제부터 해군을 증강시켜 나가야 하는 입장. 이번 기회에 적절한 수준으로 조약을 맺고, 그 대가로 아시아가 자신의 나와바리라는 사실을 다른 열강들에게 인정받고 싶어 했다.

자, 그럼 이 유진 킴이 일본에 가서 대체 뭘 할 수 있겠나? 내가 받은 일을 어디까지 수행해야 하고, 일본, 미국, 조선과 아시아의 미래를 위해 어떻게 움직여야 할까? 나는 배에서 끊임없이 고민한 끝에, 드디어 깨달았다.

정답은 간단하다. 모르겠다! 붓다가 오랜 세월 고행을 통해 수련하다, 다 내려놓기로 마음먹고 우유죽을 공양받으니 마침내 득도할 수 있었다 한다. 내가 붓다에 비교될 인간은 절대 아니지만, 붓다를 본받아 나 또한 안 돌아가는 머리를 멈춰 세우고 마음을 편히 먹으니 드디어 깨달음을 얻을 수 있었다.

결과가 명확한 일도 아니고, 내 영향으로 인한 나비효과가 어떻게 도출될지 짐작도 가지 않는 상황이다. 가서 일본을 약화시킨다? 좋다. 그런데 무슨 수로? 예를 들어 위대한 독립투사, 어둠의 광복군 무다구치 렌야를 지목하며 '귀관에겐 대영웅의 풍모가 있습니다. 미래의 육군대신 감이에요.' 뭐 이러면 약해질 수도 있겠지.

그런데 내가 그 이야기를 한다고 일제가 무다구치를 중용한다는 법이 있나? 오히려 태평양 전쟁 개전 이후 '김유진이 점찍은 놈이니 필시 귀축미제와 붙어먹었을 것'이라며 숙청당한다거나, 주변의 견제를 많이 받아 원균과 같은 위대한 업적을 이룩하지 못하면 어쩐단 말인가.

일부러 쓰레기 같은 교리를 가르쳐준다? 농담이지? 아무리 외교관이 화이트 스파이라고 하지만, 내 정식 임무는 엄연히 따로 있다. 일본군을 병신으로 만들려다가 자칫하면 내 커리어가 병신이 되기에 십상이고, 만약 내가 고의적으로 적대국도 아닌 우호국에서 허튼짓을 했다 걸리면 난 끝장이다.

게다가 어찌어찌해서 진짜 일본군이 약해져도 문제다. 내가 또 이 주둥아리를 열심히 놀려서 일본군이 희대의 병신으로 퇴화했다 치자. 근데 너무 병신이 되어 버려서 장제스가 일본군을 곤죽으로 만들고 경성에 중국군이 입성해버리면? 하오하오 셰셰 이얼싼스 중화민국 조선성(省)이 되는 미래 따위 바라지도 않는다.

한참 고민했지만, 결국 미래는 '알 수 없음'이었다. 일본군이 로또라도 터져서 명량해전급 대박을 한 10번 이뤄내면 또 몰라, 미합중국과 일본제국 사이에는 압도적인 체급 차이가 있는 만큼 일본이 태평양 전쟁에 승리할 가능성은 희박하다.

내 영향으로 어떤 일이 벌어질지 이제 짐작조차 되지 않으니, 현시점에서 가장 올바른 선택은 그냥 착실하게 내 할 일을 하는 것 아니겠나. 내가 쪽바리들에게 리틀보이 설계도라도 그려서 던져주지 않는 한 태평양 전쟁은 어차피 도쿄핫 엔딩이다.

그렇게 생각하기로 하자, 어느 정도 복잡했던 머리가 진정되었다. 이거 물개 일이잖아? 왜 내가 성실하게 일을 해야 하지? 결코 이런 의도는 없었다. 암, 아암!

"그러니까, 우리는 착실하게 전차에 대한 우리 경험을 알려주고 겸사겸사 카와이한 M1917 전차를 열심히 세일즈하면 된다 이거지."

"정말 그거면 됩니까? 다른 일 없지요?"

"없어. 그냥 경험 쌓는다고 생각해."

바늘 가는 데 실이 가고, 총이 가는 데 총알도 따라가야 하는 법. 나와 함께 태평양을 횡단하게 된 친우가 있었으니, 그 이름도 찬란한 존 하지 대위님이시다.

"해외 파견 커리어 찍어놓으면 좋잖아? 필리핀이 더 좋아?"

"아니, 왜 또 거기서 필리핀이 나옵니까. 공갈협박범도 아니고. 보통은 좋은 일이 맞는데, 킴 소령님과 함께하니 일본에 가서도 뭔가 파란만장할 것 같단 말입니다."

저 불신 가득한 눈 좀 보게. 나만큼 정직과 신뢰의 대명사가 또 어디 있다고! 믿어 믿어. 이번엔 진짜 별일 없다. 무슨 중국처럼 마적 떼가 창궐하는 곳도 아니고, 목숨 걸고 총질할 일 전혀 없다고.

딱 하나 불안한 게 있다면 역시 관동대지진이다. 하지만 내 기억으로, 관동대지진 그게 아마 1925년쯤엔가 일어나는 거로 알고 있다. 그전에 당연히 일본 뜨지. 안심하라고.

* * *

중간기점인 하와이에 기착했을 때부터 조짐은 있었다.

"유진 킴!!"

"유진 킴이다!!"

"황인종의 영웅 만세!! 아시아 만세!!"

"킴 소령님 인기가 이 정도였습니까? 혹시 저를 찾는 사람은 없나요?"

"없는 것 같은데."

"젠장."

하와이 인구의 약 1/3가량은 아시아인, 특히 일본인이다. 그런 하와이에서부터 나의 인기가 하늘을 찌르고 있었다. 아니, 전쟁뽕 빠진 지도 제법 됐는데 어째서?

이승만이 넘겨주고 간 하와이 내 한인 조직에서 브리핑을 받고, 하와이 일본 커뮤니티에 빨판을 묻힐 기초공사 역시 진행하고, 하와이에서 미국 본토로 이주시키기 위한 절차 역시 착실하게 진행 중. 음. 더없이 완벽하다.

그리고 다시 남은 태평양의 절반을 항해해, 마침내 요코하마에 발을 내디디는 순간.

"와아아아아아아!!!"

"뭐, 뭐야 저거."

사람의 파도. 인의 장벽. 도저히 눈으로 헤아릴 수 없는 어마어마한 인파가 기다리고 있었다.

영국에서의 추억이 새록새록 샘솟는다. 그때도 혹시나 했는데 사실 우드로 윌슨을 환영하는 인파였지. 조심해서 나쁠 건 없어 한번 물어나 보았다.

"혹시 저 말고 다른 사람도 오늘 여기 올 예정입니까?"

"아닙니다! 전부 장군을 환영하는 사람들입니다!!"

세상에. 도대체 아시아에서는 무슨 일이 벌어지고 있던 거지? 좌우로 도열한 군악대와 의장대가 음악을 연주하는 가운데 나는 천천히 육지, 일본 열도에 첫발을 디뎠다.

그런데 뭔가 이상하다. 음악이 묘하게 박자가 안 맞잖아? 지금 보니 왜 지휘자는 둘이고, 사열하는 의장대도 어째 따로 노는데 제복도 다른 것이…….

"어서 오십시오! 도고 제독의 친우인 킨유진 장군을 진심으로 환영합니다!"

"어서 오십시오! 자랑스러운 아시아의 육군 영웅, 킨유진 장군을 우리 황국이 환영하는 바입니다!"

이 꼬라지 보소. 서로 째려보는 것이 안 봐도 DVD다. 아니, 니네 교통정리도 안 끝내고 나 불렀니? 상황이 절로 짐작 간다. 내가 도착하기 전까지 어떻게든 매듭지으려 했는데, 처참하게 실패한 결과가 지금 눈앞의 환상적인 꼬라지구만.

여기서 비웃거나 면박을 주면 아오 시원해 이게 사이다지 할 수는 있겠지만… 이 처세의 달인 유진 킴이 그리 단순하게 굴 수가 있나.

"일본제국의 기둥이라 할 수 있는 육군과 해군에서 이리 저를 환대해주시니 목이 메는 듯하군요. 제가 국빈도 아닌데 이리 후한 대접을 해주시다니…."

"하하, 좋게 봐주셔서 감사합니다."

"역시 영웅의 풍모가 느껴지십니다. 자, 저희를 따라 이쪽으로……."

"무슨 소린가? 이리 오시지요."

야야야. 내가 좋게좋게 수습하자고 먼저 깔아줬는데 이러면 어떡해.

슬슬 당혹감이 주변으로 번져나가고 있다. 하지조차 뭔가 상황이 이상하다는 걸 눈치챌 정도면 말 다 했지. 어쩔 수 없다. 안 쓰려 했던 비기를 개방하는 수밖에.

"하지. 괜찮나?"

"예, 아무 문제 없습니다."

"정말? 자네, 너무 오래 배를 타서 힘들지 않나? 엊그제까지만 해도 뱃멀미를 했잖나."

"제가 언제……."

"닥치고 뱃멀미가 심해 죽을 거 같다고 해. 빨리."

이 멍청이가 눈치를 줘도 알아먹지를 못하기에 얼른 귓가에다 대고 친절하게 정답을 알려주었다. 그제서야 하지는 머리와 배를 부여잡고 비틀대기 시작했다.

"크, 크흡. 제가, 몸을 도무지 가눌 수가 없어서……."

"죄송하지만 제 친구가 태평양 횡단이 너무 버거웠나 봅니다. 잠시 대사관에 이 친구를 누이고 나서 일정을 진행해도 괜찮겠습니까?"

"아, 예! 그러시지요!"

"얼른 가시죠! 저희가 안내해드리겠습니다!"

마지막 기회다. 우리가 대사관에서 시간 때우는 동안 빨리 너네끼리 합의 보고 결과만 좀 알려 달라고. 그렇게 우리는 무수한 환영 인파를 뒤로한 채 재빨리 주일 미국 대사관으로 향했다.

내가 이렇게 대자대비한 호의를 베풀었으니, 저놈들도 눈치가 있다면 수습해 놓겠지?

* * *

유진 킴이 사정을 알고 시간을 주었다는 사실을 모를 정도의 바보는 없었다. 이렇게까지 손님이 먼저 배려를 해준 이상, 더 이상 각 군의 체면만 차리려다 일정 자체가 어그러지면 이는 황국의 망신도 보통 개망신이 아닐 수가 없었다.

그리하여 이들은 실무자 단계에서 적당히 관련 일정을 조율하고, 육군과 해군을 정확히 반반으로 섞어 각종 식순을 진행하기로 기적적인 타협을 볼 수 있었다. 그래, 육군과 해군은 말이다.

"어째서 군인들이 멋대로 모든 결정을 다 내린단 말입니까?"

내무성이 들이닥치면서 모든 일이 꼬여버리기 전까지는.

"국내 요인의 경호는 당연히 경찰의 업무 아니겠습니까. 외무성에서도 이번 군부의 행태에 대해 불쾌감을 표하고 있습니다."

"킨 장군은 미군의 일원으로 황군과의 협조를 위해 방문한 것이오!"

"하지만 도고 제독의 손님이자 개인 자격으로 방문한 것 또한 사실이잖습니까? 순수한 군 관련 업무도 아니니 당연히 저희 경찰도 한 몫 끼어야 온당한 처사 아니겠습니까."

수라장.

"킨 장군이 왔으면 당연히 우리 당 대표와의 회동도 일정에 포함되어야 하오!"

"그게 무슨 소립니까. 정치인이 여기서 왜 끼어요? 일개 소령입니다, 소령!"

"소령은 무슨 얼어죽을, 전직 장성이지! 아시아의 대영웅이 왔는데 당연히 여당 대표와 사진 한 장은 찍어야 하지 않겠나!"

숟가락얹기.

유진 킴의 호의에도 불구하고, 상황은 더더욱 꼬여만 가고 있었다.

미스터 션셋 3

좌충우돌 우당탕탕 일본제국 유진 킴 레이드의 대현장! 입국 첫날 게이트가 열려도 이것보단 덜 혼란스럽겠다, 이 나사 빠진 것들아. 우리는 신속히 대사관으로 걸음했고, 육중한 대사관 문이 닫히자마자 환자 흉내를 내고 있던 하지는 벌떡 몸을 일으켰다. 그래, 고생 많았수다.

"잘 오셨습니다. 주일 대사를 맡고 있는 찰스 워렌(Charles B. Warren)입니다. 아미앵의 영웅을 이렇게 낯선 타지에서 만나게 되니 정말 반갑군요."

"반갑습니다. 파리평화회의에서도 많은 활약을 하셨다고 들었습니다."

"허허. 별 볼 일 없는 제 소식을 이렇게 또 들으셨다니 더더욱 열심히 일해야겠다는 생각이 드는군요."

그렇게 서두를 뗀 워렌은 살짝 목소리를 낮추었다.

"그런데, 대체 무슨 일입니까?"

"제 의전에 대해 육군과 해군 사이의 입장 차이가 정리되지 않은 모양입니다."

"아아. 의전. 짜증 나지만 중대한 일이지요. 조직은 곧 의전과 서열이 생명이니까요."

대전쟁 당시에도 참전해 후방에서 행정 업무를 본 그는 중령 전역자였다. 어쩐지 호의가 듬뿍 담겨 있더라니.

"본국에서 전보가 하나 와 있습니다."

"별도의 지시사항인가요?"

"아뇨. 사적인 내용 같습니다."

나는 그가 건네주는 전보를 받아 들었다. 가족들이 보냈나 싶어 확인했더니 마셜이 보낸 것이었다.

[죽인다.]

짧고 굵네. 엄마 무서워. 서리한에 칼침을 맞아도 이거보다 차갑진 않겠다.

내가 왜 도망치듯 후다닥 일본행 배에 올라탔는지 깨달은 마셜의 다이너마이트가 마침내 터져버렸다. 음, 괜찮아. 한 몇 년 정도 지나고 나면 다 까먹을 게 틀림없어. 그렇고말고. 나는 주머니에 이 살기 가득한 살인 예고장을 대강 집어넣은 후, 워렌에게 별것 아니라 말하고 다시 논의에 들어갔다.

"일본 친구들이 저리 개판을 났으니, 앞으로 어찌하면 좋을지요?"

"흠. 여기서 무언가 이득을 뜯어내려 하는 건 근시안적인 판단이지요. 일본인들은 체면에 민감하니, 제대로 뜯어낼 만큼 큰 결례까진 아닌 만큼 킴 소령의 넓은 마음씨를 보여주는 편이 좋을 듯합니다."

"역시 그렇겠지요."

우리는 한동안 본국에서 있었던 일을 떠들며 주로 신변잡기로 시간을 보냈다. 그리고 얼마 지나지 않아 대사관 직원이 다가와 손님이 방문했다는 말을 전해주었다.

"가네코 자작님 아니십니까!"

"허허, 오랜만에 뵙습니다."

"여기는 가네코 켄타로(金子堅太郎) 자작님으로, 오랫동안 정치와 외교 분야에 걸쳐 큰 업적을 남기신 일본의 원로십니다. 하버드 대학을 졸업한 분이시죠."

"공치사가 너무 심하십니다. 이제 그냥 소일하는 노인네일 뿐인데요."

노인, 가네코 자작은 진짜 왜 아직 관에 들어가지 않았는지 의아할 정도로 늙고 약해 보이는 인상이었다. 그는 유창한 영어로 워렌과 짤막한 인사를 나누더니, 자리에 앉기도 전에 갑자기 허리를 90도로 푹 숙이는 것이 아닌가.

"미안하게 되었습니다."

"아니, 이러지 마십시오."

"오늘 있었던 일은 명백히 우리 황국의 결례입니다. 제가 황국을 대변할 수 있는 인물은 아니지만, 이 자리에서만큼은 황국 신민의 대표로서 킴 소령에게 사과의 말씀을 드리고자 합니다."

아니, 이러시면 곤란해요. 제가 아직 장유유서 마인드가 탑재되어 있걸랑요? 외교관이라더니 생각과 달리 아주 스트레이트하게 박아버리시네.

원래 일본인은 통석의 념이네 뭐네 애매모호한 말을 즐겨 쓰는 줄로만 알았는데, 직설적인 말을 하면 혀에 가시가 돋는 외교관이었다는 분이 저리 나서니 나로서도 딱히 할 말이 없어졌다.

"괜찮습니다. 오히려 이번 일로 인해 일본제국의 여러 인사들께서 불편해하지 않았으면 하는 마음이 더 큽니다."

"관대한 말씀에 참으로 감사드립니다. 황국에서도 어느 정도 큰 틀에서의 협의가 끝났으니 킴 소령님의 의사를 여쭙고자 합니다."

그는 일본의 여러 인사들이 필사적으로 협의를 시도한 끝에 도출되었을 중재안을 내게 전달해주었다.

1. 원거리 경호는 경찰이 담당한다.
2. 근접 경호는 육군과 해군에서 차출된 인원이 절반씩 섞여 태스크 포스를 구성하여 이들이 전담한다.
3. 일본에 체재하는 동안 머무를 저택을 수배해 놓았으며, 해당 집에 있을 때의 경호 또한 육군, 해군, 경찰이 상호 합의하에 진행한다.

들으면 들을수록 과연 저 꼬라지로 경호가 되긴 될까 하는 궁금증이 솟 아났지만, 그거야 잽스들이 알아서 할 문제지. 진짜 내가 다치기라도 하는 날엔 아주 환상적인 일이 벌어질 텐데.

"향후 일정은 그러면 어떻게 되는지요?"

"그것은 차차 협의를 통해 정하면 어떨까 합니다."

정해진 게 없단 말이군. 저쪽도 참 수라장이 따로 없다.

"저로서는 특별히 이의를 제기하고픈 생각은 없습니다. 귀국의 의견에 전적으로 동의합니다."

"감사합니다. 참으로 감사합니다."

그렇게 굽실거리지 마세요. 나 엄청 불편하다니까?

"그리고, 또오……."

그가 힐끗 워렌 대사를 몇 번 쳐다보자, 대사도 무언가 알아들었는지 자 리에서 일어나고는 옆에 있던 하지를 붙잡았다.

"자, 자네는 이리 따라오게. 대사관의 구조를 알려주겠네."

"지금 자리를 비워도 괜찮습니까?"

"자네가 구조를 알아 두어야 킴 소령에게도 알려줄 것 아닌가? 잠자코 따라오게."

저, 저 눈치 없는 녀석. 둘이서 나눌 밀담이 있는 것 같으니 자리 비켜주 려는 모양새잖아. 저렇게 눈치가 없으니 원 역사에서 미군정 할 때도 개판 이 났지! 대사가 반강제로 하지를 끌고 가 드디어 둘만 남게 되었다. 나랑 이 영감이 할 이야기가 뭐가 있다고?

문이 딸깍 닫히자, 가네코 자작은 앞에 있던 차를 한 모금 가볍게 마셨다.

"오오타 총영사에게서 대강의 전말은 전해 들었습니다."

"네? 네."

"현지의 판단은 존중하지만, 그것이 황국의 국익과 밀접한 연관이 있는 이야기니 이 노인네가 침대를 나설 수밖에 없었습니다."

뭔가, 뭔가 이상한데. 갑자기 '자동 태엽 사죄 머신 Ver 1.16'으로만 보이던 노인네의 몸에서 기운이 마구 샘솟더니 두 눈이 이글이글 타오르기 시작하는 게 아닌가.

씨… 벌. 저 타오르는 눈. 결투를 눈앞에 둔 승부사의 눈깔이다. 옛날에 했던 게임이 있었다. 등신 같아 보이던 해골바가지 NPC가 갑자기 눈에서 시퍼런 불꽃을 불태우며 최종보스로 등극해 통곡의 수문장이 됐었지. 오늘내일하는 노인네라고? 웃고 있네, 개뿔이. 이 영감이야말로 내가 일본제국에 적대할 의사가 없나 확인하러 온 최종 보스다.

소름이 등을 타고 오르는 것을 느꼈다. 숨이 턱턱 막히지만 여기서 이 영감과 정리를 해야 밤에 발 뻗고 잘 수 있다.

"조선계 미국인이 황국과 손을 잡는다. 언뜻 들으면 말이 안 되는 이야기지 않습니까."

"세상일이라는 것이… 말도 안 되는 일이 실제로 일어나기도 하지요."

이제부터가 본론이다. 초청받아 놀러 온 세일즈맨 킴 소령은 이 자리에 없다. 일본제국이라는 열강의 일각과 유진 킴 사이의 제대로 된 협상이 시작된다. 나는 그 사실을 깨닫고 침을 삼켰다. 권력다툼과 파벌경쟁 꼬라지를 보며 웃음이 터져 나왔던 내가 머저리였다.

아직 일본제국의 이빨은 상하지 않았다. 세상 동쪽 끝 폐쇄적인 섬나라. 수차례의 내전, 두 차례의 대전쟁, 그리고 수십 년간의 집요한 의지까지. 비서구권 국가 중 유일하게 열강의 반열에 든 나라를 상대하고 있다. 절대 쉬울 리가 없다.

"귀하께서는 무엇을 바라십니까."

"당연히 입신양명이지요. 모든 제복 군인들의 꿈 아니겠습니까."

"오오타 그놈은 욕심도 많고, 입신양명에 대한 욕망이 팔팔할 때지요. 허나 살날이 얼마 남지 않은 이 늙은이가 보건대, 킴 소령의 움직임은 단순히 별을 달고 싶어 하는 군인의 모습은 전혀 아니었습니다."

첫수가 좀 많이 센데. 잡아떼면 끝이다. 근데 그러면 협상이 파투난다. 그렇다고 나불나불 조선인의 이익과 권리를 위해 어쩌고 하면 당연히 끝장이고. 상대가 듣고 싶어 하는 이야기를 해줘야겠지.

"저는 정말 입신양명 이외의 뜻은 없습니다."

"그렇습니까. 이거 참 안타깝군요……."

"그리고 미합중국 육군참모총장은 중간다리에 불과하지요."

"!"

자신의 영리함을 믿고, 사람 좀 잘 본다고 자부하는 사람들이라면 나를 어떻게 생각할까. 최근 '남들이 바라본 유진 킴'을 가장 잘 알 수 있는 사례가 마침 있었다.

에드거 후버, 정말 고맙다. 이 유진 킴은 끊임없이 새 등장인물을 만나면서 파워업하고 있다고? 레벨링이 아주 착실해졌으니 이제 이 산전수전 다 겪은 노인네와도 한번 겨뤄봄 직하다.

"도고 제독께서 저를 보더니 무어라 말씀하셨는지 아십니까?"

"아쉽게도 제가 전해 듣지는 못했습니다."

"저더러 D.C.에 있어야 할 인물이라고 하셨습니다. 어렸을 적 저는 그 이야기를 듣고 반쯤 심통이 나서 옐로 몽키는 D.C.에 갈 수 없다고 대답했었지요."

현실을 엮어낸다. 가장 듣고 싶은 이야기로. 거기에 일화를 덧대고, 살을 붙여서, 가짜 유진 킴의 일생을 지어낸다.

"하지만 제 부인을 만나고, 장인어른을 만나게 되면서 새로운 깨달음을 얻었습니다."

"커티스 의원……!"

"그렇습니다. 이제 합중국 역사상 최초의 아시아계 의원이 나올 때도 되었지요."

"캔자스주가 아니라, 캘리포니아를 염두에 두고 계십니까."

"제가 캔자스주에 출마해봐야 그곳은 제 텃밭이 아니니까요. 역시 캘리포니아지요. 하지만 전 고작 지방에서 헛기침하는 의원으로 만족할 수 없습니다."

나는 권력이 좋다. 너무너무 좋다. 그래서 다 해먹고 싶다! 암, 그렇고말고! 이 영감에게 정치군인이란 너무나 당연한 존재일 터다. 그야 옆에서 지켜본 일본군이 죄다 그 모양이니까. 그렇다면 나라고 다를 바 있겠나?

"아직 제 나이 서른도 되지 않았는데 여기까지 왔습니다. 참모총장, 하원의원, 상원의원, 전쟁부 장관. 그리고 그다음. 과연 불가능한 일일까요?"

"충분히⋯ 가능하지요."

"그런 점에서, 일본제국과 일본계 미국인들의 지지는 제게 굉장히 큰 의미를 지니고 있습니다."

나는 더 이상 가타부타 말하지 않았다. 더 이야기하면 오히려 추해질 뿐이지. 내가 입을 다문 채 찻잔만 기울이고 가네코 자작 또한 생각에 잠기자, 장내엔 침묵만이 감돌았다.

그리고 얼마나 오랜 시간이 지났을까.

"황국에서 무엇을 바라십니까."

"별달리 바라는 건 없습니다. 받아봤자 족쇄가 되지 않겠습니까."

"사실, 족쇄가 없으면 신뢰해드리기 조금 어려운데요."

"오오타 총영사에게 못 들으셨습니까? 저희는 손을 잡으면 손해로 돌아오는 관계입니다. 그리고, 굳이 신뢰를 해야 합니까?"

"그도 그렇군요."

신뢰는 무슨 얼어죽을. 내가 저놈들에게 뇌물이라도 정기적으로 받아먹지 않는 이상 신뢰가 생길 리 없잖아. 그리고 그건 자살행위다.

그리고 족쇄를 걸어놓는 것만으로 내 상품가치가 떨어진다는 걸 잘 알고 있을 양반이 저딴 소릴 하다니. 괘씸하다. 만약 진짜 이 거래가 마음에 들지 않았다면 오오타의 입을 빌려 거래 불가를 통보했을 사람들이 말야.

"그럼 이민법에 관해서는 어떻게 처리할 방침이십니까?"

"처음에는 전면 허용을 주장하다, 쿼터제로 바꿔서 타협해볼 요량입니다. 혹은 아시아인 거주지를 로키산맥 서쪽에 한정하는 방안도 있겠지요."

"흐음."

"그리고, 제 몫으로는 조선인을 일본인과 별도의 쿼터로 계산해 달라 요청할 겁니다. 이건 타협할 수 없습니다."

더 많은 조선인이 필요하다. 일본인도 이제 나쁘진 않지만, 그래도 조선인 이민자는 다다익선이지. 우리는 적당한 선에서 서로의 의사를 교환한 후 만족스럽게 악수를 나누었다.

"귀공이 이 도쿄에 머물기만 해도 아마 벌레들이 잔뜩 꼬이겠지요. 앞으로 몸조심하시길."

벌레라. 벌레. 날 향해 날아올 '벌레'라면 아무리 생각해도 그거, 독립운동가나 민족주의에 불타는 조선인 같은데. 거 듣기 참 뭐하구만.

"사실 제가 취미가 벌레 수집이라서요. 혹시 몇 마리 잡아다 챙겨 가도 되겠습니까?"

"챙겨 가겠다고요?"

"어차피 여기 있어 봤자 귀국을 불편하게 만들 벌레 아닙니까. 제가 먹이도 주고 사육장도 잘 관리할 테니 좀 데려가겠습니다."

"그러시죠. 대신 책임도 지셔야 합니다."

그래, 이 자식아.

일본에 머무르고 있을 사람이라면 상당수가 지식인, 특히 유학생이렷다. 내가 잡아다 미국물 듬뿍 먹이고 잘 키우고 있을게. 20년쯤 뒤에 니네가 쫓겨난 한반도에 방생할 테니 안심하라고.

미스터 션셋 4

일본에서의 일정은 굉장히 다양했다. 가장 먼저 한 일은⋯ 아이돌 월드 투어 그 자체였다.

"킨 쇼군사마아아아아앗!!"

"아시아의 영웅이시여! 황인종의 힘을 보여준 아시아의 등불이시여!!"

"일본제국 만세! 킨 장군 만세!!"

나 너네 나라 사람 아냐⋯ 그렇게 과몰입하지 말라고. 물론 착한 잽스는 죽은 잽스뿐이라고 할 수도 있겠지만, '니들 입에 들어가는 쌀알이 전부 조선인을 수탈한 결과물이여! 이 존재 자체가 원죄인 놈들!'이라고 윽박지르 기엔 나 또한 제국주의 시대의 군인 아닌가. 딱히 원죄에서 자유로운 놈이 라 할 수 없었다.

2020년에도 노동력을 착취해 만들어진 핸드폰이나 아동 노동의 결실인 커피콩, 플랜테이션 착취의 산물 설탕 같은 것들에 죄책감을 품은 사람이 얼마나 되었는가. 당장 이 시대 미국만 해도 위선과 기만의 상징 필리핀 식 민지가 있지 않나. 이들이 열렬히 보내오는 환호를 보니 참으로 기분이 애 매모호해진다.

이럴 때 대책은 오직 한 가지. 그냥 얌전히 일어나 하는 거다. 내가 고민한다고 달라질 게 없잖아. 내 모든 고민의 해답은 1945년 즈음이면 나오게 되어 있다. 늘 그랬지만 어김없이 내 결론은 유예였다. 살아 있으면 그때 봐요 여러분.

당연한 일이지만, 조선인 관련 문제 역시 협의의 대상이 되었다. 일본 측에서는 내가 괜히 조선인들의 애국심을 자극하는 발언을 해서 온 한반도가 화르륵 불타는 꼬라지를 보기 싫었고, 나는 괜히 쪽바리들이 친일 발언 좀 해달라고 요청해서 분노의 납탄이 날아오는 꼬라지를 보기 싫었다.

둘 모두의 이해관계가 성립한 결과, 내 연설은 최대한 정치색을 뺀 원론적인 이야기가 되었다.

"미래는 아시아의 시대가 될 것입니다! 아시아인 여러분, 희망을 품으십시오. 피부색은 결코 우열의 기준이 아닙니다. 여러분은 해낼 수 있습니다!"

"간절히 기원하면 이루어집니다. 여러분이 이루고 싶은 것을 끊임없이 생각하고, 또 생각하십시오. 정말 간절히 원하면 우주가 나서서 도와줍니다!"

"한 분야의 대가가 되기 위해선 1만 시간을 투자해야 한다고 합니다. 여러분은 자신의 일에 단련하는 마음으로 1만 시간을 일하였습니까? 단순히 하루하루 밥 벌어먹기 위해서가 아닌, 대가가 되고자 하는 장인의 마음으로 1만 시간을 쓰셨습니까? 노력, 더 노오력하십시오! 노력은 결코 여러분을 외면하지 않습니다!"

"와아아아아!!!"

"킨 장군 만세!!"

하지만 원론적인 이야기만 하면 노잼으로 찍히잖아. 멘트 부족에 시달리던 나는 21세기 서점을 꽉꽉 메우고 그걸로 모자라 진중문고에까지 범람하던 온갖 자기계발서 내용들을 총동원해 주둥이를 털었다.

하지만 100년 전 사람들에게 내 이야기는 꽤 신선한 느낌으로 다가온 모양이었다.

"이렇게 좋은 내용으로 연설을 해주시니 감사합니다!"

"하하, 고맙습니다."

"지난번에도 참석하고 다시 동무들과 왔습니다! 얼마나 감격에 벅찼는지 잔뜩 울었습니다. 정말 감동적인 연설이었습니다!"

"저희에겐 간절함이 부족했습니다. 정말 위대합니다, 킨 장군님!"

"고맙소. 고맙소, 동무들! 학생 여러분들은 아시아의 미래입니다! 주변의 친구와 동무들을 많이 데려오시오!"

"와아아아! 킨유진! 킨유진!!"

이게 아닌데. 대꾸를 해주면서도 슬슬 총에 맞아 고자가 될 것 같은 미래가 아른거려 사타구니가 절로 쑤셔 왔다. 그리고 약간 당혹스러운 게 있다면, 학생들만 내 주둥이에 영향을 받는 게 아니라는 점이었다.

"참으로 감동적입니다. 저희 육군도 노력이 부족했습니다. 앞으로 대동아의 번영을 위해 황국 육군이 시금석이 되겠습니다!"

"해군 역시 일일신우일신(日日新又日新)의 마음으로 이 가르침을 본받겠습니다."

이런 거로 경쟁하지 마. 불안해지잖아.

오늘의 일정을 마치고 나는 일본 정부에서 제공해 준 내 집으로 돌아왔다. 원래는 어차피 가족들도 없고 혼자 지내는 거, 그냥 적당히 작은 집 하나를 빌리거나 아니면 호텔 장기 투숙객이 되려고 했었는데.

"안 됩니다! 꼭! 꼭 저희가 집을 한 채 빌려드릴 테니 거기 머무르시지요!"

"무슨 문제라도 있는지요?"

"황국의 위신 문제는 둘째치고, 경호가 거의 불가능합니다."

그렇게까지 말하는데 내가 뭐라 하겠나. 나는 어마어마한 담벼락, 긴급히 새로 공구리친 감시탑에 경호원 숙식을 위한 별채까지 딸려 있는 으리으리한 집을 받아 거기서 머물게 되었다. 이렇게 받은 집이 워렌 대사보다 더 커서 조금 눈치가 보였다. 그런 거 있지 않나. 윗사람이 무슨 차 타는지 보고 알아서 그보다 더 저렴한 차종을 고르는 그 미묘한 눈치.

집에 돌아오기가 무섭게 나는 손님, 가네코 자작을 대면했다.

"요즘 소령님께서 주로 젊은이들을 대상으로 좋은 말씀을 많이 해주고 있다 들었습니다."

"허허. 별것 아닙니다."

"저 개인으로서는 그저 덕담일 뿐이라는 사실을 잘 알고 있으나, 일부 어리석은 이들이 소령님의 뜻을 곡해하고 있어 부득이하게 제가 찾아오게 되었습니다."

뜻을 곡해해? 이건 또 뭔 소리야. 내가 한 이야기는 정말정말 원론적인 이야기뿐이라 뭐 딱히 생각이고 뭐고 없는데, 이해가 잘 되지 않네.

"간절히 기원하면 우주가 도와준다는 것이, 혹 불령선인들에게 잘못된 뜻을 전달하고 있지 않나 하는 것이 그들의 소견입니다."

"그러니까, '간절히 조선독립을 기원하라.' 뭐 이렇게 들린단 말씀이시군요."

"으음… 그렇습니다. 제가 그 친구들을 설득하기엔 이제 늙고 은퇴한 몸이라, 제 말이 도무지 먹히질 않더군요."

거짓말하지 마, 이 사기꾼아. 지금이 태평양 전쟁 때도 아니고 뭐가 말이 안 먹힌다는 거냐. 차라리 잘됐다. 이번 기회에 저 입을 좀 다물게 만들면 이런 시시콜콜한 거로 헛소리는 좀 덜 들을 수 있겠지.

"저로서는 다소 당혹스럽습니다."

"이해하고 있습니다. 다만 듣는 이의 해석에 따라 얼마든지 뜻이 곡해될 수 있는 만큼……."

"간절히 기원하면 우주가 도와준다는 이야기는 사실 메이지 유신을 생각하며 한 이야기입니다."

"…그렇습니까?"

누가 닳고 닳은 외교관 아니랄까 봐 초인적인 표정 관리 보소. 애써 아무렇지 않은 척, 무덤덤한 척 다과를 즐기고 있지만 다 보인다. 그리고 이 유진 킴은 자신이 궁지에 몰리면 전투력이 3배로 증가하지만, 남을 궁지로 몰 때는 전투력이 7배로 증가하는 인간이지.

"메이지 유신이야말로 일본의 모든 영걸들이 합심하여 이루어낸 대업 아니겠습니까. 저 역시 이에 영감을 얻어……."

"이렇게 좋게 생각해주시니 감사합니다."

니들 보고 생각한 건데 뭐가 불령선인 타령이야. 걔들도 너네 유신하는 거 보고 할 수 있나 생각하나 보지. 좀 짜져 있어.

그 이후 잽스들이 내가 떠드는 잡소리에 시비를 거는 일은 없어졌다. 경사로세, 경사로다!

* * *

그다음 해야 할 일은 역시 전차 세일즈였다. 이게 내 핵심 임무였으니까.

일본군은 이미 1919년, 10대 정도의 M1917 전차를 수입하고 갑(甲)형 전차라는 이름으로 제식 도입했다. 하지만 이는 어디까지나 '유럽이 전차를 쓰니 어디 우리도 한번 구경이나 해보자~' 수준이었고 전차와 기갑 전술에 대한 이해도도 많이 떨어지는 편이었다.

그러니 이 유진 킴이 정성스러운 세일즈를 해야지. 뭣보다 나를 열받게 하는 것은, 일본 놈들이 영국제 마크 전차도 수입했단 사실이었다. 감히! 감히 내 카와이한 전차가 아니라 홍차맛 전차를 쓰려하다니!

이미 일본군도 전차에 어느 정도 관심은 기울이고 있다. 내가 안 판다고 해도 일본이 전차를 안 쓸 일은 없었다. 그러면 당연히 최대한 내 전차를 팔아먹어야지. 그 돈으로 애국하면 될 문제 아니겠어?

어차피 일본군의 문제는 전차를 도입하냐 마냐의 레벨이 아니다. 그냥 국가의 산업 역량 자체가 허접했던 게 문제다. 과연 1941년의 일본제국이 티거나 판터 설계도를 얻는다고 해서 뚝딱뚝딱 만들 수 있었을까? 무리지. 나라 기둥뿌리 뽑을 일 있나.

원 역사에서 일본군의 '치하' 전차는 조롱의 대상이었지만, 그 치하에게 패배해 싱가포르를 내준 영국군은 그럼 무어가 되겠나. 결국 전쟁은 자국의 상황에 가장 필요한 무기를 얼마나 효율적으로 활용하느냐의 싸움이다.

"킨 장군님을 이리 황국에서 뵙게 되니 참으로 영광스러운 일입니다!"

"감사합니다. 어디 한번 귀국의 전차 소요에 대해 알아보고 싶군요."

그리고, 내 생각보다 1922년의 일본 육군은 전차에 대한 연구를 제법 진행하고 있었다. 의외였다.

"언제까지 우리가 유럽의 군사 제도를 뒤따라가기만 할 수는 없습니다. 황국에는 황국에 걸맞은 군제가 필요한 법입니다."

"그런 점에서, 동아시아에서 가장 빛나는 별이라 할 수 있는 킨 장군의 전술이야말로 향후 황국이 본받아야 할 귀감이라 여기고 있습니다. 이미 킨 장군의 아미앵 전투는 저희 황군에서도 끊임없는 공부 대상이지요."

이게 나비효과인가? 무시받던 옐로 몽키가 이루어낸 기적 같은 전과에 일본군, 특히 육군은 제대로 매료된 모양이었다. 그토록 일본이 물고 빨던 무적 독일군을 일격에 회쳐버린 승리. 여기에 '아시아의 대영웅' 어쩌고 하는 낯뜨거운 타이틀이 더해지니, 일본군 내에서 '이것이 황군의 미래다!'라는 소리가 튀어나오고 있었다.

"영국제 전차와 미제 전차는 설계 사상에서부터 꽤 차이가 있는 것으로 여겨집니다. 킨 장군께선 당연히 전차의 아버지시니 영국인들과는 생각이 다르셨겠죠?"

"그렇습니다. 영국의 중전차는 참호전에서 보병을 엄호하기 위한 기동형 토치카라고 생각하시면 되고, M1917의 경우 보다 폭넓은 전술적 활용을 위해 제조되었습니다."

"오오! 역시!"

"그렇다면 황국의 건아들을 전장에서 지키는 용도로는 영국제가 더 유용하다는 뜻인지요?"

뭐야. 감히 내 앞에서 영국제를 빨아? 감히 그런 끔찍한 소릴 하다니 네놈은 영국 뒷돈을 받아먹었거나 시대에 뒤처진 보병 숭배자로구나! 어리석은 마구니로다.

"애시당초 왜 적의 참호에 정면으로 머리를 들이받아 피를 흘려야 합니까? 국민의 세금으로 공부하고 생활하는 군인으로서 이는 직무유기입니다."

"크흠!"

"물론 말단 병졸 입장에서 전차와 동행하면 참으로 든든하지요. 하지만 그보다 더 좋은 건 적의 방어선 자체를 무력화시켜 총탄이 빗발치는 곳에 귀중한 병사들을 돌격시키지 않는 겁니다."

"참으로 그 말씀이 옳습니다. 황국은 인구는 부족하지만 우수한 산업시설을 가지고 있으니, 앞으로 황군의 미래는 역시 충분한 기계화를 통한 신속한 기동의 묘리에 있음이 확실합니다."

아니, 니들 너무 잘 배우지 말라고. 아닌가? 만주의 군벌들이나 중국군을 상대할 때는 저 말이 옳지만, 미군을 적으로 돌린다면 그 잘난 기계화 부대를 보유한다고 해서 이길 수가 없다. 오히려 더 빨리 개박살 나겠지.

일본군의 기계화라. 처음엔 이놈들이 강해지는 거 아닌가 싶었지만, 중국군 상대로 더 강해지고 미군 상대로 더 약해진다면? 너무 개꿀인데?

미스터 션셋 5

마음을 고쳐먹은 후, 나는 내 사리사욕과 일본군 약체화라는 두 마리 토끼를 모두 잡기 위해 정성껏 기계화 이론의 정수를 전수해주었다. 20세기 국가의 군사력은 결국 국력의 일부이며, 경제력에 종속된다. 충분한 인구, 막강한 산업능력, 그 외 이런저런 제반 조건하에서만 가장 견실한 군대를 건설할 수 있는 법.

하지만 일본군이 기계화를 하고 싶다고 해서 그게 뚝딱 가능할까? 당장 해군이랑 한정된 예산을 놓고 싸워야 하는데. 어차피 군축은 시대의 흐름이고, 일본 또한 예외가 될 수는 없다. 그 한정된 파이에서 전차로 예산을 돌리려면 대가리깨나 썩을 거다.

"킨 소령께서 우리 황군을 위해 좋은 말씀을 많이 해주고 있다 들었습니다. 저 또한 보고를 받노라면 가슴이 웅장해지고 있습니다."

"맡은 바 임무를 수행할 따름입니다."

육군대신, 야마나시 한조와의 대담에서도 이 화기애애한 분위기는 계속 유지될 수 있었다. 육군대신, 즉 전쟁부 장관씩이나 되는 인물인데 어째 생긴 게 참 간사하게도 생겼다. 저 나이쯤 되면 얼굴에 책임져야 한다던데, 눈빛에서부터 이 양반이 얼마나 얍실하게 살아왔는지 촉이 딱 느껴졌다.

게다가 한조라니. 이름이 한조래. 어쩐지 활 쏘다가 아군 여럿 암 걸리게할 것 같은 이름이잖아. 외모나 이름이나 전부 불길하기 짝이 없다.

"저희 황군도 전차부대의 적극적인 활용을 위해 다각도로 연구 중이며, 킨 소령님의 자문은 그 어떤 조언보다도 값진 도움이 되고 있습니다."

서론이 기네.

"킨 소령님은 전차를 제조한 포드사와도 인연이 깊다고 알고 있습니다. 혹시 가능하면, 아시아에 공장을 지어 보시는 건 어떨지요?"

"공장, 말씀이십니까."

"네. 일본은 아시아에서 가장 산업화된 국가 아니겠습니까. 포드사가 아시아 시장에 관심이 있다면 역시 일본에 거점을 확보해야 하지 않을까요?"

내 반응이 별로 신통찮았는지 그는 이리저리 주절주절 다양한 이야기를 늘어놓았다.

"물론 저나 킨 소령이나 사업 이야기를 할 만한 사람은 아니지요. 하지만 황군은 이번 기회에 적극적인 투자를 할 의향이 있습니다!"

"아마 기술 전수, 더 나아가 라이선스 생산 역시 원하시겠군요."

"그렇습니다. 무기를 국산화하지 않고 수입에 의존하면 얼마나 불편한지 이미 잘 알고 계시잖습니까."

1차대전 당시, 미군은 야포가 부족해 상당 부분 프랑스산 포에 의지한바 있다. 그때만 생각하면 아직도 치가 떨리는데… 이놈들이 국산화를 원하는 것도 같은 맥락이겠지.

"해당 건은 민감한 문제라 제가 결정할 수 있는 사안이 아니군요. 포드사도 포드사지만, 의회의 승인이 있어야 할 겁니다."

"물론 잘 알고 있습니다, 하하. 하지만 현지에 나와 있는 킨 소령께서 어떻게 말해주느냐에 따라 의회의 방향성도 달라지지 않겠습니까?"

그건 그렇지. 어차피 지금 미국에 있는 M1917 전차 생산 라인은 언젠가

닿아야 할 라인이다. 이제 더 연구해서 좋은 전차 뽑아야지. 재미 실컷 봤는데 그걸 일본에 팔아먹어서 또 찍어낼 수 있다면 더 좋지 않겠나.

조금 더 멀리 보자면, 일본 옆 중국이야말로 최고의 고객님이 되어줄 수 있다. 군벌들이 날뛰고 혼란이 가득한 마계촌 중원. 그 중원에 끝도 없이 전차를 팔아치우고, 승무원 교육도 덤으로 해준다면?

돈이다 돈, 히히. 게다가 중국의 기갑 노하우가 쌓이면 언젠가 이성이 마비돼서 중국으로 쳐들어갈 일본군을 상대하기도 더 수월하겠지.

내가 그렇게 생각을 정리하고 있노라니, 야마나시는 슬쩍 안주머니에서 봉투 하나를 꺼내 슬며시 내게 들이밀었다.

"이게 뭡니까?"

"하하. 원래 다 사업이라는 게 그렇잖습니까. 맨입에 저희 편의를 봐달라고는 절대 말하지 않습니다. 어딜 가나 오고 가는 정이 있어야 일이 다 매끄럽게 진행되는 법이니까요."

이열 두툼한 것 보소. 이 감촉. 참으로 예술이다. 허나 날로 내 사업체가 흥하는 지금, 고작 이런 봉투에 다 담길 몇 푼으로 이 유진 킴을 사려고 하는 거냐.

"절 돈으로 사려고 하는 겁니까? 절 모욕할 셈이십니까?!"

더 많은 돈을 주셔야지. 이 정도 돈이면 충분히 꾸짖을 수 있는 액수잖아. 봉투가 아니라 궤짝이나 007 가방 정도가 돼야 이 최고의 전쟁영웅을 사들일 수 있지 않겠니?

"죄송합니다. 제가 큰 결례를 저질렀군요. 참된 사무라이를 고작 돈으로 어떻게 해보겠다고 생각한 제가 어리석었습니다."

아니, 이 양반이 무슨 소릴 하는 거야. 그렇게 초롱초롱한 눈빛으로 참된 사무라이네 뭐네 하지 말라고. 더! 더 담아 달라고!!

하지만 이미 야마나시 육군대신은 얼른 봉투를 집어넣고 사죄에 여념이 없었다.

이… 이 머저리 같은 놈. 내가 얼마나 돈 좋아하는데!

"곧 있으면 포드사 직원들이 전차를 추가로 가져올 예정입니다. 그때 한 번 같이 검토를 해보시죠."

"알겠습니다."

"그리고 개인적으로 궁금한 부분이 하나 있습니다만, 전차부대를 일본 열도에서 굴리진 않겠지요?"

"아마… 도 그렇지 않겠습니까. 허허."

"그럼 차라리 다른 곳에 짓는 편이 생산단가나 운송 면에서 훨씬 유리하지 않을지요."

그의 표정이 일순간 싹 바뀌었다.

"조선 이야기시군요."

"저는 비즈니스에 대해 아는 바가 없지만, 배를 한번 태워서 실어 나르는 것과 그렇지 않은 것에 굉장한 차이가 있으리라는 사실은 명약관화 아니겠습니까."

"한번 검토는 해보겠습니다."

내 개인적으로는 공장이 조선에 있으면 참 좋겠거든. 만주와 중국 땅을 가득 메운 M1917 트랙터의 물결. 그게 다 내 호주머니를 빵빵하게 채운다고 생각만 해도 가슴이 웅장해진다. 대체 얼마를 남겨먹나. 꺼어어억.

* * *

포드사에서 실사를 나온 직원들이 본격적으로 움직이기 시작하면서, 내 표면적 임무는 거의 마무리되었다.

일본군이 전차를 수입하거나 생산 라인째로 가져갈 의향이 있는지, 얼마를 낼 건지 등은 이제 포드사와 미 의회, 그리고 일본군이 논의할 문제지 내가 개입할 건은 아니다. 그럼 이제 그다음 페이즈로 넘어가서, 해군 관련

일을 해야 할 차례였다.

이건 장기전을 봐야 한다. 내가 해군과 연이 있는 것도 아니고, 갑자기 '일본 해군이 이번 조약에 관해서 어떻게 생각하고 있는지 궁금하니 알려주세요'라고 하면 참 잘도 대답해 주겠다. 그러니 나는 친해지기 위한 마법의 수단, 즉…….

"스트레이트."

"집."

"으아아아아!!"

도박만큼 빨리 친해지는 게 어디 있겠나.

아이쿠, 잽스 시민들의 소중한 세금으로 받은 월급이 내 주머니로 빨려 들어오고 있잖아? 이런 부수입, 정말 감사합니다. 아리가또우. 셰셰. 내가 그냥 논다고 생각한다면 그건 큰 오산이다. 이게 다 미합중국과 일본제국의 친선을 도모하기 위한 빅―픽쳐라고.

"요즘 킴 소령이 있어 제가 무척 편해진 것 같습니다."

"여기저기 불려 나갈 일이 있으면 전부 제가 나가서요?"

"정확합니다. 저도 기쁜 마음으로 여행을 준비할 수 있겠군요."

워렌은 조만간 조선과 중국을 여행할 계획이라고 했다. 자신이 자리를 비운 동안 일상적 업무는 둘째치고 각종 의전을 뛸 사람이 마땅찮아 고민이었다는데, 마침 타이밍 좋게도 이 걸어 다니는 홍보판때기 유진 킴을 선물 받게 된 것이다.

"우리 대사관은 가장 얼굴 내비치기 좋은 곳만 엄선해서 킴 소령에게 전달하고 있습니다. 너무 걱정 마시고 지금의 인기를 푹 즐기시죠."

"넵넵……"

의전, 사열, 의전, 연설. 쉬는 날이면 또 집에 무슨 황제 폐하 알현이라도 하듯 내 얼굴 한번 보고 이야기나 좀 해보고 싶다는 손님들이 개떼 같이 몰려온다. 이것도 무려 우리 경호하는 잽스 친구들이 추리고 또 추린 결과물이다.

처음에 나는 나와 이야기하고 싶다는 사람들을 거른다길래 기겁을 했었다.

"아니, 절 찾아온 손님들을 왜 귀측에서 임의로 거르시는 겁니까."

"킨 장군님. 절대 저희가 불순한 의도를 품은 게 아닙니다. 다만 너무 하찮은 놈들까지 하나하나 전부 만나주면 장군님의 드높은 위명에 흠집이 날 수도……."

"내가 황국의 군인은 아니니 타국의 방식에 대해 참견하진 않겠습니다. 하지만 민주주의 국가인 미합중국의 군인은 언제나 시민의 의견에 귀를 기울여야 합니다."

"그러면, 그렇다면! 최소한 위험한 인물들만이라도 거를 수 있게 해주십시오! 장군님도 빨갱이들을 만나면 위험할 수 있습니다!"

으음, 빨갱이는 좀 그렇지. 그러고 나서 나는 나를 만나보고 싶다는 무수한 신청서의 세례를 맛봐야만 했다.

"대체… 몇 건입니까?"

"오늘 접수받은 건까지 포함하면 총 4,028장의 신청서가 접수되었습니다."

"그렇게 많다구요?"

"면담 요청이 아닌 단순한 편지는 지금 2만 통을 넘겼습니다."

시발. 시발 이건 아니잖아. 내가 어리석었다. 일본인은 애초에 연하장의 민족이 아니던가. 그냥 숨 쉬듯이 흩날려라 연하장 하면서 편지를 끝없이 보내는 분들이 일본인인데, 그걸 정성이랍시고 하나하나 보려는 내가 미친 놈이었다.

그리고 그렇게 만난 사람들이 다 멀쩡했냐 하면, 그건 또 아니었다.

"킨 쇼군이시여! 이 황국은 지금 도탄에 빠져 있습니다."

"그렇습니까?"

"예로부터 황국은 폐하를 보필할 막부가 있어야만 비로소 천하가 평안해질 수 있었습니다. 지금 쇼군께서 궐기하시어 정이대장군을 칭한다면, 능히 전국의 영웅호걸들이 모여…….”

“이 미친 자식!”

“끌어내! 이 미친놈을 얼른 끌어내!!”

순식간에 지켜보고 있던 군인들이 들이닥쳐서는 과대망상증 환자를 끌어낸다거나.

“이 자그마한 열도는 저와 같은 인물을 품기에는 너무나 천성이 졸렬하고 대인을 멸시하는 풍조가 강합니다. 부디 저에게 자금을 투자해 주신다면 제가 투자금의 10배로 불려서…….”

“끌어내!!”

와서 하는 이야기가 구걸인 사람들. 이 꼬라지를 몇 번이고 당한 끝에, 결국 나는 경호부대에서 별도로 정리한 리스트를 최종 검토만 하게 되었다. 일본 친구들과 대사관의 협조를 구해 임시 비서도 하나 뽑고, 편지에 답장만 따로 해줄 인력도 고용해야 했다.

의례적인 편지에는 나 또한 의례적인 답장을. 용건이 있는 내용은 따로 뽑아서 내 컨펌 후 답장. 하아. 인기인은 참으로 힘들구나. 대체 내가 이 정도인데 마이클 잭슨과 같은 레전드들은 어떤 삶을 살았을까.

이러면 다 정리된 거 아니냐고? 무슨 소리.

“끼에에에에엣!!”

“킨 장군님께서 날 보셨어!! 날 쳐다보셨다고!”

“아냐, 네 옆의 표지판을 바라보신 거야!”

내 집 앞에 죽치고 서 있는 저 무리들. 시시때때로 나와 한번 얘기해 보겠다며 천하의 황군이 경호를 서고 있는 곳에 용감하게 담치기를 시도하는 용사들.

이게… 이게 사람 사는 삶이냐? 즐기는 것도 하루 이틀 문제지, 야밤에 월담자 적발돼서 호루라기 불어대고 개가 짖어대면 진짜 암살 음모 아닌가 싶어서 반쯤 돌아버리겠다고.

신나게 일본 해군의 높으신 분들과 트럼프로 친목을 도모하고 집에 돌아오는 길. 오늘도 어김없이 누군가가 우리 집 문 앞에서 실랑이를 하고 있는 모습이 보였다.

"잠시만 기다려주십시오."

"네네."

내 차를 운전해주던 운전수가 잠시 문을 열고 나가 경호원들과 무어라 이야기를 나누는 찰나, 병사들에게 붙들려 있던 사람들이 고함을 버럭버럭 질렀다.

"어째서 조선인은 김 장군을 만날 수 없단 게요!"

"너희들이 칼로 찌를지 어떻게 알고!"

"우리는 이곳 일본에서 학교에 다니고 있는 학생입니다! 도대체 우리가 무슨 억하심정으로 조선민족의 영웅인 김유진 장군을 해한단 말입니까. 그저 한번 얼굴만 뵙고 싶을 뿐입니다!"

조선인들이라. 굳이 지금 시점에서 직접 만나야 하는가… 라고 스스로에게 묻는다면 '굳이?' 정도가 딱 내 생각이었다.

일단 일본이 싫어한다. 내가 무슨 허황된 이야기만 해도 혹시 독립운동이 일어나는 게 아닌가 경기 들린 것처럼 발작을 일으키잖아. 납탄 맞을까 무섭기도 했고, 무엇보다 내가 은밀히 조선인들을 미국행 여객선에 태우려는 준비를 갖추고 있는 지금 괜히 조선인들과 어울려 이목을 모으는 것 자체가 썩 좋은 일은 아니었다.

하지만 학생이라고 하니 또 마음이 동했다. 내가 미국으로 보내고 싶은 인재들이 제 발로 찾아와 줬는데 땡큐 베리 감사지.

나는 차에서 내려 그들을 향해 다가갔다.

"잠깐잠깐."

"킴 장군님! 위험합니다! 이 조센징들이 언제 암살 음모를 꾸밀지……."

"저희는 암살자가 아닙니다!"

"저는 추호도 조선인이 나를 죽이려 한다고 생각하지 않습니다. 다른 나라도 아니고 같은 민족이 날 쏠 리가 없잖습니까. 흐하하하."

"역시, 영웅의 풍모란······!"

아냐, 그렇게 낚이지 마. 나 총알 맞을까 봐 엄청 쫄아 있어. 근데 여기서 쫄아 있으면 당장 너희들부터 약자 멸시 들어올 거 아냐.

"이 머나먼 일본까지 와 학업에 정진하는 조선인은 처음 보는군요. 만나서 반갑습니다. 김유진입니다."

"조, 조선말이 유창하시군요."

"그럼 내 혈관에 흐르는 피가 어느 민족의 것이겠습니까? 설령 태평양 건너편에 산다 한들 말과 글을 잊지는 않습니다."

내가 짐짓 손을 잡아주자 두 학생들의 눈에 감격의 눈물이 초롱초롱 맺힌다.

"그래, 학생은 이름이 어떻게 됩니까?"

"저는 와세다 제1고등학원에서 수학하고 있는 손진태(孫晉泰)라고 합니다."

와세다. 잘은 모르겠지만 아무튼 일본 명문대라고 들었다. 그런 곳에 다닐 정도면 엘리트시겠네. 저랑 같이 미국 가실?

"귀하는 성명이 어찌 되시는지요?"

"말씀 낮추시지요. 저는 토요대에서 공부 중인 방정환(方定煥)입니다. 이렇게 뵙게 되어 영광입니다."

월척. 월척이다! 아니 돼지 꿈도 안 꿨는데 이게 뭐시여?

미스터 션셋 6

혹시 드라마 〈야인시대〉 본 적 있나? 내가 어릴 때 야인시대는 정말 전설이었다. 그거 안 보면 다음 날 학교에서 커뮤니케이션 자체가 불가능할 정도였으니. 내가 2회차 인생이 내일모레 서른인데 아직도 김두한 대 구마적은 기억이 날 정도다. 김두한이 세냐, 시라소니가 세냐로 전투력 측정 아가리 배틀 안 해봤으면 말을 마라.

왜 이렇게 길게 말을 했냐면, 암만 봐도 우리 방정환 선생님의 얼굴을 보고 있노라면 자꾸 김무옥이 연상돼서 그렇다.

"야 이 빨갱이 자식들아! 이것은 수류탄이여!"

설마 이렇게 고자가 되는 건가 생각했으나, 다행히 방정환 선생, 아니 방정환 학생은 내 부랄을 날려버리기 위한 수류탄이나 총은 들고 오지 않았다. 참으로 다행이 아닐 수 없다. 내가 심영이 되면 이 얼마나 크나큰 사회적 손실이냐고.

"…그래서, 저희가 이렇게 산 넘고 물 건너 마침내 장군님을 뵈러 이 주택가에 왔는데, 저 왜놈들이 말입니다. 글쎄, 네놈들의 이름이 무엇이냐 하길래 저는 얼른 예 저는 방씨 성을 쓰고 이름은 수한무 거북이와 두루미 삼천갑자……."

그리고 방정환은… 무시무시했다. 마성의 주둥아리. 정치인처럼 입을 잘 턴다는 게 아니다. 그냥 이 사람은 입담이 미쳤다. 장담하건대, 갑자기 방 선생이 2020년에 떨어진다 해도 웹캠 붙은 PC 하나만 던져주면 1달 뒤 100만 구독 유튜버가 되어 있을걸?

틀림없이 나는 그냥 덕담조로 어떻게 여기까지 찾아오게 되었냐 물어봤을 뿐인데, 한 20분째 혼이 빠진 듯 이 마성의 구연동화를 듣고 있었다.

"그리하여 마침내 장군님을 만날 수 있었습니다!"

"대, 대단하군요."

어쩐다. 방정환은 이름만 들어도 대한민국에 모르는 사람이 없을 위인이고, 손진태는 진짜 처음 들어보지만 일본에 유학까지 와서 고등학교를 다니고 있으니 아무튼 해방 후 엘리트로 사회 지도층 인사가 된 건 했겠지.

내가 유학생들을 신나게 망태 할아범처럼 내 망태에 담아 미국에 끌고 갈 계획을 하긴 했다만, 방정환은 네임 밸류가 좀 많이 크잖아. 내가 방정환 선생님을 데려가서 어린이날이 없어지면 전국의 어린이들이 5월 5일마다 유진 킴을 저주하는 부두인형을 찔러대지 않을까? 아니지, '있었는데요 없었습니다'가 아니라 그냥 없는 거니 저주는 안 당하겠네.

뭔가 역사를 인정사정없이 비트는 것 같아 찜찜한 한편으로, 이 기적의 특급 인싸 인플루언서 SNS 스타를 미국에 데려가면 떼돈을 벌 수 있지 않을까 벌써 내 안의 포드 회장님이 분주히 계산을 마치고 있었다.

만약 방정환 선생을 헐리우드에 투하한다면? 채플린이랑 연결해주면 뭔가 말도 안 되는 물건이 튀어나오지 않을까? 그게 아니면… 디즈니가 있네. 평생 아이들을 위해 살았던 분이시니 디즈니랑 연결해줘도 뭔가 좋은 결과가 나오지 않을까 싶기도 하고.

욕심이 난다. 헐리우드에 돈만 싸 들고 가서 졸부 소리를 듣는 것보다, 이 마성의 구연동화맨을 최고로 샤방샤방하게 포장해서 셀럽으로 투하한다면 효과가 맥시멈이 되지 않을까? 이게 문화 승리지.

나는 고민하다가, 마침내 결론을 내렸다.

"이렇게 바다 건너 일본까지 찾아와 학업에 정진하는 여러분을 보니 저 또한 무척 가슴이 뜨거워지는 듯합니다."

"감사합니다."

"혹시 여러분, 미국에 가볼 생각은 없습니까?"

내 갑작스러운 말에 그들의 눈동자가 커졌다.

"조선말에 말은 제주로, 사람은 서울로 보내라는 말이 있지요. 그건 서울이 가장 큰 곳이기 때문입니다."

"그렇… 습니다."

"여러분들이 이곳 도쿄에 오신 것도 그 때문이겠지요. 조선 땅에서는 배울 수 없는 것들을 배우기 위해서."

나는 천천히 자리에서 일어나 창문으로 다가갔다.

"저 밖에 보이는 도쿄가 여러분들에게는 세상 그 어떤 곳보다 번화한 도시처럼 느껴지겠지만, 뉴욕과 로스앤젤레스, 파리와 런던을 모두 다녀온 제게는 한참 모자란 곳으로밖에 보이지 않습니다. 이게 바로 견문의 차이입니다."

"저희가 갈 수 있겠습니까?"

"내가 도와드리겠습니다. 조선민족의 앞날을 위해 더 배우고 싶다면 기꺼이 장벽을 허물고 길을 내드리리다. 걱정할 일은 없습니다. 고민은 딱 하나, 더 넓은 세상에서 더 많은 걸 배울 자신이 있느냐만 고민하시면 됩니다."

나는 다른 조선인 학생들에게도 널리 알려달라 당부한 후, 마지막 말을 덧붙였다.

"제가 알기로, 일본인들은 실무에 도움이 될 만한 것들은 별로 가르치지 않는 것으로 보입니다."

"아무래도 그렇습니다."

"20세기는 기계 문명의 시대입니다. 옛날의 조선은 장인을 업신여기고 상업을 천시했지만, 지금은 바야흐로 상공업자가 세상을 지배하는 시대입니다. 물론 학업에 귀천은 없지만, 미국으로 가서 여러분들이 실제로 조선인을 도울 수 있는 무언가를 배웠으면 더 좋겠다 싶은 게 내 소소한 바람입니다."

해방정국에 가장 필요한 고급 인재, 행정가, 관료진 등을 보충하려면 미리미리 지금부터 키워놔야 한다. 물론 순수학문의 중요성을 무시하는 건 아니지만… 전후 갓 독립한 신생 국가에 과연 위대한 학자가 더 필요하겠나, 아니면 관료가 더 필요하겠나. 기왕이면 이쪽으로 많이 유입되면 편하긴 하겠지.

그들은 당혹감과 기대감을 함께 끌어안은 채 돌아갔고, 그들이 저택을 나서자마자 허겁지겁 우리 잽스들이 달려와 나를 붙들었다.

"킨 장군님!"

"무슨 일이십니까?"

"저, 저들이 누군지 아십니까?"

"아뇨. 조선인 학생들이라길래 덕담이나 해줬지요."

내무성 예하 경보국(警保局), 한마디로 경찰의 대표로 나온 이가 호들갑을 떨었다.

"장군께서 저들과 이야기를 나누는 동안 제가 긴급히 저들의 신상을 조사했습니다."

"그렇군요."

"먼저 손진태는 어린 나이에도 불구하고 3.1 폭동에 참여한 전력으로 징역살이를 한 불순분자입니다."

3.1 운동에 참여했다고? 트루 애국자네?

"그리고 방정환으로 말할 것 같으면, 조선의 반일 종교인 천도교에서 교주 노릇 하고있는 손병희의 사위 되는 인물입니다. 방정환은 이미 요시찰 인물이고, 손진태는 폭동 이후 얌전해졌지만 아직 완전히 개심하였다고 보기엔 무리가 따릅니다."

그래? 천도교가 그… 동학이지? 방정환 선생이 그쪽과 관계가 있는 줄은 몰랐다. 괜히 펄펄 뛰는 게 아니구만.

"그러니, 절대 제 말을 불쾌하게 듣지 마시고, 혹여 장군의 명성에 누가 될까 봐 그러니……."

"아아. 무슨 이야기인지 압니다."

나는 자신의 임무와 내 눈치 사이에서 어쩔 줄 몰라 하는 저 가련한 관료를 용서해주기로 하였다. 그래, 일하기 힘들지. 나도 잘 압니다. 너의 죄를 이 유진 킴이 사해주겠노라.

"까놓고 말합시다. 어쨌거나 조선인인 제가 자꾸 불령선인들과 어울리는 듯하니 위에서 많이 쪼이시겠죠?"

"…송구합니다. 드릴 말씀이 없습니다."

"저들이 그 정도로 경계를 사는 인물이라는 건 몰랐지만, 어쨌거나 이번에 접촉한 이들은 처음부터 제가 염두에 두고 있던 사람들입니다."

"예?!"

"나는 저들을 미국으로 데려갈 겁니다. 아마 영영 돌아올 일은 없겠죠."

처음에 경악해하던 그는 잠시 생각하더니, 득의양양한 미소를 지으며 고개를 주억였다.

"과연. 상해로 도망친 불령선인들과 큰 차이가 없군요."

"바다 건너 미국에서 무슨 일을 할 수 있겠습니까. 훨씬 넓은 미국에서 공부하며 우물 안 개구리를 벗어나고, 일자리와 처자식이 생기면 원래 헛바람은 다 빠지는 법입니다."

"맞습니다. 참으로 옳은 말씀이십니다."

"당분간 제가 조선인 학생들을 많이 만날 계획입니다. 아무쪼록 배려해주시면 감사하겠습니다."

"물론이지요. 앞으로 조선인, 특히 학생은 따로 분류해서 킴 장군께 전해드리겠습니다."

아주 좋구만. 하지만 여기서 끝내면 유진 킴이 아니지. 나는 열심히 일하는 사람들에게 답례를 하는 사람이거든.

"혹시 전도유망한 청년이 있다면 제게 말씀해 주십시오. 미국 유학이라는 게 그리 쉽지는 않잖습니까. 일본의 청년 중에서도 더 넓은 세상을 보길 원하는 친구가 있다면 제가 기꺼이 도와드리겠습니다."

"정말이십니까?"

"그럼요. 다른 분도 아니고 경보국의 높으신 분이시라면 훌륭한 청년들을 많이 알고 있으시겠죠?"

보나 마나 제 아들이든 조카든 어디 또 인맥을 이리저리 끌고와서 청탁을 하겠지. 하지만 그게 더 좋다. 20세기 인질이라는 건 이런 식으로 잡는 거지.

우리는 서로 해맑은 미소를 띤 채 훈훈하게 악수를 나누었다.

* * *

일본의 물개 친구들과 어울린 지도 벌써 몇 달이 지났다. 그동안 나는 열심히 포커도 치고, 극장 공연도 가고, 연설도 좀 해주고, 덕담도 하고, 당구도 치고… 아무튼 골프랑 사우나는 못 갔지만 그 외의 모든 것들은 다 했다. 그리고 그 결실은 서서히 빛을 발하고 있었다.

"혹시 킴 장군께서는 미국 워싱턴에서 열리는 해군 회의에 관해 무언가 알고 계십니까? 500 더."

"저 육군입니다, 허허. 제가 대체 뭘 알겠습니까? 콜."

일본 해군의 앞길 창창한 친구들과 안면을 튼 지도 꽤 오래. 이제 그들의 긴장감은 완전히 사라졌고, 술과 담배를 곁들이면 별별 이야기가 다 튀어나오는 것은 인간의 특성이나 다름없다.

"제가 듣기로, 저 높으신 분들이 황국의 전함인 무츠(陸奧)를 포기하려 한다고 합니다."

"그 무츠가 대단한 배인가 보지요? 그렇게 걱정하시는 걸 보니."

"무츠는 절대 못 내줍니다!"

"암요. 황국의 전함 중 최고로 정예한 함선은 저 유명한 나가토(長門)인데, 무릇 전함이란 작전을 위해서는 동형함이 최소 한두 척은 더 있어야 합니다. 아무리 군축이라고는 하지만, 나가토 한 척만으로는 없는 것이나 다름없어요!"

일본군은… 무츠를… 너무나 지키고 싶어 해요… 메모…….

"그런데 그 무츠를 포기한다는 건 다른 이유가 있지 않겠습니까? 높으신 분들이 하는 일에 다 이유가 있겠지요."

"이유라뇨. 그냥 영미… 크흠, 죄송합니다. 타국의 압력을 이기지 못하는 게지요."

"이미 무츠의 건조는 사실상 끝났습니다. 그런데 조약이 정한 기간의 허점을 이용해 '무츠는 아직 건조가 덜 됐으니 폐기해라.'라고 윽박지르고 있습니다. 황국의 팔 하나를 꺾어 놓겠단 뜻이지요."

"킨 장군께서는 미국의 여러 명사들과도 통하고 있다 들었습니다. 이런 불공정한 조약이 통과된다면, 평화를 지키려는 조약이 정작 한 나라의 불만을 야기하는 꼴 아니겠습니까?"

이놈들 보게? 어쩌면 그냥 불만 토로가 아니라, 윗대가리들을 신뢰하지 못하는 아래쪽 사람들이 별도의 채널로 자신들의 의견을 보내고 있는 걸지도 모른다. 나야 해군에 대해서 쥐뿔도 아는 게 없지만, 일본군이 이 정도로 개막장으로 군다면 언제나 환영할 일이지.

"저는 이번 해군 조약이 아시아의 장구한 평화를 위한 일이라 알고 있습니다. 하지만 지금 여러분들의 말씀을 들어보니… 꼭 서구 국가들이 일본을 핍박하는 모양새 같군요?"

"그 말씀대로입니다!"

"황국이 유신의 대업을 이룩한 지도 어언 50년이 넘었습니다. 우리가 그들의 식민지도 아닐진대 어찌 이런 부당한 처사를 참을 수 있겠습니까?"

"부디 잘 좀 전달해주십시오. 이런 일방적인 조약에 순응할 황국 신민은 없습니다. 저희의 의견을 부디……."

"걱정 마십시오. 저는 아시아인의 처지를 대변해 줄 수 있는 나라는 일본뿐이라고 확신합니다."

뻥이다. 아시아인의 처지를 대변해 줄 수 있는 건 오직 이 유진 킴뿐이시다.

"저는 이번 일본 파견이 아시아와 태평양의 평화를 위한 친선 목적이라고 이해하고 있습니다. 그런데 어찌 한 나라의 일방적 희생을 가만히 두고 볼 수 있겠습니까?"

뻥이다. 나는 버섯구름과 불타는 도쿄를 보기 위해 여기에 왔다. 겸사겸사 돈도 좀 벌어 가고.

"여러분들은 안심하십시오. 이 유진 킴이 있는 이상, 일본제국과 미합중국 사이엔 언제나 친선의 가교가 있는 셈이니까요! 하하!"

물론 뻥이다. 이 유진 킴은 가교는 가교인데, 미군이 일본열도에 상륙할 가교가 되어 줄 작정이시다.

하지만 이 진실과 정의, 평화의 사도 유진 킴의 명성이 헛되지 않았는지 친애하는 일본 장교님들께서는 신이 나서 더더욱 술잔을 연신 들이키기에 바빴다. 1922년 한 해는 이렇게 흐뭇하기 그지없었다.

소파 방정환

본 작품에서 유진이 언급하는 '김무옥'은 당연히 드라마 〈야인시대〉의 김무옥 역을 맡았던 이혁재의 얼굴입니다. 명확히 김무옥이라고 밝혀진 고화질 사진은 없습니다. 김두한 씨 딸 김을동 씨가 공개했다는 사진의 고화질 버전은 찾을 수 없었습니다. 다만 김을동 씨가〈야인시대〉에서 김무옥 역할을 맡은 '이혁재' 씨를 만나 "매우 닮았다."라고 하긴 했습니다.

미스터 션셋 7

"오랜만에 뵙습니다, 제독."

"이렇게 다시 만나니 정말 반갑구려."

도고 헤이하치로. 일본 해군 원수이자 백작위를 하사받은 명실상부한 일본의 전쟁영웅. 그와의 재회는 참으로 은밀하게 진행되었다.

"우선, 내가 사과할 일이 있겠군."

"사과라뇨?"

"나는 결코 저 피부 허연 코쟁이들이 귀관과 같은 인재를 위해 자리를 내주지 않을 거라 단언했었지. 하지만 내 말은 틀렸고, 귀관은 미국의, 아니, 아시아의 영웅으로 우뚝 섰소."

"그때는 햇병아리 생도에 불과했었잖습니까. 저 또한 도고 제독의 말씀을 듣고 많은 깨달음을 얻었습니다."

내가 그를 띄워주자 그도 슬며시 미소를 지었다.

"그렇다면 다행이군. 내가 만나 보았던 그 어린 생도가 유럽의 전장을 종횡무진한다는 소식을 접한 후 얼마나 내가 당혹스러웠는지 모르겠소."

"저도 제가 영국의 군문에 들었다면 출세할 수 있었다고 생각하지는 않습니다. 서로의 경험 차이라고 넘어가면 될 듯합니다."

　이 자리가 성사되기까지 얼마나 고역을 치렀는가를 열거하자면 정말 한
도 끝도 없다. 해군 원수이자 일본 해군의 아버지로 숭배받는 그 도고는 현
재 워싱턴 해군 조약에 굉장히 부정적이었고, 일단 도고를 명목으로 날 초
대하긴 했으나 도고가 괜히 조약에 초를 치진 않을까 일본 해군 수뇌부는
극도로 경계하고 있었다. 그리고, 실제로 도고는 초를 치고 싶은 의지가 가
득했고.

　"우리 해군의 의기 넘치는 후배들이 이번 해군 조약을 굉장히 우려하고
있소."

　"그렇습니까. 저는 육군이라 그 정도일 줄은 꿈에도 몰랐습니다."

　"아시아의 평화를 위해서 제국 해군의 역할이 지대합니다. 그런데 일시
적인 감상에 취해 한 나라의 일방적인 희생을 담보로 잡으니 이 얼마나 안
타까운 일입니까."

　이 자리가 성사된 이유. 이제 뒷방 늙은이가 되어 이승 퇴장할 날만 기다
리는 도고조차, 해군 군축조약에 불만을 가득 품고 결국 뛰쳐나온 것이다.

　"제가 뭘 해드리면 되겠습니까."

　"꽤 단도직입적이구려."

　"저는 해군 조약에 관해서는 아무것도 모릅니다. 하지만 하나 확실한 건,
미국과 일본 사이에 전쟁이 터진다면 제 처지가 굉장히 난처해진다는 사실
이죠."

　"흐으음……."

　"어차피 저는 일개 육군 소령입니다. 단순한 메신저 이외의 역할은 할 수
없지만, 협상 테이블과 별개의 채널로 의견을 전달해드릴 수는 있지요. 그
러니 솔직담백하게 의견을 전해주시면 일체의 가감 없이 그대로 전해드리
겠습니다."

　"좋소. 이야기가 빠르니 좋군."

도고는 테이블을 손가락으로 툭툭 두들기며 고개를 끄덕였다.

"먼저, 제국 해군은 결코 무츠를 포기할 수 없소."

"무츠 이야기는 저도 많이 들었습니다."

"그리고, 제국 해군의 쿼터를 과도하게 제약하려 한다면 미국과 영국 또한 그만한 대가를 치러야 하오."

"예를 들자면요?"

"태평양 섬의 요새화도 제한해야겠지. 어차피 해군을 제한한다 해도, 잠재적인 전장을 모조리 요새화한다면 서로 요새화를 통한 군비 경쟁이 지속될 거요. 그러니 모두 사이좋게 태평양과 아시아의 요충지를 비무장 상태로 유지합시다."

말은 참 좋다.

도고의 의도는 명백했다. 일본은 지난 제1차 세계대전에서 독일이 가지고 있던 남태평양의 여러 섬들을 뜯어냈으나, 이 섬들은 엄밀히 말하자면 일본령이 아닌 '국제연맹 신탁통치' 지역이며 일본이 이를 대행하는 상태였다. 그리고 이 신탁통치 지역들의 요새화는 베르사유 조약에 의해 금지되어 있었는데, 이게 아니꼬우니 '너네도 그냥 요새화하지 말지?'라는 게 실제 의도인 셈이다.

그런데 문제는, 미합중국 역시 이걸 너무나도 원하고 있단 사실이다. 하딩 행정부는 더 이상 군에 돈을 쓸 생각이 눈곱만큼도 없었다. 태평양 한가운데 있는 섬을 요새화한다고? 그 돈은 어디 땅 파서 나오나? 필리핀도, 괌도, 그 외 다른 지역에 해군 기지를 짓네 요새를 새로 쌓네 하는 모든 제안들은 돈 없다는 한마디에 나가리 났다. 그게 통과됐으면 킹과 내가 머리카락을 쥐어뜯지도 않았어.

"제가 잘 전달해드리겠습니다."

"고맙소. 부디 태평양에서의 평화가 영원하길 빌지."

"물론입니다. 앞으로도 잘 부탁드리겠습니다."

우리는 굳게 손을 잡으며 밀회를 끝냈다.

역시 정보력은 앞서고 볼 일이다. 만약 왜놈들이 미국의 의사를 보다 잘 알고 있었다면 결코 자신들이 먼저 이런 제안을 던지진 않았겠지. 하지만 우리는 굉장히 아쉬운 표정을 지으며 일본의 제안에 너그러이 응해줄 수 있게 되었다. 머저리들.

"그리고 말입니다, 혹 제 개인적인 용무를 부탁드려도 괜찮으실지요?"

"이 늙은이가 도와줄 수 있는 일이 있다니 기쁘기 그지없구료. 내가 할 수 있는 일이라면 무엇이든 해주겠소."

"사이토 마코토(斎藤実) 조선 총독을 좀 소개해주시면 감사하겠습니다."

도고의 눈에 드물게도 당황하는 기색이 엿보였다.

* * *

일본제국, 경성. 평소에도 방정환은 늘 방학을 맞이하면 귀국해 다양한 일들을 해 왔었지만, 이번만큼은 방학을 기다릴 겨를이 없었다. 나는 새처럼 허겁지겁 돌아온 그는 경성에 발을 디디기가 무섭게 집으로 향했다. 어차피 다른 갈 곳도 없고, 처가살이하는 신세이니 그의 집이 곧 장인어른 손병희의 집이니 말이다.

"장인어른, 몸은 좀 괜찮으신지요."

"나라에 큰 탈이 났는데 어찌 이 한 몸이 멀쩡할 수 있겠나? 큰일은 없으니 안심하게. 김유진 장군을 만났다지? 어떤 분이셨나?"

병석에 누워 있던 손병희 역시 궁금함을 참지 못하는 것은 매한가지였다. 김유진이 누군가. 조선민족 5천 년 역사에 가장 암운이 드리운 이때 혜성같이 나타난 명장이 아닌가.

항상 이 가엾은 민족이 국난을 겪을 때면 백마 탄 영웅이 나타나곤 하였다. 을지문덕이나 강감찬이 그러하였고, 임진년엔 충무공 이순신이 나타났으매 이번엔 상제께서 김 장군을 내려주신 게 틀림없다 입 있는 모두가 그리 떠들고 있었다.

하지만, 손병희 그 자신은 그가 조선 땅에 한 번도 와본 적 없는 미국인이라는 사실이 못내 마음에 걸렸다. 이미 한 민족이라던 인간들 중 매국노가 부지기수일진대, 과연 태어나서 이 반도를 구경도 못 해본 그가 조선의 독립과 광명에 얼마나 큰 관심을 가지고 있을꼬?

하지만 이 사람 보는 눈 하나는 믿을 만한 사위의 말에 그는 고민을 내려놓을 수 있었다.

"김유진 장군은 팔척장신에 그 풍채는 당당하였기로 한번 바라만 보아도 일세의 영걸이 틀림없으셨습니다."

"그래?"

"그분께서는 왜인들이 듣거나 말거나 개의치 않고 스스로를 일컬어 조선인이라 하시었고, 조선민족의 앞날에 대해서도 많은 고민을 하고 계셨습니다."

"다행이구나. 참으로 다행이야! 그렇게 명성 드높은 사람이 왜놈들의 편을 들어준다면 또 얼마나 많은 이들이 변절의 유혹을 겪었겠느냐. 비록 타국의 군문에 몸을 두고 계신 것은 참으로 안타깝지만, 사세가 이리 험악하니 그분이 조선 땅에서 나고 자랐다면 어찌 영웅으로 우뚝 설 수 있었겠나. 참으로 다행스럽구나."

"거침없이 백인들을 호령하시고 왜인들 또한 그분께 고개를 조아리는 것이 모두 미국의 군인이기 때문 아니겠습니까."

"그 말이 맞구나."

10분. 20분. 30분. 사위가 아해들 데리고 한번 동화 이야기를 시작하면 뇌성벽력이 치건 말건 모두 혼이 빠진 듯 그의 입만 쳐다보곤 하였는데, 그 입담으로 김유진 장군 이야기를 꺼내니 시간이 얼음 녹듯 솔솔 사라졌다.

한참을 그렇게 재잘재잘 떠들어대던 방정환이 잠시 목을 축일 때쯤 되어서야 손병희 역시 최면에서 깨어난 듯 정신을 차릴 수 있었다.

"흠흠. 그래. 김 장군 구경한 걸 자랑하러 학업마저 내팽개치고 온 건 아니겠지? 전보로 미리 물어본 이야기가 있잖느냐."

"아, 맞다. 내 정신 좀 봐. 김 장군께서 제게 미국 유학을 제안해주셨습니다."

"미국이라."

방정환이 조선에서, 그리고 천도교에서 이것저것 하고 있는 일이 참으로 많기에 쉽게 말이 떨어지지는 않았다. 하지만 미국행. 그것도 김 장군이 도와주겠다는 유학길이다. 이런 천고의 기회가 또 어디 있겠나 하면 참으로 고민이 되는 일이었다.

"제가 처음에는 조선 땅에 처자식이 있다 난색을 표하였는데, 원한다면 가족과 동행할 수 있다고도 하셨습니다."

"…참으로 보통 마음 씀씀이가 아니시구나."

"하지만 미국에 가면 조선의 일은 거의 손대지 못할 텐데, 저희 가족이 전부 떠나면 장인어른께서 많이 섭섭하지 않겠습니까. 저는 괜찮습니다. 하하!"

"인석이. 장군께서 기껏 호의를 베풀어 주셨는데 이런 천금 같은 기회를 내버리겠다고? 안 될 말은 하지도 마라."

이제 제법 살집이 붙고 있지만, 늘 사위를 볼 때면 깡말라서 어디 하나 부러질 것만 같던 옛날 모습이 아른거렸다.

이제 그 자신이 살 날도 얼마 남지 않았다. 험한 옥고를 치른 몸은 이제 지쳐 있었고, 과연 그가 죽고 나서 가족들이 어찌 될지도 고민되었다. 항상 교육이야말로 조선민족의 동아줄이라 주장하던 그가 사위가 세상에서 가장 번화한 곳에서 교육받을 기회를 내동댕이칠 수 있겠나. 아쉽지만 보내주는 것이 당연한 일일 터.

그때, 저 문 바깥이 갑자기 소란스러워졌다.

"큰일입니다. 밖에 왜인이 찾아왔는데……."

"왜인이라고?"

"총독부 정무총감인 아리요시 주이치(有吉忠一)가 직접 찾아왔습니다."

"…참으로 귀한 개나리가 오셨구나. 손님을 내칠 수야 없지."

그가 무어라 입을 떼기도 전에, 아리요시 정무총감이 성큼성큼 문을 열고 들어왔다.

"어서 오시오. 이 불령선인의 집에 어찌 귀한 분께서 찾아오셨는지?"

"병문안이라고 하면 그 또한 우스운 이야기겠지. 내지에서 청탁이 들어왔기로 내가 직접 걸음하게 되었소. 마침 방정환도 여기 있으니 잘된 일이군."

따로 차 한 잔도 내어 오기 전, 아리요시가 거두절미하고 용건에 들어갔다.

"지금 본국에 킨 장군이 와 있다는 사실은 당연히 아실 거요. 그분께서 조선 총독부에 요청하기를 '동양교육발전기금'을 설립하고자 하니 협조해 달라 하셨소."

"동양… 뭐요?"

"동양교육발전기금. 국적을 불문하고 장래성 있는 인재들에게 미국 유학의 기회를 주선해 주고자 한다더군."

국적을 불문한다면 왜인들에게조차 기회를 준다는 말 아닌가. 순간적으로 말문이 막혔다. 하지만 가만히 생각을 정리하여 보니, 조선인에게만 기회를 준다면 반드시 일본은 훼방을 놓을 게 틀림없으니 이 방법이 사실상 유일한 방책이었다.

이어지는 정무총감의 말이 이 생각에 쐐기를 박았다.

"일본인은 본토에서 적절히 선발할 예정이나, 조선인의 경우 몇몇 명망 있는 단체에서 적절히 후보를 선발하면 총독부와 킨 장군이 이를 간추려 유학을 보낼 계획이라 하오. 대체 어째서 킨 장군이 그대들을 지목하였는지 그 곡절은 알 수 없으나, 장군이 고른 조선인 단체 중 그대들도 포함되어 있소. 어찌하겠소?"

"혹시 다른 곳은 어디인지 알 수 있겠소?"

"《조선일보》와 《동아일보》 등 언론사를 통한 직접 응모도 가능하고, YMCA와 같은 다른 종교계도 포함되어 있소. 그래서 할 거요 말 거요?"

"하겠소."

"홍. 미리 경고하지만 유학생들을 사주해 불측한 짓거리를 하다가 걸리면 결코 좌시하지 않겠소."

용건만 마친 그는 곧장 대답도 기다리지 않고 집을 나섰다.

"사위."

"예, 어르신."

"내가 죽기 전 마지막으로 할 일이 생긴 듯하네. 아무쪼록 미국에서 큰 인물이 되어 돌아오시게."

손병희는 자리를 털고 힘주어 몸을 일으켰다. 이 조선 팔도에서는 무슨 짓을 하더라도 총독부에 가로막혀 차마 마음껏 뜻을 펼칠 수가 없었다. 하지만 이역만리 미국에서라면?

생의 마지막 불꽃이 맹렬히 타올랐다. 지금 뿌릴 씨앗이야말로 이 나라의 백년대계를 이끌어나갈 최고의 거목이 되리란 사실을 직감할 수 있었기에.

3장
동경붕괴

동경붕괴 1

"크, 크하하하하!!"

예상대로다. 조선과 일본 전역에서 끝없이 신청서가 쏟아지고 있다. 얼마 전까지 나를 만나고자 한다는 사람들 상당수는 그냥 얼굴이나 보고 싶은 사람들이 다수였다면, 이제는 미국 유학을 청탁하고픈 고관대작들이 줄을 잇고 있었다.

"킨 장군! 우리 아들이 말이오……"

"내 조카가 참 똑똑한데……"

"이 친구들이 우리 현에서 가장 우수한 인재들이오. 능히 황국을 짊어질 건아들이니 힘 좀 써주시면 감사하겠소이다."

그럼그럼. 미국이 괜히 미국인가. 자유와 기회의 땅 아닌가. 저들 중 상당수는 있는 집 자제들이니 알아서 미국에 갈 수도 있겠지만, 그래도 기왕이면 현지의 든든한 뒷배를 마련한 채로 보내고 싶은 게 자식 가진 부모의 마음일 게다.

미국물 먹은 일본 엘리트층이 늘어난다고 어차피 대세에 영향은 없다. 갑갑한 섬나라를 나와 드넓은 대륙을 맛본 일본 최고의 지식인이 파시즘의 광기로 맛탱이가 간 열도에 돌아간다고? 적응이나 할 수 있겠나. 같은 일본인의 손에 안 죽으면 다행이다.

조선인은 말할 것도 없다. 조국 독립을 위해 한 몸 불태울 각오가 되어 있는 사람을 빼고, 광기로 돌아버린 일제 치하 조선으로 돌아갈 사람이 과연 몇이나 되겠나. 간다고 해도 제발 조금만 기다려 달라고 내가 바짓가랑이 잡고 사정사정해야지.

해방 이후에는? 45년도 해방이라 치면 약 22년. 스무 살에 태평양을 건넌 청년이 마흔네 살이 된다. 새로 태어난 조국에 건너갈 사람은 정말 우국충정에 불타는 사람이거나, 혹은 미국이 지긋지긋해진 부류겠지. 당장 윤치호만 봐도 지랄맞은 인종차별에 흑화해버린 인간형이니까.

지금 나는 인재를 키우는 농부다. 그리고 교육이라는 측면에서 보자면, 공급받을 수 있는 사람의 숫자에 한계가 있는 이상 일단 무조건 때려넣고 봐야 한다. 1,700만 조선인 중 고등 교육을 받기 위한 거의 유일한 통로인 일본 유학생이 2천 명이 채 안 되는 상황. 10년에 걸쳐서 1천 명만 데려가도 대성공이라고 자평할 수 있다.

이 광기의 시대에, 과연 20년 뒤 신생 대한민국의 초석이 될 사람을 몇 명이나 건질 수 있을까. 도중에 객지에서 숨을 거둘 수도, 미국에 정착할 수도, 빨간 맛에 물들 수도 있는 기나긴 시간을 고려하자면 무조건 많이 데려가고 봐야 한다. 귀국을 하면 좋은 일이고, 미국에 정착하면 그만큼 아시아계의 입김이 세지니 이게 바로 꽃놀이패 아니겠나.

상황이 이리되고 보니, 교육기금을 조금 더 확대해 볼까 하는 생각도 들었다. 중국인도 포함시킨다면 포텐셜이 훨씬 커지겠지. 국공내전이 어떻게 전개될지 추측하는 건 불가능하지만, 만약 원 역사대로 모택동이 승리한다면 대만행 대신 한국행을 권하는 정도라면 충분히 약발이 들을 만한데.

한편 해군 조약 또한 성공리에 마무리되었다. 나는 충실하게 메신저 역할을 이행했고, 일본 해군은 소원대로 전함 무츠도 챙겼으며 아시아—태평양 일대의 추가 요새화 금지라는 단서 조항 역시 달 수 있었다.

물론 일본의 무츠 보유를 허용하는 대신 영국과 미국도 추가로 전함 두 척을 건조할 수 있게 되었지만… 그건 당장은 전혀 문제가 될 일이 아니었다. 왜냐면 지금 일본 수뇌부가 생각하는 미래의 전쟁이란 '영일연합군 대 미국'이라는 구도지, 절대 '미쳐버린 일본 대 영미연합군'이 아니기 때문이다.

'대영제국이 대서양에서 미국과 교전하는 동시에, 나가토와 무츠를 보유한 우리 황국과 영국 극동함대가 미국의 아시아함대를 상대한다!'

'이러면 능히 태평양 전선에서 황국은 승리를 거머쥘 수 있다.'

'미국이 무츠에 맞설 16인치 포 전함을 진수하려면 족히 몇 년은 걸릴 터. 최대 10년은 태평양의 힘싸움에서 우위를 점할 수 있겠어.'

그래. 일본은 나름대로 이번 조약에서 선방했다. 불행이라면, 지금 조약을 맺고 있는 수뇌부는 설마 자기네 나라가 앞뒤 구분도 못 하고 광견병 걸린 개처럼 폭주하리라고는 상상도 못 한단 사실이지.

나는 그 뒤로 니나노 노닐며, 일본에서 인재 수집이라는 추수의 시간을 가득 채운 채 1922년과 작별할 수 있었다. 물론 노는 것은 오직 나 혼자뿐, 1922년부터 시작된 세계정세의 위기는 23년 새해가 다가왔음에도 그 불이 꺼지지 않았다.

전간기. 일시적 평화? 그 말 꺼낸 놈 명치 존나 세게 때리고 싶다. 이게 어딜 봐서 평화냐, 주유소 옆 불꽃놀이지.

1차대전에서 패망한 옛 오스만튀르크의 시체 위에서는 여전히 대포가 불을 뿜고 있었다. 훗날 터키의 국부로 우뚝 설 아타튀르크의 터키 독립군은 소련의 지원을 받아 결국 그리스군을 격파하고 승기를 잡았다. 이 여파로 그리스에서는 쿠데타가 일어나고 국왕이 쫓겨났다. 여기까지라면 단순히 머나먼 지방의 해외 토픽감으로 끝이겠으나, 이 광기의 시대에 그런 일을 바라선 안 된다.

[터키군이 더 많은 것을 원한다면 영국군이 참전할 것.]

전 세계의 긴장도가 쑥쑥 올라가는 것은 당연지사.

"총리면 총리지, 왜 멋대로 전쟁을 운운합니까!"

"야, 선거해 선거! 국민들이 진짜 또 전쟁을 원하는지 투표로 까보자고!!"

독단적으로 참전을 암시했던 영국의 로이드 조지 총리는 이 사태로 결국 정권을 잃었지만, 대전쟁 종전이 만 3년도 지나지 않았는데 다시 전쟁이라는 이야기가 튀어나온 것 자체가 전 세계 사람들에게 충격과 공포를 불러일으키기엔 충분했다.

영문도 모르고 전쟁에 휘말릴 뻔한 프랑스가 경악했고, 캐나다 자치령 또한 '니들이 불장난해도 이제 우린 안 낄 거다.'라며 독립성을 강화해나갔다.

그럼 여기만 빼곤 조용했느냐, 하면 그것도 아니지. 독일에서 새로 출범한 바이마르 공화국은 하이퍼인플레이션으로 경제가 파탄 났고, 설상가상으로 프랑스는 배상금을 안 내놓는다며 군대를 이끌고 루르 지방을 일방적으로 점거했다. 영국이나 프랑스나 그 새끼가 그 새끼다. 아주 감동적이야.

소련군은 마침내 블라디보스토크에 입성했고, 겁도 없이 시베리아에 기어들어 갔던 일본군은 사할린을 제외하곤 빤스런을 했다. 투탕카멘의 피라미드가 발굴되고, 미국에선 처음으로 여성 상원의원이 등장하며, BBC가 라디오 방송을 시작하는 이 두근두근한 시대.

그 뒤편에선 폴란드 대통령이 취임 닷새 만에 암살당하고, 리투아니아는 메멜 지방을 합병했으며, 곳곳에서 식민지인들과 지배자들의 전쟁이 벌어지는 가운데 개같은 세상 엎어버리겠다는 분노가 누적되고 있었다.

시대는 아직 피를 원하고 있다. 1차대전 사망자 2천만 명으로는 아직 부족하다는 듯, 시대정신은 더욱 맹렬히 산제물을 요구하고 있었다.

두 번째 인생인 나조차 이 시대는 너무나 버거웠다.

* * *

1923년 8월 31일, 도쿄.

"오랫동안 고생이 정말 많으셨습니다."

"킨 장군, 황국을 대변해 다시 한번 감사의 말씀을 드리겠습니다!"

"에이. 제가 도운 일이 뭐가 있다고 그러십니까? 비즈니스적으로 합리적이었기에 포드사에서 내린 결정 아닙니까."

"하지만 백인들은 늘 유색인종 문제에선 비합리적으로 굴잖습니까. 이 모든 것이 다 킨 장군의 노고 덕택입니다. 감사합니다!"

마침내 기나긴 합의가 끝났다. 포드사 실사단은 일본은 물론 저어 위쪽 평양과 의주까지 실사를 다녀왔고, 그 결과 '여러 제반 사정을 고려'하여 도쿄에 공장을 짓기로 내정하였다.

물론 이 제반 사정에는 일본의 끝없는 러브콜과 각종 로비가 포함되어 있음은 당연지사. 중국에 트랙터를 팔아먹고 싶은 포드 입장에선 대륙에 짓는 편이 훨씬 낫겠지만, 아무래도 여러 가지 눈치가 보이긴 했다.

"자, 오늘은 드디어 일미 협력 체제가 강화된 경사스러운 날입니다! 마십시다!"

"와아아아!!"

흥겨운 음악. 맛 좋은 술. 거기에 여자까지. 아니, 여자는 좀 빼줘. 내 옆에 붙지 말라고. 귀국하자마자 샷건 맞기는 싫어!

"이제 미국으로 돌아가시는 겝니까?"

"핵심 사안은 모두 끝났으니, 제 다음 보직 발령을 기다려야지요."

"무척 아쉽습니다. 가기 전에 꼭 저희 집을 방문해주시지 않겠습니까?"

지금 내 옆에 다가와 조잘대는 사람은 근위사단 참모장인 데라우치 히사이치(寺内寿一) 대좌. 성이 익숙하다면 맞다. 조선 합병의 주역이자 초대 조선 총독이었던 데라우치 마사타케의 장남이다.

"아버지께서도 생전에 꼭 킨 장군을 뵙고 싶어 했습니다. 한번 찾아와주시면 일생의 영광으로 삼겠습니다."

"하하. 영광이라뇨. 언제고 제국의 전쟁영웅이 되셔서 도고 제독처럼 미국을 방문해주셔야죠."

"너무 띄워주시는 거 아닙니까?"

"제가 외부인이라 잘은 모르겠지만, 부하들을 덕으로 다스려 일개 졸병들조차 흠모하는 마음이 크다 들었습니다. 일본 육군에 용장은 많으나 덕장은 오직 데라우치 대좌의 명성만이 들릴 뿐이니 능히 영웅의 기질이 아니겠습니까."

"크하하하하! 킨 장군께서 이리 인정해주시니 감격스럽습니다!"

그래. 그러니까 립서비스로 끝내면 안 될까? 내가 데라우치 가문의 문지방을 드나들면 진짜 총 맞을까 봐 두렵단 말야. 그렇게 크게 웃던 데라우치는 갑자기 정색하고는 내 귓가에 입을 가져다 댔다.

"물개 놈들이 요즘 안면몰수하고 장군을 음해하려 한다는 소리가 있습니다. 조심하십시오."

"아 뭐, 그분들은 그럴 만하죠. 그러니까 물개 아니겠습니까."

"외교라는 걸 모르는 무지렁이들 주제에 영국의 가호가 사라지니 두려움만 커져서 그렇습니다. 황국의 대들보인 저희 육군은 언제나 킨 장군을 지지하고 있으니 안심하십시오."

워싱턴 해군 조약에서 파생된 결과 중 하나. 영일동맹의 종료. 육군은 의외로 덤덤한 편이었으나, 해군은 마른하늘에 날벼락이라도 맞은 듯 죽음을 수용하는 5단계를 완벽하게 보여주었다.

"영국이 황국을 버렸다고? 그럴 리가 없다! 일영동맹은 영원하다!"

부정.

"귀축영미는 역시 한패야! 아시아인의 바다를 지킬 수 있는 건 오직 황국 해군의 힘뿐이다!"

분노.

"외교부 놈들은 밥 먹고 뭐 하고 있나. 빨리, 빨리 그놈들을 다그쳐서 동맹은 아니라도 그에 준하는 뭐라도 좀 진행해보게. 빨리!"

협상.

"영국이 없으면 앞으로 선진 기술은 어디서 도입하지? 이제 몸을 일으킨 황국의 십 년 뒤는 어쩐단 말인가?"

우울.

"어쩌겠나. 이미 다 끝난 일인 것을. 앞으로를 고민해보세나."

수용까지.

그리고 수용 단계에까지 이르지 못하고 여전히 분노에 가득 찬 친구들 중 일부는 나를 타겟으로 삼아 그 분노를 풀고 있었다.

"처음부터 스파이로 온 거야! 황국의 등에 칼을 찍으러 온 거라고!!"

"조센징이 그러면 그렇지. 황국을 파멸시킬 생각만 하고 있을걸?"

와, 귀신같이 알아맞히네. 어뜨케 아랏지?! 하지만 하나는 틀렸다. 나는 졸렬하게 등에 칼질 같은 거 안 한다. 정면을 바라보고 배때기에 총알구멍을 내주는 착한 어른이거든.

우리는 그렇게 한창 질펀하게 부어라 마셔라로 새벽 내내 달렸다. 그리고 다음 날 9월 1일.

"물, 무울……."

"작작 좀 드시지 그러셨습니까."

"너도, 얼굴 꼬라지, 봐라. 거울이나 보고 말해."

하지와 나는 누가 봐도 술병이 난 얼굴 꼬라지였다. 서둘러 씻고 나온 나는 수첩을 뒤적이며 마지막으로 일정을 점검했다.

"이따 호텔 가서 포드사 사람들 태우고, 싸인하고, 사진 찍으면 끝."

"그다음에는요?"

"없지. 기갑 전술 관련해서도 거의 다 끝냈고. 나도 워렌 대사처럼 여행이나 갈까? 같이 갈래?"

"가족분들 안 부르십니까?"

"이제 앨리스도 제법 크긴 했을 텐데… 배를 탈 수 있을까?"

"오히려 애들이 더 빨리 적응한답니다."

그래? 배를 타도 괜찮으면 가족을 부르는 것도 나쁘지 않겠지. 몇 년째 타향살이하고 있자니 가족이 그립다. 흑흑. 보고 싶어. 조선에 가는 건 조금 무리겠지만, 중국은 나쁘지 않겠지. 한번 상해에 가는 것도 좋은 선택이고.

우리는 빳빳하게 다려놓은 군복을 입은 후, 곧장 호텔로 향했다.

"오랜만이군, 유진!"

"어이쿠. 나으리 오셨습니까."

"매정한 사람 같으니. 내가 직접 태평양을 건넜는데 마중도 안 나오고."

"회사일 해야 하니 나오지 말라 한 사람 어디 갔나."

"진짜 안 나올 줄은 몰랐지."

에젤 포드가 너스레를 떨며 차에 올라탔다.

"그나저나, 여기 와서 정말 싸인만 달랑 하고 가나?"

"그건 아니고, 중국 시장을 한번 타진해 볼 요량이야. 중국에 T형 포드 수요가 그렇게 높다면 공장 이전을 검토해 봐야지."

"흐음."

2020년에도 중국인은 한국 인구수만큼 갑부가 산다는 소리가 있었으니, 1923년이라 해도 딱히 달라질 일은 없겠지. 그 넓은 대륙에 설마 부자가 없겠나. 그렇게 우리가 향후 포드사와 아시아의 사업 가능성에 대해 논하던 도중.

쿠구구궁!!

"뭐, 뭐야?!"

"또 지진이야?"

"이번 거, 큰, 큰데요?!"

쿠구구구궁!!

세상이 뒤흔들리기 시작했다.

동경붕괴 2

　내가 어렸을 적, 샌프란시스코에 지진이 일어났었다. 정말 끔찍했다. 이 타격으로 샌프란시스코가 로스앤젤레스에 캘리포니아 1위 도시라는 지위를 빼앗겼으니 더 말할 것도 없다.

　공포. 두려움. 무질서. 혼란.

　어느 정도 수습이 되기까지, 그때만큼 가장 절박하고 하루하루 앞날을 예상 못 한 적은 없었다. 그리고 지금, 그때보다 훨씬 더 강렬한 지진이 이곳을 덮치고 있었다.

　1초가 1분처럼 느껴지는 끔찍한 진동. 그 어떤 배에 타고 있을 때보다 요동치는 대지. 옆의 건물에서 돌가루가 흩날리고, 목재로 된 얄팍한 집이 굉음을 내며 무너져내린다.

　"끼야아아아아악!!"

　저 멀리서 비명이 울려 퍼지는 듯하지만, 천지가 요동치는 이 어마어마한 소리 앞에서 한낱 인간의 목청은 희미하게 귓가를 간질일 뿐.

　이 거대한 파괴의 현장 앞에서 모두는 말을 잃을 수밖에 없었다.

　"하, 하아. 끝났나?"

"다들 괜찮나? 다친 데 없고?"

나는 진동이 멎기 무섭게 차에서 내려 거리를 훑어보았다. 거센 바람이 내 얼굴을 갈겼지만 지금 고작 바람 따위를 신경 쓸 처지는 아니었다.

"맙소사."

평화로운 토요일이어야 했을 오늘. 도쿄 곳곳에 연기와 비명이 치솟아 올랐다. 끔찍한 진동 이후엔, 기다렸다는 듯 이 거대한 도시를 집어삼키기 위해 사방천지에서 불꽃이 샘솟았다.

"시발."

"이, 이게 지진입니까?"

"바로 차 돌려. 대사관으로 가자."

"계약은?!"

"지금 계약이 문제야? 이러다 다 죽어! 원래 지진은 한 번 오고 땡이 아냐! 운전수, 밟아!"

"알겠습니다!"

그 순간, 다시 한번 천지가 뒤흔들렸다. 아까의 그 끔찍한 하늘과 땅을 갈아엎을 기세의 진동은 아니었지만 공포스럽기는 매한가지.

"뭐 해, 빨리 안 가고! 진동 멈췄으니까 지금 가!"

"엡!"

도로 곳곳에 차가 널브러져 있었지만 우리는 용케도 차를 몰아 다시 대사관으로 향했다. 도로를 굴러다니는 차는 우리밖에 없었다. 운전자고 승객이고 할 것 없이 모두 차에서 내려, 유신 이후 반세기 동안 쌓아 올린 이 영광의 도시가 신벌 아래 무너져내린 모습을 넋을 놓은 채 지켜보고 있었다.

"바람."

"네?"

"오늘 바람이 유달리 세지."

"태풍이 올라오고 있다고 예보가 있었잖습니까."

"저 화재, 전부 진압할 수 있을까?"

"소방 쪽에서 잘… 끄겠죠."

"아까 건물 무너지는 거 봤지? 불도 불이지만 깔린 사람들은 어떡하고?"

도쿄를 가득 메운 건물 대부분은 목조 건물들. 점심 먹을 시간이었던지라 곳곳에서 피어오르던 밥 짓는 연기. 태풍 영향권에 접어들며 쉴 새 없이 몰아치고 있는 강풍. 모든 징조가 최악을 가리키고 있다.

쿠구구궁!!

"으, 으아아!!"

"대로 한복판으로 나가! 건물 무너지면 우리도 다 뒈진다!"

"네넵!"

진동. 또 진동. 거의 1분에 한 번꼴로 지진은 계속되었다.

우리가 간신히 대사관에 도착했을 때 즈음, 내 불안감은 현실이 되어 있었다.

"도쿄가! 도쿄가 불타고 있습니다!"

"미… 친……."

거대한 화마가 도쿄를 덮쳤다.

* * *

"무사하셨군요! 걱정하고 있었습니다!"

얼굴이 백지장이 된 에젤을 대사관에 대강 쑤셔넣은 후, 나와 하지는 곧장 워렌의 후임으로 온 사이러스 우즈(Cyrus E. Woods) 대사를 만났다.

"구호 준비는 어떻게 되어 가고 있습니까?"

"대사관 경비병들을 모두 무장시켰습니다. 우선 도쿄에 있는 우리 국민을 수습해야 하지 않겠습니까.”

“알겠습니다. 하지, 너도 저기 합류해.”

“소령님은요?”

“나는… 높으신 분들을 좀 만나봐야겠어.”

“확실히 그게 더 좋겠습니다.”

다시 여진이 와 잠시 대화가 끊기고, 우리는 떨리는 손을 애써 모른 체하며 담배에 불을 붙였다.

“최악의 타이밍입니다. 정말로요.”

“일본 정부가 이 엄청난 재난을 극복할 수 없다고 보십니까?”

“이건 일본이 아니라 그 어떤 나라여도 어려운 상황입니다. 총리가 겨우 1주일 전에 죽었잖습니까. 그런 와중에 나라의 핵심 중추인 도쿄가 이 모양이 되었는데 무슨 수가 있겠습니까?”

생각. 생각해야 한다. 생각. 우선 가장 급한 건 미국인의 구호다. 이건 내 임무이자 의무다. 이걸 방기해서는 안 된다.

“경비라 해봤자 수효가 얼마 안 되니, 경찰이나… 일본군의 도움을 받아야 할 듯합니다.”

“그렇지요.”

“제가 군부에 친분이 제법 있으니 군을 만나는 편이 나을 듯합니다.”

“그럼 저는 관료들을 만나보지요.”

“하지, 너는 바로 출발하고, 대사관만으로는 사람들을 수용하기 어려울 테니 내 집도 써.”

“알겠습니다.”

“아, 그럼 제 집도 쓰십시오! 여기, 열쇠 드리겠습니다.”

우리는 신속히 임무를 분담했고, 내가 우리 일본군 친구들을 찾아가려는 찰나에 차 한 대가 대사관으로 달려왔다.

“다들 무사하십니까?!”

"우리 중 다친 사람은 없소. 무사하셔서 다행입니다."

"천만다행입니다. 행사가 문제가 아니니 당분간 안전한 곳에 계시지요."

데라우치도 당황스러운 기색이 역력했다. 전대미문의 재앙 앞에서 혼란에 빠지는 건 당연한 일이다.

"바쁘시겠지만 말씀 좀 나눌 수 있겠습니까."

"예, 미국인들의 안전은 걱정 마십시오. 이미 육군대신께서도 곧장 군을 투입해 수습에 나서라 지시하셨습니다."

"조금 다른 문제입니다."

이런 대지진이 관동대지진이 아닐 리가 없다. 25년에 일어나는 줄 알고 있었는데, 23년이었다니. 빌어먹을. 이 지진은 비극의 끝이 아니다. 오히려 시작이지.

나로서는 차라리 회피하고 싶은 마음도 있었지만, 지금 그 재앙의 한가운데 있는데도 다가올 비극을 외면할 만큼 난 피도 눈물도 없는 새끼는 못 되는 모양이었다.

"아까 돌아오면서 봤는데, 사방에 건물이 무너지고 불이 난 것이 참으로 끔찍한 광경이었습니다."

"황국은 몇 번이고 지진을 겪었으나 그때마다 극복해냈습니다. 이번에도 문제없을 겁니다. 부디 저희를 믿어주십시오."

아니. 못 믿어.

"저는 당연히 여러분을 믿고 있습니다만, 지금 일본의 정치가들 상황이 참으로 혼란스러운 참이잖습니까?"

"…그렇습니다만."

"누군가는 책임을 져야 할 텐데, 혹여 불미스러운 방향으로 이 사태가 번져나가진 않을까 하는… 약간의 우려가 들기도 합니다."

데라우치는 잠시 생각하더니, 내 암시를 곧장 알아챈 모양이었다.

"혹시, 조선인들을 염려하시는 건지요? 이 혼란과 분노를 그들에게 쏟아

부을까 봐?"

"지금 도쿄에 있는 이들 상당수는 제가 침 발라 놓은 사람들입니다. 미국으로 데려가 잘 써먹을 사람들이지요. 더군다나 일본인과 조선인의 관계가 악화되면 저 또한 굉장히 불편한 처지가 된답니다."

관동대학살을 막을 수 있는 방법? 그런 게 어딨어. 그걸 내가 알면 신이지. 하지만 일단 쓸 수 있는 팻감은 전부 꺼내고 봐야 했다.

"절대 귀국의 내정에 참견하고픈 생각은 없지만, 저로서는 이번 지진이 육군에 천재일우의 기회가 될 수도 있단 생각이 듭니다."

"기회?"

"그렇습니다. 기회. 모름지기 급박한 재난이야말로 국민들이 위정자의 능력을 알게 되는 가장 거대한 시험대가 되기 마련입니다."

항상 그랬다. 샌프란시스코 지진 때도 그랬고, 전생의 한국에서도 대형 재난 때는 으레 정부의 행동이 도마 위에 오르곤 했었다.

"집과 재산, 가족을 잃고 절망에 빠진 사람들에게 정부가 충분한 도움을 주지 못한다면, 그들은 정부를 불신하게 되겠지요. 그때 자랑스러운 육군이 혼란을 수습해준다면 그들이 누굴 믿겠습니까?"

"좋은 가르침을 받았습니다. 고견에 감사드립니다."

이 정도가 한계선인가. 더 나서는 건 위험하다. 제발 이 육군 놈들의 허파에 바람이 좀 들어가면 좋겠는데.

"근위사단에서 몇 개 중대를 파견해 드릴 테니, 도쿄에 체류 중이던 미국인들을 수습하는 데 쓰시면 되겠습니다."

"감사합니다! 정말 감사합니다!"

"일미의 친선을 위해 당연한 일입니다. 그럼 저는 먼저 들어가보겠습니다."

"예, 무운을 빌겠습니다."

그리고 얼마 후 일본군이 추가로 합류했고, 나와 하지는 곧장 도쿄를 돌아다니며 미국인의 생존여부를 확인하고 그들을 임시 수용할 거처로 안내했다.

지옥 같은 9월이 시작되었다.

* * *

예상대로 일본 전역은 패닉에 빠졌다. 도쿄를 집어삼킬 듯한 거대한 화마는 하루가 지났음에도 그 기세가 여전히 흉흉하였고, 탁 트인 평지기만 하면 죄다 텐트를 세워 이재민들을 수용하는 것만으로도 일본의 행정력은 한계치였다.

아직 라디오도 보급되지 않은 일본에서, 언론은 반쯤 마비되었고 온갖 유언비어가 횡행하고 있었다.

"조선인들이 학살을 하고 있다더라!"

"빨갱이와 조선인들이 불을 지르고 있다!"

"정부가 지진에 휩쓸려 전부 다 죽었댄다!"

"도쿄 동쪽이 전부 바닷물에 휩쓸려 사라졌다는데?!"

이 혼란을 부채질하는 것은 어처구니없게도 일본 정부 그들 자신이었다. 보다 정확히 말하자면, 전대미문의 재난을 맞이하자 수뇌부끼리도 서로 합의가 안 되고 있었고 수뇌부와 별개로 실무진 또한 미쳐 날뛰고 있었다.

"만약 조선인이 불온한 행동을 한다면 즉각 정부가 나서 엄단에 처할 것이다! 신민들은 공연히 나서지 말고 경찰과 군을 믿으라!"

이렇게 발표가 나가는 동시에, "조선인이 범죄를 저지른 건을 찾아내서 기사화할 것."이라는 비밀 지령이 동시에 내려가기도 하였다. 정부는 자경단이네 뭐네 하는 것들을 없애려고 요동이었지만, 말단 경찰들이 멋대로 자경단에게 무기고 문을 따주는 일이 벌어졌고 군인들이 제멋대로 사람을 죽여대는 일도 부지기수였다.

통제력의 상실. 내로라하는 고관대작들은 이 사실을 희미하게나마 눈치

채고 있었다.

"그래, 킨 장군이 그렇게 말했다고?"

"그렇습니다."

9월 2일부로 새 내각이 출범하면서 야마나시 한조는 육군대신 자리를 내려놓게 되었다. 하지만 원로를 존중하는 것은 유신 이래로 일본의 전통. 이번엔 비록 밀려났지만, 야마나시는 아직 군에 막강한 영향력을 가지고 있었다.

"다나카(田中義一) 놈은 육군대신 자리를 되찾았다고 기고만장해 있겠지. 하지만 놈이라고 그 자리를 오래 보전할 수 있을까?"

"소인은 각하야말로 황국 육군을 이끌어나갈 분이라고 생각합니다."

"그대의 우국충정은 잘 알고 있네."

킨 장군이 왜 그런 이야기를 했는지는 잘 알 수 있었다. 조선인들의 지지 또한 신경 써야 하는 입장에서 눈앞에서 조선인이 죽어가는데 수수방관할 수도 없고, 그렇다고 적극적으로 나설 수도 없는 게 그의 처지겠지.

"군은 좀 어떤가. 병사들은 통제가 되고 있나?"

"어렵습니다. 끊임없이 땅이 요동치고 있으니 모두의 심기가 참으로 불편합니다."

"그렇겠지. 그렇고말고."

이건 기회다. 저 아니꼬운 놈들을 전부 실각시키고, 황국의 신민들에게 오직 육군만이 자신들을 지켜준다는 사실을 분명히 각인시킬 절호의 기회였다.

"내 말 잘 듣게."

"예."

"지금부터, 경찰이 허튼짓을 하지는 않는지 잘 파악해 보도록 하게."

"경찰 말씀이십니까?"

"그래. 그놈들은 필시 불측한 짓거리를 서슴지 않을 게야. 경찰이 신민을 보호하기는커녕 유언비어를 유포하여 민심을 어지럽히고 있다는 명분만 서면 곧장 놈들을 배제할 수 있어!"

잠시 생각을 이어나가던 그는 데라우치에게 말했다.

"그리고 킨 장군을 다시 만나게."

절대 그는 거절하지 못할 것이다. 아니, 애초에 그가 먼저 넌지시 제안한 일 아니던가.

"지금이야말로 그의 명성이 필요하네. 조선인들의 영웅이 되어 볼 생각이 없냐고 전하도록."

동경붕괴 3

도쿄를 집어삼키던 화재는 3일 밤낮의 사투 끝에야 마침내 잦아들었다. 하지만 그렇다고 모든 게 끝나진 않았다. 미국 대사관은 지진의 여파를 이기지 못하고 무너져내렸고, 대사관 직원들과 이재민들은 황급히 호텔로 도망쳐야 했다.

이 혼란 속에서, 나는 이재민 구호 작업과 수습에 총력을 다해야만 했다. 그리고 상황은 내가 익히 아는 바와 똑같이 전개되고 있었다.

"조센징을 죽여라!!"

"우물에 독을 타는 조센징을 전부 죽여야 해!!"

개같네 진짜.

"이보시오, 중대장."

"예, 옙, 장군님! 무언가 불편한 점이 있으십니까?"

"일본제국은 저 폭도 무리들을 방치할 셈이시오?"

내 물음에 중대장은 식은땀을 줄줄 흘리는 모습이 역력했다. 음, 중대장의 마음속 생각이 훤히 보인다. 할복 마렵겠지. 그야 그 조센징 VIP가 바로 옆에서 '나도 죽이고 싶다는데?'라고 묻고 있으면 도대체 뭐라고 답해야겠어.

하지만 나는 일본군의 위엄을 조금 얕보고 있었다.

"신주불멸의 일본에서 무장하고 돌아다닐 권리가 있는 자들은 오직 천황 폐하께서 친히 보살피시는 황군에 소속된 자들뿐입니다. 명령만 내리신다면 당장 저 역도의 무리들을 쳐죽이겠습니다."

아니, 아니아니. 급발진하지 마. 무서워. 니네 진짜 좀 많이 무섭다고.

"안타깝지만 나는 타국의 장교고, 엄연히 다른 나라의 군을 지휘할 권한은 없습니다."

"그렇지 않습니다. 계엄 사령부에서는 제게 킨 장군의 지휘를 받아 재난에 대처할 것을 명하셨습니다. 무사는 무사를 알아보는 법이며, 엄연히 이 땅엔 지켜야 할 도리가 있습니다. 저들이 겉으로는 조선인을 죽여야 한다고 외치지만, 사실 이를 명분으로 한 강도떼일지 어찌 알겠습니까? 명령만 내려주시면 당장 요절을 내놓겠습니다."

시벌. 나보고 명령을 내리라고? 미쳤냐?

"제가 들은 바와는 조금 다르군요. 저는 귀국에서 호의를 베풀어 제 '요청'을 들어준다고 알고 있었는데……."

"저는 킨 장군의 지휘를 받으라는 명을 하달받았습니다."

"아마 조금 단어에 착오가 있었던 게 아닐지요? 그도 그럴 것이, 일본제국 육군은 천황 폐하께 충성하는 군대잖습니까. 천황께 충성을 맹세하지 않은 제가 어찌 감히 '황군'을 지휘할 수 있단 말입니까?"

"그, 그… 그럴 수도 있겠군요."

역시 천황이 아주 만병통치약이라니까. 여기서 잘못 말하면 불경죄인 만큼 이 친구의 아가리가 봉쇄되는 것도 당연지사. 감히 이 유진 킴과 혓바닥으로 싸우려 한 죄다. 하지만 군바리치곤 나름대로 노력했다. 더 이상 이 불쌍한 친구를 괴롭히면 안 되겠지.

"저들을 전부 해치워 달라는 부탁은 아닙니다. 다만 뻔히 눈앞에 보이는 폭도를 진정시켜 생업에 종사하게 하는 것도 충성이 아니겠습니까?"

"알겠습니다. 애들아, 저놈들 무기 뺏어라!"

"하잇!"

탕! 타탕!

일본군은 적당히 허공에 총을 몇 번 갈긴 후, 개머리판이나 미리 지참한 몽둥이로 저 불경한 폭도 무리들의 마빡을 신명나게 깨놓기 시작했다.

"이 역적도배들! 어디서 감히 도쿄에서 무기를 들고 돌아다닌단 말이냐!"

"너희들 빨갱이가 틀림없구나! 감히 반란모의를 했겠다?!"

"아닙니다! 아이고! 살려주십쇼!"

"저희는 조센징만 잡으려고……."

"네놈들이 뭔데 폐하의 신민을 멋대로 해하려 든단 말이냐! 더 처맞아야 말을 알아듣겠구나!"

빠악 빠악 하는 머리통 깨지는 소리가 요란한 가운데, 몇몇 병사들이 분주히 그들이 쥐고 있던 식칼이며 죽창을 회수했다.

"이놈들, 총을 가지고 있습니다. 어쩌죠?"

"배후를 캐내! 총기를 휴대한 걸 보면 역시 내응한 역도들이 있는 게 틀림없다!"

중대장은 이제 신이 나서 더더욱 취조에 열과 성을 다했다.

"말해! 어느 사회주의자의 사주를 받아 무기를 받아낸 거냐!"

"사회주의자라뇨! 저, 저희는 경찰의 인가를 받아 치안 활동을 전개했습니다!"

"웃기는 소리 하지 마라!"

한창 그렇게 현장에서 몽둥이찜질을 실컷 한 이들은 득의양양하게 돌아왔다. 거참… 대단도 하셔라. 그래도 살려는 놓은 게 용해.

이때까지는 특별한 무언가를 느끼지 못하고 있었다. 내가 뿌린 씨앗이 저 밑바닥에서부터 뿌리를 넓히고 있다는 걸. 그날 밤 늦게가 되어서 내 집으로 돌아왔을 때, 나는 데라우치가 기다리고 있다는 소식을 접했다.

"바쁘실 텐데 어쩐 일이십니까?"

"킨 장군께서 일컬은 바에 저희 황국 육군은 많은 깨달음을 얻었습니다. 이에 감사를 드리고자 왔습니다."

고작 고맙다는 말 한마디 하려고 근위사단 참모장이 행차하진 않을 텐데. 이 비상시국에, 보나 마나 지금 어지간한 고급 간부들은 끝없는 업무의 파도에 휘말려 있을 게 뻔하다. 그런데 여기에 군이 온다고? 뭔가 건수가 있다.

"제가 생각할 정도라면 일본의 동량이라 할 수 있는 여러분들은 당연히 떠올리셨겠죠. 혹 무언가 제가 도와드릴 수 있는 게 있습니까?"

"그렇습니다. 아마 킨 장군께서도 바라마지 않는 일이라고 생각합니다."

데라우치는 자신만만하게 이야기를 꺼냈다.

"예상하신 대로, 썩어빠진 황국의 모리배들은 이 지진을 겸허히 자신들의 부정과 부패에 따른 신벌로 받아들이기보다는 신민들의 분노를 뒤집어쓸 희생양을 물색하는 데 혈안이 되어 있습니다."

"저런."

"황국의 육군이 가진 모든 치장물자와 군량미를 털어 선량한 신민들의 구호에 집중하고 있는 동안, 정치가들과 그 하수인인 경찰은 이 기회를 틈타 정적을 제거하기에 여념이 없습니다! 어찌 이 참극을 모른 척하는 것이 사무라이의 도리라 할 수 있겠습니까!"

"그렇습니다. 이토록 군이 신민을 아껴 일본제국의 방패를 자임하고 있으니 저 또한 아시아의 평화가 대대로 이어질 것 같아 참으로 든든하군요."

서로 헐어줄 정도로 빨아줬으니 이제 본론으로 들어가자고. 어차피 그 나물에 그 밥이지만, 지금 이 친구들이 조선인 학살을 빌미로 정적들을 쓸어내고 싶다면 나야말로 대환영이다. 기꺼이 육군 코인에 탑승해줘야지.

"킨 장군을 흠모하는 이들은 조선인뿐만 아니라 이 신주 곳곳에 가득합니다. 장군께서 직접 나서서 조선인들은 결코 폭동을 일으키지 않고 있다고 단언해주신다면 저들 모리배들의 처지가 무척 난처하게 될 겁니다."

"제가 직접, 이요."

"예. 가능하면 빈객을 휘말리게 하고 싶지는 않았으나, 지금 황국에 머물고 있는 사람 중 조선인의 대표라 스스로 자신 있게 나설 수 있는 사람이 킨 장군 외에 누가 있겠습니까?"

대충 알았다. 너희들의 의도. 시시해서 죽고 싶어졌다. 감히 리스크 분산을 하려 하다니…….

"알겠습니다. 기꺼이 그리하도록 하지요."

어디 한번 만주사변부터 중일 전쟁에 이르기까지, 제 놈들 이득을 위해 꼴리는 대로 날뛰었던 일본제국 육군의 실력을 보도록 할까.

* * *

[내무성 비밀 지령! 조선인을 죽여라!]

[건달과 깡패를 무장시킨 경찰!]

[폭도들의 광기, 발음이 이상하다며 도호쿠인 학살!]

"이게 대체 무슨 짓이야! 보도 통제는 어디 갔어?!"

"신문쟁이 놈들이 말을 듣지 않습니다. 다른 누군가가 움직인 것 같습니다."

"대체, 대체 이 전대미문의 재난 앞에서 이게 무슨 추한 짓거리야! 지금 정권 교체를 하겠다고? 지금?!"

내각은 발칵 뒤집혔다. 상황은 전혀 예상과 다르게 돌아가고 있었다. 조선인을 좀 솎아내겠다는 게 뭐가 문제라고? 불령선인에 대한 사찰은 당연한 일이고, 공포와 분노로 얼룩진 신민들의 가스를 빼려면 약간의 희생양이 필요한 것 또한 사실이었다. 이미 지진 직후 급히 모여서 다들 원칙적인 선에서 합의한 일이지 않나.

그런데 어느새 신민들의 분노를 받을 사람들은 내각 그들 자신이 되어 있었다. 단 하루 만에.

"육군, 육군은 뭐 하고 있어. 지금 당장 이 미친 짓을 저지르는 놈들을 단속하라고 해."

"말씀드리기 죄송하지만… 아마, 육군이 움직이고 있는 것 같습니다."

"미친 소리!"

육군이 지금 움직인다고? 지진 직후부터 육군은 사태 수습을 위해 도쿄로 모여들고 있었고, 이미 그 숫자는 8만에 육박하고 있었다.

8만. 육군이 헛짓거리를 한다면 당연히 해군이 훼방을 놓는 게 바늘 가는 데 실 가는 것만큼 자연스러운 일이지만, 8만의 군대가 무장한 채 도쿄와 수도권 일대를 가득 메우고 있으면 해군도 별도리가 없다. 해군 육전대를 투입한다 한들 수영장에 각설탕을 던지는 것만 못한 짓. 이미 잿더미가 된 도쿄에 함포 사격이라도 하지 않는 한 답이 없었다.

"이걸, 이걸… 우릴 버리겠다고?"

쿠데타. 모두의 머릿속에 차마 내뱉지 못하는 한마디가 맴돌았다. 아니지, 쿠데타는 아니다. 쿠데타를 일으키고 싶다면 당연히 군을 끌고 달려와 내각 구성원 모두를 붙잡고, 천황 폐하의 교지 또한 받아야 한다. 그리고 지금같이 나라 꼴이 개차반일 때 쿠데타를 일으켜 봐야 재미 볼 일도 없고.

이걸 군이 정의하자면.

"땡깡 피우는 거야? 밥 달라는 애새끼야?!"

"이번 기회에 자신들의 입지를 키우겠다… 는 것 아니겠습니까."

"미친 새끼들! 권력에 미친 새끼들!"

총리, 야마모토 곤노효에(山本權兵衛)는 그제서야 돌아가는 상황을 이해했다. 육군은, 해군 대장 출신인 그가 총리가 된 게 그냥 좆같은 것이다. 게다가 그는 과거 총리대신이 되었을 때 '군부대신 현역무관제'를 폐지한 전적이 있었다.

일본의 육해군 장관은 반드시 현직 중장 또는 대장이어야만 했고, 군부는 이를 무기로 삼아 '너네 내각이 마음에 안 드니 우리는 아무도 너네 내각에 안 나갈 거다.'라는 공갈협박으로 그들의 이권을 지키곤 했다. 실제로 얼마 전에도, 해군은 건방지게 해군 증강을 저지하려던 기요우라 게이고(淸浦奎吾)에게 단 한 명의 해군장관 후보도 제출하지 않으며 그가 총리가 되는 걸 가로막은 적이 있었다.

"현역무관제를 원상 복귀해달라는 건가?"

"아무래도 그게 가장 클 것 같습니다."

"그건 안 될 말이야. 애초에 현역무관제는 신민들의 반대로 폐지된 일일세. 절대 퇴보를 할 수는 없어."

"하지만… 지금 그 신민들이 우리를 적대하고 있지 않습니까."

총리의 모든 생각이 멈췄다. 그렇다. 지금 신민들이 가장 증오하는 건 기성 정치인들이다. 군바리 놈들이 생각을 바꾼 거라면? 신민의 지지를 못 받은 탓에 자신들의 권리를 잃었다 판단하고, 이번엔 역으로 그 지지를 자신들이 흡수해 권익을 지키려 한다면?

"해군은 내가 잘 단속할 수 있네. 육군, 육군을 한번 만나봐야겠어."

"큰일입니다!"

"무슨 일인가?"

비서 하나가 숨을 헐떡이며 관저 안으로 들어왔다.

"킹, 킹 장군이 육군과 함께 기자회견을 열었습니다."

"킹 장군이라고? 대관절 그가 왜?"

"어젯밤에, 폭도들이 조센징이라며 킹 장군을 습격했답니다. 지금, 지금 난리가!"

총리의 눈앞이 아득해졌다.

* * *

"…그리고 폭도들의 난동은, 친애하는 일본제국 육군 장병들의 도움으로 진압될 수 있었습니다."

나 이거 꼭 한번 해보고 싶었어. 무수한 기자들과 군중 앞에서 꾀병 부리기라니. 내가 이런 걸 언제 또 해보겠나.

"폭도들의 암살 시도로 저는 상처를 입었지만, 단언컨대 미일 우호선린을 향한 제 의지는 그 어느 때보다 강합니다!"

"와아아아아!!"

"킨 장군이시여, 일본을 도와주십시오!"

"이 김유진이가 도쿄에 있는 한, 그 어떤 조선인도 여러분을 해치지 않을 것입니다! 내가 맹세하는 바이며, 육군 또한 조선인의 음모가 없음을 보증하였습니다! 일본제국 신민 여러분, 여러분은 안전합니다! 안전해졌습니다! 여러분의 곁에는 여러분의 아들들이 있습니다!"

"천황 폐하 만세!!"

"육군 만세!!!"

"킨 장군 만세!!"

"여러분이 두려워해야 하는 것은 오직 두려움 그 자체입니다. 유신 이래 쌓아온 문명인의 도리를 스스로 저버리지 마십시오!"

불씨는 지펴졌다. 솔직히 원래 요청받은 것보다 좀 더 일해줬으니 사례비는 톡톡히 받아 줘야겠지?

"감사합니다. 절로 애국충정이 샘솟는 명연설이었습니다."

"뭘요. 모름지기 합중국 사람이라면 받은 만큼 일하는 것은 지극히 당연한 도리입니다."

"허허. 걱정 마십쇼. 일본인은 도리를 아는 민족입니다."

데라우치는 더욱 목소리를 낮추었다.

"약속드린 대로, 전차 공장뿐만 아니라 장군께서 만든 기관단총 또한 라이센스를 받아 육군에 대대적으로 보급하도록 하겠습니다."

"역시 일본은 대단하군요. 다른 나라 놈들은 제 소중한 특허를 도둑질하기 바쁘던데."

"하하하! 걱정 마십시오. 단가는 후하게 책정해 드리겠습니다. 결코 후회하지 않으실 겁니다!"

그래. 쩨쩨하게 봉투 같은 거 들이밀지 말고 진작 이랬어야지. 이제 좀 거절하기엔 너무 많은 돈이구만.

동경붕괴 4

　세상은 참으로 요지경이다. 나는 일본제국에서 수여한 훈장을 매만지며 허허로이 웃음이 튀어나오는 걸 참을 수 없었다. 그래. 이전에도 사실 받긴 받았다. 명색이 아시아의 전쟁영웅인데 아시아를 이끌어나간다고 으쓱대는 일본 놈들이 훈장 하나 안 줬을 리가 있나.

　그런데 이번 건으로 공로가 지대하다며 훈장을 또 던져주네? 암만 생각해도 일본 군부를 부추겨서 암세포를 더 키워준 것 같지만, 이게 공로라면 공로겠지. 하필 훈장 이름도 욱일장이다, 욱일장. 진짜 기분 참 끝내주는구만.

　관동대지진으로 인한 끔찍한 혼란은 이제 어느 정도 수습에 들어갔다. 물론 여전히 거리에 나앉은 이재민들은 넋이 나가 있지만, 수만 대군이 거리를 순찰하며 악을 쓰며 치안을 유지하고 있으니 적어도 학살극만큼은 모면할 수 있었다.

　"거기 너! 어째서 난민촌에서 이탈하려는 게냐!"

　"지, 집에 패물이 묻혀 있어서……."

　"웃기는 소리 하지 마라! 도적질을 하러 가는 거겠지!"

그 치안 유지라는 게 오직 죽빵으로 해결된다는 점이 참으로 20세기스러웠지만 말이다. 재난 수습의 주도권을 탈취한 일본 육군은 참으로 우악스러운 방식으로 민족 간 갈등을 억눌렀다.

"이재민 거주지를 다시 정리한다. 내지인과 외지인을 철저히 구분해라. 오키나와인, 조선인, 중국인을 교외로 전부 추방시켜 별도 관리하고 원래 도쿄에 거주하던 이와 이주민도 분할해버려!"

서로 눈에 보이지 않으면 싸울 일도 없겠지, 라는 기적의 논리였지만 이 시국에선 또 그게 통용됐다. 애초에 나다니면 전부 머리통을 깨버리는데 어쩌겠어. 이 와중에 군바리 몇이 폭주해 사회주의자들을 제멋대로 죽여버리는 사건이 터졌고, 그걸 기회로 삼아 야마나시 한조는 계엄군 사령관 자리를 탈취했다.

이 이상은 잘 모르겠다. 나도 정치밥을 좀 먹었다 생각하긴 하는데, 이 왜놈들의 신묘한 정치 구도는 도무지 헷갈려서 파악이 안 되거든. 뭔가 해군 측에서도 드릉드릉대는 것 같긴 한데, 무릇 군자는 위험을 가까이하지 않는 법. 착한 유아가는 저런 위험한 불꽃에 뛰어들지 않아요.

에젤 포드는 도쿄에 공장을 짓기로 했던 계획을 전면 백지화하고 조선으로 떠났다. 싸인 좀 하러 왔다가 인생의 가장 스펙타클한 경험을 해버렸는데 미쳤다고 여기다 공장을 짓겠나. 일본 육군도 일체 토를 달지 않고 내 총기 공장과 포드사의 전차 공장부지 매입 등에 편의를 제공하기로 했다.

그리스건 사업은 사실 이제 하향세였다. 2020년조차 얼마나 많은 짝퉁이 시중에 팔렸는가. 1920년대에 특허 존중이란 참으로 별 볼 일 없는 이야기였다. 더군다나 사소한 물건도 아니고, 군사력과 직결되는 무기다. 영국이고 프랑스고 할 것 없이 신나게 생산할 때는 언제고 은근슬쩍 '개량형'이네 '비슷하지만 다른 물건'이네 하며 자기네 식으로 국산화한 기관단총을 찍어내고 있었다.

더 개같은 점은, 이제 그걸 수출하려고 꼼지락댄단 점이다. 진짜 이 국제 사회는 피도 눈물도 없다. 그런 점에서 일본에 정식 라이선스를 팔아먹을 수 있게 된 점은 대단히 고무적인 일이었다. 이놈들도 한 몇 년 뒤면 보나 마나 자체 생산품으로 교체하겠지만, 아무튼 돈줄이 나온 게 어딘가. 나는 처음부터 일본을 중간다리로 중국에 각종 무기를 팔아먹을 작정이었고, 그래서 우리의 총기 사업은 일본의 합자 회사를 경유하는 형태가 되었다.

중국은 마계촌이 따로 없었다. 북양 정부네 남경 정부네부터 해서 온갖 마적들, 군벌들이 들끓는 《북두의 권》월드.

미국 정부의 주도로 중국에는 무기 수출을 금하고 있긴 했는데… 포드 사 직원들의 보고에 따르면 이미 중국 대륙에 그리스건이 판치고 있단다. 거참 신기한 일이야. 씨발. 심지어 영국제 전차는 물론 M1917 전차도 굴러 다니고 있단다. 프랑스 새끼들이 팔아먹었다는데 내가 이러고도 참을 수 있겠나. 수단과 방법을 가리지 않고 나도 팔아먹을 테다.

그렇게 이를 갈며 나도 하나둘씩 유종의 미를 거둘 준비를 차곡차곡 진행하며 어김없이 행사를 뛰고 있었다. 진짜, 진짜 이젠 나도 귀국 좀 해야지. 설마 지진을 겪은 놈을 몇 년 더 처박아 두진 않을 거야.

"오늘 이렇게 육군대학을 방문해주셔서 대단히 감사합니다."

"아닙니다. 일개 소령인 제게 이렇게 신경을 많이 써주셔서 감사할 따름 이지요."

"오늘 킨 장군을 수행할 도조 히데키(東條英機) 소좌라고 합니다. 부디 장 군의 고견을 부탁드리겠습니다."

네? 누구요? 도오오조? 태평양 전쟁을 일으킬 미래의 괴물딱지를 여기 서 만나다니. 정말 세상은 요지경이야. 수십 년 뒤 미래는 일단 차치하고, 나는 도조의 안내를 받아 대학 이곳저곳을 잠시 둘러보았다.

"킨 장군께서는 저희 일본제국 육군을 어떻게 보고 계십니까?"

뭐지. 어차피 립서비스 외엔 들을 말이 없다는 것도 모르나?

"군기가 엄정하고 기율이 잡혀 있으니 동아시아에서는 적수를 찾기 힘든 군대지요."

"그렇습니까? 아마 높으신 분들이 가장 좋은 모습만 보여드렸나 보군요."

도조는 혀를 차며 자기네 군을 신나게 까내리기 시작했다.

"저는 3년 전 독일에 파견 나간 적이 있습니다. 독일군은 엉망이 되었을 줄 알았는데도 기강이 반듯하게 잡혀 있더군요."

"제 견식이 짧아 전후 독일군의 모습은 못 봤지만, 도조 소좌와 같은 분이 그렇게 보셨다니 필시 예전의 정예군 그대로겠군요."

"황국의 육군은 잘 쳐줘도 이류에 불과합니다. 고급 장교들은 자신들이 중세 다이묘인 줄 알고 있고, 통제를 위해 똥군기를 조장하고 있지요. 화력과 보급의 시대가 왔는데 아직도 사무라이 정신을 방패 삼아 본인들의 무능을 가리기 급급하니 꼴이 말이 아닙니다."

저기… 혹시 다른 사람인가? 도조 히데키라는 동명이인이 있었나요? 당신이 그 유명한 반자이 어택의 창시자 아니십니까?

"저 또한 군문에 몸담은 사람으로 킨 장군의 전략 전술을 심도 있게 연구하였습니다. 서구의 물질문명과 동양의 정신론을 결합하여 백전불패의 신묘한 군략을 터득하셨으니 능히 이 시대의 장군들 중 으뜸가는 역량이라 생각하고 있습니다!"

이거 그냥 립서비스가 아닌 거 같은데. 눈빛이 이글이글 타오르는 것이 보통이 아니다. 아니, 내가 좀 날뛰었다고 사람이 이렇게 바껴도 되는 거야? 혹시 또 모르지. 지금은 저렇게 빠릿빠릿하다가 수십 년 뒤에는 흔한 퇴물 똥별로 바뀌었을지도. 20년이란 기간은 사람 하나가 맛탱이 가기엔 충분히 긴 세월 아닌가.

"저를 이리 고평가해주시니 참으로 감사한 일입니다."

"그래서 외람되지만, 하나 질문을 드려도 되겠습니까?"

"네네. 그러시지요."

"만약 장군께서 아메리카와 같이 끝없는 산업 역량이 뒷받침되는 나라 대신 훨씬 약소한 국가의 장군으로 군을 지휘하셨다면, 과연 어찌하셨을 것 같습니까?"

그냥 대놓고 말해. 일본군을 맡으면 어쩔 거냐고.

도조 히데키라는 이 미래의 걸물에게 대체 뭐라고 답을 해줘야 할까. 이미 내 전적의 연구라거나, 전차라거나⋯ 미래는 제법 모양새가 바뀌어 가고 있다. 어차피 태평양 전쟁은 미친 전쟁병자 하나가 멋대로 일으킬 수 있는 일도 아니니, 뭐라 말해도 큰 영향은 없을 터.

"가장 좋은 건 전쟁을 안 하는 거죠."

"그건 정치가들의 일 아니겠습니까."

오. 문민통제도 잘 알고 계시네. 근데 20년 뒤엔 왜 그러셨어요?

"특별히 고민해본 적은 없지만, 별 뾰족한 수는 없을 것 같군요. 소국이 대국을 대적하는 일은 원래 어렵고 험한 일입니다. 제가 겨우 이 짧은 시간 동안 고민한다고 해결책이 나오면 그게 어려운 일이겠습니까?"

"그도 그렇군요. 이제 시간이 되었으니 강당으로 안내해드리겠습니다. 오늘 좋은 말씀, 잘 부탁드리겠습니다."

후우. 숨이 턱턱 막힌다. 어차피 왜놈들이 백날 고민해 봐야 정답이 나올 수가 없는 일이다. 제정신이면 애초에 무력으로 한탕 해먹겠다는 발상이 글러 먹었다는 걸 잘 알겠지만, 원래 조직이란 관성에 따라 굴러가는 법. 이미 군부가 정치권에 갖은 관심을 다 갖고 움직이는 이상, 승산 없는 전쟁을 향해 맹렬히 돌진하는 길뿐이다.

청일 전쟁과 러일 전쟁에서 전부 이겨 본 놈들이 질 가능성 같은 걸 생각할 리 없잖아. 도박장에서 한 번도 아니고 두 번이나 따봤으면 돈이 궁할 때 또 도박장 가고 싶은 심리와 똑같다. 그러니까 안 돌아가는 머리로 열심히 궁리나 하라고. 대전차 죽창술이라도 개발하면 이길지도 모르니까.

* * *

[킴 소령과 하지 대위의 임무를 곧 종료할 예정임.]

연락이 복구된 본토에서 반가운 연락이 왔다. 가족들에게서도 걱정 섞인 연락이 날아왔고, 당연히 나는 이들을 안심시키는 편지를 쓰는 데 오랜 시간을 들여야 했다. 타향살이하는 군바리라면 대문호의 자질은 알아서 샘솟는 법. 지진 소식이 각지로 퍼져나간 이후엔 그야말로 전 세계에서 온갖 소식을 다 접할 수 있었다.

— 무사해서 다행이야. 여기 필리핀은 별다른 일 없어.

오랜만에 연락이 닿은 비센테 림 선배. 이 선배의 인생역정도 나에 비견될 정도로 화려하다. 제1차 세계대전이 터지던 그 날 이 불운한 양반은 베를린에 있었고, 아주 끝내주는 탈주 여행을 해야 했다. 독일에서 러시아를 거쳐 필리핀으로 돌아가는 스릴과 서스펜스의 대모험 정도면 80일간의 세계일주가 부럽지 않겠어.

아나스타시오는 저주 섞인 연락을 보내왔다.

— 맥아더! 그 미친 일 괴물! 진! 어째서 이런 사탄이 온다고 경고해주지 않은 거지! 어째서어어엇!!

그치만 93사단 레인저들을 이끌고 용감히 싸웠으니 이미 유능 도장 땅땅 찍혀 있잖아. 천하의 맥아더가 일 잘하는 흑우를 보고 안 써먹을 리가 없다. 아나스타시오는 많은 공로를 세우겠구나! 정말 부러워!

그렇게 흐뭇하게 답장을 쓰고 있던 내 앞에, 어느 날 사신의 그림자가 드리웠다.

[친애하는 유진 킴 소령에게.]

마셜의 편지가 와버렸다. 이걸 열기조차 두려웠으나, 그렇다고 편지를 벽난로에 던질 수도 없는 일. 나는 비 맞은 개처럼 덜덜 떨며 이 살인 예고장을 개봉해야 했다.

[무사하다는 소식을 들었네. 정말 다행이야. 그곳에서도 또 버릇 못 고치고 이상한 짓을 한 모양이지만, 결과가 잘 풀린 모양이니 이번엔 괜한 잔소리 하지 않겠네.]

무서워. 진짜 무섭다고! '이번에'는 또 뭐냐고! '다음에'가 있을 것만 같잖아. 마셜도 은근히 잔걱정이 많다. 이 나만큼 누울 자리 보고 다리 뻗는 사람이 또 어디 있다고 그러나. 안심하고 알아서 잘하겠거니 하면 어련히 해결하련만.

그 뒤로는 마셜 자신의 이야기가 쭉 적혀있었는데, 얼마나 많은 업무에 깔려 숨넘어가고 있는지가 무척 사무적이고 담담한 어조로 적혀있었다. 절대 내 잘못은 아니다. 퍼싱의 부관 노릇을 하고 있으니 당연한 일이지.

[퍼싱 장군께서는 내년까지만 참모총장으로서의 역할을 다하고 퇴역할 계획이시네. 자네도 그때까지 입국하기는 싫겠지? 그래서 내가 이것저것 준비 중이네. '아시아 전문가'인 자네라면 당연히 반기리라 생각하고 있으니 말이야.]

아냐. 나 돌아가고 싶어. 그냥 미국에서 살고 싶다고요 이 사람아.

[필리핀의 맥아더 장군이 자네가 꼭 필요하다고 요청하였네. 뒤늦게나마 자네의 청을 들어줄 수 있어 정말, 정말 다행이군.]

수천 킬로미터 떨어져 있는 아나스타시오가 킬킬대며 손짓하는 모습이 아른거렸다. 마셜은 기억력이 좋아도 너무 좋았다.

4장
황금광 시대

황금광 시대 1

1924년의 가을. 동복을 막 꺼내 입기 시작할 무렵, 나는 샌프란시스코를 거쳐 캔자스에 돌아올 수 있었다. 내가 필리핀에 또 가면 사람 새끼가 아니다 진짜.

캔자스에 지금 머무르고 있는 사람은 장인 커티스 의원뿐. 도로시와 아이들은 D.C.에 있다.

"왔는가?"

"늦어서 죄송합니다, 장인어른."

"됐네. 자네가 멀리서 일하는 걸 누가 모르겠나. 몸은 좀 괜찮고?"

"건강합니다. 군인이 허약하면 되겠습니까?"

우리는 곧장 차를 타고 다시 달린 끝에, 목적지에 도착했다.

[ANNIE BAIRD CURTIS 1860 ~ 1924]

커티스 부인. 내 장모님.

"사위가 조금 늦었다고 타박할 사람이 아니니, 너무 자책하진 말게."

우리는 잠시 입을 다문 채 하염없이 비석을 바라보았다.

장모님은 내가 유럽에서 돌아올 적부터 이미 거동이 어려웠고, 일본과 필리핀에 있을 적엔 이미 중증이셨다고 한다. 앞으로 나는 몇 번의 장례식을 더 지켜봐야 할까. 그리고 그중 제때 참석할 수 있는 장례식은 과연 몇 번일까. 군인이란 직업은 사람 노릇 하기도 참으로 어려운 엿같은 일이었다.

"솔직히 말해서… 이제 슬슬 초조해지고 있네."

"손자가 더 필요하십니까?"

"아, 그것도 물론 중요하지. 빨리 손자 손녀들로 야구단을 만들고 싶단 말일세."

너스레를 떨던 그는 시가를 입에 물었다.

"백악관에 가야겠어."

"진심이십니까?"

"한 번쯤 유색인종도 백악관에 입성해야지. 아니, 정정하자고. 도전은 해봐야지. 나처럼 운이 좋아 정계에서 콧바람 좀 뀔 수 있는 유색인종이 앞으로 50년 안에 몇 명이나 나올까?"

나를 향해 말하는 걸까, 아니면 스스로에게 다짐하는 걸까. 그는 대답을 기다리지 않고 말을 이어나갔다.

"하딩은 재선에 도전할 테니 그를 후원해주던 내가 다짜고짜 출마하면 영 없어 보이지. 하지만 그다음, 28년 전당대회에서 나는 공화당 대선후보로 지명받겠네."

"그러시지요. 저도 선거 캠프에 한자리 주시는 겁니까?"

"예끼 이 사람아, 말 같잖은 소리는 하지도 말게. 그렇게 군인으로 대성하겠다고 마누라며 자식이며 다 내팽개쳐놓고 무슨 놈의 선거 캠프. 일이나 잘하시게."

"내팽개쳤다뇨. 억울합니다."

"여기선 억울해하고, D.C.에 가서는 억울해하지 말게나."

그래, 내가 죄인이지. 우리는 잠시 오솔길을 걸으며, 시답잖은 이야기를 하며 시간을 보냈다. 날씨가 많이 추웠다.

* * *

시간을 잠시 돌려 작년. 나쁜 마셜은 나를 필리핀의 악덕 플랜테이션 노예주 맥아더에게 팔아넘겼고, 하지가 희희낙락하며 본토로 귀국할 때 나는 피눈물을 뿌려야 했다.

"어째서!! 어째서어엇!! 하지! 우리의 우정을 외면하지 말라고!"

"푸흐하하하핫. 아니, 저도 좀 살아야 하지 않겠습니까. 아아, 저도 꼭 필리핀 복무 이력을 남기고 싶었는데 너무 아쉽습니다."

"구라 치지 마, 입꼬리가 아주 귀에 걸렸구만."

"들켰네."

배신자. 배신자아앗!! 그렇게 끌려간 필리핀 마닐라는 정말이지 행복의 낙원이 따로 없었다.

"유진! 잘 왔네. 이 모지리들이랑 일하려니 숨이 턱턱 막힐 지경이야."

"자알 왔다. 나만 당할 순 없지. 너도 저 악랄한 맥아더 밑에서 같이 좆돼보자고."

구아악, 구아아악…….

필리핀의 상황은 참으로 오묘하게 돌아가고 있었다. 워싱턴에서 해군 군축조약이 체결되면서 전쟁 위기는 줄어들었고, 조약에 따라 필리핀에 추가적인 요새나 방어선 축성은 원천적으로 차단되었다. 물 들어올 때 노 젓는 건 정치인의 생리니 이는 당연히 군축으로 이어졌고, 필리핀 군관구는 빠르게 병력을 감축시키기 시작했다.

하지만 이와 동시에 하딩 행정부는 일본군이 기습적으로 선전 포고를 걸어왔을 때의 대처 방안, 즉 워 플랜 오렌지의 연구를 육해군이 합동으로 수행하도록 지시했다.

맥아더는 원스타이면서도 직접 바탄반도를 싸돌아다니며 제1 전장으로서의 필리핀 전역을 확인해야 했고, 동시에 필리핀 방어 계획 수립을 위해 필요한 모든 데이터를 뽑아내야 했다. 나는 맥아더 밑에서 불쌍한 한 마리 도비가 되어 억 소리도 못 내고 신나게 일을 해야 했지만, 맥아더 본인이 워커홀릭인데 누가 감히 항의를 하겠는고.

한편으로 우리는 필리핀 현지의 지도자들과도 끝없이 회동해야만 했다.

"군축이라고요? 또?"

"걱정 마십시오. 일본과의 전쟁 위기는 더 이상 없습니다. 미합중국은 언제나 필리핀 수호를 우선순위로 여기고 있으며……."

"거짓말하지 마시오! 어째서 가면 갈수록 필리핀의 안보에서 손을 떼고 있단 말이오."

"이럴 거면 차라리 진작 독립이나 시켜 달라고!"

"미합중국은 필리핀의 자유로운 독립을 준비 중입니다. 이미 의회 결의도 끝났으니 안심하십시오."

"아니, 당신네들 때문에 우리가 전쟁터가 될 판이잖아. 왜 우리가 미국이랑 일본 싸움에 전쟁터로 휘말려야 하냐고. 그런데 군대도 빼? 그럴 거면 당신네들 왜 있어?!"

숨이 턱턱 막힌다. 이 모양 이 꼴을 겪고 퇴근하고 나면, 우리는 항상 술을 홀짝이며 한탄하곤 했다.

"필리핀 못 지킵니다."

"나도 잘 아네."

"근데 이게 무슨 생지랄이랍니까? 그냥 깔쌈하게 보고서 하나 쓰시죠. '죽어도 못 지킴. 끝.'이라고 보내면 땡 아닙니까."

"그럴 수야 있나. 그래도 희망은 있어. 필리핀은 지형이 험하고 정글이 많으니 지연전을 벌이면 막아낼 수 있을 거야."

"정글이 많으니 병사들 죄다 말라리아 환자 될 거고, 보급은요? 이동은요? 여기 해안선이 미국만큼 긴 거 아십니까? 제해권 뺏긴 채로 바탄반도까지 기어가다가 애들 전부 함포 맞고 뒈질 판입니다!"

"나더러 필리핀인들과의 우정을 포기하란 말인가?!"

"우정이고 나발이고가 아니라 못 지키잖아!!"

결국 이 기나긴 한탄의 끝은 보통 고성과 멱살잡이로 끝났다. 한편 비센테와 아나스타시오는 점점 초조해하는 눈치였다.

"유진. 네가 말 좀 잘 해줘 봐."

"젠장. 나도 몇 번이고 건의 올렸고 우리 맥아더 씨도 동의한다고. 근데 D.C.의 병신들이 계속 기각하는 걸 어떻게 하라고."

필리핀 스카우트. 한마디로 필리핀 현지인이 주축이 된 일종의 보조 전력이었는데, 여기서 누가 식민 제국주의 국가 아니랄까 봐 정규 미군과 필리핀 스카우트 사이엔 봉급이든 수당이든 당연히 차이가 있었다. 하지만 미군이 축소되는 만큼 당연히 이들이 해야 할 일은 늘어나고 있었고, 그런데도 봉급엔 변화가 없었다.

"애들 좀 잘 다독여 봐. 내가 별로 해줄 수 있는 게 없긴 한데, 최소한 부식이라도 잘 나오게 한번 비벼볼게."

"…농담 아냐. 위험해."

서커스 묘기대행진하는 기분이다. 외줄 위에서 외발자전거를 타고 양손으로 저글링을 하는 가운데 불타는 고리를 뛰어넘어야 하는 이 환상적인 난이도. 이딴 걸 게임으로 만들어도 똥망겜 소릴 들을 텐데, 문제는 이게 게임이 아니라 현실이란 점이지! 참 꼬라지 잘 돌아간다.

일 외적으로는 그럼 평안했냐 하면……

"아저씨이이이!!"

"아저씨, 놀아줘요오오."

"엄마는 어디 갔니?"

"엄마는 시내에 놀러 나갔어요."

아, 화병 치솟는다. 퍼싱과 맥아더 사이를 간 보던 마성의 여성, 맥아더 부인께서는 필리핀에 건너오기 전부터 이미 본토에 거하게 불을 질렀었다. 내가 전해 듣기로는, 맥아더의 필리핀 발령이 발표되자마자 온 사방천지의 언론과 인터뷰를 하며 퍼싱이 사심을 가득 담아 자신과 맥아더를 열대의 깡촌으로 처박는다고 떠들어댔다던데. 글쎄… 그게 과연 잘한 짓일까?

엄마와 새아빠와 함께 필리핀에 온 두 아이들은 어찌 된 일인지 친엄마보다 새아빠와 노는 일이 더 잦았다. 밤낮없이 일한다고 조뺑이를 치고 있는 새아빠가 어찌 특별한 일도 없는 친엄마보다 더 자주 애들을 돌봐주는 이 기이한 상황.

그럼 애엄마는 뭐 하냐고?

"호호. 우리 그이는 항상 엄격 근엄 진지해서 재미가 없어요."

"저한테 청혼할 때도 아주 멋졌지요. 원탁의 기사처럼 각을 딱 잡고 군사작전 수행하듯이……."

필리핀 사교계를 휘어잡는다고 여념이 없었다.

진짜 맥가놈은 여자 보는 눈이라고는 순 옹이구멍이다. 단춧구멍을 박아놔도 저 여자보다는 더 괜찮은 사람을 찾을 수 있었을 텐데. 애초에 참군인이라 여자를 모르는 인간도 아니다. 내가 웨스트포인트에서 들은 썰로는 양다리도 아니고 여덟 다리를 걸쳤다는 전설을 남긴 인간이라고. 그게 사람이야 문어야?

여자 후리기로는 정평이 난 인간이 고르고 고른 첫 결혼 상대는… 음… 최악이다. 다시 한번 도로시 님에 대한 충성심이 뻐렁치는구만. 내가 직업 고르는 운은 최악인데 결혼운 하나는 대박이 터졌어.

엄마를 찾는 이 가엾은 아이들과 놀아주면서도, 헨리와 앨리스가 그리워졌다. 아직 애들과 가족을 이 필리핀에 부를 순 없다. 여기 편의시설이 제대로 되어 있길 하나, 위생이 청결하길 하나. 만약 애들이 여기 왔다가 말라리아라도 걸리는 날엔 내가 제정신으로 못 있을 거다.

그러던 어느 날. 나는 일하다 말고 졸음이 와 잠깐 눈을 붙였고, 못 뜨게 되었다. 참으로 환상적인 경험이었다. 눈 잠시 감았다 떴는데 낯선 천장이 보이지 않는가.

"…힘들었나?"

"농담이시죠? 사람을 그렇게 굴려 먹고선."

나는 말라리아에 걸려 사흘 밤낮 사경을 헤맸다고 한다. 진짜 이놈의 필리핀, 정나미 한번 다 떨어지네.

"안 죽었으면 됐습니다."

"미안하게 됐네."

"독가스 빼는 것보다야 말라리아가 낫죠. 허허. 이래도 정글에서 게릴라전 하자고 하실 겁니까? 진짜로?"

"지금 왜 여기서 그 이야기가 나오나?"

"걸려 보니까 이거 절대로 전투력 유지 못 하겠구나 하는 촉이 딱 오잖습니까."

뭐. 왜 그렇게 째려봐. 님도 한번 걸려 보실?

* * *

병상을 털고 일어날 무렵, 나는 낯설지만 반가운 손님을 맞이했다.

"안녕하십니까, 김유진 장군님."

"이 머나먼 이역만리까지 오신다고 고생 많으셨습니다. 임정에서 오셨다고요?"

"그렇습니다."

그래. 이제 한번 오긴 와야. 나는 별로 상관없는데, 그쪽에서 할 말이 많은 것 같단 말야.

방 안에서조차 모자를 푹 눌러쓴 남자는 고개를 가볍게 숙였다.

"먼저 대한의 독립을 위해 항상 많은 지원 아끼지 않으시는 점에 대해,

임정에서는 항상 김유진 장군께 감사의 마음을 품고 있습니다."

"알면 됐습니다."

솔직히 누가 물주인지 니들도 잘 알잖아. 나는 착한 어른이라 물고기를 주기보다는 물고기 낚는 방법을 알려주는 친절함도 갖고 있다. 그러니까 우리 선은 넘지 말자고.

"다만 그… 최근 임정 내부에서, 김 장군님의 행동에 대해 다소 당혹스러워하는 반응이 있습니다."

"당혹스럽다? 보다 정확히 말씀해주시겠습니까."

"그것이……."

나는 손을 내저었다.

저렇게 우물쭈물하는 거 보니 어지간히들 속이 탄 모양이니까. 굳이 안 들어도 대충 짐작은 가네.

"그럼 제가 묻지요. 그 많은 돈을 받아다 쓴 임정은 지금 어떤 성과를 내고 있습니까?"

"예?"

"투자자로서 성과를 좀 물어볼 수도 없습니까? 임정 창립 이래로 조선 독립에 어떤 진전이 있었는질 물어보는 겁니다."

할 말 없지? 나도 할 말 없어, 시발. 나한테 제대로 목줄이 잡혀 있는 이승만이 있는데도 이렇게 임정에서 사람이 나왔다는 건, 이번 내 일본행의 결과물이 우리 정치 9단 이승만 씨조차 컨트롤하기 버겁다는 뜻 같은데.

"내가 편지를 하나 써 드릴 테니, 대통령께 전달해주십시오. 구구절절 이야기하기보단 그편이 더 정확하겠군요."

"알겠습니다."

"그리고 노파심에서 말하건대, 공연히 위험한 불장난을 하지는 않았으면 좋겠습니다."

내가 등을 떠밀어버린 일본 군부가 앞으로 어떻게 될지는 이제 정말 미지수다. 원 역사보다 더 일찍 폭주한다면? 더 이성이 마비되어 학살을 밥 먹듯이 한다면?

이건 정말 최악의 경우지만, 임정의 독립군을 트집 잡아 상해사변 같은 미친 짓을 일으킨다면 그날부로 임정은 셔터 내려야 한다. 아니면, 내가 한 번 직접 상해에 가봐야 하나.

"내가 상해에 가는 방안에 대해선 어떻게 생각하십니까."

"상해로, 오신다구요?"

"합류는 아니고 잠시 방문을 할 수는 있겠지요."

"모두가 환영할 겁니다. 결코 문제없습니다! 그렇고말고요!"

"그 건도 한번 같이 논의를 해봅시다. 피곤하니 먼저 일어나 보겠습니다."

축객이 아니라 나 진짜 힘들어. 아직 환자라고 이 사람아. 앞으로 이 고생을 하면서 20년을 더 보내야 하나? 새삼 눈앞이 캄캄해져 왔다.

황금광 시대 2

상해 프랑스 조계지, 대한민국 임시정부.

임정은 그 어느 때보다 위기의식이 넘치고 있었다. 삼천리강산 곳곳에 지하조직을 건설하려던 원대한 계획은 간악한 일제가 문화통치라는 당근과 집요한 토벌이라는 채찍을 동시에 휘두르자 몇 년을 채 버티지 못했다. 연통제와 교통국이 무너지고, 상공업 진흥과 대학 설립 운동 역시 수포로 돌아간 지금 임정은 '과연 무엇을 해야 독립을 거머쥘 수 있는가?'라는 거대한 어젠다에 대답해야만 했다.

만주와 연해주 일대의 무장독립단체들은 임정과 협조는 하되 지휘나 통제는 극구 사양하고 있었다. 그나마 임정에 돈과 물자가 좀 돌게 되면서 돈다발로나마 말을 듣게 만든 것이 천만다행이었다.

빨갱이들은 모스크바의 레닌에게서 웬 돈을 어마어마하게 타 와서는 임시정부를 제 놈들 세상으로 만들려고 열심히 꿈지럭거리고 있었고, 만주파와 연해주파는 제 권력놀음에 미친 이승만이 김유진과 결탁해 미주파의 힘만 키워준다는 의심 섞인 눈초리를 거두지 않고 있었다.

이런 찰나 민족의 영웅으로 우러름받는 김유진의 행보는 몇몇 사람들에게 불안감을 안기거나, 혹은 빌미를 제공하기에 충분했다.

"그놈도 결국 자치론자 아닙니까? 그게 아니라면 지금 당장 상해로 와서 독립군 원수직을 맡으라고 하십쇼!"

"미친놈! 야! 내가 김유진이 업고 키웠다! 어디 한번 나도 자치론자라고 해봐라!"

"김유진 장군이 상해에 오면… 자금은 누가 벌어다 준답니까…?"

"임정의 존재감이 흐려지는 게 전부 그놈 때문이잖소! 정작 본인이 임정의 통제에 따르지 않는데 그걸 본 다른 이들이 임정에 합류하겠소? 김유진만 오면 만주의 독립군도 군말 없이 복종할 게요!"

그 모습을 지켜보고 있던 한 젊은 남자가 자리에서 일어나더니 일장연설을 펼치기 시작했다.

"여러분. 지금 김유진이가 어디에 있는지 아십니까? 필리핀입니다 필리핀!"

"그래서요?"

"우리가 그토록 증오해 마지않는 일본제국이나, 김유진이가 충성을 다 바치는 미합중국이나 결국 똑같은 제국주의 국가, 그 나물에 그 밥이다 이겁니다! 그놈도 거기 가서 우리 같은 필리핀 독립운동가를 학살하고 있겠지요!"

"이 씨발놈이! 너 말 다 했냐?!"

그 누구보다 김유진을 변호하기에 여념 없던 박용만이 욕지기를 내뱉으며 달려들었지만 주변의 만류에 뜻을 이룰 수 없었다. 그 모습을 보면서도 남자는 눈 하나 깜빡하지 않았다.

"우리는 저 제국주의 국가들의 본성을 깨달아야 합니다. 저런 이들을 상대로 외교니 뭐니는 전부 부질없는 짓입니다! 이 지구상에 핍박받는 소수민족을 돕겠다는 국가는 오직 하나! 소비에트 연방뿐입니다!"

"와아아아!!"

"박헌영 동지의 말이 옳다!"

자리에 있던 공산주의자들이 환호하는 가운데 남자, 박헌영의 연설은 그 기세를 더했다.

"우리 조선공산당은 임시정부가 사회주의 혁명의 일환으로 민족 독립 투쟁을 하는 모습을 지켜봐 왔으나, 최근 임정의 행태에는 참으로 실망을 금치 못하겠습니다. 어째서 고작 일개인의 행태에 이토록 안절부절못한단 말입니까? 김유진은 엄연히 미국인이에요! 자본주의자, 제국주의자이자 혁명의 적이란 말입니다!"

"그래! 조선인도 아닌 자가 어찌 조선민족의 대표가 될 수 있단 말이냐!"

"단호하게 김유진을 배격하고 혁명정신을 강화해야 임정이 살아남을 수 있다!"

"이 미친 빨갱이 새끼들아! 네놈들이 똥구멍 다 헐도록 빨아주는 레닌이니 트로츠키니 하는 놈들은 어디 조선인이냐?! 솔직히 말해봐라, 네놈들이야말로 그놈의 사회주의 혁명만 할 수 있으면 쏘련 놈들이건 왜놈들이건 얼마든지 붙어먹을 수 있잖냐!"

임정의 상황이 점입가경으로 흐를 무렵, 이승만은 필리핀으로 보낸 밀사와 은밀한 곳에서 이야기를 나누고 있었다.

"그래, 소앙(素昻). 필리핀 구경은 잘하고 왔나?"

"찾아갔을 때 김유진 장군께서 마침 학질에 걸려 몸져누우셨습니다."

"건강은? 건강은 괜찮았나?"

"예. 다행히 회복하셔서 자리에서 떨쳐 일어나셨습니다. 여송(呂宋, 필리핀)의 학질은 건장한 백인도 우습게 목숨을 앗아간다고 들었는데, 역시 민족의 영웅이신지 학질 귀신도 그분을 건들 순 없었습니다."

이승만은 놀란 가슴을 쓸어내렸다.

'그놈이 죽으면 곤란하지. 암. 그놈이 어떤 놈인데. 저승사자가 와도 면상

176

에 총알을 박아넣을 자식이 죽을 리가 있나.'

진짜로 덜컥 김유진이 죽는 날엔 그땐 정말 그 자신도, 임정도 모조리 끝장이다. 조소앙은 김유진과의 만남에서 있었던 이야기를 주욱 읊었고, 들을수록 이승만의 얼굴엔 그늘이 졌다.

"후우. 나라도 짜증 나겠지. 삼시 세끼 꼬박꼬박 대주고 있는데 면전에 대고 아쉬운 소리 또 들으니……."

"저희가 그분을 실망시켰단 소립니까?"

"아니. 그건 아냐. 애초에 그놈, 크흠, 김 장군도 임시정부 단독의 힘으로 독립을 성취하는 길은 무척 길고 지난하다는 사실을 잘 알고 있네. 그럼에도 거리낌 없이 사재를 털어 우릴 지원하고 있는 이유가 뭐겠나? 우릴 믿고 있는 거라네."

김유진 정도 되는 인물이 절대 이유 없이 무작정 화를 낼 리가 없다. 반드시 자신의 요구사항을 조목조목 밝히거나, 혹은 대안을 제시했겠지. 이 기이한 믿음은 일종의 호적수에 대한 존중일까.

"내 생각엔… 첫 번째로는 그냥 몸이 힘들어서 다소 날카로워진 게 아닌가 생각되는군. 혹은 더 분발하라는 의미거나."

만약 그가 정말로 임정에 불만을 품고 있었다면 조소앙이 이리 한가로이 왔을 리가 없다. 반드시 누가 누구의 목줄을 잡고 있는지, 가볍게 그 줄을 끌어당겨 재확인하는 절차를 거쳤을 테지. 물론 그랬다간 임정에 한바탕 난리가 날 것은 당연지사.

"그렇다면 참으로 다행입니다. 김 장군께서 편지를 전달해달라 하셨습니다."

조소앙은 품속에 들어 있던 김유진의 편지다발을 내밀었고, 이승만은 봉인을 뜯은 후 하나하나 빠르게 훑어 내려갔다.

"만약 다른 이가 엿볼 것 같으면 차라리 불살라버리라고도 하셨습니다."

"알겠네. 그 외에는? 특별한 일은 없나?"

"제게 직접 이야기하기보다는, 편지에 적어 놓겠다 하였습니다."

"그러고 보니 내가 준 편지는? 그건 전달했나?"

"가는 도중 왜놈들이 미행해 오기에 그만……."

"잘했네. 걸리지 않았으면 되었지."

일본에서 지낸 몇 년간 임정이나 이승만과 김유진 사이의 연락은 차단되어 있었다. 그 미묘한 정보 격차를 해결하는 게 최우선 순위였는데, 어쩔 수 없지. 하지만 편지를 읽는 동안 이승만의 걱정은 눈 녹듯 사라졌다.

역시 김유진이다. 이승만은 편지를 읽으며 고개를 끄덕였다. 편지의 상당 부분은 현재 임정의 판도를 예측한 글로 채워져 있었고, 그 상황에 대처할 방안 등이 적혀있었다. 임정 상황을 잘 모르니 아예 무식하게 모조리 적어 버린 것이다.

'천하의 이 우남을 이긴 놈이니 이 정도 머리가 안 돌아갈 리가 없지.'

"경무국장을 불러주게."

"알겠습니다."

잠시 후, 경무국장 김구가 방으로 들어왔다.

"찾으셨소?"

"잘 왔소, 백범. 내가 김유진 장군에게 보낸 밀사가 돌아왔기에 그대를 불렀소."

그는 편지 중 한 장을 추려내 김구에게 보여주었다.

"흐음."

"적혀 있다시피, 김 장군은 어디까지나 조선인의 학살을 막기 위해 부득이한 선택을 내렸을 뿐이오. 왜놈들의 수뇌부가 조선인을 희생양으로 삼기로 결정했고, 이를 저지하기 위한 수단으로 잠시 그들의 비위를 맞춰줬을 뿐인데 이게 어찌 적과 결탁한 행위라 할 수 있겠소?"

"김 장군의 확고부동한 증언이 있으니 더 이상 군말이 나올 일은 없겠군요. 참으로 다행입니다."

"그 외에도 더 있습니다. 김 장군은 결코 대한을 버린 것이 아니에요. 우리가 조선 땅에 대학을 설립하지 못했기에 차선으로 미주 유학 계획을 짜낸 것이고, 우리가 열도 땅의 조선인을 지키지 못했기에 그가 나선 겁니다."

편지에는 이승만이 임정에서 하던 이야기와 크게 다를 바 없는 이야기가 적혀 있었다. 김구는 이어지는 이승만의 설명에 고개를 끄덕이고는 안경을 고쳐 썼다.

"그래서, 이걸 왜 저에게만 따로 보여주신 겁니까?"

"백범. 누구보다 조선 독립에 여념이 없는 김 장군을 음해하는 세력을 과연 독립운동가라 불러줘야 하겠소?"

경무국장. 즉 일본 밀정을 가장 많이 상대하는 직무를 맡은 이는 이승만의 의도를 즉각 알아들었다.

"기르는 개도 밥 주는 사람은 물지 않는 법인데, 제 밥그릇은 결코 나누지 않으면서 남 발소리만 들리면 미친 듯이 짖어대는 놈들이 있긴 하지요."

"내 말이 그 말이오. 이러다가 빨갱이 놈들이 조만간 우릴 다 쏴 죽일 게요. 그놈들이 짱꼴라 빨갱이들과 국제 연대니 뭐니 어울리면서 은밀히 군사를 기르고 있단 말이오!"

이대로 임정을 통째로 내줄 수는 없다. 조선공산당의 주둥아리에선 이미 은연중에 한판 해보자는 기색이 역력했고, 언제부터인가 김유진을 사정없이 물어뜯는 것을 보면 명백히 제 놈들 딴엔 명분을 만든답시고 설치고 있는 게 틀림없었다.

'김유진은 일제와 붙어먹은 부역자. 따라서 그 부역자에 기대던 임정 핵심 인사들도 부역자. 그러니 순수한 자기네들이 임정을 다 해 처먹겠다. 뻔하지.'

"빨갱이 새끼들이 임정을 탈취하면 그게 곧 그놈들이 환장하는 공산혁명이오. 빨갱이들은 본성부터가 그놈들이 그토록 좋아하는 공산주의 정권이 창설될 때까지 끝없이 동지 등에 비수를 꽂는 작자들이잖소? 마침내 우리가 그들을 내칠 명분이 바로 섰으니 선제적으로 나서야 합니다."

"왜놈들과 싸우는 것도 아니고, 누구보다 조선민족을 위해 공헌한 이를 음해하며, 임정에 공헌하기는커녕 임정의 흡수에만 혈안이 되었다… 라. 좋습니다. 한번 준비를 해보지요."

"박헌영 그 새끼는 무슨 일이 있어도 이번에 요절을 내야 하오. 도산더러도 당장 오라고 해야겠소. 역시 그만한 인물이 없으니."

인생에서 상대를 우습게 여긴 결과 패배하는 경험은 한 번으로 족했다. 이제 이승만은 그 누구와 싸우더라도 결코 밀려나지 않을 각오가 되어 있었다. 그 어떤 놈도 자신을 이 자리에서 몰아낼 수는 없다.

임정 직속의 광복군은 박용만이 장악하고 있으니 광복군이 변절할 일은 없고, 경무국엔 빨갱이라면 치를 떠는 김구가 있다. 일단 당장은 안심이다. 하지만 빨갱이들이 그 잘난 '인민의 군대'를 대체 얼마나 많이 꿍쳐놨을지는 도무지 파악이 되고 있질 않았고, 그 불안감이야말로 모든 고민의 핵심이었다.

다른 걸 다 떠나, 만에 하나 광복군과 인민군이 상해에서 서로를 향해 총부리를 겨누는 날엔 그것도 파멸 일직선 아닌가.

"역시 그때 레닌이 줬다는 자금을 압류해야 했습니다. 놈들이 그 돈을 통째로 먹어 치운 탓에 지금의 사달이 났잖습니까?"

"그 돈을 먹었으면 빨갱이들은 더 많은 임정 고위직을 차지했을 거요. 보나 마나 군권을 내놓으라고 윽박질렀겠지. 그나저나… 김 장군이 총기 공장에 관심 있냐고 하던데."

"예?"

그들의 고민은 깊어져 가고 있었다.

* * *

[굳이 올 필요는 없음.]

나는 담뱃불로 종이에 불을 붙였다. 정 어려우면 직접 상해로 찾아가서 또 쥐불놀이를 한판 해야 하나 싶었는데, 그럴 필요까진 없었던 모양이다.

그래. 이 정도는 해줘야지. 이런 일 하라고 태평양에 안 밀어넣고 임정 대통령 자리로 보내줬는데 물주가 직접 움직여야 하면 얼마나 곤란하겠어. 어차피 일제가 미쳐 날뛰기 전까지, 임정의 대외적인 모양새는 좋게 봐도 반일본 소수민족 단체고 나쁘게 보면 테러리스트 조직이다. 세계를 좌지우지하는 새끼들이 죄다 식민제국인 이상 어쩌겠나. 참 웃기는 노릇이다.

그러니 나쁜 테러범 조직이 불법 무기를 좀 찍어내서 팔아치운다 쳐도 누가 항의를 하겠나? 적당히 군벌들이랑 짝짜꿍하면 누이 좋고 매부 좋은 셈이지. 원 역사에 없던 '나'라는 이레귤러 때문인지, 전 세계의 무기 테크가 약간씩 빨라지고 있는 느낌이다. 왜놈들한테 무기 팔아먹었더니 중일 전쟁에서 일본이 이겼어요! 가 돼 버리면 이것도 어이가 없잖은가.

일찍이 협곡의 수호자 카사딘 선생님께서 힘의 균형은 유지되어야 한다고 말씀하셨다. 그런 의미에서 광활한 중원을 놓고 군벌들이 칼 들고 노는 대신 그리스건 들고 설치면 얼마나 가슴이 따뜻해지겠는가. 아마 중국 침략에 나설 일본군 장교들의 가슴도 따뜻해지다 못해 활활 불탈 거다.

암요. 힘의 균형은 유지되어야지. 나만 빼고.

황금광 시대 3

필리핀에서 보낸 1924년의 전반부는 참으로 환상적이었다.

임정 말고도 난 신경 쓸 일이 아주 많았다. 정확히 말하자면 이 열대의 섬에서 임정의 소식은 접하는 것조차 굉장히 어려웠고, 눈앞에 그득그득한 일은 내 인간으로서의 한계를 시험하고 있었다. 여전히 필리핀인들은 미국을 불신했고, 그 불신을 가라앉히기 위해서라도 대일전 방어 전략을 수립해야 했으나 전략 대부분은 하나같이 비현실적이기 짝이 없었다.

너무 익숙하다. 대한민국 육군 후방부대의 공허하기 그지없는 작계와 너무 판박이다. 그야말로 업무를 위한 업무. 맥아더는 여전히 충분한 준비, 필리핀 현지 군대의 강화, 그리고 충분한 방어 시설을 마련한다면 충분히 일본군을 상대로 '용전분투'할 수 있으리라 믿고 있었다.

"그치만 그 방어 시설 지으면 조약 위반이잖습니까."

"후우. 여기야말로 최전방인데 제대로 된 방어 준비조차 못 한다고? 탄약고 하나 못 만드는 게 말이 되나? 아주 그냥 야삽을 전부 압수하지 그러나."

"그게 조약이었으니까요."

"손발 다 묶여 있군. 이래서야 대체 무슨 수비전을 하라고……."

내가 말했잖아. 못 지킨다니까? 이 모든 대환장 파티의 근본 원인은 현재 미국이 지닌 확고한 방침 때문이었다.

'우린 절대 선제공격하지 않겠다.'

그 결과 워 플랜 오렌지, 대(對)일본전 계획의 서막은 항상 거의 전쟁 준비가 갖춰져 있지 않은 미국의 뒤통수에 비열한 잽스의 짱돌이 박힌다는 가정으로 시작되고 있었다.

육해군 모두 정부의 이러한 방침에 동의하고 있었는데, 이유는 간단했다. 어차피 짱돌 한번 박혀도 최후에는 우리가 이길 테니까. 쪽바리가 아무리 날고 기어도 하와이를 점령하고 캘리포니아에 상륙할 수는 없으니까. 섬 숭이들은 게이트라도 열지 않는 한 미 본토를 건들 수 없고, 그러면 느긋하게 침략자를 참교육할 빠따를 깎을 시간은 차고 넘친다.

2년. 2년간 일본이 북을 치고 장구를 치고 꽹과리를 울리든 말든 존버해서 벌크업에 전념하고, 그 뒤에 대가리를 깨놓겠다는 대전략. 원 역사 태평양 전쟁과 거의 차이점이 없는 원대한 계획이다.

"그 워 플랜 오렌지엔 치명적인 문제가 있다네."

"어떤 점 말씀이십니까?"

"우리 국민들의 의지. 그냥 적당히 때려치우자는 염전(厭戰) 의식이 팽배해지면 아무리 군이 전투 준비를 갖춘다 하더라도 말짱 황이네."

실제로 워 플랜 오렌지가 가장 경계하는 부분도 그것이었다. 이 존버 2년 기간 동안, 과연 누구보다 돈 안 되는 전쟁을 싫어하는 '싫은데, 에베벱.'의 민족이 후퇴에 후퇴를 거듭하는 전황을 보면서도 계속 참고 전투 의지를 불태울 수 있는가? 워싱턴 해군 군축조약을 통해 영일동맹을 종료시킨 지금, 유일하게 걱정되는 것은 오직 그것뿐이었다.

"그거야… 우리 국민들의 의지가 충만하길 빌어야죠."

"솔직히 나는, 해군 놈들이 필리핀 주둔군을 버림패로 삼아 그 의지를 북돋으려 하는 게 아닌가 하는 의심이 든다네. 이래서야 필리핀 장병들은 결국 비극적인 최후를 피할 수 없어."

맥아더의 말도 맞다.

그리고 전쟁 의지는… 위대한 일본군이 알아서 채워주니까 걱정할 필요는 없습니다. 진주만 기습은 그 정도로 비상식적이고, 개념 없고, 결과적으로 일제의 목을 조른 근시안적인 작전이었으니까.

하지만, 우리는 결국 필리핀 방어에 대한 완벽한 답안을 내놓지 못한 채 새 발령을 받아야만 했다. 아마 41년까지도 답은 못 낼 것 같다.

밀림으로 뒤덮인 바탄반도가 내게는 거대한 공동묘지처럼 보였다.

* * *

이런 파란만장한 필리핀 생활은 마침내 끝났다. 도비는 착해. 착한 도비는 열심히 일했어요. 말년에 필리핀 스카우트 애들 파업 일으키는 꼴까지 보고 왔으면 충분히 개같은 꼴은 볼 만큼 보고 오지 않았을까요?

하지만 상관없다. 드디어 집에 돌아왔다. 나는 근처 장난감 가게를 털어 애들용 장난감을 한아름 품에 안은 채 대문을 힘껏 열어젖혔다.

"얘들아! 아빠 왔어!"

하지만 아이들의 반응은 냉랭하기 짝이 없었다. 뉘 집 개가 짖느냐는 둥 시큰둥한 아이들이 날 빤히 보더니 툭 던지듯 말했다.

"아저씨 누구세요?"

"아저씨, 빠빠 아냐."

"아, 아냐 얘들아. 내가 너희 아빠란다."

"우리 아빠는 저기 있어요."

아이들은 저편 어딘가를 가리켰고, 내 시선은 당연히 자연스럽게 그리로 돌아갔다.

그곳엔 너무나도 잘생긴… 하딩 대통령이 있었다!

"아, 킴 소령. 드디어 복귀했나 보군. 내가 필리핀에 처박아놨는데 용케도 돌아왔네."

하딩은 유권자들의 표심을 사로잡은 그 매력적인 미소를 지으며 도로시의 허리를 슬며시 감싸 안았다.

"미안해. 그치만 당신, 맨날 군인이라고 바깥에 싸돌아다니기만 했잖아?"

"이해해준다고 했잖아! 이제 앞으로 어디 돌아다니는 일은 없을 거야. 그러니까……."

"죽을 자리에 자청해서 기어들어 간다며? 전쟁터는 이해했어도 이런 문제로 머리 썩이고 싶진 않아. 그에 반해 이이는 얌전히 백악관에서 술 먹고 노름만 하잖아?"

"그럼그럼. 우보크도 좋지만 백악관 나이트는 더 화려하다네."

"아니, 아니 이게 무슨 개떡 같은 일이 다 있어."

하필 또 권총이 없네. 두 번째 프레지던트 킬 업적을 세우나 했는데. 내 모습을 보던 도로시가 눈을 날카롭게 치켜뜨더니 다짜고짜 멱살을 부여잡았다.

"이 화상아! 대체 죽을 고비만 몇 번째야!"

"켁, 켁! 약속할게. 진짜로 안 죽어. 진짜로……."

나는 멱살을 잡힌 상태에서도 두 손을 모아 박박 빌었지만 소용없었다.

"미안하지만 킴 소령, 지금 당장 유럽으로 가야겠네. 독일군이 프랑스를 침공했어."

"아니, 그게 무슨 소립니까."

옆에서 아이들과 놀아주고 있던 5성 장군 마셜 원수님께서는 무척이나 근엄한 모습으로 내게 명령했다.

"히틀러가 흑마술을 터득해 좀비 군대를 이끌고 프랑스로 진격 중이네. 당장 패튼과 같이 전차부대를 맡아 프랑스로 가게."

"지금 농담이시죠?"

"농담이라니. 내가 기필코 자네를 유럽 전선에 박아버리겠다고 했잖나. 무엇 하나? 빨리 채비 안 하고."

마셜의 명령을 옆에서 들은 도로시가 더더욱 거세게 목을 졸랐고, 옆에서 하딩은 웬 엿같은 노래 한 가락을 뽑기 시작했다. 어서 와, 모두 널 기다려, 한여름 밤의 백악과아안~

주, 죽는다. 이번엔 진짜 죽어. 말라리아 때보다 더 숨이 안 쉬어져…….

"케, 켁! 켁!!"

낯익은 천장이다. 불 한 점 보이지 않는 어둑어둑한 방 안. 옆에는 도로시가 세상모르고 자고 있다. 그러니까, 꿈이다 이거지.

아니 씨발. 꿈도 무슨 이따위 재수 없는 꿈을 꾼 거야. 대체 하딩은 왜 나온 거고?

"아… 빠…….''

어쩐지 목이 졸리더라. 한 마리 침팬지가 되어 인정사정없이 길로틴 초크를 걸고 있는 헨리가 내 목을 다리로 얽어맨 채 배와 가슴을 짓누르고 있었다.

"아들? 이러다 아빠 죽어, 이러다 루덴도르프도 못 딴 아빠 명줄을 네가 따게 생겼어…….''

"가지 마아…….''

문득 뒤통수에 짱돌이 한 대 처박히는 기분이 들었다. 이거 진짜 못 할 짓이네. 왜 우리 맥아더 부인이 남편에게 계속 군바리 때려치우고 취직하자고 꼬드기는지 잘 알겠다.

"웃차."

나는 헨리를 간신히 떼어내 얌전히 자기 방의 침대에 뉘었다. 대체 언제 안방에 슬쩍 들어온 거야.

이제 해외 파견 커리어는 채울 만큼 채웠다. 제2차 세계대전의 그 날까지 전 세계 곳곳에서는 전쟁의 참화가 피어나겠지만, 미국이 적극적으로 개입할 전쟁은 없다. 스페인 내전도, 중일 전쟁도, 겨울 전쟁도 모두 미합중국에 있는 한 남의 이야기에 불과하다.

더 이상의 해외 파견은 사양이다. 중국이고 파나마고 전부 내가 안 가고 만다. 내가 보직 경쟁에서 좀 밀리면 어떤가. 맥아더고 마셜이고 전부 나를 못 써서 안달 난 양반들이니 기어이 진급시켜서라도 전쟁터로 내보낼 게 뻔한데. 그냥 얌전히 여기서 일이나 하고 지내련다.

나는 여전히 꿈속에서 아빠를 찾는 헨리를 내려다보며 결심을 다졌다.

* * *

얼마 후. 내 귀국을 기념하는 의미에서 작은 파티를 열었고, D.C.의 우리 집은 오랜만에 복닥복닥해졌다.

"그래서 이제 해외로는 안 가겠다고?"

"그런 셈이지. 그게 내 마음대로 되겠냐마는. 저 이제 안 갑니다? 진짜로?"

"안 간다는 사람을 억지로 보내겠나. 그만 좀 되묻게. 대체 이게 몇 번짼가."

"들었지? 이제 안 가."

하지만 꿈속에서의 마셜은 너무 리얼했는걸. 한 손에 목화 노예 참교육용 채찍을 꽉 쥐고 당장이라도 너의 노동력을 빨아먹겠다는 그 모습이 섬세한 내게 얼마나 크나큰 충격으로 다가왔겠는가.

마셜에게 확답을 다시 듣고 안심이 된 나는 옆에 있던 두 동생들에게 신신당부를 했다.

"너네는 항상 몸 관리 잘하고. 운동도 좀 하고. 유신아, 너는 왜 애 소식이 없나?"

"형, 아빠도 그런 거 별로 안 물어봐. 그만 좀 보채."

"나 때는 말이야! 그냥 아주 백발백중으로 애가 생겨라 얍 하니까 헨리가 생기던데! 엉?!"

"그래서 애 태어나는 건 봤지?"

아, 이, 이 나쁜 놈이 갑자기 명치 때리는 게 어딨어. 비열한 놈. 나는 주제도 돌릴 겸 얼른 다른 이야기를 꺼냈다.

"내가 한번 골로 갈 뻔하면서 느낀 건데, 우리도 제약 쪽에 좀 사업을 해야 할 것 같애."

"도산 선생님이 상해로 가신다는 판국에 여기서 사업을 더 늘리겠다고? 나 대학교 보내준다며? 이렇게 밤낮없이 일을 하니까 조카 소식이 없다는 생각은 혹시 안 들어?"

몰라 이 자식아. 누구는 여유로울 때 애 생긴 줄 알아? 내가 제수씨도 있고 해서 류큐인들도 빼돌려 왔는데 이러면 안 되지.

"그리고 형, 우리 사업 포트폴리오가 조오온나게 난잡한 거 알지? 정리를 좀 해야 해. 저번엔 거, 조선인가 해운 쪽에도 손대야 한다며."

"그것도 하고 이것도 해야지."

"돈 없어 이 인간아! 둘 다 돈 먹는 하마잖아!"

조선은 굳이 말하지 않아도 아주 조폐기가 따로 없는 사업이다. 특히나 2차대전이 터지면 수송선과 화물선 수요가 아주 폭발할 테고 그걸 먼저 먹는 놈이 이긴다. 여기에 고용 창출 효과도 훌륭하니 절대 놓칠 수 없지.

제약은… 사실 모르겠다. 리스테린이 치료제로 팔리는 말세 1920년대가 아닌가. 가장 먼저 떠오르는 건 페니실린이지만, 아직 이 세상엔 페니실린의 ㅍ 자도 들리지 않는다. 설파제 역시 마찬가지. 뭔가 씽크빅한 게 있으면 얼른 탑승하고 싶은데 딱히 이거다 싶은 게 없단 말이지.

"제약이라. 대학 선배 한 명이 그쪽에 관심이 있는 것 같던데. 한인이기도 하고."

"그래? 우리 유인이 대학물 먹인 효과가 바로 나오네. 관심 있으면 한번 우리가 투자해주는 방향도 좋지."

"그건 어려울 거 같은데? 그 선배, 지금 따로 하고있는 사업이 있는데 그게 엄청 호황이거든."

"아아. 누군지 알겠다. 그 사람 초기 자금 우리한테 투자받았어."

둘 다 아는 인물이라니 독특한데. 하긴 한인이고 대학물 먹었는데 사업까지 한다? 모르려야 모를 수가 없다.

"우리가 투자한 사람이 성공하다니, 이제 슬슬 팜이 좀 커지는 느낌이구만. 나중에 기회 되면 나도 한번 만나보고 싶은데?"

"형이 보자고 하면 안 달려올 사람 없을걸."

"그리고 이딴 인간인 거 알고 실망하겠지. 그냥 안 보는 게 좋지 않을까?"

둘이서 아주 죽이 척척 맞네. 역시 물리 교육을 덜 해서 가장의 위엄이 떨어지고 있다.

"그래서, 그 양반 이름이 뭔데?"

"어? 유일한이라고……."

"당장 데려와, 이 모지리들아."

이러니까 내가 미국에 붙어 있어야지. 에휴.

황금광 시대 4

라초이(La Choy) 식품 사장 유일한은 호텔을 나서기 전 마지막으로 거울을 보며 옷매무새를 만졌다. 어쩐지 머리도 삐져나온 것 같고, 코털도 마음에 들지 않는다. 어느새 옷에 먼지 한 올이 붙어 있어 얼른 떼어냈고, 괜히 입을 뻐끔거리며 가나다라마바사도 한번 발음해보았다.

준비 완료. 다른 사람도 아니고, 그 김유진의 초대였다. 사업을 하면서 나름대로 다양한 경험을 해봤다고 생각했지만, 김유진이 어디 보통 사람인가. 택시에 올라타자 떨리는 마음이 진정되기는커녕 오히려 더 저 엔진음에 맞추어 심장이 요동친다. 하지만 매정하게도 택시는 목적지에 도착하자마자 그를 떨궈준 채 슝 하고 가버렸다.

유일한은 천천히 대문을 향해 다가갔다. 사람이 나오기까진 조금 시간이 있을 테니…….

"유일한 씨 되십니까?"

"으헉!"

키가 훤칠한 젊은 남자가 그를 내려다보고 있었다.

"기, 김유진 장군님이십니까?"

"장군은 아닙니다. 이제 소령이지요."

"혹시 저 때문에 대문에서 계속 기다리신 건 아니시죠?"

"차 소리가 들려서 잠시 한번 나와 봤습니다. 여기서 이러지 마시고 얼른 안으로 드시죠."

저 놀라운 배려심이라니. 기다리고 있던 모습이 역력한데도 애써 그걸 부정하는 모습이 더더욱 존경스러웠다.

얼떨떨해진 채 집 안으로 따라 들어가니 어느새 따뜻한 다과를 대접받고 있었다. 정신 차려야 한다. 물어볼 것들이 무척 많았으니까.

그와 같은 사람이 단순히 인사차 불렀다고는 전혀 생각하지 않았다. 얼마나 바쁠 텐데 겨우 통조림 팔아먹는 그와 안면 트려고 하겠는가. 한 명의 투자자로서 부른 게 틀림없다고 유일한은 생각했고, 그래서 더욱 열과 성을 다해 지금 진행 중인 사업에 대해 설명해 나갔다.

"…따라서, 앞으로 이 시장은 더욱 커질 것으로 보입니다. 특히 미국의 주류인 백인들이 최근 아시아 문화에 관심을 기울이면서 저희 또한 반사이익을 보고 있지요. 요 몇 년 사이 미국인들이 마작에 미쳐 있지 않습니까? 그들도 더 이상 황화론이니 뭐니 하는 소리보다는 타 문화를 이해하려 하고 있습니다. 저희는 식문화의 선두에 서서 아시아를 널리 알리고자 합니다."

"그렇군요. 역시 청년 사업가다운 좋은 발상이십니다. 저는 일개 군인에 불과한지라 사업에 관해서는 잘 알지 못하지만, 선생님의 말씀을 듣다 보니 앞으로 미국의 문호가 더욱 활짝 열리리라 기대되는군요."

됐… 나? 김유진은 만족스럽다는 듯 고개를 끄덕이며 커피잔을 기울였고, 그 모습에 긴장이 점차 풀려나가는 것을 느꼈다.

"유 선생님께서는 사업을 하시는 목표가 있습니까?"

"목표, 말씀이십니까."

"물론 돈 벌려고 하는 일이시겠죠. 하지만 제가 가만히 앉아 말씀을 들어보니, 선생님은 돈 그 자체를 목적으로 삼기보다는 진정 하고 싶은 무언가를 하기 위한 수단으로 사업을 하시는 게 아닌가 싶었습니다."

역시 젊은 나이에 장군 소리를 듣는 덴 다 이유가 있다는 듯, 김유진은 사람의 속을 훤히 들여다보는 것처럼 말했다.

"저는… 생각하시는 것처럼 그렇게 대단한 인물이 아닙니다. 지금 하고 있는 회사는 우연히 좋은 창업 아이템이 떠올랐기에 한 것뿐이지요."

"보통 사람은 아이템이 떠올랐다고 대뜸 창업에 도전하지도 않지요. 선생님은 자기 자신이 생각하시는 것보다 훨씬 더 대단한 일을 이루어냈습니다."

"그렇다면 제가 하나 여쭈어보겠습니다."

최근 가장 고민하고 있던 문제. 눈앞의 이 사람이라면 어쩌면 답을 알려줄지도 모른다는 생각에, 유일한은 천천히 최근 그의 머리를 가득 메우고 있던 고민을 꺼내 들었다.

"제 부친은 가산을 헐어 저를 이 머나먼 미국 땅에 보냈습니다. 그리고 항상 조선을 위한 큰일을 할 수 있는 큰 인물이 되라 말씀하셨지요."

"참으로 훌륭한 분이시군요."

"하지만 부친께선 지금 제 모습을 보고 항상 혀를 차십니다. 10년 넘게 미국에 지낸 결과가 겨우 숙주나물 장수냐 말씀하시지요."

"……."

"이런 제가, 앞으로 무엇을 해야 나라에 이바지할 수 있겠습니까?"

김 장군은 대답 없이 눈을 감더니, 담배 한 대 피워도 되겠냐며 허락을 구했다. 궐련 한 대가 거의 다 타들어 갈 무렵이 되어서야 그는 입을 열었다.

"허면, 사업을 정리하고 조선으로 돌아갈 생각이십니까?"

"가슴으로는 그래야 한다고 생각하고 있습니다. 제가 이 만리타향에서 교육받은 이유는 오직 그 때문이니까요. 하지만 그동안 착실히 배움을 습득한 이 머리가 유망한 사업을 포기하고 조선으로 돌아가는 걸 꺼림칙해합니다."

"그야 그렇겠지요. 당연한 일입니다."

그는 담담하게 인정했다.

"전쟁 때 제 경험을 조금 이야기해보죠. 일선에서 피 흘리는 장병들이 용감히 싸우기 위해서는 농부가 수확한 식량을 공장에서 가공해 배로 실어나르고 트럭과 마차로 운반해 삼시 세끼를 먹여줘야 합니다. 총도, 총알도, 군복도 모두 그렇게 무수히 많은 사람의 손길을 거치고, 기나긴 수송과 보급 과정을 기획하고 감독할 사람도 필요하죠. 이 과정에 참여한 사람들의 공로는 과연 피 흘린 사람보다 열등한 공일까요?"

"그건 아닙니다."

"유 선생이 당장 상해로 건너가 독립군에 투신해 병졸이 될 수도 있겠지요. 하지만 숙주나물 팔아 번 돈 1만 달러를 상해에 송금한다면 훨씬 더 독립군에 기여하는 일 아니겠습니까.

반대로 생각해보시지요. 조선 땅에 왜놈을 쏠 의기 있는 자는 산과 강을 가득 메울 만큼 많지만, 그들을 먹이고 입힐 재력을 가진 자들 중 친일과 매국의 오물 묻지 않은 자는 극히 일부에 불과합니다. 비즈니스 하시는 분 아닙니까? 왜인에 비하면 그 절반도 안 되는 조선민족은 그 어떤 민족보다 효율적으로 싸워나가야 합니다."

그래. 이런 답을 원했다. 머리로는 알고 있었으나 차마 부친에게 할 수 없었던 이야기가 조선민족, 나아가 아시아의 영웅으로 불리는 사람의 입에서 나오고 있었다.

"그래도 정 마음에 걸리신다면, 저와 함께 민족을 위한 사업을 해보시는 건 어떻겠습니까?"

"그게 무엇입니까?"

"죄송하지만 선생께서 참여하시겠노라 확답하기 전까지 자세한 사항을 말씀드릴 수는 없습니다. 하지만 제가 장담하건대, 조선인의 자주와 독립을 위해 공헌할 수 있는 사업이라고만 알려드리겠습니다."

'나물 통조림이라는 품목이 정 마음에 걸리신다면, 바꿔보는 게 더 도움이 될지도 모르겠군요.' 김유진의 말이 그 어느 때보다 가슴을 울렸다.

* * *

시발. 시발. 시발. 시발. 심장이 쿵쾅거려서 돌아버릴 것만 같다. 항상 느끼는 일이지만, 독립운동에 공헌한 분들과 이야기할 때면 뭔가 죄짓는 느낌이다. 지금도 봐라. 언젠가 조선으로 돌아가 유한양행 차릴 분을 내가 열심히 꼬드기고 있잖나. 눈빛에서부터 선망이 보이길래 애써 근엄한 모습 잡는다고 개고생했다. 담배 피울 때 손 떠는 광경 안 들켰겠지? 들켰으면 쪽 다 팔리는 건데.

유일한 선생은 생각해보겠노라 말했다.

"저는 아직 별 볼 일 없는 일개 나물 장수에 불과해, 장군께서 말씀하시는 대업에 과연 제가 동참해도 될지 의문입니다."

"허허."

"당장 저 로스앤젤레스엔 '쌀의 왕'이라는 김종림(金鐘林) 선생이 계시고, 학업으로 따지면 지금 컬럼비아 대학에서 수학 중인 조병옥(趙炳玉)이 있습니다. 당장 여성인 김마리아 씨만 하더라도 얼마나 왕성한 활동을 하고 있습니까? 그에 비하면 저는 단지 일신의 영달만을 위할 뿐입니다."

그렇게까지 말하면 술 팔아먹고 총 팔아먹는 내가 무안해서 할 말이 없어지잖습니까. 어떡하지. 좀 더 강렬하게 꼬드겨 봐야 하나?

일단 유일한 선생과 안면을 튼 것에 의의를 두기로 하고, 나는 그다음으로 중한 일에 착수했다.

"에베베베벱… 까꿍!"

"꺄아아!"

앨리스가 아빠 안 까먹게 하기. 그때 꾼 꿈이 너무 트라우마가 되어버렸어. 단신부임해서 돌아다니던 군바리들이 가정 파탄 나는 케이스를 전생이고 현생이고 내가 어디 한두 번 본 줄 아나?

물론 이 시대가 좀 더 막 나가는 면은 있다. 영웅은 호색이라는 말이 진지하게 거론되는 시대니까. 동서양을 가릴 것도 없다. 그러니 있을 때 잘해야지. 소 잃고 외양간 고치는 신세는 절대 사절이다.

미안합니다, 선생님. 저는 가족도 재산도 모조리 내팽개치고 조선 독립에 몰빵할 수 있는 인물은 못 되어서요. 대신 새로 건국될 대한민국만큼은 원 역사보다 훨씬 번듯하게 만들어 드리리다.

* * *

"무리야."

어느 날 오후. 우리 형님, 찰스 커티스 주니어를 만난 나의 소박한 기대는 단숨에 짓밟히고 말았다.

"조선업은 현대 자본과 기술의 집대성일세. 어마어마한 자본, 고도로 숙련된 노동력, 거기에 기술력과 방대한 장비까지. 물론 자네 집안도 제법 돈을 벌긴 했지만… 굳이 뛰어들 필요가 있겠나?"

"그 정도입니까."

아니, 2차대전사 같은 거 보면 미국은 막 햄버거 패티 굽듯이 수송선도 뽑고 항공모함도 뽑더만?

"무슨 스크램블드에그 만드는 것처럼 쉽게 생각하는 모양이군. 물론 돈만 많으면 진입할 수야 있겠지. 하지만 그 돈이면 얼마든지 다른 사업을 할 수 있어. 전혀 수지타산이 맞지 않는다네."

전문가의 의견은 얌전히 들어야지. 끄응. 하지만 아쉬운 건 아쉬운 일이다. '리버티 십' 같은 걸 생각하면 알 수 있듯, 2차대전이 터지면 선박의 수요가 어마어마하게 폭증한다. 이런 일에 한 몫 낄 수 없으면 얼마나 섭섭하겠나?

"그런데 대관절 왜 조선업을 하고 싶은 겐가?"

"일단 많은 노동력이 필요하다는 점이 메리트로 보였지요."

"지지 세력을 키우는 덴 그게 가장 좋지. 하지만 꼭 조선업일 필요는 없잖나. 다른 이유는?"

"제가 군문에 몸을 두고 있으니 깨달은 사실이지만, 현재 합중국 육군을 실어나를 수단이 그리 많지 않습니다."

"그게 무슨 소린가?"

이제 내 전문 영역의 시간이군.

미합중국이 캐나다나 멕시코와 전쟁을 하지 않는 이상, 필연적으로 대서양이든 태평양이든 거대한 대양을 건너 전쟁을 치러야만 한다. 지난 대전쟁 때는 그나마 사정이 나았다. 그때는 세계 각지에 흩어져 있던 방대한 상선들을 긁어모아 '수송'만 하면 됐거든. 하지만 태평양의 코딱지만 한 섬이나 나치 독일이 석권한 유럽에 병력을 내려놓으려면 일반적인 상선을 써먹을 순 없다. 보다 상륙에 최적화된 배가 필요하다.

"그래서 그걸 입찰해보고 싶다, 그 얘기였군."

"어떻습니까?"

"그래도 무리일세. 당연한 이야기 아닌가? 그만한 거대 사업이 있다면 기존 업체들이 무슨 수를 써서라도 사업을 따내겠지. 자네가 개발에 참여했다는 그 전차처럼 특허권을 따내서 로열티를 받으면 또 몰라."

그건 무리지. 전 선박 관련 지식이 전혀 없다니까요.

"그런데, 상륙이라면 항만에 정박하는 게 아닌 셈이지?"

"그렇지요. 항만은 당연히 적이 통제하고 있을 테니까요."

"그럼 일반적인 배로는 접근을 못 하잖나."

"어어, 그렇지요."

상륙이면 그러니까, 〈라이언 일병 구하기〉처럼 그…….

"자네가 예측하는 미래대로라면, 내 생각엔 배는 배인데 거대한 화물선 같은 게 아니라… 작은 목제 보트 같은 걸 만들어야 돈벌이가 될 것 같은데?"

"생각해보니 그렇군요. 보트라. 지금 보트를 가장 잘 만드는 곳이 어디지요?"

그러자 형님은 꼭 마치 내가 유신이를 바라보듯 날 쳐다봤다. 그러니까… '이 모지리야.'라는 마음이 가득 담긴 그 시선 말이지.

"군용으로 가장 쓰기 좋은 보트라면, 자네가 하는 사업이랑도 나름대로 연관이 있지 않나."

"저요?"

"그래. 가장 기가 막힌 보트를 잘 쓰는 놈들은 술 밀수꾼 놈들이니까."

아니, 저희는 100퍼센트 합법이거든요? 억울하다 억울해. 애초에 나 같은 공무원이 밀수꾼이랑 엮이면 앞날 캄캄해진다고요.

"그건 그렇고, 입찰 경쟁 붙으면 이길 자신은 있나?"

"일단 해봐야 알겠지요. 아직 아무것도 없잖습니까. 보트를 만들라는 이야기부터 당장 지금 알게 됐는걸요."

"아니아니. 나는 군에는 문외한이지만… 그거 해군 쪽 일 아닌가?"

네? 육군 아니었어요? 물개 새끼들 밥그릇이면 좀 많이 곤란한데. 원래 세상은 다 초코파이 정으로 돌아가는 법이고, 해군 일이면 또 해군 내의 프렌드십으로 하하호호 하며 진행될 가능성이 높다. 이러다 시작도 못 하게 생겼는데… 이 밥그릇 포기하기엔 너무 달달해 보인다.

황금광 시대 5

생각을 정리해보자. 목제 보트. 큰 배를 다짜고짜 모래사장에 처박을 순 없으니, 당연히 장병들은 작은 쪽배를 타고 상륙을 해야 한다. 그런데 나무로 만든 보트를 전장에 투입하면… 굉장히 잘 부서지겠지? 이건 수요가 한도 끝도 없을 수밖에 없다. 거기서 조금만 더 발전시키면 그 유명한 PT 보트 사업까지 연계할 수 있을지도 모른다. 보트라, 보트. 내가 원했던 크고 아름다운 강철의 함선보다 오히려 이게 더 돈이 될지도.

그런데 문제가 있다. 육군은 여기에 끼일 방안이 쥐뿔도 없다는 거. 내 기억으론 틀림없이 한국 육군이든 미국 육군이든 약간씩 상륙정이나 수송선을 보유하고 있긴 있었는데, 아무튼 지금 없다는데 어쩌겠나.

지금은 서슬 퍼런 군축의 시즌. 프랑스 땅에서 용맹하게 싸운 장교들이 하루하루 전역 신청 대기열을 채우고 있고, 내가 전차 좀 지키겠다고 의회까지 출석해 환상의 똥꼬쑈를 펼쳐야만 했다. 지금 괜히 타군의 밥그릇을 건드리는 모양새가 되면 진짜 주옷되는 수가 있다.

밥그릇도 밥그릇이지만, 시기도 문제다. 내가 지금 전쟁부에 쳐들어가서 '20년 뒤 백만대군을 프랑스에 드랍해야 합니다!'라고 하면 '오오, 그렇군요. 그럼 보트를 10만 척 뽑으면 되겠네?'라는 소릴 듣겠나, 아니면 마셜이 날 측은한 눈으로 보며 아캄정신병원을 알선해 주겠나.

안 되는 건 안 되는 거다. 상륙용 보트에 관심을 갖고 미운 세 살 단비처럼 '보트 사줘!!'를 쩌렁쩌렁 외치고 있는 곳은 다름 아닌 미합중국 해병대. 일단 이 친구들과 마법 같은 프렌드십을 구축하고, 그다음은 해군의 저 깐깐한 발주 대상자들을 설득해야 한다. 생각만 해도 오금이 저린다.

그나마 다행인 점은, 마침 상륙 관련 안건을 제안하기엔 내 커리어가 참으로 완벽하단 사실이다.

필리핀. 수천 개의 섬으로 이루어진 곳. 당연히 상륙 소요가 미어터질 수밖에 없고, '육군의 원활한 필리핀 방어 및 수복을 위해서는 상륙정이 필요하겠는걸?'이라며 슬그머니 제안을 던져봄 직하다.

절대 내가 총대를 메고 직접 나서는 게 아니라, 해병대가 필요로 하는 보트를 파악하고 약간의… 의견을 제시하는 거지. 비공식적으로. 이 건은 시일이 좀 필요하다. 누구랑 싸바싸바를 해야 할지부터 파악해야 하니까. 그러는 동안 보트 관련 기술진이나 기존 제작 업체도 확인해야 하고… 바쁘다 바빠.

이렇게 조선업에 대한 야망을 불태우며 나는 샌프란시스코로 가 도산 안창호 선생님과 작별 인사를 나눠야만 했다.

"정말 가십니까?"

"제 밥그릇이라면 사족을 못 쓰는 우남이 나를 부른다면 필시 상황이 그만큼 힘들다는 이야기겠지. 미주로 듬직한 젊은이들이 많이 오고 있으니 나 같은 늙은이가 하나 빠진다고 별일 없을 걸세."

아직 쉰도 안 되신 분이 무슨 늙은이 타령입니까, 라고 하기엔 조금 찔리는 게 많다. 내가 도산 선생의 노동력을 좀 많이 써먹긴 했다. 아쉽지만 이제 보내드릴 때가 온 셈이다.

"인수인계는 다 잘해놨으니 너무 걱정하지 말고."

"제가 무슨 악덕 노예주입니까? 그런 건 염려하지 마시지요."

"노예주는 아니어도 악덕업자는 맞지. 조선의 미래라는 희망을 바로 눈앞에 들이댔으니 어찌 일하지 않고 배기겠나?"

그는 내 허리께를 툭툭 두드리며 말했다.

"뭣도 모르는 놈들이 나불대는 소리는 다 무시하게. 유진 군이야말로 그어떤 날고 긴다는 명사들보다 조선민족의 미래를 위한 텃밭을 크고 넓게 갈고 있으니."

"이제 가신다고 막 얼굴에 금칠을 해주시네요. 그러셔도 저 독립공채 더 못 삽니다?"

"들켰나? 하하하하! 나는 하루하루 자네 집안의 사업체가 커가는 모습을 바로 옆에서 지켜봐 왔네. 나라도, 희망도, 미래도 잃어버린 채 먹고살기에 급급하던 조선인들이 이제 자식을 교육하고 미래를 준비하고 있어. 이게 전부 누구의 공로란 말인가?"

아니, 제 일신의 안녕과 부귀영화를 위한 일까지 전부 그렇게 숭고한 목적으로 포장하시면 제가 좀 곤란해지는데…….

"물론 자네는 입 삐죽대면서 '저 부귀영화 누리려고 하는 일인데요.'라고 투덜대겠지. 자네 삼형제가 나란히 새초롬한 건 부친을 쏙 빼닮았거든. 그분도 국민회 방세가 밀려서 쩔쩔매고 있노라면 '조선이 나한테 해준 게 뭐가 있다고 내 돈을 뜯어가나!'라고 쩌렁쩌렁 외치면서도 항상 쌈짓돈을 터셨지. 그러니 딱 지금처럼만 하게. 자네 덕택에 먹고사는 사람들이 죄다 임정의 소중한 후원자니까 말이야. 흐하하!"

그렇게 안창호는 떠났다.

* * *

"형, 김종림 아저씨 알지?"

"알지. 우리 맨날 그 집 쌀로만 밥해 먹지 않았나? 그 아저씨 전쟁 특수로 대박 났다며?"

"응. 그래서 이것저것 독립운동도 하시고, 파일럿 양성하겠다고 학교도 짓고 했었는데 하시던 일이 잘 안 풀렸나 봐."

유신이의 서론이 길다. 보통 저놈이 저렇게 서론을 길게 빼던 게 어디 보자… 가장 최근엔 결혼 문제가 있네. 이번에야말로 실수하지 않으리. 사람은 실수에서 배우는 법이다.

"그래서?"

"몇 년 전에 한번 아저씨가 찾아 왔었어."

"나는? 왜 나는 스킵하고?"

"그때 형이 나 결혼 문제로 하도 지랄발광을 해서……."

아아, 그때구만. 그래. 어쩔 수 없지. 인정한다. 연락하기 껄끄러웠구나.

"그때 이 일대에 홍수가 크게 나서 아저씨 벼농사가 쫄딱 망했었거든?"

"본론만 말해, 본론만."

"우리 집안 돈으로 비행학교가 굴러가고 있다고. 어차피 형도 교육 쪽에 관심 있었으니 그냥 그 학교도 편입시켰지."

"그래, 잘했다. 어차피 매번 내 의사 묻고 어쩌고 하는 것도 어려울 테니 그냥 다 알아서 해."

이건 굉장히 좋은데.

어차피 항공산업에도 슬슬 촉수를 뻗을 참이었다. 미국의 항공산업은 아직 유럽에 비하면 개차반이니까. 똑똑한 친구들을 파일럿이나 엔지니어 쪽으로 보내면 확실히 고급 인력으로 자리매김할 수 있다. 그리고 고급 인력은 어디서나 대우를 받고. 유색인종 보병 사단은 저번 대전쟁에서 그토록 괄시를 받았지만, 유색인종 항공대라면 아마 그 수준의 찬밥 대우는 안 받을 거다. 어필 확실히 할 수 있겠네. 육군항공대엔 마침 친구들이 많다. 적당히 얼굴이나 보면서 슬슬 작업 칠 준비 해야겠네.

"또 다른 건?"

"형이 데려온 유학생들."

"아, 그거."

"'아, 그거'로 끝날 일이 아니잖아. 일단 영어부터 가르치고 있어. 한 반년에서 1년 정도 실전형으로 배우면 말문 트이겠지. 그다음엔 적당히 나이 맞춰서 고등학교나 대학교 보낼 거고, 기술 분야에 관심 있는 사람들은 포드사로 보낼 예정이야."

"오케이 오케이. 아주 좋구만."

벼농사와 달리 사람 농사는 1년이 우습다. 이건 최소 십 년 대계지.

"그런데 형."

"응?"

"전에도 말했지만, 이제 좀 수익성 있는 사업을 해야 하지 않을까?"

"수익성이라."

"돈 먹는 하마는 자꾸 늘어나는데 돈을 벌 신사업이 없다고."

그도 그렇네. 이번 일본 진출로 활로를 모색하긴 했지만 그게 얼마나 더 가겠나. 나는 대공황기에 회사를 잡아먹으려면 적어도 그전에 해당 분야에 발은 걸치고 있어야 할 거라 생각했고, 이를 위한 투자를 진행하고 있었다.

하지만 지금 가만 이야기를 들어보니, 이거 대공황이 오면 기업사냥을 하는 게 아니라 우리도 망하는 거 아닌가 하는 불안감이 들었다. 현금장사. 현찰놀이. 쩐을 땡길 신박한 무언가가 필요하다.

나는 그렇게 도로시한테서도 못 들어본 "나가서 돈 벌 궁리 좀 해와! 지갑에 구멍 뚫렸다!" 소리를 들으며 쓸쓸하게 집에서 나와야 했다.

젠장. 가는 날이 장날이라고 담배까지 다 떨어졌네. 나는 근방에 보이는 아무 가게에나 들어갔다.

"파티마 한 갑요."

"다 떨어졌네요. 죄송합니다."

"그래요?"

"요즘 파티마 피우는 사람이 거의 없잖아요. 사실 들여놓기도 좀 그래요. 이번 기회에 딴 거로 갈아타시는 게 어때요?"

아아니, 담배를 바꾸라니. 개종보다 더 무서운 소릴 하시네. 나 때는 말이여, 한번 88로 배웠으면 죽어도 88이고 디스 플러스로 배웠으면 향도 디플 꽂고 그랬는데……

"이게 요즘 잘 나가는 건데, 손님 혹시 야구 좋아하세요?"

"네. 좋아하지요."

"한번 써보세요. 맛도 좋고, 안에 야구선수 카드도 들어 있어서 담배 피우지도 않는 애들이 그거 모으겠다고 사 갈 정도예요."

야구 카드? 한 갑 사서 까보니 안에 실제로 작은 카드가 들어 있었다. 앞면에는 선수 그림, 뒷면엔 간략한 정보 같은 것들.

"이거, 담뱃갑마다 들어 있는 사람이 다른가요?"

"그렇죠. 그거 수집하는 사람들도 제법 있어요."

이거다. 역시 될 놈은 된다고, 착한 일만 하는 이 유진 킴을 가엾게 여겨 하늘이 알아서 돈 벌 방도를 안내해 주는구나!

전생에서 카드 게임은 참 지긋지긋하도록 했었다. 코 묻은 꼬맹이 때 〈매직 더 거덜링〉부터 해서 학교 다닐 땐 푸키먼이네 디지몬이네 카드 사 모은다고 바빴고, 군바리 때 당직 서는 새벽이면 〈여관 돌멩이〉 게임한다고 정신 없었다.

이 망할 카드 게임이 얼마나 사람 주머니를 한도 끝도 없이 털어 가는데, 딱히 놀 것도 마땅찮은 이 시대에 이렇게 재미난 데다가 언뜻 보기엔 돈도 별로 안 드는 오락거리를 풀면 어떻게 되겠나.

나는 헐레벌떡 집으로 돌아와 기세등등하게 나의 완벽한 발상을 유신이에게 자랑했다.

"그래서, 이 카드라는 거로, 애들 오락을 만들어서 파시겠다?"

"그렇지. 끽해야 종이니까 원가도 엄청 쌀 거야."

"나는 가끔 형이 무슨 개소리를 하나 의심할 때가 있었는데, 그때마다 또 어찌어찌 잘 풀리는 걸 보면서 마음 고쳐먹은 적이 한두 번이 아니거든?"

동생은 손에 들고 있던 야구 카드를 내려놓았다.

"근데 이건 좀, 응, 담배를 너무 많이 태워서 혹시 환각 같은 게 보이는 모양인데……."

"아 진짜! 이건 진짜로 된다니까?"

애가 사람 말을 못 믿네! 자라나는 90년대 어린이와 청소년이면 다 한 번씩 학교 앞 문방구에 용돈 상납했다니까?

"야구 카드야 야구를 좋아하니까 수집할 마음이 생기는 거고, 이건 뭣도 아니잖아?"

"아, 안 되겠다. 너 딱 기다리고 있어라. 내가 시제품 만들 테니까."

그리고 얼마 후. 나는 전생의 기억을 필사적으로 끌어모아 어설프게 핸드메이드한 시제 카드 더미를 들고 와 불신의 눈빛이 가득한 유신이와 한 게임을 돌렸다.

"씨발! 뭐 이렇게 운빨이 망하는 거야! 다시 해! 이 망할, 이 개같은 운빨 좆망겜 진짜!"

"동생아……."

"이게 팔린다곤 안 했어! 그치만 이 등신 같은 게임이 사람 빡치게 하잖아!"

"유신아. 보다 강력한 카드가 있으면 네가 이길 확률이 더 높아지지 않을까?"

"그렇겠지?"

"근데 숍에서 카드를 살 때, 그 강력한 카드가 나올 확률이 좀 낮으면 어떨까?"

"그냥 있는 거로 하지 않을까?"

글쎄. 내 생각엔 나올 때까지 살 거 같은데.

"이 망할 게임, 그래 한번 만들어보자. 나만 죽을 순 없지. 인정할게. 내가 인쇄업체랑, 포장이랑 다 만날 테니까 형은 딱 기다리고 있어."

"상업화하려면 이거 그림쟁이도 좀 구해야 할걸?"

"그건 당연하지. 형 그림 진짜 더럽게 못 그린다."

나쁜 새끼.

그리고 몇 달 뒤, 우리는 대박을 쳤다.

황금광 시대 6

미국에 발을 디딘 지 얼마나 되었다고, 방정환은 흔히 말하는 속칭 '인싸'가 되어 있었다.

"…그래서, 영어가 안 되니 어쩌겠습니까. 하늘이 선사하신 이 두 팔과 두 다리를 써야지요. 제가 정성껏 보디랭귀지로 이렇게 이렇게 하니까 점원이 또 용케 알아듣고는 똑같이……."

이미 방정환은 유명 인사였다. 조선인이란 점에 더불어 교회에 나가지 않는다는 페널티까지 짊어지고 있지만 고작 그 정도로는 이 하늘이 내린 인싸를 막을 수 없지. 영어 좀 배웠다고 위풍당당하게 거리로 나아가선 무슨 길거리 악사처럼 애들 데리고 이야기 보따리를 풀어놓는데, 이미 장안의 명사가 되었다.

하지만 상황이 이렇게 되었으니, 자라나는 어린이들에겐 미안하지만 방선생을 내가 좀 데려가야겠어.

"트레이딩 카드 게임이요? 거래하는 오락이라니. 그, 도무지 짐작이 안 가는데요. 어떤 걸 말씀하시는 겁니까?"

"백문이 불여일견이라고, 일단 간단하게 한번 해보시면 어떨까 합니다."

그리고 1시간 뒤, 사람 푸근해 보이던 방정환의 얼굴은 시뻘건 홍시가 되었다.

"다시! 다시다시! 이제 이 게임의 묘를 터득했습니다. 백날 좋은 카드를 넣어봐야 내 손에 들고 있을 수 없으면 아무 쓸모가 없는 거였군요! 이제 제가 이길 수 있습니다. 진짜로, 진짜로."

"자자, 진정하고."

아, 이분 겜알못이시네. 저어기 패배자 김유신이랑 손 잡고 놀라고. 어딜 감히 프로 딱지맨 인생 수십 년을 거쳐온 나와 딱지놀음으로 승부를 하려 한단 말인가? 전쟁영웅 타이틀은 이미 땄으니 이제 태초에 유진 킴이 딱지를 창시하였노라 소리도 한번 들어 봐야지.

어설프게 그림도 그리고 종이를 오려대며 깨달은 거지만, 내 영혼은 21세기의 유흥을 원하고 있었다. 이 노잼으로 가득 찬 1920년대를 보라. 내 생각에 남자고 여자고 자유연애니 뭐니 별짓 다 하는 이유의 24% 정도는 그냥 심심하고 할 게 없어서라는 데 걸겠다.

딱지를 만지니 심신의 평안이 찾아온다. 그래, 이걸 원했어. PC도 콘솔도 없는 이 악몽 같은 세상에 적어도 아날로그한 게임 하나 정도는 내가 먼저 만들어도 되지 않겠나?

"이 게임에 스토리를 입혀주셨으면 합니다."

"게임에 스토리요? 무슨 말씀이신지 전혀 감이 안 옵니다."

뱀주사위놀이 정도나 있는 시대에 설명하려니 참으로 힘들다. 나는 카드를 이것저것 뒤적대며 덱을 짜고 있는 유신이도 불러서 같이 설명하기로 했다.

"이것만 팔아서 흥행이 가능할지는 아무도 모르지."

"솔직히 일단 시켜 보기만 하면 제법 재밌으니 팔릴 것 같은데, 응, 형 말마따나 그 과정이 문제지."

"야구 카드를 사 모으는 이유는 야구 경기와 선수들에 대한 애착이 있기 때문이지. 그래서 우리도 카드에 서사를 넣어야 하는 거야."

나는 몇 장의 카드를 탁탁 건드리며 말했다.

"소설이나 만화 같은 걸 만들어서 대중들에게 선보이면 선순환 과정이 될지도 모르지."

"그거는 또 무슨 수로 팔고?"

"신문에 욱여넣어야지."

"그러니까 저보고 신문 연재소설을 한 편 써보란 말씀이십니까? 저 미국에 온 지 얼마 되지도 않았어요!"

"일단 한번 간만 봐주십시오. 큰 얼개만 방 선생이 짠 후에 따로 미국인 작가를 고용할 수도 있으니까요."

내 이야기에도 방정환 선생은 난처한 기색이 역력했다.

"도와주시면 방 선생을 모티브로 한 카드를 하나 만들겠습니다."

"꼭 욕 나오는 사기 카드로 만들어주세요."

그는 주저 없이 승낙했다. 아니, 이렇게 쉬우면 어떡하냐고.

그렇게 일을 맡긴 지 얼마나 시간이 지났을까. 내가 방정환을 다시 만났을 때, 그는 피골이 상접해진 홀쭉이가 된 모양새였다.

"식사 안 하셨습니까? 그 풍채 좋으시던 분이 몰골이 이게 뭡니까?!"

"하다 보니 욕심이 붙어서 그만……."

그는 수십 장에 달하는 각종 기획안을 늘어놓으며 마치 입사 프레젠테이션을 진행하는 면접자마냥 목 놓아 외쳤다.

"제가 미국의 이야기와 여러 아이들의 의견을 다 종합해 보니, 역시 지금 대세는 신비한 세계에서의 모험입니다!"

"그렇습니까?"

"신비한 낯선 세계에서의 탐험과 고난! 용과 기사, 마녀와 공주, 마법과 음모, 동료와 영웅! 이건 무조건 먹힙니다. 조선이나 미국이나 아이들을 위한 이야기가 있기는 있지만, 이렇게 다양한 방식으로 접근하는 작품은 없지요. 그런 점에서 김 장군께서 해주셨던 여러 이야기들이 제게 굉장히 영감을 불러일으켰습니다. 이제 아이들은 이야기의 관객으로만 남아 있는 게 아니라, 자신이 직접 모험담의 주인공이 되어 적을 물리치고 위대한 승리를 쟁취할 수 있는 겁니다! 그런 의미에서……."

안 되지 안 돼. 저 장광설에 휘말리면 큰일 난다.

"그러면 어찌하시겠습니까? 직접 써보시겠어요?"

"사람 몇 명만 좀 붙여 주시면 될 듯합니다. 제 영어가 아직 통달한 수준은 아니니, 가장 대중들에게 접근하기 좋은 어휘로 글을 다듬어 줄 사람이 필요합니다."

"더 필요하신 건 없으신가요."

"게임을 해보고 감상을 말해줄 사람들이 필요합니다. 환쟁이들도 이제 본격적으로 준비해야 하고요."

그의 창작혼에 내가 제대로 불을 지핀 걸까. 이미 그는 자신이 참여한 이 프로젝트가 역사에 길이 남으리라 확신하는 모양새였다.

그리고 다시 시간이 흘러흘러.

"다음 편 어딨어요?!"

"다음 화! 다음 화!!"

"카드팩 다 팔렸습니다! 매진이에요!"

"안 뜯은 팩 팝니다! 싸다 싸!"

광기가 캘리포니아 전역을 덮쳤다.

"형… 또 뭘 만들어낸 거야……?"

"왜 네가 빼고 있어. 네가 다 했잖냐."

"이 정도로 난리가 날 줄 내가 어떻게 알았겠냐고!"

소박하게 샌프란시스코와 로스앤젤레스를 비롯한 캘리포니아 일대에서만 판매를 개시한 사상 최초의 트레이딩 카드 게임은 순식간에 애들의 코

묻은 돈을 갈취해 왔다.

그리고 신문 연재 소설이 과연 아이들에게까지 닿을 수 있는가 하는 걱정을 했었지만, 기우에 불과했다. 우리가 광고비를 줘 가며 소설 연재를 부탁했던 한 지역 신문은 떡상해버려 원고료를 줄 테니 제발 계속 연재해 달라 부탁하는 처지가 되었고, 단행본 서적은 미친 듯이 팔려나갔다.

이 광기는 결코 캘리포니아 일대에서 끝나지 않았다. 이 열풍을 지켜본 이들이 너도나도 자기네 주에서의 취급 권한을 달라며 달려들었고, 그들 역시 유통을 시작하자마자 대박이 났다. 무서운 기세로 미국 전역으로 뻗어나간 이 열기는 어느새 우리의 예상을 벗어났는데, 하도 애들이 보채서 그 망할 카드팩인가 뭔가를 사러 돌아다니던 애 아빠들이 덱 맞춘다고 눈이 뒤집혔다.

"우와! 황금 블랙 로터스다!"

"그거 나한테 파시오! 얼마면 돼! 얼마면 되겠냐고!"

"안 팝니다! 내가 미쳤습니까? 나도 좀 이겨보자!"

내가 누누이 강조하지만, 이 시대는 참으로 노잼이었다. 얼마나 재미가 없냐면, 지금 미국 전역에서 가장 유행하는 놀이가 무려 십자말풀이었다. 가로세로 퍼즐 그거 말이다. 기차에 타면 승객 중 절반 이상이 전부 십자말풀이 하고 있고, 사전이 어마어마하게 팔려나가다 못해 기차 객차에 죄다 사전이 비치될 정도라면 믿겠나? 이게 무려 최첨단 유행 오락이다.

이 시대가 그렇다. 현대인의 감수성을 버리고, 대한민국에 갓 스타나 디아블로가 상륙했을 때의 그 열기에 몇 배를 곱하면 딱 이 분위기가 된다. 그리고 그런 시대에 카드 게임을 던진 결과,

"킴 소령님 되십니까?"

"실례지만 누구십니까?"

"죄송합니다. 저는 백악관에서 나왔습니다."

그는 지극히 정중한 태도로 작은 편지 봉투 하나를 내밀었다.

"대통령 각하께서 비밀리에 전달을 요청한 친서입니다."

하딩이 내게 밀명을 내리다니. 대체 뭐길래? 나는 신중히 봉인을 뜯고 편지를 읽어 내려갔다.

[친애하는 킴 소령에게… (중략) 그런 의미에서, 자네 집안에서 만들었다는 그 카드 게임에 나오는 블랙 로터스 2장만 부디 내게 보내준다면 이 일은 두고두고…….]

모르겠다. 이제 진짜 모르겠다.

* * *

우리의 상상 그 이상으로 대박이 터지자, 나는 슬슬 욕심이 올라오기 시작했다.

"그게 바로 사업가 기질이라는 걸세. 혹은 승부사 기질이라고도 할 수 있겠지."

"그렇게 말씀하셔도 안 팝니다. 아니, 못 팔아요."

"그 망할 황금 카드는 대체 어느 사탄이 일러준 발상인가! 천하의 헨리 포드가 모든 카드를 황금으로 넣을 수가 없다니!"

그야 다들 안 팔고 꽉 쥐고 있거든요. 보고 계십니까, 2020년의 게이머 여러분들? 이 유진 킴이 해냈습니다. 나이 지긋한 아저씨들이 우보크에서 입에 시가 물고 카드 게임을 하는 이상한 세상이 와버렸습니다.

"그래서, 어떤 식으로 장사를 하려고 그러나?"

"영화를 한번 만들어 보려 합니다."

"그건 무리지 않겠나?"

"영화를 관람한 사람에게만 증정하는 특별한 카드를 만들어 배포한다면요?"

"그래, 어느 영화사와 접촉하려고 하나? 극장은? 다들 돈꾸러미를 싸 들고 제발 우리랑 하자고 바짓가랑이 잡아댈 것 같은데."

좋아. 포드 회장님이 저렇게 말할 정도면 아주 확실하구만.

아직은 시간이 멀었다. 이런 판타지를 영상화하려면 역시 실사 영화보다는 애니메이션이 더 좋지 않겠나. 붐이 어느 정도 꺼졌을 때 다시 한번 지필 수 있다면 베스트. 그게 아니라면 대공황이 왔을 때 투자를 미끼로 공세적 전략. 헐리우드에 진입할 무기를 얻었고 어마어마한 현금 대박도 쳤으니, 그다음은 뭐겠나.

다시 본업으로 돌아가야지.

"자네 일 안 하나?"

"무슨 일 말씀이십니까."

"휴가 동안 쉬기는커녕 아주 열심히 산지사방을 뛰어다닌다 들었네. 일이 너무 하고 싶어 죽겠다는 의미겠지?"

마셜 중령이 빙긋 웃는 모습이 실로 대악마 디아블로의 재림이라 할 수 있다.

1924년 연말. 본격적인 카드 게임의 광기가 전미를 덮치기 직전, 나는 마셜의 호출을 받았다.

"이제 여기서 자네와 만나는 것도 오늘이 마지막일세. 퍼싱 장군께서 퇴역하면서 나도 이제 끝이야."

"다음 보직은 정해지셨습니까?"

"중국 천진(天津)에 있는 15연대로 가네. 그동안 뼈 빠지게 일했으니 이제 나도 경력 관리 좀 해야지. 혹시 따라갈 생각 있나? 현지에서 자네가 좀 와줬으면 하는 눈치가 역력하거든."

"절 대 안 갑 니 다."

안 간다! 안 간다고!! 저번에도 말했으면서 왜 또 물어봐!

"그으래? 알겠네."

퍼싱은 퇴역 직전, 맥아더의 소장 진급 명령서에 서명했다고 한다. 소장이 필리핀에서 할 만한 보직이라고는 필리핀 군관구 사령관뿐이니, 사실상 본토로 돌아오라는 말과 다를 바 없었다. 이래저래 퍼싱이 실로 대인의 풍모가 있긴 해. 나 같은 사람이었으면 진급시켜주고 파나마에 처박았을 텐데.

"뭘 그렇게 놀라고 있나?"

"아니, 용케도 진급을 시켜줬다 싶어서……."

"자네 진급은 생각 좀 안 하나? 두 번이나 죽을 뻔했는데 진급도 못 했잖나. 이것저것 한 일도 많고 훈장까지 받았는데 매번 밖으로 나돌기나 하니 진급을 못 하지."

그 욱일장은 군이 상기시켜주지 않으셔도 괜찮습니다.

"그럼 제 다음 보직은 무엇인지요?"

"그래서 자네 커리어 관리에 도움이 될 만한 자리가 마침 있지. 다양한 인맥을 쌓을 수 있는 데다가 일선에서는 잘 알지 못하는 대국적 시야도 기를 수 있는 아주 좋은 자리일세."

뭔가, 뭔가 불길한데. 천하의 마셜이 이렇게 이야기가 길다고?

"퍼싱 장군의 후임 참모총장은 하인즈(John L. Hines) 장군이 될 예정일세. 지난 대전쟁에서 우리 1사단의 1여단장, 그리고 생―미이엘과 뫼즈―아르곤 전투 당시 4사단장을 지내셨으니 자네도 꽤 익숙하리라 생각하네."

"네, 저도 기억엔 남아 있지요."

"그분의 부관 자리가 아주 따끈따끈하게 비어 있지. 내가 참모총장 부관 노릇을 해봐서 아는데, 매우 큰 도움이 되네. 자네가 꼭 이 자리를 수락했으면 좋겠군."

싫어. 싫다고. 그렇게 말하는 마셜 당신이 몇 년 새 홀쭉이가 됐잖아!

"내가 몇 년 살았던 공관도 깨끗하게 청소해놨네. 아주 행복할 거야. 혹시 싫은가? 싫으면 역시 나와 함께 중국으로……."

"저는 꼭 부관을 해보고 싶었습니다! 감사합니다! 아리가또! 셰셰!"

마셜이 "하인즈 장군은 퍼싱 장군처럼 부관에게 일을 짬때리진 않을 테니 안심하게나."라고 말하긴 했지만, 나는 어쩐지 그가 웃고 있는 것 같았다.

"자네 그 고약한 성질머리도 이번 기회에 꼭 고쳐졌으면 좋겠군."

"제가 뭐가 고약하단 말입니까!"

자기가 제일 고약하면서!

5장
거인의 몰락 Ⅰ

거인의 몰락 1

1924년 12월 31일. 존 조지프 퍼싱 원수는 퇴역했다. 현 미군 규정상 군인의 정년은 만 63세까지였으므로, 원래라면 퍼싱 또한 자신의 64세 생일을 맞이하는 9월 13일에 퇴역해야 했다.

하지만… 다들 알잖나? 제1차 세계대전이라는 거대한 회오리가 마침내 끝날 때쯤, 미합중국의 국가 원수인 우드로 윌슨에 얽힌 끔찍한 스캔들이 터지며 의회는 거의 1년간 집단 아노미 상태에 빠져버렸다.

대통령이 총에 맞아 이승 하직하는 게 하루이틀 일도 아닌 미국이라지만, '영부인과 비서관 주도하에 조직적인 대통령 직무 수행 불능 상태 은폐 시도'라는 이 전대미문의 사태 앞에서 행정부고 의회고 죄다 멘탈이 깨져버린 탓에 군 재편성과 뒷수습이라는 거대한 작업조차 제대로 진행되지 못했다.

그 결과, '퍼싱은 하나뿐인 미 육군 원수이니 아무튼 괜찮음.'이라는 기적의 논리가 동원되며 그의 퇴역이 연기되었다. 이렇게 퍼싱의 최초 업적이 또 하나 늘어났다. 애초에 그만한 인물이 아니고선 이 거대한 똥을 누가 치우겠나.

하지만 저 영감님, 어째 심통이 가득 차 있는 것 같은데. 미합중국의 그 어떤 군인도 차보지 못한 금색 4스타가 찬란히 빛나는 가운데, 퍼싱은 퇴임사를 읊어 나가고 있었다.

"…바로 우리가 지켜보는 가운데, 의회는 어마어마한 군축을 단행하였습니다."

그래. 저 군축. 군축 때문에 이 난리가 났지. 에휴.

"우리는 영국인들의 압제에 피의 투쟁을 벌인 끝에 독립했으며, 그 압제자들이 돌아와 백악관을 불태우기도 했습니다. 군은 수십 년의 세월 동안 쓸모없을지도 모르지만 군이 없으면 국가는 존망의 기로에 섭니다. 하지만 그들 정치인들은 때때로 조국의 역사에 무지한, 무식하며 분별없는 자들에게 경제 지표를 떠벌리며 위험한 선동을 해대고 있습니다."

장내에 있던 인사들의 얼굴이 기괴하게 뒤틀리기 시작했다. 아니, 퇴역한다고 노빠꾸로 불타는 것 보소. 혹시 하딩이 포커로 지갑이라도 털어가셨습니까? 아니면 이제 정치권도 관심 없고 하니 그냥 막 지르기로 하셨습니까?

물론 나처럼 섬세하고 다정다감한 사람들은 이 거침없는 발언에 경악하고 있었지만, 안타깝게도 군바리들이란 그렇게 센티멘탈하며 감수성 넘치는 사람이 드물다. 다들 얹힌 속에 사이다 들어간다는 듯 '어우 씨, 이게 사이다지.'라는 표정이 역력했다.

이거… 뒷감당 가능한가? 아니지, 딴 사람은 눈치 봐야 하지만 퍼싱은 가능하다. 오직 퍼싱만이 가능한 불빠따 세례인 셈이다. 64세 노인네 생애 최후의 불타는 쥐불놀이 실화냐? 가슴이 절로 웅장해진다.

"여러분은 이 엄혹한 시기에서도, 결코 자유와 평화를 수호하는 우리의 책임을 방기하지 마십시오. 합중국의 역사상 총이 필요 없던 시기는 그리 길지 않았습니다. 조국이 우리의 노고에 관심 없다 하여 실망하지 마십시오. 우리는 언제나 그러했듯, 우리의 역할을 다하면 될 뿐입니다."

이러니저러니 해도, 한 시대를 호령했던 위대한 군인은 마지막까지 후배와 부하들, 그리고 나라를 걱정하고 있었다. 지식이 갱신되지 않는다 하여 지혜가 부족하겠는가. 그는 원수이자 위대한 장군으로서 경례받을 자격이 충분했다.

그렇게 퍼싱은 떠났다.

그리고 남은 이들에겐 재앙이 열렸다. 확고부동한 전쟁영웅이자 거대한 입지를 가진 퍼싱마저 사라진 지금, 우리는 무자비한 군축의 칼날 아래 구아악 구아아악 하며 비명을 질러야만 했다.

하인즈 소장은 미국—스페인 전쟁, 그리고 이후의 필리핀 전쟁에도 참전했다. 나와는 멕시코 원정 때 처음 안면을 텄지. 그리고 퍼싱이 참모총장으로 재직하던 시절, 그는 참모차장으로서 퍼싱과 호흡을 맞췄다.

"오랜만에 보는군. 뫼즈—아르곤 직전에 마지막으로 자네 얼굴을 본 것 같은데."

"예 맞습니다. 그 이후로 93사단이 일선에서 빠지고, 조기에 귀환하면서 장군님을 뵐 겨를이 없어졌지요."

"캉브레와 아미앵의 영웅을 부관으로 쓸 수 있다니, 아마 나만큼 호사스러운 참모총장은 없을 걸세. 허허. 어디 한번 함께 잘 일해보세나."

"알겠습니다!"

그가 내 손을 잡고 흔들며 말했다.

"그때 그 마적 놈들 대가리 들고 오던 정신 나… 패기 넘치던 소위가 이렇게 클 줄 누가 알았겠나."

"아니, 그건 제가 아니라 패튼입니다. 조지 패튼 주니어 말입니다."

"그놈이 그놈이지 뭘. 아주 똑같은 놈들이 끼리끼리 만났어."

억울해! 억울하다고! 기어이 내 인생에 거대한 암덩이를 주셨군요, 선배님. 제가 기필코 부관의 권한을 풀로 남용해서 복수하겠습니다.

사실 개인적으로 가장 궁금한 게 있다면, 아무리 내가 이것저것 했다손 쳐도 아시안이라는 그 미묘한 벽이 있는데 어떻게 날 뽑아 쓸 생각을 했는 가였다. 물론 마셜의 추천이 있긴 했다지만, 그거랑 그거는 별개 아니겠나.

내 소박한 질문에 그는 눈 하나 깜빡이지 않고 답했다.

"나는 아일랜드계라네. 부모님 두 분 모두 확실한 아이리시지. 내가 대충 어떤 소릴 들었는지 알겠지?"

"아, 옙."

아일랜드계도 가짜 백인 소리 오지게 듣지. 나는 그 말에 군말 없이 납 득했다.

"이제 퍼싱 원수는 없다네. 그 말인즉슨… 우리가 해야 할 가장 시급한 일은 제발 예산 좀 달라고 징징대야 한단 사실이고."

"갑갑하군요."

"그래서 바로 지금 자네의 역량이 주목받는 거야. 자네는 그 의회와 정 면승부해서 전차의 불씨를 살린 인물이잖나."

그게 또 그렇게 연결되네. 물론 내 뒷공작을 알고 있진 않겠지만, 어쨌거 나 필사적으로 이빨을 깐 건 사실이니까 그 점을 높게 평가받은 듯하다. 그 렇게 나는 워싱턴 D.C.와 강 하나를 마주하고 있는 버지니아 알링턴 카운 티, 포트 마이어로 이사하게 되었다.

"여기 집 열쇠일세."

"잘 쓰겠습니다."

"우리가 살면서 또 나름대로 수리를 했으니 크게 돈 들어갈 일은 없을 게야. 기병대 주둔지다 보니 승마 코스도 제법 괜찮아. 자네, 가면 갈수록 허벅지가 두툼해져 가는데 운동도 겸해서 말이라도 좀 타게."

"예, 예에……."

마셜이 살던 3호 공관이 이제 나와 도로시, 그리고 아이들의 집이 되었 고, 마셜은 부인과 장모님을 모신 채 룰루랄라 중국으로 떠나버렸다. 그동안 제 뒷배를 많이 봐주셔서 참으로 감사합니다.

이제 나는 당분간 큰일은 없으리라 생각했다. 물론 군축에 저항하며 발버둥치는 일이 있긴 했지만, 감히 시대의 흐름을 거역할 수 있겠는가?

하지만 세상일은 정말, 한 치 앞을 알 수 없었다.

* * *

1925년 1월 중순. 나는 은밀한 부름을 받고 오랜만에 워싱턴 D.C.의 우보크로 향했다.

삼년상을 치르는 이 경건한 장례식장은 원주인이 3년을 채우기 무섭게 새로운 상주가 입점⋯ 아니, 입상⋯⋯? 아무튼 새롭게 장례를 치르기 시작했다. 자본주의의 광기가 이토록 두렵다.

"왔나?"

"예."

"부탁했던 건?"

"⋯아니, 아무리 생각해도 이거 권력 남용 아닙니까?"

"어허. 무슨 소린가. 나는 시가대로 구매했네."

작년 대선에서 다시 승리해 재선 대통령이 된 남자, 하딩은 반지를 탐하는 골룸처럼 내가 내민 편지 봉투를 받아들었다.

"마이, 마이 프레셔스⋯⋯."

그러니까 진짜 골룸이잖아 이 사람아. 종이 쪼가리에 그렇게 눈을 반짝거리면 어쩌란 거야.

"후우, 생산 라인엔 저희도 손을 댈 수가 없어서 제가 손수 카드팩을 뜯었습니다."

"고맙네. 고마워. 이제 나도 좀 이길 수 있겠지. 이 나라가 이 모양이라네. 장관이라는 놈들은 죄다 블랙 로터스 4장씩 넣고 다니는데 나만 2장밖에 없었단 말이야. 세상에 이런 법이 어딨나? 직업이 망할 대통령인 탓에 눈치가 보여서 카드팩 사러 나갈 수도 없다고."

"크흠……."

"흐흐. 요즘 삶의 낙이 이거밖에 없다네. 아무리 생각해도 난 출마하면 안 됐어."

하딩은 털썩 의자에 몸을 기대고는 힘을 쭉 풀고 주저앉다시피 했다.

"사실 나 대신 대충… 이 카드를 백악관에 앉혀 놔도 똑같지 않겠나? 모두가 우러러보고 몸값 비싸단 점에선 둘 다 별반 다를 바 없어 보이는데?"

"카드는 말을 못 하잖습니까. 잘생기지도 않았구요."

"크흐흐! 그렇군. 주둥이를 터는 게 대통령의 업이니 어쩔 수 없군. 기껏 여기까지 왔으니 한 게임 하겠나?"

우리는 시가 연기를 산소처럼 들이키며 빡겜을 돌렸고, 사기 카드를 새롭게 처넣은 하딩은 날 영혼까지 탈곡해버렸다.

"아니 이게 게임이야? 실화냐? 이 갈비지 트래시 게임이 진짜……."

"역시 게임 만든 사람이 고수라는 법은 없나 보군. 이것참, 나도 백악관에서 승률이 썩 높은 편은 아닌데 자네 혹시… 게임 잘 못 하는 거 아닌가?"

지금 저 인간이 나보고 허접이라고 놀린 거지? 와, 사람 미치고 팔짝 뛰게 하네. 나는 빡쳐서 내 손패를 냅다 테이블에 집어 던지며 카드빨이 오늘따라 안 붙는 걸 어쩌냐며 징징댔고, 그 추한 모습을 바라보는 하딩은 더더욱 싱글벙글 날 놀려댔다. 하지만 웃는 그의 얼굴엔 이상하게도 힘이 빠져 있었다.

"웬일로 신이 날 향해 미소 지어 주시는군. 이렇게 필요한 카드가 척척 나오는 일도, 일이 척척 풀리는 경우도 드물었는데 말야."

"요즘 많이 힘드십니까?"

"자네도 젊은 나이에 수만 명을 거느려 봤으니 이 느낌을 어렴풋하게나마 알지 않겠나? 권한과 책임은 주어져 있는데, 막상 내 뜻대로 드라이브를 하려고 하면 내 파워는 온데간데없고 세상에는 '할 수 없는' 이유만이 가득하다네."

하딩은 숨이 차오르는지 위스키를 물처럼 벌컥거렸다.

"나는 무능해."

"각하."

"나 자신이야말로 스스로를 명확하게 알 수 있네. 나는 대통령을 할 만한 그릇이 아냐. 나는 동네 친구들이랑 어깨동무하고 놀러 다니며 가끔 거드름 피우는 정도가 딱이었어."

그는 내가 아닌 저 머나먼 어딘가를 응시하며 말했다.

"내가 백악관에 입성한 이후, 내 친구들은 두 부류로 갈렸다네. 나를 팔아 헛짓거리를 하려다 뒷덜미를 잡혀서는… 저 무서운 D.C.의 괴물들에게 흔적도 없이 짓이겨진 녀석들. 그리고 내가 친구들을 챙겨주지 않는다며 투덜이가 된 녀석들."

"원래 누구 하나 성공하면 사돈의 팔촌까지 들러붙지요. 어쩔 수 없는 일 아니겠습니까."

"그래. 바로 그래서야. 나는 대통령의 권능에 매혹되기보다는 친구들을 잃어간다는 그 사실이 슬퍼 견딜 수가 없네. 친구 놈들 입에 맛 좋은 고기를 처넣어주고 싶단 생각을 4년 내내 했지만, 그것만큼은 할 수 없다는 최소한의 양심이 있단 점에서 더 슬프고 말야."

아니, 이제 새로운 임기가 4년이나 남았는데 벌써 그러시면 어떡하십니까. 슬프게도 수십 년의 연배 차이가 나는 나로서는 이 불쌍한 남자를 진정으로 위로할 수 없었다. 그도 그럴 것이, 그가 가장 그리워하는 것은 백악관에 입성하기 전 함께했던 사람이었던 모양이니까.

우리는 그렇게 밤을 보내고 헤어졌다.

"카드는 잘 쓰겠네!"

"건승을 기원합니다, 하하."

"그래. 내가 백악관의 최강자로 올라서면 꼭 소감에 자네를 언급하지. 오늘의 이 고마움은 죽을 때까지 잊지 않겠어!"

고작 딱지 2장 준 거로 그리 거창하게 말하진 마시구요.

하지만 지금 와서 생각해보면, 그것은 일종의 예언이 아니었나 싶다. 그날로부터 두 달 뒤, 하딩의 부고가 전 미국을 덮었다.

거인의 몰락 2

1925년 3월 4일. 재선 대통령 하딩의 새로운 임기가 시작되었다. 그리고 1주일도 지나지 않아, 하딩은 숨을 거두었다.

그가 죽은 뒤 쏟아져 나온 기사에 따르면, 하딩은 이미 몇 년 전부터 피로와 건강 이상을 호소했으나 각종 선거 유세를 위해 미국 전역 각지를 돌아다녀야만 했고, 이것이 그의 사망에 큰 이유가 되었으리라는 추측이 있었다. 대통령 부고라는 이 당혹스러운 사태에서 가장 이득을 본 사람, 캘빈 쿨리지 부통령은 그렇게 미합중국의 새로운 대통령으로 등극했다.

"운수도 억세게 좋군."

"사람이 그렇게 갑자기 갈지 누가 알았겠습니까."

커티스는 어처구니가 없다는 듯 허허로운 웃음만 지었다.

"대통령 한번 해보겠다고 온갖 발악을 다 하는 게 D.C.에 드글드글한 정치하는 놈들인데, 누구는 빵집에서 빵 사 먹듯 대통령을 하는군."

"그럼 부통령 하지 그러셨습니까."

"미쳤나? 그딴 걸 내가 왜 하나?"

그딴 거랜다, 그딴 거. 사실 부통령이란 자리가 그렇다. 내가 보기에도 부통령의 역할은 일종의 인간 토템 같은 거니까. 정말 부통령의 영압이라곤 1도 없다. 실제로 우드로 윌슨의 부통령조차 배제당하지 않았나. 애초에 대통령이랑 놀 일도 딱히 없으니 배제당하는 거다.

그러니 커티스같이 쩜파 파워를 가진 상원의원 입장에선 부통령이 얼마나 가소롭겠나. 특히 지난번 대선 때 하딩에게 베팅하면서 장인어른은 말 그대로 어마어마한 대박을 쳤다. 아메리카 원주민, 즉 인디언들의 미국 시민권 지급 법안을 통과시켰으며 US MILK 관련해서도 쏠쏠한 치적을 쌓았고, 내 간곡한 부탁에 못 이겨 이민법 관련으로도 어느 정도 힘을 썼다.

"다음 대선엔 나도 후보로 도전하려 했는데, 일이 어렵게 됐어."

"어째서인가요."

"쿨리지가 무능하지 않다면, 4년간 국정을 잘 수행한 후 현임 대통령이란 프리미엄을 이용해 당연히 재선에 도전하겠지. 재선에 도전하는 대통령을 꺾는 건 꽤 어려운 일이고."

미워도 다시 한번, 이란 말이 통하기도 하는데 잘한 사람 다시 한번은 오죽하겠나?

"4년 더 지켜봐야지."

"저기, 그… 꼭 대통령 하셔야겠습니까?"

"자네 요즘 따라 이상한 소릴 많이 하는군. 이건 단순한 권력욕의 문제가 아냐. 유색인종이 백악관에 갈 수 있다는 선례를 남겨야 해."

그의 의지는 강철과도 같았다. 시바, 말려야 하는데 말릴 수가 없다. 그대로 가면 대공황 일직선이라고. 죽는다! 아니, 죽느니만 못하게 역사에 박제당한다고!

이걸 어쩐다. 아직 시간이 제법 남았긴 한데, 머리가 아프다.

* * *

하딩과 쿨리지의 시대인 20년대. 경기는 마구 활성화되었고, 사람들은 거침없이 소비 활동에 매진했다.

[제너럴 모터스와 함께 교외로 뛰쳐나오세요! 차는 당장! 대금은 3년 분할!]

[평생 결혼 못 하고 늙어 죽은 스미스 씨! '당신 입에 하수구가 있나 봐요.' 지금 바로 리스테린으로 운명을 바꾸세요!]

[이제 여성이 자유의 횃불을 태울 시간 – 지금 바로 흡연하세요!]

["의사 선생님 저는 100살까지 살고 싶어요."

"우리 어린이, 그러면 '카멜'을 피우면 된단다."]

내가 경제학자도 아니고, 대공황이 왜 터졌는가 혹은 대공황을 어떻게 하면 막을 수 있는가를 물어본다면 그냥 난 죽음을 택하겠다.

하지만 확실히 알 수 있는 건… 모든 징조가 괴앵장히 익숙하다는 점이었다. 내가 아시아 월드 투어를 마치고 돌아오자, 그 몇 년 사이 미국 전역에 광기에 가까운 무언가가 감돌고 있었다.

경제가 살아나는 건 좋은 일이다. 소비는 미덕이며, 저축은 미련한 짓이다. 돈을 모은다고? 왜? 쌈짓돈이 있으면 주식을 하셔야지, 미련한 놈 같으니. 아메리칸드림은 곧 성공의 역사다. 세일즈맨과 기업의 활동이야말로 미합중국 그 자체다. 따라서 기업이나 판촉 활동을 가로막는 그 모든 것은 죄악이다.

신문지며, 시가를 뻑뻑 피워대는 신사들이며 너 나 할 것 없이 저런 소릴 해대고 있었다. 사람들을 만나면 만날수록 내 불안감은 점점 짙어져 갔다. 그리고 에젤 포드를 만났을 때 내 형체 없는 불안감은 마침내 절정에 이르렀다.

"진, 그 망할 일본에서 보고 오랜만이야."

"조선은 어땠나? 알다시피, 나는 조선 땅에 발 디딜 수 없는 몸이라 말이지."

"조선에 갈 수 없는 조선계라니. 거참… 유감이군. 대신 내가 본 조선 이야기나 좀 해주지."

그렇게 한참을 떠들다, 요즘 급성장하는 경쟁자 GM이 우리의 화두가 되었다.

"내 입으로 이런 말 하면 굉장히 웃긴 이야기지만, 우리 아버지는 굉장히… 구식이야."

"천하의 헨리 포드가 구식이라니, 지나가던 개가 웃겠다."

"하! 개가 차라리 더 똑똑하지. 작년 대선 때 갑자기 온 나라에서 '헨리 포드를 대통령으로!'라고 생난리가 났었거든? 《시카고트리뷴》이랑 소송전할 때 아버질 비웃던 새끼들이 갑자기 똥꼬를 그리 격하게 빨아대는데 이게 개보다 나은 게 뭐가 있나?"

그는 잠시 욕지거리를 하다가 한숨을 내쉬며 다시 화제를 원래대로 돌렸다.

"우리가 같이 논의했던 '머스탱' 제법 괜찮게 팔아먹은 건 알고 있나? 근데 GM 놈들이 신무기를 들고 와서 시장을 다 빨아 처먹고 있어."

"신무기? 요즘 신차종이 나왔던가?"

"신차종이 아냐. 새 판매 방식이지. 할부 거래라는 건데, 일단 차를 먼저받고 다달이 대금과 이자를 납부하는 방식이야."

에젤은 나를 위해 친절하게 이 할부 거래라는 놀라운 기법에 대해 설명해줬지만, 시벌 내가 그걸 모르겠나. 한국인은 원래 월급 들어오면 카드사에 갖다 바치는 민족이라고.

"아버진 죽어도 그건 안 된대. 그 사람들 다 망하면 어쩔 거냐고 길길이화를 내더라고."

"그 말이 맞긴 한데?"

"맞기는! 이 호경기에 대체 뭐가 망할 걱정인가?"

아냐. 진짜 망해. 역대급으로 폭삭 망해서 전부 먼지가 된다고.

"그 낡아빠진 레이어웨이(Layaway) 방식만 고집하고 있으니 일선 딜러들 곡소리가 하루도 빠지질 않고 내 귀에 들리고 있어. 사실 이미 딜러들이 자체적으로 금융사랑 손잡고 할부 거래를 하고 있네. 그런 점에서 자네는 부럽구만. 카드팩을 할부로 살 사람은 없을 테니."

레이어웨이는 이 당시에 꽤 통용되던 방식이었다. 포드사를 예로 들자면, 내가 T형 포드를 사기로 계약서에 싸인했다면 매주마다 우편으로 정해진 금액을 납부하면 된다.

별로 차이를 못 느끼겠다고? 내가 완납을 할 때까지 차를 못 가져간다. 100% 납입을 해야 비로소 차를 탈 수 있다. 심지어 업체에 따라서는 완납하기까지 보관 수수료를 받는 곳도 있다. 물론 이 수수료야 할부 이자와 큰 다를 바 없지만, 한참 뒤에 차를 받느냐 지금 당장 받느냐의 넘을 수 없는 격차는 아무리 에젤 포드가 날고 기어도 극복할 수가 없었다.

"에젤."

"아아, 이해하네. 아무래도 자네는 좀… 보수적인 환경이지. 하지만 지금 공격적으로 나서지 않는다면 답이 없다고!"

"들어봐. 나는 5년 내로 경기가 좆된다는 데 전 재산을 걸 자신이 있어."

내가 다짜고짜 던진 말에 그가 무어라 입을 열려다 닫았다. 한참 후에야 그는 머릿속을 정리했는지 다시 말했다.

"이유가 뭔가?"

"그냥. 육감이지."

"그 육감이 왜 대지진은 예측 못 했나."

"이상하지도 않나? 이 번영이 정말 천년만년 무한할 것 같아? 나는 몇 년간 미국을 떠나 있었고, 지금 이 분위기가 굉장히 이상해. 정상이 아냐."

"교회의 꼰대들 같은 소릴 하는군. 그놈들은 입만 열었다 하면 이 소돔과 고모라의 나라에 천벌이 내릴 거라고 주둥일 털던데, 혹시 이상한 교회 나가고 있는 거 아닌가?"

내가 전혀 독실한 교인도, 근본주의자도 아니지만, 솔직히 지금 미국은 소돔과 고모라 소리 들어도 할 말이 없는데?

"입에 담기도 민망한 그 페팅 파티(Petting Party)가 대세면 솔직히 천벌 좀 맞아도 된다고 보는데? 내가 그 빌어먹을 파티 초대장을 보고 혹시 신조어가 생겼나 사전을 찾아야 했다고!"

"이 꽉 막힌 군바리 좀 보게. 평소에 신실한 교인도 아니면서 갑자기 꼰대가 되었나……? 하긴, 자네는 원래부터 애처가였지?"

"나는 말할 것도 없고, 도로시가 그딴 데 나가면 그냥 혀 깨물고 뒈지련다. 집에 뻔히 헨리랑 앨리스가 있는데 시부럴놈들끼리 모여서 물고 빠는 짓거리 하러 나간다고? 아주 그냥 내 눈에 흙이 들어오기 전엔……."

"워워, 진정해."

그때만 생각하면 속에 천불이 홧홧하네. 그냥 미친놈들이 아니라 시대 흐름 어쩌고 소리가 나오니 더 돌아버릴 노릇이고.

"어쨌거나, 나는 회장님과 같은 의견이야. 할부는 위험해. 이 호경기가 언제까지 계속될지도 모르고, 지표가 반전하는 그날 할부로 쌓아 올린 매출 탑은 그대로 붕괴될 거야."

"그야 그렇지. 하지만 모든 이익엔 리스크가 따르기 마련일세. 좋아, 할부를 시행하지 않는다고? 5년 뒤에 경기가 안 좋아진다고? 5년 뒤 GM 놈들이 자동차 시장을 정복하고 난 뒤에 경기가 안 좋아져 봐야 무슨 의미가 있겠나! 이미 그 전에 우리가 끝장났는데!"

에젤 같은 사람까지 저렇게 할부의 매력에 헤어나오지 못하고 있으니 대충 상황을 알 만하다.

대공황은 피할 수 없다. 경기 침체나 불경기는 자본주의 사회에서 언제나 있는 일이지만, 그걸 대공황이라는 전대미문의 재앙으로 진화시킨 건 미합중국 사회 그 자체였다. 위대한 전쟁영웅이건, 혹은 딱지 좀 팔아서 돈 만지는 놈이건 이 거대한 파멸의 흐름을 꺾을 능력은 없었다.

* * *

내가 본격적으로 부관 업무를 수행하게 되고 나서 가장 먼저 한 일 중 하나는 다른 녀석들이 어디서 뭘 하고 있나 스윽 찾아보는 것이었다. 솔직히 필리핀에서는 소식 듣는 것 자체가 감지덕지였고, 돌아와서는 그놈의 카드 게임 팔아먹기 바빴거든.

아이크와 제임스는 파나마에서 코너(Fox Conner) 장군과 호흡을 맞추고 있었다. 코너 장군은 나도 익히 들어보고, 안면도 있는 사람이었다. 지난 대전쟁 당시 쇼몽에서 작전 쪽으로 일했었고, 그 마셜의 상관으로 있었다. 마셜이 대단하다고 평한 양반이니 필시 대단한 사람이겠지. 저런 사람조차 밀어내고 실권을 잡았던 드럼 참모장… 어쩌면 드럼도 엄청난 사람이 아닐까……?

오마르는 포트 베닝(Fort Benning)에 있는 보병학교로 갔다. 레번워스와 함께 핵심적인 군 간부 교육기관으로 꼽히는 곳이니 커리어상 아주 좋은 일이지. 그리고 내 신경통과 위장통의 근원, 중세시대의 광전사 패튼 나으리께선 레번워스로 갔다. 크헤헤, 돌도끼를 내려치는 대신 도로 공부를 해야 하니 아마 속 좀 끓이고 있을 거다.

맥아더는 최연소 소장이라는 미군 역사의 새로운 획을 써 내렸고, 아마 지금쯤 필리핀에서 돌아오기 위해 짐을 꾸리고 있을 듯했다. 그리고 그 맥아더의 편지가 날아온 것은 그가 아직 필리핀에서 돌아오기도 전의 일이었다.

[내 친구가 조금 곤경에 처한 모양이네. 혹시 시간이 된다면 빌리 미첼 (Billy Mitchell)을 만나 줄 수 있겠나? 성질이 급하긴 한데 똑똑한 친구니 자네와 아마 말이 잘 통할걸세.]

그리고 그 편지를 받고 다음 날, 하인즈 참모총장의 입에선 똑같은 이야기가 나왔다.

"빌리 미첼이라는 사람을 혹 아나?"

"그 사람을 누가 모르겠습니까. 항공대에서 가장 유명한 인사잖습니까."

"개인적인 친분은 딱히 없고?"

"그렇습니다."

"그럼 당장 가서 그 새끼 입 좀 닥치게 좀 해보게. 이 미친놈이 육군의 위신을 바닥에 처박고 있잖아!"

아따, 이 사람 참 쥐불놀이 좋아하네. 대체 왜 그렇게 산담?

거인의 몰락 3

빌리 미첼 준장. 현재 미국에서 가장 유명한 항공인이라고 이해하면 된다.

아직 공군이 독립된 군으로 발전하려면 한참 남았다. 그나마 통신대 항공반에서 항공근무대(Air Service)로 버전업되었고, 항공대나 항공단으로 레벨업하진 못했다.

이런 상황에서 미첼은 미 육군 항공근무대의 서열 2위, 근무대 부대장으로 복무하며 그 누구보다 왕성한⋯ 싸움닭이 되어 있었다. 지난 대전쟁에서 미 육군의 항공기를 지휘하는 임무를 맡았었고, 그 이후 항공기에 완전히 매료되어 공군력이 차후 전쟁의 핵심이 될 것이라며 지속적으로 목소리를 높였다.

그래, 확실히 시대를 보는 눈이 있긴 했다. 하지만 그 맥아더랑 친구 먹은 사람이다. 친구 따라 강남도 가고 근묵자흑이란 옛말도 있지 않은가. 빌리 미첼의 성격 역시 참으로 훈훈하기 그지없었다.

"미래 전쟁은 공군력에 따라 판가름 날 것입니다."

"이미 영국은 왕립 공군(Royal Air Force, RAF)을 별도로 창설해 육해군과 다른 독자성을 인정했습니다. 우리 또한 세계적인 흐름에 뒤처져선 안 됩니다."

"일본이 우리를 공격한다면, 첫 공세는 반드시 대규모 항공력을 동원한 기습적인 진주만 폭격일 겁니다. 이에 미리 대비해야 합니다!"

크, 선지자가 계셨구만. 여기까진 좋다. 저런 분이 있었다니 정말 존경스럽다. 하지만 여기서 끝났으면 애초에 내가 '일'을 해야 할 필요가 없겠지?

미첼의 성품은 참으로 비단결 같았다. 항공 쪽에 종사하는 친구들, 맥나니, 스트레이트마이어, 하몬에게 오랜만에 편지를 보냈더니 돌아오는 답장은 그야말로 가관이었다.

"이 새끼, 출세했다고 오랜만에 연락해서는 지 궁금한 것만 물어보는 거 보게?"

"사람이 그리 살지 마라~ 야박한 놈아~"

"궁금하면 5달러."

개자식들. 그래, 내가 알던 그놈들이 맞구만. 혹시나 짬밥을 너무 먹어 타락했나 싶었는데 아주 그대로야. 다시 한번 눈물 좀 편지지에 찍어 발라 준 후에야 나는 듣고 싶었던 이야길 들을 수 있었다.

"빌리 미첼 말인가? 집어치우게. 자네 성질만 버릴걸."

"거만하고, 고압적이고, 제가 항상 맞는 줄 알지."

"레이시스트라는 점도 포함해 두라고."

공통적으로 '똑똑하긴 한데 성격이 지랄맞다.'라는 소리가 나오니… 이거, 굉장히 익숙한 이야기 아닌가. 역시 끼리끼리 논다. 하지만 무릇 군바리란 까라면 까야 하는 법.

"어서 오십시오! 더글라스에게서 많은 이야기 들었습니다."

"항공의 주역께서 이리 환대를 해주시니 몸둘 바를 모르겠습니다. 반갑습니다, 유진 킴입니다."

빌리 미첼 준장은 쾌활했으며, 적어도 내 면전에 대고 옐로 몽키 운운하지 않을 정도의 최소한의 마인드는 있었다. 그거면 됐지 뭐. 하지만 내 소박한 기대가 깨지기까진 그리 오래 걸리지 않았다.

"사실 오신다 할 때부터 궁금한 게 있었지요. 오늘은 더그의 친구로서 오셨습니까, 아니면 참모총장의 부관으로서 오신 겁니까?"

"둘 다입니다. 마침 두 분 모두 준장님을 뵙길 원하시더군요."

그의 표정이 참으로 오묘해졌다.

"더그야 보나 마나 나 좀 말려보라고 했을 테고, 그 꽉 막힌 꼰대들은 아마 내 입 좀 닥치게 해보라고 귀관을 보냈겠지?"

귀신이신가. 아니, 알 거 다 아는 분이 그렇게 입을 털어대면 어떡해.

"자자. 기왕 온 김에 내 이야길 좀 들어보게. 자네도 다 듣고 나면 내 제안이 얼마나 사려 깊고, 합리적이며, 지금 당장 도입되어야 하는 필수 불가결한 문제인지 곧장 깨달을 테니 말이야!"

"아, 예에……."

"앞으로 미래는 하늘을 잡는 자의 시대가 될 거야. 지난 대전쟁에서 우리 모두 제공권의 중요성을 깨달았지만, 그건 시작에 불과해. 제공권은 단순히 전술적 우위만 제공하는 게 아냐. 육군이나 해군이 적의 수도를 불태우고 공업단지를 파괴할 수 있나? 오직 공군, 독립적인 공군만이 해낼 수 있네. 수백만 명을 참호에 밀어넣고 개죽음을 시키는 것보다 압도적인 폭격으로 적의 전쟁수행 의지와 능력을 모두 꺾는 게 최고란 말이야!"

그의 통찰은 확실히 날카로웠다. 하지만 글쎄… 과연 그게 어느 세월에 가능하겠나? 그는 틀림없이 옳은 미래를 봤지만, 내가 생각하기에 그 미래는 너무나도 멀었다. 내가 지금 사람들을 붙잡고 인터넷의 시대가 올 거라고 떠드는 것과 별반 다를 것 없는 짓이지.

당장 원 역사에서의 제2차 세계대전을 생각해보자. 연합군은 제공권을 잡고 독일을 불바다로 만들었지만, 그 어떤 폭격도 히틀러와 나치의 의지를 꺾을 순 없었다. 그들의 의지는 파도처럼 독일 국토로 쏟아진 소련군이 척추를 꺾어버리면서 같이 꺾였다. 그가 바라보는 전략 폭격의 시대는 핵을 아낌없이 쏴재낄 수 있는 제3차 세계대전이나, 아니면 원 역사에서의 걸프전 정도에 도달해야만 한다.

아직은 한참 멀었음에도 불구하고, 그의 노력과 열정이 그의 거대한 에고와 자신감, 그리고 여론전과 결합되자 벌써부터 어마어마한 갈등을 낳고 있었다.

"무능한 해군 놈들은 아직도 항공기의 시대가 왔다는 걸 부정하며 그 퇴물 전함을 더 늘리기에 급급하지. 육군도 마찬가지고! 어째서 시대의 흐름을 보지 못하는 건지 원."

"허허. 그래도 저번 국방법으로 항공의 입지가 조금 더 다져지지 않았습니까?"

"무슨 소린가! 그건 더러운 타협이었어! 이거나 먹고 떨어지라는 소리지. 공군의 시대가 오는 걸 두려워하는 버러지들이 정치인들과 붙어먹어서 발전을 저해하고 있다 그 말일세."

"하하하……."

"내가 전해 듣기로 자네 역시 제법 트인 눈을 갖고 있다 들었네. 저번 대전쟁 때 항공 관련 레포트도 제출했었고. 그런 사람이 왜 전차 같은 장난감에 심취해 있단 말인가? 자네도 머리가 있고 눈이 있으면 빤히 보이지 않는가. 전차 100대를 만들 예산이면 폭격기 10대로 그들을 단매에 격파할 수 있네!"

이 새끼 보소? 지금 시대 파악도 못 하고 쥐불놀이나 하면서 감히 내 소중한 아기 전차를 모욕한다고? 없는 예산에 똑같이 고통받으면서 몸 비트는 동병상련의 정 정도는 있다고 생각했건만, 우리 미첼 아저씨에겐 전차가 항공기 예산 빨아먹는 탐욕스러운 기생충으로 보였나 보다. 아, 맥아더 친구고 나발이고 정나미 떨어지네.

"하하. 하하하. 결국 모든 병기가 제 나름의 쓰임새가 있는 것 아니겠습니까."

"무슨 소린가? 그렇게 말을 해줘도 못 알아듣다니. 총을 한번 떠올려보게. 총기가 등장하면서 활이네 창이네 검이네 하는 퇴물 무기들이 전부 밀려나지 않았나? 그처럼 이제 육군과 해군이라는 퇴물 병과는 공군이라는 새로운 시대 앞에서 밀려날 거야. 아직도 이 간단한 이야기를 이해하지 못한 듯하니⋯⋯."

그렇게 일장연설을 들으며 빡침을 차곡차곡 적립한 나는 D.C.의 전쟁부로 돌아오기 무섭게 하인즈 총장을 만났다.

"그래, 미첼 준장은 좀 어떻든가?"

"육군을 파묻어버리고 그 위에 공군의 교회를 짓겠다던데요."

"그 자식은 진짜⋯⋯."

미안합니다만, 나도 좀 살아야 하지 않겠습니까? 딱히 틀린 말도 안 했다? 쥐불놀이란 단순한 방화가 아니라 엄연히 해학과 전통이 가득한 품격 있는 익스트림 레포츠 액티비티라 할 수 있다. 나도 같이 타 죽으면 그게 또라이 방화범이지 어찌 쥐불놀이라 할 수 있겠느뇨?

그런 점에서 육해군을 모조리 적으로 돌리는 그의 막 나가는 아가리에 이 작고 약한 유진 킴이 동참할 순 없었다. 단 10분 만에 나까지 빡치게 만들었을 정도니. 만약 내가 미첼을 도와줘 좋은 결과를 이끌어낸다고 해도, 그 결과는 전략 폭격에 치중한 공군의 탄생 아닌가. 그딴 거 필요 없다. 나, 그리고 미래 2차대전을 맞이할 육군에게 필요한 건 강력한 육군항공대지 석기시대 메이킹에만 심취한 특화형 공군이 아니라고.

미첼과 친하게 지낼 바에야, 차라리 훗날 공군 원수가 되는 아놀드와 친하게 지내는 게 낫다. 그 양반과는 과거의 안면도 있으니 다시 친해지려고 치근덕대봐야지. 맥아더도 그걸 알았으니 신경 좀 써달라고 편지를 보냈겠지만, 안타깝게도 저분은 구제가 불가능하다. 무덤에서 탈출하려는 의지는 커녕 그 무덤을 더 가열차게 파 들어가고 있잖아!

"뭐, 됐네."

"정말 아무 조치를 안 하셔도 괜찮겠습니까? 적어도 군부 바깥 여론에서는 미첼 준장이 우위에 서 있습니다."

"그러면 어쩔 텐가. 3월에 그의 임기가 끝나면 그거로 끝이야."

하인즈 총장은 꽤 강경한 어조였다. 얼마 전 미첼이 의회에서 '무능한 배신자들'이라며 싸잡아 욕한 탓에 하루아침에 무능한 인사로 신문 헤드라인을 장식한 사람으로서 이만저만 짜증이 솟았겠지.

하긴 미첼은 퍼싱도 무능해서 신기술을 도입할 줄 모른다고 깠었다. 물론 나도 딱히 틀린 말이라고 생각하진 않지만, 적어도 나는 대중과 신문 기자들이 둘러싼 가운데 퍼싱을 깔 정도로 미치진 않았다.

'언럭키 유진 킴'이라 할 수 있는 빌리 미첼의 명복을 빌어주며, 나는 하인즈 장군이 슥 밀어주는 두툼한 서류를 받아 들었다.

"그 건은 됐고, 자네가 검토해야 할 일이 좀 많네."

"이게… 다 무엇인지요?"

"뭐긴. 의회에 밥 달라고 징징대려면 실태 조사를 더욱 심도 있게 진행해야 할 것 아닌가. 자네가 전국 각지의 부대 실태를 파악하고 보고서를 좀 써줘야겠네."

"일개 소령… 에게 너무, 너무 과한 짐을 주시는 것 아니신지요?"

"무슨 소린가. 아미앵의 영웅이 실사에 착수한 자료만큼 정확한 게 또 어디 있겠나? 자네만큼 부대 편성에 능한 인재는 또 어디에 있고? 마셜 중령도 자네의 능력에 대해서는 극찬을 했으니, 쓸데없는 소리로 빼지 말고 얼른 다녀오시게."

마셔어어어얼!! 지금쯤 중국으로 가는 배에서 부인과 하하호호 재밌게 놀고 있을 그를 저주하고 있는 동안, 하인즈 총장은 무덤덤하지만 살짝 웃음기가 담긴 목소리로 말을 이어나갔다.

"그리고 자네, 이것저것 사업 벌이길 좋아한다고 들었네."

"아닙니다. 어디까지나 제 가족들이 진행할 뿐이고, 전 절대 권한을 남용한다거나 하지……."

"그래, 그래. 그렇다 치자고. 군인에게 가장 필요한 무기를 만드는 게 군 바리들인 게 뭐 그리 책잡힐 일인가? 그런 자잘한 일에 너무 신경 쓰지 말고, 아무튼 내가 말하고자 했던 핵심은 자네가 우리 장병들에게 가장 필요했던 무기를 가장 적절한 시점에 개발했었단 사실이네."

뭔가, 뭔가 돈 냄새가 살살 풍긴다. 비즈니스의 스멜. 내 노고에 보답하는 의미로 무언가 떡을 주시는 건가?

"빌리 미첼을 쳐내고 나면 항공 친구들이 단단히 뿔이 날 게야. 혹시 자네, 항공기 개발에는 관심 없나?"

"물론 관심 있습니다. 미첼 준장 수준의 극단적인 항공 만능론은 아니지만, 추후 항공기의 성능이 육군의 핵심 역량이 되리라는 점은 분명하니까요."

"지원을 해줄 수는 없네. 대놓고 말하자면 자네 집안 사비로 개발하란 소리지. 꽤 시일이 걸릴 텐데 괜찮겠나?"

불감청이언정 고소원이라 했다. 내가 제일 바라던 이야기다. 괜히 군납 비리니 뭐니 희한한 소리에 엮여버리면 그게 더 엿같다. 차라리 실력으로 사업 따내는 게 훨씬 낫지.

"저는 사업가가 아닌 만큼, 우선 논의부터 해야겠지요. 말씀하신 대로 하루 이틀에 걸쳐서 한두 푼 들어가는 일이 아니다보니……."

"당장 하라는 건 아냐. 정확히 말하지. 내가 원하는 건 화가 많이 날 항공 친구들을 달랠 방안일세. 그걸 위해서라면 적당히 가라를 치든, 아니면 정말 자네 집안이 항공기 제작에 뛰어들든 전적으로 자유네."

에이, 그래도 어찌 그럴 수가 있나. 일단 입만 떼어 두고, 천천히 중소기업 느낌으로 시작하다가 대공황이 오면 그때부터 기업사냥에 들어가면 된다. 이왕 이리된 거, 육해공 전부 조금조금 작업 들어가자고.

형 현금 많다. 이제 아무것도 두렵지 않아!

거인의 몰락 4

출장 명령을 받았으면 가장 먼저 뭘 해야겠는가? 당연히 마나님께 보고부터 해야지. 나는 도로시에게 기나긴 전국 투어를 명받았음을 보고해야 했다.

"그렇구나. 그나마 이번엔 바다 건너가 아니라 국내여서 다행이네."

"그, 그치?"

"별로 신경 안 써도 돼. 진짜로. 죽을 일이 없다는 것만으로 사실 약간 안심이거든. 웬일로 그렇게 바닥에 무릎 꿇는가 했다."

"아빠, 엄마한테 뭐 잘못해써?"

"아냐. 교회에 기도하듯이 엄마한테 기도하고 있는 거야. 얼른 들어가! 얼른!"

애들이 이상한 거 보고 배울라. 헨리가 뾱 자기 방으로 들어간 모습을 확인한 후, 나는 얼른 하딩에게서 배운 매력적인 미소를 어설프게 따라 하며 그녀의 손을 잡았다.

"혹시 아편 빨고 왔어? 왜 안 하던 짓을 해? 그 이상한 표정은 또 뭐고."

"아, 아니. 그런 건 아니고."

그리고 내 노력은 순식간에 진압당했다. 유진이는 슬퍼요.

"내가 출장 가는 길에 뭐 선물 같은 거 사다 줄까?"

"선물? 나랑 우리 아빠가 필요한 게 좀 있긴 해."

"뭔데?"

"야구단."

야구단? 자이언츠 사면 돼? 역시 딸애 이름을 롯데로 지었어야 했나? 물론 진짜로 야구단을 사달라는 소리일 리가 없다. 무슨 이야긴지 너무 잘 알아서 문제인데. 내 나이 이제 서른이다. 벌써 밤이 두려울 나이도 아니고, 어우 내가 한번 번쩍하면 아주 그냥… 크흠.

"우리 아빠 소원이 죽기 전에 손자 손녀들로 야구단 만들고 싶단 거잖아."

"그… 불편하지 않아? 애 낳고 그러는 거 엄청 힘들지 않고?"

"나는 둘은 더 있으면 좋겠는걸? 겨우 두 명 있으면 얼마나 애들이 외롭겠어. 그리고… 불안하기도 하고."

"그 뭐시냐, 나는 번번이 미안했었거든."

"미안하면 잘 좀 하세요. 매번 내가 먼저 말 꺼내게 하지 말고."

대화가 묘하게 엇나간다 싶더니, 나는 저도 모르게 자꾸 21세기를 기준으로 생각하고 있었다. 당장 아이크의 첫아들 장례식에 참석한 게 엊그제인데, 겨우 아들딸 합쳐 둘밖에 없다는 게 도로시를 비롯한 이 시대 사람들에겐 얼마나 불안불안해 보이겠나.

그리고 정말 뜬금없게도, 한껏 띠꺼운 표정을 짓고 있는 킹의 모습이 불현듯 떠올랐다. 그 양반은 아들딸 합쳐서 일곱이랬지 아마. 물개에게 꿀려서야 어찌 올바른 미 육군의 장교라 할 수 있겠나?

그래, 야구단 한번 만들어 보자. 이제 애 좀 그만 낳자는 소리 나올 때까지 멈추지 않겠다. 다시 말하지만 나는 이제 아무것도 두렵지 않다고.

* * *

이젠 아무것도 두렵지 않노라 당당히 선언하기가 무섭게, 나는 당혹감이 가득한 방정환 선생, 그리고 창백한 안색의 유신이를 만나야만 했다. 이제 기를 다 다졌으니 알아서 잘 굴릴 수 있다며 웬일로 큰소리를 땅땅 치던 유신이의 표정은 참으로 봐줄 만한 상태가 되어 있었다.

"또 왜! 밥그릇 다 차려주고 수저까지 줬잖아! 뭐가 문제야?!"

"내 선에선 정리가 안 되니까 그렇지. 비열하고 얍실한 술수나 상상도 못하는 괴상한 타개법은 누가 뭐래도 우리 집안에서 형 전공 분야잖아."

이 자식 보게? 말하는 뽄새 봐라? 하지만 착한 가장이자 듬직한 맏형은 이런 가엾은 동생을 보듬을 배포 또한 가진 법이지.

"그래. 사실 내가 그쪽으로는 제일 대가리 잘 돌아가지."

"그러니까 이렇게 찾아온 거 아니겠어?"

유신이 방 선생을 힐끗 쳐다보자 그가 얼른 입을 열었다.

"저희의 첫 확장팩… 그러니까 다음 제품은 말씀해주신 대로 애굽(埃及), 이집트를 배경으로 준비 중이었습니다."

"그런데요?"

"얼마 전에 성명서가 발표되었습니다."

아니 또 무슨 성명서야. 유신이가 스크랩한 신문 기사를 건네주기에 읽어보니, YWCA네 기독교 뭐시기 협회니 하는 곳에서 우리의 카드 게임이 '반기독교적'이라는 둥 어쩌고저쩌고하는 내용이 적혀있었다.

"얘네들 어차피 세상 모든 게 전부 반기독교적이라고 하잖아? 난 예수님이 살아 돌아와도 이놈들이 사탄의 마수 어쩌고 할까 봐 무서운데."

"그건 그렇지만……."

"십자말풀이도 사탄의 놀음인 마당에 우리 정도면 까짓거, 사탄 좀 하지 뭐. 영혼 대신 동전 몇 푼만 받아 가는 사탄이 세상천지에 어디 있다고?"

열심히 게임만 하면 숫자도 익숙해지고 글자도 익힐 수 있으니 세상 어느 사탄이 이렇게 자녀 교육에 열과 성을 쏟겠나. 여름 성경학교보다 훨씬 더 교육 효과 뚜렷한 커리큘럼이다. 이거 너무 우리가 밑지는 장사 아냐?

"그냥 그렇게 웃고 넘어갈 문젠 아냐. 어쨌거나 그 사람들이 학부모잖아. 애들 용돈이 누구 지갑에서 나오는데?"

"우리 유신이, 벌써 거기까지 생각을 하는 걸 보니 다 컸구나."

"아 진짜. 이럴 때만 그 대견하다는 아빠 미소 좀 짓지 말고. 그래서 뭐 끝내주는 대책 없어?"

"대책이 없기는. 결론은 아무튼 우리가 욕먹는 핵심 명분이 그놈의 '반기독교적' 어쩌고란 거 아냐. 이런 건 원래 명분싸움이야."

나는 방 선생을 바라보며 말했다.

"확장팩 준비는 어디까지 되었나요?"

"새로 제작될 카드가 테스트 중이고, 이제 거기에 스토리를 덧입히면 됩니다."

"이집트 배경이면 으음, 뭐, 간단하네요. 스토리를 성경에 나오는 출애굽기에서 대대적으로 차용해 주시겠습니까?"

"예?"

"대충 다음 광고 소재거리 나왔네요. '게임만 하던 우리 아이가 성경을 찾아 읽게 됐어요~' 얼마나 좋아."

고작 그거로 되겠냐는 물음이 굳이 말하지 않아도 얼굴에 다 쓰여 있다. 좀 더 첨삭을 해줘야겠나.

"스토리도 차용하고, 그 뭐냐. 카드에 보면 간단한 설명글 적혀있지 않습니까."

"그렇지요."

"거기에 암호 비슷한 숫자를 좀 섞어 넣는 겁니다. 몰라도 게임 하는 덴 아무 지장 없지만, 스토리에 관심을 갖는 소비자들은 대부분 어린아이잖습니까? 비밀을 알아냈다고 좋아하면서 열심히 성경을 뒤적대는 애들을 보고 부모가 무어라 할까요?"

애들이 암송왕이 되면 아주 행복해 죽겠지. 물론 까고 싶은 놈들은 또 다른 이유를 들이밀며 까겠지만, 일시적으로나마 그 입을 닥치게 하면 대공황이 도래하기까지 당분간 사업에 지장은 없을 터.

요즘 무슨 염불 외듯 대공화앙 대공화앙 하는 것 같지만 그게 사실이다. 대공황만 오면 어지간한 취미 생활은 씨가 마를 터. 농담이 아니라 우리 딱 지야말로 가장 저렴한 값에 즐길 수 있는 취미가 될 거다. 애들 장난감이며 인형 하나 사주는 것조차 손이 덜덜 떨리는 시대가 온다. 울기 직전의 아이들에게 우리 카드팩 한두 개 쥐여주고 나면 그 사람들도 우릴 더 욕하진 못할걸?

날 무슨 사탄의 하수인처럼 바라보는 둘을 보며 한숨을 잠시 내쉰 나는 유신이에게 물음을 던졌다.

"온 김에 물어나 보자. 우리, 항공기 제작 관련 준비는 어떻게 되고 있어?"

"준비? 그런 게 어딨어. 그냥 공대 나온 손재주 좋은 애들, 항공학교 졸업생들, 거기에 포드사나 다른 항공업계에서 일하다 온 사람들 모아다가 이것저것 손에 익히고 있는 수준이야."

"그 정도면 됐어. 아직 제대로 생산할 능력은 없다 이거지?"

"당연하지! 연구소라고 말하기도 민망하고, 이건 그냥 클럽 수준이야. 절대 뭔가 크게 기대하진 말어."

나도 기대 안 해, 이 자식아. 지금은 그 정도로도 충분해. 더 벌일 필요도 없고. 우린 그냥 공황이 올 때까지 숨 참고 있자고. 그 거대한 폭풍에 휘말려서 날아가지만 않아도 승리자가 될 수 있으니까.

괜찮고 싹수 있는 항공기 제작사 하나라도 주워 먹으면 대승리다. 주식이 얼마나 똥값이 될지 지켜보자고.

* * *

뭐 눈에는 뭐만 보인다 했던가. 대공황에 바짝 신경을 곤두세우는 내게 는 세상만사 모든 것이 공황의 전조로만 보였다. 새로운 대통령 쿨리지의 정책 방향은 아주 확고했다.

"나는 하딩의 자리를 계승했습니다. 나는 그의 뜻을 존중하겠습니다."

침묵과 묵묵부답으로 명성 자자한 인물답게, 그의 언행은 짧았지만 결 코 엇나가는 법이 없었다. 그리고 이 확고한 정책 방향은, 우리 장인어른을 열받게 만들었다.

"대통령이 바뀌었으니 어떻게 좀 되려나 했는데, 제길."

"무슨 일 있습니까?"

"맥내리호겐(McNary-Haugen)법에 거부권을 행사했다네."

저, 죄송한데 저는 정치인이 아니라 군인이거든요? 그렇게만 말씀하시면 못 알아들어요. 조금 더 해설이 필요합니다.

"그것도 모르나?"

"혹시 군인 관련 법입니까?"

"자네 캔자스 지역구 안 받아 갈 거야?!"

"제가 왜요?! 저 그냥 이대로 계속 군인 해먹을 겁니다!"

"믿을 놈이 없구만……. 농업 구제 법안이다."

20년대가 대번영의 시대라고 했던가? 모든 이들에게 그 화려한 조명이 닿지는 않았다. 탄광 노동자들의 파업은 군대가 동원된 무력 진압으로 끝 났고, 농부들은 일부 분야를 빼면 살인적인 저물가에 시달려 적자를 보기 일쑤였다.

그런데도 빨갱이들이 나라를 뒤집지 못한 이유는 간단했다. 설령 그 빛 이 자신들에게 닿지 않고 있더라도, 노오오력하면 그 빛을 거머쥐고 날아 오를 수 있다는 희망만큼은 모든 미국인들이 공유하고 있었기에.

"US MILK로 낙농업이 어느 정도 개선되었다 해도, 그건 언 발에 오줌 누는 수준에 불과하네. 지금 미국 농가는 파멸 직전이고, 이 사람들을 국비로 살려내지 못하면 합중국 농업은 끝장이야."

"그, 그렇군요."

죄송합니다 어르신. 솔직히 그쪽은 잘 모르겠어요. 얼추 들어보니 대한민국에도 있던 그 쌀 수매법이나 보조금 비스무리한 제도였는데, 의회 내에서도 찬반양론이 극명하게 갈리는 중인 모양이었다.

"후버, 그 새끼 때문에……!"

"후버요? 에드거 후버?"

"아니. 그놈은 또 누군가? 상공부 장관 허버트 후버 이야길세. 맨해튼의 졸개같은 놈. 윌슨 밑에서 일하다 여기에 들러붙은 걸 보면 능력 하나는 출중한 박쥐지."

혹시 내 친구 후버였나 싶었지. 그럼 좀 곤란하니까. 저 이름만 같은 동명이인 후버 장관님이 바로 대공황으로 제대로 끝장날 다음 대 대통령이겠지? 그래, 제발 내 장인어른을 물리치고 대통령이 되라고. 내가 강력하게 응원해줄게. 혹시 카드팩 좀 필요하신가 모르겠다. 대충 전설 카드 '암흑―파라오 후버' 이런 거 하나 만들어 줄 용의도 있는데.

"기업가들, 금융가들과 그 졸개들이 당을 막론하고 필사적으로 농촌구제법의 통과를 막고 있네. 그놈들은 미쳐서는 참전용사 보너스 법안도 막고 있고."

"보너스라니. 이제 좀 제 영역이 나오는군요."

"그래. 둘 다 쿨리지 그놈이 거부권을 행사했지! 벌써부터 같은 당 사람들끼리 빨갱이네 뭐네 싸우기 바빠. 맨해튼 놈들이 낸 세금만 어디 세금인가?!"

하딩 사후, 커티스 의원은 지지 세력을 정비해 다시 한번 저 두 개의 법안을 통과시키려 시도했고 기어이 원내 과반을 따냈다고 한다. 하지만 '하딩의 정책을 유지하겠다'는 쿨리지는 꿋꿋하게 대통령의 권능, 거부권까지 행사해 가며 두 법안의 통과를 틀어막았다.

"아니, 참전 보너스는 왜 막아요?"

"그거 조기 지급하면 세금을 올려야 하거든. 근데 쿨리지와 재무장관은 오히려 감세를 염두에 두고 있네."

그놈의 세금, 진짜. 하딩—쿨리지 정권의 일관된 정책 중 하나가 바로 감세였다. 부자와 기업인들의 세금을 깎아주면 경기가 활성화되고, 그러면 자연스럽게 깎아준 것보다 더 많은 세금이 걷히리라는 논리. 그거 대한민국에서도 해봤는데 별로 잘 안 됐지 아마? 대공황이라는 결말을 빤히 아는 입장에선 참 답답할 노릇이지만 어쩌겠나.

저 법안이 불발되었다는 말은, 몇 년 뒤 보너스아미(Bonus Army)의 그 거대한 난리가 나는 것도 바뀌지 않는단 소리겠지. 맥아더 일생일대의 흑역사이자 현직 군인들이 참전용사를 쏴죽인 희대의 사건. 제발 별일 없어야 할 텐데.

그리고 지금, 두 법안을 통과시키지 못했다는 사실은 커티스 의원의 대권 행보와도 직결된 문제였다. 그는 농업 위주의 땅, 캔자스의 의원이다. 그러니 당연히 농부들의 표심이 그에겐 1순위였고, 그 말인즉슨 뉴욕 맨해튼, 그리고 디트로이트에서 콧방귀 끼고 있는 금융가와 산업 자본가들의 이권을 건드리고 있다는 뜻.

괜히 나와 포드 회장, 장인어른 이렇게 셋이서 처음 만났을 때 그 미묘한 불편함이 연출된 게 아니다. 결국 두 사람의 지향점이 너무나도 다르니까. 아마 지금쯤 두 법안의 통과가 저지됐다는 소식을 들은 포드 회장님은 에젤과 함께 축배를 들고 있겠지. 흙 파먹고 사는 놈들이 피 같은 세금을 약탈하려는 음모를 막아냈다고 기쁨의 춤도 좀 출 테고.

하지만 결과적으로, 이렇게 취약해진 미합중국의 고리 하나하나가 일제히 깨어져 나가며 거인은 주저앉게 된다. 내가 할 수 있는 거? 스팸 개발?

그런 거 도전했다간 아마 유신이가 첫 번째 통조림에 나를 담아버릴 거 같다. 지금 유일한 선생을 잡으려고 온갖 공을 들이고 있는데 또 통조림 만들려고 본인 부른 거냐고 도망갈지도 모르고.

궁금해서 한번 찾아봤는데 아직 뉴욕 증시에 호멜이라는 회사는 나타나지도 않았다. 꿩 대신 닭이라고 그 대신 눈에 띈 코카콜라라는 왕창 사들였으니 뭐어… 몇 년 안에 현금화만 하면 되겠지.

나는 마지막으로 장인어른을 붙들었다.

"어르신."

"무슨 일인가."

"동양 속담에 화무십일홍(花無十日紅)에 권불십년(權不十年)이라는 말이 있습니다."

"그래서?"

"이 활황이 몇 년을 가겠습니까. 설마 영원히 번성하겠습니까?"

그는 당내 중진답게 내가 하고자 하는 말을 바로 캐치한 듯했다.

"언젠간 꺾일 것이다?"

"그냥 꺾이지 않을 겁니다. 보통 활황이 아니라 할부, 빚으로 쌓아 올린 활황입니다. 수직 낙하가 되겠지요."

"그러니 자네는 나더러 출마하지 말란 이야기군. 하지만 반대 아닌가? 위기일 때 정권을 잡아야 더욱 치적을 쌓을 수 있지 않겠나."

아니, 그래. 위기 극복하면 재선은 따 놓은 당상이지. 근데 그 정도 레벨이 아니라니까?

"그냥 위기가 아니라면요? 4년으로는 도저히 어떻게 할 수 없는 재앙이라면? '유색인종이 대통령이 돼서 나라가 망했다.' 같은 소릴 듣는다면 어찌하실 겁니까?"

"내가 출마하지 않으면 쿨리지가 대통령에 재선될 테고, 쿨리지가 아니면 후버겠지. 둘 다 맨해튼과 너무 친한 사람들이야. 이번 법안 꼬라지를 보니 그때도 보나 마나 농촌은 버림받을 테고. 더더욱 출마해야겠단 생각이 강해지는구먼."

"장인어른!"

"이번 기회가 마지막일세, 사위. 더는 만류하지 말게."

글렀다 이건. 경선에서 밀리지 않는 한 커티스는 반드시 출마한다. 차라리 쿨리지가 이기길 기도해야 할 판이네, 이거.

거인의 몰락 5

"편지 왔습니다. 일본에서 왔는데요?"

"어이쿠 감사합니다."

후우, 이놈의 인기란. 아시아의 대영웅 유진 킴을 찾는 이 끊이지 않는 메아리가 아직도 워싱턴 D.C. 전쟁부에 울려 퍼질 정도라니.

일본에서 보냈으면 안 봐도 뻔하다. 연하장의 민족 같으니. 추석 연하장이란 것도 있던가? 하지만 발신인을 보는 순간 나는 내 눈을 닦고 잠깐 지난 삶에 대한 반성의 시간을 가졌다.

[안녕하십니까, 킴 장군님.

지난 만남으로 귀중한 깨달음을 주셔서 감사드립니다……. 장군님께서 황국을 위해 크나큰 은혜를 베풀어주신 덕택에, 이제 황국은 모리배, 소인배들의 음험한 야합에서 벗어나 전 국민이 일치단결하여 미래를 향해 힘찬 도약을 준비 중입니다. 앞으로 신민들을 선도하여 바른길로 이끄는 데 황국 육군이 앞장설 것이며, 저 또한 육군의 일원으로서 멸사봉공할 것입니다. 부디 보중하시기 바랍니다. 감사합니다.

도조 히데키 드림.]

어머나 씨발 이게 뭐야. 차라리 행운의 편지 7통 정도 받는 게 훨씬 더 나았을 것 같아. 호환 마마도 병무청 굳건이도 이거보단 기쁘게 받아봤겠다. 도대체 일본에선 뭔 일이 벌어지고 있는 거지? 진짜 이 새끼들 쿠데타라도 일으킨 건가?

나는 신문을 적당히 뒤적이면서 일본에서 큰 변화가 있었는지 찾아봤지만, 딱히 무언가 대대적인 보도나 움직임이 있었단 이야기는 없었다. 그럼에도 불구하고, 나는 줄곧 찝찝한 느낌을 완전히 떨쳐내지 못했다.

하루의 시작치곤 더럽게 재수 없었다.

* * *

1925년 9월 2일. 해군 소속의 비행선, USS 셰넌도어(Shenandoah)가 악천후에 휘말려 추락해 14명의 승무원들이 사망하는 사고가 일어났다. 이 사건으로 해군은 발칵 뒤집혔다.

[출항 거부했던 셰넌도어, 어째서 이륙했는가?]

[상층부의 강요로 인한 참사! '해군 항공의 위엄 보여줘야']

[홍보를 위해 안전을 도외시한 결말은 대참사!]

내가 봤을 땐 물개들이 저리된 이유도 알 법했다. 이 서슬 퍼런 군축 시즌. 어떻게 해서든 '우린 돈값을 하고 있습니다! 예산 깎지 말아주세요!' 하며 대국민 쇼를 좀 하고 싶었겠지. 당장 우리도 비슷한걸?

전국 각지에서 곡예비행이 줄을 잇고 무착륙 비행이네 대서양 횡단이네 하는 이야기가 끊임없이 화두에 오르는 지금, 이 흐름을 타고 노 좀 젓고 싶지 않으면 세금 타먹는 놈이라고 할 자격이 없다.

물론 그렇다고 해서 악천후에 비행선을 띄우겠다는 선택이 딱히 제정신으로 할 법한 발상이란 이야긴 아니지만… '이해' 정도는 해줄 수 있단 말이지. 하지만 이 사고는 여기서 끝나지 않았다.

[전국 각지에서 몰려든 관광객!]

[비행선 조각 하나, 유품 하나 못 가져가서 안달난 하이에나들!!]

[미합중국의 시민의식은 과연 어디로?]

미합'중국'. 정말 가슴이 웅장해진다. 구경거리에 미쳐버린 건지, 추락한 곳에 연방정부의 수사관들이 오기도 전에 전국 각지에서 구경꾼들이 모여들어 이 참사 현장에서 루팅을 하고 계셨다. 심지어 세넌도어가 추락한 곳의 땅주인은 입장료까지 받아 챙기셨다.

이 사건이 물질만능주의와 쾌락주의로 가득 찬 현 세태에 대한 개탄으로 끝났는가? 그랬으면 이야기가 나오지도 않았다. 불씨는 해군장관의 논평이었다.

"몇몇 사람들은 항공에 대해 너무나 많은 기대를 합니다. 물론 놀라운 성취가 있긴 했지요. 하지만 태평양과 대서양이 있는 이상, 미합중국은 그 어떠한 하늘에서의 침공으로부터 안전하다는 확신이 듭니다."

사람이 죽었는데, 그것도 정작 무리한 비행을 강요한 해군의 최고 책임자가 이 사건을 빌미로 항공을 깎아내렸다. 그리고 공군의 투사이자 뼛속까지 항공에 대한 자부심으로 가득 찬 남자, 빌리 미첼은 더 이상 참지 않았다.

지난 3월로 임기가 만료되기가 무섭게 그는 샌 안토니오에 있는 8군단 항공장교로 임명되었다. 사실상의 좌천. 지금의 미군은 영구적으로 계급을 늘려주기보다는, 특정 직책을 맡으면 그 직책의 직급에 해당하는 '임시' 계급을 받는 경우가 잦았다.

물론 이건 법률적인 문제고, 이미 임시 준장으로서 임무를 수행하던 사람에게 대령급 자리를 던져줘 도로 대령 계급장을 달게 하는 일이 썩 자주 있지는 않았다. 하지만 미첼은 그 그리 많지 않은 케이스 중 하나였고 원래 계급인 대령으로 복귀 당했다.

모이기만 하면 모두가 미첼의 이야기를 수군덕거렸다. 보복성 인사, 사실상 강등과 유배 이야기가 온 사방을 떠돌아다녔다. 실제로 항공 친구들은 항상 미첼을 '제너럴 미첼'이라고 칭했을 정도니. 거기다 미첼의 대중적 인기가 상당했던 탓에 이 일은 단순한 군 내부 사정이 아닌 하나의 가십거리로도 소모되었다.

그리고 미첼은 질 수 없다는 듯, 셰넌도어 사건이 일어나고 얼마 지나지 않아 직접 언론사에 전화를 걸어 무려 6천 단어로 된 기나긴 성명문을 발표했다. 그 자신이 그토록 바라마지 않던 전략폭격의 첫 목표는, 워싱턴 D.C.가 된 셈이다.

[이번에 벌어진 끔찍한 참사에 대해 제 의견을 묻는 분들이 많았기에, 저는 충분한 숙고를 거쳐 이 사건에 대한 의견을 밝히고자 합니다.]

밝히지 마. 제발. 제발 하지 마. 님 군인이잖아요. 왜 군바리가 멋대로 마이크 잡고 있어. 언론플레이 좋아, 나도 좋아해. 근데 이건 너무 빠꾸 없잖아.

[이 사고는 전쟁부와 해군부의 무능함, 직무유기, 그리고 반역 수준의 처참한 국방 행정으로 인해 벌어진 직접적 결과물입니다.]

저질렀다. 미친놈이 저질러버렸다!

나는 버섯구름이 피어오르는 모습을 관람하는 나가사키 거주민의 마음가짐으로 신문이란 신문이 죄다 실어버린 미첼의 성명문을 읽어 내려갔다.

[모든 항공 관련 정책과 시스템은 비행에 대해 거의 아는 게 없는 자들의 지시에 따라 운영되고 있습니다. 공군은 단지 그들의 졸개에 불과하며, 전쟁부와 해군부에서 의회로 파견한 장교들은 언제나 불완전하거나, 오해의 소지가 있거나, 틀린 정보만을 제출하였습니다. 진실을 말하거나, 항공에 무지한 상관의 의견에 동의하지 않은 장교들은 옷을 벗거나 진급 심사에서 밀려나야 했습니다.]

나는 빌리 미첼을 잘못 생각하고 있었다. 맥아더에게 무어라 쏘아붙였던 말이 불현듯 생각났다. 나는 너무나 자연스럽게 내가 할 법한 생각을 미첼 대령 또한 하고 있다고 생각했다. 이건 나나 맥아더가 언론을 써먹듯 이

해득실을 고려해 벌이는 정치적 행위가 아니었다. 그냥 한판 뜨자는 선전포고문이지.

[…전쟁부와 해군부는 국민의 세금으로 운영되면서, 공공복지와는 무관하게 그들 조직의 유지를 위해 일종의 카르텔을 형성하였습니다. … 항공에 관한 한, 지난 몇 년간 이 두 부서의 업무 수행은 실로 역겨운 수준이어서 자긍심이 있는 사람이라면 누구나 자신이 입은 옷이 수치스럽게 느껴질 정도였습니다….]

군이 D.C.에 돌아가지 않아도 알 수 있었다. 지금쯤 이 성명문을 읽은 사람이라면 하나같이 손을 덜덜 떨면서 종이를 구기고 있겠지.

[…우리 모두는 실수를 할 수 있지만, 항공학을 다룰 때마다 육군과 해군이 저지른 범죄적 실수는 그들의 무능함을 여실히 보여줍니다. 우리가 이러한 사실을 계속 숨긴다면, 죽은 전우들과의 신뢰를 유지하지도 못할 것입니다.]

6천 단어. 6천 단어 하나하나마다 육해군에 대한 원색적 비난이 하도 올올이 들어차 있어서 무어라 할 말이 없었다. 항공 문제가 이 정도였나?

내가 항공에 대해 딱히 잘 안다고는 말할 수 없다. 그들이 어떤 대우를 받았는지, 얼마나 윗선의 몰이해와 관료주의에 부닥치며 얼마나 고통받았을지 감히 내가 짐작조차 할 수 없었다.

미첼의 이 발언 이후, 여론은 완전히 뒤집혔다. 사람들은 이제 무능과 부패로 얼룩진 군부를 욕하기에 여념이 없었고, 미첼은 거악과 싸우는 투사로 우러름을 받았다.

하지만 이 성명문으로… 바꿀 수 있을까? 이 세상에 군부만큼 보수적이며, 권위를 중요시하고, 상명하복이 의무로 규정된 조직은 없다. 하급자가 이렇게 면상에 대고 침을 뱉은 이상, 그 성명이 아무리 구구절절 옳은 말만 담은 대의명분 가득한 글이라 하더라도 군부는 무조건 반대할 수밖에 없을 터.

상층부의 반응은 무척이나 격렬하면서도 단호했다.

"미첼 대령이 군법회의에 부쳐진다더군."

"참나. 지금 같은 군축 시즌에 어디 다른 곳이라고 별도리 있었나? 아주 자기들만 귀하고 남들은 흙 파먹는 땅개들이지."

"하지만 비전문가가 운운하는 것도 좀⋯⋯."

"그러면 본인은 행정 전문가라서 저렇게 말했나?"

내가 돌아오자마자 느낀 전쟁부의 분위기도 크게 다르지 않았다. 미첼의 말에 부분적이나마 동의하거나 그럴 만했다고 느끼는 사람들조차 감히 그런 말을 입 밖으로 꺼내기엔 부담을 느꼈다. 얼마나 이 분위기가 무겁나 한다면,

"대체 어쩌자고 이런⋯ 무모한 행위를 했는지 모르겠군."

마이페이스로는 그 누구에게도 뒤떨어지지 않는 맥아더가 곤혹스러워할 정도라고 말하겠노라. 그리고 미첼의 실로 파멸적인 이 도전에 응한 사람은 모두의 예상하는 초월하는 인물이었다.

"그를 군법재판에 회부하십시오."

"각하?"

"전쟁부 장관은 지시를 이행하시기 바랍니다."

주지사 시절, 경찰 파업을 진압함으로써 전국적 명성을 떨치고 백악관으로 가는 첫 단계를 통과한 남자. 캘빈 쿨리지 대통령은 결코 미첼을 좌시할 생각이 없었다.

* * *

"문민정부를 제멋대로 움직이기 위해 대중의 가슴을 불태우고, 여론을 움직이려는 군인이 있습니다."

대통령이 참전 용사 격려차 미합중국 재향군인회와 US MILK를 방문해

축사를 남기는 아주 흔한 일. 이 흔해 빠진 일에 영혼 없이 참석한 기자들의 눈이 번쩍 뜨이기까진 그리 오랜 시간이 걸리지 않았다.

"예산도, 보직 임명도, 군의 규칙도. 모두 국민이 선출한 당국이 결정할 일입니다. 군이 민정 당국에 지시를 내리는 순간이야말로 이 나라의 자유가 종말을 맞이하는 날입니다."

결코 주어는 없었지만, 쿨리지가 하는 말이 누구를 지칭하고 있는지 모르는 사람은 이 자리에 아무도 없었다. 그리고 몇몇 사람들은, 대통령이 미첼의 행동을 어떻게 정의 내렸는지도 아주 잘 알 수 있었고. 참모총장 부관 역할로 이 자리에 끌려나온 나 역시 혼이 빠져나가는 느낌이었다. 어쩐지 자꾸 시선이 마주치는 것 같은데 기분 탓인가.

행사가 끝난 후, 하인즈 장군 역시 무언가를 느낀 듯 빠른 걸음으로 쿨리지에게 다가가 잠시 이야기를 나누었다.

"대통령 각하. 오늘 말씀은 혹시……?"

"특정인을 겨냥한 이야긴 아닙니다."

입을 꽉 다문 채 더 이상 거론하기 싫다는 티를 팍팍 내자, 감히 대통령에게 캐물을 용기까진 없던 장군은 이내 입맛을 다시며 뒤로 물러났다.

"잠시."

"예, 각하."

"거기 부관이 혹시 그……."

"유진 킴 소령입니다."

"…그렇군요."

도무지 무슨 생각을 하는지 종잡을 수가 없는 양반이다. 다시 한번 장군이 무어라 입을 떼기 직전, 쿨리지가 드디어 입을 열었다.

"5분만 이 장교를 빌려도 되겠습니까?"

"그러시지요."

여기서? 갑자기? 날 팔아넘긴 하인즈 장군은 순식간에 '차에서 기다리고 있겠네!'라는 말만을 남기고 부리나케 사라졌고, 나는 이 곤혹스러운 양반과 덩그러니 한자리에 남아버렸다.

내 황당한 심경을 아는지 모르는지 쿨리지는 또 한참을 뜸 들이다가 말했다.

"…많은 업적을 남겼다고 들었습니다."

"아닙니다, 본연의 임무에 충실했을 뿐입니다."

"일본의 내각은 그들 나라의 군을 통제하기 버거워한단 이야기가 들리더군요."

뭐지? 정치인 맞아? 무슨 스파이더맨 널뛰기하듯 대화 화제가 펄쩍펄쩍 뛰어다니니 정신을 차릴 수가 없었다.

"일본의 군인들에게 일종의… 영감을 불어넣어 줬다고 들었습니다."

"오해입니다. 전혀 그렇지 않습니다. 굳이 따지자면, 당시 급박한 사정상 그들이 듣고 싶어 하는 바를 말했을 뿐입니다."

잡아떼야 한다. 뭔진 모르겠지만 일단 부정하고 봐야 한다.

"정치인의 가장 큰 덕목이지요, 그건. 전차 문제와 관련한 의회에서의 증언 때도 느꼈지만 귀관은 참 정치를 잘 이해하고 있는 듯하더군요. 상원의장으로서도 인상 깊었습니다."

부통령은 원래 상원의장을 겸직한다. 그때, 전차 증언 때도 마찬가지였고. 그가 말하려는 게 무엇인지는 몰라도, 이제 두려움이라는 게 차오르고 있었다. 씨발. 아까 꺼낸 말, 그거 빌리 미첼 이야기가 아니었어?

혹시… 나도 포함이야?

1925년 군사재판을 받는 빌리 미첼

"These accidents are the direct result of the incompetency, criminal negligence, and almost treasonable administration of the national defense by the Navy and War Departments."

— 윌리엄 빌리 미첼

"Any organization of men in the military service bent on inflaming the public mind for the purpose of forcing government action through the pressure of public opinion is an exceedingly dangerous undertaking and precedent. Whenever the military power starts dictating to the civil authority by whatever means adopted, the liberties of the country are beginning to end."

— 캘빈 쿨리지

늘 그렇듯, 고증입니다. 작중 미첼의 '선전포고문'과 쿨리지의 반격은 모두 실제 연설을 그대로 번역하였습니다.

6장
거인의 몰락 II

거인의 몰락 6

"귀관은 아직 선을 넘지는 않았습니다."

"네, 넵."

쿨리지는 지극히 무심한 표정으로, 너무나 담담하게 이야기했다. 하지만 내 목젖에 드라이아이스 송곳이 닿은 듯한 느낌에 소름이 우수수 돋아오르고 있었다.

"시민이 정치에 참여하는 것은 헌법이 보장하는 당연한 권리입니다."

"옙."

"하지만, 군복 입은 자는 언제든 압제자가 될 수도 있습니다."

"저 또한 문민통제에 대해서는 당연히……."

"두 마리 토끼를 잡는 일은 언제나 매력적입니다. 귀관은 그럴 능력이 있지요. 그래서 걱정됩니다."

"알겠습니다."

군인이 자꾸 정치하려 들면 재미없다. 내 귀엔 그렇게 통역되어 들리고 있었다. 쿨리지는 얼어붙은 나를 내버려 둔 채 휘적휘적 갈 길을 갔지만, 나는 오뉴월 땡볕이라도 맞은 것처럼 땀만 줄줄 흘리고 있었다.

＊ ＊ ＊

나는 그날 밤 곧장 장인어른을 만났다.

"쿨리지가 그렇게 말했다고?"

"예."

"한잔하겠나?"

그는 잔 두 개를 꺼내 오더니 위스키를 넘치게 따라 내게 건넸다. 잔이 부딪치고, 우리는 아무 말 없이 잠시 입 안을 맴도는 위스키의 향을 즐겼다. 물론 나는 여전히 술이 입으로 들어가는지 코로 들어가는지 감도 오지 않았지만.

"쿨리지는 옛날 로마 시대 스토아 철학자를 보는 것 같지. 합중국의 이상과 규범에 철두철미해. 그 자신도, 그리고 남들에게도."

"그 사람 표정만 봐도 그건 모두가 다 알 겁니다."

"그래. 그렇지. 요즘 같은 세상에 참으로 보기 드문 인물이야."

장인어른은 잠시 입을 달싹거리더니, 그 어느 때보다 진지한 표정으로 말했다.

"이미 충분히 귀찮게 했으니 마지막으로 묻겠네. 정치할 생각 없나?"

"예."

"의회에 한자리 잡고 날 지원사격해 줄 생각이 없나?"

"저는 군인에 계속 뜻을 두고 있습니다."

"어째서? 난 이미 내 뜻을 밝혔네. 그러니 한번 터놓고 물어봄세. 자네는 정치에 능해. 무척 능수능란하지. 그런데 어째서 구태여 밥벌이도 잘 안 되는 군인 노릇을 하겠단 건가?"

어디까지 말해야 한다? 사실 제가 미래를 좀 보고 왔다고? 그랬다간 순식간에 이 자리의 진지함이 싹 사라져버릴걸.

"베르사유 조약을 보고 나서, 제가 퇴역하기 전에 반드시 대전쟁이 한

번 더 터질 거란 확신을 얻었습니다."

"그렇다면 더더욱 정치가의 길을 가야 하지 않겠나? 군인은 백만 명의 병사들을 살릴 수 있겠지만 정치가는 합중국, 나아가 세계정세에 개입할 수 있어."

"장인어른이 유색인종의 희망이 되기 위해 대선에 도전하듯, 저 또한 전쟁영웅이 되어 그 누구도 다다르지 못한 자리에 오르고 싶습니다."

그는 말을 잇지 못했다. 그야 우리는 명함만 다르지 사실 똑같은 걸 원하고 있었으니까.

"내가 항상 지역구 받을 생각 없냐고 했었지."

"그랬지요."

"사업가가 정치인을 구워삶는 거야 당연한 일이지. 차라리 그건 미덕에 가까워. 언론인은 끊임없이 정치에 관심을 가지고 대중과 소통해야 하지. 하지만 군인은… 알다시피 특수하다네. 저 로마부터 나폴레옹, 혹은 남미의 나라들을 보면 너무나 많은 사례가 보이지 않나. 그 어떤 정치인보다도 강대한 권력을 쥔 자들은 하나같이 군인이었어."

"하지만 여긴 미국이잖습니까. 당장 우드 같은 사례도 있고요. 애초에 군 장성들이야말로 공화당의 친구 아니었습니까?"

다른 나라도 아니고 미합중국이 군바리 헛짓거리할 걱정을 한다고?

레너드 우드. 미국이 1차 세계대전에 참전하기 직전, 장군 신분 열성 공화당원으로 싸제 훈련소라는 신묘한 활동을 열심히 해나가며 우드로 윌슨의 심기를 박박 긁었던 분. 그리고 공화당 중진으로 큰소리치다 대선 후보로까지 나섰었지. 결국 하딩에 밀려 실패했지만.

"물론 장군들이 사업하고 정치하는 일이야 어제오늘 이야기가 아니지. 하지만 사위, 사위가 커튼 뒤에서 벌였던 많은 일들… 당당하게 밝힐 만한 일은 또 아니잖나."

커티스는 남은 술을 쭉 들이켜고는 다시 잔을 가득 채웠다.

"절대 자네가 나쁜 일을 했다는 건 아닐세."

"잘 알고 있습니다. 장인어른께서 절 타박하는 게 아니란 건요."

"사위는 할 일을 했어. 많은 사람들이 사위의 덕을 봤지. 하지만 군인의 정점에 오르면 오를수록, 자네의 적들은 무대 뒤편에서 있던 일을 계속 들추려고 할 거야. 과연 얼마나 오래갈 수 있겠나?"

이미 에드거 후버는 어렴풋이 내가 하는 일에 접근했다. 내 표정이 너무 굳었는지, 장인어른은 피식 웃었다.

"반대로 생각하게, 이 사람아."

"반대로요?"

"그 엄격한 규범의 화신인 쿨리지가, 자네가 정말 위험한 짓거리를 하고 있다고 생각했으면 그대로 내버려 뒀을 거 같나? 고작 대령 하나의 난동에 대처하는 것 좀 보게."

듣고 보니 또 그렇네. '선은 안 넘었다.'라는 말이 살려는 드릴게, 였나. 그 정도로 깐깐한 인간이라면, 선을 넘지 않은 사람을 처벌하는 것도 규범에 어긋… 규범탈트 온다. 그만해야지.

"그는 아마 우드 같은 사람도 못마땅하게 여겼을 게야. 그에게 가장 중요한 건 합중국의 룰이고 옳고 그름은 별개의 문제니까."

누구보다 워싱턴에서 오랜 세월을 보낸 사람은 그렇게 말하며 고개를 주억였다.

"그러니 너무 쫄지 말게. 하하."

"아니, 대통령이 콕 찝어서 그렇게 말하는데 누가 안 쫄고 배깁니까?"

"모든 정치인은 군을 두려워하네. 항상 통제하에 두고 싶어 하지. 그리고 그건 절대 엄살이 아냐. 칼이야말로 모든 가능성을 열 수 있는 열쇠니까.

보통 정치가들은 자네 말마따나 이 미합중국에서 군인들이 헛짓거리하는 일이 거의 불가능하단 사실을 알고 있으니 크게 신경을 안 쓰지만, 과연 지독한 원칙주의자라고 해야 하나. 하하."

문득, 나는 도조가 보낸 편지가 떠올랐다. 부패하고 무능한 정치인들을 대신해, 군이 나라를 바로잡겠다며 으스대던 그 편지 단락이 불쑥 내 머리를 이리저리 휘저어댔다.

* * *

　다음 날, 나는 맥아더의 부름을 받고 우보크로 향했다. 그래, 이 양반도 한번 만났어야지. 마셜이 떠난 지금 내가 누굴 붙잡고 또 하소연을 늘어놓겠나. 포드 회장님은 좀 그렇고, 이 에고이즘 가득한 양반도 언론플레이에 나름대로 능통한 분이니 그래도 대화가 통하겠지.
　"미첼의 군법재판에 나도 참석하네."
　"저런."
　"실로 개같은 일이지. 하, 기어이 꽉 막힌 밥버러지들이 큰 인재를 쳐내려 하는군."
　우리는 한동안 필리핀 이야기나 각자 있었던 이야기를 서로 떠들어대며 한창 시간을 보냈고, 나는 슬쩍 맥아더에게 쿨리지와 있었던 짤막한 에피소드에 대해 이야기해주었다.
　"하. 운 좋게 대통령 자리 날로 먹은 사람이 개소리도 정도껏 해야지."
　"하, 하하. 아무리 그래도 최고 통수권자인데 너무 심한 이야기 아닙니까?"
　"자넨 그딴 소릴 처듣고도 웃을 기분이 드나? 나였으면 그 자리에서 결투라도 신청했네. 수십 년을 합중국을 위해 봉사한 결과물이 그따위 소리라니 말야."
　그야… 그, 제가 벌였던 일들을 쭉 늘어놓고 보니까 군소리 좀 들어도 딱히 항변을 못 하겠걸랑요.
　"이번 미첼의 건을 맡으면서 기분이 참 미묘했는데, 자네 이야기를 들으니 확신이 서는군.”

“뭡니까?”

“정치인들은 표를 구걸하는 게 업이지. 하지만 이 20세기 현대 사회라는 건 굉장히 전문적인 지식을 요할 때가 많단 말이네. 당장 정치인들 중 빌리만큼 군과 항공에 대해 해박한 인사가 어디 있나?”

“군인 출신 정치가들은 제법 있잖습니까.”

“퇴물들이 옷 벗고 D.C.에 취직하는 거 말고. 그게 군인이면 호두까기 인형을 앉혀놔도 인정해줘야지. 최신 기술과 교리에 해박한 이해력이 있는 자들이 의회에 없단 말이야.”

맥아더는 글라스를 이리저리 흔들며 중얼거렸다.

“민간 정부가 군을 통제하는 건 지극히 옳은 일이고, 민주국가의 군인인 나 스스로가 자랑스럽네. 하지만 문외한들이 전문가의 의견을 존중하지 않는 건 과연 옳은 일인가? 이러다 다음 전쟁에선 대체 또 얼마나 많은 생목숨을 파묻으며 정치가들의 경험을 쌓게 해줘야 하지? 실컷 경험 쌓은 정치가가 낙선하면 ‘처음으로 되돌아가시오’라도 뽑은 건가?”

모르겠는데요. 그 질문에 대답할 줄 아는 건 오직 알파고 님뿐이다. 스카이넷이 인류를 다스려 주시지 않는 이상 아마 영원히 고민해야 할 숙제 아니겠나.

“허허. 그러면 대통령 출마하시면 되겠네요. 기호 1번, 더글라스 맥아더를 백악관으로!”

“내가 정치를? 솔직히 말하자면, 군인 이외에 내가 뭘 할 수 있을지 짐작도 되지 않는군. 나는 철이 들었을 때부터 군인 외엔 그 어떤 선택지도 보이지 않았거든.”

남북 전쟁의 영웅, 아서 맥아더를 아버지이자 영웅으로 둔 남자다운 이야기였다.

“복잡한 정치 이야기야 뭐… 유능한 군인이 유능한 정치가로 전업하면 좋겠다, 대충 이거 아니겠습니까."

"그냥 유능하기만 해선 안 되지. 굉장히 유능해야겠지."

"그렇지요. 그래서, 미첼 대령의 재판은 어떻게 됩니까?"

"사실상 린치지, 이건. 상처 입은 군부의 자존심을 달래기 위한 처형식이라고 생각하네."

표현 신랄한 것 좀 보게. 그래도 군에선 제법 여론 돌아가는 향방에 예민한 편인 맥아더가 저렇게 생각할 정도면, 쿨리지의 존재감은 정말이지 0이구나. 나도 그 자리에 있던 게 아니면 그냥 자존심 강한 두 천재의 대결 정도로 여겼겠지.

일단 당분간은 사린다. 지금 느끼는 거지만 역시 처음 손맛을 너무 제대로 맛봐서 익숙해져버렸다. 윌슨 대가리를 깍둑 써는 게 솔직히 좀… 재밌었단 말이지. 군인 신분에서 자꾸 여론을 만지려 하는 게 문제의 소지가 있다면, 안 만지면 될 일. 이제 당분간 건드릴 일도 없다. 미첼이 저렇게 화끈하게 불타오르는 모습을 보면서도 여론몰이 생각이 나면 그게 도박 중독자랑 별반 다를 바 있겠나?

쿨리지가 몇 년을 더 해먹을진 모르겠지만, 이쯤에서 쿨타임을 좀 가지면서 느긋하게 사업과 군생활에 전념하는 것도 나쁘진 않을 터. 군이 여론을 등에 업고 기괴하게 나라를 뒤틀어버리면 일제. 문외한들이 꼴리는 대로 군을 마개조하면 대가는 어마어마한 피와 죽음. 둘 다 중요하지. 결국 세상만사의 핵심은 적절한 균형점을 잡고 타협하는 것 아니겠나.

"자네 그래서 출마할 생각 있나?"

"없습니다! 벽에 똥칠할 때까지 군복 입고 있을 겁니다!"

다들 왜 이래 진짜.

"하긴. 자네는 군에 있어야 해. D.C.에서 펜대나 굴리면서 한 표 달라고 굽실대고, 별 같잖은 트집을 잡아서는 예산 깎아먹을 궁리만 하는 인생보단 합중국의 적을 물리치고 한 명이라도 더 많은 장병들을 가족의 품에 돌려보내 주는 일이 훨씬 더 좋은 일이지."

"의원 나리들이 들으면 굉장히 불쾌해하겠는데요."

저 이래 봬도 그 의원 사위인데 말이지요……. 이미 알코올과 자신의 말에 가득 취한 맥아더는 내 사소한 투정을 듣는 둥 마는 둥 하며 꿋꿋하게 일장연설을 이어나갔다.

"그놈들은 욕먹어도 싸. 의회에선 선동과 날조가 일상처럼 벌어지고 있고, 개인의 지혜와 양심은 결국 무력하기 짝이 없잖나. 과연 이게 정의인가?"

"꼭 엘리트주의자처럼 이야기하시는데요."

"무슨 소리! 난 민주주의를 진심으로 자랑스러워하네. 다만 조금 더 멀리 볼 줄 아는 사람에겐 더 큰 의무가 있는 게 아닌가 하는 생각일 뿐이고."

더 멀리 볼 줄 아는 사람은 더 큰 의무가 있다, 라. 그래. 딱 거기까지 합시다. 그 정도면 그냥 스파이더맨 짝퉁 콘파이프맨 같은 느낌으로 납득할 만하니까. 제발 쓸데없는 일 하지 마시고, 폭주도 하지 맙시다. 응? 불쌍한 시위대 탱크로 밀지만 말자구요. 나 방금 나대지 않겠다고 결심해 놓고 탱크맨 되긴 싫단 말이야.

이런 핵폭탄 같은 양반을 냅두고 진짜 정치에 손 떼도 되는 거 맞나? 다시 한번 후회와 고민이 동네 목욕탕 온탕 한가운데처럼 퐁퐁 샘솟기 시작했다.

거인의 몰락 7

빌리 미첼의 재판은 신속하게 진행되었다. 40명의 기자와 500명의 군중이 지켜보는 가운데 미첼 부부가 군 법정에 입성하며 시작된 이 재판. 여론전에서는 미첼이 압도적으로 유리했으나, 그 여론이 언제는 군사재판에 영향을 줄 수 있었던가?

"어째서 직업이 군인이라는 이유만으로 우리 미합중국 헌법이 보장하는 표현의 자유를 누리지 못한단 말입니까? 물론 군인은 명령에 복종해야지요. 하지만 불의에도 순종해야 한다면 자랑스러운 미합중국의 군인이 저 카이저나 차르의 병사들과 다를 바가 무에 있습니까?"

"미첼처럼 원색적인 모욕을 퍼부은 사람조차 무죄 선고를 받는다구요? 이제 병사들은 중대원들 보는 앞에서 중대장을 비난할 수 있고, 중대장은 대대 회의에서 대대장을 조롱할 수 있겠고, 대대장은 연대장을 괴롭힐 수 있겠군요. 이게 군대입니까 폭도 무리입니까?"

설상가상으로, 백악관의 주인이 미첼을 위험인물로 낙인찍었는데 무죄 판결이 나올 리는 없었다. 약 두 달간의 치열한 법적 공방은 당연히 '유죄'로 판결 났다. 미첼의 죄목은 '군의 명예를 실추시키는 행위'였으며, 5년간 직무 정지 및 일체의 급여 지급 정지가 뒤따랐다.

개인적으로 생각해보자면, 이건 불명예 전역 조치보다 더 뼈아픈 일이었다. 그리고 쿨리지 역시 이 판결 결과를 승인하면서, 대통령 명령으로 5년간 급여 지급 중지는 '봉급의 절반 감봉'으로 변경되었다. 참으로 가슴 따뜻해지는 대통령 각하의 자비심에 미첼은 감격하… 지는 않았다.

"더러워서 때려치우고 만다."

이 판결에 불복한 미첼은 결국 퇴역을 선택했다. 해가 넘어선 1926년 2월 1일, 빌리 미첼이 결국 퇴역했다.

"하늘에 볼셰비키 벌레가 날아다니는 것 같구먼."

퇴역해 유유자적 즐거운 인생을 보내고 있던 퍼싱의 이 짤막한 한줄평이야말로 군 상층부의 분노를 가장 잘 보여주는 말이리라.

하지만 항공 친구들의 분노는 절대 가라앉지 않았다. 미첼의 제자 격이자 공군의 새로운 기수를 자임하게 된 헨리 아놀드는 끝없이 항공 병과의 처우 개선을 위해 달려들었고, 그 아놀드 역시 좌천당했다. 무시무시한 칼바람이 군 내에서 쉴 새 없이 몰아쳤고, 당분간 나는 입 다물고 얌전히 살기로 결심했다. 이 험악한 시국에 괜히 고개 까딱 잘못 내밀었단 잘릴 뿐이니까.

그렇게 공포에 떨면서 맞이한 서기 1926년. 나는 하라는 일만 하면서 정말 숨만 쉬며 지냈다.

절대, 절대 깝치지 않으리. 괜히 설쳤다가 갑자기 [전쟁영웅의 수상한 그림자 ― 윌슨 몰락의 비밀] 이딴 신문기사 헤드라인 보는 날엔 허드슨강이 얼마나 따뜻한지 내 몸으로 느껴야 하잖아.

내 전국일주 임무수행은 계속되었고, 그동안 미합중국은 하루하루 대격변을 겪고 있었다. 햇빛이 따뜻해 살기 좋기로 이름난 플로리다에선 갑자기 희대의 부동산 광풍이 불어닥쳤다가, 한여름 밤의 꿈처럼 사그라들었다. 25년부터 고공행진을 시작한 플로리다 부동산 열풍은 26년 초에 정점을 찍더니, 그해 가을 허리케인이 상륙해서는 건물과 마을뿐만 아니라 경기, 경제마저 휩쓸어버렸다. 이 광기의 투기열풍에서 미국인들은 당연히 깊은 깨달음을 얻었다.

"아니, 부동산 열풍이 저렇게 허망하게 망하다니."

"역시 건전한 투자를 해야지 투기는 나빠."

같은 일은 당연히 일어나지 않았고.

"폭발하기 전에 빠지기만 하면 개이득 먹고 한몫 잡을 수 있겠구나!"

"플로리다는 당연히 구리지. 그 깡촌에 뭐가 있다고? 뉴욕이나 디트로이트 교외에 투자하면 절대 망할 일이 없겠구나!"

"부동산 묻지마 투자하니 대가리 깨지죠? 답은 '주식'이죠?"

오히려 이 열풍은 광풍으로 진화했다. 대체 왜……?

"우리도 늦기 전에 교외에 별장을 사놓는 게 어때?"

주인님께서 저렇게 말씀하시면 당연히 사야 하는 게 착한 남편의 도리겠지만, 나는 필사의 항변을 준비했다.

"저번엔 플로리다에 별장 사자고 했었지? 그때 내가 안 말렸으면 어떻게 됐을까?"

"그걸 왜 또 지금 말해. 나도 이야기 듣고 그냥 참기로 했었잖아."

"지금도 마찬가지잖아. 순 거품이야, 거품."

"거품은 돈 좀 벌 용도로 사놨다가 팔아야 거품이고, 때때로 아이들 데리고 놀러 갈 곳이 있으면 얼마나 좋아? 맨날 당신 임지 따라서 돌아다니다 보니까 애들이 마음 붙일 장소도 제대로 없잖아."

윽, 이건 좀 아프다! 하지만 왜 애들이 마음 붙일 곳이 없는가.

"캔자스 있잖아, 캔자스."

"거길 1년에 몇 번이나 갈 수 있다고? 가면 아빠나 당신이나 헛짓거리 못 해서 안달이면서."

그야 장인어른은 지역구 관리가 일이고, 나는 또 캔자스까지 가면 레번 워스에 안 들를 수가 없잖아.

"그래. 버지니아 쪽에 괜찮은 별장 하나 알아볼게."

여사님께서 다시 부르기 시작한 배를 쓰다듬자, 나는 구구절절 반론하는 대신 얌전히 별장을 구입하기로 결심했다. 셋째다, 셋째. 신난다!

야구단은 모르겠고 농구단의 꿈은 점점 다가오고 있다. 역시 나 같이 잘난 인간의 후손을 많이 뿌려야만 미국 내 아시아인의 권리가… 아니, 이건 너무 제우스스러운 발상인가. 반성해야지.

* * *

1927년 초. 하인즈 장군은 육군 참모총장 임기를 마치고 캘리포니아의 9군단장이 되었다. 이와 동시에 내 부관 임무도 종료. 원래라면 군축에 항거하기 위해 온갖 최첨단 프레젠테이션 기법을 동원하며 분노의 아가리질을 했겠지만, 최소 몇 년간 입을 놀릴 생각은 쏙 들어간 지 오래. 내 전국 순회의 결과물이 담긴 보고서는 최대한 사견을 덜어내고 사실만을 욱여넣은 액기스가 되어 있었다.

[병력 숫자가 극히 부족. 장비 숫자가 극히 부족. 피로서 배운 지난 대전쟁의 교훈이 부사관단 상당수가 전역함과 동시에 뇌리에서 사라지는 중.]

물론 그렇다고 해서 데미지가 덜하진 않겠지만 말이다.

냉정하게 머리를 식히고 다시 생각해 보자면, 저기서 괜히 군축 반대론자의 선봉에 서서 날뛸 필요는 없었다. 그야… 어차피 곧 대공황 오잖아? 아무리 군축 반대를 외쳐도 대공황이 오는데 뻔뻔스레 군비 유지를 떠들 순 없다. 어차피 깎일 거, 그냥 몇 년 일찍 깎이는 셈 치자고.

그래도 내 노고에 대한 대가인지, 나는 염원하던 중령 계급장을 받아 들었다. 유진 킴 중령. 크헤헤헤. 대령까지는 기대도 안 한다. 사실상 2차대전이 터지기 전까지는 올라갈 만큼 올라갔다고 봐야지.

육군에서는 기다렸다는 듯 나를 육군대학으로 발령 내렸고, 레번워스 때와는 달리 팔자에도 없이 교관 노릇하며 고통받는 대신 아주 평온하고 행복한 학창생활 시즌2를 누릴 수 있었다. 음, 좋습니다.

이렇게 여유를 즐기는 동안, 나는 두둑이 쌓여나가는 현금을 이리저리 굴려 보면서 동시에 이전부터 염두에 두던 상륙정 관련 사업에 투자할 요량으로 보트 제작 업체 몇 곳과 건설적인 논의를 이어나갔다.

유일한 선생은 고심 끝에 우리와 합류했고, 나는 곧장 항공기 제작과 관련된 전권을 위임했다. 정정하겠다. 항공기 제작 관련 업무를 맡기고 얼마 지나지 않아 마침내 대체 노동력을 찾은 유신이가 대학으로 도망쳤다.

"이게 다 뭡니까?"

"하고 있는 사업이지요."

"이렇게 방만하고 근본 없는 문어발 회사는 처음 봤습니다."

아니, 뼈 때리지 마시라고요. 아직 안티푸라민도 없잖아. 아파요 아파. 우리는 외부 컨설팅까지 받아가며 지배구조 개선 및 그룹 효율화에 나섰다. 확실히 딱지 팔아서 번 돈으로 탱크랑 전투기 개발한다고 하면 영 모양새가 이상하잖아?

그렇게 정치 같은 복잡한 나쁜 어른들의 세계에 대해서 관심을 끊고 살길 어언 2년째. 정치는 굉장히 내게 관심이 많았다.

[쿨리지 대통령, 대선 출마 거부!]

[혼돈의 공화당, 다음 대선 후보는 누구?]

[허버트 후버의 앞길을 막을 자 누구인가?!]

"저는 1928년 대선에 출마하지 않겠습니다."

딱 한 문장. 과묵한 대통령은 진짜로, 어떠한 성명도 회견도 없이 그냥 저렇게 적힌 종이쪼가리를 기자들에게 나눠주는 것으로 차기 불출마를 선언했다. 그날부로 공화당이 개판 나는 것은 당연지사.

"대통령께서는 지금 불쾌해하고 계십니다! 당연히 우리가 힘을 모아 대통령 각하를 추대해야지, 대체 왜 경선을 해야 한단 말입니까?"

"미친 거 아냐?! 그래도 경선은 해야지!"

"대체 이렇게 경제를 살린 위대한 대통령이 이 세상에 어디 있다고 경선을 해야 합니까? 이 경선 자체가 각하에 대한 모욕이에요!"

처음에는 추대론이 잠시 고개를 들었지만, 곧 힘을 잃었다.

"집어치우시오."

"각하! 연임을 하지 않는 대통령이 어디 있습니까? 각하께선 자격이 있습니다!"

"싫소."

평안감사도 저 싫으면 그만인데 어쩌란 말인가. 이유도 말해주지 않았지만 아무튼 뭐⋯ 본인이 싫다는데 말이다. 사람들은 이내 쿨리지가 왜 불출마를 선언했는지 그 이유를 탐구하기보다는 새 대선 후보로 관심을 옮겼다. 민주당이 대권을 잡을 확률이 얼마나 높겠는가. 따라서 이 경선의 승리자가 곧 백악관의 주인이 될 터!

"뉴욕에서 연일 마천루가 솟아오르고 A형 포드가 교외로 중산층을 실어나르는 요즘! 이 땅의 근본이라 할 수 있는 농민들은 나라에서 버림받은 채 하루하루 고문당하듯 삶을 이어가고 있습니다!!"

"커티스! 커티스!"

"커티스를 백악관으로!!"

"이 번영을 4년 더! 하딩─쿨리지 번영의 주역인 이 허버트 후버가, 이제 대통령이 되어 여러분을 모두 부자로 만들어드리겠습니다!"

"후버!! 후버!!"

"후버가 우릴 부자로 만들어 줄 거야!!"

장인어른은 인생 모든 걸 불사를 각오였다. 하딩 집권 이후 쌓아온 모든 정치적 자산을 땔감처럼 거침없이 활활 태우며 후버에 맞섰다.

"후버가 이끌 4년은 번영의 4년이 아닙니다. 배고픔과 궁핍의 4년이 되 겠지요!"

"이제 우리는 위기에 대비해야 합니다! 영원한 번영이 세상 어디에 있겠 습니까! 가장 밝은 지금이야말로 밤이 오길 준비해야 할 시간입니다!"

"이미 농촌의 은행들이 도처에서 파산하고 있습니다! 플로리다의 경제 는 파멸했습니다! 막연한 기대감과 빚으로 쌓아 올린 영광의 성채는 결코 단단하지 않습니다!"

어차피 정면 대결해봤자 경제 전문가 이미지를 등에 업고 있는 상공부 장관 후버에게 이기긴 어렵다. 그렇게 판단한 장인은 오히려 위기론을 꺼내 들었다. 저게 먹힐진 잘 모르겠지만 말이다.

"자네 장인이 대통령이 되면 출세는 따 놓은 당상인가?"

"하하. 그런 이야기 하지 마십쇼."

"어째서?"

"저는 차라리 당선이 안 됐으면 하고 바라고 있거든요."

"어디 가서 그런 말 하지 말게. 돌 맞을라."

맥아더가 끌끌 혀를 차는 앞에서 나는 정신없이 술잔을 비웠다.

어쩐다. 진짜 어쩐다. 딱 한 번. 이번이 마지막이다 생각하고 딱 한 번만 《더 선》을 쌈박하게 써먹을까? 그치만 농담이 아니라 경선은 혼돈의 도가 니탕이고, 이러다 진짜 대선 후보가 될 것 같다는 게 훨씬 더 무섭다.

"뭐가 그리 고민되나?"

"장인어른께선 조만간 불경기가 찾아오리라 경고하고 있지요. 그런데 원 래… 사람들은 나쁜 말을 하는 사람들을 싫어하잖습니까."

내 입에선 '언론을 몰래 휘둘러 장인어른을 자빠뜨릴 음모를 실행할까 말까를 고민하고 있습니다.' 같은 망언 대신 그나마 순화된 이야기가 흘러 나왔다. 그리고 그걸 들은 맥아더는 피식 웃었고.

"그런 걸 고민 중인가? 내가 누누이 말하지만, 어리석은 대중들이 진실을 거부하더라도 누군가는 강제로 그 진실을 보게 시켜줘야 하네."

"허."

"아이가 치과에 가길 싫어한다 해서 충치를 안 뽑고 내버려 두겠나? 매를 들어서라도 끌고 가야지."

이 양반이랑 이야기하다 보면 진짜 파시스트 같단 말이지. 근데 또 본인은 자신이 철두철미한 민주주의자라고 믿는다는 게 참 골치 아프다.

장인어른이 골고다 언덕에 기쁘게 올라가는 모습을 지켜볼 것이냐. 혹은 후버를 올려보내기 위해 장인어른의 뒤통수에 짱돌을 박느냐.

진짜 쿨리지 그 양반은 이 미래를 보고 그 소릴 한 건가? 쿨리지의 그 경고만 아니었어도 나는 한 점의 망설임 없이 그대로 포드 회장님을 만나러 달려갔을 텐데, 쿨리지의 그 서늘한 한마디가 자꾸 내게 '선을 넘지 마라.'라고 속삭이고 있었다.

내 고민은 그리 길지 않았다.

거인의 몰락 8

절벽 끝으로 달려가는 사람을 본다면 당연히 붙잡는 것이 옳은 일일 것이다. 하지만 그 달려가는 사람이 '나는 날 수 있다! 나는 아메리칸 빅—이글이다!'라고 쩌렁쩌렁 외치고 있다면? 그런데 그가 날아오르는 대신 추락사하는 미래를 오직 나만 봤다면? 하지만 그 사람을 붙잡기엔 너무 거리가 멀고, 그가 절벽에서 뛰어내리는 꼬라질 막으려면 다리에 총질을 해야 한다면? 총을 쏘면 당연히 살려주서서 감사하단 인사 대신 다리를 절뚝거리며 내 머리통을 날려버리려고 달려들 텐데.

이게 무슨 저세상 딜레마냐. 세상에 미래를 본 사람은 나밖에 없으니, 아마 이딴 고민에 열을 올리는 것도 나밖에 없으리라.

이미 결심은 섰다. 당장 원 역사의 후버만 봐도 100년이 다 되도록 대공황의 주범으로 박제당해 대대손손 욕을 처먹고 있다. 후버가 절대 무능한 인물이 아님에도 불구하고, 애초에 막아낼 타이밍을 놓쳐도 한참 놓쳤으니까.

내가 집에서 쫓겨난다손 치더라도, 한 2~3년만 눈물을 줄줄 흘리며 소파에서 자는 한이 있더라도 장인어른이 100년 욕을 처먹는 것보단 낫지 않겠나. 이 짓을 하고 나면 장인어른은 아마 배신감에 몸부림치겠지. 도로시가 밥도 안 차려주고 날 내쫓을지도 모른다. 게다가 날 경계하는 쿨리지가 조용히 있을지도 의문이고.

결국 나는 가득가득 가슴에 갑갑함을 적립한 상태로 헨리 포드 회장을 만나게 되었다. 그리고 내 고민은 어이없이 사라져버렸다.

"오랜만이군, 킴 중령. 안색이 참 좋아. 요즘 장인어른이 잘나가서 그런가 때깔도 좋군."

"농담이시죠? 저는 속이 바짝바짝 탑니다."

그는 숨 쉬듯 자연스럽게 시가를 입에 물었고, 나 또한 궐련 한 개비에 불을 붙였다. 포드 회장이 날 가리켜 '킴 중령'이라고 딱딱하게 부른다는 데서부터 어쩐지 내 전신의 털이 올올이 서는 느낌. 그리고 내 짐작은 현실이 되었다.

"커티스 의원의 선거 공약이 조금 우려스럽더군."

"저는 정치를 잘 모르지만, 실제로 농민들은 큰 피해를 입었잖습니까? 들어보니 나라에서 농민들에게 대출을 장려했다던데."

"하. 경기 활성화를 위해 대출 장려를 좀 할 수도 있지. 하지만 투자의 책임은 투자자 자신에게 있다는 기본적인 논리가 무식한 농부들에겐 적용되지 않는단 말인가?"

바로 그 대출받은 농민들에게 트랙터를 신나게 팔아먹은 포드 회장은 아무렇지도 않게 말했고, 그 트랙터 회사의 지분을 두둑이 가진 내 입 역시 본드가 발린 듯 열리지 않았다.

커티스 의원이 모를 리 없다. 지금 그 고통 속에 허우적대는 농부들의 대출금 중 일부는 내 호주머니에 들어왔다는 사실. 내겐 굳이 이야기하지 않았겠지.

"드물게도 디트로이트와 맨해튼의 의견이 일치하는 날이 있더군. 그 괴물 같은 유대인 놈들도 피 같은 세금을 촌놈들을 위해 집행하는 꼴은 못

참는 모양이더군."

"그들 또한 납세자가 아니겠습니까."

"웃기는 소리. 내가 우리 직원들의 복리후생에 투자했을 때 나라가 도와준 적이 있나? 우리 회사가 어려울 때 나라가 도와준 적이 있나? 단지 약하다는 이유만으로 도와줘야 한다니, 이게 빨갱이 놀음이 아니고 뭐란 말인가."

내가 무어라 대답하기도 전, 포드 회장은 말을 이어나갔다.

"커티스 의원의 농촌구제 정책은 곧 증세를 의미하네. 증세라니, 지금 같은 활황의 근원엔 하딩과 쿨리지의 감세 정책이 있단 사실도 모르나? 그는 불경기를 경고하며 선심성 정책을 논하지만, 그 정책에 필요한 재원을 조달하려는 증세가 바로 불경기를 불러일으킬걸세."

닭이 먼저냐, 달걀이 먼저냐. 이 시대 사람들에게는 '달걀이 먼저'라는 논리가 얼마나 매력적으로 보이겠나.

나는 벽을 느꼈다. 포드 회장이 이리 길게 커티스 의원의 정책을 비판하는 이유라면 단 하나뿐 아니겠나. 아니나 다를까, 그는 그 어느 때보다 엄숙하게 선언했다.

"이번 선거에서 우리는 후버를 지지하기로 했네."

"'우리'… 말씀이십니까?"

"우리 디트로이트의 사업가들 이야기지."

시가 연기가 여기까지 흘러들어 왔다. 속이 메슥거려왔다.

"사업가들, 금융가, 행정부, 언론… 모두 지금의 호경기를 한껏 즐기고 있어. 일반 시민들조차! 이 즐거움에 커티스가 초를 치게 할 수는 없네."

"《더 선》을 쓰시려는 겁니까."

"반대로 생각하게, 반대로. 이번에 《더 선》이 커티스를 찌르면 더 이상 자네나 커티스와 《더 선》 사이에 유착 관계가 있다고 생각할 미치광이는 없을 게야."

내 마음속 고민이 아주 그냥 씻은 듯이 사라졌다. 이렇게 자본가들이 힘을 모아 우리 장인어른을 다구리 치려고 하다니. 대체 이 인간들, 얼마나 복지가 싫으면 이러는 거냐.

"절대 우리의 협력 관계가 끝났다는 뜻이 아닐세. 커티스야 언제 죽을지 모르잖나. 그냥 현실을 인정하게. 커티스가 그 망할 농촌 지원법만 포기하면 이렇게 때리진 않을 거라고. 애초에 따져 보면 커티스가 날 먼저 배신한 셈 아닌가? 우리가 그 인간을 거물로 키우려고 알음알음 뒷주머니에 꽂아준 달러가 몇 장인지는 아나? 물론 본인 지역구가 촌 동네니 그쪽에도 신경을 쓸 거라 생각하긴 했는데, 이 정도로 염치도 없는 빨갱이일 줄은 꿈에도 몰랐네. 하긴 염치가 있으면 빨갱이도 아니겠지만."

큰일났다. 표정 관리. 표정 관리. 내 손으로 장인을 때려잡자고 말하기도 전에 지금 벌써 이 강도 귀족 놈들이 꼼지락대고 있다니, 이게 웬 떡이냐.

나는 입 안의 살을 꽉 깨물어 승천하려는 입꼬리를 애써 틀어막았다. 하도 세게 깨물었는지 눈물이 핑 돈다. 그래, 차라리 울자. 얼른 울어. 개구리 소년 빰빠밤, 개구리 소년 빰빠밤, 내가 울면 워싱턴 D.C에 비가 온단다~

"…미안하네."

"아닙니다. 저도… 저도 사정은 다 이해하고 있습니다."

끝끝내 착한 유진이의 순한 한우 같은 눈동자에 촉촉한 물기가 맺히자 그 피도 눈물도 없는 헨리 포드조차 그 모습을 보고 잠시 당황하는 기색이었다.

"거참, 그렇게 안 봤는데 인제 보니 꽤 여리구만. 원래 세상이 다 그렇다네. 제 이득을 위해서라면 애비도 찌를 수 있는 강한 사람만이 살아남는 법인데, 아비도 아니고 고작 장인 때문에 그리 운단 말인가?"

"아니, 저 안 웁니다. 그리고 아드님이 들으면 뭐라 하겠습니까?"

"그놈 보고 하는 말이야. 애비가 제 놈을 바지사장으로 앉혀 놓고 자꾸 섭정질을 하고 있는데도 참고 있잖나. 내가 그놈 입장이었으면 진작 애비고 뭐고 동네 공동묘지에 파묻어버렸는데. 그놈은 패기가 없어, 패기가."

무슨 절벽에 새끼를 던지는 사자입니까? 애초에 사자가 새끼를 절벽에 던진다는 것도 뻥인데? 실로 자수성가한 강도 귀족의 표본이다. 제대로 학교도 안 나온 사람이 무수한 괴물들의 틈바구니에서 제국을 이뤘으니 저런 마인드가 되지. 100년 전 자본주의의 매운맛은 내 상상을 초월하는구나.

"그리고, 이건 내 개인적으로 자네를 위한 일이라고 생각하네."

"저… 말씀이십니까."

"그래. 자네가 대체 왜 촌놈들을 옹호해야 한단 말인가? 자네도 결국 따지고 보면 캘리포니아의 상공인 계통이고, 그러면 당연히 우리 쪽에 붙어야지. 이래서야 어떻게 백악관에 가겠어?"

이건 또 뭔 소리야. 백악관은 왜 나와?

"제가 백악관에 왜 갑니까?"

"나한테까지 점잔 떨 필요 없네. 무식하단 비웃음과 손가락질받으면서도 이 거대한 강철의 왕국을 이룩한 이 헨리 포드 정도 되는 인물이 자네의 원대한 계획을 눈치채지 못했을 것 같나."

아니, 아니, 지금 뭔가, 굉장히 심각한 오해를 하시는 것 같은데요. 내가 어이가 없어 말문이 막힌 동안에도 포드는 마침 말 잘 나왔다는 듯 자신의 뇌피셜을 신나게 풀어재꼈다.

"민주주의란 이토록 위험한 물건이야. 빨갱이들, 그래, 그 유다의 후손 같은 유대─볼셰비키 놈들은 성실하게 일해서 부를 거머쥔 사람들을 죽여버리고 그 돈으로 노동자 농민의 배를 불려야 한다고 선동을 해대고 있고, 머저리들은 거기에 호응하고 있네. 이 훌륭한 나라의 훌륭한 제도상, 후버 같은 강단 있는 정치가가 아니면 개돼지들의 표에 마음이 흔들릴 수밖에 없는 구조지. 우리가 아니면 대체 누가 후버를 지켜주겠나?"

"저는 세계 최고의 민주국가인 미합중국을 지키는 군인입니다."

"그래, 그래, 당연하지. 하지만 국민의 손으로 민주주의가 무너질 판이라면 어쩔 수 없이… 강인한 지도자가 필요한 법 아닌가."

"회장님!"

"대중을 상대할 능력, 미래를 바라보는 통찰력, 그리고 강력한 카리스마, 누구도 부정할 수 없는 전공. 킴 중령. 이미 자네는 모든 걸 갖췄네."

포드 회장의 입에서 나오는 이야기가 점점 형체를 갖춰 가고 있었다. 대중적 인기와 자본가의 협력으로 유지되는 권위주의적, 카리스마적 국가지도자.

"이탈리아처럼 말입니까?"

"이탈리아? 아아, 무솔리니던가 하는 그 작자 이야기군. 그놈은 독재자 아닌가. 그런 건 미합중국의 이념에 부합하지 않네."

포드는 부인했으나, 나는 도저히 떨쳐낼 수가 없었다. 대전 후 전간기 세계를 지배한 거대한 이념. 파시즘의 그림자는 어쩌면… 내 근처에 있었을지도 모른다.

* * *

어처구니가 없네. 물론 내가 다종다양한 일을 벌이긴 했고, 그중에선 도저히 밝힐 수 없는 일도 있긴 했다. 그래도 파시즘이라니, 허 참.

물론 포드 회장이 생각하는 건 '약간 더 강한' 대통령 정도겠지. 미국인들의 척수에는 독재의 ㄷ만 들어도 집에 있는 샷건을 챙기고 싶어지는 DNA가 박혀 있으니까.

포드 회장님과의 자리에서 나는 필사적으로 안구에서 즙을 뽑아냈고, 살살 때리겠다는 약속 정도는 받아낼 수 있었다. 《더 선》을 써먹는다길래 정말 사람 하나 반병신 만들 작정이었는가 싶었는데, 다행스럽게도 그 점은 내 기우였다.

"미쳤나? 내가 투자한 자금이 얼만데 그걸 부도내겠나. 커티스도 똑똑한 정치인이니, 대통령이 되려면 우리의 지지가 필수적이라는 걸 이번 기회에 학습하면 금방 정신을 차리리라 믿네."

"장인어른이 지금 좀 많이 조급해졌습니다."

"잘 알고 있네. 원래 정치인들은 백악관 문고리가 아른거리면 정신 못 차려. 왜 자네는 그렇게 장인 걱정이 지극정성이면서 말리질 못했나?"

"말려지면 그게 정치인입니까?"

"그도 그렇군."

포드 회장은 말 그대로 최후통첩을 하려는 요량이었는지, 바로 그다음 날부터 전국의 신문은 일제히 커티스를 성토하는 기사를 쏟아내기 시작했다.

[권리는 최대로! 책임은 최소로!]

[농부는 투자 실패를 면책받을 권리가 있다? 커티스 의원의 볼셰비키적 발상!]

[이 최고의 시대에 굶주리는 자들, 과연 우리의 책임일까요?]

"농민들이 또 배부른 투정을 하나 본데."

"쯧쯧. 그 돈으로 US 스틸 주식을 샀으면 지금쯤 요트를 뽑았을 텐데. 가엾은 사람들이지."

"남들은 아메리칸드림을 꿈꾸다 주저앉아도 각자 가정도 꾸리고 잘 사는데 이 사람들은 매번 투정만 부리지. 이번 기회에 버릇을 고쳐놔야 해."

"이게 다 빨간 물이 들어서 그렇다니까?"

워싱턴 D.C.의 분위기는 절대 우호적이지 않았다. 이 모양새로 봐서, 커티스 의원이 경선에서 공화당 대선 후보로 추대될 확률은 무척 낮겠지. 내가 특별히 건드리지 않아도 결과가 이렇게 되었으니 나로서는 최고의 선택지를 뽑은 셈이다.

그러면 이제 그다음 수를 둬야 한다. 나는 휴가를 낸 후, 가족들과 함께

D.C.에서 그래도 제법 가까운 조지아주 웜스프링스(Warm Springs)라는 한적한 마을로 향했다.

이곳은 조지아 촌치고는 나름대로 유명세가 있었는데, 그 까닭인즉 이곳 온천이 제법 관광지로 이름 날리고 있었기 때문이다. 집집마다 자가용이 보급되면서 근방 주민들만 알고 있던 이 마을은 이제 미국 동남부 시민들이라면 충분히 날을 잡고 올 수 있는 명소로 자리매김하고 있었다.

"웬일로 온천여행이야?"

"으음… 가족들과의 단란한 시간을 위해서?"

"거짓말하지 말고."

"누구 만날 사람이 있어서 말이지."

눈치가 참 귀신이 따로 없단 말이지. 숙소에 체크인한 후 도로시가 아이들을 데리고 먼저 온천으로 향했고, 나는 미리 들어놨던 동네의 작은 술집에 들어갔다.

"영업 안 합니다."

"약속 있어서 왔습니다."

"아아, 그분이시군. 저쪽으로 들어가시구려."

주인으로 추정되는 남자는 퉁명스러운 어조로 한켠을 가리켰고, 나는 털레털레 한 남자가 기다리고 있는 구석자리 테이블로 다가갔다.

"처음 뵙겠습니다, 유진 킴입니다."

"아미앵의 영웅이라고 불러드릴까요, 아니면 대선 후보의 사위님이라고 불러드릴까요? 반갑습니다. 제가 일어날 수 없어서 유감이군요."

나는 허리를 굽혀 그와 가볍게 악수를 나눴다.

"프랭클린 델러노 루즈벨트(Franklin Delano Roosevelt)입니다."

새로운 시대와 안면을 틀 시간이다.

거인의 몰락 9

프랭클린 루즈벨트, 약칭 FDR. 윌슨 이전에 대통령을 했던 시어도어 루즈벨트, 일명 테디와는 굉장히 머나먼 친척이고 애초에 당적도 다르다. 그리고 무엇보다도 중요한, 미국 역사상 전무후무한 4선 대통령이 될 남자.

쿨리지가 선 넘지 말라고 했지? 설마 미합중국 국민이 정치인 좀 만나는 것도 선을 넘는 행위는 아니지 않겠나. 내가 미래를 아는 것도 아니고 말이야~

"몇 년 전에 한번 관심을 표명했었지요. 그때는 이제서야 볼 수 있을 줄은 전혀 몰랐습니다."

"제가 바깥으로 나돌 일이 많다 보니 뵙기가 너무 힘들더군요. 하하. 죄송합니다."

"죄송하다뇨, 국위 선양에 앞장서시는 분께서 그러실 필요 없습니다. 진이라고 편히 불러도 괜찮겠습니까?"

"예? 예, 그러셔도 괜찮습니다."

뭐지 이 사람은? 나는 어어 하는 사이에 그러라고 했고, 루즈벨트는 편히 휠체어에 축 허리를 기대더니 담배를 입에 물었다.

"이제 우리가 건설적인 이야기를 해볼 때도 됐지요."

"어… 민주당의 유력 인사와 제가 딱히 건설적인 이야기를 할 게 있겠습……."

"진. 편하게 이야기하자니까요. 합중국 군부에서 가장 계산 빠른 남자가 내 초대에 응한 것부터 이미 빤한 이야기인데 뭘 아닌 척 빼고 있습니까."

그는 담배로 내 가슴팍을 한 번 가리키더니 뻔뻔스러울 정도로 유쾌하게 말했다.

"잘 아시겠지만, 이제 민주당의 시대가 저편에서 아른거리고 있습니다."

"저, 이래 봬도 대선 후보의 사위인데."

"하하하. 재밌는 농담이군요. 그렇기에 더더욱 이 만남이 성사된 것 아닙니까? 멍청한 공화당 놈들. 커티스를 후보로 밀었다면 경제위기가 오더라도 충분히 변명을 늘어놓을 수 있었겠지요. 하지만 그들은 스스로 복을 걷어찼고, 언제고 불황이 오는 날이 그들이 책임을 져야 할 날인 동시에 민주당이 날아오를 날입니다. 이 정도면 제 패는 다 깠다고 생각하는데?"

4선은 아무나 하는 게 아니구나. 이 뜨뜻한 온천에서 몸이나 지지고 있는 양반이 D.C.의 미래 흐름을 아주 훤히 꿰뚫고 있지 않나.

"정확하시군요."

"제가 다친 건 눈이나 귀가 아니거든요. 여태껏 절 피하시던 분이 드디어 절 만나 줬다는 건, 더 이상 커티스 의원을 통해 공화당과 즐거운 커뮤니케이션을 즐길 수 없다는 뜻일 테고."

아니, 진짜 저 피한 거 아니라니까요. 억울하다. 내 말 전혀 안 믿어주네! 그래. 네 멋대로 생각해라. 난 포기하련다.

"전혀 사실은 아니지만, 뭐어… 맞다고 하면요?"

"커티스 의원의 공약을 보니 공화당의 꽉 막힌 인간들보단 오히려 저와 통하는 점이 더 많아 보이더군요. 그분은 공화당을 도저히 떠날 수 없지만, 진 당신은 민주당에서 정치생활을 한번 시작해 보는 게 어떨까요?"

"저는 정치에 전혀 관심이 없습니다."

"뭐어, 그렇다고 합시다."

아, 짜증 나. 짜증 나!! 인간에 대한 믿음이라곤 없는 분이시네. 대체 내가 뭘 했다고 이리 사방에서 러브콜이 들어온단 말인가? 어째서 하늘은 잘난 나를 가만히 내버려 두질 않는가?

"다시 한번 말씀드리지요. 제가 이리저리 움직이면서 여러 일을 하긴 했지만, 그건 어디까지나 훗날 있을 전란에 대비하기 위함입니다."

"…그건 좀 이야기를 더 듣고 싶군요."

"저뿐만 아니라 이미 많은 사람들이 입을 모아 베르사유 조약은 다음 전쟁을 막지 못한다고 말하고 있습니다. 저 또한 전쟁은 필연이라고 믿고 있고, 지난 대전쟁처럼 어떤 준비도 없이 합중국의 건아들을 전장에 밀어 넣어 애꿏은 목숨을 희생시키는 꼴을 보기도 싫습니다."

루즈벨트는 잠시 무언가를 생각하더니 나에게 되물었다.

"그러면, 그 전쟁은 언제쯤이 되리라고 생각하십니까."

"짧으면 10년 뒤, 길면 20년 내겠지요."

"흠. 전쟁부의 고관들은 생각이 조금 다른 것 같던데요."

"그렇습니까?"

"예. 말씀하신 사안은 저 또한 여러모로 관심이 있는 주제입니다. 이미 맨해튼의 몇몇은 조만간 경기가 침체되리라는 쪽에 판돈을 걸었습니다. 그동안의 역사를 되짚어 보면 슬슬 불경기가 올 때가 되었다는 게 그들의 의견이죠."

그래, 오긴 오지. 하지만 그건 '불경기'나 '공황'이라는 단어 수준으로는 절대 표현할 수 없는, 무저갱 같은 지옥이다.

"그래서 저도 한번 여러 사람들의 의견을 구해봤습니다. 많은 사람들은 경기가 침체되면 호전적인 정권이 들어서 전쟁을 원하게 될 거라더군요. 당신은 그 부분에 대해선 생각하지 않는 겁니까?"

불경기에 '따서 갚으면 되지' 마인드로 전쟁을 일으키는 부류는 의외로 생각보다 많다. 특히나 지금 미합중국의 가상 적국 1호와 2호에 나란히 랭킹을 올리고 있는 영국과 일본은 따갚되에 도가 튼 친구들이기도 하고. 그런데… 불경기 레벨이 아니라 대공황이 와버리면 다들 피죽도 못 먹어서 전쟁 일으킬 힘도 없어지네?

하지만 군바리가 미증유의 경제난이 올 거라고 떠들어봐야 설득력이 없다. 내가 답할 수 있는 말을 고르다 보니 하나밖에 없었다.

"당장 벌어질 전쟁은 제가 어떻게 할 수 있는 게 아니니까요. 일개 중령보단 높으신 분들이 훨씬 잘 대처하겠지요."

"그러니까… 진 그대가 육군참모총장이 될 때쯤 이야기군요."

우아악. 엄마, 이 인간 진짜 말 안 통해!

"육참총장이요?"

"그럼 누가 해야겠습니까?"

"저 말고도 뛰어난 능력을 가진 인물들이 많습니다. 맥아더, 마셜, 아이젠하워, 브래들리, 밴플리트……."

"하지만 그 사람들 모두가 그대의 의견에 공감하는 건 아니잖습니까. 권력을 너무 부정적으로 볼 필요 없습니다. 권력이라는 건 곧 내 의지를 관철시킬 수 있는 능력이니까요. 장병들의 목숨이 염려된다면 당연히 최고의 위치에 올라야 하지 않겠습니까?"

이 사람 말을 듣고 있으면 내가 합중국 육군을 거머쥐지 않으면 사실 장병 생명에 별반 관심 없는 인간이 되는 듯한 느낌이었다. 이렇게 제 페이스대로 아주 끌어당겼다 밀었다 하는 양반이 대관절 얼마나 있던가.

"그러면 그때 즈음 되면 민주당 천하가 되리란 말씀이시군요."

"물론입니다."

"그때 제가 필요하다고요?"

"아뇨. 진 그대를 필요로 하는 건 민주당이 아니라 납니다. 민주당엔 피부가 하얗지 않으면 화가 나는 인간들이 아직 득실대거든요."

폭언 보게.

"지금 저로서는 사실 무어라 말씀드리기가 힘들군요."

"이해합니다. 여러 조건을 살피면서 어떤 선택이 최적의 판단일지 따져 봐야지요."

그 뒤 우리는 소소한 잡담을 하다 헤어졌다. 온몸의 힘이 쭉쭉 빨려나가는 기분이었다.

* * *

유진 킴이 자리를 뜬 후에도 루즈벨트는 그곳에 그대로 남아 홀로 술잔을 기울이고 있었다.

'재밌군.'

대충 어떤 유형의 인간인지 파악은 끝났다. 자신이 제대로 본 게 맞다면, 킴 중령이 정치에 관심 없다고 한 말은 그의 본심이니까.

말 그대로 필요하다고 생각하는 일이니까 한다. 딱 그 정도의 느낌. 보기 드문 부류지만 의외로 여기저기에 제법 있다. 자신의 예측과 판단이 옳다는 강철같은 믿음이 있으며, 가장 적절하다고 믿는 대책을 현실화시키기 위해 동분서주하는 유형. 나쁘게 보면 독선이다. 내가 옳고 너흰 틀렸다, 를 두 글자로 압축하면 그게 바로 독선 아니겠나.

하지만 문제는 저자가 예의 '아마겟돈 레포트'를 쓴 장본인이란 사실. 루즈벨트 자신은 독선적인 사람들을 썩 달가워하지 않았지만, 이미 한 번 말도 안 되는 예언을 한 사람에게 독선적이란 딱지를 붙이기엔 영 껄끄러웠다. 카산드라를 꺼리다 멸망해버린 트로이인이 되는 것도 싫으니 말이다.

'지켜보면 알겠지.'

결국 답은 유보였다. 온천에서 몸 지지는 게 하루의 전부나 마찬가지인 그가 백날 빅 픽쳐 그려봐야 무슨 의미가 있겠나.

이제 슬슬 워싱턴 D.C.가 그리워졌다. 그 궁극의 카지노에 앉아 모든 인생을 걸고 미합중국을 따내고 싶었다. 바로 그 순간, 루즈벨트는 중대한 실수를 깨달아버렸다.

"아."

전설 카드 좀 달라고 해볼걸. 정치놀음에만 열중하다 이걸 까먹었을 줄이야. 참으로 통한의 실수였다.

* * *

1928년 6월. 다음 해 공화당 대선 후보를 선출할 전당대회가 열렸다.

"빌어먹을."

커티스는 낮게 뇌까렸다.

그는 할 수 있는 모든 것을 다 했다. 그동안 쌓아 온 모든 정치적 자산, 유형무형의 빚을 모조리 이번 경선의 지지로 바꿨다. 하딩의 임기 4년 동안 실세 중 한 사람이었던 그는 그때부터 이미 사방에 '은혜'를 뿌려놨었고, 워싱턴 D.C.의 터줏대감이던 그의 간곡한 호소에 동참하는 사람들도 있었으며, 그냥 후버가 싫다는 이유로 그에게 베팅한 정치꾼들도 있었다.

하지만, 이렇게 커티스가 결집시킨 거대한 반—후버 세력은 반동탁 연합군이 회군하듯 허무하게 무너져내렸다. 그가 세력을 갖추면 갖출수록, 금융가들과 산업 자본가들은 더더욱 후버의 뒷주머니에 미친 듯이 달러를 찔러줬다.

언론은 공화당을 집어삼키려는 소련의 졸개 커티스와 이를 물리치는 반공 십자군 전사 후버의 대결을 생생하게 라디오로 중계했으며, 신문 사설란엔 하루가 멀다 하고 뭐시기 뭐시기 경제학 교수니 뭐니 하는 인간들이 기고문을 올려 [패배주의적 사고가 경제를 악화시킨다. 합중국에 대한 믿음이 곧 번영의 지름길.]이라며 그를 간접적으로 때렸다.

빌어먹을 헨리 포드. 다른 놈은 몰라도 그놈이 왜 지랄발광을 하는지 도통 이해할 수가 없었다. 빨갱이니 뭐니 하는데, 애초에 헨리 포드 자신이 지금 소련에 자동차 공장 세우려고 하고 있잖나? 커티스 그 자신이 빨갱이라면 포드는 뭐지? 간첩?

억울해 미치겠다. 애초에 농촌진흥법이 통과돼야 농부들도 포드사가 신나게 팔아먹은 트랙터 할부금을 갚을 것 아닌가. 아니지, 포드는 할부 제도를 안 썼으니 잃을 것도 없고 경쟁사만 엿된다는 똥배짱이렷다.

그리고 마침내 결과가 공개되었다.

"이로써! 719표를 득표한 허버트 후버가 1928년 공화당 대선 후보로 선출되었음을 선언하는 바입니다!!!"

"후버! 후버! 후버!!"

"감사합니다, 감사합니다."

후버는 입이 째져라 웃으며 승리의 영광을 마음껏 누리며 힐끗 커티스를 바라보았다.

'빌어먹을 인간 같으니.'

커티스가 시종일관 집요할 정도로 '후버가 이 나라의 경제를 망칠 것'이라 떠들고 다녀 노이로제에 걸릴 것만 같았다. 이 나라 최고의 경제 관료가 경제를 망칠 거라니. 너무 저열하고 어처구니없는 흑색선전 아닌가. 하지만 그는 참모들의 의견에 귀를 기울일 줄 아는 리더였다.

'커티스 의원을 잡아야 합니다.'

'우린 서로에게 너무 많은 흠집을 냈고, 경선 승리를 위해 불가피한 일이었지만 농촌과 유색인종을 적으로 돌렸습니다. 커티스 의원을 부통령으로 지명하시죠.'

'어차피 부통령은 장식 아닙니까. 백악관에 가서 방치하면 됩니다.'

그래. 그에겐 딱 명함만 파주면 된다. 그 외엔 어떠한 것도 시키지 않으리. 그는 다짜고짜 장내에 있는 여러 대의원들을 향해 외쳤다.

"이제 공화당은 하나가 되어야 합니다! 공화당은 제가 선도할 밝은 미래에 동참하기로 하였지만, 우리 조심스럽고 항상 사려 깊은 커티스 의원 또한 많은 당원 여러분들의 지지를 얻었음을 잘 알고 있습니다!!"

"후버! 후버!"

"저는 이 자리에서 공개적으로 요청하겠습니다! 커티스 의원, 제 러닝메이트가 되어 주십시오! 이제 우리는 과거를 뒤로하고, 새로운 4년을 위해 하나가 되었음을 만천하에 보여줘야 합니다!"

"커티스! 커티스! 커티스!"

열화와 같은 연창. 이 거대한 분위기가 커티스에게 압력을 가하고 있었다. 만약 거절하고, 행여나 대선에서 패배한다면 커티스는 역적 확정이다. 아마 공화당 역사에 길이 남을 트롤러가 되겠지. 그의 정치 인생도 끝장이다.

커티스는 아무렇지도 않게 스윽 장내를 둘러보더니, 손을 번쩍 들어 장내를 진정시키고 덤덤하게 말했다.

"정말 고맙습니다, 후버 씨. 이렇게 좋은 제안을 주시니 몸 둘 바를 모르겠습니다."

그는 그 어느 때보다 밝은 미소를 활짝 지으며 후버의 제안에 답했다.

"좆이나 까십시오."

어째서 사위가 또라이짓을 못 끊는지 이제 너무 잘 알 수 있었다. 이렇게 재밌는데 어떻게 그걸 참겠어.

거인의 몰락 10

1928년 미국 대통령 선거는 모두가 예상했듯 후버의 승리로 끝났다. 이 당시 후버에 맞선 민주당 후보 앨 스미스(Al Smith)는 가톨릭교도라는 치명적인 약점이 있었고, 부정부패로 악명 드높던 민주당의 태머니 홀(Tammany Hall) 패거리와도 연관되어 있었다. 이미 경선 과정에서의 내분으로 너덜너덜해진 공화당은 훨씬 이를 악물고 네거티브 전략을 꺼내 들었고, 이 전략은 적중했다.

"앨 스미스가 대통령이 된다구요? 여러분, 가톨릭교도들은 모두 교황의 다스림을 받으며 바티칸의 권위에 복종합니다. 이미 저 구교도들이 밤마다 회합을 가지며 '미합중국을 교황 성하께 봉헌하자!'라며 결의를 다지고 있답니다! 신이시여, 합중국을 지켜주소서!"

"이번에 민주당이 정권을 잡게 되면 지금의 영광과 호황은 모두 물거품이 될 것이고, 우리들에게 돌아와야 할 부는 저 부패 정치가들의 호주머니로 빨려 들어갈 것입니다!"

물론 민주당도 가만히 처맞고 있지만은 않았다.

"후버가 대통령이 된다구요? 여러분, 깜둥이들을 사랑해 마지않는 후버가 이제 이 신성한 합중국을 흑인들에게 팔아넘길 겁니다! 이미 깜둥이들이 밤마다 회합을 가지며 '백인을 죽이고 이 나라를 차지하자!'라며 결의를 다지고 있다닙니다! 신이시여, 합중국을 지켜주소서!"

"이번에 공화당이 정권을 잡게 되면 그 개같은 금주법이 4년 더 연장됩니다! 이제 술 좀 마시고 삽시다! 온갖 범죄자들의 배때기를 불리기만 하는 이 미친 법률을 개정해야 합니다!"

이 정신 혼미해지는 추잡한 투쟁 끝에, 후버는 마침내 옥좌를 거머쥐고 위풍당당하게 백악관에 입성했다. 후버가 약속한 미래에 대한 희망. 이 호황이 계속되리라는 믿음. 이 믿음이야말로 후버가 가진 가장 강력한 지지기반이었으니.

1929년 3월 4일, 그렇게 후버 대통령의 치세가 시작되었다. 이미 이 시점에서 경제와 금융 시장에 대해 경고 섞인 이야기를 하는 사람들은 의외로 적지 않았다.

"이제 조정에 들어갈 시기입니다."

"슬슬 투자를 보수적으로 해야 할 시점이 왔습니다."

하지만 놀랍게도, 위대한 경제 대통령 후버 님이 보우하사 주식 시장은 계속 상승 그래프를 이어갔다. 저 맨해튼에 득실득실한 애널리스트인지 아날리스트인지 하는 것들은 꿀 먹은 벙어리 신세가 될 수밖에 없었다.

기관은 매도했지만, 개인은 매수했다. 그 결과 일시적으로 주춤하던 주가는 마치 그 횡보는 숨고르기라고 주장하듯 다시 용트림하며 쭉쭉 올랐다. 개미가 해냈다! 개미가 해냈어! 물론 시니컬한 사람이라면 전혀 다르게 해석할 수도 있으리라. 기관은 매매차익을 실현했고, 개미는 그 폭탄을 전부 사들였다고.

그렇게 주식시장은 1929년 10월을 향해 저돌맹진하고 있었다.

* * *

"국가통수권자로서, 저는 고통받는 농민들의 처지에 항상 가슴 아파 하고 있습니다. 따라서 농촌 개혁과 구제를 위한 혁신적인 처방을 약속하는 바입니다."

후버는 커티스가 주도한 농촌구제 법안에 반대했으나, 그렇다고 해서 포드처럼 피도 눈물도 없이 '투자 실패한 농촌은 뒈져라, 햣하!'를 외치는 인간도 아니었다. 그럴 인간이었으면 정치도 못 하지.

하지만 자유시장경제의 전도사이자 자본가 계층의 지지를 받는 후버가 꺼낸 방안은 분노한 농민들을 달래기엔 역부족이었다.

"지금 농촌에선 엄청난 가뭄이 들었습니다. 당장 농사를 지으려면 종자라도 사들여야 하는데, 농부들은 대관절 어디서 그 돈을 융통한단 말입니까?"

"시중 은행들이 있습니다. 농사가 충분히 경쟁력이 있다면, 당연히 은행들이 대출을 해주지 않겠습니까?"

"기존에 농촌 대상으로 영업하던 그 은행들이 죄다 파산했잖소! 이미 농촌은 뒈졌다고!"

"정부가 시장에 개입하는 것은 위헌 행위입니다. 물론 농민들의 고통은 가슴 아프지만, 이 나라는 자유의 나라이며 정부의 개입은 최소화되어야 합니다. 저는 대통령으로서 헌법에 의거한 권한을 받았을 뿐 헌법을 어길 권한은 받지 못했습니다."

"야, 이 개자식아!! 니 마누라한테 치한이 달려들어도 권한이 없어서 안 싸울 거냐?!"

"잘한다 후버! 빨갱이들의 투정을 받아들여주지 마라!"

"물고기를 주기보다는 물고기 잡는 법을 제공하는 것이 옳은 일입니다. 저는 장기적이며, 가능한 한 시장에 개입하지 않는 방향으로 농업 경쟁력 개선 및 재고에 나설 것입니다."

의도는 좋다, 의도는. 하지만 나라는 이레귤러가 있기 때문인가. 무언가 내가 전혀 상상도 못 한 방향으로 상황이 전개되기 시작했다.

"과거 하딩 대통령은 US MILK를 설립하였습니다. 그분은 무척이나 따뜻한 가슴을 갖고 있었으며, 인간의 선함과 의지를 누구보다 믿고 있던 분이었습니다. 그런 그였기에 US MILK로 낙농업자와 참전용사 모두를 구제할 수 있으리라 생각하셨을 겁니다. 하지만 현실은 어떻습니까? 이미 국가의 개입을 맛본 농민들은 더더욱 복지에 매달리고 있습니다. 어째서 우유는 살아남고 밀은 죽이느냐 울부짖고 있습니다. 비록 그 정책으로 인한 순기능이 없다고는 할 수 없으나, 선심성 공약의 폐해가 이처럼 수십 년에 걸쳐 맹독으로 뿌리를 내린 것입니다.

미국 시민들이 저를 선택한 이유는 제가 단호하고 엄격하게, 미국을 번영으로 이끌 수 있다고 믿었기 때문이라고 봅니다. 이 뜻을 받들고자, 저는 적폐의 온상인 US MILK를 철저히 개혁하여……."

"이, 이게 무슨 소리야!"

후버의 첫 칼끝은 우리를 향하고 있었다. 육군대학 수료 후 대충 지휘관 보직을 데굴데굴 굴러다니며 커리어를 관리 중이던 나조차 신문 기사를 보고는 워싱턴 D.C.로 전력으로 달려올 수밖에 없었다.

"올 줄 알고 있었네."

"괜찮으십니까?"

커티스 의원은 무척이나 담담한 표정이었다.

"올 것이 왔지."

"저를 말하는 건 아니실 테고… US MILK 말씀이십니까."

"그럼 물론이지. 부통령직을 거절했을 때부터 예견하던 일일세."

우리는 술을 한잔하는 대신 마당으로 걸어나갔다.

"후버가 부통령직을 제안한 까닭은 간단해. 나를 거세시켜서 보기에만 멋진 새장에 넣어 놓고 싶단 뜻이지."

"그야 그렇겠지요."

"그 수법이 뻔했기에 나는 그걸 거절했네. 비록 경선에서는 떨어졌지만, 적어도 나를 지지하는 사람들이 제법 있다는 사실을 깨달았거든. 이 정도면 여당 내의 야당으로서 옳은 말을 따박따박 할 지분 정도는 가진 셈이지."

공화당의 상원 원내대표이자 중량급 대선후보, 농촌의 절대적 지지 등 그가 가진 자산은 꽤 많았다. 하지만 저번 경선에서의 패배로 그중 상당 부분을 날려먹었을 텐데?

"이 간단한 사실을 후버라고 모르겠나? 내가 얌전히 새장에 들어갈 생각이 없단 사실을 잘 알았으니, 이제 그 새의 발톱과 부리라도 뽑으려는 걸세."

"그렇다고 해서 한 나라의 정책을 이렇게 갈아엎어도 되는 겁니까?"

"명분이 있잖나, 명분이."

장인어른은 대충 흙바닥에 털썩 주저앉은 채 하늘을 멍하니 올려다보았다.

"합중국 시민들은 촌놈들에게 세금이 들어가는 게 싫은 게지."

"꼭 그렇게만 볼 수도 없잖습니까."

"후버는 전통적인 민주당 지지 지역까지 뺏어와 제 깃발을 꽂았어. 이런 위대한 업적을 달성한 대통령이 원리원칙에 따라 '개혁'을 하겠노라 선언했네. 폐지가 아니라 개혁. 그것도 집권 1년 차에. 당연히 엎을 수 있고말고."

말문이 막힌 나도 그의 옆에 대강 앉아 하늘을 바라봤다. 참 높고 맑기도 하지.

"내 시대는 끝났네."

"아직 한참 남았습니다. 선거 졌다고 이리 약해지시면 되겠습니까?"

애초에 내가 말리던 거 아득바득 나갔잖아. 약해지면 안 되죠.

"내 나이가 곧 일흔이야. 날마다 느끼고 있네. 더 이상 무언가를 해낼 수도 없고, 오히려 예전에 해냈던 것들이 차례차례 무너져내리는 걸 보고도 분노와 열의를 태우기엔 너무… 지쳤어."

"어르신."

"하지만 난 괜찮네. 나는 저 드높은 D.C.의 벽을 무너뜨릴 수 없었지만, 여기 내 바로 옆에 나의 기치를 이어줄 훌륭한 후계자가 있잖나."

그는 이제 하늘 대신 나를 쳐다보고 있었지만, 그 눈빛은 하늘을 볼 때와 달라지지 않았다.

"정치가를 하라는 말은 이제 더 안 하겠네."

"그만하시죠. 이제 안에 들어가시는 게 어떻겠습니까? 바람이 꽤 찬데……."

"하지만 하나만 명심해주게. 그 어떤 길을 고를지는 사위의 자유지만, 사위야말로 이 나라의 역사를, 이 나라의 미래를 바꿀 수 있어. 부디… 내가 하지 못했던 일을 사위가 해내줬으면 하네."

"싫습니다. 장인어른이 하셔야죠. 알아서 척척척 스스로 하는 어른이 되십쇼. 아직 의원직도 남아 있고, 후버가 언제까지 저리 기세등등할지 아무도 모르는 일 아닙니까?"

내가 여기서 덥석 알았다고 하면 당장이라도 우화등선할 것 같잖아. 이 빌어먹을 영감. 벌써부터 들어갈 관짝 주문할 것처럼 굴지 말고 빨리 일어나 하라고. US MILK 저거 터지면 어쩔 거야. 응?

"내가 너무 부담을 줬나 보군. 신경 쓰지 말게. 늙어서 그런지 감성이 풍부해져서 그래."

"아니 또 왜 거기서 갑자기… 하긴 할 건데! 저야 잘난 놈이니 당연히 벽이고 나발이고 다 뚫으면서 잘 먹고 잘살 건데! 어르신이 벽 한두 개 정도는 먼저 좀 허물어주셔야 제가 편할 것 아닙니까. 예?"

"그래. 그래야지. 이제 안으로 들어가세나. 홀애비 혼자 사는 집이지만 새로 들인 가정부 손맛이 아주 기가 막히거든. 뭐 먹고 싶나?"

그의 호언장담대로 저녁은 무척 맛있었지만, 어쩐지 입 안이 까끌까끌한 게 이상하리만치 고기가 목구멍을 잘 넘어가지 않았다. 우리는 그렇게 서로에게 할 말을 담아 둔 채 헤어졌다.

* * *

[US MILK, 사상 최대의 부정부패!]

[전임 US MILK 사장 해리 도허티(Harry M. Daugherty), 희대의 범죄 종합 세트!]

[뇌물 수수, 리베이트, 방만한 경영, 각종 로비… 워싱턴 D.C.를 강타하는 스캔들!]

[US MILK 직원 중 참전 용사의 비율은? 과연 이것이 참전 용사 처우 대책인가?]

[국가 개입의 결과는 우유 가격 상승! 지금이야말로 자유 경쟁이 필요할 때!]

"US MILK면 당신이 만지던 거 아냐?"

"응? 아니, 그냥 난 이런 거 만들면 좋을 거라고 한마디 하기만 했을 뿐이고 딱히 나랑 엮인 건 아냐. 너무 걱정하지 마."

하디이이잉!! 죽은 하딩을 붙잡고 친구 관리 왜 이따구로 했냐고 따지고 싶다. 내 카드 돌려내! 내 블랙 로터스 돌려 달라고! 당신 친구라는 인간이 기어이 US MILK에 빅똥을 싸놨잖아!

후버의 공격은 참으로 매서웠다. 분필 우유로부터 아이들을 구원해낸 메시아 US MILK는 언론이 신나게 나팔 좀 불어재끼니 어느새 알 카포네와 동급의 범죄 카르텔로 그 이미지가 저 지하 밑바닥으로 처박혀버렸다. 어지간하면 내가 하는 일에 별말 안 하던 도로시조차 저렇게 걱정할 정도면 얼마나 활활 타오르는 거지.

커티스 의원은 청문회에 불려 나가 조리돌림 당했다. 물론 US MILK에서의 그의 역할과 입장상 안 나갈 수도 없었지만, 이래서야 그냥 보복이잖

아. 아니, 원래 목적이 그냥 그거 맞구나.

잔뜩 목이 쉰 장인어른의 전화가 걸려 온 것은 그리 오래 지나지 않아서였다.

― 청문회에서 자네 이야기가 나왔네. 말은 해 줘야 할 것 같아서.

"그게 무슨 말씀이십니까?"

― 도허티, 그 개자식이 우보크에서 우리가 하딩을 만났던 일을 다 불었네. US MILK는 자네가 하자고 한 일이라고 떠들었다고!

내가 무어라 묻기도 전에 그는 속사포처럼 빠르게 말했다.

― 해당 증언은 대중에게 공개되지 않았네. 자네야 말 그대로 그냥 하면 좋겠다 수준에 지나지 않고, 우보크 이야기는 D.C.의 그 어떤 정치인들도 공개되길 원치 않으니까.

"그러면……."

― 별일 없네. 말 그대로 그냥 알려진 정도야. 하지만 모르는 것보단 나을 테니 일단 말해주는 걸세.

커티스가 그렇다고 하면 그런 줄 알아야겠지. 그땐 하딩이 대권주자도 아니었고 그냥 노름 좋아하는 D.C.의 한량 1호에 불과했으니 더더욱 큰 가치는 없다.

그리고, 고작 우유 가지고 난리 치기엔 더 큰 일이 터지기 시작했거든.

[검은 목요일!]

[증시 대폭락!!]

[허드슨강에 몸을 던지는 투자자들!]

[증시 붕괴! 믿을 수 없는 폭락!!]

거인이 사망선고를 받을 시간이 왔다.

7장
가장 어두운 시간

가장 어두운 시간 1

일본제국령 조선. 경상북도 선산, 구미면 상모리. 흔하고도 흔해 빠진 조선의 한 촌구석. 읍내에 나가려면 걸어서 한세월, 도시라고 불리는 곳에 나가려면 충분한 준비나 각오가 필요한 이곳엔 당연히 특산물이고 뭐고 할 것도 없다. 하지만 이곳에도 나름대로 자랑거리가 있었으니, 바로 이 촌구석 인물 중 그런대로 어디 가서 자랑할 만한 젊은 청년이었다.

"아이고, 상희 아이가? 웬일이고?"

"하하. 일이 있어 잠시 내려왔습니다. 별일 없지요?"

"그래. 느그 어무이 밭에 계신데 잠깐 기다리라! 상희 어무이요!!"

박상희(朴相熙)는 오랜만에 돌아온 이 시골을 보며 감회에 젖었다. 마치 다시 보기 어렵기라도 한 듯, 뇌 구석구석에 이 작고 궁핍한 마을의 광경을 카메라로 하나하나 촬영하듯 정성껏 둘러본 그는 이윽고 집으로 향했다.

"무슨 일이고?"

"말씀드릴 일이 있어 찾아오게 되었습니다."

"혹시 형무소 끌려갈 일은 아니재?"

"그런 일은 아닙니다. 오히려 좋은 일이에요, 하하."

이윽고 양친이 자리에 착석하자, 그는 곧장 이야기 보따리를 풀어젖혔다.

"다른 게 아니라, 이번에 무척 좋은 기회를 잡게 되어서 말이죠."

"설마 왜놈 관직을 하겠다는 말은 아니겠지?"

"그럴 리가요!"

아버지의 말에 정색을 하고 펄쩍 뛴 그는 뜸을 들이는 걸 포기하고 곧장 말을 이어나갔다.

"이번에 동양교육발전기금에서 주최하는 장학사업에 제가 선발되었습니다."

"동양… 동양 뭐라꼬?"

"동양교육발전기금요. 김유진 장군님이 젊은이들 유학 보내준다는 그거 말입니다."

"김 장군님 장학금? 니가? 니가 참말로 그게 됐다고?!"

"아이고! 아이고 세상에! 돼지꿈도 안 꿨는데 이게 뭔 일이래!"

이번엔 그의 부모님이 펄쩍 뛸 차례였다. 김 장군님 장학금이면 왜놈들이나 뙤놈들조차 정화수 떠 놓고 제발 합격되길 빈다는 그 물건 아닌가. 동경제대 위에 김 장군님 장학금 있다던 그 귀한 기회가 아들에게 돌아오다니!

"이, 이래서는 안 되겠소. 당장 소 한 마리 잡아야지."

"그럼, 그럼! 마을 사람들 죄다 불러야겠소. 임자는 빨리 사람들 모아 오시오. 내가 읍내 나가서 소 한 마리 끌고 오리다."

"읍내 사람들까지 온다고 하면 어쩌죠?"

"아 그걸 말이라고 해?! 당연히 와야지! 이 선산 통틀어서 우리 상희 말고 누가 미국에 가봤다고 그러나!"

그가 무어라 말릴 새도 없이 그의 부모님들은 자리를 박차고 부리나케 달려 나가더니, 저 멀리 어머니가 "동네 사람들!!" 하면서 쩌렁쩌렁 사자후를 외치는 소리가 그의 귓가를 간질였다. 차마 그 기회에 선정된 곡절을 말하기가 애매하여, 모든 사실을 실토할 순 없었던 그였다.

얼마 전의 일이었다.

"미국이요?"

"그래, 미국. 동양교육발전기금에 선발해서 자네를 미국으로 보낼 요량이라네."

박상희는 신간회(新幹會)의 회원이었으며, 특히 경북 일대에서 가장 열성적으로 활동하는 운동가 중 한 명이었다. 이미 이 지역에서 명성과 인망이 자자한 그를 미국으로 보내야 한다는 사실이 속이 쓰렸지만, 어쩔 수 없는 일.

"왜놈들이 자네를 지목했네."

"그게… 무슨 말씀이신지?"

"말 그대로야. 왜놈들이 제발 좀 자네가 조선에서 꺼져줬으면 하고 발전기금에 자네 이름 석 자를 적어 넣었네."

당혹스러운 일이었다. 이미 알음알음 그런 이야기를 주워듣긴 했지만, 그 수법에 자신이 해당될 줄은 더더욱 몰랐다.

"자네가 어지간히 눈에 거슬렸나 보이."

"안 갈 순 없습니까?"

"제정신인가? 우리가 고른 게 아니라 왜놈들이 골랐네. 이 기회를 거부하면 그다음은… 잘 알지 않나?"

무슨 수를 써서라도 요절을 내려 하겠지. 이건 굳이 따지자면 귀양살이의 현대적 변주였다. 똑똑하고, 명성 높으며, 항일 의지 드높은 청년을 찍어 '최고의 기회'를 제공해 주는 것.

이렇게 한번 나가면 조선 땅을 다시 밟기 어려우리란 사실은 불을 보듯 훤했지만, 반대로 말하면 희한한 누명을 뒤집어씌워 반죽음을 당할 판인 사람이 미국에서 먹물 먹으며 실력을 배양할 수 있다는 뜻 아닌가.

고민은 그리 길지 않았다. 정확히 말하면, 이미 왜놈들의 손길이 닿았다는 데에서 포기하는 수밖에 없었다. 하지만 그런 속사정을 모르는 부모님과 마을사람들은 이미 거하게 막걸리를 푸면서 오늘 농사일 때려치우고 이 경사를 만끽하고 있었다.

그는 이미 거나하게 취한 기색이 역력한 이웃들이 떠주는 막걸리 사발을 연신 들이켜다가, 핑계를 대고는 슬쩍 집으로 돌아왔다.

"우리 막내는 고기 안 먹고 집구석에서 뭐 하니?"

"…형 미국 간다며."

"그래. 미국 간다."

무려 열두 살 차이가 나는 막내는 항상 병약해서 은근히 마음이 쓰이곤 했다. 그래서 누워 있으면 심심할 테니 이거라도 보라며 도시에서 책을 구해다 주곤 했는데, 오늘은 웬일인지 심통이 가득 나서는 이불을 뒤집어쓰고 얼굴도 안 내비치고 있질 않나. 으레 형 오면 책 가져온 거 없냐고 바짓가랑일 잡았을 텐데.

"오늘은 형이 급해서 책을 못 사왔다."

"필요 없다, 책."

"다음에 두 권 사다 줄게. 하이고, 책 너덜너덜해진 것 봐라."

저 구석에 있던 책 중 유달리 너덜너덜해진 책 두 권. 하나는 나폴레옹 위인전이요, 또 하나는 김유진 위인전이다. 딱 봐도 참으로 올곧은 취향 드러나는 독서 성향이라 할 수 있겠다.

"이불 좀 걷고 형 얼굴 좀 봐라."

"싫다. 빨랑 미국이나 가라. 내는 이 촌에서 천년만년 살라니께."

"어허. 자꾸 이러면 후회할 텐데."

"뭐가."

"그 미국행 말이다. 실은 가족이랑 같이 가도 괜찮거든?"

"…진짜가?"

"그럼 가짜겠나? 지금 우리 집에 같이 갈 사람이 누가 있노 가만 보니까……."

"내밖에 없재? 나? 나나??"

"이불에 틀어박힌 애는 못 데려가지."

그 말 하기가 무섭게 이불을 저 방구석으로 차서 밀어버리는 막내였다.

"나! 나! 나 가서 김유진 장군님 보고 싶어!"

"가도 보기는 힘들 텐데?"

"그래도 미국이라매! 미국 데려가줘어어!!"

"몸이 이래 약해서 갈 수 있을지 모르겠는데… 그리고 한 번 가면 돌아오기 힘들다?"

이미 상희는 고향 내려올 때부터 막내를 데려갈 생각이었다. 저렇게 몸이 약하면서도 아득바득 몇 시간 걸어 학교에 나가는 녀석이다. 자신은 이제 머리가 굳었지만, 막내는 미국에서 공부하면 필시 큰 인물이 될 수 있겠지. 이왕 이렇게 된 기회, 막내만큼은 월사금 걱정 없이 공부시켜주고 싶은 마음이 컸다.

이 정든 조선땅을 떠야 하는 형의 찢어지는 마음을 아는지 모르는지, 막내 정희(正熙)는 신이 나서 연신 재잘재잘 떠들어댔다.

"형아! 그럼 나 거기 가면 군인 될 수 있는 기가? 나도 김유진 장군님이랑 같이 총 들고 왜놈들 때려잡을 수 있나?"

"하하. 그건 가봐야 알겠지?"

그래. 막내가 좋아하니 되었다. 그는 쓴웃음을 지으며 동생의 머리를 마구 헝클었다.

* * *

한편 지구 반대편, 독일 뮌헨. 독일 그 어떤 지역보다 현 정권, 바이마르 공화국에 대한 불신과 적대감이 팽배한 이곳은 어느 군소 정당이 처음 몸을 일으킨 곳이기도 했다.

국가사회주의 독일 노동자당(National Socialist German Workers' Party). 일명 나치당. 한때 이들은 쿠데타를 일으켜 단숨에 나라를 집어삼킬 계획을 실행에 옮긴 바 있었으나, 그 세가 미약하고 공모자들 또한 새가슴에 우유부단하기 짝이 없어 혼란에 빠진 이 나라를 구원하긴커녕 단숨에 진압당하는 신세가 되었다.

허나 전화위복이라 하였던가. 당수 아돌프 히틀러는 이 폭동의 재판 과정에서 일약 애국자이자 웅변가로 전국적 명성을 떨치게 되었으며, 놀라운 통찰력이 담긴 저서 《나의 투쟁》을 출판해 다시 한번 도약할 수 있었다.

그리고 당의 간부이자 중진인 파울 요제프 괴벨스는 오늘 경애하는 당수의 집을 방문하고 있었다.

"당수님? 당수님?"

집의 문은 잠겨 있지 않았다. 괴벨스는 성큼성큼 안으로 들어가 조심스럽게 당수를 찾았다.

"…따라서, 아리아인의 생존을 위해서는! 지난 대전쟁에서 우리의 등에 칼을 꽂은 저 사악한 유대—볼셰비키들을 멸절해야!"

"당수님?"

"아, 괴벨스 박사. 미안하오. 연설을 연습 중이었거든."

히틀러는 창문을 활짝 열고는 괴벨스 박사가 들고 있던 두툼한 서류 뭉치를 낚아챘다.

"이게 내가 주문한 그건가?"

"예. 그렇습니다."

그렇게 대답하며 괴벨스는 한쪽 벽에 걸려 있는 액자 세 개를 바라보았다.

하나는 이탈리아의 수상, 베니토 무솔리니의 초상화. 히틀러의 롤 모델이자 우상. 나약하고 분열된 이탈리아를 하나로 통합해낸 현 지구상에서 가장 강인한 남자. 그들 나치당도 바로 저 무솔리니의 '로마 진군'을 본받아 쿠데타를 획책했지만, 이탈리아와 독일은 다르다는 현실만을 깨달았을 뿐이었다.

또 하나는 미국의 사업가, 헨리 포드의 초상화. 음험한 유대—볼셰비키가 또아리를 튼 대서양 건너편에서 거대한 강철의 왕국을 건설해 그들과 맞서 싸우는 참된 성전사. 그리고 마지막은…….

"항상 궁금한 것입니다만, 저 사람 액자는 왜 걸려 있는 겁니까?"

"저자야말로 미합중국이 낳은 불세출의 초인이니까."

히틀러는 씹어 뱉듯 날카롭게 답했다.

"우리 아리아인은 아시아와 유럽을 정복해 발아래에 놓았네. 그렇다면 필시 저 칭기즈칸과 같은 인물도 아리아인의 혈통이 숨어 있겠지. 그렇지 않나?"

"타타르인이 아리아인의 후손이란 말씀이십니까?"

"글쎄. 힘러한테 한번 물어봐야겠군. 하지만 위대한 정복자는 그 업적만으로도 명예 아리아인으로서 존중받을 가치가 있지. 그리고 20세기 최후의 기마 군주라면 당연히, 오이겐 킴 아니겠나?"

히틀러는 힐끗 벽에 붙은 유진 킴의 초상화를 가리켰다.

"나보다 네 살 어린 사람이, 내가 전쟁터에서 졸병으로 독가스를 마시고 있을 때 위대한 아리아인의 군대를 으깨놨어. 독일 민족에 기생한 채 온갖 호사를 누리며 평생 군사교육만 받았던 융커 장성들이 서른도 채 안 된 오이겐 킴 앞에서 줄줄이 깨졌단 말일세."

"그건… 그렇지요."

"내 추론이지만 그의 혈통을 거슬러 올라가면 필시 가장 위대한 아리아인의 옛 선조가 나타날 걸세. 그가 어디 대단한 군사교육을 받았는가? 그만한 정복자의 유전자가 아니라면 대관절 어디서 그 놀라운 군략이 솟아 나왔겠나?"

약해빠진 2류 열강 미군, 그것도 저열하기 짝이 없는 흑인 부대를 거느리고 거둔 그 놀라운 전공. 머저리 같은 융커들 대신, 오이겐 킴 같은 명장이 이 세상에서 가장 우수한 민족인 독일 민족의 군대를 거느렸다면 과연 지난 대전쟁에서 패했을까?

그는 추호도 그럴 리 없다고 믿으며, 괴벨스가 가져온 유진 킴의 의회 증언록을 훑어 내려갔다.

"그리고 내 과감한 추측으로는… 이자는 우리와 동류야."

"그건 더 믿기 어려운 말씀이시군요."

"적어도 오이겐 킴이 무솔리니를 깊이 연구했다는 건 확신하고 있네. 그는 대중을 다룰 줄 알아. 천부적인 재능에 노력이 겹쳐진 결과물이지. 여기, 여기 이 대목을 보게. 다시 말하지만, 나보다 네 살 연하인 타타르인 장교가 정치인 수백 명을 상대로 언쟁을 벌여서 밀리지 않고 있단 말이네."

히틀러는 온몸을 부들부들 떨며 주먹을 이리저리 흔들어댔다.

"이게 바로 위버멘쉬야! 니체가 찾던 초인이 여기 있다고! 어째서 주님께선 이자에게 타타르인의 멍에를 지게 한 거지? 어째서 독일 민족에게 이 남자를 하사해주지 않은 거냐고! 신은 죽었어. 죽었고말고.

이 놀라운 군략, 이 놀라운 대중선동. 알겠나? 이 남자는 그 옛날 로마의 황제들과 똑같아. 내 장담하지. 헨리 포드와 오이겐 킴이 힘을 모아서, 저 유대—볼셰비키들을 다 쓸어버리고 진정한 자유의 나라를 건국할 거야."

조급해진다. 이탈리아와 미국에서 타락한 자본주의를 대체할 파시스트 국가가 건설된다면, 하루빨리 이 독일도 보조를 맞춰야 한다.

"우리 독일도 빨리 국가사회주의 혁명을 일으켜야 해. 국가사회주의야말로 이 어두운 시대를 극복할 정답이니까. 독일, 미국, 이탈리아가 힘을 합치고 영국이 아리아인의 의무를 깨닫는다면 유대인과 소련을 물리칠 수 있네!"

"그렇군요."

참으로 믿기 어려운 일이었지만, 괴벨스는 납득하기로 했다. 그들의 당수는 그 누구보다 멀리 볼 수 있는 독일 민족 최고의 지도자였으니까.

가장 어두운 시간 2

워싱턴 D.C. 우보크. 이제 상주가 몇 번 바뀌었는지 헤아리기도 싫다. 그럴 때마다 내가 좀 제정신이 아닌 것 같거든. 오늘 우보크의 가장 넓은 방엔 내 군 인맥의 집결이라 할 수 있는 양반들이 모여 있었다.

"오랜만에 만나는군."

"포트 베닝은 좀 어떻습니까? 저는 거기 가볼 기회가 없어서 말이지요."

"자네 혹시 보병학교에 관심 있나? 이제 교장도 한 번쯤 해봐야지?"

"절대 안 합니다. 네버!"

"그렇지? 자네는 기갑학교 교장 해야지."

15연대로 발령나 중국을 맛보고 돌아온 마셜은 레번워스 교관을 거쳐, 이제 포트 베닝에 있는 보병학교의 부교장을 맡고 있었다. 하지만 교장이 하루하루 퇴역 날짜만 세고 있는 탓에, 말이 부교장이지 실질적으로는 교장이나 마찬가지였다. 애초에 이 설계 자체가 마셜에게 보병학교 커리큘럼을 근본부터 손보라는 의도였으니.

거기다 보병학교 또한 진급을 위한 핵심 커리어니, 마셜은 무서운 기세로 유능하다고 이름난 사람들을 죄다 모아 어벤저스를 만들고 있었다. 당장 제임스와 오마르가 마셜의 마수에 붙들려 충실한 업무 기계로 재탄생했으니.

"저 친구를 데려오지 못해서 아쉬워."

마셜이 저편에서 누군가와 이야기꽃을 피우고 있는 아이크를 가리켰다. 이 사람 욕심이 턱 끝까지 차오른 것 좀 봐.

"아이크까지 잡아가면 제 친구들을 죄다 빨아먹는 거 아닙니까? 한 명은 좀 남겨주십쇼."

"내가 보병학교에서 연구한 결과 중 하나가 뭔 줄 아나? 자네가 93사단으로 보쌈해 간 친구들 중 한 명만 무능했어도 아미앵 전투는 위태로웠을 거란 게 내 개인 의견일세. 그러니 내가 놓치고 싶겠나?"

저도 전적으로 동감하는 이야깁니다. 그 어설픈 작전이 완벽하게 돌아갔던 건 순전히 걔들의 임기응변이 빛을 발했기 때문이니까. 하지만 제 친구들… 어째 예전에 만났을 때보다 훨씬 홀쭉해지고 뺨이 움푹 패인 건 기분 탓이겠지요? 저것 좀 봐요. 오마르와 제임스가 주변 눈치도 안 보고 맹렬히 안주만 쳐묵쳐묵하고 있잖습니까. 혹시 노예들 밥도 안 주고 부려먹으셨습니까?

그렇게 마셜과 이야기를 나누는 사이, 우리의 시선을 눈치챈 아이크가 저벅저벅 걸어왔다.

"진! 요즘은 좀 어때?"

"요즘 같은 시국에 지휘관이 할 일이 뭐 있나. 그냥 부대 관리나 하면서 지내는 거지."

겁나 심심하다. 제발 애들이 사고만 안 쳤으면 하고 하루하루 잘 때마다 기도 올리는 게 내 핵심 업무지.

아이크는 파나마에서 돌아온 후 레번워스 교육과정을 수석으로 패스했고, 퇴역한 퍼싱 장군이 말년에 소일 삼아 하는 전쟁기념물관리위원회(American Battle Monuments Commission, ABMC)로 발령받았다. 역시 사람 보는 눈은 다 똑같다고, 퍼싱은 곧장 아이크의 능력에 주목했고 마셜에게 넌 지시 아이크를 소개해준 모양이었다.

그리고 지금은 육군 전쟁대학에서 공부하고 있고, 졸업하는 즉시 전쟁부로 끌려갈 예정이라고 들었다. 애초에 얘는 장성감이라고 찍어놓은 셈이다. 아이크와 이야기를 나누고 있던 사람도 내 쪽으로 슬며시 다가와서는 얼굴을 내밀었다.

"초대해줘서 고맙습니다. 혹시 저 기억하고 계십니까?"

"어이쿠, 물론이지. 콜린스 후배님. 웨스트포인트의 위상을 드높인 훌륭한 빠따맨을 어떻게 까먹고 있겠어?"

"역시! 선배님의 놀라운 전술 지시를 들으면서 전 이미 선배님이 희대의 명장이 될 거라 믿어 의심치 않았습니다. 졸업하신 뒤에 저희 기수도 예포 한번 털었다니까요. 어이! 매튜! 킴 선배님이셔! 기억나지?"

"응? 아니, 우리 중에 킴 선배님 모르는 사람이 어딨다고. 다만 난 그때도 지금도 미식축구파라서… 그게 어……."

매튜 리지웨이. 2년 후배. 6.25 때 UN군 총사령관. 지금은… 마셜의 노예. 중국 15연대에서 야생의 마셜을 만난 탓에 납치 빔을 맞고 몇 년간 충실히 혹사당하고 있었다.

시벌, 맥아더가 예전에 지나가다 언급했던 그 리지웨이가 2년 후배였을 줄 누가 알았겠어. 사실 내가 3학년 올라가서 오죽 바빴는가? 아마겟돈 레포트 써야 했지, 소설도 한 권 집필해야 했지, 사업 구상하랴, 도로시랑 펜팔하랴……. 그때 즈음엔 곧 있으면 참호로 끌려간다는 두려움과 해안포대 근무로 군생활이 좋날지 모른다는 공포로 도저히 후배들 머리에 인풋할 시간이 없었다고.

애초에 머릿속에 역대 웨스트포인트 졸업자 명단을 통째로 넣고 다니는 맥아더가 몰랐을 리가 없다. 그러니 이건 순전히 2년 후배라는 말을 안 해준 맥가 잘못이다. 역시 음흉하고 비열한 정치군인. 절대 후배도 기억 못 하는 내가 나쁜 게 아냐.

조셉 로튼 콜린스(J. Lawton Collins). 역시 2년 후배. 6.25 때 미 육군 참모총장. 또 그놈의 맥아더 때문에 한국에선 인지도가 증발해버렸지만 이 사람도 충분히 대단한 분. 하지만 그런 잘난 사람도 지금은 마셜의 충실한 노예 2호에 불과하다.

"……."

"…안녕하십니까? 오랜만에 뵙습니다."

"젊은 사람들 틈에 끼어 있으려니, 참 민망하군."

"자네 나보고 늙어서 주책이라고 돌려 까는 건가?"

"그 뜻 아닌 거 다 아시잖습니까!"

조셉 스틸웰(Joseph Stilwell). 웨스트포인트 시절 잠시 교관으로 만났던 양반. 장개석과 실로 파멸적인 영혼의 듀오를 이루어 중일 전쟁 당시 국민당군을 후루루 쩝쩝 말아먹은 그 스틸웰이 맞다.

하지만 불쌍한 스틸웰 교관님을 약간만 옹호해 주자면, 이 엄격하고 깐깐한 깐깐징어맨을 국민당, 공산당, 각종 군벌까지 죄다 정치질을 해야 하는 위치에 처박은 마셜이 잘못했다. 상식적으로 그 자리엔 유들유들하고 정치질 잘하는 인간이 가야 하지 않을까요?

나의 영원한 부사수 하지 역시 어느새 제임스 옆에 앉아 초췌해진 모습으로 안주 줍줍 대열에 합류해 있었고, 패튼은 패튼답게 또 누구 한 사람 붙잡고 한참 빼액빼액 고함을 질러대고 있었다. 불쌍한 희생양을 어디 한번 구원해줘 볼까나.

"아니, 목청이 무슨 기차 화통 삶아 먹으셨습니까? 불쌍한 사람 놔주고 저랑 노시죠."

"유진?"

"응? 응??"

누군가 했더니, 93사단의 공병대장으로 용전분투했던 우리 웨스트포인트 기수 수석, 코벨 님이 아니신가. 하지만 나를 힐끗 바라본 코벨의 눈에서 이글이글 분노의 불꽃이 피어오르기 시작했다. 뭔가 이상한데, 내가 저 녀석한테 잘못한 게 있던가?

"너! 나랑 했던 그 포커! 사기였다며!! 베니온 선배가 다 불었어! 내가 그때 93사로 가서!! 내가! 내가아아!!"

"켁, 켁켁, 잘, 잘못해서, 켁!"

나는 분노의 목조르기를 한참 당한 후에야 간신히 풀려날 수 있었다. 이 자리에 맥아더 선배님이 없는 게 참으로 아쉽구만. 그랬으면 정말 볼만했을 텐데.

맥아더는 또 필리핀으로 갔다. 군단장 커리어를 찍은 후, 28년 암스테르담 올림픽 미국 대표단 단장으로 부임했던 그는 곧장 필리핀 군관구 사령관에 임명되어 마닐라로 향했다. 그때나 지금이나 필리핀은 나아질 구석이라곤 없을 텐데, 파이팅 하십쇼.

그리고 그 여자… 맥아더 부인과 별거 상태에 돌입했다. 거의 사실상 이혼이라고 보면 되겠지. 그래, 세상에 여자는 많은데 왜 그런 사람을 만나냐니까?

"오늘 모인 사람들은 하나같이 공통점이 있군."

"모두 조지 마셜 농장을 가꾸는 참된 노예들이죠."

"그렇게 나불대는 자네도 내 밑에서 굴리고 싶지만, 계급이 깡패니 더러워서 살겠나. 그런 거 말고."

마셜은 슬슬 알콜이 잔뜩 들어가 혼돈에 빠져들기 시작한 장내를 슥 한 번 둘러보았다.

"전부 자네가 뿌린 씨앗이지."

"저요?"

갑자기 내가 왜 나와? 내가 뭘 했다고? 사기 포커?

"캉브레, 아미앵, 생—미이엘, 뫼즈—아르곤까지. 자네는 참호전이 일시적인 현상이며 충분한 기갑 전력과의 제병협동이 차후 전쟁의 키 카드가 되리라는 사실을 보여주었네."

그건 저 아니어도 원 역사에서 충분히 입증됐을 일인데요, 라고 말하기엔 마셜의 눈매가 너무 매서웠다.

"그리고 내가 모은 친구들은 하나같이 이 의견에 동조하는 사람들이지. 물론 현재 육군 내엔 그렇게 생각하지 않는 사람도 제법 많네만, 나는 이 유능한 인사들이야말로 훗날 육군을 이끌어나갈 사람들이라고 확신하고 있네."

그는 조용히 내 어깨에 손을 올렸다.

"요즘 많이 힘들다고 들었네."

"제가 힘들다니. 탱자탱자 놀면서 월급도둑 노릇 잘 하고 있는데……."

"그게 자네에겐 가장 힘든 일 아닌가. 누구보다 일을 좋아하면서, 윗선 때문에 일을 못 하니 참 고문 아니겠나?"

무슨 소리세요. 저 월급루팡 넘나 좋아함. 행복해 죽겠음. 벌써 도로시 뱃속에 넷째가 있다구요. 제시간 되면 재깍재깍 집에 들어온다고 부인도 애들도 너무 좋아해요.

"절대 포기하지 말게. 후버가 아무리 자네 장인을 싫어한다 해도, 자네 옷마저 벗길 순 없어. 그건 도리에 맞지 않는 일이야."

아. 무슨 소린가 했더니… 맥아더도 아니고 마셜이 정치에 관심을 기울일 줄은 몰랐다. 필시 나 때문이겠지.

이 놀라운 마음 씀씀이에 감격해서 눈시울이 시큰해질 때쯤.

"설령 자네가 예편한다고 해도, 전쟁이 나면 기필코 자넬 붙잡아다 전쟁 터에 던져 넣겠네. 그러니 절대, 절대 전역하지 말게나. 알겠지?"

눈물이 도로 쏙 들어갔다. 망할 노예주. 사탄도 보병학교에선 얌전히 수업 들어야겠네.

＊ ＊ ＊

주식은 원래 돈 놓고 돈 먹기다. 그 사실을 모르는 사람은 없다. 정확히
는, 자신이 꼴아박기 전까지만 알고 있다.

"으아! 으아아아아!!"

"이건 말도 안 돼! 말도 안 된다고!"

맨해튼의 위풍당당한 마천루에서 창문 깨지는 소리, 퍽 하고 무언가 터
져나가는 소리, 비명과 혼란이 줄을 이었다. 허드슨강으로 향할 기력조차
없어진 이들은 줄줄이 빚으로 쌓아 올린 거대한 거품의 성채 꼭대기에서
몸을 던졌다.

하지만 놀랍게도, 이 피바다 속에서도 다시 한번 기적이 일어났다.

"사자!"

"지금이 매수 기회다!"

"병신새끼들, 지금 헐값에 처먹으면 나도 팔자 펼 수 있겠어."

뉴욕 증시는 무적이다! 그 어떤 경제 펀더멘털의 위험신호도 보이지 않
는다! 그렇다면 이것은 일시적인 현상일 뿐이다. 지금이야말로 우량주를 빨
아먹을 절호의 타이밍 아니겠는가? 그리고 이러한 생각에 전미의 모든 권
력집단이 힘을 실어주었다.

"현 주식시장은 일시적인 조정에 들어간 것으로 보입니다."

"정부는 현재 상황을 예의주시하고 있으며, 언제든 상황에 맞는 적절한
조치를 취할 준비가 되어 있습니다. 시민 여러분들께서는 안심하시기 바랍
니다!"

그렇게 기세등등하게 외치면서도, 백악관과 의회에서는 연일 갑론을박
이 오가고 있었다.

"커티스 계파의 동향은?"

"특별한 입장 표명은 없습니다."

318

"그야 그렇겠지. 일시적 현상에 그친다면 양치기 소년 되기 십상이니까. 그땐 그쪽 일당은 말 그대로 끝이야."

하딩, 쿨리지, 그리고 후버에 이르기까지 무려 세 명의 대통령 밑에서 재무장관을 지내며 20년대 황금기를 이끌었던 앤드류 멜론(Andrew W. Mellon)은 특히나 강경파에 속했다.

"지금 US MILK에 대한 공세를 늦춰서는 안 됩니다."

"이 시국에 말입니까? 지금은 우선 당내의 분란을 자제하는 편이 좋지 않을까요?"

"시장이 일시적으로 회복세에 접어들었지만, 커티스가 다시 그 주둥아리를 나불대며 종말론을 설파하면 그땐 걷잡을 수 없습니다. 뱅크런이 일어나면 끝장입니다! 바느질 한 땀으로 막을 일을 아홉 땀으로 막아야 할지도 몰라요!"

뻔히 보이는 미래. 커티스는 무슨 일이 있어도 이 경제위기의 판을 키워야 한다. 그러니 더더욱 미친 듯이 날뛰겠지. 지금은 잠시 기회를 염탐하는 것뿐이다.

"죽기 전에 우리가 죽여야 합니다."

"어차피 US MILK는 부패의 소굴 아닙니까. 거기에 들어갈 혈세를 절약해야 정부가 운신할 폭이 넓어집니다."

"그럼 구체적인 방안이 있소?"

"민영화를 합시다. 어차피 US MILK는 유통업체입니다. 각지에 뿌리를 둔 기업들이 US MILK를 분할하여 인수하면 제조부터 유통까지 훨씬 더 효율적인 구성이 가능해집니다. 애초에 저 기업 자체가 시장을 유린하던 괴물입니다!"

물론 US MILK의 살점을 가져갈 회사 몇 곳이 이미 내정되어 있다는 말은 하지 않았지만, 이 자리에서 그 정도 눈치도 없는 자들은 여기까지 올라올 수도 없었다. 모름지기 나라의 큰 사업에 약간의 보상을 챙기는 것은 높은 자리에 있는 사람들의 특권 아니겠나.

"정말 아무 문제 없겠소?"

"촌놈들에게 당근을 내어줍시다. 스무트—홀리법(Smoot-Hawley Tariff Act)을 빠르게 통과시키면 되지 않겠습니까?"

스무트—홀리법은 한마디로 보호 장벽을 펴기 위해 관세를 대폭 인상한다는 내용이었다. 누구보다 세금을 혐오하는 멜론은 인상을 찌푸렸지만, 이미 농촌 표심을 관리하기 위해 관세 인상을 공약으로 내걸었던 후버였던만큼 이를 반대하기도 여의치 않았다.

"뭐… 좋습니다. 할 일은 해야지요. 금리도 대대적으로 인하하겠소. 앞으로 반년 안에 커티스를 완벽히 실각시켜서, 그 누구도 그의 목소리를 듣지 못하게 묻어버려야 합니다."

이번 경제위기는 공화당 10년 천하에 대한 하나의 시험이었다. 이 위기를 성공적으로 극복하고 다시 번영의 길을 선보여준다면, 공화당은 앞으로 10년이 뭔가, 20년은 더 집권할 수 있었다.

하지만 실패한다면? 이제 막 선출된 새 정권이 와르르 무너져내리는 꼴을 구경해야 하리라.

"그런데 말입니다."

"혹시 뭔가 문제 있소?"

"US MILK를 민간에 매각한다면… 거기 고용되어 있던 사람들은 어찌 되는 겁니까?"

"그야 당연히 인수해 간 기업가들이 결정할 문제지요."

"재향군인회가 반발하지 않을까요?"

이 소박한 질문에 경제에 해박한 일부 관료들과 의원들은 웃음을 참지 못했다.

"하하. 걱정 마시오. 윗대가리들은 커티스와 친하니 이 일이 없었더라도 어차피 물을 한번 갈아줘야 했고, 아랫것들은… 끽해야 우유 배달부이지 않소?"

"시대 흐름에 적응하지 못한 직업은 사라지고, 그 대신 새로운 직업이 솟아납니다. 자동차가 생겨날 때 언제 마부들을 그렇게 배려한 적 있습니까? 왜 우리가 그들만 챙겨줘야 합니까?"

"그야 그들이 참전 용사였기에……."

"그들은 이미 충분히 오랜 시간 동안 직장생활을 했습니다. 똑똑한 친구들이라면 이미 자기계발을 해서 더 나은 직장을 구했을 테고, 아직도 일개 배달부 노릇이나 하는 놈들이면 진작 사회에서 도태되었을 부류란 뜻이지요."

"양식 있는 합중국 시민이라면 세금으로 먹고사는 놈들을 좋게 볼 리가 없으니, 너무 걱정할 필요 없습니다."

장내 상당수가 그 의견에 동의했다. 어차피 그놈들은 골수 커티스 지지자일 텐데, 별 상관 없겠지. 시가 연기 자욱한 방에서 그렇게 무수한 일자리가 연기에 섞여 사라졌다.

가장 어두운 시간 3

나는 샌프란시스코로 달려가고 있었다. 바다 건너편에서 동양교육발전기금을 받아먹은 새 꿈나무들이 찾아왔거든.

교육기금은 내 예상보다 훨씬 커졌다. 처음 시작할 땐 호기롭게 '내 돈으로 다 교육시킨다! 음후하하핫!'을 외쳤지만… 겁나 돈 많이 깨지더라고. 유신이가 날 벅벅 긁은 덴 다 이유가 있었다.

하지만 재원 마련에 대한 내 고민은 참으로 부질없는 일이었다.

"킨 장군님, 혹시 저희 아들을 좀 어떻게 도와주시면……."

"죄송한 일이지만, 전 이제 후보 선정에서 손을 뗀 지 오래입니다."

"아니아니! 제가 감히 향학열 높지만 가난 때문에 꿈을 포기하는 아이들 자리에 제 아들놈을 억지로 박아넣을 수 있겠습니까? 저도 호롱불 밑에서 공부하고, 눈 파란 코쟁이들 거지처럼 졸졸 따라다니며 양놈 문자 익힌 놈입니다. 절대 그러진 않습니다."

"그럼 제가 어떻게 도와달란 말씀이십니까?"

"장군님께서 제 아들놈의 미국 유학에 한 팔 거들어주시면, 제가 다른 애들 학비까지 다 대주겠습니다. 장군님이 선발할 그 친구들은 필시 미래

동양의 주춧돌이 될 테니, 제 못난 자식놈이 적어도 좋은 친구라도 사귈 수 있었으면 하는 게 제 바람입니다."

이거… 그러니까 기부 입학 이야기지? 일본과 중국에서 떵떵거리며 사는 사람들 중에서 셈 빠른 영감들은 이 교육기금이 훗날 큰 결실을 맺으리라 믿는 분위기였다.

'지금 중원은 5호 16국 저리 가라 할 난세다. 언제 노상에서 변을 당하느니, 차라리 우리 애가 미국에서 먹물을 먹는다면……'

'군인들이 칼춤을 추고 백주대낮에 총리가 죽어나가는 시대다. 황국의 미래가 불안하니 장남은 동경제대에 보내고, 차남은 킨 장군에게 선을 대면 집안 뿌리가 뽑히진 않겠지.'

'저 새끼 저건 누굴 닮아서 여자 꽁무니만 쫓아다니는고? 개천 용들이랑 어울리면 그래도 쫄딱 망하진 않을 터.'

그렇게 소박하게 시작했던 유진이의 교육기금 통장은 순식간에 잠만보처럼 빵빵해졌다. 어우 배불러! 그들이 돈을 내서라도 메이드 바이 유진 킴이라는 브랜드를 달고 싶다면, 당연히 그 돈 받아서 OEM 좀 맡기면 되지. 누이 좋고 매부 좋고 아니겠나?

내가 그렇게 생각하는 사이, 부둣가에서는 새로운 인재들을 환영하는 식순이 차곡차곡 진행되고 있었다. 곳곳에서 울려 퍼지는 환호성, 박수를 쳐대며 그들의 미래를 응원해주는 많은 아시아인들. 국적마저 초월한 이 압도적인 뽕의 현장.

대부분 머리 말랑말랑한 10대 소년들일 텐데, 아마 이들 중 상당수는 평생 동안 오늘의 경험을 잊지 못하리라. 부디 그 기억을 간직한 채 열심히 공부해 주면 좋겠다. 앞으로의 아시아가 얼마나 험난한가. 국적이 어디건 관계없이 잘들 살았으면 좋겠네.

식순이 어느 정도 정리되고, 나는 하나하나씩 악수를 해주며 짤막한 격려 멘트를 쳐줘야 했다. 이 짓을 꼭 해야 하냐고 몇 번 물어보긴 했는데, 주변에서 꼭 해줘야 한다고 생난리를 친 탓에 울며 겨자 먹기로 식순에 포함되었다. 아니, 하고 나면 내 손이 퉁퉁 부어서 도라에몽 손이 된다고. 내가 아이돌이야? 악수회 열게?

또다시 내 쓰레기 같은 뇌가 깜찍한 아이디어를 뱉어낸다. 그래, 나중에 현금 후달리면 유진 킴 악수권을 팔아먹는 거야. 싸인회도 하고, VIP 티켓이면 포옹도 좀 해주고. 둘이서 저녁 식사 한 끼에 1천 달러. 이러면 다들 학을 떼고 포기하지 않을까?

그렇게 한국어, 중국어, 일본어를 총동원하며 덕담을 늘어놓길 한창. 딱 봐도 소년이 아니라 나이 제법 먹은 사람이 내 앞에 섰다.

"어이쿠, 여기 만학도가 있으셨구만. 미국에 온 걸 환영합니다."

"항상 존경하고 있습니다. 저는 경북 선산에서 온 박상희라고 합니다."

"그렇군요. 무엇 하다가 오셨습니까?"

"신간회에서 독립운동을 하다 왜놈들이 배에 태워 보냈습니다."

시벌, 브레이크 없는 것 보게. 이렇게 냅다 들이박으면 어쩌냐고요.

"안녕하세요! 자, 장군님, 장군님 꼭 보고 싶어서 미국에 왔어요."

"어이쿠, 우리 어린이도 왔구나. 형 따라서 왔니?"

"구미보통학교 다니다 왔어요. 여, 여기……."

박상희의 옆에 찰싹 달라붙어 있던 아이가 손에 꼭 쥐고 있던 짐보따리를 주섬주섬 풀더니 낡아서 헤진 책 한 권을 내밀었다.

이게 뭐야. 김유진 위인전? 이딴 끔찍한 물건이 왜 있어? 마공서야? 나는 무의식적으로 책을 받아 들고는 촤르륵 내용을 훑어보았다.

[그리하여 김유진 장군께서 모래알을 총알로 만들어 3만 흑기군(黑旗軍)에게 나누어주시니, 모두가 감동하여 독일군의 빗발치는 총탄에 한 발짝도 물러서지 않으매…….]

내 눈! 내 눈!! 이건 김유진이 아니라 혹부리우스잖아! 대체 누가 이 끔찍한 책을 쓴 거야!

나는 필사적으로 표정을 관리하며 달달 떨고 있는 아이를 위해 펜을 꺼냈다.

"많이 읽은 모양이구나. 그래, 한 자 적어줄게. 이름이 뭐니?"

"정희예요. 박정희."

누구? 박정희? 에이 설마. 그 사람이라고? 그치만 부산도 아니고 평양도 아니고 구미에서 학교 다닌 박정희면… 이런 시부럴.

나는 생각하는 것을 그만두고 얼른 입을 열었다.

"우리 정희 어린이는 앞으로 커서 뭘 하고 싶니?"

"저는요, 엄청 출세해서 김 장군님이나 나폴레옹처럼 위대한 사람이 되고 싶어요."

"정희야!"

옆에 있던 형이 기겁을 했으나 난 개의치 않았다. 출세라. 좋긴 좋지. 가면 갈수록 내가 익히 아는 그 사람 같은걸.

"출세라니, 어려운 말을 배웠구나. 왜 출세가 하고 싶니?"

"아빠는 집에서 일 안 하고 놀기만 해요. 엄마는 아빠 보면서 아빠가 왜 놈들 텃세에 출세를 못 해서 마음이 아파서 그렇대요. 그래서 저는 출세해서 경성에서 떵떵거리면서 엄마, 아빠 잘살게 해주고 싶어요."

"죄송합니다, 죄송합니다! 애가 아직 많이 어려서……."

"아니아니, 괜찮습니다."

이 아이가 내가 생각하는 그 사람이건 아니건, 적어도 지금은 내가 더 나이 먹은 사람 아닌가. 그러면 한두 마디 꼰대의 충고 정도는 해줘도 괜찮겠지.

"그렇구나. 효심도 넘치고 참 훌륭한 어린이구나."

"헤헤. 감사합니다."

"하지만 군인이란 직업은 출세를 위한 자리가 아니란다."

아이의 얼굴에 미소가 사라지고 그 자리에 큼지막한 물음표가 나타났다. 애가 보아 왔을 군인이라면 끽해야 조선인 두들겨 패던 헌병 경찰 아니 겠나. 그런 것만 보고 군인을 동경한다면 뜯어말려야지.

나는 무릎을 숙여 눈을 맞추며 천천히 이야기했다.

"이 나라 미합중국의 군인은, 다른 사람들이 밤에 편히 잘 수 있도록 대신 싸워주는 사람이야. 굉장히 고생도 많고 힘든 일이지. 남들이 군인을 대우해주는 건 '나 대신 힘든 일을 해줘서 고마워요~' 하는 거지 절대 그 사람이 힘이 세서가 아니란다."

"그럼, 나폴레옹은……?"

"나폴레옹도 한번 잘 생각해 보렴. 나폴레옹이 프랑스 사람들을 위해 싸울 때는 모두가 그 사람에게 감사해했지. 하지만 욕심이 생기고 자기 이득을 위해 싸우니 결국 쫓겨나게 됐단다. 남보다 나를 먼저 생각하는 군인, 내 힘으로 남을 억박지르려는 군인은 결국 사람들이 싫어할 수밖에 없어."

애들 눈높이에서 말하는 거, 이거 진짜 어렵네. 역시 방정환은 존재 자체가 치트키였다. 다음 행사 때는 꼭 그 골방에서 끄집어내서 내 옆에 붙잡아 놔야지.

"그럼 출세가 하고 싶으면 뭘 하면 돼요?"

"그건 앞으로 이 미국 땅에서 살면서 차차 알아보렴. 네가 하고 싶은 걸 하는 게 가장 좋으니까."

그러자 옆에서 짝짝거리는 박수 소리가 들리는 게 아닌가.

"킨 장군님, 옆에서 들었지만 정말 피가 되고 살이 되는 좋은 말씀이었습니다!"

"일본인인 것 같은데 조선말도 할 줄 압니까?"

"예, 아버지께서 미국에 가기 전 꼭 조선말을 익혀야 킨 장군님의 말을 더 깊게 음미할 수 있다고 하셨습니다."

중고등학생쯤 되어 보이는 친구의 눈에선 거의 숭배의 감정이 비쳐 보였다.

"학생은 이름이 어떻게 되나?"

"저는 도조 히데타카(東條英隆)라고 합니다! 메이지 44년(1911년)생입니다!"

도조, 도조, 도조. 니미 도조. 도조면 아무리 생각해도 한 놈밖에 없잖아.

"혹시 부친 함자가……?"

"도조 히데키입니다! 제가 미국 땅을 밟자마자 이리 귀한 말씀을 들으니, 정말 감격스럽습니다!"

어쩐지 뜬금없이 편지를 보내더라. 아들 잘 부탁한다는 거였냐고. 나한테 왜 이래. 대체 왜 나만 이런 시련을 겪어야 하냔 말이다. 독립운동가라든가, 위인이라든가 하는 분들과 만나면서 '와! 이 사업 하길 잘했어!' 하고 감격해야 하는 거 아냐? 왜 가면 갈수록 어벤저스 대신 수어사이드 스쿼드가 모이는 것 같지? 조만간 혹부리 김일성이라거나 이완용 아들도 유학 오겠어. 응?

때려치우고 싶어. 이러다 히틀러 팬레터 같은 거라도 받으면 그날로 내가 혀 깨물고 이승 뜨고 만다. 게르만족 짱짱맨을 외치는 그 싸이코가 그럴 리는 없겠지만. 저만치 남아 있는 악수 대상자들을 힐끗 보며, 나는 애써 입꼬리를 올렸다.

* * *

"그게 무슨 말씀이십니까?"

"말 그대로지. 자네는 해고일세."

"이, 이럴 수는 없습니다! 저는 단순한 US MILK의 직원이 아니라 재향군인회의 일원으로서 파견된 겁니다!"

존 밀러의 항변은 씨알도 먹히지 않았다.

"알고 있네. 그 재향군인회에서 혹시 연락 오지 않나? 그들은 감사(監

査) 역할을 맡고 있음에도 불구하고 전임 사장 도허티의 부정을 전혀 막지 못했네. 몰랐던 건지, 동조한 건진 몰라도⋯⋯."

"절대 그렇지 않습니다."

"그래. 그렇다 치자고. 위에서도 재향군인회를 건들긴 좀 꺼리고 있거든. 그래서 군인회가 감사 실패의 책임을 지고 '자발적으로' US MILK에서 빠져나가는 걸세."

D.C.에서 나왔다는 남자는 밀러의 책상에 붙어 있던 명패를 뚝 떼어 냈다.

"이제 그만 돌아가시게. 깜둥이 권익 보호 열심히 한다고 고생 많았으이."

"좋습니다. 재향군인회의 의견이 그렇다면 저 역시 당연히 물러나야겠지요. 하지만 하나만 말씀드리겠습니다. 지금 고용된 전우들은 단지 생업에 종사할 뿐입니다. 그러니⋯⋯."

"우리가 그런 개개인의 사정까지 배려해 줘야 하나?"

저 퉁명스러운 태도. 앞으로 있을 칼바람이 훤히 보이자, 밀러는 그대로 넙죽 무릎을 꿇었다.

"부탁드립니다. 흑인이건 백인이건 상관없습니다. 그들 모두 한 가정을 꾸려나가는 집안의 가장들입니다. 제발 부탁이니⋯⋯."

"이 친구야. 이 친구야. 나한테 그걸 따지면 어쩌란 말인가?"

그는 정장 바지가 흙먼지로 더럽혀진 밀러를 슬쩍 뒤로 떠밀면서 피식 웃었다.

"보이지 않는 손께 열심히 빌어보시게. 아, 그리고 유감이지만 자네 짐은 우리가 빼주겠네."

"무슨 말이십니까?"

대답 대신 그는 가볍게 손짓했고, 문 건너편에 있던 험상궂은 떡대 몇 명이 밀러에게 다가왔다.

"실례합니다. 이번 US MILK 비리 혐의로 협조해 주셔야겠습니다."

"나는 아무것도 몰랐습니다!"

"그야 조사를 받아 보면 알겠지 이 깜둥이야. 닥치고 따라오기나 해."

그들은 기다렸다는 듯 무릎 꿇은 밀러의 양팔을 우악스럽게 뒤로 돌리고 수갑을 채웠다.

'나를 본보기로 빵에 처넣으려는 건가? 향군이… 향군이 날 버렸다고?'

창밖의 하늘이 어쩐지 노래 보였다.

가장 어두운 시간 4

뭔가, 뭔가 이상하다. '검은 목요일'과 '검은 화요일'로 대공황 일어난 거 아니었어? 주가는 다시 오르고 있고, 혼란은 수습되고 있다. 허드슨강 수온 체크하러 몸 날리던 사람들의 충격은 강물이 상류에서 하류로 흘러내려가듯 너무나 자연스럽고 스무스하게 떠밀려 내려갔다.

혹시… 내가 또 날짜 잘못 안 건가? 아니면 내가 뭔가 개입해서 역사가 바뀌었나? 어쨌거나 조만간 공황은 올 것 같다. 설마 '미라클 후버가 경제를 되살려 미합중국은 20년 더 번영했어요' 같은 엔딩이 날 리는 없잖나. 진짜 그러면 그냥 갓—후버의 권능 앞에 무릎 꿇고 절하면 되겠지. 이때만큼 철밥통 공무원이어서 다행이다. 경사로세, 경사로다.

하지만 그 갓—후버의 권능이 내겐 지금 너무 아파 뒤질 것만 같았다.

[US MILK 감사 수사 착수!]

[민주당, 전 재향군인회 회장 존 테일러(John Thomas Taylor) 의회 출석 요구!]

[커져만 가는 US MILK 부패의 사슬, 과연 어디까지인가?]

[US MILK 경영 정상화를 위한 긴급 결단!]

['우유값이 금값', 낙농업 카르텔의 온상 US MILK 전면 해체!]

[농민 긴급 구호 예산 편성! 전면적인 부양 정책!]

밀러 씨가 체포되었다. 더욱 당혹스러운 것은, 밀러 씨를 내가 만나보러 가는 것조차 여의치 않았다는 점이었고.

"지금 가면 안 되네."

"하지만……"

"지금 자네가 그 사람을 만나면 더 곤란해져. 온 세상천지에 자네와 US MILK 사이에 연결고리가 있다고 광고할 셈인가? 참게. 변호사를 사서 보내는 게 자네가 할 수 있는 최선책이야."

"…알겠습니다."

언론은 후버의 편이었고, 시민들 또한 후버의 편이었다. 대규모 시위? 그런 것은 기대할 수도 없었고.

"우유 배달부가 뭐 그렇지."

"경기가 좋아지면 다시 일자리도 생길 테구요."

US MILK는 여러 토막으로 나뉘어 민간 기업에 매각 처분되었다. 후버 행정부는 이 조치를 '부득이하지만, 경제 정상화를 위해 어쩔 수 없는 일'이라고 해명했다.

생각해보면, 공화당 내에 포진해 있던 자유시장주의의 전도사들은 이미 하딩 시절부터 US MILK를 굉장히 못마땅해하고 있었다. 애초에 그들은 US MILK가 인기 영합주의적인 잘못된 정책이라고 굳게 믿고 있었고, 실세가 된 커티스 의원의 표밭 관리용 선심성 세금 강도질이라 여겼으니 말이다.

이건 성전(聖戰)이었다. 사악하고 역겨운 빨간 맛 나는 실수를 되돌리기 위한 성전. 그런 만큼 저들의 첫 타겟이 US MILK가 되는 것은 어찌 보면 너무나 당연한 일이었으리라.

재향군인회 역시 이번 일에 대해 논평하길 '대승적 결단에 따르겠다.'라고 하였다. 수사의 칼날은 언제든 재향군인회 쪽으로 향할 수도 있었다. 향군 윗선은 적당한 선에서의 해결을 원했지, 정의 구현을 위해 노력할 생각은 없었다.

무엇보다, 실제로 일자리를 잃은 사람이 생각보다 많지 않았다. 수백만 참전 용사들 중 재향군인회에 가입한 사람은 일부. 전쟁 끝난 지도 벌써 10년이니 제 인생 찾아 재향군인회와 거리를 두는 사람도 한 사발. 직장을 못 구하다 US MILK에 취직한 사람은 거기서 또다시 소수에 불과했고 그들 중 이번 민영화 조치로 해고된 자들은 또 일부에 불과했다. 어차피 US MILK의 핵심이 바로 유통이고, 새롭게 그 일부를 매입한 민간 기업들도 굳이 기존에 일하고 있던 배달부들을 해고할 이유가 썩 많진 않았기 때문이다.

"하루아침에 이렇게 짤린다니, 아무리 그래도 너무하는 거 아니오?!"

"너무하긴. 너희들이 공무원도 아닌데 유유자적 일하던 게 더 너무하지!"

"도허티가 그렇게 배때기를 불렸다는데 따지고 보면 너희도 공범이야! 남의 돈으로 잘 먹고 잘사니 좋더냐!"

하루아침에 직장을 잃은 일부 실업자들이 볼멘소리를 할라치면 대번에 빨갱이나 범죄자 소리를 들었으니, 입을 다물 수밖에.

아직 시민들 또한 애써 여유로운 척을 하고 있었다. 아직은. 늘 그랬듯 탄광 노동자, 농민, 우유 배달부와 같은 저급한 일을 하는 사람들은 우아하게 집에서 밀크티를 마시며 신문을 구독하는 사람들에게 저열하긴 매한가지인 인종들이었으니까. 역시 파업하는 노동자들에게 기관총을 갈겨버린 미합중국의 클라스는 어디 가지 않는다.

그렇지만 상황은 숨 가쁘게 흘러가고 있었다.

"US MILK의 분할 매각은 명백한 정경유착의 징조입니다! 민주당은 즉시 여당의 횡포에 맞서 시민들을 분필우유의 위협에서 구해내야 합니다!"

"와아아아!!! 휴이 롱(Huey Long)!! 휴이 롱!!"

"저는 루이지애나 주지사로서, US MILK 루이지애나주 사업부를 주정부가 매입할 것을 선언합니다! 민주당은 결코 강도 귀족들이 서민의 식탁을 위협하는 것을 좌시하지 않을 것입니다! 하딩의 유산을 제가 이어받겠습니다!!"

한 주지사는 US MILK 매각 결정에 정면으로 반기를 들고, 민간 기업 대신 주정부가 대신 자기네 주의 US MILK를 매입하겠노라 도전장을 던졌다.

정치판은 연일 혼미해져 가고 있었다. 민주당 너네, 부패 우유 유통상이랑 손잡았다 욕 뒤지게 처먹고 침몰했었지 않아? 민주당이 하딩의 유산을 계승하겠노라 외치고, 공화당이 US MILK를 부패집단이라 몰아가는 이 시국을 이해할 수 있는 사람은 아무도 없었다. 아니 진짜로, 이제 뭐가 뭔지 모르겠다고.

"저는 디트로이트의 기업인들을 대표하여 스무트—홀리법의 통과에 반대하며, 이를 폐기하거나 혹은 유예해주길 요청드립니다."

"저 또한 맨해튼의 금융가들을 대변하여 해당 법률의 위험성을 경고드리겠습니다. 스무트—홀리법은 유럽 국가들과의 전면적인 관세 전쟁을 촉발할 겁니다!"

"저희 경제학계의 교수진들 또한 합동 청원서를 제출하는 바입니다. 이 법률은 결코 자유주의적이지도, 시장경제에 부합하지도 않습니다."

헨리 포드와 J.P. 모건 주니어가 워싱턴 D.C.를 상대로 한목소리를 내는 드문 광경. 주가 폭락을 보면서도 결코 냉정을 잃지 않던 그들이다. 이 정도로 경악할 인물들이었다면 이미 애저녁에 대전쟁, 혹은 지난 불경기 앞에서 무너져내렸겠지. 하지만 그들조차 지금 거론되고 있는 스무트—홀리법의 상정을 눈앞에 두고서는 허겁지겁 워싱턴 D.C.로 달려올 수밖에 없었다.

"보호무역이라니, 대관절 누구 머릿속에서 나온 발상입니까?"

"시민들의 지지를 얻고 있는 법안입니다. 관세가 인상되면 국내 산업 경쟁력이 강화될 텐데 어째서 이익을 얻을 당신들이 반대를 하는 겁니까?"

"말도 안 되는 소립니다. 우린 수입국이 아니라 수출국입니다! 수출국! 세상에 수출국이 수입국을 상대로 관세장벽을 쌓는다구요? 저들의 제품을 우리가 사들이는 게 아닙니다! 우리가 저들에게 물건을 팔고 있어요!"

"이 법안이 통과되면, 저는 진지하게 디트로이트의 공장 중 일부를 유럽으로 이전하는 방안을 검토해야 합니다."

헨리 포드가 자신이 던질 수 있는 패 중 최강의 카드를 던졌음에도 행정부는 요지부동이었다. 정확히 말하자면, 후버를 뺀 행정부가 요지부동이었다.

"이보시오."

"예, 대통령 각하."

"나 또한 개인적으로는 이 법률이 옳지 않다고 믿고 있습니다."

"그렇다면……."

"당신네들은 모르겠지만, 나는 지금 궁지에 몰려 있어요. 내 턱 끝에 칼이 들이밀어지고 있는데 당신네들을 배려해줄 여유가 없단 말입니다! 포드 회장! 애초에 커티스를 후원해준 물주가 당신 아니오! 당신 애완견 관리를 똑바로 했어야지!"

"지금 제가 정치가를 매수해서 각하를 음해했단 말씀이십니까?"

"그건 아니지. 하지만 당신이 키웠던 개가 맹견이 되어 내 다리를 물어뜯잖소."

그는 월슨 밑에서 일했다는 치명적 약점이나 공화당 내에서 상대적으로 미약한 자신의 입지, 언제 시작될지 모르는 커티스의 공격 등에 대해 늘어놓는 대신 신경질적으로 얼굴을 찌푸리며 자신의 용건을 꺼내 들었다.

"이 나라의 최고 통수권자로서, 이 나라의 기둥과 같은 그대들 기업인들에게 요청드리고 싶은 바가 있습니다."

"말씀하시지요."

"이 위기는 일시적이며, 무엇보다 중요한 것은 시민들이 동요하지 않게끔

하는 것입니다. 당분간 해고, 무급 휴직, 임금 삭감과 같이 시장 혼란을 초래할 수 있는 행위를 자제해주면 좋겠소."

이번에는 포드가 미간을 찌푸렸다.

"지금… 기업가의 경영 활동에 간섭하시겠다고요."

"특수한 상황이잖소, 특수한 상황."

"나는 내 노동자를 함부로 해고하지 않습니다. 그들은 내 가족이니까요. 하지만 대통령 각하, 당신이 그걸 명령할 권한은 어디에도 없습니다."

"나는 당신들의 경영에 간섭하진 않소. 하지만, 정부의 지원을 원하는 회사는 당연히 정부 시책에 협조해야 합니다. 협조에 따라주는 회사를 먼저 챙겨주는 것조차 간섭이라고 하진 않겠지요?"

이것조차 반대할 수는 없었다. 법안 통과를 막기 위해 찾아갔던 이들은, 오히려 정부가 던져준 족쇄만 주렁주렁 매단 채 빈손으로 돌아갈 수밖에 없었다.

그리고 겨울이 다가왔고, 미국 시민들은 여태껏 보지 못한 신세계를 접하게 되었다.

* * *

[센트럴 파크를 가득 메운 판자촌!]

[경제 살린다던 후버가 만든 후버촌(Hooverville)을 보라!]

[강줄기를 따라 가득 피어나는 후버촌! 전염병 우려 급증!]

"자네 혹시 동전 남는 거 있나?"

"아니. 가진 거라곤 후버 깃발(Hoover Flags)뿐이야."

"제기랄. 술도 못 마시겠군."

"차에 넣을 기름이 없는데 어쩌죠?"

"우리도 남들처럼 후버차(Hoover Wagon)나 뽑아야겠어. 이따가 저 망할 기름 처먹는 엔진부터 들어내자고."

"베이브 루스 씨, 연봉 8만 달러는 너무 고액 아닙니까? 대통령조차 1년에 7.5만 달러를 받아 가는데요?"

"대관절 내 연봉이 후버랑 대체 무슨 상관입니까? 참고로 내 성적은 후버보다 좋습니다."

1930년. 영광의 20년대가 끝나고, 암흑의 30년대가 찾아왔다. 사람들은 점차 정부에 대한 신뢰를 잃어갔고, 하루하루 새롭게 등장하는 진풍경마다 존경하는 후버 각하의 이름을 따 네이밍하며 합중국 시민의 풍자와 위트 실력이 절대 모자라지 않음을 입증했다.

"국민 여러분. 법안이 통과되면 경기는 금방 돌아올 것입니다. 모두 안심하시고……."

"정말 후버가 경제를 살릴 수 있을까?"

"글쎄."

물론 이렇게 드립을 칠 수 있는 건 아직 그나마 살길이 남은 사람들이었다. 실업자 수는 폭발적으로 증가하기 시작했고, 의회는 연일 쩌렁쩌렁한 고함소리로 요동쳤다.

한밤중의 으슥한 공원. 나는 오랜만에 손님 한 분을 만나기 위해 코트에 모자를 푹 눌러쓰고 나와 있었다.

"오랜만이오, 킴 중령."

"요즘 귀하의 명성이 쩌렁쩌렁하더군요. 나도 당신 깃발을 갖고 있는데……."

"그 병신 같은 대통령이랑 나는 아무 친인척 관계도 아니오."

BOI. FBI의 전신이 되는 수사국 국장 자리를 거머쥔 에드거 후버는 하도 많이 들어서 지겹다는 듯 손사래를 쳤다. 농담을 농담으로 듣질 못하다니, 역시 노잼인 양반이야.

우리는 일단 입에 담배부터 하나씩 물었다.

"군은 좀 어떻소?"

"지금 수사국 국장이 나한테 뭘 묻는 겁니까?"

"내가 군을 수사할 정도로 미치진 않았거든. 그래서 묻는 거요."

"아무 일도 없습니다. 퍼싱 장군이 재향군인회에 나가서 호통 좀 쳤고, 돈 좀 받아먹은 놈들이 알아서 나가는 식으로 정리되었습니다."

"그럴 리가 없는데. 재향군인회 상층부가 무솔리니를 굉장히 롤모델로 삼고 있다는 거 알고 계셨소?"

이건 또 무슨 소리래. 내 어처구니가 없다는 듯한 표정을 본 듯 후버도 얼른 덧붙였다.

"하지만 퍼싱 장군이 개입한 이상 그놈들이 제2의 '로마 진군'을 꿈꿀 일은 없겠지. 재향군인회 말고 육군 이야기를 좀 해보시오."

뭔가 질문이 이상하잖아. 나는 후버의 얼굴에 초조함이 감돈단 사실을 알아차렸다.

"육군은… 특별한 조짐 없는데. 대체 무슨 의도지?"

"높으신 분들이 군을 점검 중이오. 향군을 들쑤셨으니 슬슬 걱정되나 보지."

"적어도 고급 군인들은 걱정 없다고 전해주시구려."

많은 사람들이 군을 때려치우고 나갔지만, 그건 어디까지나 바깥이 호황이던 시절 이야기. 지금같이 한 치 앞을 내다볼 수 없는 시기에 공무원은 언제나 행복하다. 어우 혈세 달달해.

"킴 중령 당신은 언제 보직 이동이지?"

"때가 되면 가지. 군바리 보직 바뀌는 거야 밥 먹듯 흔한 일이니까."

"나라면 해외 파견을 신청할 거요. 되도록 멀리. 중국이라거나, 파나마라거나. 아니면 장기 휴가 쓰고 유럽 여행도 좋고."

나는 대답하는 대신 가만히 그를 노려보았다.

"당신은… 커티스 의원의 사위잖소."

"그래서요?"

"걱정 많은 일부는 당신이 D.C. 근교에서 지휘봉을 잡고 있다는 데 굉장히 민감한 반응을 보이고 있소."

"하! 이 병신같은 거지새끼 군대 대대장 자리가 위협이 된다고?"

돈도 없고, 기강도 없고, 퇴근 생각밖에 없는 놈들 데리고 유진 킴이 위풍당당하게 워싱턴 D.C.로 진격한다? 드디어 피해망상으로 미쳐버린 건가?

"농담이 아냐. 지금 후버 행정부는 극도로 신경쇠약에 빠져 있소. 대통령, 장관, 친후버파 의원, 반후버파 의원, 커티스 계파는 아예 따로 있고. 벌써 책임 시비와 향후 정책 방향 등을 놓고……"

"나라 꼴 한번 환상적이구만."

"육군참모총장도 교체될 예정이오. 당신도 익히 아는… 더글라스 맥아더 소장을 필리핀에서 불러올 예정이지."

왜? 많고 많은 사람들을 제쳐놓고 왜 하필 맥아더를?

"지금 그 어느 때보다, 정치를 할 줄 아는 군인을 박아 놔야 하니까."

"전쟁영웅의 위명에 본인도 정치질 좀 할 줄 아니 맥아더가 가장 좋은 카드다? 납득은 되는군요."

"그렇지."

원 역사에 견주어 생각해 봐도, 시위가 일어났을 때 탱크로 밀어버릴 수 있을 만한 사람을 일부러 물색한 것 같은 인선이다.

"당분간 몸 사리시오. 나는 경고했으니 너무 뭐라 하지 말고."

"그거 아십니까? 나는 꼴받으면 브레이크 없는 놈입니다."

"대통령도 잡은 인간이 그렇게 말하니 더럽게 무섭군. 빌어먹을."

우리는 남들이 볼라 긴말하지 않고 곧장 반대 방향으로 흩어졌다.

저 멀리 보이는 백악관이 오늘은 참 소름 끼쳤다.

가장 어두운 시간 5

봄이 왔지만, 사람들의 얼어붙은 마음은 풀리지 않았다. 그나마 다행인 점이 있다면, 우리 집안은 이미 예전부터 신나게 투자 목적의 주식을 팔아 치웠단 점 정도인가.

27년 즈음에 유신이를 불러다가 이제 슬슬 가진 주식들을 현금화하자고 말했을 때 녀석은 날 미친놈 보듯 하면서, 최소 2년은 더 오를 주식들이라고 말했다. 그리고 1년이 지나 28년 즈음엔 유신이가 먼저 나서서 빨리 팔고 이 미친 주식시장을 뜨자며 방방대는 걸 말려야 했다. 장투용이랑 단투용은 좀 구분하란 말이야 이 멍청아.

그렇게 US 스틸, 코카콜라 등 굵직굵직한 우리의 포트폴리오는 몇 년에 걸쳐 싸그리 정리되었고, 본격적으로 대공황이 무르익을 때가 오면 아주 맛좋은 추수의 시간을 누릴 수 있겠지. 새롭게 확보한 실탄으로는 전에 고민했던 상륙전용 보트, 그리고 항공기 관련에 투자를 시작했다. 덤으로 호텔사에도 약간 투자를 해놨고.

아직 본격적인 투자는 멀었다. 이제 곧 모두가 죽어나갈 시즌이 오면 '제발 저희에게 달러의 은총을 베풀어 주소서.' 하면서 모두가 달려올 텐데 뭐

하러 지금 돈을 쓰겠나. 반액대매출이 별거 있나.

여기까지 했으면, 이제 단기간에 뿅하고 해결될 일은 없다. 결국 내가 할 일이라곤 늘 그렇듯 대대장실 의자에 앉아, 다리는 책상에 올린 채 담배를 쪽쪽 빨며 연기로 도너츠 만드는 법 연구하기 같은 만고에 쓸모없는 짓뿐.

그런데 불쑥 손님이 찾아왔다.

"하지? 네가 여긴 웬일이야?"

"일이 있어서 들렀습니다. 커피 한 잔도 안 주십니까?"

"있어 봐. 내가 끝내주는 유진 킴 표 커피를 타 줄 테니까."

"거참. 당번병은 왜 안 쓰고 그러시나 몰라."

"당번병은 무슨."

그냥 내가 타고 말지, 뭘 커피 심부름을 시키고 있어. 사실 커피 두 잔 주문하면 즉각 '넵.' 하고 커피가 나오는 기적이야말로 참으로 달달한 권력의 맛이지만, 지금 당번병도 일 시켜놓은 참이거든.

"자."

"감사합니다."

우리는 잠시 말없이 커피를 들이켰다.

이놈이 대체 왜 왔을까. 나는 길게 고민하지 않고 곧장 입을 열었다.

"무슨 일이야? 하루 이틀 얼굴 본 사이도 아닌데 말 편하게 하고."

"허. 눈치도 귀신이셔."

"아, 빨리 말해. 나 바빠."

"방금 그 자세로 봤을 때 전혀 안 바빠 보이던데."

"쓰으읍."

"마셜 중령이, D.C. 다녀오는 길에 킴 중령 얼굴이나 한번 보고 오라고 지시했습니다."

마셜이? 왜? 내가 묻기도 전에, 하지가 더욱 목소리를 내리깔았다.

"밖에 병사들이 분주하던데, 혹시 뭐 시키셨습니까?"

"아아. 정비 좀 빡세게 하라고 갈궜거든."

"…왜 의심받을 짓을 골라서 합니까?"

"의심? 무슨 의심? 시발, 너도 그 또라이 같은 소리 믿는 거야? 내가 그 뭐냐, '구국의 결단' 같은 거 한다고?"

"그럼 왜 전차는 수리하고 있냐고!!"

이 자식 봐라. 이제 막 하늘 같은 사수 앞에서 목소리를 높이고 있네.

"아니, 지금 나한테 화내? 어 열받네? 전차대대가 전차 수리하는 걸 문제라고 시비 걸고 있는 거야?"

"그냥 고장난 채로 냅두라고 이 답답이 양반아! 내가 지금 그 자리에 있었으면 아예 전차 엔진 전부 뜯어서 모아놓고 불이라도 질렀어! 당신 그런 거 존나 잘하잖아! 미친 짓!"

그러니까, 내가 어느 날 야밤에 병사들 죄다 모아놓고 전차에 전부 시동 걸고 워싱턴 D.C.로 진군한다고? 내가 왜? 미쳤어? 내 이름이 언제부터 임모탄이 됐냐고. 나는 이 걱정 많은 가엾은 친구를 계몽시켜주기로 결심했다.

"D.C.엔 해병대 있잖아, 해병대."

"방금 내가 전쟁부를 다녀왔는데, 그 해병대가 빨갱이 소굴이라는 말이 있던데?"

"지랄들을 해라, 지랄들을 해. 나는 쿠데타 음모 중이고, 해병대는 공산주의 반란 준비 중이라고? 하나만 해 하나만."

아, 진짜 가지가지 한다. 다들 먹고살기 팍팍하니 펄프 픽션 소설가로 데뷔하려고 그러나. 상상력이 존나게 풍부해져가지곤 별별 개소리를 하고 있네. 《더 선》에 취직하면 딱 좋겠어.

《더 선》은 내가 처음 제안한 모토대로, '30%의 진실 함유'라는 정책을 아주 충실히 이행 중이다. 한 번 홈런을 쳤으면 반드시 그 두 배쯤은 되는 개소리를 줄줄 늘어놓는 거지. 군바리 노릇도 한 양반들이니 《더 선》에서 대체역사소설 같은 거 쓰면 돈 잘 벌겠네.

참고로 옛날 옛적, '드와이트 판 브래들리' 이름으로 냈던 소설 인세는 한 푼도 못 받았다. 약간 팔리긴 팔렸다는데, 출판사가 빨간 맛 나는 지하 서적도 찍어내다가 당국에 걸려서 폐업 당했거든. 개같은 거 진짜. 그래도 이 부당한 모함도 유통기한 얼마 안 남았다.

"너 그거 못 들었냐?"

"뭐요."

"맥아더 나으리가 차기 참모총장으로 내정됐다는 썰이 있어."

"그래요? 내가 들은 건 다른 인물이었는데?"

하지는 다른 한 사람의 이름을 꺼냈고, 나는 그걸 듣고 잠시 턱을 쓰다 듬었다. 하지가 어디서 주워듣긴 한 모양인데, 내 정보는 위대한 편집증 변태 에드거 후버가 소스거든. 하지보단 후버피셜이 좀 더 정확하겠지.

"내가 들은 게 아마 맞을걸? 꽤 깊은 곳까지 아는 양반이 말해준 거라서."

"그럼 맥아더라고 치고, 뭐가 달라지는데요. 최연소 육참총장 기록 갱신?"

"어이구, 어이구. 생각이 고작 그 정도냐. 그 사람이 얼마나 징하게 핍박 을 받았어? 당장 퍼싱 밑에서 맥아더 선배 갈구던 사람이 한둘이야?"

"아!"

"그래. 오랜 모멸의 시간을 갖던 인간한테 후버가 칼을 쥐여줬으니 당연 히 소드마스터 맥아더 되고도 남지.

그런 인간이 육참총장에 앉아 있는데 헛짓거리 망상할 사람은 아무도 없 을걸? 솔직히 나였어도 명분만 생기면 칼춤 춘다. 괜히 헛짓거리하는 시늉 만 했다간 대번에 옷 벗기고 대가리 쳐버릴 거니까 그냥 숨만 쉬고 살아."

왕의 귀환. 오랫동안 퍼싱 밑에서 맥아더를 못 잡아먹어서 안달이던 쇼 몽파는 이 험악한 시기에 육군참모총장을 적으로 돌리게 되었다.

존나 자살하고 싶겠다. 불쌍해라. 경기가 좋았다면 호기롭게 더러워서 군생활 못 하겠다고 샤우팅 한번 질러 주면서 전역 신청이라도 하겠는데,

지금 같은 시기에 그러기엔 용기가 좀 모자랄걸? 우리 후버 각하가 노리는 것도 아마 이거겠지.

"근데 그 맥아더랑 또 친하잖습니까. 둘이서 손잡고 혹시……?"

"자꾸 개소리할 거면 꺼져! 마신 거 토해내!"

이 자식 살살 긁는 것 보소. 하지는 어맛 뜨거라 하며 도망갔지만, 내 마음의 찝찝함은 영 가시질 않았다.

다행스럽게도 아직 보너스아미가 워싱턴 D.C.에 모여드는 일은 없었고, 일자리를 잃어 흉폭해진 우유배달부들이 그리스건을 들고 상경하는 일도 없었다. 하지만 정말 그런 일이 벌어지면 난 어떻게 해야 하나.

물론 올바른 답안은 정해져 있다. 아무 일도 안 하고 그냥 내 임지에서 내 일이나 하는 것. 당분간 얌전히 살겠다고 결심했고, 그래서 중령이면 충분히 연대장을 맡을 법한데도 대대장 자리나 달라고 했다. 쿨리지의 그 눈빛을 보고도 깝칠 정도로 내가 미치지는 않았다고. 전차대대, 그것도 D.C. 근교에 배치받은 건 절대 내 본의가 아니다. 누구 발상인지 인사 담당자 머리 뚜껑 한번 따 봐야 해.

적당히 흘러가는 상황 보다가, 여차하면 그냥 가진 전차 싹 다 창정비로 돌려버려야지. 모든 전차를 디트로이트에 입고시키면 저 지랄이 좀 조용해지지 않겠나. 전차가 돌아올 때가 되면 내가 이 보직에서 사라진 뒤일 테니, 딱 좋겠어.

나는 슬며시 책상 밑에 꼬불쳐 놓은 술병 하나를 꺼냈다. 샌프란시스코에 다녀온 뒤로 자꾸 별별 악몽을 다 꾸게 되었다. 갑자기 빨간 머리가 된 아이크가 나타나서 '유진하르트 각하, 미국을 손에 넣으십시오.' 한다거나, 미합제국 초대 황제 더글라스 1세가 의회에서 우렁차게 제정을 선언하고 의원들이 박수를 친다거나, 밀러가 탈옥을 해서는 흑인 민란을 이끌고 갑자기 나를 원수로 추대한다거나…….

이쯤 되면 확실히 병이다. 이 시대의 정신과를 도무지 믿을 수 없어서 병원을 못 갈 뿐이지, 멀쩡하기만 했으면 정신과 상담 좀 받았을 텐데. 하지만 저 꿈을 복기해보면 늘 결론은 간단하다. 말년의 무솔리니처럼 거꾸로 대롱대롱 매달려 쌈박하게 납탄을 가득 선물받는 거지.

이 나라에서 쿠데타요? 워싱턴 D.C.를 먹는다고 미합중국을 지배할 수가 있나? 몇몇 주가 연방 탈퇴를 시도하는 것보다 더 가능성 없는 게 쿠데타다. 그러면 정말 미합중국은 안전한가? 그 어떤 방법도 이 나라의 정치체제를 무너뜨릴 수 없을까?

…나는 거기서 생각하는 것을 그만두었다. 아무 일도 하지 않을 거야. 난 몰라. 모른다고. 진짜로.

* * *

같은 시각. 워싱턴 D.C. 전쟁부.

"맥아더가 다음 참모총장이 되리라는 이야기가 들리고 있네."

어떻게 이럴 수가 있지. 필시 로비를 했음이 틀림없다. 그 집안 식구들이 온갖 로비와 감언이설로 사람들을 홀려대는 건 아주 도가 텄으니까.

"이보게, 정신 차려!"

"예. 듣고 있습니다."

"자네가 할 일이 아주 막중해. 이제 곧 감찰실장으로 발령날 거야. 맥아더가 함부로 칼춤을 추지 못하게 최대한 물고 늘어져."

"그놈이 억지를 쓰면요?"

"…감찰실장, 하기 싫나?"

"아닙니다."

자리에 모인 이들은 모두가 침통한 표정이었다. 미합중국은 지금 절체절명의 위기에 빠져 있다. 경제가 어려워지면 전쟁 위협은 당연히 커지고, 동시에 빨갱이들이 준동할 가능성 또한 높아진다. 가진 것 없는 놈들이 세상을 뒤엎고 싶어지는 건 항상 경제가 어려워질 때니까.

이런 중차대한 시국에 육군의 우두머리가 '그' 맥아더라고? 협조성이라곤 없고 제 잘난 맛에 사는 과시쟁이가?

"또 개혁이니 뭐니 하며 잘 돌아가는 조직을 파괴하려 드는 것 아닙니까?"

"혹시 그놈도 빨갱이는 아닐까요. 합중국의 대들보인 육군을 파괴해서 제 놈들의 혁명을 성공시키려 할지도······."

"말이 좀 되는 소리를 하게. 차라리 미국의 무솔리니가 되고 싶어 한다는 게 더 그럴듯하겠지."

"그놈이라면 그러고도 남지요. 자기가 왕인 줄 아는 인간 아닙니까."

하지만 여기서 아무리 맥아더를 욕한들, 현실이 바뀌진 않았다. 옷을 벗어야 하나. 맥아더가 웨스트포인트 교장으로 재직할 당시, 이들은 외부 인사들과 퇴역한 전직 군인들까지 끌어들여 그를 때려눕히기 위해 모든 힘을 다 쏟았다. 그 결과 웨스트포인트는 굳건히 전통을 지켜낼 수 있었고, 맥아더의 쇼맨십 가득한 자칭 개혁은 모두 물거품이 되었다. 정의가 승리한 것이다.

그때 물론 약간··· 인신공격성 내용도 있긴 했다. 약간 사소한 것들. 하지만 그건 다 승냥이 같은 언론 탓이지, 여기 있는 품위 넘치는 군부 인사들은 결코 개입하지 않았다. 아마도.

그런데 우리가 왜 전역의 공포에 떨어야 하는가? 어째서? 왜 그놈이 승리하고, 우리가 밀려나지 않을까 두려워해야 하는가? 세상이 원망스러웠다.

"앞으로 힘든 시기가 올 거야. 모두 대비들 잘 하라고."

"알겠습니다."

신임 감찰실장, 휴 드럼 소장은 한숨을 내쉬며 자리를 떴다. 결코 혼자 죽지는 않으리라.

가장 어두운 시간 6

1930년 여름이 끝나갈 무렵. 맥아더가 필리핀에서 돌아왔다. 이마의 주름살이 몇 개 더 늘어난 것이, 딱 봐도 고생깨나 한 모습이었다.

"어이쿠, 참모총장님 오셨습니까!"

"그만 놀리게."

"아니 됩니다! 소인 유진 킴, 한 마리 연어 되어 참모총장님을 충심으로 섬기고자……"

"집어치우게."

"옙."

더 하면 폭발할 것 같다. 지금 같은 시국에 참모총장이라니, 이거 완전 괴롭힘 MAX 아니냐. 물론 그래서 맥아더의 그 에고 가득한 자존심이 더 자극받고 있겠지만.

"이제 곧 빛나는 별 4개가 되실 텐데, 소감이 어떻습니까?"

"소감이라 할 게 어디 있나. 필리핀 상황은 개판이었네. 아마 본토라고 다를 건 없겠지. 어떻게든 전쟁에 대비해야 해."

"전쟁이라……"

"그래. 대전쟁이 끝난 지 얼마 되지도 않았는데 벌써 전쟁의 불꽃이 타오르고 있지 않나. 일본이 만주를 침략했다는 소식은 들었겠지?"

들었다. 이미 한참 고민했었고. 벌써 만주사변이 일어날 때였던가? 암만 생각해도 아닌 것 같은데. 내 기억으론 내년에 일어날 일인 것 같지만… 원래라면 하늘에 대고 고래고래 고함을 지르며 왜 멋대로 역사를 뒤트냐고 따져 보련만, 당장 내가 일본에서 한 일이 한두 건이 아니다 보니 원망도 못 하겠다. 내 업보려니 해야지.

원래는 제2차 세계대전도 한참 뒤에야 났었지만, 이미 만주사변이 1년 앞당겨진 마당에 진짜 전쟁이 나도 이상하지 않다. 갑자기 후버가 미쳐서 영국과 캐나다 침공을 명령할지도 모르는 일 아닌가. 어차피 군대가 전쟁에 대비하는 게 딱히 이상한 일도 아니고.

"내가 육참총장이 된다 한들, 쇼몽파 그 모리배들이 드글드글한 D.C.에 혼자 입성하면 아무 일도 못 하겠지."

"결국 다 그놈들을 윽박질러서라도 끌고 갈 것 아닙니까?"

"물론 이 맥아더는 그놈들이 아무리 답 없는 머저리들이라도 끌고 갈 수 있는 사람이지. 영웅을 이해하지 못하는 무지몽매한 자들의 음해야 영웅서사의 기본 아닌가."

캬. 저 대쪽 같은 자신감. 아주 대단해. 나한텐 없는 건데. 맥아더는 파이프에서 잠시 입을 뗐다.

"일단 유능한 부관이 필요하지. 내 생각에 자네 친구들 정도면 다 하나같이 유능한 것 같던데."

"누구 하나 뒤떨어지는 애들이 없지요. 흐음… 오마르 브래들리 어떻습니까? 93사단 참모장으로서 훌륭한 전술·전략적 안목을 보여주었고, 저도 무척 많은 도움을 받았습니다."

"지금 내게 필요한 건 결단력 충만한 사람이라네."

"그럼 역시 제임스 밴플리트지요. 아마 딱 필요한 사람일 겁니다. 어떻습니까? 마침 이 근처에 있는데……."

"훌륭한 지휘관이긴 하지만, 내가 원하는 인물은 아닌 것 같군."

이… 이… 이 답정녀 같으니! 이미 정해져 있잖아! 이 인간아! 그냥 내놓으라고 하라고!

"그러면 역시 드와이……."

"흠… 역시 아미앵의 영웅 유진 킴 중령의 추천은 차마 거절할 수가 없겠군. 내가 드와이트 데이비드 아이젠하워 소령이라는 인물에 대해 아는 바는 없지만, 귀관의 사람 보는 눈이 틀렸을 리가 없지. 내 기꺼이 그를 부관으로 곁에 두고자 하네."

사기꾼. 아주 지독한 사기꾼. 혹시 앞의 둘은 마셜의 손이 닿았다고 이러는 거니? 이미 육군참모총장 되면 경쟁이고 나발이고 그냥 이긴 거잖아. 근데도 아직 그런 거여?

미안해, 아이크. 너는 결국 맥아더 밑에서 충실한 도비로 일할 운명인가봐. 내 나름대로는 운명을 바꿔 보려 했는데… 어… 그냥 그렇게 살아야 할 것 같애. 그치만 맥아더는 밥도 주고 휴식도 주는 착한 노예주니까 나름대로 괜찮지 않을까? 참모총장 부관, 그거 나도 해봐서 아는데 굉장히 커리어에도 도움 되고 얻는 것도 많아서 다 경험이다~ 생각하고 비록 몸과 마음은 힘들지라도…….

명복을 빈다. 아무튼 잘 살겠지 뭐. 솔직히 맥아더가 이미 찍어 놓고 답정녀짓한 거니까 내 잘못의 비중은 실로 0에 수렴한다고 할 수 있다. 진짜로. 이건 마셜도 인정할 듯.

"그리고 이제 본론으로 들어가지."

"아이크 데려가겠다는 게 본론 아니었습니까?"

"물론 그건 애피타이저지. 유진, 워싱턴 D.C.로 올 생각 있나?"

맥아더의 눈이 가늘어졌다.

"아까도 말했지만, 내 편이 너무 없어. 자네가 꼭 와서 날 도와줬으면 좋겠네."

"싫은데요."

나더러 또 갈려나가라고? 그러다 나중엔 신나는 보너스 파티 불꽃놀이
에 참가하라고도 하겠다? 옛날에 꿨던 꿈이 생각난다. 어쩐지 자꾸 꿈에
하딩이 나와서 망할 노래를 부르더라고. 그건 필시 내가 준 블랙 로터스 카
드에 감격해서 수호령이 된 하딩이 내게 보내는 경고의 메시지렷다.

그러니까, 나는 그냥 미국을 뜰래.

"저 1년 정도 휴가를 쓰고 싶습니다."

"아… 휴가?"

"물론이죠. 뭘 생각하셨습니까?"

내가 되묻자 맥아더는 몸에 힘을 쭉 빼고 천천히 늘어졌다.

"자네가… 실전부대를 계속 쥐고 있으려 할까 봐 한번 물어봤네."

"아 진짜! 그딴 거 안 한다니까요?!"

미합제국 황제 더글라스 1세가 어디서 자꾸 나한테 그런 거 묻고 있어!
솔직히 '미 육군에서 가장 파시스트 냄새 진한 사람을 한 명만 고르시오'라
고 하면 백 명 중 여든 명은 맥아더 당신을 고를 거라고. 나는 애초에 위국
헌신 군인본분의 화신이니 논외고. 내가 응? 이 한 몸 불태워 서울광장에
전차 굴러다니는 꼬라지도 막았던 사람인데 파쇼 소리 들으면 얼마나 억울
하겠냐고.

"저는 분명하게 확답드리겠습니다. 한 1년 정도, 아니, 대놓고 말하지요.
다음 대선 때까지 아예 장기 휴가 쓰고 유럽으로 가고 싶습니다."

"으음… 그건 좀……."

"그리고 그 전차부대, 지금 모든 전차를 죄다 창정비로 입고시켰거든요?
우리 전차 다 디트로이트 갔다구요, 디트로이트. 하늘나라 말고 디트로이
트!"

그러니까 내가 전차를 몰고 니놈들의 머리통을 다 날려 버릴 일은 없다

고, 이 정치인 놈들아.

"지금 다음 대선까지 몇 년이 남았는데 그 기간을 통으로 휴가를 쓰겠단 겐가? 그럴 순 없네."

"하지만……."

"좋아. 내가 적당한 행정 위주의 보직 하나를 수배해서 자네에게 던져주지. 내가 전쟁부에 자리 잡는 대로 곧장 넘어오게. 그리고 1년, 아니, 1년도 아냐. 몇 달만 빡세게 일해주면 자네 소원대로 휴가 보내주겠네."

맥아더의 타협안을 거절할 정도로 미치진 않았다. 이 정도면 아주 만족스러운 결과물이구만. 어차피 막내가 좀 커야 유럽도 갈 수 있을 테고, 딱 좋아. 우리 가족은 이 지옥 같은 아메리카 대륙을 떠나 유럽 일주 한 바퀴 하는 거다. 영국 찍고, 프랑스로 간 뒤, 독일과 이탈리아를 구경하고, 이 당시 안 가면 대역죄 취급받는 그리스도 한 번 관광하고 스페인을 마지막으로 돌아오면 된다. 음. 완벽해.

이것으로 우리 애들의 정서발달에 도움이 가득 될 완벽한 여행 프로젝트가 완성되었다. 이제 내 머릿속에 참호로만 도배된 기억을 좀 블링블링하고 아름다우며 목가적이기도 한 유럽의 멋진 풍경으로 교체할 때도 됐어.

나는 맥아더가 제안하는 몇몇 보직에 대한 설명을 들으며 고민에 빠졌다. 뭘 해야 숨만 쉬면서 월급 타 먹을 수 있을까. 일하기 싫어요.

* * *

1931년. 이제 모두가 깨달을 수 있었다. 더 이상 미합중국이 희대의 시련에 빠졌다는 사실을 부정하는 이는 보기 드물었다.

보기 드물다는 말은… 일부 있다는 말이기도 하다. 특히 백악관에 많이 모여 살았다.

"대체! 대체 왜 경기 침체가 일어나는 거지? 왜??"

"이게 다 그 망할 스무트—홀리법 때문이잖소!"

"웃기는 소리! 수출입이 우리나라에서 차지하는 비중이 뭐 얼마나 된다고!"

"지금이라도 빨갱이 소리 듣는 정책을 때려치워야 합니다! 공공근로니 대규모 토목공사니 하는 소련 새끼들이나 할 법한 정책은 그만두고 대기업에 지원금을 집중시켜야 합니다!"

"서민들의 돈줄조차 끊겠다 그 말입니까? 그들이 먹고살 최저한의 돈을 나라에서 대줘야 그 기업도 물건을 팔아먹을 수 있습니다! 댐 공사만큼은 해야 해요!"

"농촌은 끝장났습니다. 농촌에 대출을 많이 해 준 은행 순서대로 파산하고 있습니다."

"파산한 은행이 2천 개가 넘습니다. 과감한 시장 개입이 필요합니다."

"각하, 금본위제를 포기하시지요."

"이 빨갱이 새끼들의 말에 귀를 기울이시면 안 됩니다, 각하. 지금이라도 군을 동원해야 합니다. 적화 혁명이 눈앞에 다가왔습니다."

"그만! 그마아안!!"

탕탕탕! 후버의 벽력같은 고함소리에 잠시 모두가 입을 다물었다.

"우리는 우리의 할 일을 해야 합니다… 맨해튼과 디트로이트의 갑부들은 좀 어떻소? 지금이야말로 그들의 숭고한 도움이 필요할 때인데."

"그들은 이미 해고와 임금 삭감을 자제해달라는 우리의 요청도 꽤 오랜 기간 준수했고, 세금 인상안에도 동의했으며, 제법 많은 돈을 모아 자선 활동에 나섰습니다."

"하지만 한두 푼 모은 돈으로는 저 밖에 득실득실한 실업자들에게 멀건 죽 한 끼 배급하기도 빠듯합니다."

"대체 내가 뭘 어떻게 해야 이 지옥 같은 나라를 구제할 수 있을지 모르겠군. 누구든 좋으니 답을 알려주면 좋으련만."

자리에 있던 사람 중 한 명이 조심스럽게 입을 열었다.

"각하."

"뭡니까."

"지금 하원 발의를 통과한 법안에 대해서는 어떻게 하시겠습니까?"

"법안이 한두 개요? 어떤 걸 말하는 겁니까."

"참전군인 원호 관련……."

"또또! 지금 전 국민이 불경기 앞에 고통받는데 어째서 그들만 특별히 챙겨줘야 한단 겁니까!"

대통령이 채 입을 열기도 전에 장내는 수라장이 되었다. 하딩 대통령 재임 중 통과되었던 참전용사 보너스 지급 관련 법령에 따르면, 합중국 정부는 보너스 중 일부는 즉시 지급하고, 일부는 20년에 걸쳐 신탁기금을 조성하여 1945년에 지급하기로 하였다. 하지만 경기가 이 모양 이 꼴이 되자, 참전용사들과 그들을 지지하는 정치인들은 기금을 헐고 즉각 보너스를 지급해 달라고 외치고 있었다.

"지금 통과된 법률에 따르면, 기존에 일자리가 있다가 불경기로 해고된 참전용사들을 정부 주도 공공근로에 우선 선발할 것. 그리고 45년으로 연기된 보너스를 즉시 지급할 것을……."

"그 돈이 대관절 어디서 나온단 말이오. 형평성에 어긋나는 행동은 할 수 없습니다."

후버는 다 죽어가는 목소리로 대답했다.

"나 또한 그들을 돕고 싶으나, 더 이상 재원이 없소."

그렇게 후버가 손을 절레절레 흔들며 답이 없다고 외칠 때 즈음.

"후버는 우리의 보너스를 내놔라!"

"후버는 우리의 일자리를 돌려달라!"

"여기서 죽느니 차라리 D.C.에서 죽자!"

"가자! D.C.로! 모이자! D.C.에서!"

전국 각지에서 엉망이 된 몰골의 참전용사들이 속속 워싱턴 D.C.행 기차를 타기 시작했다. 더 이상 가진 가재도구 하나도 없이, 부인과 아이들을 데리고 D.C.로 올라가는 이들의 목적은 단 하나. 1945년이 되기 전에 제발 빵 한 덩이라도 더 받아먹는 것이었다.

"대전쟁 참전군인들이 집단으로 상경하고 있습니다."

"수효는?"

"집계가 불가능합니다. 너무 많습니다!"

"전직 우유 배달부들이 한둘이 아닐 텐데… 못해도 그리스건 한 자루씩은 가지고 있지 않겠습니까?"

"공산당이요! 공산당이 사주한 게 틀림없습니다!"

"다들 정신 차리세요! 러시아제국이 어떻게 무너졌습니까? 피의 일요일을 미국에서도 벌이고 싶나요?"

"그 반대지! 우리가 진압하지 못하면 놈들이 의사당과 백악관을 장악하고 혁명정권 수립을 선언할 게요!"

"해병대, 해병대는?"

"그놈들을 어떻게 믿습니까? 소련도 독일도 수병 반란에서부터 시작했습니다!"

그렇게 전쟁부에 수십 개의 별들이 모여 꽤액꽤액 소리치고 있을 동안에도, 기차역에서 쏟아진 거지 떼들은 하나둘 강변으로 가 새로운 판잣집을 짓기 시작했다.

워싱턴 D.C.를 어느새 빼곡하니 채우기 시작한 새로운 후버촌. 모습은 꾀죄죄하고 수염조차 다듬지 못해 모두가 하나같이 거지꼴이었지만, 그들은 절망하기보다는 희망을 공유하고 있었다. 이 나라는 우리를 버리지 않을 것이다. 우리의 절박함을 소리 높여 외친다면, 적어도 숨구멍 정도는 열어주지 않을까?

"안녕하세요, 《더 선》에서 나왔습니다. 혹시 인터뷰 가능하신가요?"

"물론입니다. 편히 말씀하시지요."

"성함이 어떻게 되시는지요?"

"존 밀러, 93사단 출신입니다."

"역시! 흑인이 중간중간 섞여 있길래 사실 많이 도드라져 보였거든요. 그래서 밀러 씨는 여기 어쩌다 오게 되었습니까?"

"저는 가족들 건사할 약간의 돈은 남아 있지만… 전우들을 차마 여기에 내버려두고 혼자만 따뜻한 집에 있을 순 없어서 이렇게 나오게 되었습니다."

그는 저 멀리 펄럭이는 플래카드를 턱으로 힐끗 가리켰다.

"과거 미국원정군(American Expeditionary Force)은 유럽에 자유와 평화를 되찾아주었지요. 이제 우리 우유원정군(Milk Expeditionary Force)은 잃어버린 직장, 그리고 존엄성을 되찾을 겁니다."

8장
우유, 피, 그리고 푸른 별

우유, 피, 그리고 푸른 별 1

준비가 끝났다. 나는 기쁜 마음으로 휴가를 떠날 모든 준비를 마쳤다.

"정말 갈 거야?"

"그으으럼. 가야지."

내가 이 휴가를 얻기 위해 얼마나 곡소리를 내며 일했던가. 얼굴도 제대로 씻지 못해 개기름이 번들거리는 아이크가 날 원망 어린 눈길로 바라봤다.

"날 이 지옥에 버려두고 휴가를 가시겠다고? 유럽으로?"

"여우 같은 부인과 토끼 같은 네 아이들이 내 휴가 날만 기다리고 있다고. 가야지."

"도망치지 마! 도망치지 말라고!!"

"동양의 고대 전술론 중 삼십육계라는 것이 있는데, 그중 으뜸은 바로 '못 이기겠으면 튀어라'라고 하지. 육도와 삼략에 능한 이 유진 킴이 어찌 퇴각을 거리끼리오?"

보고 계십니까, 하후무 선생님? 이 유진 킴이 육도삼략 마스터의 명성을 이어나가겠습니다. 안심하십시오.

"너어어는 진짜 못됐다… 날 부관 자리에 꽂아 놓고 튄다니……."

오해하지 말게, 나의 베스트 프렌드여. 애초에 맥아더는 널 점찍어 놨다니까? 답정너였어, 답정너. 아주 눈 감고 귀 막고 에베벱 아이젠하워 내놔 에베벱 수준이었는데 내가 뭐 어쩌겠냐고.

"솔직히, 이젠 내가 미국에 없는 게 모두에게 좋을 것 같다."

"무서운 소릴 하고 있네. 꼭 어디 외국에 말뚝이라도 박겠단 말로 들린다고."

"그건 아니지. 대선 끝날 때쯤엔 돌아오지 않을까?"

그땐 당연히 FDR이 대통령이 되어 있을 테니, 열심히 딸랑거리면서 돌아와야. FDR에게 밉보였다면? 그럼 당연히 미국 떠야지. 감히 4선 대통령님께 밉보이고도 미국에서 군생활을 하겠다구요? 난 그 정도로 생각 없는 미친놈이 아니다.

영국이나 프랑스로 건너가서 은퇴한 영감들이 흔히 하듯 회고록 같은 거나 팔아먹으며 살면 딱히 심심할 일도 없을 듯하다. 정 굶어 죽을 것 같고 관심도 고프면 대충 예언 좀 해주면서 샤먼 아메리카 하지 뭐.

"나쁜 새끼. 잠잠해질 때까지 꿀을 빨겠다는 그 얄팍한 속셈이 훤히 보인다."

"야야. 나도 지금 칼날 위를 걸어 다니는 기분이라고. 내가 유럽으로 꺼져 준다고 하니까 칼같이 휴가 통과되는 거 봤지?"

"…그래, 나도 그냥 해본 소리야."

결국 그렇다. 휴가는 장식이고, 사실상 귀양. 대충 잠잠해질 때까지 꺼져 줬으면 한다는 속마음이 아주 훤히 보인다.

우유원정군(Milk Expeditionary Force). 약칭 우유군대(Milk Army). 그냥 가재 잡고 도랑 쳐보자는 내 얄팍한 발상의 결과가 US MILK라는 놀라운 결과로 돌아왔고, 마치 새옹지마라는 사자성어가 어떤 의미인지 보여주고 싶기라도 한 것인지 그 결말은 추잡한 정치 싸움으로 끝나버렸다.

하지만 결코 세상에 '그냥 끝'이란 없다는 듯, US MILK의 해체는 다시

다음 사건의 마중물이 되어 원 역사보다 훨씬 더 거대해진 듯한 보너스아미 사건으로 돌아오고 있었다.

"우리에게 일자리를 달라!!"

"우리는 일하고 싶습니다!!"

"10년 뒤의 500달러는 관심 없습니다. 지금 당장 아이들 배를 채울 50센트가 필요합니다. 부디 우리의 정당한 몫인 보너스를 즉시 지급해 주십시오!"

"지급해 주십시오!!"

곳곳에 펄럭이는 깃발. 그리고 떼 지어 행진하는 참전 용사들. 그들을 뚫어져라 노려보는 경찰들.

워싱턴 D.C.는 거대한 화약고였다. 그리고 나는 여기서 최대한 멀어지는 것을 택했다. 천날만날 사람들이 와서는 이 새끼 이상한 짓 안 하나 지켜보고 있는 상황. 이건 전혀 좋지 못하다. 군바리가 존재하는 이유는 당연히 나라를 지키기 위함인데, 지금 그 군바리가 나라에 위협이 된다는 뜻 아닌가.

구국의 결단이니, 파시즘 혁명이니 이딴 건 관심 없다. 그러니 그냥, 내가 빠지면 된다.

"킴 중령! 아이젠하워 소령!"

"무슨 일이십니까?"

"급하게 회의가 소집되었네. 빨리 오게."

"저는 좀 빼주시면 안 될까요? 저 오늘 퇴근하면 휴간데⋯⋯."

"헛소리 그만하고 빨리 와!"

"옙."

망할. 내 인생이 그렇지 뭐.

* * *

"스스로를 우유원정군이라 자칭하는 불온 시위대의 수효가 갈수록 불어나고 있습니다."

"역시 빨갱이 새끼들이라니까요. 지금 당장 진압해야 합니다!"

솔직히 보너스아미라는 사건에 대해 아는 건 없다. 미지급 보너스 달라고 워싱턴 D.C.로 상경한 시위대를 전차로 밀었다는 정도? 게다가 아는 게 있었어도, 어차피 보너스아미가 밀크아미로 바뀐 순간 그 지식은 아무짝에도 쓸모없어졌으리라.

"시민들의 반응은?"

"큰 반향 자체가 없습니다. 이들은 정해진 시간에 거리로 나와 시위를 한 후 해산하고 있으며……."

"대응은."

"경찰이 주도하고 있습니다."

맥아더는 지도를 뚫어져라 노려보며 생각에 잠겼다.

"우리는 최악의 가능성을 항상 염두에 둬야 하지. 저들의 무장 상태를 추론할 방법은 없나?"

"전직 우유 배달부들이 제법 많은 만큼, 다들 코트 안에 그리스건 한 자루씩은 있다고 봐야 하지 않겠습니까."

한국인이었던 내겐 너무나 아스트랄한 이야기지만, 현실이 그런 걸 어쩌겠나. 갓 해 뜨는 새벽녘에 혼자 우유 배달하려고 싸돌아다니는 아저씨들은 걸어 다니는 현금통이라고 할 수 있다. 이 험난한 미합중국에서 현금을 가지고 배달을 돌아다니려면 당연히 맛 좋은 주유기 한 자루쯤은 들고 다녀야 하지 않을까?

"3만이면 얼추 1개 사단이군?"

"그리스건과 엽총으로 무장한 완편 1개 사단이 시위 장소를 벗어나 백악관과 의사당 탈취를 위해 진격한다고 가정해보겠습니다. 현재 D.C에 주둔 중인 병력으로는……."

"저 파도에 쓸려나갈 뿐이지."

"해병대를 계산에 추가해야 하지 않겠습니까?"

"총장님, 해병대를 믿을 수는 없습니다. 빨갱이들의 수법을 고려하시지요. 그들은 항상 수도에 있는 무력집단을 포섭한 후에야 봉기했습니다."

"높은 확률로 빨간 물에 물들어 제 놈들이 환장해 마지않는 좌익 혁명을 시도할 겁니다. 해병대는 철저히 배제되어야 합니다."

그… 그런가? 나조차 그런가 싶은데 맥아더야 말할 게 뭐가 있겠나. 그는 피식 웃으며 탁탁 지도를 두드렸다.

"…해병대가 빨간 물이 들었는지 아닌지 여부는 중요하지 않아. 일단 우리의 계산상에서 해병대는 완전히 배제하자고."

"알겠습니다."

"수에서 절대적으로 불리한 만큼, 강력한 병기의 힘을 빌릴 수밖에 없습니다."

"전차를 D.C.에 끌고 오자고요? 다들 미쳤습니까?"

"그럼 어떻게 폭도를 막으란 말이오!"

그… 죄송한데, 지금 D.C.에 전차는 남아 있지 않걸랑요. 제가 전부 디트로이트 보내버려서… 내가 막 그렇게 운을 떼려는 순간, 저 구석에 있던 드럼이 과장스럽게 몸을 이리저리 움직이며 제스처를 취했다.

"얼마 전까지 킴 중령이 지휘하던 전차대대의 전차는 모두 이상 없으며, 즉시 전력으로 투입 가능합니다."

"그걸 왜 감찰실장이 따지고 있습니까?"

"킴 중령은 해당 대대가 보유하고 있던 전차 전체를 디트로이트에 입고하려고 하였으나, 저희 감찰실에서 확인한 결과 모두 어떠한 이상도 없었기에 해당 정비를 취소하고 모두 원대 복귀시켰습니다."

주변의 분위기가 이상해졌다. '수도 인근에서 전차를 치우려고 했다고? HOXY… 빨갱이?' 하는 저 표정들. 시발. 아니, 얼마 전까진 '전차를 수리하다니 HOXY… 파쇼?' 같은 소릴 들었는데 이젠 전차 입고시켰다고 빨갱이야? 더러워서 못 해먹겠네. 개같은 거 진짜.

"전차 출동 준비시키시오."

"존경하는 참모총장님. 저는 까라면 까는 놈이니 얼마든지 기병도로 폭도들의 대갈통을 찍을 수 있습니다."

내 후임자, 패튼은 누가 봐도 낮술 한잔 걸친 모양새였다.

"하지만 아직 저들이 무력을 동원하는 모양새는 보이지 않고 있습니다. 비폭력 시위대를 전차로 짓밟는 게 딱히 육군의 명예에 도움이 되진 않을 텐데요?"

"나도 알고 있네. 그러면 반대로 묻지. 군인이 제멋대로 명예로운 적, 불명예스러운 적을 구분해서 싸우는 게 가당한 일인가?"

"…지금 바로 출동 준비하겠습니다."

그는 건성건성 팔을 휘적이며 경례하는 시늉을 하고는 곧장 회의실을 나갔다. 그 직후, 똑바로 닫히지 않은 문틈으로 "씨바아아알!!" 하는 괴성과 와장창하며 뭔가 박살나는 소리가 들렸지만 아무도 거기에 대해선 논하지 않았다.

"킴 중령."

맥아더가 슥 나를 바라보며 말했다.

"예, 총장님."

"휴가 잘 다녀오게."

"감사합니다."

빨리 사라져주길 바란다는 그의 대답에, 나는 고개만 끄덕일 수밖에 없었다.

* * *

1931년 7월. 뾰족한 바늘 하나만 가져다대는 순간 빠아앙 하고 터질 것처럼 모두의 가슴이 부풀어올랐다.

하지만 나와는 아무 상관 없다. 못 본 척. 바쁜 척. 그래, 원 역사의 보너스아미와 달리 맥아더나 패튼이나 그리 무작정 밀어버릴 사람들은 아니다. 내가 없어도 크게 뭔가 일어나진 않을 거다. 어차피 내가 하던 일은 항상 뒤에 숨어서 꼼지락대던 것들이잖은가? 정면에 노출되는 순간 별로 재미없다.

그렇게 스스로에게 최면을 걸던 순간, 바로 눈앞에 보이는 플래카드 하나가 내 발목을 붙잡았다.

'미합중국 육군 제93보병사단 전우회'

내가 아무리 뻔뻔한 인간이라도, 저것마저 외면할 수는 없었다. 나는 홀린 듯이 저 깃발처럼 펄럭이는 플래카드를 향해 다가갔다.

"후버는 일자리를 돌려달라!"

"돌려달라! 돌려달라!"

"거기, 우리 말씀을 좀 들어주시겠… 습… 니……."

"목 다 쉬겠어? 귀가 아파서 이거 원 살 수가 있나."

"사단장님?"

"혹시, 사단장님 맞으십니까?"

"내가 모르는 사이에 영관 달고 돌아다니는 원숭이가 하나 더 생겼나?"

내가 너스레를 떨기 무섭게, 이 망할 깜둥이들은 하던 시위도 때려치우고 갑자기 내 곁으로 우르르 몰려들었다.

"저리 가! 저리 가 이 자식들아! 답답해!"

"장군님! 장군님!!"

"저흴 도와주러 오셨습니까?"

"아니? 나 내일부로 유럽으로 쫓겨나는데?"

미안해 얘들아. 그냥 혹시나 구경만 온 거야. 이들의 얼굴에 순간 가득 차오르던 희망이 싹 사라지고, 다시 침울함이 그 자리를 메꿨다.

"저희가 바라는 게 대단한 것도 아니잖습니까."

"혹시 장군님께서 높으신 분들께 잘 말씀해주실 순 없겠습니까?"

"나도 상황은 잘 알고 있습니다. 여러분들이 무척 힘든 처지인 것도, 미래의 거금보다 지금 당장 생계를 이어나갈 지원이 필요한 것도 알고 있습니다. 하지만 모두가 어려운 만큼……."

결국 나도 이들에게 해줄 수 있는 이야기라고는 뻔한 내용뿐이었다. 후버는 이미 D.C.에 모인 시위대에게 '마지막 기회'를 한 번 베풀었다. 나랏돈으로 고향에 돌아갈 편도 티켓을 제공해 주겠다고 한 것이다. 이걸 받고 제법 많은 사람들이 고향으로 떠나긴 했지만, 지금 이 시간에도 속속 D.C.에 도착해 새 판잣집을 짓는 이들이 더 늘어나 결국 총인원은 크게 다를 바 없는 플러스마이너스 제로였다.

"짭새다! 짭새가 움직인다!"

"장군님, 일단 피하시지요! 경찰에게 휘말립니다!"

"아니, 내가 지금 육군 군복을 입고 있는데……."

"가스!! 가스!!!! 가스가 온다!"

"이 미친?!"

자욱한 연막이 깔리기 시작하고. 철그렁거리는 소리와 함께 기관총이 곳곳에 거치되기 시작했다.

"씨발! 경찰이 왜 기관총을 갖고 있어?!"

"뒤로 물러나십시오! 장군님을 뒤로 빼드려! 빨리!!"

진압작전이 시작되었다.

우유, 피, 그리고 푸른 별 2

　뉴욕 근교의 작은 별장. 맨해튼의 애널리스트들이 올망졸망 모여 별장을 사들이던 이 근교 별장촌에서, 주인이 아직 살아 있는 집은 그리 많지 않았다. 그리고 지금, 난데없이 몇 대의 차가 들이닥치고 권총을 든 사람들이 한 별장으로 쏟아져 들어갔다.

　타탕! 타타타!

　"전부 꼼짝 마!"

　"엎드려! BOI다!!"

　"히익! 사, 살려만 주세요!"

　"쏘지 마세요! 비무장입니다!"

　체포작전을 멀리서 바라보고 있던 에드거 후버는 담배 파이프에 불을 붙였다.

　'이 나라가 대체 어떻게 되려고.'

　대가리에 피도 안 마른 젊은 것들이 이제 막 사회로 나설 때, 갑자기 경제가 무너지고 세상이 거지들로 가득 차버렸다. 이런 세상 속에서 비뚤어진 애국심, 혹은 내가 나라를 바꾸겠다는 호기를 품지 않는 청년은 별로 없을 터.

그리고 그들 중 잘못된 방법에 눈을 돌리는 이들도 제법 있었다. 마르크스—레닌주의 같은.

"5명을 체포했고 도주한 2명을 추격 중입니다."

"오늘 내로 무조건 잡아. 전부 미국 시민인가?"

"5명 중 3명은 미국 시민이고 2명은 일본 국적입니다."

"그럼 별도의 사법절차 대신 그냥 추방시키자고. 봐줄 것 없다."

"알겠습니다."

이런 피라미들과 어울릴 시간은 없지만, 지금은 잠시 D.C.를 떠나 있는 편이 더 나을 것 같았다. 지금은 내 시간이 아니다. 더 몸값이 높아지기까지 기다려야 한다. 그는 문득 지금쯤 D.C.에 있을 한 인물이 생각났다.

유진 킴. 그 음흉한 정치 괴물이 이 좋은 기회를 놓칠 리 없다. 커티스 의원의 대권 행보가 좌절될 무렵부터 보나 마나 각종 음모를 준비했겠지. 애시당초 이번 우유원정군조차 유진 킴의 손길이 가득 닿은 놈들이 부지기수이고, 정부의 대응책을 맡을 더글라스 맥아더 육군참모총장에게도 강력한 영향력을 행사할 수 있다. 시위대와 진압군 모두에게 깊은 영향을 끼칠 수 있는 상황이 '그냥' 나온다고?

'말도 안 되는 이야기지.'

이제 후버도 제법 필드에서 구를 만큼 굴렀고, D.C.의 괴물들과도 몇 번 부딪쳐 보았다. 그리고 그때마다 자신이 얼마나 유진 킴이란 인물을 과소평가했는지 깨닫고 몸서리를 쳤다.

대체 언제부터 준비했을까? 이 나라를 집어삼키기 위해 시위대를 제물로 쓸까. 아니면 후버 행정부와 맥아더를 세트로 묶어서 같이 지옥에 처박을까.

정확한 판단을 내릴 수 없는 지금, 에드거 후버의 선택은 일 보 후퇴였다. 상대의 손패도 모르는데 무모하게 뛰어드는 어리석은 짓은 한 번으로 충분했으니까. 아마 D.C.로 돌아갈 무렵이면 모든 게 끝나 있으리라.

미합'중국' 정치인의 덕목 중 으뜸이라 하면 당연히 파업 때려잡는 강인한 투사로서의 기질이다. 당장 전 대통령 쿨리지가 명성을 떨친 게 경찰 파업을 때려잡으면서였고, 하딩은 탄광 노동자 파업 당시 항공 폭격을 가하겠다고 공갈을 친 전력이 있다. 사업주들끼리 단결해 사병을 끌어모아 '전투'를 치르는 경우도 심심찮게 벌어지는 이 나라에서, 무력 진압이라는 건 애초에 밥 먹듯이 벌어지는 일이라 설마설마 하긴 했는데.

"콜록, 콜록……."

"장군님, 괜찮으십니까?"

"그 장군 하던 게 벌써 10년도 넘었구만. 이 사람들이 진짜."

조졌다. 아무래도 나는, 제대로 조진 모양이다. 눈물 콧물 모조리 쥐어짜는 최루탄 가스가 온 사방을 가득 메우고, 저편에서 끔찍한 기관총 소리가 울려 퍼지자 참전 용사들의 트라우마가 제대로 격발되고 말았다.

경찰도 최후의 양심이나 뒷감당 생각은 있었는지 기관총을 대놓고 사람들을 향해 갈기진 않았지만… 결국 엄청난 혼란과 공황 속에서 시위대원 세 명이 목숨을 잃었다. 그리고 마치 참호에 돌아온 듯한 이 최악의 환경 속에서, 몇몇 참전 용사들은 트라우마를 참지 못하고 경찰에게 달려들어 유혈 사태가 일어났다.

부상자를 제하고도 시위대원 셋 사망. 그리고 경찰 둘 사망. 사람이 죽은 이상, 절대 좋게좋게 끝날 수 없게 되었다. 여기까지는 우유원정대의 상황.

그리고 나 개인으로서는…….

"제너럴 킴?"

"제너럴 킴이 저희에게 합류해주시는 겁니까?"

"그런 거 아닙니다."

너무나도 충직한 우리 93사단 용사 여러분들께선, 시위 현장에서 총성이 울려 퍼지기 시작하자 곧장 나를 둘러싸고 현장을 이탈했다. 그리고 나는 지금 이들의 거처인 후버촌 한가운데에 있었고, 우유원정군을 경찰과 군이 꽁꽁 포위하고 있었다.

난 그냥 93사단 애들이 있길래 격려 멘트나 좀 해주고 여행 출발하려고 했는데 어째서 이 폭풍의 눈에 뚝 떨어져 있는 거냐. 망할.

음. 아니지 아냐. 잘 생각해 보니 이미 난 이 시위대 한복판에 들어와 있지 않나. 뭐라도 공로를 세워서 돌아가야 대충 구두경고든 시말서든 살살 처맞고 끝나지, 그런 것도 없으면 괜히 이상한 놈들한테 시비 걸려서 나도 우유원정군과 한패라고 얻어맞을지도 모른다. 그렇고말고. 역시 자기보신과 사리사욕의 화신 유진 킴이고말고.

…됐다. 이 거지 같은 인생. 내 인생 꼬이는 게 어디 전생 현생 통틀어 원 데이 투 데이 있는 일인가. 이 꼬질꼬질한 꼬라지로 공허한 눈을 끔뻑이는 참전 용사들을 보면서 '허허, 그럼 좀 더 노오오력해보십쇼. 전 아이들과 유럽 관광을 하러 이만.'이라고 외칠 수 있었으면 진작 그렇게 했지. 못 봤으면 모르겠지만, 본 이상 넘길 수 없었다.

"제가 여기에 있는 자체로 이미 중대한 군법 위반이라는 사실은 여러분이 더 잘 아시리라 믿습니다."

"…예. 그래서 차마 도와달란 말씀은 드리지 못하고 있습니다."

"시간을 잠시 드릴 테니, 여러분의 요구사항을 작성해서 제게 주십시오. 일단 그걸 제출해 보겠습니다."

"감사합니다! 정말 감사합니다!"

"그리고 여기엔 전제조건이 있습니다. 혹시 혁명이네 정권타도네 하는 이야기를 떠드는 불온분자가 시위대에 합류해 있습니까?"

그들은 정색하며 손을 휘저었다.

"절대 그렇지 않습니다. 저희는 빨갱이가 아닙니다! 유럽의 자유를 지키기 위해 싸웠던 저희가, 어째서 합중국의 자유를 파괴하는 빨갱이들에게 가담하겠습니까?"

"믿겠습니다. 그리고 하나 더. 무장을 해제해 주십시오."

"무장을… 말씀이십니까."

여기서 떨떠름한 표정을 짓는 건 절대 이분들이 총질을 하고 싶어서가 아니다. 이 빌어먹을 미합중국. 이 사람들에겐 숨 쉬는 것과 마찬가지로 너무나 당연한 권리를 포기한다는 발상 자체가 잘 와닿지를 않는 거다.

"까놓고 말하지요. 지금 포위망을 구성하고 있는 군경을 죄다 쏴 죽이고 후버의 대가리를 따러 갈 겁니까?"

"그건 아닙니다만……."

"쏠 수가 없다면, 안 들고 있는 게 차라리 여론전에 유리합니다. 경찰이 쏘더라도 저항하지 마시고 도망치세요. 여러분이 맞대응하면 후버가 이기지만, 무력한 참전용사를 학살하는 그림이 나오면 결국 여러분이 승리합니다."

"…알겠습니다. 개인이 가지고 있는 총기를 수거해 별도 보관하지요."

내 가이드는 여기까지다. 이 정도만 지켜도 원 역사보다 훨씬 장외 투쟁을 전개할 때 어드밴티지를 딸 수 있겠지. 절대, 절대 더 이상 과도하게 개입하진 않는다. 절대로. 여기 제대로 껴버리면 옷 벗어야 한다고.

그 순간, 내 눈에 절대 여기 있어서는 안 될 사람이 눈에 띄고 말았다.

"밀러 씨?"

"킴 장군님? 장군님께서 여기엔 왜 계십니까?"

"내가 하고 싶은 말인데? 언제 풀려난 겁니까?"

"저는 심문을 다 받고 풀려났습니다만… 혹시 《더 선》에 제 기사가 나가지 않았습니까? 인터뷰까지 했는데요."

"전혀."

중간에 커트당했거나, 후버가 압력을 행사하고 있거나 둘 중 하나, 아니 둘 다일 확률이 높다. 워싱턴 D.C.에 3만이 넘는 인파가 모여 시위를 하는데도 후버의 철옹성이 건재한 이유. 답은 간단했다. 언론이 철저히 후버의 편을 들고 있었으니.

펜을 부리는 자본가들은 절대 혼란을 원치 않았다. 물론 후버가 개판을 치고 있긴 하지만, 적어도 폭도들이 승리하는 결과보다는 그래도 후버가 자리에 앉아 있는 편이 더 안심이 되긴 할 테니.

"아무래도 불안하니, 빨리 요구사항부터 준비해 주십시오."

"알겠습니다. 내부 의견을 취합해서 곧장 준비해 드리겠습니다."

이 정도면 내가 할 수 있는 응급조치는 다 했다. 패튼은 명령을 받으면 즉각 전차를 끌고 달려올 인간이지만, 바로 그 명령계통에 내 영향력이 약간은 있으니 거기에 걸어볼 만하다.

원 역사와 다르게, 맥아더 참모총장과 그 부관 아이젠하워의 옆에서 나는 몇 달간 입이 다 붙어 터지도록 열심히 재잘거렸다. 폭도일 리가 없다. 빨갱이일 리가 없다. 어차피 저들이 작심하고 덤벼들면 D.C.가 불타는 건 뻔한 일인데 아직 행동이 없지 않느냐. 무력 진압해버리면 타격이 너무 크다 어쩌구저쩌구.

물론 내 의견은 정보부에서 취합되는 정보들이 전해지면 전해질수록 설득력을 잃어 갔다. 우유원정군이 기관총 몇 정을 입수해 비밀리에 후버촌 안에 짱박아 뒀다거나, D.C.와 뉴욕 일대의 수상한 총잡이들과 건달패들이 속속 원정군에 합류하고 있다거나…….

진짜 내가 대령만 됐어도 출처 밝히라고 멱살 잡고 한 판 붙었는데, 도대체 어느 찌라시에서 입수했는지 모를 A급 괴담이 '첩보'라는 딱지가 붙어 맥아더의 책상 위에 차곡차곡 올라가고 있었다. 나 역시 강경하게 저게 구라라고 반박할 수도 없는 것이, 이미 원 역사의 보너스아미 대신 밀크 아미가 솟아났잖은가. 진짜로 무력 봉기를 준비 중일지 내가 어떻게 알겠어?

그래도 맥아더가 급발진할 가능성은 희박하리라. 나는 원 역사의 사서에 남은 똘기 충만한 맥가를 믿지 않는다. 내가 10년이 넘게 옆에서 보아 왔던, 자존심에 허영심까지 곁들여져 있지만 판단력 하나만큼은 당대 최고

봉인 명장 더글라스 맥아더와 그의 옆에 있는 아이크를 믿는다.

정말 괴벨스라도 찾아와서 정신을 쏙 빼놓을 개소리를 늘어놓지 않는 이상 그의 눈을 가릴 순 없을 터. 비무장한 민간인을 탱크로 뭉개는 꼴만큼은 안 보고 싶은 것이 내 소박한 바람이었다.

* * *

정보참모 콘라드 란자(Conrad H. Lanza) 대령이 커피를 물처럼 마시며 살게 된 지도 제법 오랜 시간이 흘렀다. 뻑뻑한 눈을 애써 끔뻑이며 이제 막 작성이 끝난 보고서를 검토하고 있던 찰나, 문이 끼익하고 열리며 부른 적 없는 손님이 방으로 들어왔다.

"누구… 아, 자넨가."

"커피가 많이 필요할 것 같아서 한 잔 드리러 왔지요."

감찰실장이란 직책을 달게 된 이후, 겉으로는 환영받지만 속으로는 왜 왔냐는 의문 섞인 시선을 받는 일에 제법 익숙해진 드럼은 커피잔을 책상에 올려놓으며 말했다.

"보고서, 혹시 먼저 읽어봐도 되겠습니까?"

"그러든가. 혹시 뭐 꼬투리 잡으러 왔나? 맥아더가 내 모가지에 관심이 있어서?"

"그럴 리가요. 우리 잘나신 참모총장께선 절 거의 투명인간 취급합니다."

드럼의 대답엔 차마 숨기지 못한 분노가 묻어 있었다. 웨스트포인트 출신이 아니라고 괄시하는 건가? 아니면 자신과 같은 피라미 따위는 전혀 관심 없다는 건가? 쇼몽파의 거두 중 한 명이자 퍼싱에게서도 인정받은 이 휴 드럼을 무시하는 이는 아무도 없었다.

맥아더, 그리고 마셜과 미래의 참모총장 자리를 놓고 치열하게 다투기도 했었고, 맥아더가 어처구니없을 정도로 일찍 정점에 오르긴 했지만 차세대

참모총장을 논할 때면 항상 그의 이름이 오르내렸다.

그는 언제나 승리자였다. 웨스트포인트를 어지럽히던 맥아더를 물리쳐 필리핀에 처박았고, 마셜이 한가로이 중국에서 노닐 때 그는 빌리 미첼과 그 추종자 집단을 박살내고 육군의 권위를 공고히 했다. 이런 거물이 감찰 실장으로 앉아 있으니, 당연히 맥아더도 그의 눈치를 볼 수밖에 없다… 라고 생각했었다.

'아, 귀관이 감찰실장이오?'

'그렇습니다, 참모총장님. 이제 과거는 잊고, 미래를 향해……'

'과거? 무슨 과거? 혹시 나랑 같은 부대에 있었던 적 있었나? 내가 사람을 까먹을 리가 없는데. 그보다 킴 중령이나 좀 불러주시구려. 같이 논의할 일이 있소.'

'유진 킴 중령 말입니까? 보고계통상 그가 총장님께 직접 보고를 올릴 일은……'

'말이 통하는 사람이 딱히 없으니 어쩌겠소. 빨리 킴 중령이나 불러주시오.'

완벽한 무시. 한때 자신의 따까리 노릇하던 유진 킴을 언급하며 슬슬 긁는 것이, 실로 지독할 정도의 성깔이었다. 어쩜 참모총장이란 인간이 저리 졸렬할 수 있단 말인가?

"급보입니다!"

"무슨 일이지?"

"킴 중령이 시위대에 합류했다고 합니다!"

"그게 무슨 말도 안 되는 소리야! 똑바로 확인했나?"

"틀림없습니다! 시위대가 킴 중령을……"

이것 봐라. 유진 킴, 그 간교한 미꾸라지가 빨갱이 역적무리들과 어울리는 자충수를 둘 리가 없다. 그렇다면 뭔가 문제가 발생했다는 건데…….

"란자 대령."

"음? 보다시피 지금 바쁜데."

"이 보고서랑 방금 들은 이야기, 제가 먼저 총장님께 보고해도 되겠습니까?"

"그러면 나야 편하고 좋지. 나는 조금 더 조사한 후 총장님을 뵙도록 하겠네."

그 오만하기까지 한 인간을 똥통에 처박아주고 싶은 마음이 굴뚝같았는데, 울고 싶은 김에 뺨 맞는다고 하늘이 그에게 기회를 던져주는 게 아닌가. 말이란 게 모름지기 아 다르고 어 다른 법 아니겠나. 고작 한 살 차이인 우리 잘난 참모총장님이 이걸 듣고서도 군자연할 수 있는지 문득 궁금해졌다.

드럼은 얼굴 가득 침울함과 당혹감을 가득 채우고, 천천히 총장실 문을 열며 말했다.

"킴 중령이 빨갱이 폭도들에게 억류되었습니다."

커피잔 깨지는 소리를 들으니 그의 마음이 편안해졌다.

우유, 피, 그리고 푸른 별 3

　나는 우유원정군의 요구사항 내역이 작성되는 것을 기다리며 애먼 줄담배만 계속 태우고 있었다. 며칠? 아니, 몇 시간 남았을까. 지금이라도 당장 뛰어가는 것이 차라리 더 낫지 않을까. 도로시와 아이들은 별문제 없을까.

　지금 당장 모든 걸 다 때려치우고 이 자리를 떠나고 싶다는 욕망과 과연 이 사람들이 죽어나가는 모습을 보며 태평하게 유럽으로 떠난 뒤 잠자리가 편안할까 하는 고민이 뒤섞여 도저히 발을 뗄 수가 없었다.

　그때, 저 멀리서 총성이 울려 퍼졌다.

　"무슨 일이지?"

　"확인해 보겠습니다."

　내 옆에서 같이 초조하게 다리를 떨고 있던 밀러가 달려가려는 그 순간, 총성 사이를 뚫고 우렁찬 엔진 소리, 그리고 비명 섞인 고함소리가 들렸다.

　"쏘지 마!!"

　"쏘지 마! 블랙 ***다! 쏘지 마라!!"

　뭐지? 그리고 그 순간, 바리케이드를 때려 부수며 차체 곳곳이 흉측하게 팬 새까만 닷지 투어링 카가 늠름한 자태를 드러냈다. 내 눈깔이 삔 게 아닌 이상 절대 못 알아볼 리가 없는 차. 저게 왜 지금 여기로 달려오고 있지?

끼이이이이이익!!

소름 돋는 소리와 함께 급정거한 블랙 로터스의 운전석 문이 벌컥 열리더니, 너무나 익숙한 실루엣이 그 모습을 드러냈다.

"여기서 뭐 하고 있어 이 화상아!"

"⋯도로시?"

어디서 사슴이라도 한 마리 멱을 따고 왔는지 부츠에 가죽옷까지 꽉꽉 차려입고, 오른쪽 어깨엔 틀림없이 우리 집 침대 밑에 잘 봉인해 두었던 윈체스터 라이플까지 들쳐멘 모습. 그녀는 나와 밀러의 모습을 스윽 스캔하더니, 곧장 저벅저벅 다가와서는 내 입에 물려 있던 담배를 탁 뽑아서.

"흐으읍⋯⋯!"

한번 크게 빨았다.

"켁! 켁! 케엑!"

"아니, 평소에 담배 피우지도 않는 사람이⋯⋯."

"내가 지금 둘이 있는 꼬라지를 보니까 피고 싶겠어 안 피고 싶겠어?"

"죄송합니다."

"제가, 제가 잘못했습니다 킴 부인. 그러니 노여움을 푸시고⋯⋯."

"알면 됐어요."

"⋯⋯."

지옥 끝까지 내려가 디아블로 머리통이라도 딸 것만 같은 그녀의 기세에, 용기 있게 나섰던 밀러는 3초 만에 침몰하고 말았다. 나약한 놈. 참으로 실망스럽구나 밀러. 역시 이 위풍당당한 가장의 모습을 보여줄 때다.

"아니, 아무리 그래도 그렇지 이 위험한 곳엘 어디⋯⋯!"

"지금 당신이 큰소리칠 때야?"

"미안해! 내가 잘못했어!"

나는 신속히 무릎을 꿇고 얼른 빌었다. 밀러 씨. 그런 눈으로 보지 마. 이

건 그… 추진력을 얻기 위함이다. 절대 도로시가 총을 꽉 쥐어서 쫀 게 아니라고.

"그래서? 왜 여기 있는 건데?"

"그러는 당신은 왜……."

"만약 붙들려 있는 거면 전부 머리통 날려버리고 당신은 대충 차 지붕에 걸어서 돌아가고, 생각 없이 여기서 같이 시위질하고 있는 거면 당신 머리통을 날려버리려고."

"어, 그, 그러니까, 둘 다 아닌데. 애들은? 애들은 어쩌고?"

"말 돌리지 마. 옆집에 잠깐 맡겼어. 여행 준비하던 애들이 세상 무너진 것처럼 우는 거 알아? 아빠 어디 갔냐고 애들이 묻고 있다고."

죄송… 죄송합니다……. 나와 밀러는 손이 발이 되도록 열심히 비벼대며 사정을 설명했고, 도로시는 팔짱을 낀 채 잠자코 우리의 설명을 경청했다.

"그래서 그 문건만 전달하면 된다?"

"그래. 그리고 곧장 뜰 거야. 걱정 마. 진짜로. 나는 정말 짭새들 총질 피해서 일단 피한 것뿐이라니까? 이것만 전달해주면 다 끝나. 곧장 집에 돌아갈 예정이었어."

"내가 애 다섯을 돌보는 것 같아서 죽겠네 죽겠어. 밀러 씨, 그 시위대분들한테 빨리 작성해 달라고 말씀 좀 부탁드려요."

"알겠습니다!"

이 자리를 뜰 수 있어 너무 행복하다는 듯 배신자 밀러는 서둘러 큼지막한 판잣집으로 달려갔고, 나는 도로시와 둘만 남게 되었다.

"다친 덴 없고?"

"응."

"그럼 됐네. 애들 눈이 퉁퉁 부었으니까 유럽 갈 때까지 당신이 애들 달래. 알았어?"

"그럼그럼."

"말은 참 잘해. 후우. 내가 아무리 당신 또라이짓이 마음에 들었다곤 하지만…."

뒷말은 안 들어도 알겠다. 제가 잘못했으니 제발 살려만 주세요. 밀러를 보내 재촉한 보람이 있는지, 그가 손에 종이쪼가리를 꼭 쥔 채 나왔다. 이제 여길 뜨면 된다.

"이제 갈까?"

"그래. 퍼뜩 가자. 애들 걱정돼서 안 되겠어."

그리고 그 순간. 불길한 엔진의 진동이 저 지평선 너머에서부터 느껴졌다. 너무나도 익숙한 이 진동, 이 엔진음.

"M1917."

"응?"

"늦었나."

시작되었다.

* * *

"맥아더 참모총장."

"예."

"대통령 각하께서 결심하셨습니다."

헐리(Patrick J. Hurley) 전쟁부 장관은 엄숙하게 백악관의 명을 전달했다.

"백악관이 다각도로 검토한 결과, 우유원정군을 칭하는 저들 폭도 무리들은 명백히 공산 혁명을 시도하는 역도들의 군집이라는 결론을 내렸습니다."

"그렇습니다. 이미 육군 정보부의 보고서를 제출한 바 있지만 첨언하자면, 폭도들은 비어 있는 정부청사를 점거하고 곳곳에서 농성을 펼치고 있으며 경찰의 해산 권고에도 불응하며 일선 경관을 살해하기까지 하였습니다."

빌어먹을 놈들. 이미 맥아더는 백악관의 지령을 받아 워 플랜 화이트 (War Plan White)의 부분 발동을 선언하고 국내 공산세력 봉기에 맞설 준비를 시작했다. 워싱턴 D.C.에 있는 고관대작 중 미합중국의 운명을 건 최후의 대결을 의심하지 않는 자는 단 한 명도 없었다.

러시아. 그리고 독일. 가장 전제적이며 폭압적인 국가조차 빨갱이들의 선동 앞에서 맥을 못 추고 무너져내렸다. 그렇다면, 시민의 자유를 보장하는 탓에 항상 팔 한쪽이 묶여 있는 미합중국은 빨갱이들의 음모 앞에서 도대체 얼마나 취약할까?

빨갱이란 바퀴벌레 같은 것들이다. 하나가 사람의 눈에 띄면, 이미 지하에는 수백 마리가 우글거린다는 뜻. D.C.에 빨갱이 무리 한 덩이가 나타났으니 과연 이 드넓은 합중국 땅 전체엔 얼마나 많은 역도 무리가 있을까.

전국 각지의 주방위군과 육군은 대도시를 중심으로 한 공산세력의 봉기를 즉각 진압하기 위해 준비를 갖추고 있으며, 앞서 빨갱이들에게 패배한 두 국가의 몰락 과정에서 언제나 공산세력의 창끝 역할을 맡았던 해군과 해병대를 제압하기 위한 계획도 명령 하달만을 기다리고 있었다.

"하지만 대통령 각하께서는, 이 땅의 공산화를 노리는 자들은 소수 선동가들에 불과하며 대부분은 그 선동에 휘말린 선량한 시민들이라 생각하고 있습니다."

"선동에 넘어간 순간부터 그들은 이미 적입니다."

"그건 군인의 생각이지요. 아직 놈들의 음모가 백일하에 드러나지 않은 이상, 우리는 그들을 합중국 시민으로 대우해줘야 합니다."

헐리 장관과 맥아더는 그 어떠한 수단과 방법을 동원해서라도 백척간두의 운명에 놓인 이 나라를 지켜야 한다는 데 의견이 일치했지만, 그 '수단'의 시기에 대해서는 다소 차이가 있었다.

"우선 거리로 뛰쳐나와 진을 치고 있는 시위대를 싹 무력화시키시오. 무력을 동원해도 좋소."

"알겠습니다."

"그리고 저 망할 후버츠… 아니, 판자촌에 거주하고 있는 모든 사람을 단속하시오."

"단속이라뇨?"

장관은 잠시 말을 망설이더니, 이내 결심을 한 듯 주먹을 꽉 쥐고 말했다.

"뛰쳐나온 시위대를 도로 판자촌으로 밀어내시오. 그다음엔 판자촌을 완벽히 장악하고 거기에 있는 모든 거주자, 폭도, 시위대 전원의 지문을 확보하시오. 시위 참여자의 신원을 확보하는 것이 가장 급선무요."

그는 전쟁부 장관으로서 아주 사소한 재량을 발휘하기로 했다. 후버가 원래 전한 명령은 '시위대의 신원을 확보한 후 그들을 원래의 판자촌으로 밀어낼 것'이었다. 하지만 그래서야 판자촌 안에 웅크리고 있을 진짜 선동가들을 잡을 수 없잖나. 이건 대통령이 잘못 생각한 것이다. 장관은 그렇게 판단했다.

"그 후에는 어찌하면 되겠습니까."

"그 후에는 풀어주시오. 뒤는 사법부가 해야 할 일이니."

"장관님, 기껏 그들의 신병을 확보해 놓고 지문만 찍은 뒤 풀어주라뇨? 이게 말이나 되는 이야기입니까?"

"곧 있으면 공화당 경선이란 말입니다. 이번 폭동의 처리를 놓고서 배후에서 칼을 찔리면? 그 빨갱이 커티스가 대통령이 되는 순간 이 나라의 적화가 다른 방향에서 성공합니다!"

그는 할 말은 해야겠다는 듯 속사포처럼 퍼부었다.

"계속 말했잖소. 어째서 유진 킴 중령을 일선부대, 그것도 전차부대 지휘관으로 유임했던 거요?"

"지금 커티스의 사위라는 이유만으로 육군의 엘리트를 의심하십니까? 미합중국 법률에 연좌제는 없습니다."

"미합중국에서 가장 위험한 자가 바로 그요."

"그 가장 위험하다는 사람이 시위대에게 억류되어 있습니다."

맥아더가 이를 악물고 신음하듯 내뱉은 말에 헐리 장관의 눈이 화등잔만 해졌다.

"그게 무슨 소리요."

"말 그대로입니다. 저 폭도 무리들이 지나가던 킴 중령을 붙잡았습니다."

"그가 말이오? 자진해서 합류했을 가능성은 어째서 배제한 게요?"

"지금 농담하십니까? 그가 정권 전복을 목표로 빨갱이들과 합류하려고 했다면 전차대대를 장악하고 있었을 때 합류하는 게 훨씬 합리적인 판단 아니겠습니까. 훨씬 유리했던 기회를 버리고 인제 와서 합류한다는 건 사리에 맞지 않습니다."

맥아더의 논리정연한 분석에 결코 유진 킴에게 호의적이지 않은 헐리조차 입을 다물 수밖에 없었다. 어어 하다가 휩쓸렸다는 비합리적인 가설은 당연히 두 엘리트들의 머릿속에 존재하지 않았으니 말이다.

"좋소……. 그럼 이제 진압작전을 시작하시오. 대통령 명령이오."

"알겠습니다."

그렇게 운명의 날이 다가왔다.

* * *

수십 대의 전차 앞에 선 패튼은 유진 킴이 조이고 그 자신이 닦은 이 정예로운 부대를 날카로운 눈으로 훑어보았다. 고민의 시간은 끝났다.

멍청하고 딱한 후배 같으니. 아직 어려서 세상 물정을 잘 모르던 가엾은 후배는 파괴와 혼란만을 숭배하는 빨갱이들의 심리를 몰라도 너무 몰랐다. 안 봐도 훤하다. 틀림없이 벼락 맞아 뒈질 추잡한 폭도 새끼들은 킴 중령의 그 여린 마음에 호소했을 테고, 멋도 모르고 그들을 위로하려던 킴을 총칼로 윽박질러 그 냄새나고 퀴퀴한 후버촌으로 끌고 갔겠지.

합중국의 헌정(憲政)을 파괴하고, 한때의 상관을 납치하며, 법과 질서 대신 피와 무질서를 원하는 빨갱이를 때려잡아 나라를 지킨다. 마침내 육군의 명예를 드높일 운명의 시간이 다가온 것이다.

"나의 부하들, 진정한 용사들이여!"

"KILL! KILL!! KILL!!!"

"한때 존경받아 마땅했던 우리의 선배들, 유럽의 자유를 수호했던 선배들은 이제 뒈지고 없다! 빨갱이의 선동에 넘어간 그들이 결코 씻을 수 없는 죄를 짓기 전에, 말로 안 되면 대갈통을 깨서라도 더 이상의 죄를 못 짓도록 만들어 주는 것이 후배로서의 사명이다!!"

"KILL! KILL!! KILL!!!"

"우리의 옛 전우들을 패는 일을 결코 망설이지 마라! 대체 합중국의 장교를 인질로 잡는 놈들에게 명예가 어디 있고 수치심이 어디 남아 있겠나! 이 나라를 지킬 수 있는 것은 오직 우리뿐이다! 우리가 무너지면 합중국이 무너지고, 야만의 세상 속에서 우리의 부모님과 처자식은 빨갱이들의 노리개로 전락할 뿐! 결코 망설이지 말고 단 한 발자국도 물러서지 마라!!"

"SIR, YES SIR!"

"전차, 전진!!"

1931년 7월 27일. 오후 1시 50분. 조지 패튼 주니어 소령이 지휘하는 M1917 전차대대가 주둔지를 떠나 시위대를 향해 전진하기 시작했다. 그 뒤를 이어 제12보병연대가 힘차게 행군했고, 차례차례 준비된 군대가 오와 열을 맞추어 폭도를 물리치고 자유를 수호하기 위해 진격했다.

모든 것을 끝내기 위해.

우유, 피, 그리고 푸른 별 4

타타탕!

타타타탕!!

"쏘지 마시오! 우린 비무장이오!"

"전부 판자촌으로 돌아가! 당장 안으로 돌아가라!!"

"망설이지 마라! 전부 밀어내! 합중국을 지켜라! 빨갱이들로부터 조국을 지켜라!!"

"놈들이 노리는 건 대통령의 목숨이다! 두려워하지 마라, 망설이지 마라!"

"전군, 착검! 돌격 앞으로!!"

"와아아아아!!"

7월 27일 오후 2시 30분. 미합중국 육군의 진압작전이 개시되었다. 곳곳에서 피어오르는 새카만 연기는 도시를 가득 메운 최루탄 흰 연기에 묻혀 사그라들고 비명과 통곡, 애걸과 눈물은 육중한 전차 소리마저 파묻어 버렸다.

"대체 왜 참모총장님이 현장에 나오셔야 합니까? 지금 당장 돌아가시지요. 참모총장님은 지휘관이 아닙니다!"

"그래. 나는 지휘관이 아니지. 하지만 합중국이 위기에 처해 있네."

"참모총장은 부하들의 위에 있어야 하는 자리입니다. 직책마다 정해진 임무가 있다는 걸 잘 아시잖습니까!"

부관 아이젠하워의 애원에도 불구하고 맥아더는 눈 하나 깜빡이지 않았다.

"이 빨갱이들의 음모를 진압하면 불후의 명성과 무궁한 영광이 기다릴 것 같나? 천만에."

"…예?"

"언젠가는 정적들이 이 일을 빌미 삼아 공격해 올 거야. 그때 이 맥아더가 부하들을 방패로 추하게 면피하라고? 그럴 순 없지. 나는 오늘의 이 영광도, 내일의 저주도 모두 맥아더에게 쏠리게 할 걸세. 그러려면 반드시 내가 직접 이 자리에 있어야 해."

유진에게서 배운 대(對) 맥아더 대응 결전병기, 배빵을 갈겨야 하나 잠시 고민하던 아이젠하워는 그의 똥고집을 차마 꺾지 못하고 신음만 흘렸다. 유진이 맥아더를 패서 기절시킬 때야 두 사람의 계급이 같았지만, 하늘 같은 대장을 일개 소령이 패기에는 영 후환이 두려웠다.

"그리고 하나 더."

"말씀하십시오."

"저들 폭도들이 유진을 붙들고 있다고 했지."

"저는 여전히 믿을 수가 없습니다. 조금 더 검증을 해봐야 하지 않겠습니까?"

"억류가 아니면 가담인데, 귀관은 그럼 유진이 빨갱이들과 한패라고 주장하는 겐가."

"그 이분법적인 사고가 실수라고 생각합니다."

맥아더는 대답하지 않고 말을 이어나갔다.

"아무튼, 저들이 궁지에 몰리면 충분히 킴 중령의 머리에 총을 들이밀

수도 있다고 보네."

"…총장님의 생각대로 그들이 정말 진을 인질로 잡았다면 그럴 수도 있 겠지요."

"그 상황이 발생한다면, 대관절 진압군의 그 누가 책임을 지고 결단을 내리겠나? 패튼?"

"그건 아니지요."

아이젠하워도 이번엔 일말의 망설임도 없이 답했다.

"그래. 그걸 결정할 수 있을 만한 인물 또한 이 맥아더뿐이지."

만약, 만약에. 폭도들이 최악의 결단을 내려야 할 상황에까지 몰린다면. 미합중국 육군 장교를 인질로 잡고 공권력을 윽박지르는 상황이 온다면, 이 자리에 있는 누구도 정상적인 판단을 내릴 수 없을 터. 따라서 여기에 있어야 한다. 설령 원망받더라도, 알링턴 국립묘지에서 킴 부인과 아이들 의 탄식과 비명을 듣는 한이 있더라도, 국가를 위해 옳은 결단을 내려야만 한다.

"저는 납득할 수 없습니다. 뭔가 이상합니다. 잠시만 시간을 주신다면, 제가 정확한 사정을 청취하고 오겠습니다."

"이미 진압작전이 시작된 이상 무의미하다고 생각하네만… 그러시게."

아이젠하워는 거수경례를 올리고는 곧장 현장 저편에 있을 경찰들을 향 했다.

맥아더는 파이프에 담배를 털어 넣으려 했지만 손이 미끄러져 쌈지째로 바닥에 떨어트리고 말았다. 하필 뒤집혀서 떨어진 탓에 쌈지 안에 있던 담 배가 모조리 바닥에 흩뿌려졌고, 미친 듯이 부는 강풍에 담배는 순식간에 모조리 흩날렸다.

"하늘은 맥아더에게 담배 한 모금조차 허락하지 않는군."

이 징조가 어쩐지 그에게는 무척 무겁게 다가왔다.

* * *

다리 건너편에서 들리는 끔찍한 소리. 다리를 건너 백악관을 향해 행진할 채비를 하던 시위대는 진압군의 일방적인 폭력에 무방비로 노출되었고, 혼이 쏙 빠져선 허겁지겁 되돌아와 후버촌으로 도망쳐 왔다.

"엄마! 엄마아아! 엄마아아흐어어엉!!"

"의사! 의사 없습니까!!"

"사람이 총에 맞았어, 총에 맞았다!"

"군인들이 우릴 전부 죽이려 한다!"

극도의 공포와 혼란, 강풍에 떠밀려온 최루탄 연기까지 겹쳐지자 후버촌 내부도 순식간에 지옥도로 변하고 말았다. 그리고 이 난장판 속에서 누군가 발을 잘못 디뎌 불씨를 걷어찼는지, 낡아빠진 판자를 얼기설기 기워놓은 판잣집 하나가 맹렬히 불타오르기 시작했다.

"불이야!! 불이야아아!!"

"군인들이 안에 들어왔다!!"

"군인들이 집에 불을 지른다! 도망쳐라!"

"우릴 전부 죽이려 한다! 강에 뛰어들어어엇!!"

틀렸다. 이건 그 누가 와도 수습할 수 없다. 이 지경이 된 이상, 차라리 군인들이 빨리 후버촌에 진입해 정신 못 차리는 사람들을 억류하는 편이 나을 지경이다. 하지만 이 혼란 속에서 과연 군인들이라고 멀쩡할까? 한 치 앞도 알아보기 힘든 이곳에서 몇 명이 군홧발에 짓밟히고, 눈먼 총칼에 희생당할까?

내 손에 들린 이 요청서. 1시간만 더 일찍 받아낼 수 있었다면 뭔가 달라졌을까? 속에서 뭔가가 치밀어올랐다. 대체 무엇을 위해서 여기에 왔단 말인가. 오늘의 군인이 어제의 군인을 핍박하는 이 마경을 내 눈으로 보려고 여기에 왔나?

"씨발."

저 멀리 있을 백악관이 지금 이 순간만큼 저주스러울 수가 없었다. 저 새끼들. D.C.에서 엣헴거리며 술이나 처마시던 저 새끼들이 쿠데타니 뭐니 좆같은 소리나 씨부렁거린 탓에 나는 대사건의 방관자가 되어 불타는 후버촌이나 구경하는 신세가 되었다.

다 좆까라 그래라. 후버고 나발이고, 대가리를 뽑아주마. 이럴 줄 알았으면 휴가고 뭐고 안 썼다. 차라리 내가 전차를 끌고 후버촌에 진입했다면 지금보다 훨씬 피를 덜 흘리고 원만하게 끝낼 자신이 있었다!

이제 더 이상 망설이지 않겠다. 이딴 꼬라지 구경하며 정의가 구현되었노라 히히덕대야 입고 있을 수 있는 게 군복이라면, 그냥 벗고 만다. 빤스바람으로 있는 게 차라리 마음 편하지.

그래. 나는 출세가 하고 싶었다. 그래서 이 빌어먹을 인생에서조차 또 군복을 입게 되었다. 그러면 도대체 왜 나는 출세가 하고 싶었나? 쪽바리 대가리 깨고 싶어서? 아니지. 그건 출세를 하는 가장 빠른 방법, 즉 수단이었다.

내가 출세를 하고 싶었던 이유.

"도로시."

"왜?"

"옛날에 우리 처음 만났을 때, 나보고 야망 더 크게 잡으라고 옆에서 부채질했잖아."

"그랬지."

"나는 저 꼭대기까지 출세하면, 불합리에 맞설 능력이 생길 줄 알았어."

그게 개같은 인종의 장벽이든, 웃기지도 않는 부조리든, 아니면 비합리적인 상관의 명령이든 뭐든.

"근데 가진 게 점점 늘어나니 눈치 볼 게 더 생기더라고? 조금만, 조금만 더 참으면 정말 꼭대기가 아른거리는 거야. 어쩌겠어. 참아야지. 여기까지 왔는데 포기할 수 없잖아."

"……."

"그게 실수였어."

그렇게 참은 결과가 이 꼬라지니까. 내가 하던 행동들이 역으로 이 나라의 민주정을 위협할 수도 있다고 생각했으니까. 하지만, 국가권력이 시민을 위협할 때 앞장서서 시민에게 총을 쏘는 건 어디 훌륭한 군인의 덕목인가?

"나는 그냥 내 꼴리는 대로 할게. 미안해."

"됐어. 내가 왜 유럽 가자고 한 줄 알아? 당신이 요즘 통 죽을상을 하고 있어서 그랬어."

어이가 없네.

"정말 오랜만에 당신 웃는 모습을 보네. 꼴리는 대로 해."

내무부 장관님 허가도 득했다. 이제 아무것도 두렵지 않다.

"밀러 씨. 혹시 이 차에 백기 좀 걸 수 있겠습니까?"

"백기요? 이 상황에 대체 백기를 어디서… 잠시만요. 제가 지금 안에 흰 티 하나 입고 있습니다."

흑인이 흰 티를 입고 있다고? 요즘 유행하는 프로이트식 해석에 따르면 백인이 되고 싶은 욕망의 발현인가? 음, 좋다 좋아. 개소리가 척척 튀어나오는 걸 보니 드디어 평소의 유진 킴이야. 내가 선택받은 어른이었다면 용기의 문장에 빛이 아주 번쩍번쩍 들어왔겠어.

밀러 씨가 웃통을 벗고 흰 티를 차에 걸자, 기다렸다는 듯 도로시가 낼름 운전석에 탔다.

"도로시?"

"솔직히 유럽이나 일본에서 당신이 또라이짓 하고 돌아오길 기다리고 있자니 정말 답답했었거든? 이제 나도 기다리긴 지쳤으니까 얼른 조수석에 나 타."

"애들은 어쩌고."

"당신 죽으러 가?"

"그건 아닌데."

기다렸다는 듯 도로시는 대답 대신 턱만 까딱까딱거렸고, 오히려 밀러 씨가 재빨리 뒷좌석에 몸을 구겨 넣었다. 이 사람들이 진짜. 수어사이드 스쿼드가 어디 멀리 있는 게 아니라 내 코앞에 있었구만. 못난 놈들은 얼굴만 봐도 흥겹다더니, 총탄 자국으로 흉측해진 차에 옹기종기 탄 이 인간들을 보고 있으니 나까지 덩달아 신바람이 났다.

"그래, 에라 모르겠다. 가자."

"어디로?"

"다리. 그리로 전차가 올 거야."

도로시는 이 혼란 속에서도 능숙하게 차를 몰아 다리로 향했고, 부인과 함께 전차를 마중하러 나가는 이 웃기지도 않는 상황에 내 어깨가 절로 들썩거렸다.

그래. 옐로 몽키가 전쟁영웅도 되어 봤고 프레지던트 슬레이어도 되어 봤으니 참 재밌게도 설쳤다. 이만하면 할 거 다 했으니, 이제 아이들에게 부끄럽지 않은 아빠만 되면 된다.

"나는 워싱턴 D.C.를 사랑해~ D.C.엔 태양이 뜨네에에~~ 위대한 지도자 후버 대통령께서 우리를 전차로 밀어버리시네~~"

"그 돼지 멱따는 노래는 대체 뭐야? 운전 방해돼."

"너무해."

"집중하고 있으니까 건들지 마."

족히 70년은 앞서서 〈나는 워싱턴 D.C.를 사랑해〉를 발표하려는 내 완벽한 계획이 무너지는 동안 어느새 블랙 로터스가 다리 앞에 도달했다.

이제 때가 왔다.

"여기 있어."

"…그래."

도로시가 따라 나오면 어쩌나 했지만, 다행히 기우였다. M1917의 엔진 소리, 무한궤도 굴러가는 소리는 이제 무척 가까워지고 있다. 얼마나 기다렸을까. 옅은 연기를 헤치고 마침내 나의 친구, 소중한 전차에 탑승한 채 선량한 참전용사들을 깔아뭉개려는 우리 대대원들이 그 모습을 드러냈다.

"대대장님?"

"킴 중령님?!"

해치에 머리를 내밀고 있던 병사들의 당혹스러운 목소리가 들리고, 선두 차량에서 늠름하게 기병도를 빼 들고 위풍당당하게 사방을 굽어살피던 패튼의 모습도 보인다. 패튼이 무어라 입을 열기도 전에, 나는 젖 먹던 힘까지 끌어모아 힘껏 외쳤다.

"전차 전부 세워, 이 개애애새끼들아!!!"

아아. 속이 시원하다. 요 몇 년 동안 갑갑하게 얹혀 있던 속이 아주 싸악 내려가는 느낌이야. 드디어 쾌변 좀 할 수 있겠어.

보고 계십니까, 쿨리지 선생님? 선 넘지 말라고 하셨지요? 선은 당신 후임자가 먼저 넘었습니다. 그러니 나한테 불만 표시할 일 있으면 그보다 먼저 워싱턴 D.C., 백악관 사서함으로 문의 넣으시기 바랍니다. 근데 쿨리지가 백악관에 연락하는 게 먼저일까. 아니면 후버 목이 날아가는 게 먼저일까? 난 후자에 5달러 걸 건데.

"후배님?!"

"전차 세우라고! 얘들 내 부하야! 빨갱이 아니란 말이다아!!"

패튼의 얼굴이 흙빛으로 물들었다. 옳지. 옳지옳지. 착하다 착해. 우리 패튼이, 이제 상황 파악이 됐으면 이 미친 진격을 그만하고…….

"내가 후배님을 그렇게 보진 않았는데!! 설마 빨갱이들과 한패가 되다니!!"

야 이 미친놈아!

"조종수!! 전차를 더 가까이 몰아! 저 빨갱이 수괴를 이 기병도로 쪼개버리겠어!"

"대령님! 저 밀러입니다! 대령님이 주례도 서주신 밀러입니다! 부디 진압을 중지해주십시오!!"

"난 너 같은 놈 모른다!!! 내가 주례 서준 깜둥이는 자유의 용사였지, 빨갱이 모반자 따위가 아니란 말이다!"

차에 타 있던 밀러까지 뛰쳐나와 애원했지만, 뱃속에서부터 군복을 입고 있던 군인의 화신에겐 이빨도 먹히지 않았다. 패튼의 재촉에 전차가 다시 느릿느릿 굼벵이처럼 전진했고, 나는 생각하기도 전에 몸이 먼저 전차를 향해 튀어나갔다. 저렇게 느려터진 전차라면 올라탈 수도 있지.

"패튼 소령!"

"후배님, 어떻게 된 상황인가."

그렇게 패튼의 코앞까지 다가가자, 방금 전까지 피와 빨갱이를 부르짖던 광전사는 어디로 가고 매의 눈으로 주변을 살피는 한 남자만이 있었다.

"빨갱이 아닙니다. 무장도 해제했고, 전부 참전용사와 그 가족들입니다."

"또?"

"이들의 요구사항을 문서로 받아냈습니다. 충분히 타협의 의사가 있던 사람들입니다."

"새 명령을 하달받지 않은 이상, 나는 기존에 명령받은 대로 진압을 계속할 수밖에 없어."

그래. 이래야 패튼이지.

"총장님이 바로 근방에 계시네. 당장 가서 사정 설명하고 새 명령 받아와."

"맥아더 대장이?"

"그래. 지금 이 강풍에 후버촌에 불까지 났으니 견적 나오는군. 차라리 전차를 끌고 가서 억지로라도 진정시키는 편이 사상자가 덜 나올 거야. 그러니까 내 손에 옛 전우님들이 더 죽어나가기 전에 빨리 새 명령서 받아와. 당장!"

나는 대답 대신 곧장 전차에서 뛰어내렸다. 아직 모든 게 끝나지는 않았다.

우유, 피, 그리고 푸른 별 5

　이제 다음 수는 어디에, 어떻게 둬야 할까. 지금 곧바로《더 선》은 쓸 수 없다.《더 선》에 투자한 배불뚝이 강도 귀족 아조씨들은 지금 이 우유원정군 대참사를 보면서 아주 행복해 죽을 지경일걸? 나랏돈 빼먹으려고 단체로 떼쓰러 나온 놈들 뚝배기가 깨지고 있으니 그분들 입장에선 얼마나 흡족하겠나. 그러니《더 선》은 못 쓴다 치면… 아니지, 내가 잘못 생각했다. 원 역사의 보너스아미는 지금 벌어진 밀크 아미보다 아무래도 규모는 작았을 것이다. 그런데도 내가 보너스아미 사건에 대해 알고 있다는 것 자체가 '사건이 크게 터졌다'는 뜻 아닌가. 확실하다. 원 역사에서도 후버의 빨갱이 타령은 실패했고, 언론은 피라냐 떼가 되어 신나게 후버를 물어뜯었을 게 틀림없다.

　《더 선》도 결국은 판매부수에 신경 써야 하는 신문사. 첫 번째로 후버를 때려잡는 선두에 설 순 없겠지만, 한번 바람의 흐름이 바뀌기 시작하면 그때 얼른 잽싸게 반후버의 기치를 드는 것 정도야 문제가 없다.

　그다음 떠올릴 수 있는 패는 역시 장인어른인데, 장인어른의 도움을 요청하기엔 또 상황이 썩 좋지가 않다. 지금 캔자스를 위시한 중부 농촌지역은 더스트 볼(Dust Bowl)이라는 전대미문의 자연재해에 시달리고 있다. 몇 년간의 끔찍한 가뭄에 어마어마한 모래폭풍이 겹친 것인데, 가장 빠르게 이해할 수 있는 방법은 영화 〈인터스텔라〉에 나오는 모래폭풍을 연상하면 된다.

한국의 황사는 애들 장난에 불과하고, 농장이고 집이고 공장이고 전부 저 모래로 파묻어버리는 끔찍한 재앙. 내 개인적으로는 영화는 현실보다 못한 것 같다. 저 더스트볼이 건강한 미국도 아니고, 이미 몇 년에 걸쳐서 파산해버린 농촌에 더불어 미합중국 자체도 대공황으로 침몰 중인 와중에 터져버렸다. 마치 이 지구가 미국의 농업을 멸망시키려고 작심한 듯한 악의가 느껴지지 않는가? 지역구는 물론 미국 농촌 자체가 내우외환으로 멸망 위기에 몰렸으니, 커티스 의원의 행보도 당연히 조심스러워질 수밖에 없다.

그렇다면 지금 꺼내 들 수 있는 패는 어디 보자… 내가 막 우리의 경애하는 참모총장님이 계신 곳에 도착하니, 아이크의 고함소리가 아주 고막에 쏙쏙 꽂히고 있었다.

"그러니까 총장님께선 상식적으로 이해가 가십니까?!"

"……."

"현장 목격 증언에 따르면 시위 대열에 있던 흑인들에게로 진이 다가갔고, 얼마 지나지 않아 경찰의 최루탄과 실탄 사격이 개시되면서 시위 행렬이 혼란에 빠졌다고 합니다."

"……."

"흑인입니다, 흑인! 그러면 누구겠습니까? 93사단!! 93사단 장병들이 진을 납치한다는 게 장군님께서 그렇게 좋아하시는 이성적인 결론입니까?"

"그건… 조금 어렵지."

"진압의 명분 중 하나가 완전히 잘못된 판단이었습니다. 즉시 물려야 합니다."

"부관. 자네, 명령서를 제대로 읽지 않은 모양이군. 유진과 이번 진압엔 어떠한 상관관계도 없어."

그럼그럼. 나랑은 아무 상관 없지. 그 말인즉슨 이 착한 유진이 다시 돌아와도 아무 문제 없다는 뜻 아닐까?

"어, 억!!"

"뭔가? 죽은 하딩 유령이라도 본 것처럼… 후배?"

아이크의 얼빠진 표정에 고개를 슥 돌리던 맥아더 역시 딱딱하게 굳어버렸다.

"저 왔습니다."

"대체 어떻게 된 일인가?"

"우선 이것부터 받으시지요. 시위대의 요청이었습니다."

나는 다시 한번 속사포처럼 경찰의 진압 시도에서부터 여태까지 있었던 일을 쭉 읊어나갔다. 후버촌의 그 처참한 광경. 곳곳에 신음하는 부상자와 노인, 아이들. 경찰의 포위망에 갇혀 강물조차 제대로 길어오기 힘든 환경. 그럼에도 불구하고, 결코 그때 대전쟁에 참전했던 일이야말로 가장 영광스러운 기억이라고 자랑스럽게 말하던 퇴역병들.

93사단도, 1사단도, 42사단도. 그 끔찍한 참호와, 구릉과, 포화를 헤쳐나온 이들 중 단 한 사람도 후회된다고 내게 말하지 않았다. 어쩌면 그때 대서양을 건넜기에 제대로 된 직장을 못 구하고 이 판자촌에서 살아야 하는 신세가 되었을 수도 있는데, 그들은 참으로 태평했다. 결국 합중국이 언젠가 그들에게 손을 내밀 것이라는 믿음이 있었기에, 내가 조언한 대로 품고 있던 무장까지 모두 창고에 집어넣던 그들이 아닌가.

내 이야기를 듣던 맥아더와 아이크는 그 자리에 못 박힌 채 꼼짝도 하지 못했다.

"…이렇게 되었습니다."

"어처구니가 없군."

"이들이 빨갱이가 아니라면 지금 당장 진압을 중단해야 합니다."

"아까도 말했지만 대통령 명령이란 말일세."

"그건 저들이 정권 탈취를 목표로 하는 폭도라는 가정하에서 내려진 명령입니다!"

맥아더는 줄 풀린 인형처럼 흐느적대고 있었다. 언제나 끝이 보이지 않는 자신감으로 가득 차 있던 저 사람도 저럴 때가 있던가.

"…부관."

"예."

"진압은 계속하되, 방식을 변경한다. 철저히 비살상으로, 민간인의 혼란을 종식시키며 불타는 저 후버촌에서 폭도… 아니, 시민들을 탈출시키는 방향으로 가지."

"알겠습니다."

"또한 창고에 있을 텐트와 침낭을 전부 불출해서 집을 잃은 이들에게 제공해주도록. 이상."

"진압을 계속하다뇨? 빨갱이가 아니라고 몇 번을 말씀드려야……."

"나도 알고 있네. 하지만 명령이란 그런 거잖나."

그는 턱끝으로 저편에 보이는 백악관을 가리켰다.

"고생했네. 나머지는 내가 알아서 하지."

"정말 괜찮겠습니까?"

"참모총장으로서 자네에게 마지막으로 명령한 것을 다시 한번 말해주겠네."

"……."

"휴가 잘 다녀오게. 킴 부인께 내 안부 전해주고."

그의 발걸음이 그 어느 때보다 무거워 보였다. 마치 권총으로 자신의 머리를 쏘는 일만 남은 사람처럼.

* * *

― 친애하는 미합중국 시민 여러분. 경찰 당국과 재무부 관료들은 지난 며칠간 정부청사와 개인 사유지를 무단으로 점거하고 있던, 소위 '우유원정군'이라 불리우는 이들을 설득하기 위해 노력해 왔습니다. 이 건물들은 신규 고용 촉진을 위한 정부의 토목공사 프로그램의 일환으로 개장 및 신축이 예정되어 있었습니다.

오늘 오전, 이들 건물의 점거자들은 대피 통보를 받았습니다. 하지만 이들은 경찰의 온건하며 정당한 법 집행을 방해하였으며, 판자촌 일대에서 수만 명의 무장 세력들이 몰려나와 일방적으로 경찰을 공격하여 두 명이 죽고 여러 명이 크고 작은 부상을 입었습니다.

저는 워싱턴 콜럼비아 특구(District of Columbia)의 여러 위원들로부터 '우유원정군'은 법과 질서를 준수할 의사가 없다는 서한을 전달받았으며, 이 폭동과 무질서에 종지부를 찍기 위해 육군에 질서 회복을 명령하였습니다.

미합중국 의회는 자유로운 집회 보장, 자유로운 발언의 보장, 자유로운 청원의 보장 등 저들 '우유원정군'의 모든 합중국 시민으로서의 권리를 보장하였으며 그들의 귀가를 위한 여비 또한 제공하였습니다.

대다수 참전 용사들은 의회의 전향적인 이 조치에 동의하여 고향으로 돌아갔으나, 이 사건을 공산 혁명의 기회로 여긴 불순분자들이 도리어 유입되고 말았습니다. 우리는 이미 폭도들의 신상을 조회하고 있으며, 그들이 공산주의자와 사회 불만분자, 전과자, 범죄자로 이루어진 집단이라는 증거를 확보하였습니다.

이들 선동가와 범법자들의 기세에 휘말려 일부 선량한 참전 용사들이 '우유원정군'에 가담하였으나, 그들은 자신들의 옆에 있는 이들이 얼마나 흉측한 이들인지 명확히 알지 못하였으리라 판단하고 있습니다……

D.C.가 불타오르고 있다. 조금 전까지, 더글라스 맥아더의 눈에 그 불꽃은 자유의 여신이 치켜든 봉화로 보였다. 조국의 자유를 지키기 위한 투쟁의 결과. 결코 이 숭고한 나라를 불순분자와 빨갱이의 손에 넘기지 않으리란 단호한 결의.

그 모든 것은 사실 그의 눈에만 보이던 환각에 불과했다. 그들은 선량한 합중국의 시민이었으며, 빨갱이의 음모 따위는 존재하지 않았고, 자랑스러운 미합중국 육군은 10년 전의 용사들을 전차와 총칼로 짓밟았다.

D.C. 전역의 라디오와 스피커를 통해 송출되는 후버 대통령의 성명이 그 어느 때보다 역겹게 느껴졌다. 이 거대한 기만. 이 끔찍한 사기극. 그리고 그가 지휘하는 미 육군은 이 기만의 핵심이었다.

지금도 머릿속의 누군가가 끊임없이 귓가에 속살거리고 있었다.

'유진 킴은 사상이 불순해. 생각해보라고. 아시아인이 얼마나 설움과 분노를 그 가슴속에 켜켜이 쌓아왔겠어? 그가 빨갱이는 아닐지 몰라도, 빨갱이들에게 동정적일 가능성은 크지 않겠어?'

'그는 훌륭한 군인이지. 하지만 빨갱이의 흉계를 꿰뚫어볼 정도로 탁월한 수사관은 아니잖아? 그가 속았다면? 육군이 진압을 망설이자마자 곧장 공산주의자들이 이 나라를 엎어버리면 어떡할래? 책임질 수 있어?'

'정신 차려! 미래의 비난 그런 건 솔직히 관심 없잖아. 나라를 구해낸 구국의 영웅이 되고 싶어서 진압군을 직접 지휘했잖아. 네 커리어를 여기서 끝낼 거야? 명예 훈장 받기 싫어?'

"나는……."

지금이라도 돌아가면 된다. 지금이라도 눈 딱 감고 '우리는 합중국을 지켰다.'라고 승리 선언을 외치면 된다. 그러면 아무 일도 없다. 모두가 그에게 환호해줄 것이며, 유럽에서 자유를 지켜낸 더글라스 맥아더는 미합중국마저 지켜낸 진정한 자유의 투사로 거듭날 수 있다.

"장군님?"

"기자들은 전부 모여 있나?"

"그렇습니다."

"방송도 가능한가?"

"옙! 지금 대통령 각하의 성명서를 송출하는 중인지라……."

"그게 끝나고 곧장 내 말도 좀 방송해주면 좋겠군. 5분이면 되네."

이미 사전에 그는 언론 성명을 예고했었기에, 진압 현장 인근엔 기자들이 바글바글했다. 그는 천천히 단상에 올라갔다.

"지금 바로 시작하시겠습니까?"

"혹시 방송은 D.C.에만 송출되나?"

"아닙니다. 전국에 송출 가능합니다. 원하신다면 D.C. 일대에서만 나오도록 조정할 수 있습니다만……."

"딱 좋군."

— 이상 허버트 후버 대통령의 성명문이었습니다. 다음으로는, 미 육군 참모총장 더글라스 맥아더 대장의 성명 발표가 있겠습니다.

"이제 말씀하시면 됩니다."

그는 고개를 살짝 까딱인 후, 주변을 천천히 둘러보고, 마이크에 입을 가져다 대었다. 이제 물러설 수 없다. 전 국민이 그의 목소리를 듣는 날을 평생 고대했음에도, 지금 당장이라도 도망치고 싶었다.

하지만. 여기서 도망치는 순간, 그는 두 번 다시 떳떳해질 수 없었다.

"친애하는 미합중국 시민 여러분."

목소리가 살짝 갈라져 나왔지만, 저 가슴 깊숙한 곳에서부터 터져 나오는 무수한 감정을 더 이상 억누를 수는 없었다.

"이 세상의 그 누구라도, 오늘 저희의 눈앞에서 솟구치는 저 연기를 보며 절망하지 않을 사람은 없을 것입니다. 특히 제가 평생을 헌신해 왔던 제 천직이, 자유와 민주주의를 수호한다는 제 사명이 제가 그토록 사랑해 왔던 합중국 시민들을 겨냥하게 된 지금, 제 절망은 이루 말할 수가 없습니다."

맥아더의 '승리 선언'을 들으러 왔던 기자들의 팔이 너 나 할 것 없이 번쩍 치켜올라갔지만, 그는 무시하고 계속 말을 이어나갔다.

"저는 자랑스러운 명예 훈장 수훈자, 제 아버지 아서 맥아더의 밑에서 태어난 이래로 단 한 번도 군사 분야 외의 일에 관심을 기울여 본 적이 없는 고로, 오늘의 이 참극에 대해 걸출한 수사법이나 시적 상상력, 여러분의 가슴에 파고들 연설을 읊을 수는 없습니다.

따라서, 저는 오늘 이 자리에서 그 어떠한 거창한 비유 없이 오직 진실만을 시민 여러분들께 말씀드리고자 합니다. 오늘 대통령이 '정부 전복을 노린 공산주의 폭동'으로 규정한 저 '우유원정군'은 결코 후버 대통령이 일컬은 바와 같이 공산주의자의 음모가 아니었습니다.

저는 저들 우유원정군이 은밀히 기관총과 박격포 등 중화기를 모으고 있다는 보고를 받았습니다. 그러나 불타는 저 후버촌 어디에도 공산주의자들이 숨겨 놓은 중화기의 흔적은 찾을 수 없었습니다.

저는 저들 우유원정군이 합중국 동부 일대의 건달패와 불만분자, 범죄자와 손을 잡아 무력을 휘두르려 한다는 보고를 받았습니다. 그러나 군경의 곤봉과 총칼 아래 제압당한 이들 중 그 누구에게서도 중범죄의 이력은 찾을 수 없었습니다.

저는 저들 우유원정군이 행정부와 의회의 그 모든 타협 시도를 뿌리치고 자신들의 이익을 위해 정의를 무너뜨릴 준비가 되었다는 보고를 받았습니다. 그러나 그들이 조금 전 제게 전달한 요구사항은 물과 빵, 노약자를 위한 의사, 그리고 얼마 전까지 그들이 흘린 피의 대가로 받았던 하잘것없는 우유 배달부 일자리에 불과했습니다.

저는 저들 우유원정군이 정부가 제공해 준 여비를 거절한 이유가 더 많은 것을 뜯어내기 위함이라고 보고받았습니다. 그러나 여비를 거절하고 남은 이들은 돌아가도 가족을 건사할 방도가 없어 돌아갈 수조차 없는 자들뿐이라는 사실을 확인하였습니다.

저는 웨스트포인트에 발을 디딘 이래 단 한 번도 웨스트포인트의 정신 '의무', '명예', 그리고 '조국'을 뇌리에서 잊은 적이 없습니다. 하지만 지금 제 의무를 이행한 결과, 저의 조국은 시민의 피를 흘리게 하였고 저의 명예 또 한 쏟은 우유처럼 바닥에 흘러내리고 있습니다.

저의 꿈과 희망은 저 멀리 보이는 연기와 함께 사그라들고 있지만, 저는 지금 이 순간도 제가 즐겨 부르던 한 군가의 구절을 선명히 기억하고 있습 니다.

노병은 죽지 않는다. 다만 사라질 뿐이노라. 지금 우리의 손엔 바로 그 노 병의 피와 절규가 묻어 있습니다. 저는 더 늦기 전에 그들이 받아야 마땅할 존중과 감사를 돌려받기를 기원합니다. 땅에 떨어진 저와 미합중국 육군의 마지막 명예가 지켜지길 기원합니다.

지금 이 시간 부로, 오늘 일어난 불행한 사건의 모든 책임을 지고 합중국 시민 여러분들 앞에서 전역을 신청하는 바입니다. 하나님께서 모든 장병과 시민 여러분의 앞날을 가호해주길 빌며, 저는 이만 물러나도록 하겠습니다. 감사합니다."

불어오는 바람에 맥아더의 모자가 바닥에 툭 하고 떨어졌지만, 그는 모 자를 줍는 대신 조용히 연단에서 내려와 어딘가로 천천히 걸어갔다. 숨조 차 쉴 수 없는 침묵이 장내를 가득 메웠다. 가장 직업의식 투철한 기자들조 차 연신 움직이던 펜을 멈추고 눈앞의 참모총장이 연단을 내려가는 모습을 멍하니 응시했다.

우유, 피, 그리고 푸른 별 6

정보참모 콘라드 란자는 귀를 씻어야 하나 잠시 고민했다. 라디오에서 흘러나오는 빌어먹을 맥아더의 목소리가 한 글자 한 글자씩 따박따박 단어를 자아낼 때마다 온 세상이 지진을 일으키며 무너지고 있었다.

"참모님?"

"참모님, 이게 어떻게 된 일입니까?"

"내가, 내가 묻고 싶은 말이야! 너희들이 나한테 보고를 취합해서 건네줬잖아! 그런데 어째서!"

란자는 억울했다. 나는 관리자다. 나는 그냥 정보를 취합해서 보고서만 타이핑했을 뿐이라고. 그래. 실무진 잘못이다. 실무진 잘못. 기껏 대전쟁까지 참전했는데 별도 못 달고 옷 벗을 수는 없잖아. 그러니까…….

거기까지 머리가 돌아간 란자가 곧장 의자를 걷어차듯 벌떡 일어나 힘껏 삿대질을 했다.

"너희들! 날 속인 거냐!"

"예?"

"빨갱이, 빨갱이들이 시키던? 합중국 육군의 손으로 저 불쌍한 참전용사들을 짓밟으라고 모스크바에서 지령을 내렸냔 말이다!"

"대공용의점이 뚜렷하지 않거나 재조사의 여지가 있다고 하면 매번 역정을 내셨잖습니까!"

"지금 벌써 책임 회피할 준비 중이십니까? 입맛에 맞는 보고만 받으신 건 참모님 아닙니까!"

"이, 이이이……!"

서로 당장 권총을 뽑아 들 일만 남은 순간, 문밖에서 저벅거리는 군홧발 소리가 울려 퍼지더니.

쾅!

"정보참모 콘라드 란자 대령."

"이보게! 잘 왔네! 이, 이 빨갱이들이 날 갖고 놀았어! 틀림없이 모스크바의 지령을 받고 있을 거야!"

"도저히 일개 대령 주제에 소장에게 할 언행으로는 보이지 않는군."

드럼은 애써 웃음을 참기 위해 필사적으로 주먹을 꽉 쥐었다.

'살았다!'

생각한 바와는 전혀 다르게 전개되었지만, 맥아더는 무조건 군복을 벗어야 한다. 육군의 수장이 대통령에게 정면으로 양손 가운뎃손가락을 치켜든 이상 맥아더가 군문에 남아 있을 수는 없다. 이런 짓거리를 하고도 군복을 입을 수 있으면 그게 군인인가? 군벌이지. 하지만 그것과 별개로 맥아더는 어마어마한 국민적 지지를 얻을 테고, 후버 행정부는 이제 반신불수가 되어 관짝에 들어갈 날만 헤아려야 한다.

그렇다면 여기선 당연히 맥아더를 도와 후버를 물어뜯어야지. 쇼몽파의 실질적 수장인 이 드럼이 하필 감찰실장에 앉게 된 이유는 보나 마나 바로 저 맥아더를 견제하라는 의미였겠지만, 알 게 뭔가. 지금 후버의 편을 들어 봐야 같이 순장 당할 뿐인데.

"뭐 하나! 전부 붙잡아!"

"예!"

"란자! 란자 대령이 시켰습니다!"

"없는 대공용의점도 만들라고 지시했습니다!"

"웃기는 소리 하지 마! 너희가, 너희가 내 눈을 흐렸어!"

아웃사이더였던 맥아더가 저렇게 자폭한 이상, 합중국 육군은 최소 10년간은 쇼몽파가 이끌 수 있다. 한때 쇼몽파의 수장 자리를 놓고 경쟁자로 여기던 마셜은 고작 중령. 보병학교에서 어린놈들을 모아 제 파벌을 만들고 있긴 하지만 열매를 맺으려면 10년은 필요하지.

"실장님, 다음은 어떻게……?"

"다음? 맥아더 총장… 이제 총장도 아니지. 맥아더 씨를 붙잡아. 그리고 그 부관 아이젠하워 소령과 유진 킴 중령도!"

"알겠습니다!"

이 초유의 사태에서 누가 자신의 목을 친단 말인가? 후버가? 고작 중령이 쿠데타를 일으킬지 모른다며 벌벌 떨던 그 쫄보가? 감찰실장이라는 직책상 그도 '약간'의 책임은 있으니 곧장 참모총장 자리를 거머쥘 수는 없겠지만, 그다음 총장은 역시…….

"키, 키히히히히힛!!"

멍청한 놈들. 살아남는 자가 가장 강한 자라는 것도 모르는 멍청이들! 그래. 나의 시대가 왔구나.

홀로 남은 정보참모실에서 드럼은 한동안 미친 듯이 웃어젖혔다.

* * *

드럼 이 새끼 신속한 것 좀 보소. 꼴에 엘리트 장교라고 기동력이 제법 좋아.

맥아더가 초대형 핵폭탄을 워싱턴 D.C.에 꼴아박은 후, 나와 아이크가 스턴 상태에서 풀리기까진 제법 많은 시간이 필요했다. 처음엔 나조차 상황 파악이 영 안 됐다. 대체 무슨 심리 변화가 있어서 저렇게 빠꾸 없이 풀악셀을 밟는 거지? 저래서야 군 생활 어떻게 하려고? 아, 이제 못 하는구나.

하지만 찬찬히 다시 한번 고민해보니, 맥아더가 둔 저 수야말로 모든 난국을 타개할 수 있는 기적의 수였다. 어차피 원 역사에서도 보너스 원정군 진압은 두고두고 맥아더의 발목을 붙드는 흑역사가 되었다. 어차피 군 생활 조진 거, 차라리 나쁜 후버에 맞서는 최후의 양심적 군인 이미지라도 잡고 가면 오죽 좋은가?

이 정도로 판이 짜인 이상, 내가 입을 뗄 필요도 없다. 정계의 피라냐들이 후버의 살점을 아주 맛있게 뜯어먹겠지. 우리 장인어른도 한 움큼 좀 떼어 갈 테고.

나와 아이크가 우리 감찰실장님의 집요한 손길에 붙들린 건 바로 그때였다. 나는 그대로 곧장 연행되어, 어둑어둑한 취조실에 입장하여 드럼과 마주했다.

"어딜 가려고 하셨나?"

"참모총장님께서 휴가 잘 다녀오라 하시길래 얼른 유럽 여행이나 가려고 했지요."

"나도 보내주고는 싶지만, 어쩌겠나. 절차가 절차인 것을."

뭐야. 내가 아는 드럼이 아닌데? 혹시 요즘 안 하던 짓 하는 게 최신 유행인가. 여기선 보나마나 '크헬헬헬 이 드럼 님의 시대가 왔다! 모든 미군이여, 내가 다스려주마!' 하면서 실실 쪼개야 내가 아는 사람이거든. 얼른 진짜 드럼을 돌려줘!

하지만 영 이상하단 말이지. 틀림없이 드럼은 맥아더를 견제하라고 백악관에서 꽂아 넣은 인물일 텐데.

"어째서 맥아더 장군께서 자네를 중용하지 않았지? 두 사람은 제법 친한 사이 아니던가?"

"예?"

"나는 맥아더 장군께서 육참총장이 되었단 소식을 들었을 때부터 당연히 귀관이 대령 달겠거니 생각하고 있었네. 신뢰받는 동시에 유능하기까지 한 인물이 참모 자리 하나쯤 꿰어차는 건 전혀 이상한 일이 아니니까."

아, 그거? 내가 미쳤습니까, 뻔히 보너스아미로 활활 불탈 걸 알면서도 남아 있게? 자칫하단 내가 어떤 식으로 엮일지 모르는 판에, 쿨리지한테선 경고도 듣고, 내가 봐도 정말 나답지 않을 정도로 좀 많이 사렸다. 그런데 그걸 외부에서 보면…….

"말해보게. 레번워스에서 쌓아 왔던 우리의 우정이 있잖나."

이 새끼. 나랑 맥아더 사이에 뭔가 문제가 있다고 생각하나? 머릿속에 시나리오 한 편이 쫙 뽑힌다. 내가 대령 진급 좀 시켜 달라고 요청하고, 한창 후버가 내 쿠데타를 걱정하던 시절이니 눈치를 본 맥아더가 날 대충 한직으로 보내고, 이 찬밥 대우에 내가 빈정이 상하고.

물론 실제로는 내가 한직을 자처한 거지만… 내 출세 의욕이 좀 크긴 했지. 하지만 좀 더 간을 봐야겠다.

"헤헤헤. 앞으로 미합중국 육군을 이끌어나갈 드럼 소장님께서 저와의 우정을 기억해주신다뇨. 너무 영광된 말씀입니다."

"자네 덕택에 내가 퍼싱 장군의 고민을 약간 덜어드리고 큰 신임을 얻었지 않나. 나는 언제나 날 도와준 사람들을 잊지 않네."

저거, 웨스트포인트 교장 하던 맥아더를 밀어낸 이야기 하는 거 맞지? 그런데 그걸 신나게 떠들긴커녕 저렇게 조심스레 말한다니. 이 새끼… 이제 확신이 든다. 후버를 손절하고 맥아더 라인에 붙을 셈이다. 풍향 재는 솜씨 하나는 참 끝내주는 인간이야.

"저 역시 언제나 많은 사람을 품을 줄 아는 드럼 장군님이야말로 육군의 수뇌부에 걸맞다고 생각하고 있습니다."

"핫핫핫! 역시 자네는 셈이 빨라. 그러니 우리, 저번처럼 속을 다 털어놓고 이야기하자고. 총장님의 다음 행보는 어떨 것 같나? 육군의 기개를 보여 주셨으니 당연히 그다음 행보도 정해져 있겠지?"

"저도 잘은 모르겠습니다만, 당연히 이다음은 정계 진출이겠지요."

"그렇지! 후버 그놈은 이제 끝이야. 자네 장인어른과 손을 잡으면 공화당의 세력구도가 완전히 뒤바뀌겠지."

견적 산출 완료. 드럼이라, 드럼. 이 암세포 같은 인간을 수술해서 적출해 내면 상쾌해질 수도 있겠지만, 이놈의 처세와 세력이 하도 대단하니 미 육군이라는 환자가 테이블 데스할 확률이 너무 높다. 게다가 이렇게 알아서 맥아더 라인에 붙겠다고 대놓고 떠들어대고 있고, 이놈을 대체할 만한 사람도 딱히 없다.

그러면 답은 나와 있지. 마셜이 클 때까지 이놈에게 적당히 환상을 불어넣어 주면 된다. 원 역사의 맥가놈까지 갖고 논 루즈벨트가 드럼을 어려워할 리도 없으니, 신나게 북 치고 장구 치던 드럼이 팽당하면 그림이 참 예쁘겠어.

"키히히히힛!"

"크헤헤헤헤헤!!"

어째서 하늘은 이제 정치질 좀 끊고 엄격 근엄 진지한 군인으로 살고 싶은 나를 가만히 두질 않는 걸까. 주님, 오늘도 정의로운 통수맨이 되는 걸 허락해주세요. 그치만 어쩔 수 없잖아. 상황이 이런 걸.

* * *

[후버 행정부, 최대 위기!]

[어째서 참전용사들은 빨갱이의 누명을 뒤집어썼는가?]

[민주당, 행정부에 최후통첩!]

[찰스 커티스 상원의원 촌평, "정의가 무너졌다."]

나는 우보크에서 손님을 기다리며 신문을 훑어보고 있었다.

"그래, 이제 좀 속이 시원한가?"

"누가 들으면 제가 또 한 건 저지른 줄 알겠습니다. 정말정말 억울한데, 저는 어쩌다 태풍에 휩쓸린 불쌍한 피해자입니다."

이게 다 맥가놈과 패튼 잘못이다. 내 탓이 아니다. 나의 처량한 항변에도 장인어른은 씩 웃기만 하며 술잔을 들었다.

"이제 후버는 식물 대통령이야. 백악관 호텔에서 푹 쉬다가 때 되면 내려올 일만 남았지."

"사임이라거나 탄핵 같은 건……"

"아직 정치를 잘 이해하지 못하는구만. 왜 민주당이 탄핵을 해야 하지?"

민주당이 탄핵을 할 이유, 라. 생각해보니 정말 해줄 이유가 없다.

"후버가 계속 삽질을 해줄수록 민주당의 득표가 늘어난단 말씀이십니까."

"그렇지."

"그럼 그냥 도망치는 게 낫지 않을까요? 굳이 억지로 백악관에 머무를 필요는 없을 텐데."

"후버는 도망갈 수 있지만 그 밑의 부하들은 도망칠 수가 없지. 정확히 말하자면, 그놈들이 후버를 고기방패로 쓰고 있는 형국이네."

욕받이 인형, 뭐 그런 거냐고. 실제로 신문 기사만 봐도 상황은 일목요연하다. 모든 욕과 비판을 받는 사람은 오직 후버뿐. 신기하게도 실무진이나, 후버 밑에서 일하는 다른 사람들에 대한 공세는 거의 눈에 띄지 않았다. 특히 헤드라인엔 아예 전멸했다시피 하고.

"그만큼 언론을 다루는 자본가들은 내가 싫다는 뜻이네. 후버 한 사람만 다치고, 후버의 계파가 통째로 소멸하는 꼴은 보기 싫다는 의지가 뚜렷하게 엿보이지."

"어지간히도 밉보이셨군요. 그러길래 적당히 좀 굽히지 그러셨습니까?"

"흠. 사위 입에서 적당히 굽히란 소리가 나오니 굉장히 웃기지도 않아."

저 눈빛, 굉장히 익숙해. 동네에서 야구하다가 남의 집 유리 깨먹었을 때 부모님이 날 바라보던 딱 그 눈빛이거든. 저어는… 사고뭉치가 아닙니다… 억울합니다… 오히려 사고뭉치 따님을 저에게 넘긴 걸 사과하셔야 하지 않을까요?

"그러니 오늘 만남이 참으로 중요한 것이지."

"또 대권 도전이십니까."

상대는 FDR. 4선의 괴물이다. 거 죄송하지만 장인어른. 그냥 포기하시고 D.C.의 거물로 행복한 정치 인생을 마무리 짓는 편이 어떠실까요?

"자자. 손님 오셨네."

"어서 오십쇼, 총장님!"

"이제 총장님이 아니라 맥아더 씨라고 불러야지. 아니면 더그(Doug)도 좋고."

사복 차림의 맥아더가 허허로이 웃으며 룸으로 들어왔다. 이제 D.C.에 육군 특제 왕별 하나를 장식할 시간이다.

우유, 피, 그리고 푸른 별 7

잠시 술이 몇 바퀴 돈 후.

"이제 앞으로에 대해 서로 이야기를 해보지요."

"좋은 말씀 해주신다면 경청하겠습니다."

그 전까지 사람 좋게 웃던 장인어른이 웃음기를 싹 걷어내며 말했다. 여기에서까지 내가 아는 척하긴 좀 그렇지. 맥아더는 내가 벌였던 온갖 화려한 전적을 잘 모르잖나. 굳이 그걸 자랑할 필요도 없고, 나보다 더 빠삭할 장인어른도 있으니.

"그래서, 정치해볼 생각 있습니까?"

"모르겠군요."

맥아더는 답답한지 담배 파이프를 슬쩍 꺼냈다.

"적어도 그날 발표한 성명 발표에 거짓은 없었습니다. 나는 태어나서부터 군인 외의 다른 직업은 단 한 번도 생각해 본 적 없습니다."

"브룩스 그 여자가 증권사 취직하자고 꼬셨을 땐……."

"사랑하는 우리 후배님, 그 여자 이야길 또다시 꺼내주다니. 너무 고마워서 그런데 한 대만 때려도 되겠나?"

크흠. 진짜 더 떠들었다간 귓방망이 제대로 날아갈 것 같다. 입 다물어야지.

"예. 저는 만 64세가 되어 퇴역하기 전까지는 이 군복을 벗을 날이 올 거라고 생각한 적이 없습니다. 그런데 이제 제 선택에 책임져야 할 날이 왔고, 새 직장을 고민해야 하는군요."

"원래 직장이 다 그렇습니다. 요즘 같은 세상에 정년보장이란 말만큼 무의미한 이야기가 또 어디 있겠습니까? 당장 지난 몇 년간 얼마나 많은 군인들이 미래가 없다며 전역을 신청했습니까."

"그것도 그렇지요. 사실 제 걱정의 핵심은 조금 다른 부분입니다. 정치를 한다면 아마 의원이 되는 것이겠죠? 군사 분야 이외엔 새하얀 백지나 마찬가지인 제가 대체 무슨 수로 지역구에 봉사할 수 있겠습니까."

오, 나름대로 생각은 해본 모양이군. 맥아더는 틀림없이 똑똑한 사람이지만, 태어날 때부터 군대 막사 안에 있던 사람이 바깥세상을 뭐 얼마나 알겠는가. 언론 플레이와 별개로, 그의 정치적, 사회적 시야는 좁을 수밖에 없다.

"이제 배워야지요. 원래 정치인은 다른 분야에서 일하던 사람들이 마지막에 건너오는 경우가 허다합니다. 본인의 강점을 살려 일한다면 별문제 없을 게요."

"강점이라……."

그가 고민하는 동안, 장인어른은 그의 선택을 도와주려는 듯 몇 가지 이야기 꾸러미를 풀기 시작했다.

"일단 첫 번째. 선출직에 매력을 못 느끼겠다면, 어느 당에 입당해 차기 전쟁부 장관 자리를 노리는 방법이 있겠지요."

"그거 좋아 보이는군요."

"내가 이런 이야기를 하는 것도 굉장히 어이없는 일이지만, 공화당은 이제 집권할 능력을 상실했습니다. 그러니 장관이 하고 싶으면 민주당에 가야지요. 그쪽도 귀하를 끌어온다면 어마어마한 상징성을 얻을 테니 무척 모셔오고 싶어 할 게요."

FDR 아래의 맥아더 장관이라. 휘황찬란해 절로 고개가 숙여지는 라인업이다.

"그래서, 민주당 어떻습니까?"

"저는 절대로. 민주당에. 가지. 않습니다."

악센트 보소. 아주 칼이야.

"몇 년 전에, 저는 4군단장으로 부임한 적이 있습니다."

아. 그래. 무슨 이야길 하려는지 알겠다. 4군단장으로 부임한 지 석 달도 채 안 돼서 그 직책을 내려놓고 대신 3군단장으로 재발령 난 적이 있었거든.

"4군단은 조지아주 애틀랜타에 있습니다. 아시다시피, 그곳은 딕시 놈들 소굴이지요. 제가 거기에 부임하자마자 남부 촌놈들이 게거품을 물고 난리를 쳤습니다. 왜? 바로 제가 위대한 영웅, 아서 맥아더의 아들이라는 이유에서 말입니다."

"그것참 유감이군."

"감히 합중국에 총을 겨눈 역도의 후손들이, 합중국을 지켜낸 사람에 대한 존중은커녕 멸시를 합디다. 그런 놈들을 비호하는 정당이 바로 민주당 아닙니까? 제가 아무리 다음 직장을 찾고 있다곤 하지만, 그런 쓰레기들과 상종할 순 없습니다."

맥아더는 최대한 아무렇지 않은 척 술잔을 들었지만 손의 떨림은 멈추지 않았다. 저 사람 자부심의 원천이 바로 아버지에 대한 존경과 프라이드인데, 그걸 정면에서 모욕당한 이상 절대 가만히 못 있을걸.

"게다가, 민주당의 전 대통령 우드로 윌슨은 베르사유 조약이라는 희대의 기만으로 다음 대전쟁의 불씨를 지폈습니다. 그 어떤 군인도 민주당을 좋아하긴 힘들 겁니다. 아마 후세 사람들은 누구 말마따나… 저번 전쟁을

'제1차 세계대전'이라고 부르겠지요."

왜 저를 쳐다보십니까. 얼굴에 구멍 날 것 같아요. 유진이는 아무것도 몰라요.

"그러면 공화당이군. 우리로서는 당연히 반가운 일이지."

"예. 그런데 후버를 만신창이로 만든 절 공화당이 환영할까요?"

"물론이지요. 후버는 한마디로 말하자면 오줌 싼 이불 같은 존재입니다. 공화당의 모두가 그를 잊고 싶어 하지요. 장군께서 공화당에 입당한다는 것 자체가 공화당이 면죄부를 받는단 뜻입니다."

이게 공화당이 쓸 수 있는 유일한 출구 전략. 모든 잘못을 후버에게 돌리고 다음을 기약할 수 있는 최선의 수다. 역시 정치는 참 오묘하다. 그 공화당을 뒤흔든 사람이니까 오히려 공화당이 환영한다니.

"이제 제가 묻지요. 의원이나 주지사가 되어 볼 의향이 있습니까?"

"저는 딱히 고향이라 할 만한 곳도 없습니다. 보통 그런 건 연고가 있는 곳에 출마하잖습니까. 아칸소에서 태어나긴 했지만 거기에 애착이 있냐고 하면 글쎄요……."

사실 맥아더에게 애착이 있는 지역을 따지라고 하면, 차라리 필리핀이지 않을까? 잠시 고민하던 장인어른이 입을 연 것은 그때였다.

"캔자스 상원의원 자리는 어떻습니까."

"어르신, 그게 무슨 말씀이십니까!"

"왜? 아까워? 지금이라도 사위가 출마하겠다 하면 말 번복하고."

"아니, 그건 아닌데……."

"아니면 됐지."

왜? 왜왜왜?? 내가 굳이 물어보지 않아도 알겠다는 듯, 장인어른은 입에 물고 있던 시가를 내려놓으며 말했다.

"물론 나도 백악관에 가보고 싶다는 욕심이야 있지. 하지만 지금 시점에서, 내가 백악관에 입성할 확률은 벼락 맞을 확률보다 더 낮아."

그거야 그렇지만, 그러면 그냥 캔자스 상원의원 6년 더 하면 되잖습니까?

"무조건, 무조건 내년 공화당 경선에선 내가 대통령 후보로 추대될 거야. 사위도 왜 그런지 알 수 있겠지?"

독이 든 성배지만, 반후버 세력을 이끌고 있는 커티스로서는 절대 거절할 수 없다. 그리고 장렬하게 FDR과 맞서 싸워 무너지고, 그대로 정계 은퇴 코스. 아마 후버를 방패 삼아 근근이 연명하고 있는 떨거지들도 어깨춤을 추면서 이 상황을 바라고 있을 터. 정말이지 정치판은 추잡해서 할 말이 없다.

"그러니 차라리 지금 은퇴하겠네. 맥아더 장군을 모셔오고, 느긋하게 야인으로 돌아가 그분에게 정치인으로서의 각종 스킬을 인수인계해줘야 한다고 주장하면 다른 놈들도 딱히 할 말이 없겠지."

"그래도 꿈이 있으셨잖습니까."

"내가 남아 있으면 공화당 내의 불씨마저 사그라든다네, 사위. 이 보 전진을 위한 일 보 후퇴는 군인들의 영역 아닌가?"

그는 다시 맥아더에게로 시선을 돌렸다.

"어떻습니까. 이게 내가 제안할 수 있는 최고의 조건입니다."

"…저를 위해 그렇게까지 해주시겠다니, 무척 영광입니다."

"하하! 나는 걱정하지 않소. 미래를 위한 투자라고 생각하고 있으니 말이오."

두 사람이 애써 웃으며 악수를 나누는 동안, 나는 잠자코 눈앞의 술잔만 열심히 비웠다.

이걸 다행이라 해야 하나, 불행이라 해야 하나. 역사는 바뀌었고, 이 앞의 미래는 이제 무척이나 흐릿해졌다. 하지만… 적어도 끔찍한 일은 막을 수 있었다. 한 노인이 다음 세대를 위해 자신의 야망을 접는 모습을 지켜보며, 내가 할 수 있는 말은 그리 많지 않았다.

그리고 얼마 후.

"…피고 더글라스 맥아더의 예비역 편입을 명한다."

땅! 땅! 땅!

우유원정군 진압, 그리고 맥아더의 항명을 둘러싼 군사재판은 어이가 없을 정도로 날림으로 진행되었다. 대공황으로 어마어마한 압력을 받던 군부는 물 들어올 때 노 젓는다고 신명나게 '이게 다 정치인 놈들이 군에 일해라절해라 하니까 벌어진 일이다!'라며 후버를 열심히 때렸고, 맥아더는 장병들의 인기를 한 몸에 얻은 영웅으로 추대되었다.

게다가 커티스가 은밀히 맥아더의 공화당 입당과 캔자스 상원의원 자리를 놓고 딜을 시도하자, 숨이 넘어갈 지경이던 공화당 핵심인사들은 기꺼이 맥아더를 환영했다. 후버? 그게 누구지? 아, 그 백악관의 도장 날인하는 기계 말인가. 제가 싫으면 어쩔 거야. 꼬우면 대통령 하지 말았어야지.

여기서 나도 약간의 이득을 얻었는데, 맥아더가 참으로 감사하옵게도 "유진 킴에게 구두로 밀명을 내려 우유원정군의 실태를 파악하라고 지시하였다."라고 증언한 탓에 나는 무혐의 처리가 되었다.

물론 이 증언을 위해 나와 드럼이 우보크에서 은밀히 만나 짬짬이를 좀 하긴 했고, 그 결과 내가 억류되었다는 드럼의 보고는 '급박한 상황 속에서 제대로 정보가 공유되지 않은 탓에 일어난 약간의 혼선'이랍시고 짬처리되었다.

하지만 정보부의 첫 판단대로 '유진 킴이 시위대와 합류했다.'라고 보고가 올라갔다면 나는 꽤 난처한 처지가 되었을 거다. 이러니저러니 해도, 드럼 이 새끼의 개입은 나에게 플러스가 되었지 마이너스는 딱히 아니었다.

이 와중에 공화당의 맥비어천가는 마침내 절정에 이르렀고.

"미합중국 의회는 지난 대전쟁에서 세운 공로를 인정하여, 이를 기리기 위해 더글라스 맥아더 예비역 대장에게 명예 훈장을 수여하고자 합니다."

"와아아아아!!"

"맥아더! 맥아더!! 맥아더!!"

['합중국의 양심' 맥아더 장군, 마침내 명예 훈장!]

[정의가 구현되다!]

[백악관도 막지 못한 위대한 양심!]

겉으로는 제1차 세계대전에서 제대로 상훈이 지정되지 않은 공로를 기린다고 하였으나, 사실 모든 미합중국 시민들은 이 상훈 사유를 '빨갱이 타령에서 합중국의 정의와 명예를 지켜낸 공로'라고 인식하고 있었다.

이렇게 원 역사의 트랙을 한참 벗어난 우유원정군 사태는 위대한 영웅의 탄생으로 그 막을 내렸다. 놀랍게도, 그 난리를 치고도 결국 우유원정군이 부르짖던 보너스 조기 지급은 조용히 묻혔다. 공화당이고 민주당이고 정치인들은 참 대단해. 어쩜 그리 한통속일까. 그나마 다행이라면, 부상을 입은 시위대원에 대해서는 일정 부분 정부가 피해를 배상하였고 직장을 잃은 참전용사들에겐 공공근로 일자리가 할당되었다.

어쨌거나, 승리는 승리였다.

* * *

같은 시각 대서양 건너편, 독일.

쾅! 쾅! 콰앙!!!

"이럴 수는 없어!! 이럴 순 없다고!"

"당수님?"

"오이겐 킴! 어떻게, 어떻게 그자가 혁명을 배반할 수가 있단 말인가!"

아돌프 히틀러는 마구 고함을 질러대며 책상에 올려져 있던 서류와 타자기를 거칠게 바닥에 집어 던졌다.

"이건 기회였어! 사악한 자본가들과 유대인의 지배에서 미국을 해방시킬 수 있는 절호의 기회였다고! 어째서, 어째서 하늘이 내려준 국가사회주의 혁명의 기회를 내팽개쳤단 말이야?"

괴벨스가 이 난동을 대체 어떻게 수습해야 할지 몰라 쩔쩔매는 동안, 히틀러는 엄마 아빠가 침대에서 레슬링하는 모습을 처음 본 아이처럼 온몸을 부르르 떨었다.

"그자가 어떻게 그럴 수 있어! 유대인! 유대인들의 편에 서서 타락한 자들과 한패가 되기로 작정한 게 아닌 이상 어떻게 그럴 수 있냐고! 배신자! 변절자! 이 비열한 놈! 역시 아리아인이 아닌 놈은 믿을 수 없어. 이 구역질 나는……!"

"대서양 건너편인 미국에서의 속사정을 정확히 알 수 있겠습니까? 아마, 아마 뭔가 문제가 있지 않았을까요? 혁명이라는 게 그렇게 쉽게 되는 일도 아니잖습니까."

아무렇게나 주워섬긴 괴벨스의 말에, 히틀러는 방바닥을 굴러다니던 의자에 대강 걸터앉고는 잠시 생각했다. 한참 그렇게 홀로 끙끙대던 히틀러는, 아무렇지도 않게 사방에 흩어진 서류를 주워 모으기 시작했다.

"그렇지. 그렇고말고."

"예?"

"뭔가, 뭔가 이유가 있을 거야. 아마 이번 사태를 국가사회주의 혁명의 마중물로 삼고, 몇 년 내로 정권을 잡겠지. 그렇지. 오이겐 킴이 결코 배신자일 리가 없어."

"……"

첫사랑 하는 소년도 저것보다 심하게 콩깍지가 끼어 있진 않을 것 같은데. 그는 애써 불경한 생각을 머릿속에서 털어내기 위해 노력해야만 했다.

"혹시 그 소식 들으셨습니까?"

"뭔가. 곧 있을 선거 관련 이야기라면……."

"아닙니다. 오이겐 킴이 유럽으로 장기 휴가를 온다고 합니다."

"그래? 혹시 독일에도 온다고 하나?"

"그것까지는 잘 모르겠습니다."

"반드시 그를 초청하자고. 그래. 아마 그에게 부족한 건 확신이었을 거야! 유럽 각지에 국가사회주의의 동지가 있다는 사실을 보여준다면 그도 단호하게 떨쳐 일어났을 텐데! 헤스, 헤스를 불러오게. 혹시 킴과 일정을 조율해 전당대회를 보여줄 수는 없을까? 제길, 선물. 선물도 필요해. 그러니까 우리의 위용을 보여줄……."

"알겠습니다."

"괴링은 부르지 말자고. 그 돼지는 안 봐도 뻔해. 카드인지 뭔지 하는 거 달라고 괜히 킴에게 엉겨 붙어서 귀찮게 굴 거야. 혹시 나와 저녁식사 일정을 잡자고 하면 그가 불편해하진 않겠나?"

"…잘, 잘 조율해보도록 하겠습니다."

때려치우고 싶다. 직장 상사의 저 골때리는 순애보를 옆에서 지켜보고 있자니 괴벨스 박사 자신도 골머리가 지끈거리는 것만 같았다.

보너스아미(Bonus Army) 사태, 경찰이 시위자들을 진압하고 있다.

2권 <비둘기 죽이기 5>에서 언급했지만, 1차대전 참전용사들을 위해 지급된 금액은 독립전쟁이나 남북전쟁 때보다도 더욱 줄어들었고 이는 크나큰 사회적 문제가 되었습니다. 이에 따라 민심에 촉각을 기울여야만 하는 의회에서는 국내 복무자에게 복무기간 1일당 1달러로 최대 500달러(오늘날 약 8천 달러), 해외 파병자에게 1일당 1.25달러로 최대 625달러(오늘날 약 1만 달러)를 지급하는 법안을 가결하고자 했습니다.

첫 번째 입법 시도는 하딩 대통령이 여러 차례 거부권을 행사해 실패했고, 다음 시도에서도 쿨리지 대통령이 "애국심은 사고파는 것이 아니다."라는 희대의 명언을 남기며 여기에 거부권을 발동했습니다. 그러나 이번에는 의회가 상하원 의원 2/3 이상의 동의를 받아내며 거부권을 무효화하고 해당 법안을 통과시켰습니다.

문제는 보너스를 수령할 1차대전 참전용사가 수백만 명에 달했기에 지급해야 할 총액이 무려 36억 달러(오늘날 약 580억 달러)에 달한다는 점이었습니다. 정부는 이 재원을 마련하기 위해 별도의 신탁기금을 조성했고, 보너스를 약 20년 뒤인 1945년에 지급해주기로 했습니다.

그러나 대공황이 들이닥쳤고, 생계의 위협을 받게 된 참전용사들은 지금 당장 보너스를 지급해달라고 요구했습니다. 후버 대통령은 '그 돈을 지급하려면 세율을 올려야 하고 그러면 경기가 더 악화된다.'라는 논리로 이들의 주장을 일축했으며… 마침내 보너스 아미 사태가 시작되었습니다.

9장
구대륙의 그림자

구대륙의 그림자 1

어느 날 아침. 그동안의 기나긴 마음고생에서 벗어나 오랜만에 주말의 햇살을 즐기며 곤히 잠들어 있던 도로시는 누군가의 거친 손길에 잠에서 깨고 말았다.

"으음, 아침은 저기 알아서……."

"엄마 엄마아."

"무슨 일이니……?"

"아빠가 이상해!"

헨리와 앨리스는 그렇게 말하며 제 엄마를 흔들었지만, 도로시는 다시 몸을 돌려 얼른 꿈나라행 열차를 붙잡았다.

"으음… 괜찮아. 아빠가 이상한 게 어제오늘 일이니……?"

"욕실에서 흐느끼는 소리가 나."

울어? 잠이 싹 달아나버린 그녀는 곧장 이불을 박차고 일어나 욕실을 향해 빠르게 걸어갔다.

그이가 겪은 일이 어디 보통 일이던가. 단순히 우유원정군 사태만이 문제가 아니다. 하딩 전 대통령이 급작스레 서거한 뒤 유진의 사방엔 적들로 가득했으니까. 쿨리지와 후버의 시대는 미합중국엔 번영의 시간이었을지 몰라도, 유진이라는 개인의 입장에선 숨이 턱턱 막히는 시간이었다. 의심, 견제, 불안, 통제, 회유, 설득, 압박.

마치 그가 손에 넣은 것들을 모조리 뺏어갈 작정인 듯, 막후에서 벌어지는 일 전부를 알진 못했지만 적어도 보통 장교가 경험할 만한 일이 아니라는 것 정도는 당연히 알고 있었다. 우유원정군은 그 모든 고난의 정점이었고.

이제 다 끝났는데도 그 사람은 아직 괴로워하고 있는 걸까. 군인을 남편으로 둔 다른 사람들에게서 많이 들었다. 죽은 사람을 생각하며 불쑥불쑥 시도 때도 없이 고통받는 이들의 이야기는.

그녀는 욕실 문을 가볍게 밀었다. 닫혀 있지 않았던 문은 스윽 열렸고, 양팔로 세면대를 꽉 붙잡고 고개를 떨구고 있는 남편의 모습이 보였다.

"괜찮아?"

"아니……."

"너무 그러지 마. 같이 찬찬히 이야기해보자. 응?"

"아니… 도와줄 수 없는 문제야."

"그래도 혼자 속앓이하기보단 누구한테라도 털어놓는 게 좋지 않을까?"

머리카락과 얼굴에서 물이 뚝뚝 흘러내리는 모습이 어쩐지 그가 우는 것처럼 보여 더욱 가슴이 철렁했다. 잃어서는 안 될 것을 잃어버린 사람이 지을 법한 표정. 당장 최근에도 본 적 있다. 정계 은퇴를 선언한 아버지가 딱 그랬었지.

그녀는 차분하게 그가 입을 열길 기다렸고, 잠시 말이 없던 그는 마침내 천천히 자신의 고민을 꺼냈다.

"뽑아도 뽑아도 흰머리가 계속 눈에 띄어."

"…뭐?"

"코카시안들 빨리 늙는다고 놀리던 때가 엊그제 같은데, 벌써 눈가에 주름이 생길랑 말랑 하고 있어. 이래서야 더 이상 다른 놈들을 놀릴 수가 없잖아! 상태창도 없는 개떡같은 2회차인데 어째서 노화까지 오냐고, 이 망할……!"

"이 화상아! 내가 못 살아! 내가 못 산다고! 내가 지금 십 년은 늙었어!"

"아야! 아야! 아야야! 털어 놓으라며! 털어 놓으라며!"

저게 어딜 봐서 내일모레 마흔인 인간인가. 괜히 걱정해서 휴일의 잠만 조졌다. 억울해. 도로시는 활짝 웃으며 이 밉상인 인간의 등짝을 마구 스매싱했다.

* * *

딱히 이유 없는 폭력이 나를 덮쳤다. 억울하다. 나는 진지하건만 어째서 무자비한 폭력의 희생양이 되어야 하는가. 하지만 애들 아빠로서, 이번에야말로 결코 외압에 굴하지 않고 무사히 유럽 여행을 가야 하는 막중한 임무가 내 어깨를 짓누르고 있다. 방해하는 놈들은 전부 스팸 통조림으로 만들어주마.

아이들을 어르고 달래는 일은 참으로 고통스러웠지만, 어쩌겠는가. 이제 급하게 도망갈 일도 없으니 할 일은 다 끝내고 출발해야지. 우선 해야 할 일은 당연히 집안 정리였다.

"유인아. 너 틀림없이 선생 되겠다고 하지 않았니?"

"응?"

"널 대학 보낸 지도 꽤 오래된 것 같은데 어째 공부 끝났단 소리가 안 들리냐. 혹시 학사경고 받았어? 놀아?"

"뭔 소리야."

우리 막내, 유인이는 얼른 가장의 권위 앞에 조아리기는커녕 이놈이 까마귀 고기를 먹었나 갑자기 왜 개소리냐는 듯 날 쳐다봤다.

"어… 내가 교직으로 간다고 말은 했었는데, 그거 약간 바꾼 지도 쫌 오래됐는데?"

"내가 들었던가?"

"편지 보냈었잖아."

몰라. 내 기억에 없으면 안 보낸 거 아닐까?

"어차피 내가 교편 잡고 애들 가르쳐봐야 평생 몇 명을 가르치겠어? 이제 교사 인력이 부족하지도 않고."

"뭐… 그거야 그렇지."

"그래서 내가 지금 공부하고 있는 건 교사 되는 게 아니라, 교육학이야 교육학. 교육 행정이라거나 뭐 이런저런 거."

"그러니까… 대학원엘 갔다고?"

"그렇지. 지금 박사 과정이야."

세상에. 우리 유인이가 대학원에 갔다니! 이런 불쌍한 녀석. 어떻게 사람이 대학원에 갈 수가 있는 거지. 보나 마나 새 노예를 들이고 싶은 사악한 심성의 교수가 우리 착한 유인이를 먹을 거로 꼬셔서 '자네, 대학원에서 공부를 더 해보지 않겠나?' 같은 망언을 늘어놨으리라.

공자님께서도 《논어》에 이르기를 학생이 죄를 지으면 소년원에 가고 대학생이 죄를 지으면 대학원에 간다고 하셨고, 이는 고구려 수박도와 일본 《고사기》에도 교차검증된 내용이다. 우리 동생이 형을 공경할 줄 모르는 막돼먹은 녀석이라고 하지만, 그게 대체 얼마나 큰 죄길래 석박사 과정엘 간다는 게냐.

"그래, 네가 알아서 잘하겠지."

난 모르겠다. 그다음은 역시 사업 이야기.

"이게 투자 포트폴리오입니다."

"뭐가 굉장히 많군요."

현금 가진 우리야말로 지금 갑 오브 갑이지. 해군과 공군에 한 발 걸치려는 빨판, 거기에 내가 별도로 요청했던 호멜사 지분 취득, 순조롭게 진행되는 포드 트랙터 컴퍼니의 신형 전차 연구개발, 그리고 우리 걸어다니는 조폐기 방정환 선생님의 새 카드팩 발매 계획까지.

내 예상대로, 불황이 심해지면 심해질수록 우리 카드팩은 더 잘 팔리고 있었다. 이제 사람들이 장난감 병정이나 인형을 사줄 돈조차 슬슬 부담으로 느끼고 있으니.

"그리고, 말씀하셨던 그 출판사들은……."

"저는 출판업에 대해 잘 모르니, 적당히 미래가 괜찮아 보이는 곳을 좀 잡아 봅시다. 방 선생께는 따로 말했지만, 천년만년 우리가 딱지 팔아먹어 돈 벌 순 없어요. 그 카드게임의 수명을 늘리려면 추가적인 콘텐츠가 필요합니다."

아직 내가 아는 무슨무슨 맨 어쩌고 하는 슈퍼영웅은 등장하지 않은 지금, 소설이나 만화 시장에도 슬슬 알박기를 해놔야 한다. 그런 점에서 우리는 이미 충성도 높은 고객층을 확보하고 있으니, 어지간히 역사에 길이 남을 망작을 내놓지만 않는다면 OSMU를 통해서도 제법 수익을 거둘 수 있겠지.

대충 할일만 해둔 후에는 으레 따라오는 사교 타임이 있었다.

"와. 혼자만 유럽 가는 것 보게. 일본 갈 때는 억지로 끌고 가더니, 구경하기 좋은 유럽은 가족끼리 가고."

"그으래? 그럼 같이 갈래?"

"킴 부인께 총 맞긴 싫어서."

하지가 참으로 복스럽게도 음식을 입에 넣으며 떠들어댔다. 마셜 주인님이 정말로 밥 안 주니……?

그럭저럭 괜찮은 휴양지까지 빌려서 벌인 큰 사교 모임이다. 저번 우보크에서의 모임은 사실 마셜과 그 노예들에 패튼 정도가 끼인 것에 불과했지만, 이번엔 해군과 공군에 안면 있는 사람들과 그 가족까지 다 불렀거든.

이 시국에 이렇게 거하게 판을 벌이니 휴양지 측에서는 깍듯한 90도 폴더 인사를 하며 그야말로 격렬히 환영해 주었다. 그래도 휴양지를 매입할 정도로 내가 미치진 않았다. 대충 2차대전 이후에 생각하자고.

"오랜만이군! 저번 팬암 건도 그렇고, 항상 신세만 져서 이것참……."

"뭘 그런 걸 갖고 그러십니까."

여기 내 달러를 듬뿍 받은 헨리 아놀드 중령님이 계시군. 언제 미래의 공군 원수님께 은혜를 입힐 수 있나 매의 눈으로 주시하던 내게, 아놀드와 몇몇 인사들이 모여 항공사를 설립한다는 이야기는 그야말로 절호의 찬스였다. 하물며 그 항공사 이름이 팬암이다? 그 전설 오브 레전드 항공사 팬암? 아, 이건 못 참지.

이상하게 아놀드 중령과는 돈 문제로 엮인 일이 많았다. 솔직히 말하면 아놀드뿐만 아니라 대공황 때 알음알음 돈 몇 푼 꿔준 장교가 한둘이 아니다. 오고 가는 쩐 속에 우정이 싹튼다는 건 이미 내가 웨스트포인트에서도 입증한 일 아니던가.

"저번에 인수할 만한 항공기 제조업체를 찾고 있댔지?"

"그렇지요. 아직 저희 집안에서 굴릴지, 아니면 포드사의 항공기 분야를 강화할지는 고민 중이지만요. 가장 좋은 건 민항기 시장에도 뛰어드는 거겠지만 그건 좀 힘들 것 같고."

"몇 군데 점찍어 둔 곳이 있네. 이런 좋은 자리에서 일 이야기만 하긴 그러니 나중에 내가 샌프란시스코로 편지 써서 보내겠네."

"그렇다면 감사하지요."

내가 아는 회사는 역시 보잉이지만 꽤 덩치가 큰 편이고, 내가 잡아먹어서 또 원 역사의 그 보잉이 아닌 이상하게 메롱한 회사가 될지도 모른다. 그럴 바엔 차라리 항공기 전문가들의 의견을 듣고 가성비 좋은 업체를 확보하는 게 더 나을 터.

"저기, 우리는 신경도 안 쓰냐?"

"아놀드 중령이 있으니 우린 필요가 없다는 거지~"

그만 좀알대 이것들아.

저번 빌리 미첼 건으로 헬프를 요청했었던 항공 쪽 동기들과도 잠시 시간을 가진 뒤, 나는 우리 아이들이 놀고 있는 곳으로 다가갔다.

"잠시 시간 내줄 수 있겠소?"

"물론이지요, 킹 대령님."

우리는 우아하게 선베드에 앉아 술을 홀짝이며, 참으로 묵직한 이야기를 나누었다. 여기 놀러온 거 아닌가. 왜 나는 여기서도 일 이야기만 해야하지.

"아시아—태평양 지역의 동향은 파악하고 있소?"

"일본의 팽창이 무시무시하더군요."

"그렇소. 만주를 완전히 집어삼킨 잽스들이 괴뢰국을 세웠지. 나는 육군에 대해선 잘 모르지만, 그들의 기갑 전술이 무척 인상적이었다고 들었소."

그가 나를 노려보듯 바라봤다. 얼굴에 구멍 나겠어. 그건 절대 내 탓이 아니다. 애초에 나더러 전차 세일즈도 하고 기갑 전술도 전파하라고 한 건 미합중국 의회와 육군이라고!

"누가 뭐라 해도 일본은 아시아 최강이자 열강의 반열에 오른 나라입니다. 오히려 그놈들이 전차에 열중하면 해군 건함은 뒷전이 될 테니, 해군 입장에선 다행 아닙니까?"

"딱히 그렇지도 않소만."

그는 혀를 차며 말했다.

"우리 측에서 입수한 첩보에 따르면, 일본제국의 실권은 사실상 육군이 장악한 모양이오. 만주 정복에 성공했으니 그럴 만도 하지."

"흐으음."

"그래서 일본 해군은 돈 잡아먹는 전함을 건조하는 대신 차선책을 택한 모양이오."

"차선책이라면?"

"항공모함."

내 안면 근육이 기괴하게 뒤틀렸다.

"아직은 추론 단계에 머무르고 있지만 딱히 틀리지는 않겠지.

예전에 우리가 논의한 대로요. 놈들은 강력한 전함 전단을 편성하는 대신, 해군 항공에 자신들의 힘을 집중시키기로 결정한 모양이거든. 그동안 별개로 진행하던 항공기 개발이 육해군 통합으로 이루어지고 있다는 소리도 있소."

쪽바리들이 크고 아름다운 야마토 호텔 같은 걸 건조하는 대신 육군의 기계화에 박차를 가하고, 남는 쩐으로 항모를 찍는다면 전혀 재미없는데. 하지만 전함에 투자를 아예 안 할 수가 있나? 이 시대에?

"그렇지만, 여전히 전함이야말로 해군의 중핵 아닙니까? 날파리로 어떻게 바다의 성채를 잡을 수 있겠습니까."

"지금이야 그 말이 크게 틀리지 않지만… 놈들의 과감한 선택과 집중이 미래에 어떤 결과로 돌아올지 몰라서 걱정이지. 저들이 저렇게 한다고 해서 당장 우리가 대공에 대대적으로 투자할 수 있는 것도 아니니까."

요컨대… 돌려 돌려 말하긴 했지만 결국은 푸념이었다. 아씨, 뭔가 중요한 이야기 할 줄 알고 엄청 긴장했네.

킹이 딱히 내게서 요술방망이 같은 해법을 바라고 이야길 꺼낸 게 아니라는 사실을 깨달았으니 머리를 쥐어싸맬 필요도 없다. 나는 답하는 대신 술잔을 입에 가져다 대며 저편에서 아이들이 뛰노는 모습을 감상했다.

킹의 자식이 1남 6녀에 우리집 애들이 2남 2녀니 두 집안 식구들만 합쳐도 벌써 축구단 하나가 나올 만한 숫자다. 애들이 바글바글하니 이 널찍한 휴양지도 좁아 보이네. 그 와중에 헨리는 예쁘장하게 생긴 여자아이한테… 꽃을 따다 주고 있었다. 저 녀석 보게. 허, 참.

"나랑 같이 놀래?"

"싫어!"

"왜에에?"

"아빠가 나쁜 땅개랑은 놀지 말랬어!"

헨리의 얼굴이 실연의 절망으로 물드는 모습이 굳이 쌍안경으로 바라보지 않아도 빤히 보인다. 내 억장이 무너지는 것 같았다.

"…딸을 잘못 가르쳤소. 미안하게 되었소."

"…서로 비긴 걸로 칩시다."

그래. 뉘 집 자식인지 굳이 안 물어봐도 잘 알겠더라. 가정교육 참 잘하고 있으시네.

구대륙의 그림자 2

해가 떨어질 무렵, 우리는 본격적으로 고기를 굽기 시작했다. 역시 사람은 고기를 먹어야 한다. 이 프레시 미트를 뜯기 위해 인류는 문명을 이룩했다. 사람의 치아에 어째서 송곳니가 존재하는가. 피 빨려고? 당연히 소화 잘되는 고기를 찢기 위해서지.

이글거리는 그릴에서 기름 튀는 소리가 은은하게 퍼지고, 재잘대는 아이들과 부인들의 목소리를 뒤로한 나는… 노예주에게 붙들리고 말았다.

"자네 괜찮나?"

"집안에 돈이 좀 있어서요. 딱히……."

"그거 말고. 이거 약간… 자네 파벌을 과시하는 느낌이잖나."

아니, 친한 사람들끼리 고기 굽는 것조차 정치논리를 동원해야 하나? 물론 하긴 해야지. 군의 중추 정도 되면 떨어지는 낙엽도 조심해야 하고 냉수도 함부로 마시면 안 된다. 하지만 나야 이번 우유원정대에 엮여 있다 보니… 별문제 없지 않을까?

"그럼 저번 우보크에서의 모임도 하면 안 됐죠."

"그렇게 따지려 한다면 그 말도 맞지."

"어차피 저희 말고도 다들 정신없이 움직이고 있습니다. 차기 참모총장 자리에 관심 많은 분들이 한둘이 아니잖습니까?"

맥아더의 직무가 정지된 이후, 참모차장이던 모슬리(George Van Horn Moseley) 장군이 일시적으로 총장 업무를 대행하다가 정식으로 폭스 코너(Fox Conner) 소장이 후임자로 임명되었다.

"코너 장군은 인망 드높기로 유명하니, 별일 없지 않겠나."

"드럼이 문제죠."

"아무리 드럼이 미쳐도 옛 상관에게 칼을 들이밀진 않을 거야. 너무 지나친 걱정 같은데."

"아뇨 반대죠. 옛 상관이 참모총장이 되었으니 으스대면서 온갖 깽판을 칠 드럼을 코너 장군이 막을 수 있겠습니까?"

"…부정하지 않겠네."

코너 장군은 지난 대전쟁에서 미국원정군 작전부장을 역임하다 후반부엔 원정군 참모장이 되었었다. 그분은 틀림없이 유능한 분이었지만, 미국원정군과 별개로 야전에 나가 있던 제1군 참모장에 휴 드럼이라는 거대한 재앙이 있었다는 게 불행한 일이지.

그리고 파벌놀음도 드럼 정도는 돼야 엣헴 내가 쇼몽파 두목이다 하고 노는 거지, 옐로 몽키가 무슨 놈의 파벌놀음을 한단 말인가. 포트 베닝에 마셜 농장 차린 분이 저러니 웃기지도 않네.

사실 마셜 앞에서 코너 장군을 까내릴 정도로 내가 눈치를 밥 말아 먹진 않았지만, 엄연히 드럼과 마셜을 노예로 부리던 전대 농장주답게 일선 장성들 사이에서의 평가가 그리 썩 좋진 않았다. 당장 맥아더만 봐도 '뫼즈—아르곤의 원흉'이라면서 코너를 거의 증오하다시피 했거든. 나야 그 정도로 생각하진 않지만.

"1년 넘게 자리를 비우는데, 얼굴은 한 번쯤 보고 떠나야 하지 않겠습니까."

"그래, 자네가 알아서 하겠지. 보직 관련해선 이야기 없나?"

"돌아오면 뭐라도 하겠죠. 설마 예전처럼 자택 경비원이나 하겠습니까."

그거까지 어떻게 준비해놓고 가겠어. 마셜은 고개를 끄덕이며 다시 바베큐로 시선을 돌렸다. 그래, 역시 바베큐는 못 참지.

* * *

소비에트 연방, 모스크바 크렘린. 훗날 소비에트 연방의 대원수이자 전지전능한 독재자로 거듭날 남자, 이오시프 스탈린 서기장은 늘 그렇듯 무수한 서류의 탑을 굽어살피며 세계 유일의 공산 국가를 통치하는 데 여념이 없었다. 그리고 지금, 정치국과 군부의 핵심 인사들이 모두 모여 브리핑을 진행하고 있었다.

"일본제국의 팽창과 군비 증강 추세가 심상치 않습니다."

"계속해보게."

"일본군은 만주를 성공적으로 장악하였으며, 지난번 상해에서 벌어진 교전에서도 훨씬 많은 수의 중국군을 상대로 선전하였습니다."

"그런가? 제법 많은 사상자가 발생했다고 들었는데. 명색이 열강이라는 국가가 제 몸뚱이 하나 건사하지 못하는 놈들을 상대로 그렇게 많은 병사를 잃었는데 그게 선전이라 할 수 있나?"

스탈린의 물음에 군부의 핵심 인사로서 보고를 읊어 나가던 장성, 투하체프스키의 등 뒤에 식은땀이 줄줄 흘렀다. 이건 정말 궁금해서 묻는 것인가? 혹시 뭔가 꼬투리를 잡고 싶은 건가? 아니면 관료의 수장으로서 군부에 잽을 한번 날리고 보나? 그냥 기분 나빠서 저 새디스틱한 똘기가 발동한 건가?

"만주에서 일본군은 장작림의 급작스러운 사망으로 혼란에 빠진 봉천군벌을 대규모 전차부대로 유린하며 손쉬운 승리를 챙길 수 있었습니다.

하지만 상해에서 그들은 만주에서의 승전에 핵심적인 역할을 했던 전차를 거의 동원하지 못했고, 사실상 보병만으로 상해 시가지로 진격해 들어갔습니다. 중, 장거리 전투에선 규율과 훈련도 면에서 앞서는 일본군이 훨씬 유리했습니다만, 시가지는 그 특성상……."

"근접전이 벌어졌겠어."

"그렇습니다. 중국군 상당수가 장비한 14식 기관단총이 코앞의 적을 사살하지 못할 정도는 아닙니다. 저희도 카피해 봤지만, 그리스건이란 게 동네 대장간에서 만들어도 잘만 발사되는 프롤레타리아의 총기 아닙니까?"

"그렇지. 도심에서의 근접전이야말로 가진 자와 못 가진 자들이 평등해지는 법. 자신들의 이점을 활용하지 못한 결과라. 흥미롭군."

스탈린 자신도 소련─폴란드 전쟁에 참전한 인사였고, 군무에 완전히 깜깜하진 않다고 스스로를 평가하고 있었다. 그런 점에서 일본군이 온몸으로 교훈을 알려주고 있다면 고마운 일이지만, 턱끝까지 그놈들의 전차가 몰려오고 있는 지금 상황은 썩 마음에 들지 않았다.

"일본 놈들이 제국주의적 야욕을 드러내 만주 거주민들을 박해하는 것을 결코 좌시할 수는 없소."

"하지만……."

"물론 전쟁을 하겠다는 뜻은 아니오."

극동은 항상 골치 아픈 곳이었다. 개입하기도 짜증 나고, 개입하지 않으면 위험하다. 특히 이 일본 제국주의자 놈들의 만주 침략으로 인해, 하루아침에 극동지역 국경선에 투입해야 할 병력이 더 늘어나버렸다. 농담으로라도 기분 좋다고 할 순 없었다.

"중국의 공산당 친구들은? 아니, 됐네. 기대할 게 따로 있지."

"온건한 방식의 개입을 원하신다면, 조선인들을 써보는 건 어떨지요?"

"박 동지 말인가. 그자는 임시정부 하나 장악하지 못하고 밀려나지 않았나."

"조선 임시정부는 미 제국주의자들의 후원을 받는 인사들이 주도하고 있었습니다. 그러니 박 동지가 아니라 다른 누가 갔어도 장악은 어려웠을 겁니다."

그의 동료 몰로토프의 말에 스탈린 역시 떨떠름하게 고개를 끄덕였다.

"하지만 원래 혁명은 어려운 길일세. 우리의 지원이 미 제국주의자들보다 못하진 않았을 텐데⋯⋯."

"적어도 일본인들의 본진을 들쑤시는 효과 정도는 나올 겁니다."

"좋소. 그럼 박 동지를 다시 조선반도로 보냅시다."

일본, 만주, 중국에 이어 조선 이야기까지 나왔다면 당연히 '그' 사람 이야기가 빠질 수 없었다.

"그러고 보니, 투하체프스키 동지는 예브게니(Yevgeny) 킴을 자주 언급했었지."

"예, 그렇습니다. 스탈린 동지."

"여전히 장군은 그자를 고평가합니까?"

"적어도 그가 장차전의 흐름을 제시했다는 사실을 부정할 순 없습니다."

스탈린은 손끝으로 조선과 만주 일대를 툭툭 건드렸다.

"내가 봤을 때 그자의 명성은 실적에 비해 너무 허명이 크오. 아미앵? 고작해야 사단급 전투잖소."

"한 개 사단을 하루 만에 잡아먹을 수 있는 장군이 그리 흔한 건 아니잖습니까."

"아, 그를 무시하는 게 아니요. 다만 제국주의자들의 속내가 너무 빤히 보인다는 거지."

조금 전까지 만주를 바라보고 있던 스탈린은 이번에는 세계지도 반대편에 있는 미합중국을 가리켰다.

"이류 열강 미합중국, 그것도 흑인들이 거둔 성과. 이걸 도저히 설명할 수 없으니 그냥 뛰어난 이레귤러 단 한 사람의 능력으로 퉁친 셈이오."

"서기장 동지의 말씀이 참으로 옳습니다. 허허."

"고맙소, 몰로토프. 우리 소비에트 연방은 제국주의자들의 허튼 프로파간다에 넘어갈 필요 없소. 장차전은 강철과 화약을 몇 년에 걸쳐 끝없이 생산해낼 수 있는 나라가 승리할 것이고, 그렇지 못한 나라는 인민의 피와 살을 강철 대신 지불해야 할 것이오."

따라서, 그 어떤 것보다 거대한 중공업 단지가 필요하다. 이 세계의 국가들 중 소비에트 연방에 호의적인 나라는 존재하지 않으니까. 그는 그렇게 자신의 정책을 밀어붙였고, 단 한 점의 의심도 품고 있지 않았다.

"최대한 빨리 일본과 중국의 다음 동태에 대해 내게 제출하시오. 아직 연방의 산업 능력은 빈말로도 우월하다 할 수 없으니, 저 원숭이들의 동태에 신경을 기울일 수밖에."

"알겠습니다."

그는 파이프에 불을 붙인 채 다시 한번 지도를 바라보았다.

예브게니 킴의 군공이 허명이라 한들, 전 세계적인 프로파간다로 인한 영향력은 절대 허깨비가 아니다. 미국이 극동에 개입한다면 그는 아마 으뜸패가 되겠지만, 오히려 그는 적극적으로 미국과의 관계 개선을 시도하고 있었다. 실제로 명성 높은 기업가 헨리 포드는 비밀리에 소련을 방문해 대량의 투자를 약속했었다.

하지만 포드 같은 기업가와 군인을 같은 선상에 놓고 볼 수는 없는 법. 이 예측을 불허하는 변수에 대해, 소련은 어떻게 대응해야 할까?

* * *

1932년 봄. 마침내 우리 가족은 대서양을 건넜다. 헨리가 막내 셜리를 꼭 챙기고 다니는 모습이 그저 귀엽기만 하다. 그 아장거리던 애가 벌써 저렇게 짐도 번쩍번쩍 챙길 정도로 클 줄 어떻게 알았을꼬. 이번엔 우리 가족만 오로지 관광 목적으로 움직이는 게 본래 목적이었지만, 안타깝게도 불순분자가 있었다.

"불순분자라니 너무하네."

"나는 애들이랑 놀아주기도 바쁘다고."

"그래서 이 에젤 삼촌도 같이 놀아주고 있잖나. 롤스로이스랑 협력만 타결되면 돌아갈 땐 따로일 테니 안심하라고."

에젤 포드랑 같이 어딜 가는 게 이젠 불안하다. 영국도 갑자기 대지진 일어나는 거 아냐? 당장이라도 우리 아이들의 안전을 위해 이놈을 바다에 밀어버리고 싶다는 욕망을 억눌러야 했다. 참자 참아.

그렇게 마침내 도착한 영국. 전쟁이 끝난 지도 제법 되었으니 이제 옛날과 같은 열렬한 환영 인파 같은 건 없었다. 개인 자격으로 온 만큼 당연히 특별 대우도 없었고. 아쉽지 않으면 사람이 아니라 붓다겠지만 어쩌겠나 허허.

이 머나먼 유럽까지 왔으니 일단 예전 전차 논쟁 때 지원사격을 해준 놀렛 장군과 리슬 장군은 무조건 한번 뵈어야 하고, 내가 온다고 하니 아미앵시에서 무슨 행사에 참석해 달라고 요청도 왔었다.

그런 간단한 일들을 하면서, 당연히 명승지 슥 둘러보며 그동안 부족했던 가족 간의 정을 더욱 돈독히 하는 거다. 늙어서 벽에 똥칠할 때 헨리가 지게를 짊어지고 나타나면 큰일이잖은가. 미리미리 애비의 모범을 보여 지게 엔딩만큼은 피해야 한다.

나의 이런 소박한 기대와 앞으로 둘러볼 브리튼섬에 대한 두근거림은, 찾아온 손님 한 명 때문에 와장창 무너지고 말았다.

"실례합니다. 미국의 오이겐 킴 중령 되십니까?"

"그렇습니다. 죄송하지만 전 사적으로 가족과의 시간을 위해 휴가차 방문한지라, 인터뷰는 조금……."

나중에 합시다, 나중에. 돌아가기 전에 한번 날 잡고 인터뷰해줄게. 억양을 들어보니 진한 맥주 냄새가 나는데, 어차피 나 독일도 간다니까?

"아, 저는 기자가 아닙니다."

가볍게 나와 악수를 한 그는 곧장 명함을 꺼내 들었다.

"저는 독일의 정당, 국가사회주의 독일 노동자당의 당수 비서 겸 보좌관 루돌프 헤스(Rudolf Heß)라고 합니다."

"예? 국가… 뭐요?"

내 뇌가 돌아가질 않는다. 그래, 독일에 군소정당 뭔가 엄청 많았다잖아. 내가 잘못 알아들었겠지. 루돌프라는 이름도 겁나 흔하잖아. 루돌프 사슴코도 독일 출신 아닌가? 하지만 내 현실도피와 별개로, 눈앞의 남자는 막중한 임무를 수행하는 듯 딱딱하게 긴장한 채 내게 편지봉투 하나를 내밀었다.

"저희 당수님의 친필 서한을 전달드리겠습니다. 독일에 방문하시면 꼭 시간을 내주십사 이렇게 요청드리고자 합니다."

"어, 죄송하지만, 그, 뭐시냐. 나치… 아니, 저도 여러분의 정당에 대해선 들어본 적은 있습니다만."

초창기엔 나치가 비하의 의미를 담고 있었다는 이야기가 퍼뜩 떠올라 나는 신중하게 말을 골라야만 했다.

"그, 저는 아시아인인데, 여러분이 믿는 신념과는 다소 거리가 있지 않을까요? 그 당수님께서 좀 불편을 느끼시진 않으실지?"

"아닙니다! 천만의 말씀이십니다. 저희의 위대한 영도자 히틀러 당수께서는 킴 장군을 친견하시길 강력하게 희망하고 있습니다."

그 뒤로 헤스는 얼마나 자신이 모시는 분이 날 보고 싶어 하는지 강력하게 어필했지만, 하나도 들리지 않았다.

밧줄. 밧줄 어딨냐. 씨부럴.

구대륙의 그림자 3

옛날옛날 한 옛날, 산타클로스가 거느린 여러 순록 중 루돌프라는 순록이 있었어요. 이 루돌프는 유일하게 코에 안개등 하이빔을 달아놨기 때문에, 매년 12월 25일 안개가 끼면 무조건 루돌프를 선탑으로 세울 수밖에 없었어요. 그러던 어느 날, 루돌프는 '선물 그까이 꺼 내가 적당히 뒷발로 뿌려주면 되지 않나.'라는 역심을 품게 되고, 마침내 산타클로스를 미국 코카콜라 본사에 팔아치우고 자신이 정권을 잡게 되었습니다. 루돌프라는 이름의 품위가 부족하다 생각한 그 순록은 이름을 아돌프로 개명하고 자신의 뿔을 꺾어 하켄크로이츠를……

큰일났다. 머리가 돌아가긴 돌아가는데 자꾸 헛발질만 하고 있어. 지금이야말로 이 산전수전공중전화생방전비오는날파전까지 다 경험한 백전연마의 이 두뇌를 풀가동해야 할 시점. 이성의 목소리에 귀를 기울여 보자.

'목! 목을 매달자!'

'콧수염 새끼 팬레터 실화냐? 2회차 인생 위업 달성 인정? 어 인정?'

'이제 히스토리 채널이랑 서프라이즈에 백 프로 박제당한다! 자, 빨리 죽어서 오명을 피하자!'

'저희 유진 킴 뇌내대법원에서는 9명 중 8명 찬성으로 '목매달고 3회차가 있기를 기원'을 선고하겠습니다. 얼른 집행합시다, 집행!'

싫어, 미친놈들아. 이 어린 것들을 내버려 두고 내가 어떻게 목을 매달어. 나는 담배 한 개비를 입에 물고, 괜히 성냥불을 어설프게 켜며 시간을 질질 끈 뒤에야 헤스에게 할 답변을 떠올릴 수 있었다.

"초대에는 감사드리지만, 저는 엄연히 군인입니다."

"하지만 지금은 휴가잖습니까?"

"퇴역이 아닌 일시적인 휴가인 이상, 괜히 구설수에 오를 일은 피하고 싶은 바람입니다. 혹 런던에 있는 미국 대사관에 문의하여 허가를 받아도 괜찮을는지요?"

"그러시지요. 제 생각엔 아마 별문제 없을 것 같습니다만……"

"어디까지나 면피용이니까요, 하하."

그래. 생각이 있으면 당연히 거절해줄 거야. 어차피 아직 히틀러와 나치는 듣보잡 아닌가. 아니, 듣보잡에서 사아알짝 몸을 일으킨 친구들이지. 그러니 굳이 경계 대상인 나를 외국 정치인과 만나게 해 줄 리가 없어.

하지만 우리 월급도둑 국무부에서는 내 기대를 말끔히 배신해버렸다.

"누구요? 아돌프 히틀러? 킴 중령, 혹시 히틀러 후보와 어떤 친분이 있는지?"

"히틀러… 후보요?"

"독일의 유력한 대선 후보잖습니까."

"저는 그 사람이 후보인 줄도 몰랐습니다. 아무 관련 없습니다."

"그럼 오늘부터 관련이 있으면 좋겠군요. 꼭 그를 만나주셨으면 좋겠습니다."

내부로부터의 중상이 바로 여기 있었네. 유럽에서 히틀러와 맞서는 내 등에 비수를 꽂아버렸어.

"헤스 씨."

"옙."

"요식행위답게, 본국에서도 이 만남을 승인하였습니다. 하, 하하. 하하 하하."

"역시! 독일, 미국, 영국은 엄연히 아리아인의 피를 이어받은 게르만 형제국 아닙니까? 우리의 결속을 방해하려는 유대인들의 음모가 아무리 음습할지라도 결코……"

아, 진짜 누가 로열 낙지 멤버 아니랄까 봐 정신세계 이상한 거 티 내고 있어. 내 앞에서 게르만이 어쩌고 해 봤자 그냥 혈압만 오른다고.

솔직히 저딴 소릴 해대는 헤스를 보고 있노라면 세계를 피와 절망으로 가득 채울 미래의 인류악이라기보단 그냥 음모론에 심취한 광대 새끼들로 보인다. 저 웃기지도 않는 광대 새끼들이 대체 몇 명을 죽이는가를 생각하면 훨씬 더 현기증 나지만.

아무튼 내가 사랑하는 미합중국 정부가 내게 까라고 했으니 까야지. 근데 이래놓고 나중에 병신TV 같은 언론에서 '삐슝빠슝~ 유진 킴은 히틀러의 선배격 파시스트였다?!' 같은 거 나오면 그날이 진짜 내 그리스건이 불을 뿜는 날이다.

나는 헤스에게 가족과의 약속을 지켜야 하기에 우선 영국과 프랑스를 구경하고 가겠노라 의사를 밝혔고, 그는 잠시 곤혹스러워하다 안 간다고 한 것도 아닌데 여기까지 떼를 쓰긴 민망한지 고개를 끄덕이며 돌아갔다.

이제 아무도 우리 가족의 평안한 휴가를 막을 수 없다. 암, 아암!

* * *

1932년 3월 13일에 열린 독일 대통령 선거 결과. 파울 폰 힌덴부르크 49.6%, 아돌프 히틀러 30.1%.

지난 대전쟁의 영웅 힌덴부르크는 '완벽한 승리'를 거두지 못한 채 결선 투표로 끌려가야만 했다. 일개 상병 출신 천박한 선동가, 아돌프 히틀러의 득표가 제법 많았기 때문이다. 누구도 과반을 확보하지 못했기 때문에 결선 투표가 예고되었으며, 나치당은 없는 살림을 끌어모아 다시 한번 대대적인 유세를 준비하고 있었다.

이런 찰나, 영국에서 돌아온 헤스가 가져다준 답변에 히틀러는 의기양양해졌다.

"오이겐 킴이 느지막이 온다고? 영국과 프랑스를 다 둘러보고 오겠다니."

"그분이… 사려가 깊은 것 같군요."

괜히 대선 기간 중에 오면 귀찮아질 게 뻔하지. 상식적인 판단이다. 괴벨스는 그렇게 생각하며 광대뼈가 승천하고 있는 영도자 각하께 진언을 올렸다.

"당수님, 이제 그만 선거에 집중하시는 것이 어떻겠습니까?"

"그래. 선거. 당연히 선거가 우선이지."

"예, 저희의 예상보다 득표율이 저조했습니다. 이번에 정권을 잡기는 어렵다는 것을 인정하고 다음 전략을 준비해야 합니다. 늙은 힌덴부르크가 이번에도 대통령에 당선된다면……."

"당당하게 독일의 국가지도자로서 귀빈을 대접할 수 없다니. 절망적이군. 참 절망적이야."

"…물론 그것도 하실 수 있겠지요."

뭔가 많은 것을 내려놓은 듯한 괴벨스의 말에도 상관없이 짝불알 콧수염은 이리저리 움직이며 연신 자신의 거대한 선거 계획들을 나열하며 정열을 활활 불태우기 시작했다. 사심이 가득 담긴 것은 참으로 유감스러운 일이지만, 오히려 그 사심이 일에 대한 열정으로 돌아왔으니 결과적으로는 좋은 일 아니겠나.

"좋아. 보다 혁신적인 유세를 해야겠어. 대중들의 눈을 뜨이게 할 만큼 아주 혁신적인 유세! 타락한 자본가들과 게르만족의 국가를 무너뜨리려는 빨갱이들이 두려워 오줌을 지릴 정도의 거대한 유세를 벌여야 해!"

"죄송하지만, 더 이상 자금이 없습니다."

"…한 푼도 없나?"

"그렇습니다. 1차 투표에서 준비된 거의 모든 자금을 다 쓴 터라, 결선 투표를 치르기엔 도저히."

"어쩔 수 없지. 돈이 없으면 몸으로 때워야 하는 법. 국가사회주의의 이상과 미래를 뚜렷이 보여주면 틀림없이 이성적인 독일인들은 우리에게 한 표를 던져 줄 거야."

독일 민족의 미래만을 보고 달리는 저 화려한 불꽃. 저 끝없는 에너지, 저 무한한 열정! 이 절망과 탄식만이 가득한 어두운 세상 속에서 히틀러는 하나뿐인 등대이자 홀연히 나타난 혜성이었다. 괴벨스 본인 또한 바로 그 모습에 감격하여 나치의 대의에 동참한 몸 아닌가. 갈수록 나라는 어지러워지고 직장은 사라져만 가는데, 정국은 전혀 안정화되지 않았으며 거리에선 나치 돌격대와 빨갱이들의 패싸움만 줄을 이었다.

"누가 베르사유 조약에 맞서겠노라고 당당히 외칠 수 있습니까!"

"히틀러! 히틀러!"

"누가 여러분들에게 자유와 빵을 약속하고 있습니까!"

"히틀러! 히틀러!"

"저는 부패한 정부와 결코 타협하지 않겠습니다. 그들의 더러운 야합에 굴하지 않겠습니다! 오직 정의를 위해! 이 나라를 빨갱이들로부터 지키고 여러분들에게 더 나은 미래를 드리기 위해! 싸울 준비가 된 유일한 정당, 국가사회주의당에 소중한 한 표를 행사해 주십시오!!"

"와아아아아!!!"

"히틀러 선생이야말로 독일을 구할 수 있습니다!"

"이제 정치싸움만 하는 놈들은 지긋지긋합니다! 이 나라엔 강력한 지도자가 필요합니다!"

"안심하십시오 여러분. 단 한 분이라도 저를 지지해주시는 한, 저는 결코 좌절하지도, 타협하지도 않을 것입니다!"

피와 폭력. 연설과 웅변. 거지와 자본가. 시위와 탄압. 그리고 선거. 선거. 선거. 선거.

유진 킴 일가가 영국과 프랑스를 유람하며 여행을 다니는 동안, 독일에서는 모두가 진저리를 칠 만큼 많은 선거가 열렸다. 이 끔찍한 혼란 속에서, 히틀러와 나치당은 칼날 위에서 춤추며 언론을 무기 삼아 아슬아슬한 싸움을 이어나갔다.

[히틀러 씨의 조카딸 자살. 커져만 가는 의혹!]

[나치당 수뇌 에른스트 룀, 남자를 탐하는 호모로 밝혀져!]

[아돌프 히틀러, 사실 오스트리아 출신 사생아 시클그루버 씨의 아들!]

32년 3월, 1차 대통령 선거.

32년 4월, 대통령 선거 결선 투표. 힌덴부르크 53%, 히틀러 36.8%.

32년 5월, 프로이센주 지방 선거. 나치당 36.67% 득표로 프로이센주 의회 제1당 확보.

32년 7월, 독일 총선. 총 608석 중 나치당 230석, 37% 득표로 원내 제1당 확보.

맥주홀 쿠데타로부터 기나긴 인고의 세월. 이제 그들은 마침내 승리의 문턱에 와 있었지만, 마지막 문턱이 예상외로 너무나 높았다. 이제 멈추는 순간 끝장이다. 공화국을 무너뜨리거나, 아니면 공화국에 으깨지거나. 배불뚝이 돼지 자본가들, 마르크스와 레닌을 신봉하는 볼셰비키들의 발악은 극에 달하고 있었지만, 그 무엇도 그들의 도약을 막을 수 없었다.

나치당은 논쟁과 같은 불필요한 행위를 하지 않는다. 당수의 말이 곧 진리였기에. 나치당은 당규와 같은 복잡한 허례허식을 챙기지 않는다. 당수의 명이 곧 당규였기에. 바이마르 공화국 멸망을 노래하는 나치당과 공산당이 의회의 과반을 장악한 이상, 그 어떤 법률과 정책도 공화국의 미래를 연장

해줄 수 없었다.

하켄크로이츠와 함께하는 희망찬 독일이 다가오고 있었다. 이제 전 세계가 새로 태어날 독일을 두려워하리라.

* * *

굉장히 잊고 싶었다. 히틀러의 초대라니. 김일성이랑 단둘이 밥 먹는 것보다 훨씬 고난도잖아. 그날 이후로 콧수염이 그 카랑카랑한 독일 악센트로 "킴 동지! 나와 같이 세계를 피로 물들입시다!" 하면서 좇같이 구는 꿈을 시시때때로 꾸는 통에 가위에 눌릴 것만 같았다.

이런저런 인물들이 자꾸 만나자고 연락을 해 왔지만, 우선 전부 뒤로 미뤘다. 나는 전에 다짐한 대로 무조건 이번 여행은 가족 우선으로 못 박아뒀단 말이지. 히틀러 생각만으로도 머리가 터질 것 같은데 여기서 또 이상한 놈이 끼어들면 정말 자살각이다. 어차피 미국에 돌아가려면 다시 한 바퀴 돌아서 프랑스와 영국에 들를 예정이니, 인터뷰는 그때 해도 늦지 않을 거다.

"이봐, 유진. 왜 그렇게 죽상이야?"

"히틀러래잖아, 히틀러."

에젤! 이 멍청한 놈! 가서 밥 먹고 사진 찍기만 하면 된다고? 우리가 죽고 백 년쯤 지난 뒤에도 그 사진이 위키에 박제당해서 〈콧수염과 포드와 킴, 전간기 최악의 파쇼들.jpg〉 따위 제목으로 올라오게 생겼단 말이다!

보험 들어놔서 정말 다행이다. 나는 몇 번이고 대사관을 거쳐 '저 보기 싫은데요.'라는 의사를 타진했고, 빌어먹을 전쟁부와 국무부에서는 '님 도르신?'이라는 답변을 주며 날 히틀러에게 떠밀었다.

"히틀러 그 사람에 대해 아는 게 좀 있나?"

"…그건 아니고. 대충 신문에 언급되는 거 보니 흔한 선동 정치꾼이더만."

"우리 아버지만 해도 언론만 보면 제대로 파악 안 되는 거 알지? 일단 만나봐야 알 수 있다고."

그래. 제대로 파악이 안 되긴 하지. 신문기사만 읽어본 사람들 중 그 누가 과연 저 콧수염이 유대인을 비누로 만들기 위한 공단을 지으리라 생각하겠어.

사실, 아무도 모르니까 내가 가는 거다. 독일의 정권에 성큼성큼 다가가고 있는 극단주의 정당의 당수. 그런 이로부터 초대를 받았다는데, 이 기회를 놓치고 싶은 정보 담당자는 아무도 없을 테니까.

천만다행히도, 아이들은 빼고 나와 에젤만이 히틀러를 만나게 되었다. 자라나는 애들이 히틀러 봐서 뭐 해. 짝불알 옮을라.

"어서 오십시오."

"에젤 포드 회장님과 킴 장군을 진심으로 환영합니다."

나치당 당사에 발을 들이밀자 숨이 턱턱 차올랐다. 전에 왔었던 헤스가 어느새 나와 우리를 안내했고, 길을 가는 도중 나는 날카로운 대못에 찔리는 것 같은 느낌에 힐끗 뒤를 돌아보았다.

"저분은……?"

"박사님, 거기서 뭐 하고 계십니까. 어서 오십쇼!"

헤스의 채근에 다리를 절뚝거리며 말라깽이 하나가 다가왔다. 누군지 굳이 안 물어봐도 알겠구만, 시발.

"파울 요제프 괴벨스입니다, 킴 장군."

"유진 킴입니다."

"당수님께서 귀하를 무척… 존중하고 계셨지요. 아무쪼록 오늘 자리가 즐거우셨으면 합니다."

꺼져. 그냥 꺼져. 날 혼자 내버려 두라고 이 악마의 주둥아리야.

헤스의 안내에 따라 우리는 당사 건물 한켠의 큼지막한 홀 입구에 도달했다. 그리고 그 입구 앞에, 양손을 가지런히 모은… 그 새끼가 있었다.

"반갑습니다, 오이겐 킴 장군."

그는 손수건으로 자신의 손바닥을 몇 차례나 닦더니, 지극히 정중하게 오른손을 내밀었다.

"국가사회주의 독일 노동자당의 아돌프 히틀러입니다. 이렇게 만나게 되어 정말, 정말 반갑습니다."

"유진 킴입니다."

"어서, 어서 이리로 드시지요. 젊은 우리가 독일의, 그리고 세계의 운명을 논하기엔 오늘 하루는 너무 짧지 않습니까. 제가 얼마나 장군을 기다렸는지 알면 아마 깜짝 놀랄 겁니다!"

아냐. 이미 지금도 존나 놀라 있어.

"유진."

"왜."

에젤은 슬그머니 내 귓전에 얼굴을 가져다 대며 말했다.

"혹시 네가 주둥아리 좀 털어서 전차 팔아먹을 순 없을까?"

뒤질라고 진짜.

구대륙의 그림자 4

　우리는 옆에 착석한 통역을 통해 히틀러와 이야기를 나누었다. 이상하게도 조금 전까지만 해도 동행하던 헤스나 괴벨스는 온데간데없고 히틀러, 나, 에젤, 그리고 통역만이 배석한 기묘한 식사 자리였다.

　아돌프 히틀러. 이름만으로도 소름이 돋게 만드는 몇 안 되는 사람. 나는 그 사람의 앞에서… 나이프로 반듯하게 고기를 썰고 있었다. 생각해 보니 히틀러, 채식주의자 아니었어? 세계에서 가장 유명한 채식주의자라고 막 동영상 추천 떴었는데.

　내가 경험치가 별로 없었으면 히틀러라는 이 20세기 최고 유명인사의 머리통을 총으로 날릴까 말까를 고민했겠지만, 알 게 뭐냐. 이미 도조 히데키랑 펜팔하고 우드로 윌슨은 나가리낸 시점에서 나는 역사의 물줄기를 신나게 뒤틀어버렸다. 내 커리어가 좆되지만 않는다면 까짓거 히틀러랑 밥 한 끼 먹는 게 뭐 그리 큰 문제겠나.

　어차피 저 윗선에서 '친해지길 바라'를 먼저 지시한 상황이다. 군인은 까라면 까야 하니 최선을 다해 싸바싸바를 해야지.

　"히… 틀러 당수님께선 채식주의자 아니셨습니까?"

그치만 말이 덜덜 떨리는 건 좀 봐달라. 머릿속에 계속 〈유진 킴 : 악의 탄생〉이라거나 〈몰락 : 유진 킴 최후의 72시간〉 같은 다큐멘터리 영화가 상영되고 있다고. 내 말을 용케 통역이 알아들었는지, 히틀러는 그야말로 빵긋 웃으며 연신 고개를 끄덕였다.

"그렇습니다. 항상 고민하다가 얼마 전부터 채식을 하기 시작했지요. 하지만 먼 길 오신 손님분들에게까지 제 식습관을 강요하고 싶진 않습니다. 저는 손님분들에게 우리 당, 그리고 우리나라에 대해 좋은 기억만 남기고 싶으니까요. 기껏 맥주와 소시지의 나라 독일에 와서 풀만 뜯다 돌아가면 얼마나 화가 나겠습니까."

어… 그러시군요. 타인을 배려하는 훌륭한 마음 씀씀이 감사합니다.

히틀러는 각종 영상 매체에서 나오던 것처럼 까악까악거리며 혼신의 사자후를 토하는 대신, 오히려 소심해 보일 정도로 조곤조곤 자신의 이야기를 펴나갔다.

"킴 장군께선 굉장히 다방면으로 활동하시던데, 혹시 특별한 정견이 있으십니까?"

"허허. 군인이 정견을 품으면 위험하지 않겠습니까."

"겨우 직업 하나 때문에 마음에 품은 큰 뜻을 못 펴는 것도 우스운 일이지요. 민주주의 체제가 시대에 획을 그은 위대한 영웅을 거세하는 것 같아 가슴이 아픕니다."

음, 정말 파쇼 그 자체구만. 말이 온건하면 뭣 하나. 내용물이 저 모양인데. 하지만 놀랍게도 이 시대에선 아직 먹히는 말이다.

"그렇지요. 1인 1표라는 게 참 사람을 미치게 만듭니다, 하하."

"포드 회장님의 후원에 항상 감사드립니다. 부친께 꼭 감사의 인사를 전해주시면 감사하겠습니다."

"물론이지요. 아버지께서도 독일 내 사업에 대해 관심이 많습니다. 솔직히 말하자면, 끊임없이 파업이 일어나고 깡패들이 싸워대는 이 상태에선 독일 투자의 메리트가 크지 않습니다. 역시 강력한 리더가……."

"에젤. 그 옆에 있는 후추 좀 집어줘."

말 짤라먹었다고 뾰루퉁하게 쳐다보지 마. 내가 지금 니 흑역사 막아주려고 필사의 실드 치고 있는 거야 이 자식아.

내 반응에 무언가를 느꼈는지, 히틀러 또한 가볍게 웃으며 건배를 제안하는 것으로 주제를 넘겼다. 우리의 잔에는 샴페인이, 금주가인 그의 잔엔 음료수가 넘칠락 말락 차올랐다.

"킴 장군께서 염려하는 바는 잘 알고 있습니다. 괜히 정치에 대해 입을 놀리다 다칠 상황을 염려하시는 것이겠지요."

"미국인인 제가 독일 사정을 알 수는 없는 일이니 입을 조심하는 것뿐입니다."

"그렇다면 제가 한 말씀 드리지요. 1918년, 얼간이들이 이 나라를 시궁창에 처넣은 이후 지금까지 독일에 평화란 존재하지 않았습니다."

그의 눈빛이 바뀌었다. 이 세상에 가득한 부조리와 불합리에 맞서 싸우려는 투사? 아니면 그냥 이 세상 자체를 증오하는 광기? 눈빛만 보고 속뜻을 척척 알면 내가 독심술사지. 하지만 뭔가 그의 가슴속에 타오르고 있다는 것 정도를 알기엔 부족함이 없었다.

"독일인의 역사에 공화국이란 체제는 단 한 번도 존재한 적이 없습니다. 미국인들은 단 한 번도 제정(帝政)을 경험하지 않았으니 우리 또한 여러분들에게 제정을 강요할 생각이 없습니다. 하지만 협상국은 우리 독일인에게 공화정이란 정체불명의 개목줄을 채웠습니다."

그렇지만 그의 어조는 여전히 그대로였다. 우리들의 이해를 구하려는 듯한, 간결하면서도 명확한 문구들. 이 광기의 시대는 결코 그냥 나온 것이 아니었다.

나는 대한민국과 미합중국이라는 두 시대, 두 나라에 살면서 너무나도 당연히 민주주의를 '때로는 엿같지만 반드시 지켜야 할 무언가'로 여기고 있었다. 하지만 많은 당대 사람들에게 민주정은 그냥 몇몇 국가가 채택한 정치체제에 불과했고, 전 세계를 주름잡던 군주정은 패전의 책임을 지고 무너져내렸을 뿐이었다.

그리고 히틀러는 그 사실을 아주 잘 이해하고 있었다.

"킴 장군과 같은 초인이 저 밑바닥 하류층과 똑같은 정치적 권리를 가지는 것은 사회적인 낭비입니다. 하지만 제가 미국의 정치체제에 대해 왈가왈부하는 일은 별로 바람직하지 않겠죠. 마찬가지입니다. 독일인은 태초부터 강한 지도자를 따르고, 복종의 미덕을 아는 민족이었습니다. 우리의 잘못만 있는 것도 아닌 전쟁에서 패했다는 이유만으로, 독일은 모든 것을 잃고 말았습니다."

"참 가슴 아픈 일입니다."

에젤. 스탑. 스테이…….

"베르사유 조약. 민족자결. 좋습니다. 민족자결이 시대의 흐름이라 칩시다. 메멜, 단치히, 주데텐란트, 알자스—로렌에 이르까지 정당한 독일인의 영토와 국민들이 어째서 타국의 노예로 살아야 한단 말입니까?! 나는 결코 그들을 버릴 수 없습니다! 독일은 정당한 권리를 되찾을 것이고, 그 어떤 모략도 독일 민족의 성전을 막을 순 없을 것입니다!"

"민족자결이래 봐야 그 정신 나간 윌슨의 발상이잖습니까. 확실히 독일이 조금 억울한 감이 있긴 하죠."

"감사합니다 회장님. 물론 저 또한 평화를 사랑합니다. 하지만 독일의 정당한 요구가 과연 말로 해결될지가 의문스럽군요."

나는 가타부타 입을 열지 못하고 가만히 독일산 고기를 음미하는 데 전념했지만, 안타깝게도 저 평화애호가 콧수염은 내 의견이 굉장히 고픈 모양이었다.

"혹시 킴 장군께서는…….'

쾅쾅쾅!!

"문 열어주십시오!"

"열어주지 말게."

"당수님! 중대한 이야기입니다! 문, 어서 문을!!"

쾅쾅쾅쾅!!!

조금 전까지 사람을 휘어잡는 마성을 뿜어내던 히틀러가 급작스럽게 한 숨 쉬는 동년배로 보이는 이 상황.

"열어주게. 무슨 일인지 들어나보자고."

"알겠습니다."

문을 열자 헐레벌떡 홀 안으로 들어온 것은… 제복을 차려입은 거대한 비만 돼지였다. 혹시 요즘 독일은 돼지도 옷을 입나?

"반갑습니다, 킴 장군! 저는 독일 국회의장을 맡고 있는 헤르만 빌헬름 괴링(Hermann Wilhelm Göring)이라고 합니다."

"아, 예. 반갑습니다……."

독일 공군 루프트바페의 아버지이자 스탈린그라드의 밥차 헤르만 마이어 씨 아닌가. 명실상부한 나치의 넘버2이자 견인차까지 보고, 오늘 눈갱 한 번 오지게 당한다.

"중대한 이야기라고 했나? 빨리 용건만 이야기하고 가게."

히틀러가 파리 쫓듯 손을 이리저리 휘저었지만 이 돼지는 입이 째져라 웃으며 가슴팍 안주머니에서 무언가를 꺼내 들었다.

"혹시, 여기 글귀를 좀 적어주실 수 있겠습니까?"

"저 말씀이십니까?"

"그렇습니다! 이 황금 블랙 로터스에 부디, '독일 최고의 에이스 괴링에 게'라고 한 문장만 적어 주시면……."

"손님 앞에서 이게 무슨 무례인가!"

"허허허. 저는 괜찮습니다."

그래. 방금 그 숨이 턱턱 막히던 나치즘 강의 듣는 것보단 이게 차라리 낫지. 암요. 나는 괴링에게서 펜을 건네받아 요청한 글귀를 적어 주려 했는데, 뭔가 이상한 기분이 들어 그에게 살짝 물어보기로 했다.

"어⋯ 괴링 씨?"

"예, 말씀하시죠."

"카드가 독일어로 되어 있군요."

"그렇습니다만?"

아니 이 돼지야. 왜 거기서 당당하게 '그렇습니다만?'이 나오냐고.

"저는 사업가가 아니라 정확히는 모르겠습니다만, 제 기억으로 저희가 만든 카드는 영문판밖에 없는 것으로 알고 있습니다."

"그럴 리가요? 장군이 만든 이 카드는 독일에서도 큰 인기를 얻었는데요."

"어⋯ 아마, 제가 만든 게 아니라서겠죠?"

침묵. 너무나 어색한 정적이 홀을 메웠다. 히틀러는 고개를 갸웃하며 샐러드를 맛있게 입에 넣었고, 괴링은 잠시 고민하더니 스윽 그 거구를 움직여 옆에 있던 술잔에 콸콸콸 술을 따라 쭈욱 원샷했다.

"이 독일어판이, 전부 가짜란 말씀이십니까."

그런 것 같은데? 과거 어린이들은 호환, 마마, 전쟁이 가장 큰 위협이었지만 현대 어린이들은 무분별한 불법 복제 딱지가 문제가 되어 있지요.

그래그래. 이래야 내가 아는 서기 1930년대지. 나 어릴 적에도 문방구 앞에서 온갖 짝퉁 유흥왕 카드를 팔았었는데, 100여 년 전인 이 시대에 저작권 따위가 무슨 의미 있겠나? 정말 어메이징하다.

"이게! 이게 전부! 이게 전부 가짜라니!!!"

미친 돼지가 너무나도 처량하게 울부짖기 시작했다. 히틀러는 어이가 증발했는지 연신 헛웃음만 토해내며 양손으로 자신의 얼굴을 마구 문질러댔고, 에젤은 모른 척 슬그머니 고개를 돌렸고, 나는 통곡하는 돼지에게 붙들려 식은땀만 줄줄 흘려야 했다.

"자자, 진정하시고……."

"이럴 수는 없습니다! 전 세계의 모든 보물은 이 괴링의 것이어야 하는데! 어떻게, 어떻게 내가 가짜를!!"

한참을 대성통곡하던 돼지는 무언가 번뜩이는 아이디어가 떠올랐는지 이제 나를 잡고 짤랑짤랑 흔들어댔다.

"킴 장군! 그렇다면 혹시, 독일에서 정식으로 이걸 팔 생각은 없으십니까?"

"예?"

"제가 독일에서의 번역과 유통을 책임지고 싶습니다! 꼭, 꼭 저에게 권리를!"

"아, 예예. 미국에 돌아가거든 제 동생과 상의를……."

"감사합니다! 감사합니다!"

"다 됐나? 이제 그만 나가 보게. 다음에 자리를 마련할 테니 그 이상한 종이 쪼가리 이야기는 그때 다시 논의하고."

괴링은 언제 발광했냐는 듯 만면에 미소를 띠고 나가버렸다. 혹시 저 돼지새끼… 일부러 쇼한 건가?

* * *

밥은 맛있었고, 히틀러는 숨이 막혔고, 에젤은 머리통을 존시나 세게 때리고 싶었다. 내가 혹시 역사를 너무 뒤틀어서 친절한 아돌프 씨가 된 줄 착각했잖아. 내가 알던 그 히틀러 총통이 맞네.

"너 왜 그래?"

"뭐가?"

"아니, 무슨 이야기를 못 하게 계속 어깃장을 났잖아. 내가 너무 그 사람을 가까이할 것 같아서 그래?"

에젤은 넥타이를 느슨하게 풀며 고개를 짤랑짤랑 저었다.

"그 사람이 확실히 굉장히 의지가 강력한 것처럼 보이긴 했는데… 정권을 잡을 수 있냐고 묻는다면 사실 난 회의적이거든. 생각해 봐. 원내 제1당의 당수인데 수상으로 임명되지 못했잖아. 어마어마한 견제가 들어가고 있다고."

"그렇지."

"아마 저 나치당은 여기까지가 한계일 것 같다는 게 우리랑 맨해튼 쪽 사람들의 공통된 결론이야. 까놓고 말하면, 나는 혹시 뭐라도 주워 먹을 거 있나 해서 한번 와 본 거고."

"히틀러한테 후원해줬어?"

"나 말고 우리 아버지."

씨부럴, 그거나 그거나 똑같잖아!

하지만 에젤은 별문제 없다는 듯한 태도였다.

"너도 알다시피 우리 아버지가 유대인이라고 하면 자다가도 벌떡 일어나서 침을 뱉을 양반이잖아. 많이 후원도 안 했어. 그냥 한두 푼 정도?"

"헨리 포드의 '한두 푼'이 절대 지갑에서 남는 5달러를 꺼내주는 레벨이 아닐 테니까 이러지."

"어차피 워싱턴 D.C.에도 그 '한두 푼' 받아먹은 사람이 한 움큼은 되니까 걱정하지 말라고."

그래… 난 모르겠다. 진짜 사람 피를 말리게 하고 있네 이 부자는.

"내가 한번 물어보자. 왜 그렇게 저 사람을 경계하는 거야?"

"베르사유 조약을 파기하겠다고 떠들어대는 인간을, 바로 그 프랑스의 참호에서 죽을 고생을 다 하던 사람이 좋게 볼 수가 있겠냐."

"어차피 저놈은 그냥 흔해빠진 선동가야. 지지율 다 까먹어버린 독일 내 보수파가 내세운 얼굴마담이라고. 적당히 되도 않는 개소리로 사람들 기대를 확 끌어모았다가, 때가 되면 버림받겠지."

이래서였나. 이래서 히틀러가 승승장구하며 정점에 오를 수 있었나. 모두의 무관심과 과소평가 속에, 거대한 악은 그 뿌리를 사방에 뻗치고 있었다.

"에젤."

"어."

"내 생각은 반대야. 이제 저자를 막기엔 너무 늦었어."

"네가 그렇게 말하면 좀 쫄리는데."

독일이 잃은 것들을 모두 되찾으려면, 오직 전쟁뿐. 제2차 세계대전은 이미 예고되어 있었다.

구대륙의 그림자 5

나치의 최고 간부 중 한 명, 헤르만 괴링은 콧노래를 흥얼거리며 자신의 저택으로 돌아왔다. 오늘따라 세상은 더더욱 아름다워 보였다. 아, 어찌 기쁨을 말로 표현하랴!

"형. 이제 슬슬 날 보내줬으면 하는데."

"있어 봐. 내가 끝내주는 사업 아이템을 들고 왔으니."

"그래? 그럼 그 종이 쪼가리 사업이나 빨리 접자. 정정당당히까진 아니더라도 적어도 염치는 챙길 수 있는 일을 해야지 굳이 남의 제품을……."

"내가 미국의 원본 취급과 유통권을 따왔으니 이제 우리가 진통이거든! 하, 하하하하!!"

괴링은 승리자의 미소를 지으며 호호탕탕한 웃음을 터뜨렸다.

몇 년 전, 우연한 기회에 카드게임이라는 신문물을 입수한 괴링은 엄청난 충격을 받았다. 단순하지만 체스에 버금가는 심오한 전략성. 카드에 짤막하게 적힌 글귀들만으로 자연스럽게 스토리를 상상케 한다는 놀라운 발상. 게다가 카드팩을 까면 깔수록 더 강해지는 것만 같은 느낌까지.

괴링은 그날부로 막대한 돈을 들여 미국과 영국에서 수입해 온 카드팩을 뜯었으나, 운빨좆망이라 했던가. 아니면 하늘도 그의 싹수를 보고 똥망팩만 골라서 쥐어주셨는가.

"씨발! 이 망팩 같으니! 영국 해적 놈들이 황카만 꼬불쳐서 빼먹고 파는 게 틀림없어!"라고 고함을 치는 집주인의 모습은 사용인들에게 익숙한 광경이 되고 말았고, 창공을 누비던 전직 영웅의 모르핀 사용량은 하루가 다르게 급증했다.

그러던 어느 날, 또다시 운빨좆망의 쓰린 고통을 부여잡고 있던 그의 두뇌에 놀라운 계획이 떠올랐다.

'안 나와서 문제면 내가 찍으면 되지.'

영민한 두뇌와 사업가 정신, 그리고 끝없는 탐욕이 삼위일체를 이룬 결과. 괴링은 동생 알베르트를 바지사장으로 세워 오스트리아에 은밀히 짝퉁 제작사를 차렸고, 시간이 지난 지금 독어판 짝퉁 딱지 판매는 말 그대로 돈을 갈퀴처럼 쓸어 담고 있었다.

"이제 쓸데없이 짭을 만들 필요도 없지. 라이선스 따와서 빨리빨리 정품 팔아치우자고."

"그럼 여태까지 샀던 사람들은?"

"다시 처음부터 모으셔야지. 아 그래, 불법 해적판을 배격하자는 캠페인을 하자고 해야겠어. 남은 짝퉁 재고를 쌓아다가 도심 한복판에서 불을 지르는 거야. 아주 완벽해!"

그는 자신의 사업 수완에 감동마저 느꼈다. 이게 바로 행복이지.

"형이지만 정말 쓰레기 새끼……."

"뭐라고?"

"아무 말도 안 했어."

알베르트는 한숨을 쉬며 이 망할 형의 말에 따르는 것이었다. 늘 그래왔듯.

$$***$$

괴링이 무한한 부에 성큼성큼 다가가고 있을 무렵. 아돌프 히틀러는 일생일대의 고민을 하고 있었다.

'혹시… 혹시, 어쩌면.'

잘못 생각한 게 아니었을까. 저 밑바닥 패잔병 거지새끼에서 오직 주둥이 하나만으로 원내 제1당 당수의 지위까지 기어오른 몸. 인성과 사상의 문제를 떠나, 사람의 심리를 읽는 일에서 단연코 그가 무능할 리는 없었다.

그리고 그는 식사 내내 오이겐 킴의 얼굴이 활짝 펴지는 모습을 보지 못했다.

"하일 히틀러! 당수님, 괜찮으십니까?"

"오, 괴벨스 박사. 잘 오셨소. 손님들은 잘 돌아가셨나?"

"헤스가 호텔까지 그분들을 안내해드렸습니다. 친절한 환대에 감사한다는 말씀 전해달라 부탁하셨습니다."

그 말을 들었음에도 히틀러의 고민은 깊어져만 갔다.

"괴벨스 박사."

"예, 당수님."

"혹시… 내가 잘못 생각한 건가?"

"아닙니다. 당수님께선 언제나 옳은 판단만을 내리는 독일 민족의 구원자이십니다."

두 사람 모두 뻔한 이야기는 하지 않았다. 천박한 하류층의 나라 미합중국의 군대, 그것도 명백한 열등인종인 깜둥이 부대를 이끌고 전장에 나선 20대 아시아인 청년 장군. 명예와 낭만, 전공과 무훈을 찾아 참호선으로 자진해서 달려간 무수한 젊은이들이 꿈꾸던 이상향.

히틀러 자신부터가 그 눈부신 위업에 매혹된 사람 중 한 명이었다. 총한 자루 떡하니 차고 전 세계 사람들 앞에서 자신의 무용을 뽐낸 그 위업에서 알렉산더의 향수를 느끼지 못한 사람이 대관절 어디 있겠는가.

하지만 나치당의 당수로서 그는 거대한 자가당착에 빠지고 말았다. 아리아인이야말로 가장 우수한 민족이며 세상을 지배할 권리를 부여받았다고 주장하던 이들 나치와 히틀러에게, 오이겐 킴은 그 존재만으로도 나치즘 이론을 정면에서 부정하는 암덩어리였다.

오이겐 킴을 부정한다? 처참하게 패배한 놈들이 그래봐야 제 얼굴에 침 뱉기, 패배자의 추한 넋두리로밖에 보이지 않는다. 숭배와 동경, 혐오와 저주, 무능한 융커들에 대한 저주와 본능적으로 꿈틀거리는 황화론까지. 한창 이 문제로 고민하던 히틀러는 결국 '오이겐 킴은 아리아인의 후손이다. 그 자신도 모르겠지만 틀림없이 아리아인임. 이 퓌러의 눈은 정확하다!'라는 기적의 논리로 돌파구를 마련했고, 여태까지는 별문제가 없었다.

여태까지는.

"그는… 그는 혁명에 별반 관심이 없어 보였어."

"……."

"이상하잖나! 어떻게 권력의 핵심에 그렇게 가까이 다가가면서, 대중의 선동에 그렇게 열을 올리면서 혁명에 관심이 없다니!"

괴벨스는 대답하지 않았지만 히틀러는 그의 대답을 기다리지 않고 미친 듯이 고함을 질러댔다.

"그 놀라운 능력을 국가의 발전을 위해 사용하기는커녕 기생충 같은 놈들을 돌보느라고 헛되이 낭비하다니. 믿을 수가 없어. 초인은 앞에서 이끌어야 하지, 뒤에서 밀어주는 사람이 아니라고! 그 머저리들! 미합중국 같은 조잡한 나라가 위버멘쉬를 착취하고 있어!"

"당수님."

"독일 민족의 비극에 공감하지 않는 거야 그럴 수 있다고 치자고. 그래. 우리는 한때 적이었으니, 우리에겐 치욕이지만 그에겐 금자탑일 수 있다고 치자고. 하지만 미국이야말로 지금 민주주의의 모든 폐단과 악습과 적폐가 나라를 절망의 구렁텅이로 몰아넣고 있잖나!"

있는 힘껏 주먹을 꽉 쥐어 온몸의 핏줄이 울퉁불퉁 도드라졌지만 그는 아랑곳하지 않았다. 어째서, 어째서 다 알 법한 사람이 바로 코앞의 비극에서 눈을 돌린단 말인가?

확신할 수 있었다. 권력에의 의지도, 대중을 끌어들이는 카리스마도, 검증된 실력까지 모든 걸 다 갖춘 남자가 손만 휘저으면 곧장 저 기만에 가득 찬 합중국 따위 먼지가 되어 사라지고 그 자리엔 새로운 파시스트 국가가 나타나리라 장담할 수 있었다.

"킴을 설득해야겠어."

"포기하시는 게… 설득이라고 하셨습니까?"

"그렇소. 그가 고민하고 있다면 당연히 설득을 해야지. 내가 한때 무솔리니를 보며 나의 진정한 역할이 무엇인가에 대해 고민했듯, 킴을 어엿한 파시스트 지도자로 이끄는 것이야말로 세상에서 가장 선도적인 민족, 독일 민족의 지도자인 내 의무 중 하나요."

독일은 비문명, 그리고 유대―볼셰비키에 맞선 백기사이자 방파제의 역할을 타고났다. 그렇다면 독일 민족의 지도자인 아돌프 히틀러는, 저 타락한 물질주의와 유대 자본가들의 집결지인 미국의 혁명을 후원해야 할 의무가 있지 않겠나?

아직 기회는 있다. 그가 자신의 사명을 깨닫고 지금이라도 올바른 길에 들어선다면 좋으련만.

* * *

밥 먹었으면 다 됐잖아. 왜 이래, 왜.

우리의 짝불알 시클그루버 씨가 이제 그만 날 풀어주면 좋으련만, 어찌된 영문인지 풀어주기는커녕 더욱 열심히 달라붙어 왔다. 처음에는 혹시 내 이름을 팔고 싶어서 저러나, 하는 발칙한 생각도 해봤지만… 내 손에 죽은 독일군이 몇인데. 딱히 도움이 되진 않을 것 같다는 생각이 들어 이건 제외. 이유는 알 수 없지만 히틀러와 나치는 정말 나와 에젤의 편의를 극진히 봐줬다. 아, 혹시 저건가? 물주의 친구니까 같이 챙겨주는 건가?

"뮌헨에 어서 오십시오!"

"저는 나치당 뮌헨 관구장을 맡고 있는……."

"저희가 가장 좋은 호텔을 수배해 놓았습니다! 마음 편히 구경만 하시면 됩니다!"

"당수님께서 전용기를 써도 된다고 하셨습니다. 어떻습니까, 한번 타보시는 건?"

전용기? 그 꼬리날개에 하켄크로이츠 대문짝만하게 그려져 있는 그거 말입니까? 타고 뛰어내리란 말이지? 이런저런 시츄에이션이 있긴 했지만, 독일 관광은 영국과 프랑스와는 비할 바가 없이 쾌적했다. 그야 관광사가 ㈜나치인데 안 쾌적하면 빠따로 팰 것 같다고.

도로시도 아이들도 모두 좋아하니 그래도 다행이다.

"엄마, 저 사람들은 저기서 뭐 해?"

"저런 거 보지 마."

이 독일에 넘쳐나는 붉은 깃발의 물결. 아무리 도로시가 애들 눈을 슬쩍 가리려고 해도 두 팔로 네 쌍의 눈을 전부 가릴 순 없었다.

"하하, 어린 아가씨께서 궁금해하시는군요. 저 사람들은 빨갱이입니다!"

"빨갱이요?"

"자기가 너무 배가 고프니까 남들도 같이 배고파야 한다고 생각하는 나쁜 사람들이죠. 킴 장군님도 빨갱이들에 맞서 여러분들을 지키고 계신답니다!"

망할 운전수가 어디서 애들 앞에서 쌍팔년도 반공 교육을 하고 있어. 처음에는 운전수의 입을 꼬매고 싶었지만, 나중에 가선 나도 그냥 고개를 끄덕이게 되었다. 이 독일을 돌아다니는 이상, 저 끝없는 정치깡패들의 물결을 애들이 안 보는 일은 불가능했기 때문이다.

"죽여! 죽여어!!"

"돌격대다! 전부 패죽여버려!"

"하일 히틀러!!"

"노동자, 농민 만세!!"

대낮이건 한밤중이건, 도시에 있기만 하면 끝없이 곤봉과 단검이 횡행했다.

나도 추위와 굶주림을 못 견뎌 뛰쳐나온 우유원정군을 만난 게 얼마 전일이라 대공황의 상처는 이미 볼 만큼 봤다고 생각했었지만… 적어도 미합중국은 치안이 무너지진 않았다. 도처에 깔린 실업자들. 퀭한 눈을 한 채 바닥이며 벤치에 대강 널브러진 사람들.

[셔츠가 없으십니까? 지금 나치 돌격대(SA)에 입단하면 갈색 셔츠를 입을 수 있습니다!]

[공산당은 당신에게 빵을 드립니다!!]

후버 행정부는 다 박살나는 와중에도 공공 건설이니 뭐니 하며 일자리를 창출하려고 몸부림쳤다. 이곳 바이마르 공화국은 이미 시체 비스무리하게 형해화된 지 오래였고, 거지가 된 시민들은 굶주림을 피해 공화국의 적에게 가담하고 있었다.

"전부 멈춰! 폭동죄로 체포하겠다!"

타타! 타타타타!!!

저 정치깡패들이 아직 공화국을 무너뜨리지 못한 이유는 딱 하나. 기관총과 전차가 없기 때문. 그게 아니었더라면 이미 진작에 나라 망했겠지.

"어떻습니까 장군님."

"무엇이 말입니까?"

아이들과 명승고적을 둘러보고 호텔로 돌아온 날 밤. 하켄크로이츠가 힘차게 펄럭이는 거리를 지켜보고 있던 나는 운전수를 돌아보았다.

"미합중국도 혹시 이토록 혼란스럽습니까?"

"이 정도는 아니었지요."

"1918년, 패전의 멍에를 쓰게 된 이후 한시도 거리가 평화로워진 적이 없습니다. 아, 잠깐 있긴 있었습니다. 대공황이 오기 직전 말입니다."

운전수는 피식 웃으며 담배에 불을 붙였다.

"저희 당수님께선 킴 장군이 타락과 방종으로부터 미합중국을 건져낼 거라고 굳게 믿습니다만, 혹시 혁명에 관심 있으십니까?"

"전혀요."

내가 미쳤냐. 파시스트 지도자 하게. 나는 콧수염에 관심 없다.

"역시 그렇군요. 저희들의 모습을 보시면서 항상 불편해하시는 것 같아 한번 여쭈어보았습니다."

"음… 불편한 건 아닙니다. 저희의 편의를 많이 봐주시는데 불편하다뇨."

"한 가지만 말씀드리겠습니다. 저희는 어디까지나 이 나라를 올바른 길로 인도하고 싶을 뿐, 결코 피에 굶주린 미치광이가 아닙니다. 장군, 저길 보십쇼."

저 멀리 또 불꽃이 치솟고 있었다. 참 멋진 나라야.

"사실 미국에선 적화 위협이라는 단어가 꿈나라 이야기처럼 들리지 않습니까? 저희에겐 턱밑에 놓인 칼날입니다. 나약한 공화국은, 아무것도 지켜낼 수 없습니다."

이 사람도 이빨 참 잘 돌아가네. 대성하시겠어.

"그러고 보니 통성명도 못 했군요. 혹시 성함이?"

"마르틴 루트비히 보어만(Martin Ludwig Bormann)입니다. 당수님의 비서로 일하고 있지요."

"그냥 운전수가 아니셨군요."

"충직한 비서는 주인이 시키지 않은 일도 알아서 척척 해내야 하니까요."

그래, 참 잘났다 잘났어. 호텔 앞에서의 짧은 대담 바로 다음 날부터 우리의 관광 가이드 겸 운전수가 바뀌었다. 그는 괜히 나치 이념을 떠드는 대신 딱딱 필요한 이야기만 해주는 '독일인' 그 자체였다.

이제 좀 조용해졌네.

"어이, 유진."

"왜. 나치 놈들이랑 사업 이야기는 실컷 했냐?"

"솔직히 말하자. GM이 오펠(Opel)에 투자하는 마당에 우리가 투자 안 하면 어쩌려고? 나치 애들이 그러는데 정권만 잡으면 트랙터를 수백 수천 대 뽑는다잖아. 그 사업 통째로 넘길 거야? 우리가 안 하면 재들이 트랙터 안 뽑아?"

트랙터 수천 대. 캬. 내 주머니도 같이 빵빵레후해지겠어. 아주 기분도 빵빵하네. 당장 터질 것 같다는 게 문제지만!

"뭐, 사업 이야긴 여기까지 하고. 나는 다른 데에 볼일이 있어서 좀 가야 할 것 같은데."

"그래? 잘 가라. 나는 애들이랑 놀아줘야 하거든."

"그게 말이지······."

에젤이 드물게도 눈깔을 이리저리 데굴데굴 굴리더니, 품속에서 전보 한 통을 꺼내 내게 넘겨주었다.

"야! 야!!! 에젤! 당장 튀어나와! 야!!"

"내 잘못 아냐! D.C에 따지라고!"

[친애하는 유진 킴 중령에게. 에젤 포드와 동행하여 모스크바에 방문해 주시면 감사하겠습니다.

전쟁부.]

도대체··· 내가 저길 왜 가야 해?

구대륙의 그림자 6

"안 가! 안 갈 거야!"

"어… 정말?"

"안 간다니까! 내가 빨갱이 소굴에 왜 가! 투자가 하고 싶거든 너 혼자 가라니까?"

나는… 나는 휴가자라고!

다른 문제도 있다. 모스크바다, 모스크바. 20세기 후반을 지배할 악의 성채, 철의 장벽 너머 사탄이 웅거한 요새, 꼬뮤니즘의 심장 모스크바 방문 이력을 찍으라고? 나는 그렇다 치자. 우리 애들은? 내가 다른 건 몰라도 매카시즘은 안다. 그 광풍에서 과연 모스크바 방문 이력이 찍혀 있는 게 도움이 될까? 아무리 러시아 관광이 아이들에게 도움이 된다 쳐도 그 아이들이 위험해질 수도 있는 일을 하기는 싫다.

내 발작에 당황해하던 에젤은 손수건으로 이마의 땀을 닦으며 말했다.

"전쟁부의 명령을 무시해도 괜찮나?"

"여기 보이냐? 방문해주면 고맙겠다고 돼 있지?! 안 가도 돼. 못 가. 배 째."

"실은 말이지, 그거 전쟁부만의 의견이 아냐. 국무부에서도 자네의 방소

(訪蘇)를 기대하고 있다고.”

“구라치지 마, 이 사기꾼아.”

후버 행정부가 나를 움직여? 웃기고 자빠졌네. 영국, 프랑스 같은 다른 나라들은 몰라도 미국만큼은 아직까지 소련과의 공식적인 외교관계를 성립시키지 않았다. 당장 우유원정군을 빨갱이라며 패 죽이려던 후버 행정부가 소련에 사람을 보낸다고? 어디서 약을 팔아.

하지만 에젤의 입에서 나온 사람은 전혀 예상 밖의 인물이었다.

“실은 다른 사람의 부탁이야.”

“누구?”

“내년에 백악관에 들어갈 사람.”

어? 당연히 공화당 대선 후보 겸 패전처리 투수 후버 이야기는 아니리라. 그렇다면……?

“FDR?”

“그렇지.”

“아니. 아니아니, FDR 이야기가 왜 나와? 그리고 너희 집, 포드 영감님이 민주당이랑 또 무슨?”

뭔가 말이 아귀가 안 맞잖아. 내가 그 엿같은 우유원정군 때문에 미친 듯이 쏘다니는 동안 뭐가 어떻게 된 거냐고. 에젤은 천천히 하나하나, 마치 셜록 홈스가 으스대며 자신의 추리를 읊듯 하나씩 테이블에 단서를 까뒤집기 시작했다.

“저번 우유원정군 사태로 후버는 사실상 끝났지. 다음 대통령은 무조건 민주당 차지라는 걸 모르는 사람은 없었고.”

“그렇지.”

“루즈벨트, 앨 스미스, 존 낸스 가너(John Nance Garner) 정도가 유의미한 대선 후보였고.”

“그것도 알지.”

그는 테이블 위에 세 잔의 유리잔을 올려놓고 톡톡 두드렸다.

"셋 중 가너는 가장 약하지만, 루즈벨트와 스미스 사이에서 승자를 결정해 줄 정도의 힘은 있었지. 그리고 그 가너는 랜돌프 허스트(William Randolph Hearst)의 후원을 받고 있고."

"허스트? 그 신문왕?"

"뭘 그리 새삼스레 놀라? 《더 선》이 어떻게 그 짧은 시간 안에 전국구 판매망과 인력을 확보했겠어?"

이게 그렇게 엮인다고? 나도 허스트의 이름이 나온 시점에서 대강 머릿속의 얼개가 그려졌다. 포드와 허스트는 《더 선》을 매개로 협력 관계가 있었고, 가너는 FDR과의 정치적 협상을 통해 부통령 후보가 되었다. 포드 역시 새 대통령이 되실 분과 뭔가 트레이드를 신청했을 테고, FDR은 누가 친소 용공 좌파 아니랄까 봐 벌써부터 소련과의 외교관계에 관심을 기울이고 있고!

"그럼 내 몫은?"

"응?"

"씨발, 내가 모스크바에 가면 당연히 내 몫을 내놓으셔야지. 은근슬쩍 명령이네 부탁이네 하면서 어디서 공짜로 귀한 몸을 부려먹으려고."

"어… 우리가 소련에 제법 많이 투자할 계획인데 그 지분 일부는 어때?"

"좆 까."

그거 전부 압류당할걸? 모르긴 몰라도 냉전이 시작된 후에도 스탈린이나 그 졸개들이 '허허, 미 제국주의자 여러분. 소련에서 배당을 많이 받아 가십시오!' 하면서 손을 흔들어 줄 것 같진 않을걸랑. 그딴 거 말고 제대로 된 뭔가를 내놓으라고.

"신임 대통령의 강력한 지지는 어때? 자네 솔직히 후버랑 잘못 엮여서 한참 쫄았잖아. 그러니까……."

"미안한데 그 사람이랑 나 사이에 딱히 중개인을 끼울 필요는 없어."

크, 크흐흐. 크흐흐흐흐! 내가 마! 루즈벨트랑 술도 마시고! 싸우나도 가고! 다 해봤다 이거야. 어디서 그딴 거로 사기를 치려고 그래. 벌써 못된 것만 배워가지곤.

에젤의 표정이 썩은 호박처럼 뭉개지는 모습을 보고 있자니 불현듯 훅 깨달음이 찾아왔다. 애초에… 그냥 내가 안 간다고 하면 고개 끄덕이고 끝내면 될 에젤이 왜 저리 난리란 말인가?

"너 이 새끼, 날 팔아먹었구나!"

"응? 무슨 소리야."

"나 설득해서 모스크바로 보낼 수 있다고 입 털었지? 그래서 콩고물 좀 받아먹었구만?"

"유진, 내가 친구를 팔아먹을 놈으로 보여? 어떻게 그럴 수가 있어!"

"나라면 팔았거든."

"그렇지? 당연히 팔았, 컥!"

배빵 한 대만 맞자. 이 개같은 친구야. 정말 내가 인덕이 없구나. 어째서 내 주변엔 정상인이라곤 하나도 없는 걸까? 미합중국 육군 최후의 양심으로서의 역할이 너무나도 막중해 어깨가 무겁다.

"그래서 뭘 받아 챙겼길래 날 그리 모스크바에 못 보내 안달이야? 아니다. 이건 죽어도 못 말해주겠지. 그럼 다른 거나 물어보자. 왜 난데?"

"소련 쪽이랑 안면 있는 사람이 없잖아. 정확하게 말하면 소련이랑 안면 튼 사람들은 죄다 빨갱이라 정보 신뢰도가 허접하대."

그럼 나는? 나도 빨갱이랑 안면 같은 거 없다고! 내 눈깔에서 레이저 빔이라도 나가는지 에젤이 크흠거리며 슬쩍 고개를 돌렸다.

"너한테 관심이 있는 사람이 있었어."

"누구? 스탈린?"

제발. 이 이상 미친 독재자랑 엮여버리면 나는 3회차로 떠날 수밖에 없다고. 천만다행히도, 에젤의 입에서 나온 건 전혀 의외지만 당연한 인물이었다.

"아니. 투하체프스키."

"그 정도면 뭐어… 이해 못 할 건 아니네."

"우리 최대 물주라고. 그놈들이 전차를 무슨 수로 만들겠어? 당연히 우리한테 위탁하지 않을까?"

에젤아, 에젤아. 그 사람도 숙청 대상이야. 너는 왜 그리 망하는 줄만 붙잡고 있니….

"내 몫은?"

"응?"

"내가 모스크바 가주는 대신에 내 몫이 있어야 할 거 아냐, 이 자식아."

"그럼 가는 건 확정이고?"

그럴 리가.

"도로시랑 이야기해보고 결정할게."

"이 공처가."

"애처가다, 이 자식아. 남의 휴가를 이따위로 날려먹고도 주둥이가 움직이냐? 개평 마음에 안 들면 모스크바 안 가. 내 배를 째라, 그냥."

정말이다. 내가 받아낼 것도 없으면 왜 거길 기어가겠나. 에젤은 한참 끙끙대며 고민하더니, 조심스럽게 이야길 꺼냈다.

"돈은……."

"그딴 거 말고."

"그럼 뭐. 너무 얼토당토않은 건 안 되는 거 알지?"

"너네 항공 사업부. 그거 내놔."

포드사는 아직 항공기를 제조하고 있었지만, 이제 거의 망조가 든 지 오래였다. 제조 공장은 관심 없다. 내가 아는 헨리 포드는 자기 피땀 어린 공장을 그리 쉽게 넘길 사람이 아니거든. 다만 설계진과 핵심 인력은 내가 좀 챙기고 싶다고.

"그거 망조가 단단히 든 거 알고 있지?"

"그러니까 내놓으라는 거잖아. 멀쩡한 물건이면 내가 달라고 한다고 주지도 않을 거면서."

"거… 서로 적당히 네고 쳐서 금액 맞추고 가져가면 되겠네. 우리 영감쟁이도 조만간 비행기 장사 접으려고 했으니까."

돈이 안 된다고? 그러면 노오력이 부족한 거다. 내가 괜히 아놀드에게 그리 물을 쳐놨겠나. 적당히 공황으로 맛탱이 간 업체 한두 개만 더 인수한 뒤에, 멀쩡한 민항기 모델 하나 뽑아서 팬암에 팔아먹기만 해도 굶어 죽진 않을걸? 그렇게 버티기만 하면 2차대전이고.

이제 기쁜 마음으로 모스크바에 갈 수 있겠어.

* * *

우리 가족의 휴가 계획에 대대적인 조정이 발생했다. 도로시가 아이들을 데리고 오스트리아, 스위스, 이탈리아를 여행하는 동안 나는 에젤을 따라 행복이 가득한 로동자 농민의 지상락원 쏘오비에트 련방으로 가게 되었다. 와, 너무 행복해!

나는 미국 대사관으로 가 간단하게 상황에 대한 브리핑을 받았다.

"극동에서 벌어지고 있는 일련의 상황으로 인해, 저희 또한 소련과의 접촉을 앞당겨야 한다는 데 의견이 일치되었습니다."

"극동이요?"

여기서 갑자기 그 이야기가 왜 나와.

"예로부터 소련은 중국 정부의 강력한 후원자인 동시에, 중국의 여러 공산주의자들에게도 깊은 영향력을 행사했습니다. 일본이 만주를 무력으로 갈취한 지금, 이런 말 하기 뭣하지만 우리나라는 아무것도 못 하고 있잖습니까?"

그야… 돈이 없으니까. 중국은 굉장히 중요하다. 감히 잽스 따위가 저 광활한 억 단위 인구 시장을 통째로 잡아먹으려 든다면 수단과 방법을 가리지 않고 잽스의 강냉이를 추수할 정도로 중요하다. 근데 만주는 좀 애매하다. 지금 파산 직전에 몰린 우리가 만주 하나 때문에 일본이랑 전쟁을 해야 하나? 라는 계산이 서는 거지.

"그래서, 소련을 통해 일본을 견제한다?"

"비슷합니다. 킴 중령께선 그냥 가서 인사만 해주시고, 개인 감상 정도만 알려주시면 됩니다."

"그거면 됩니까."

"문외한에게 무언가 거창한 첩보나 정보수집 임무를 지시해봐야 그 어설픔이 티 날 뿐입니다. 아무것도 하지 마시고, 그냥 여행기 쓴다는 느낌 정도면 됩니다."

그래. 까라면 까야지 어쩌겠어.

얼마 후, 우리 둘은 모스크바에 당도했다.

"어서 오십시오, 동무들!!"

딱히 대단한 환영인파가 있다거나 하진 않았다. 그야 미국과 소련은 아직 외교관계고 뭐고 없는걸. 우리의 안내인으로 나온 사람은 그래도 이것저것 나름대로 설명을 해주었다.

"알음알음 많은 미국인들이 소련으로 들어오고 있습니다!"

"그렇습니까?"

"예. 미합중국은 자본주의의 모순이 극에 이르러 파국을 맞이하고 있지 않습니까? 노동자, 농민의 나라인 소비에트 연방에서 새로운 인생을 시작해 보려는 분들이 무척 많지요."

"흐으음……."

"저희 연방은 모든 면에서 평등을 지향하고 있습니다! 합중국의 여성 멸시에 지친 동무들 또한 잔뜩 모스크바로 오고 있지요. 어떻습니까, 동무?

혹시 사회주의에……?"

"일없습니다."

어… 성차별 때문에 소련으로 간다구요? 러시아에? 100년 뒤에도 영원히 회자될 이야기에 따르면 보드카와 가정폭력이 없는 남자는 러시아 남자가 아니라던데. 이거 완전 자유를 찾아 월북하는 사람들 보는 느낌인걸.

에젤은 에젤대로 공장 시설을 실사하기 위해 떠났고, 나는 T형 포드에 탑승한 채 웅장하기 그지없는 크렘린궁에 입성했다. 그리고 그곳에, 지옥의 대마왕이 있었다.

"반갑소. 스탈린이오."

"유진 킴입니다."

제대로 된 소개도 없냐고, 이 예의라곤 엿 바꿔먹은 인간아. 하긴, 어차피 나를 보고 싶어 하는 건 투하체프스키라고 했었지. 국가원수가 일개 중령을 만난 것부터 그의 입장에선 나름대로 신경을 쓴 거라고 생각하면 딱히 할 말도 없다.

나는 그 뒤로도 몇몇 소련의 관료들을 소개받았는데, 이상하게도 군부 인사들보다 외교관이 더 많았다. 뭐지?

"우리 붉은 군대의 핵심, 투하체프스키 장군이 킴 중령을 만날 날을 무척 고대하고 있었지. 하지만 유감스럽게도, 우리와 약간 다른 주제로 이야기를 나눠주면 고맙겠소."

"저는 평생 군인으로 산 몸인지라 군 이외의 일에는 문외한입니다. 제가 괜한 이야기를 해서 실례를 범하진 않을지 걱정되는군요."

"아, 그럴 일 없소. 그대가 아주 잘 아는 일이거든."

그는 파이프에 불을 붙이며 태연스럽게 말했다.

"예브게니 킴. 우리와 함께 조선인의 미래에 대해 논해 봅시다."

뒤통수를 한 대 맞은 느낌이었다.

구대륙의 그림자 7

사실 생각도 못 했다. 히틀러랑 당신이랑 같은 콧수염 친목… 뭐 그런 거 아니었어? 그놈은 조선의 ㅈ자도 안 꺼냈는데 어째서?! …라고 말하기엔 이 콧수염은 사람을 밥 먹듯이 죽이지만 명색이 전 세계 빨갱이들의 두목이자 후원자였고, 소비에트 연방은 유럽과 아시아에 걸친 대국이었다.

"조금 당황스럽군요. 저는 피만 조선계지 미국에서 태어났으며 미국식 교육을 받은 완벽한 미국인입니다. 조선 땅에 발 한 번 디뎌보지 못한 제가 무슨 수로 그들의 미래를 논하겠습니까?"

"조선인들의 망명정부를 실질적으로 지배하는 분이 그렇게 말하면 조금 난감한걸."

아. 현기증. 현기증에 머리가 어질어질해진다. 좀 넘어가 주면 안 되겠니? 누가 빨갱이 두목 아니랄까 봐 정보력 좋은 것 좀 보게. 어쩐지 산타가 누가 착한 아이인지 나쁜 아이인지 모든 걸 알고 있을 때부터 수상했다. 그게 그 NKVD 첩보망인가 그거구만. 빨간 옷 입을 때부터 눈치챘어야지.

이 망할 콧수염은 내 사정 같은 건 일절 봐주지 않고 피도 눈물도 없이 계속 내달렸다.

"내 개인적으로 소수민족 문제에 관심이 많아서 말이오. 이제 테이블에 앉을 준비가 되셨나, 조선인 망명정부의 수장?"

"제가 돈푼 좀 만져서 그들에게 후원을 하고 있긴 하지만, 수장이라는 소릴 들을 정돈 아닙니다."

"흐음. 만백성의 칭송과 찬양을 듣고, 정치인과 관료들의 의견을 중재하거나 최종 결정을 내려주며, 거역할 경우 후환이 두려운 존재. 러시아에도 옛날에 그런 존재가 있었는데, 우리는 그 사람을 '차르'라고 불렀지. 겸양은 거기까지만 합시다, 조선의 차르 나리."

"…그냥 망명정부 대표 정도로 불러주시면 감사하겠습니다."

"핫핫핫!! 잘 생각하셨소. 이제 서로 원만한 대화가 되겠군."

당신이 차르라고 부르니까 당장 붉은 군대와 NKVD가 와서 날 벌집핏자로 만들 거 같잖아. 그리고 방금 말한 거, 본인 이야기 아냐?

교통정리가 끝나자 스탈린은 느긋하게 몸을 의자에 기대었고, 대신 여태 통역을 해주고 있던 외교부 장관 막심 리트비노프(Maxim Litvinov)가 본격적인 이야기를 꺼내 들었다.

"먼저 일본 제국주의자들의 폭압과 착취에 맞서고 있는 조선 인민들의 노고에 심심한 위로의 말씀을 전달드리겠습니다."

"예. 감사합니다."

"소비에트 연방은 일찍이 레닌 동지의 가르침에 따라 세계 각지에서 제국주의자들에게 핍박받고 있는 여러 민족들에게 도움의 손길을 내밀었고, 스탈린 동지 역시 이 뜻에는 변함이 없으십니다."

리트비노프와 내가 스탈린을 바라보자, 그는 슬쩍 고개만 까딱였다.

"다만 저희가 오랫동안 망설였던 이유는, 킴 동지가 조선의 망명정부를 움직이는 것이 혹 미합중국의 의지일 수도 있다는 생각 때문이었습니다."

"흐음."

"하지만……."

"매번 정권과 정당이 바뀌는 미국이 수십 년짜리 대외정책을 비밀리에 추진한다는 게 가당키나 하겠소? 일본도, 중국도 아닌 소수민족을 밀어주면서? 그래서 오늘 이 자리를 마련한 거요."

빠꾸 없이 직진으로 밀고 들어오는 강철의 대원수 양반 좀 보라지. 우익의 극단과 좌익의 극단이라는 정반대편의 두 콧수염 새끼들이 사이좋게 민주주의 멸시 들어가는 모습만큼은 똑같은 걸 보니 어째 살살 삔또가 상한다.

그치만 나는 시체 포대에 들어가는 취미 따윈 없으니 여기선 슬슬 기어야지. 개같은 놈 앞에서 띠껍게 구는 건 내 전문이지만, 미친놈 앞에서 띠껍게 굴 순 없잖아? 그러다 진짜 칼 맞을라. 내가 가타부타 말하는 대신 가만히 있자 괜히 쫄리는 건 중간의 나약한 관료, 리트비노프였다.

"흠흠. 서기장 동지께서 좋은 뜻으로 한 말씀이니 너무 깊이 생각하지 않으셔도 됩니다. 미국이 국가적으로 극동의 한 민족에 투자했다면 저희에겐 무척 위협적인 일이니까요."

"잘 알고 있습니다. 허허."

"처음 저희는 킴 중령이 미국의 후원을 받아 조선인의 봉기를 준비 중이라고 생각했습니다. 그런데 딱히 국가가 뒷배에 있는 것도 아니었고, 중령은 또 일본인들과 손을 잡는 모습이 보이더군요."

잘 아네. 그치만 당신네들 똘마니인 빨갱이들도 제법 개판 쳤잖아? 어차피 그때그때 상황 따라 정책이 변하는 건 지들도 마찬가지면서 왜 나한테만 그래.

"그래서 한번 의중을 듣고 싶습니다. 저희 소련이 조선인들을 대대적으로 지원해준다면 극동에 평화를 구축할 수 있으리라 보이는데……."

"지원, 말씀이십니까."

"그렇습니다. 물자건, 돈이건, 아니면… 연해주의 광활한 땅이라거나요. 우리는 조선인들의 완전한 자유를 위해 연대할 준비가 되어 있습니다!"

"……."

"중령께서 원하신다면 지금 당장! 저희 소비에트와 손잡고 조선 인민들의 진정한 대표로 우뚝 서실 수도 있습니다. 어떻습니까?"

음. 빨갱이 소굴에 와 있어서 그런가. 머리가 잘 안 굴러가네. 한번 해석해봅시다. '소비에트와 손잡고 조선인의 대표가 되자.'라는 말은 어어… 스카웃 오퍼지 이거? 거렁뱅이 미 육군 중령 때려치우고 간지나게 붉은 군대 입대하란 말인가. 붉은 군대 원수 겸 조선인민공화국 대원수, 크으. 간지가 폭발하다 못해 60계 치킨이 되겠어 아주.

그리고 지원이라. 내가 아무리 열심히 물주 노릇을 해봐야 한 나라가 작정하고 대준다면 당연히 내 비중은 한없이 낮아질 수밖에 없다. 거기다 연해주를 대준다고? 이러면 아예 못 이기지. 임정 채로 홀랑 먹을 수도 있겠네.

해석 완료. 그러니까 지금 내 앞에서 '밥상 열심히 차려서 고맙고, 이제 우리가 거기서 식사하고 싶으니 비켜줘.'란 말을 저렇게 당당하게 하고있는 거구만 기래. 이 아바이 동무가 인민의 핵주먹 맛을 좀 보여줘갓시오.

리트비노프는 아주 인자한 KFC 할배 같은 웃음을 지었지만, 나는 당장이라도 저놈을 붙잡아다 동해 바다에 처넣고 싶은 기분이었다.

"미합중국을 향한 제 충성심을 시험하시면, 저로서는 조금 당황스럽군요."

"아, 그런 건 아닙니다. 당연히 저희는 킴 중령의 의사를 존중하니까요. 다만 제국주의에 신음하는 민족을 뒤로한 채 혼자 호의호식하는 것도… 조금 그렇잖습니까?"

"으음. 연방의 높으신 분들께서 단순히 시비를 걸고 싶어서 절 부르신 건 아닐 텐데요. 괜한 도발은 그 정도로 하시는 게 어떻겠습니까?"

어느 순간 머리의 스팀이 싹 내려갔다. 어그로도 적당히 끌어야지, 기껏 초대해 놓구선 하는 소리가 이딴 것밖에 없으면 내가 아무리 군바리라도 위화감 느끼잖아. 내 말에 열심히 생글생글거리던 리트비노프의 입가가 살짝 뒤틀렸다.

"이걸 도발로 여기다니 실망스럽습니다. 혁명이란 모름지기 돈만 대준다고 다 되는 게 아니란 말입니다. 인민의 곁에서 함께 싸우지도 않으면서 망명정부를 조종하겠다는 제국주의적 발상을 그만두십시오."

"오오, 그렇군요. 그럼 리트비노프 선생께선 고통받는 조선 인민들을 위해 1년 내로 붉은 군대가 경성을 향해 움직인다고 보장해주시는 겁니까?"

"논리에 너무 비약이 심하시군요."

"그 말이 그 말 아닙니까. 설마 노동자, 농민을 위한 소비에트 연방이 망명정부 하나 냴름 처먹고 싶어서 대충 불모지인 연해주 땅 쪼가리 좀 내주려는 건 아닐 테고, 당연히 일본 제국주의자들을 태평양에 밀어 처넣을 대전쟁을 준비 중이시겠죠?"

시벌롬아 빨리 대답해 보라고. 망명정부 조종하려는 제국주의자가 묻고 있잖냐. 우리의 사소한 언쟁을 통역을 전해 들은 스탈린은 만족스럽다는 듯 박수를 짝짝 쳤다.

"여기까지 합시다."

니가 시킨 거 뻔하잖아!

"우리는 물론 조선 인민들의 해방을 바라고 있소. 하지만 독립한 조선인들이 미국의 편을 든다면 우리로서는 무척 당혹스러워지는 것 또한 이해해주리라 믿소."

뭐, 그거야 그렇지. 이래서 한반도는 천날만날 동네북이었던 거고.

"그러니 우리로서는 킴 중령이 대체 어떤 의도에서 망명정부를 후원하느냐가 가장 큰 관심사일 수밖에 없소."

내가 여기서 뭐라 답한들… 이 인간, 어차피 의심병 환자잖아? 설사 내가 군복 벗고 소련군에 입대한다 치더라도 이 양반의 의심병이 그칠 리가 없다. 그런 양반이었으면 대숙청 같은 게 일어났겠냐고.

그렇다고 여기서 배를 째자니, 그건 또 무섭다. 루즈벨트가 기대했던 게 내가 스탈린 면상에 중지를 날리는 건 또 아닐 거 아냐.

"제 의도를 솔직히 말씀드리면, 조선인들을 도와줄 용의가 있으십니까?"

"물론이오. 소비에트는 모든 착취당하는 자들의 후원자이니, 내가 그들을 저버릴 수는 없소."

"좋습니다."

그렇게까지 말하시면 솔직하게 말해드려야지.

"제가 그들을 후원하는 이유는 당연히 이 한 몸의 사리사욕을 위해서입니다."

어안이 벙벙해지는 꼴 좀 보라지. 리트비노프가 막 무어라 말하기 전, 나는 그의 말을 자르며 계속해서 말했다.

"옐로 몽키가 미국을 믿을 수 있습니까? 아니면 일본을 믿습니까? 나는 언제나 아웃사이더였고, 언제 사회에서 배제당할지 모른다는 불안감에 시달려 왔습니다."

"그렇다면 바로 소비에트야말로……!"

"친애하는 리트비노프 선생. 당신들이 날 부른 것도 결국 내가 임정에 많은 지분을 갖고 있어서잖습니까? 나는 임정을 장악하고 있는 그 자체만으로 버려지지 않을 수 있답니다."

내 해괴한 논리는 상상도 못 했나 보네. 간단하게 생각해 보라고. 일본도, 중국도, 미국도, 소련도 전부 '나'라는 요소를 배제하고 극동의 판을 짤 순 없잖아? 임정을 꽉 잡고 있는 이상 나를 대체하는 건 불가능하다. 이 병신들아.

"물론 저를 배제하고 싶으시면 그렇게 하셔도 됩니다. 대신 조선인의 지지는 포기하셔야겠죠? 그들을 그냥 타민족의 노예로 두시든가, 아니면 비싼 돈 치르고 절 매수하십쇼."

"하. 하하. 하하하하!! 걸작이야! 정말 뼛속까지 자본주의자로구만! 걸작
이야!"

당연히 어설프게 나를 밀어내려고 했다간, 내가 모든 힘을 다해 개지랄
을 떨 거란 말은 구구절절 하지 않았다. 원래 협박은 입 밖으로 내는 순간
부터 추해 보이거든.

"그래서, 우리한텐 안 파시겠지?"

"그렇지요."

"조선인들이 일본과 결탁해 우리의 후방을 어지럽힌다면? 내가 그 위험
을 감수할 필요가 있소?"

"다 죽이거나 유배 보내시려고요?"

"필요하다면 얼마든지!"

역시 강철 콧수염이야. 보통 사람은 생각도 못 할 짓을 거침없이 입에 담
아.

"어떻게 그럴 수가 있단 말입니까? 연해주의 조선인들이 대관절 무슨 죄
가 있다고."

"연방의 안전을 위해서라면 난 무슨 일이든 할 수 있소. 대를 위한 소의
희생은 슬프지만 어쩔 수 없는 일. 그들을 죄다 시베리아로 보내버린다면
극동의 문젯거리를 싹 일소할 수 있겠지."

"……."

"그렇지만, 조선인 망명정부를 연해주에 두고 공산주의자들의 참여를
일정 부분 보장해 준다면 우리의 '염려'가 대폭 줄어들 것이오. 그 대신 그
들은 소련의 보호를 받으며 힘을 기를 수 있고, 언젠가 민족 해방의 기치를
치켜들 수 있을 것이오. 이것조차 거절하시겠소?"

스탈린이 웃었다. 인간백정 새끼가 웃는 모습을 보니 왜 이리 소름이 돋
지. 그리고 나도 웃었다.

"이제 좀 판단이 서시나 보군. 그러면……."

"보내십쇼."

"뭐?"

"연해주 조선인들, 전부 시베리아로 보내십쇼."

나는 실실 웃으며 연신 박수를 쳤다.

"[스탈린이 조선인들을 유배 보내다!] 으음, 헤드라인 끝내주는군요. 빨갱이 두목에게마저 버려진 조선인들의 눈물이 한반도를 적실 테고, 어디 가서 빨갱이라고 하면 몰매를 맞겠지요?"

아주 아름답구만. 아름다워 죽을 것 같애.

"그러면 조선인들은 깨닫게 되겠지요. '역시 믿을 건 같은 민족밖에 없어. 참으로 믿을 수 있는 건 김유진 장군님뿐이야!' 하면서. 연해주 조선인 몇 명 좀 시베리아 가는 것으로 전 조선인을 단결시킬 수 있다면 남는 장사 아닙니까? 보내주십쇼. 부디, 꼭, 내가 조선인을 버릴 수 있을지언정 조선인들은 절대 날 버리지 못하게 그 사람들을 전부 시베리아 보내 달란 말입니다."

러시아식 외교법에 대한 악명은 나도 꽤 들어봤다. 겁주고, 어르고, 협박과 공갈을 밥 먹듯이 하는 게 놈들 스타일이라지? 그런데 공갈이라면 나도 꽤 많이 해봤거든.

"크헤헤헤헤! 그래서 언제쯤 보낼 생각입니까? 혹시 제가 달러를 좀 드리면 되겠습니까?"

"…동무는 정말, 민족에 대한 애정이라곤 없나?"

"조선의 안전을 위해서라면 전 무슨 일이든 할 수 있습니다. 대를 위한 소의 희생은 슬프지만 어쩔 수 없는 일이지요."

스탈린이 날 벽에 똥칠하는 놈 바라보듯 뚫어져라 노려보았지만, 제가 어쩔 텐가? 애초에 협박질을 시작한 게 누군데.

구대륙의 그림자 8

유진 킴이 떠난 뒤에도, 리트비노프는 계속 말없이 담배만 피워대는 스탈린의 곁을 떠날 수 없었다.

"저놈은⋯ 미친놈인가?"

"제정신이 아닌 것 같습니다. 군인이라 그런 것 아니겠습니까? 서기장 동지께서 신경 쓸 필요 없는 잡니다."

리트비노프는 이 겨울에 땀을 흘리며 애써 잊으라고 했지만, 그런다고 잊어지겠는가. 코끼리는 생각하지 말라고 하면 머릿속에 뿌우 하는 코끼리만 떠오르는 법이건만.

"외무부 장관."

"예, 서기장 동지."

"만약 우리가 연해주에 거주하는 모든 조선인을 대충⋯ 시베리아에 집어 던질 경우 예상되는 외교적 파급효과를 말해보게."

"서기장 동지?"

"저자의 말대로 우리가 손해를 보겠느냔 말일세."

서기장이 거기까지 계산을 못 해서 그에게 물어볼 리가 없다. 그렇다면 이건 책임을 떠넘기기 위한 수법인가? 하지만 리트비노프는 오랜 동지의 채근에 거짓을 말할 정도로 뻔뻔스럽진 못했다.

"…조선인들의 망명정부는 조선인들에게 큰 인지도를 갖고 있으며, 예브게니 킴 또한 조선인들의 인망을 한 몸에 가진 인물입니다. 만약 제국주의자들이 언론을 거짓 선동으로 가득 채우며 우리의 이주 정책을 비난한다면……."

"한다면?"

"조선인은 아직 사회주의에 대한 신념이 부족하며, 특히 반동적 성격이 강한 농민이 절대다수입니다. 아마도, 그의 망언이 현실화될 가능성도, 부정할 수는 없을 겁니다."

스탈린은 예상대로라는 듯 눈만 깜빡였다.

"끝인가?"

"미국을 위시한 제국주의자들이 무언가 개입하려 할 때, 명분으로 삼을 수도 있습니다. 우리가 못 믿을 자들이라고 인식시키기 위해 훨씬 침소봉대할 수도 있습니다."

"저놈의 말이 틀리진 않다는 이야기군."

"죄송합니다, 서기장 동지! 제 능력이 부족하여 당에 손해를 끼쳤습니다!"

"장관은 할 만큼 했소. 책임은 묻지 않을 터이니 다른 업무에 매진하시오."

그렇게 축객령을 내린 스탈린은 몇 번이고 방금 전의 대화를 곱씹었다. 건방지다 못해 미친 것처럼 보이던 놈. 물론 스탈린과 외무부 관료들이 이딴 공갈로 목표를 이루어낼 수 있으리라 믿은 멍청이들은 아니었지만, 한 나라를 상대하게 된 일개 개인이 움츠러드는 틈이 있으리라 생각하는 게 딱히 비정상은 아니잖은가. 그러나 놈은 뒷배의 유무 따위는 전혀 자신과 연관 없는 일인 것마냥, 천하의 스탈린을 역으로 윽박질렀다. 그는 화를 낼 수 없었다.

'그러면 조선인들은 깨닫게 되겠지요. '역시 믿을 건 같은 민족밖에 없어. 참으로 믿을 수 있는 건 김유진 장군님뿐이야!' 하면서. 연해주 조선인 몇 명 좀 시베리아 가는 것으로 전 조선인을 단결시킬 수 있다면 남는 장사 아닙니까? 보내주십쇼. 부디, 꼭, 내가 조선인을 버릴 수 있을지언정 조선인들은 절대 날 버리지 못하게 그 사람들을 전부 시베리아 보내 달란 말입니다.'

내가 버릴 수 있을지언정 조선인은 절대 날 버리지 못하게. 그 말을 듣는 순간 스탈린은 총에라도 맞은 것처럼 정신이 아득해졌다. 화가 나서? 아니. 자신의 명치를 쿡 찌르는 것처럼, 폐부를 날카롭게 파고드는 그 언어의 총탄에 그는 실성할 것만 같았다.

이건 환희였다. 이건 답안이었다. 한평생 혁명과 사회주의, 그리고 소비에트 연방을 위해 살았다고 자부하던 스탈린은 그 말을 듣는 순간 깨달아 버린 것이다. 바로 저것이야말로 자신이 원하던 이상향이었다는 사실을.

젊었을 때는 그토록 여자를 탐닉했었지만 어느 순간 여색에는 별 관심이 느껴지지 않았다. 늙고 약해져서? 아니. 그런 건 극히 사소한 이유에 불과했다. 권력이라는 훨씬 더 매혹적이고 중독성 강한 자극을 맛본 그에게 더 이상 여자는 일순위가 아니었기 때문이다. 그리고 지금, 스탈린은 권력 중에서도 지고의 권력을 찾아냈다.

만인의 어버이. 노동자 농민, 인민의 어버이. 영원한 혁명의 어버이… 마르크스, 레닌보다 더 위대한, 언제나 어리석은 인민을 자상하게 돌봐주시는 어버이! 일방적인 숭배, 일방적인 애정, 일방적인 찬미. 그래. 이거다. 거대한 조직의 부품이 아닌, 오직 자신을 빛내기 위해 존재하는 거대한 조직에 군림하는 자.

이제 힘도 잘 안 들어간다 생각했던 아랫도리가 절로 뻐근해지고, 차갑게 얼어붙어 가던 심장이 기차 화통이 된 것처럼 쿵쾅거린다. 그 싸가지라곤 없는 동양인의 팔목을 붙들고 함께 코사크 댄스라도 출 수 있을 것 같다.

그렇게 한 사람의 마음속에 잠들어 있던 강철의 괴물이 깨어났다.

* * *

심장, 심장 터질 것 같아. 방으로 안내받은 나는 허겁지겁 차가운 물을 벌컥벌컥 들이켰다. 시벌. 이러다 진짜 협심증 걸리는 거 아냐? 이제 내 나이가 내일모레 마흔인데 이러다 골로 가면 억울해서 어떡하나. 천하의 스탈린을 상대로 그렇게 막 질렀다니. 나 진짜 미친 거 같다. 시부럴. 남아 있던 참을성을 히틀러한테 전부 다 꼴아박아서 그런가?

아니지 아니야. 이번 건 지를 만했다. 잘 생각해 보자. 히틀러와 다르게, 스탈린은 미국과의 관계 개선과 각종 투자가 간곡한 처지였다. 아무리 막나가는 놈이라 해도 에젤 포드와 동행한 나를 담가버릴 순 없을 터. 게다가 소름 끼치긴 해도 내 호의를 바라던 게르만 콧수염과 다르게, 슬라브 콧수염은 대놓고 덤벼들던 공갈범 아닌가. 원래 테러리스트와 타협은 없어야 한다. 닷씨는 깝치지 못하게 주체의 핵탄으로 매우 쳐야 하는 것이다.

모름지기 대한민국 국군의 일원이라면 윗동네 에미나이들의 벼랑 끝 전술에 통달해 있어야 한다. 압도적 강자를 상대하는 약자가 채택할 수 있는 방법 중 그나마 내가 고를 수 있는 몇 안 되는 방법도 그거였고.

소련을 상대로 이딴 공갈을 쳐야 하는 신세인 나도 그렇고, 이딴 일에 무력하게 손패로 튀어나오기나 하는 조선인 신세도 참으로 기구하다. 하지만 어쩌겠나. 지금 내가 이 공갈에 굽혀 타협적인 태도를 보이는 순간 빨갱이들은 아예 통째로 먹어치우려 들걸? 혁명무죄 조반유리를 진심으로 떠드는 놈들을 상대로 내 부드러운 마음 씀씀이를 선보였다간 큰일 날 게 뻔하다.

그리고 강약약강을 온몸으로 실천하는 빨갱이 새끼들 아니랄까 봐, 다음 날부터 내 대접이 싹 달라졌다.

"반갑습니다, 동지! 붉은 군대는 킴 동지를 환영하는 바입니다!"

"리트비노프 장관님은 어디로 가셨습니까? 소수민족 문제를 논하고자 한다고 들었었는데."

"하하. 새 지시가 떨어졌습니다. 이제 외무부 대신 저희 붉은 군대에서 동지를 수행할 예정입니다."

그 이후론 정말 뭐가 없었다. 스탈린도 모습을 드러내지 않았고, 마치 처음부터 이야기한 적 없는 것처럼 연해주 조선인이나 임시정부에 대한 이야기도 싹 날아가버렸다. 그 대신 나는 투하체프스키와 승마나 사냥을 나가거나, 겨울철 모스크바의 맹추위를 맛보며 사회주의처럼 붉은 보르시치를 먹거나, 군사나 정치에 대해 잡담이나 하며 에젤의 일이 끝나기만을 기다렸다. 이게 끝인가? 정말? 당연히 뭔가 거하게 한판 붙을 줄 알고 잔뜩 쫄아 있었는데 끝이라고?

내가 스탈린을 다시 만난 것은 그로부터 한참 뒤, 우리가 떠나기 전날 환송연에서였다.

"내가 공사가 다망해 시간을 별로 내지 못했소. 연방을 많이 둘러보고 간다면 더할 나위 없이 좋겠소만."

"신경 써주신 덕택에 좋은 구경 하고 갑니다."

암, 좋은 구경 많이 했지. 막 눈앞에 굴라그도 아른거리고, 중앙아시아에서 흙 파먹고 살게 될 조선인들도 아른거리고. 내 말에 미묘한 가시가 돋쳐 있었는지, 스탈린은 콧수염을 슬쩍 매만졌다.

"비록 우리 사이에 약간의 오해가 있었지만, 저번 대화를 계기로 상호 오해를 바로잡았으니 참으로 다행 아니겠소? 비록 동지가 자본주의의 총본산 미국에 몸을 담고 있다지만, 조선인을 제국주의의 마수에서 해방하는 문제에 관해서는 대국적인 협력이 가능하단 점을 긍정적으로 여기고 있소."

네? 대국적 협력? 공감과 역공갈이 아니고? 굳이 번역하자면, '이빨도 안 들어가는 지독한 새끼. 인제 그냥 서로 손 잡자.'로 해석하면 되는 건가.

"제가 조선 현지의 상황엔 그리 상세하지 않지만, 이미 사회주의자와 민족주의자들이 손을 잡고 일제의 압제에 항거하고 있다고 들었습니다. '저'와 소비에트 연방이 힘을 합친다면 민족의 해방 역시 훨씬 빨라지지 않겠습니까."

"그렇소. 극동의 앞날에 서광이 비치는 듯하니 참으로 마음이 놓이오. 그런 의미에서 동지의 방소를 다시 한번 축하하며, 한잔하십시다."

"위하여!"

"위하여!!"

천하의 스탈린이 한 수 접어줬다! 세상에, 이건 기적이야. '스탈린의 양보를 이끌어낸 사나이'라니, 크으. 소름이 돋는다. 보고 계십니까, 여러분? 이 유진 킴이 결국 해내고 말았습니다.

"서기장 동지께서는 그럼 조선인 문제에 대해 어떤 혜안이 있으신지……?"

"현실적인 측면에서 봤을 때, 저번에 동지가 꼬집은 대로 당장 붉은 군대를 몰아 경성으로 진격하는 건 무리가 있소."

"하하… 그야 당연한 일이지요."

"사회주의의 종주국으로서, 우리는 조선인 사회주의자들을 후원해줘야 할 의무가 있소. 동지가 힘을 쏟고 있는 망명정부를 놓고 대립하지는 않겠으나 우리가 임정 바깥의 조선인들을 돕는 문제에 대해서까지 그대의 눈치를 볼 순 없소."

그야 당연하지. 오히려 지금 이야기의 핵심은 '임정은 안 건드릴게.'에 가깝다. 다만 말은 저렇게 해놓고 박헌영이나 김일성 같은 인간들 데려와서 연해주 조선인 자치주 박고 꼬장을 피우기 시작하면 나로서도 대책이 없는데, 스탈린이 딱히 조선인에게 베팅할 이유가 있을까? 나라면 차라리 중국

공산당에 더 투자할 텐데?

"그야 물론이지요. 소비에트 연방이야말로 소수민족들의 등불 아니겠습니까? 서기장님의 도움이 필요한 조선인들이 얼마나 많은데요."

"허허. 우리 사이에 원만한 합의가 이루어진 것 같아서 정말 기쁘군. 혹시 귀하께서 이것도 불편해하면 어쩌나 잠시 고민했는데."

"하하하! 그럴 리가요! 이토록 호탕하게 결단을 내려주시니 참으로 감사합니다!"

대충 서로 얼굴이랑 불알은 까지 말자는 합의 정도로 끝나면 됐지, 뭘. 우리가 목숨 걸고 칼질하기에 조선은 너무 스케일이 작다. 그러나 나는 중대한 실수를 저질러버렸다. 승리감에 도취되어, 스탈린이 얼마나 집요하고 악독한 놈인지 잠시 잊어먹어버린 대가. 그 업보는 너무나 끔찍하고도 무시무시했다.

"우우욱!!"

"허. 역시 미국인들은 나약하군."

"겨우 이 정도 마셨는데 뻗다니! 일어나십시오! 아미앵의 영웅이여!"

"동지, 정신 차리시오. 위장에 있던 자본주의의 잔재를 모두 토해냈으니 이제 더 강렬한 사회주의의 정수를 담을 수 있소!"

"아, 안 대……."

이, 이 미친놈들! 사람도 아냐! 사회주의의 정수가 어딜 봐서 알코올이냐고, 느그가 엠버밍한 레닌도 유리관 깨고 뛰쳐나오겠다! 나와 에젤은 여기가 러시아라는 걸 망각한 대가로 죽기 직전까지 알콜에 휩쓸리고 말았다.

두 번 다시 모스크바는 안 올 거야!

* * *

우리는 베를린으로 돌아왔다. 에젤은 마저 독일에서의 협의를 진행하고 영국으로 갈 예정이었고, 나는 따뜻한 이탈리아를 거쳐 모든 유럽인들의 로망이라는 그리스로 간 가족들을 좇아갈 예정이었다. 이탈리아 여행은 스킵해야겠구만. 하지만 내가 떠나기 전에 봤던 베를린과, 지금 발을 디딘 베를린은 전혀 달라져 있었다.

"하일!"

"하일!!"

"하일 히틀러!!"

내가 잠시 자리를 비운 그 시간 동안 대체 무슨 일이 있었길래 이토록…….

"오이겐 킴 중령님?"

"보어만 씨 아니십니까. 몇 달 만에 뵙는군요."

"아돌프 히틀러 신임 독일 수상 각하께서 중령님을 뵙고자 합니다. 시간 괜찮으시겠습니까?"

"수상이… 되셨군요."

해를 넘기기 전인 1932년 말. 마침내 히틀러는 보수파의 협력을 얻어, 무수한 환성과 박수 세례 속에 바이마르 공화국의 수상으로 취임했다. 바이마르 공화국은 그렇게 자살을 선택했다.

10장
악의 개화

악의 개화 1

아주 오랜 옛날처럼 느껴지는 과거. 아돌프 히틀러는 여전히 그날을 잊을 수 없었다.

"우리는… 패배했다."

"무슨 소립니까?"

"본국에서 혁명이 일어났다! 카이저는 쫓겨났고 제국은 망했어. 우린, 우린 전쟁에서 패했다."

생각 없이 집에 돌아갈 수 있다며 시시덕대는 머저리들을 뒤로하고, 히틀러는 오열했다.

"전장에 나서지도 않은 겁쟁이들이 배 좀 고프다고 선동에 넘어가 내 승리를 도둑질했어!!"

"이봐, 아돌프."

"이건 기만이야! 우리를 저 지옥 같은 참호에 던진 새끼들이 어째서! 어째서 나라를 엎어버리냐고! 우린 여태까지 그럼 왜 싸운 거냐고!!"

어째서 우리가 패배했단 말인가? 여기 사기충천한 병사들이 있으며, 손에 무기가 있고, 적들은 여기까지 오지도 못했건만 어째서 패배했단 말인가?

히틀러의 눈에 집에 돌아갈 수 있다는 사실에 신께 기도 올리며 기뻐하는 사람들은 보이지 않았다. 히틀러의 손에 있는 총에는 더 이상 넣을 총알이 없다는 사실도 보이지 않았다. 연합군이 히틀러의 앞에 오기 전에, 자랑스러운 제국군은 먹을 톱밥이 없어 굶어 죽으리란 사실 또한 보이지 않았다.

보이지 않았다. 보고 싶지 않았다. 4년간 저 썩어가는 참호에서 죽은 자와 산 자 모두 개돼지만도 못한 무언가라는 사실을 결코 용납할 수 없었으니까. 그렇게 진실 대신 허상을 부여잡은 채, 바그너를 사랑하고 쇼펜하우어를 탐독하던 예술가 취향의 상병은 태어난 땅 오스트리아 대신 뮌헨으로 돌아왔다.

하지만 뮌헨 또한 결코 평화롭지는 않았다. 끊임없이 빨갱이, 유대인, 혁명, 반동, 진압, 빨치산이 판치는 마경 뮌헨에서 그는 마침내 새로운 적성을 찾아냈다. 빛나는 철십자 훈장에 걸맞은 자신감, 그리고 독특하지만 사람들의 주목을 끄는 언변을 갖춘 한 참전 용사.

그렇게 히틀러는 자신의 언변을 살려 국가사회주의 독일 노동자당에 입당했고, 나태하고 타락한 독일을 개혁하기 위한 장대한 투쟁이 시작되었다.

그러던 어느 날. 어김없이 한 술집에서 유대인과 빨갱이를 저주하고 독일 민족의 우수함을 목놓아 외치던 히틀러는 한 취객의 야유를 들었다.

"어이, 콧수염 양반. 우리가 그렇게 잘났어?"

"그렇습니다! 우리 독일 민족이야말로!"

"내가 개전할 때부터 그 망할 참호에 있다가 살아 돌아왔는데 말야, 싸워본 놈들 중 가장 무서웠던 게 누구였는지 알아? 미군 93사단이었어, 93사단."

"예?"

"오이겐 킴은 알지? 그 아틸라의 주먹. 노랭이가 이끄는 깜둥이 부대랑 싸워보고 나서 한번 위대한 독일 민족 어쩌고 입을 터는 게 어때? 나는 그 때만 생각하면 아직도 오줌을 지리겠는데 말야! 크하하하!"

"와하하하하!!!"

뮌헨 시민들은 취객의 말에 박장대소하며 다시 자신들의 맥주잔에만 신경을 집중했다. 그는 본능적으로 알 수 있었다. 여기서 입을 다무는 순간, 두 번 다시 그가 연단에서 모두의 주목을 사는 일은 없으리란 것을. 그 메스꺼운 옐로 몽키 따위에게 박살난 패잔병 찌끄레기가 어떻게 자기위안을 하는지는 알 바 아니었으나, 연설자이자 논객인 그는 저딴 말에도 타당한 반박을 해야만 했다.

"오이겐 킴은 당연히 게르만족은 아니지요! 하지만 그는 아리아인입니다!"

"뭐?"

"신문도 안 읽고 삽니까? 오이겐 킴은 중국 황실의 후예랍니다! 칭기즈칸의 자손이다 그 말입니다! 당연히 수천 년 전 유라시아를 지배하던 아리아인의 피가 흐르고 있단 말이지! 오이겐 킴 같은 인재가 독일인에게 없던 게 아닙니다! 빌어먹을 융커들이, 참호의 참상엔 관심도 없고 우리 병사들을 체스판의 졸개로 취급하던 그로덱 같은 인간들 때문에 패배했지! 가장 우수한 게르만족조차 위에 똥별이 있으면 당연히 질 수밖에! 내 말이 틀렸나?!"

"어, 어어……."

"여러분, 똑똑히 기억하십시오! 우리는 승리를 도둑맞았습니다! 저 유대인들! 저 공산주의자들! 저 융커들! 오이겐 킴이 잘나서가 아닙니다! 우리 게르만의 피를 타고난 병사들이 전부 등 뒤에 칼을 맞고 죽어나간 겁니다!! 우리에게 기회만 있다면! 배신자들만 없었다면!"

어느새 사람들은 맥주잔을 내려놓은 채 그에게 시선을 집중하고 있었다. 이거다. 바로 이거다. 어떤 부분을 긁어줘야 청중이 집중하는지. 어디서 자긍심을 고취시키고, 패배의 수치를 배신자의 책임으로 떠넘겨야 하는지.

그는 그렇게 뿌리를 펼쳐나갔다.

* * *

히틀러는 독일을 구원할 백마 탄 위버멘쉬가 있으리라 믿었다. 처음에는 타넨베르크의 영웅, 루덴도르프가 바로 초인의 옥좌에 앉을 인물이라 믿었다. 하지만 그는 나치당의 쿠데타 시도에서 무척이나 졸렬한 모습을 보여주었고, 이런 벌레 같은 인간이 초인일 리는 없었다.

그는 몇 년을 이탈리아의 무솔리니, 미국의 오이겐 킴과 같은 눈부신 독일인의 별을 찾아 헤맸다. 어째서 독일 민족에겐 저런 위대한 지도자를 내려주지 않는 것인가. 기나긴 인고의 시간과 무한한 고민 끝에, 히틀러는 마침내 위대한 지도자를 찾아냈다. 어느 폭풍우 몰아치던 날, 수염을 깎기 위해 화장실 거울을 들여다보자 그 안에 바로 독일 민족을 구원할 백마 탄 위버멘쉬가 있었던 것이다.

그랬다. 오직 그 자신, 아돌프 히틀러야말로 독일을 구원할 운명을 타고났다. 어째서 이리 늦게도 깨달았을까! 그 이후 히틀러는 다시 한번 성장했다. 재능과 의지, 노력과 사명감이 결합하자 그의 연설은 실로 사람을 빨아들이는 듯한 흡인력을 갖추었다.

"저는 여러분들을 이해하고 있습니다. 오랜 전쟁에도 결코 굴하지 않은 독일 민족 여러분들께 진심 어린 헌사를 바칩니다."

대중을 상대로 연설할 때는 검은 정장 차림으로 예의 있게.

"그러나! 우리의 이런 노력도! 세계를 집어삼키려는 저 유대인들의 음모 앞에서 모두 허사가 되었다! 시온의정서를 보라! 이미 독일인과 유대인은 한 하늘을 이고 살 수 없는 몸이니!"

열성 나치 추종자들을 상대할 때는 갈색 나치당 제복 차림으로 그 어느 때보다 과격하게.

"그대들, 조국의 미래이자 등불들이여! 이 독일을 가득 메운 타락과 방종에 휩쓸리지 않은 이 나라의 새싹들이여! 나는 여러분들께 약속하겠습니다! 여러분이 사회에 나갔을 때 가정, 직장, 그리고 자긍심을 가진 채 살아갈 수 있도록 모든 것을 준비해 놓겠다고!"

지식인과 대학생들을 상대할 땐 존경할 만한 가부장적 지도자처럼 근엄하게.

"반유대주의 말씀이십니까? 허허. 동유럽에서 넘어온 유대인들이 한둘입니까. 그들이 일자리를 뺏고 집값을 올리고 있으니 적절한 견제는 어쩔 수 없지요. 저는 사회의 안정을 중시할 뿐입니다."

자본가를 상대할 땐 돈과 표를 위해서라면 그 어떤 신념이라도 포기할 수 있는 추잡한 간신배처럼. 그 어떤 사람이라도, 히틀러가 시간과 공을 들여 설득하기로 결심하면 결국 마음의 빗장을 열었다. 단 일곱 명으로 시작했던 나치당은 그의 가슴을 울리는 연설에 힘입어 나날이 성장했고, 오랜 노력은 마침내 결실을 맺었다.

"이보시오, 히틀러 당수. 내 이런 말 하긴 무엇하지만……."

"전부 아니면 전무라는 말이 있지요."

폰 파펜(Franz von Papen) 수상은 하잘것없는 벌레 같은 인간이었다. 이런 인간이 한 나라의 정상에 오를 수 있다는 자체가 신기할 정도로. 그럼에도 그는 수상의 자리를 거머쥐었다. 어떻게? 힌덴부르크 대통령의 엉덩이를 너무나 잘 빨아줘서. 이딴 인간과 이야기를 하는 것 자체가 품격 떨어지는 일이지만, 바로 그 옹고집 노인네 힌덴부르크를 살살 꼬드길 줄 안다는 저 특기 때문에 바로 파펜의 가치가 있었다.

"파펜 수상님. 프로이센주 지방정부의 빨갱이들을 싹 내쫓을 정도로 결단력 있는 분께서 어찌 망설이신단 말입니까?"

"크, 크흠. 그건 어디까지나 국가적으로 필요한 일이었기 때문에 행했을 뿐이오."

수상 자리에 눈이 멀어 제 소속 당에서 쫓겨나고도 정신 못 차린 인간이 저런 소릴 하니 웃음이 절로 나왔지만, 히틀러가 입을 열기 전 괴벨스 박사가 다시 찬찬히 '설명'에 들어갔다.

"가톨릭 중앙당과 사민당이 주축이 되어 내각 불신임안을 제출하면 수상 각하의 정치생명도 끝나게 됩니다. 아무리 용쓰셔도 각하께서 더 이상 집권하는 게 무리라는 사실은 잘 알고 계시지 않습니까?"

"무, 무슨 소리요! 대통령 각하께서 날 신임하시는데! 어디서 각하의 비호도 못 받는 자들이 멋대로 수상 자리를 논한단 말이오!"

"이 나라는 꼴에 민주주의 국가라서 말입니다. 임명은 대통령 각하께서 하시겠지만, 그 자리에 계속 앉아 있고 싶으시면 국민의 표를 따오셔야죠. 사오든, 구걸하든, 아니면… 타협하든."

괴벨스가 독사처럼 혀를 날름거리자, 약한 남자 파펜의 귀가 쫑긋거렸다.

"수, 수, 수상 자리는, 내가……."

"적당히 하시오 수상!"

쾅!!

히틀러가 있는 힘껏 책상을 내려치자 파펜은 화들짝 어깨를 움츠렸다.

"마지막 제안을 하겠소. 내가 수상, 그리고 귀하는 부수상 겸 프로이센 주 주지사. 우리는 많은 걸 바라지 않겠소. 우리 나치당은 깔끔하게 장관직 두 개만 먹고, 나머지는 다른 친구들에게 나눠 주겠소."

"그치만, 수상 자리에 내가 있어야, 각하께서……."

"그놈의 각하! 각하! 이보시오! 정치를 대국적으로 하셔야지! 그 늙은이가 대체 몇 년을 더 살 수 있겠소? 귀하께서도 정치가로서 두각을 한번 딱 보여줘야 앞으로 더 정치를 해먹을 것 아니오!"

"저희와 손잡으시죠. 히틀러 당수께서는 결코 동맹을 버리지 않습니다."

파펜은 잠시 고민했다. 이 콧수염 선동가에게 수상이라는 막중한 자리를 넘겨줘도 괜찮을까, 같은 우국충정 넘치는 고민은 당연히 아니었다. 과연 몇 년을 더 해먹을 수 있을까. 미리 나치에 베팅해서 이쪽 끈을 타면, 나중에 장관이나 공기업 사장이라도 갈 수 있지 않을까? 하지만 친한 친구의 친구 말로는 히틀러는 몇 년 못 버틸 것 같다고 그랬는데 괜히 도매금으로 망해버리면 어쩌지?

"결정하시오. 우리도 시간이 없소."

"좋소, 좋소! 귀하께서 이제 수상이오. 대통령 각하는 내가 책임지고 설득하겠소."

"앞으로 잘 부탁드리겠소, 폰 파펜 부수상."

얼간이가 종종걸음으로 허겁지겁 방을 뜨고 몇 분 후, 히틀러의 입에서 탄성이 터져 나왔다.

"괴벨스 박사, 우리가 해냈네!"

"축하드립니다, 지도자 각하."

"이제 저 역겨운 선거라는 제도를 날려버릴 때가 왔어. 우선 프로이센주부터 먹어치워야지."

"괴링에게 즉각 움직이라고 지시하겠습니다."

파펜을 프로이센주 주지사에 앉혀 놓는 대신, 괴링은 주 경찰청장에 취임한다. 그동안 나치 돌격대는 경찰의 곤봉과 총 앞에 먼지가 되도록 항상 처맞아야 했지만, 이제 민중의 지팡이는 나치의 지팡이가 되어 빨갱이와 유대인의 머리통을 깰 훌륭한 도구가 되리라.

"룀과 힘러는?"

"좋은 부지를 이미 물색 중입니다."

"좋아. 빨갱이, 그리고 유대인까지. 이 사회의 암세포들을 싹 쓸어 담아버리자고."

아직 모자르다. 아직 그는 더 배고프다. 이 나라를 진정으로 구원하려면, 수상 자리는 시작에 불과했다. 이제 겨우 전설의 용사가 바위에 박힌 검을 뽑아 든 것에 불과하잖나. 성검을 얻었고 동료를 구했으니 이제 악룡을 물리칠 시간이었다.

"군을 장악해야 해."

"그건 아직……."

"오이겐 킴을 구슬려 봐. 우리의 대의에 한번 호소해 보자고."

'그게 되겠습니까?'라고 반사적으로 내뱉을 뻔한 괴벨스는 목 끝까지 차오른 그 말을 간신히 저 깊숙이 집어넣을 수 있었다.

"그는 애초에 독일인도 아니잖습니까. 차라리 폰 블롬베르크와 같은 친나치 인사들과 적극적으로 소통하시면……."

"융커 새끼들을 어떻게 믿어! 명심해. 그놈들이 유능하기만 했어도 우리가 베르사유의 굴욕을 겪을 일이 없었어! 내가 반드시 그 새끼들도 국민 앞에서 발발 기게 만들 거야! 두고 보라지!"

"…알겠습니다."

이 나라는 너무 오염되었다. 빨갱이, 유대인, 장애인, 배부른 융커, 돼지 같은 자본가들, 복지에 의지하는 기생충들, 퇴폐적인 예술가들, 건방지게 집 밖으로 기어나오는 여자들… 전부 마음에 들지 않았다.

"앞으로, 모든 것을 뜯어고쳐야 해."

독일이 진정 위대해지기 위해서는 무척 많은 희생이 필요했다. 그는 1918년 이후 그 진리를 단 한 번도 잊은 적이 없었다.

악의 개화 2

로동자의 지상락원 소비에트 연방에서 벗어나자마자 참된 아리아인의 땅 게르마니아로 오다니, 너무 행복해 미쳐버릴 것만 같다. 나와 함께 온 에젤은 상황을 파악하자마자 사색이 되어 있었다.

"야."

"왜, 졸려 죽겠는데 자꾸 아까부터 건들고 있어."

"진짜로… 히틀러가 정권 잡았는데?"

"내가 전부터 그렇게 말했잖아."

망할 놈이 말을 해도 알아처먹질 못했으면서 인제 와서 그러면 어쩌란 말이냐. 내 대수롭지 않다는 듯한 반응에 입만 뻐끔거리던 에젤은 신문 몇 개를 뒤적이더니, 다 깨달았다는 듯 의기양양하게 양팔을 펄럭거렸다.

"딱히 이상한 건 아니었군그래. 히틀러는 그냥 얼굴마담이야."

"그래 보여?"

"이런 극단주의자들이 대체 무슨 수로 정권을 잡고 운영할 수가 있겠어? 나치는 무식쟁이들 소굴이잖아. 내가 아무리 정치인들 입에 꼬박꼬박 먹이를 던져주는 놈이라 해도, 정치는 아무나 못 한다는 거 정돈 알고 있지."

그렇지. 정치는 아무나 못 하지. 그리고 나치는 절대 '아무나'가 아니고, 오히려 독일의 의원 나리들이 '아무나'에 해당되었다.

"아직도 탱크 팔아먹고 싶냐?"

"…그래."

캬, 돌직구 봐라. 누가 강도 귀족의 후계자 아니랄까 봐 배짱부리는 것 좀 보라지.

"어차피 전쟁은 못 피한다는 게 네 생각이라며?"

"그렇지."

"그럼 당연히 팔아먹어야지."

나는 화를 내려다가, 잠깐의 자기반성 시간 끝에 에젤을 이해할 수 있었다. 에젤이 아는 전쟁은 멕시칸 타코 토벌전 아니면 지난 1차대전밖에 없다. 그러니까 학살과 홀로코스트와 제노사이드와 총력전과 버섯구름이 상징하는, 인류가 저지를 수 있는 모든 악행의 집대성 같은 게 에젤의 머리에 있을 리가 없다.

군수기업은 당연히 전쟁을 통해 성장한다. 오히려 베르사유 조약으로 각종 군사적 기술의 맥이 끊겨버린 지금 독일에 투자하는 것이야말로 최고의 타이밍이지. 세탁도 문제없다. '독일 지사의 독자적 행동'으로 퉁치면 되니까. 원 역사에서도 미국계 기업들은 다 그런 식으로 빠져나갔다.

그래서, 나도 그냥 모른 체하고 나치에 탱크 판 빳빳한 달러를 배당으로 챙겨먹으면 되나? 정말? 그런 고민을 뒤로하고, 나는 또다시 빌어먹을 콧수염의 졸개들한테서 열렬한 환영을 받아야만 했다.

"킴 장군! 반갑습니다. 나는 나치 돌격대(SA)의 에른스트 룀이라고 하오!"

"반갑… 습니다."

이 인간 게이라며. 의식하면 안 되는데 자꾸 의식하게 되잖아.

"자랑스러운 독일군을 완파하고 명성을 드높인 전쟁영웅을 이리 만나게 되니 참으로… 감격이 깊습니다. 츄릅."

으아!! 으아아아! 미친 새끼, 입맛 다셨어! 룀을 못마땅하게 바라보고 있던 전형적인 간신배 쥐새끼처럼 생긴 인간이 찍찍대며 내게로 다가온 것은 그때였다.

"이봐. 귀빈께 무슨 결례인가."

"아, 입술에 침이 말라서 그만."

"저리 비키게, 이 교양 없는 인간아. 반갑습니다. 저는 나치 친위대(SS)를 맡고 있는 하인리히 힘러라고 합니다."

이 새끼나 저 새끼나 참 훈훈하구만. 그래, 나치에 멀쩡한 새끼가 어딨어. 착한 나치는 죽은 나치랑 나치 좀비뿐이지.

"괴링 국회의장께… 그, 송구하옵니다만, 카드팩 판매에 관한 권리를 맡길 예정이라 들었습니다."

"그랬습니다만?"

"괴링은 아주 질이 좋지 않은 자입니다. 믿을 수 있는 사람에게 맡기시지요."

이건 또 뭔 소리야. 너희 친구 아니었어? 힘러는 팔을 슬쩍 올려 제 입을 가리며 내게 귀엣말을 건넸다.

"그 마약쟁이의 탐욕은 이미 온 독일이 다 알고 있는 일입니다. 장군께 누가 되지 않도록, 저와 친위대에 그 대업을 맡겨주신다면 한 점의 문제도 없이 사업을 진행하겠습니다. 어떻습니까?"

하아. 환장한다, 환장해. 간지나는 SS 마크 박아서 카드를 팔아먹으라굽쇼? 나는 빠져나가려는 혼을 부여잡으며 이 병신과 머저리들의 호위를 받아야만 했다.

* * *

베를린에 머무른 지도 며칠째. 나는 몇 번이고 히틀러를 찾아가 이만 떠나겠노라 인사한 후 그리스로 가려고 했지만, 자꾸만 각종 일정이나 무언가 이슈가 생겨 출발이 늦어지게 되었다.

아, 이거. 뭔지 알겠다. 《삼국지》에서 읽었다. 안량과 문추의 수급을 딴 관우가 조조에게 인사하고 떠나려 하니, 비열한 죠가 인사를 받아주지 않아 지체하는 수밖에 없었다는 그 에피소드구만. 물론 히틀러가 《삼국지》를 읽었을 리는 없겠지만, 국무부에서 좀 친해져 보라고 등 떠밀어서 온 내가 일부러 결례를 저지를 순 없지 않겠나. 빤히 보이는 짓이라도 어울려주는 수밖에.

그렇게 엿가락처럼 늘어난 내 일정에는 죄다 나치 놈들이 쿵짝대는 행사 참관이 들어갔다. 시발, 이거 위험한데. 나치 애들 이런 행사 촬영하는 게 취미잖아.

"킴 장군! 힘러는 간교한 자입니다! 그놈을 믿으면 독일 카드 사업을 통째로 잃으실 수도 있습니다. 쥐새끼 같은 놈이니까요!"

지금 이 꼴 좀 보라지. 나는 독일 뭐시기 노동자 대회 어쩌고 하는 곳에 끌려 나와 박수를 치며, 옆에서 괴링이 좋알거리는 걸 듣고만 있어야 했다. 머리 아파. 장내 분위기는 참으로 뜨거운 아이스 아메리카노 같은 꼬라지였는데, 히틀러는 집권하자마자 각종 노동자 단체가 속해 있던 일부 빨간 맛 정당을 강제 해산시켰고 그 바람에 좌익 계열 노동자들 상당수가 단단히 뿔난 상태라고 했다.

그래서, 나는 대체 왜 부른 거야. 히틀러가 분노한 군중들에게 몰매를 맞는 모습을 지켜보면 되나? 이게 나비효과라면 더할 나위 없이 반갑겠는데. 온갖 번잡한, 하지만 사람의 혼을 빼놓는 위풍당당한 식순이 거행된 끝에 마침내 위대한 령도자 히틀러 수상이 그 모습을 드러냈고.

"빨갱이 여러분, 여러분의 정당이 해산되어 화가 나는가?"

히틀러는 누가 상또라이 아니랄까 봐 정면으로 들이받았다.

"화가 나겠지! 열받겠지! 하지만 그딴 건 내 알 바가 아니다! 잘 들어라!"

나는 어제까지 30개 정당을 해산시켰고, 앞으로 나치당 이외의 모든 정당은 전부 단매에 부숴버릴 것이다!"

대체 저 콧수염이 무슨 말을 지껄이나 어디 들어보자, 라는 심경으로 모여 있던 노동자들이 얼어붙었다.

"너희는 패배했다! 독일인들은 너희 빨갱이 새끼들이 생존권이네 투쟁이네 파업이네 지껄여대는 걸 더 이상 용납하지 않아! 복종해라, 복종이 싫으면 여기서 죽어라!

지금이라도 독일인의 편으로 돌아온다면 나는 그대들에게도 일자리와 빵을 약속할 수 있다. 하지만 끝까지 저 간교한 유대—볼셰비키의 편에 서서 조국을 파멸시키는 데 가담한다면 오직 죽음만이 있으리란 사실을 명심해라!"

"하일!! 하일!!!"

"독일 만세!! 히틀러 만세!!"

사방에서 열렬히 터져 나오는 박수와 환호의 세례. 이 거대한 무대를 지배하는 압도적 카리스마의 수상과, 그의 말 한마디 한마디에 격렬한 찬성 의사를 표하는 무수한 지지자들. 난동은 일어나지 않았고, 오히려 내 혼을 쏙 빼놓는 일이 연이어 벌어졌다.

"제가, 제가 잘못 생각하고 있었습니다!"

"부디 저희를 품어주십시오!!"

"하일 히틀러! 당신은 독일의 구원자이십니다!"

"유대인들에게 조종당했던 저를 용서해주세요!"

딱 봐도 미리 심어놓은 프락치잖아, 저거. 하지만 이 열기로 흘러넘치는 곳에서 장절한 신앙고백이 줄을 잇기 시작하자, 독기 가득하던 빨간 맛 친구들 역시 군중심리를 버텨내지 못하고 하나둘씩 무릎을 꿇었다.

"어떻습니까, 킴 장군."

"무엇이 말씀이십니까?"

"수상 각하의 이 놀라운 지도력이 보이지 않습니까?"

"굉장히 인상적이군요."

내가 마지못해 한마디 하자 괴링의 표정이 무척이나 밝아졌다.

"각하께서는 항상 대서양을 사이에 두고 동쪽에는 각하가 영도하는 독일이, 그리고 서쪽에는 '진정한' 미합중국이 유대—볼셰비키를 막을 거대한 장벽이 되어야 한다고 주장하셨습니다."

"그렇군요. 빨갱이는 막아야지요, 그럼요."

"혹시, 미합중국에도 저희 각하에 버금가는 강력한 지도자가 있겠습니까?"

어어. 강력한 지도자라. 미래에 4선을 해먹을 정치 괴물이면 충분히 강인한 지도자가 아닐지?

"이번에 당선된 프랭클린 루즈벨트 대통령이야말로 훌륭한 분이시죠."

"그는 구태의연한 선거로 당선된 기성 정치인이잖습니까. 과연 그가 유대인들을 물리치고 합중국을 구원할 수 있을지요?"

"거기까지 합시다. 저는 귀국의 정치에 대해 애써 말을 아끼고 있지만, 자꾸 이러시면 곤란합니다."

이제 대충 감이 잡히고 있었다. 정확히 말하면, 그동안 계속 회피하고 있던 진실을 직시할 수밖에 없었다. 이 또라이 새끼들, 나를 동류로 보고 있구만.

* * *

《힘러와 괴링이 날 놔주지 않아서 너무 괴로운 건에 대하여》라니, 어느 열도의 라이트노벨 제목 같잖아. 다만 그쪽도 슬슬 급해졌는지, 되도 않는 딱지 사업권 대신 슬슬 직설적으로 '요청'을 해오기 시작했다.

"킴 장군님. 이 오와 열을 맞춘 멋진 모습을 보십쇼! 혁명 정신이 막 차오르지 않습니까?"

"아니오."

"하하하. 우리 국가사회주의 독일 노동자당이 집권하기가 무섭게 시민들이 안정을 찾았습니다. 어떻습니까, 이 깨끗한 베를린이! 소련으로 가기 전에 보셨던 그 소돔과 고모라가 이렇게 바뀌었습니다!"

"저는 원래 시끄러운 게 좋아서 말이죠."

이렇게 조용해지면 쥐불놀이를 할 수가 없잖아. 입 다물고 오직 상명하복으로만 돌아가는 사회라니, 그거 완전 《1984》잖아. 난 빅브라더 성애자가 아니다. 내가 빅브라더가 되는 건 더 사절이고.

만장일치만큼 소름 돋는 건 없다. 하다못해 잡담하면서 '1+1은?' 하고 물어봐도 한 놈쯤 '창문임!' 같은 쌍팔년도 개소리라도 한번 해줘야 편안해지지, 모두가 일사불란하게 '2입니다, 각하!' 하면 그게 대체 뭐란 말이냐고. 밥이 넘어가겠냐?

그런 내 모습에 속이 탔는지, 마침내 어느 날은 괴벨스가 찾아와서는 대놓고 말했다.

"킴 장군, 외람되지만… 그냥 저희 수상 각하 앞에서는 대충 좋은 말씀 잘 들었다고 해주시면 안 되겠습니까?"

"예?"

"그… 저는 두 분의 생각에 약간 차이가 있다는 걸 알고 있습니다만, 그래도 좋은 게 좋은 것 아니겠습니까."

미쳤어? 히틀러가 친근하게 대하는 것도 이미 죽을 맛인데, 거기서 '히틀러와 친구 먹은'으로 레벨 업하라고? 지금 저 윗놈들은 자꾸 친해지라고 내 등을 떠밀고 있지만, 글쎄. 1940년대가 되면 아마 히틀러랑 친구 먹은 새끼라고 전역시키거나 저기 어디 해안포대에 날 처박을 게 뻔하잖아.

"다 아시겠지만, 당연히 미합중국 정부에서도 귀국과의 친선을 위해 가능하면 맞춰주라는 오더를 내렸었습니다."

"그렇다면……."

내가 승낙하는 줄 알고 괴벨스가 화색이 돌았지만, 유감이다 이 자식아.

"하지만 죄송스럽게도, 말씀하신 부분은 좀 어렵겠군요. 미합중국은 독일과 달리, 정부가 까라고 해도 에베벱거리며 싫다고 말할 자유가 있는 나라거든요. 그러니 그냥 적당히, 절 보내주시는 게 어떻겠습니까."

"…그렇게 생각하신다면, 최대한 빨리 환송 일정을 잡아보도록 하겠습니다."

괴벨스가 날 흘겨봤지만 뭐 어쩌란 말인가. 이제 미친놈들이랑 엮이는 것도 지긋지긋하다. 그리고 나는 곧장 베를린의 미국 대사관으로 쳐들어가 깽판을 쳤다.

"이제! 더 이상! 아무것도 도와주지 않을 겁니다! 아시겠습니까? 내가 왜 당신들 좋으라고 이딴 고역을 겪어야 합니까?"

"그, 죄송합니다. 지금 대사님께서 자리를 비우셔서."

그걸 아니까 내가 서기관인 당신 붙들고 이 난리를 피우고 있는 거 아냐. 나는 매우 프렌들리하고 젠틀하게 내 소신을 밝혔고, 불쌍한 서기관은 그저 예에 하기에 바빴다. 사실 이 사람은 내가 국무부 요청을 받았다는 것도 아마 몰랐겠지만 말이다.

"아. 저번에 요청하셨던 자료가 준비되었습니다. 혹시 보시겠습니까?"

"그런 게 있으면 진작 말씀해주셔야죠."

저번에 힘러의 초대를 받아 SS 본부에 간 적이 있는데, 무심코 본 지도에 이상한 게 있어 대사관 측에 조사를 요청했었다. 대규모 부지를 잡고 SS 친구들이 이상한 걸 짓는 모양이던데, 베르사유 조약 위반 건이라면 충분히 카드 패로 확보할 만한 가치가 있지 않겠나.

"철조망으로 경계를 삼고 내부에서 공사를 진행 중이던데, 정확히 어떤 용도인지는 아직 미지수입니다. 혹시 짐작 가시는 부분이 있습니까?"

"…잘, 모르겠군요."

서기관이 내민 몇 장의 사진. 육중한 철문. 사방에 피어난 철조망. 그리고 마지막 사진에 적힌 한 문구.

'Arbeit macht frei(노동이 그대를 자유롭게 하리라)'

"다하우의 이 비밀 구역은 앞으로도 체크해 보겠습니다."

"그렇게 하시죠."

하지만 나치는 우리의 상상을 한층 뛰어넘었다.

[5천 명을 수용할 수 있는 새 수용소가 다하우에 개설되었습니다. 국가를 흔들려는 빨갱이들은 일반 죄수와 달리 지속적인 탈옥을 도모하여 교도소 업무에 심각한 위협을 초래하며, 따라서 이들을 수용할 특수한 공간이 필요합니다. 이에 따라……]

"정말 대단한 나라구만."

이제 독일에 있는 것 자체가 끔찍했다.

다하우 강제수용소의 막사

다하우 강제수용소는 나치 독일이 건설한 최초의 수용소이며, 아우슈비츠를 비롯한 다른 수용소의 롤모델이 되었습니다.

악의 개화 3

송년과 신년을 이 빌어먹을 하켄크로이츠 범벅인 베를린에서 보내는 것으로 확정된 시점에서 나는 의욕을 잃어버렸다. 이 망할 콧수염 새끼들이 기어이 날 가족의 품에서 떨어트려놓다니. 반드시 죽여주마. 10년만 기다려라. 내가 기필코 기러기 아빠의 분노가 어떤 건지 똑똑히 보여줄 테니까.

히틀러와 나치는 정권을 잡자마자 폭주하고 있었다. 아니, 저걸 폭주라고 말할 수 있나? 정당이 유세를 하고 표를 모으는 건 당연히 공약을 실행하기 위해서다. 자신들을 선출해 준 독일 국민이 원하는 걸 엄청난 속도로 하나씩 착착 그대로 해나가는 모습은… 성실함? 그래. 근면성실 그 자체였다.

이제 휴가라는 생각도 그냥 포기해버리고, 외교관 임명됐다고 스스로에게 자가최면을 걸며 송년 파티 출석을 준비하던 찰나.

"킴 장군, 계십니까?!"

"예. 무슨 일이신지요?"

"파티가 취소되었습니다. 죄송하지만 객실 내에 대기해 주시겠습니까?"

대체 무슨 일이냐고 다시 한번 묻기 전, 운전수는 떨리는 목소리로 말했다.

"의사당이, 국회의사당이 불타고 있습니다."

1932년 12월 31일. 독일 국회의사당이 방화로 불타올랐다. 전생에서 숭례문이 불탈 때도 오죽 난리였는가? 하물며 의사당이 불탄다고 생각해봐라. 어떤 일이 벌어질지. 불타는 의사당을 본 모두는 집단 히스테리 상태에 걸리고 말았다.

"빨갱이! 유대인들이 마침내 빨갱이들을 움직이고 있어!"

"아리아인의 각성을 가로막으려는 놈들의 음모가 틀림없습니다!"

"전부 죽여! 죽이라고! 괴링, 당장 군경을 동원해 빨갱이란 빨갱이는 모두 찢어 죽여!"

단순히 나치 수뇌부만이 게거품을 문 것이 아니었다. 기성 정치인들도, 외국인도, 일반 시민들도 너 나 할 것 없이 경악했다. 당장 저 장대한 건물이 불타는 광경을 보고 있노라면 독일과는 아무 연관 없는 나조차 심란해질 정도인데, 독일인들의 심경은 어떨지.

그 누구도 이 화재가 실화(失火)나 미치광이의 소행이라고 믿지 않았다. 앙상하게 뼈대만 남긴 채 모조리 재로 변하는 국회의사당의 모습이 체제에 대한 선전포고로 받아들여지는 건 어찌 보면 너무나 당연한 일이었다.

"아아, 마침내 오고 만 것인가. 라그나뢰크의 순간이……."

"우리 독일이 서방 문명을 지켜낼 백기사로 각성하려는 순간에 의사당이 불타올랐다니. 이게 우연이라고? 그럴 리가! 빨갱이들이 전국에서 봉기해 이 나라를 소련에 합병시키기 전에 당장 행동해야 합니다!"

대통령 재가를 받은 히틀러는 임시 의사당으로 나아가 당당하게 '긴급 조치'를 새로 요구했다. 내일, 어쩌면 오늘 밤 당장 전국의 공산당원들이 모조리 떨쳐 일어나 이 나라를 엎어버릴지도 모른다는 그의 주장에 반공주의자들과 보수파 군부가 동조했고, 우파 정치인들은 '지금이야말로 효율적인 의사결정을 위해 잠시 모두가 협력해야 할 시간'이라는 히틀러의 말에 반론을 제기할 수 없었다.

그렇게 통과된 '국가와 국민을 보호하기 위한 대통령 긴급조치'에 따라, 히틀러의 나치 내각은 새로운 권한을 손에 넣었다. 빨갱이를 마음대로 잡아 처넣을 권리. 누가 빨갱이인지 지정할 수 있는 권리. 지방정부가 똑바로 빨갱이를 족치지 못할 경우, 내각이 지방정부를 대행할 권리. 언론의 자유, 집회결사의 자유, 사생활의 자유, 검열의 자유를 제한할 권리. 영장 없이 가택수사를 할 권리. 무제한적인 압류와 몰수를 행사할 권리 등등.

그리고 독일인들은 열광했다.

"와아아아아아!!"

"빨갱이를 물리쳐라!"

"우리는 평화를 원한다!"

"더 이상의 피는 필요 없다! 빨갱이들은 반란을 멈춰라!"

수십 년의 혼란 끝에 간신히 얻어낸 이 평화. 이 평화를 무너뜨리고 다시 혼란과 무질서로 회귀하고픈 빨갱이들과 평화의 수호자 나치의 대결. 누가 봐도 뻔하지 않나.

"국민 여러분! 심판의 시간이 왔습니다! 이 나라를 오직 독일인을 위한 나라로 바꾸기 위해, 공산주의자들을 물리치기 위해! 마지막 한 걸음만이 남았습니다!!"

"하일! 하일!!"

선거 직전의 이 혼란상은 나치에게는 어마어마한 이득으로 다가왔다. 독일 국민의 30%가량은 정치에 정나미가 완전히 떨어져버렸다. 독일 국민의 20%가량은 빨갱이들을 지지했다. 독일 국민의 30%가량은 나치를 지지했다. 그 외 여러 정당들이 사분오열해 도토리 키 재기식 경쟁을 하던 이 구도에서, 나치는 20%를 반역자로 몰아 80%를 규합하는 전략을 도입했다.

바이마르 공화국의 주역이었던 사회민주당의 거물들의 집과 직장으로 나치 돌격대원들이 떼로 몰려와 몽둥이질을 해댔다. 저항은 무의미했고, 오히려 경찰들은 수수방관하거나 한 팔 거들어 이 나라를 좀먹는 빨갱이들을 응징하곤 했다.

공산당원들도 그 처지는 그리 다르지 않았다. 다만 이들과 사민당의 차이점이 있다면 바로 공산당 정치깡패도 그 숫자가 제법 만만치 않다는 점이었는데…….

"쏴! 벌레 같은 빨갱이들이다, 싹 밀어버려!"

타타탕! 탕!!

새롭게 프로이센주 경찰의 지휘권을 장악한 사람이 다른 누구도 아닌 괴링이라는 사실 앞에선 아무 도움도 되지 않았다. 대대적인 공산당 탄압에 조건반사적으로 무기를 들고 반격해 봤지만, 나치는 오히려 "거 봐라! 역시 빨갱이들이 흉계를 꾸미고 있었다!"라며 이를 선거 유세에 써먹었다.

토론 대신 복종을. 주장 대신 안정을.

—14년. 14년 동안 독일인들은 기만당했습니다. 1918년 이후 정치가들은 줄곧 이 나라를 망치기 위해 최선의 노력을 다해 왔고, 마침내 힌덴부르크 대통령은 제게 잿더미가 된 이 나라를 재건하라는 막중한 사명을 넘겨주었습니다. 저는 해낼 수 있습니다. 저는 국민 여러분들에게 분명히 약속합니다. 4년 내로 우리는 폐허가 된 농촌을 재건할 것이며, 여러분들에게는 안정적인 일자리와…….

"어때?"

"개소린데."

라디오를 멍하니 듣고 있던 에젤은 와인을 쭉 들이켰다.

"저게 정치인 공약이야, 목사님 설교야? 열심히 하겠다, 난 할 수 있다 외엔 아무 알맹이가 없는걸."

"허어."

"나는 모르겠다. 아무리 이런 대형 이슈가 있었다고 하지만, 명확한 정책 같은 것도 안 내세우는 이런 놈들이 과반 득표를 할 수 있을까? 4년만 맡겨

달라는데, 저래서야 4년이 아니라 한 1년 뒤 다음 선거에서 개망신은 다 당하고 의회에서 쫓겨날걸."

그야 그렇지. 그런데 다음 선거라는 게 있긴 있을까?

* * *

1933년 1월 8일. 이번 총선에서 나치는 48%를 득표했다. 48%. 믿을 수 없는 수치. 나치에게 믿음과 신뢰를 맡긴 독일인들은 마침내 보답받았다.

빠악! 빠악!

"발랑 까진 빨갱이 새끼가 어디서 걸어다녀, 빨랑 따라와!"

"억, 사, 살려⋯⋯."

"아가리 안 다물어? 다하우로 보내줄까?!"

"그동안은 너네 세상이라 좋았지? 이젠 우리 세상이야."

드디어 독일은 평화를 되찾았다.

"건방지게 유대인이 가게를 꾸려?!"

"이 가게는 유대인 소유입니다! 애국자 여러분, 이 가게를 멀리하십시오!"

"저는 대전쟁 참전 용사입니다! 세금도 꼬박꼬박 낸 제가 왜 이런 대접을 받아야⋯ 컥!"

드디어 독일은 일상을 되찾았다.

바깥바람을 쐴 겸 해서 거리의 카페로 나온 나는 이 아름다운 베를린 풍경을 보며 맛 좋은 커피를 홀짝였다.

"이제 좀 나라 꼴이 정상으로 돌아가겠어."

"그러게요. 어떻게 못 배운 놈들이고 먹물 먹은 놈들이고 저놈의 빨간 물이 들어서는⋯⋯."

"수용소를 더 지어야 해. 말로 안 되는 악질들은 좀 패야 사람이 된다고."

나는 지난 대전쟁에서 목숨을 걸고 맞서 싸워야 했던 독일인들에 대해 어떠한 유감도 없었다. 그들은 카이저와 융커들에게 지배받는 불쌍한 사람들이었고, 지배층을 위한 전쟁에 끌려와 목숨을 내걸어야 하는 안타까운 자들이었다. 적어도 나는 그렇게 생각했었다. 베를린에 오기 전까지는.

하지만 이 민주 독일 시민의 품격을 보라. 몇 년 전부터 공화국을 부정하는 나치와 공산당의 의석 수를 합치면 과반이 넘었다. 이미 그때부터 이 나라의 정치는 사실상 중풍 환자 신세가 되었다. 카이저를 잃은 독일인들은 오랜 혼란 끝에 새 주인님을 찾기로 결심했고, 마침내 가장 번쩍이는 가죽 부츠와 튼튼한 말채찍, 맵시 있는 제복을 차려입은 히틀러 주인님께 제 개목줄을 스스로 바쳤다. 이쯤 되면 독일인의 민족성을 근면성실이 아니라 마조히즘으로 봐야 하는 거 아닐까?

나치의 폭압에 어쩔 수가 없었어? 이놈들을 짓밟을 타이밍은 얼마든지 흘러넘쳤다. 나치의 속임수와 감언이설에 넘어가? 얘들은 단 한 번도 거짓을 말한 적이 없다. 유대인 말살도, 공산주의 배격도, 동방침략도 베르사유 조약 파기도 모두 공약으로 내걸었었다.

우리 포드 회장님 가라사대, '투자 실패의 책임은 오로지 본인에게 있습니다.'라고 저번 농촌 구제법 때 이야기한 적이 있었지. 이제 독일에 대해 내가 내린 결론도 똑같다. 나치코인에 몰빵했으면 책임을 지셔야지.

선거가 끝난 지 얼마 지나지 않은 1월 26일. 독일 의회는 '수권법', 의회의 거의 모든 권한을 히틀러와 나치 내각에 넘긴다는 법률을 통과시켰다. 의사당에 돌격대 수천 명이 무기를 든 채 모여 있었다는 사소한 사실은 그냥 넘어가자.

그렇게 바이마르 공화국은 멸망했고, 나치 독일이 그 핏빛 장막을 올렸다.

　　　　　　　　　　　＊　＊　＊

"다시 한번 물어봐. 아무래도 통역이 뭔가 잘못된 것 같군. 다시 한번 제대로 여쭤보게."

"예, 옙."

수권법 통과를 기념하기 위한 거대한 파티. 1933년은 마침내 독일인들이 저 위선과 부패, 방종과 타락, 노예의 굴레와 카인의 낙인인 바이마르 공화국을 버리고 나치당과 국가사회주의를 채택한 기념비적인 해였다. 그리고 나치 원년, 천 년이 넘도록 지속될 게르만족의 위대한 정권을 기념하는 대행사를 마친 후 열린 만찬에서, 눈앞의 파시즘 동료, 아니, 동료라 생각했던 인물은 사정없이 그의 등에 비수를 꽂고 있었다.

"수, 수상 각하."

"통역해."

"오이겐 킴이 말하길, 자신은… 털끝만큼도 볼셰비즘, 마르크스―레닌주의, 국가사회주의, 파시즘과 같은 사상에 대해서는 관심 없답니다."

역시, 세상에 능력이 있는 자는 많다. 의지가 있는 자도 많다. 하지만 능력과 의지를 모두 다 가진 영웅은 참으로 드문 법. 히틀러는 한숨이 나오려는 것을 애써 참으며 말했다.

"그것참 아쉬운 일입니다. 당신과 같은 나약한 이들을 내가 참호에서 참 많이도 봤소! 능력은 있으나 행동할 용기가 없던 자들! 눈앞의 불의에서 고개를 돌린 채 일신의 영달만 추구하는 자들!"

다시 한번 그의 사자후가 불을 뿜었다.

"킴 장군, 당신은 해낼 수 있는 능력이 있는 사람이오! 유대―자본주의를 격퇴하고 사람들을 해방시키는 대업은 우리같이 타고난 초인들의 의무란 말이야! 그런데 어째서!"

"수상 각하. 참으로 죄송한 말씀입니다만, 저는 한평생 자유와 민주, 그리고 평등의 깃발 아래에서 자랐으며 그 가치를 지키기 위해 군복을 입은 인물입니다."

하지만 이 아시아인은 대체 무슨 생각인지, 기분 나쁘게 실실 웃으며 그를 내려다보고 있었다.

"저는 독일인들이 어떤 선택을 하든 사실 아무 관심이 없습니다. 각 민족은 스스로의 운명을 정할 권리가 있으니까요."

"그런데?"

"마찬가지로, 저의 선택 역시 존중해주시면 참으로 감사하겠습니다. 이래서야 합중국에서 폭동을 사주하던 빨갱이들과 대체 무엇이 다르겠습니까?"

괘씸한 놈 같으니. 이젠 나치당의 성스러운 집권 과정을 저 역겨운 볼셰비키에 대입하다니. 대체 무엇 때문에 이리 어깃장을 놓는단 말인가.

"중령이 아직 세상을 잘 모르는 모양이구려. 내가 말하는 것은 빨갱이들처럼 파괴하기 위한 혁명이 아닌, 더욱 건설적인 방향으로 합중국을 발전시키기 위한 방법론이오! 사회진화론적으로 생각해 보시오. 강력한 지도자의 아래에서 일치단결해 미래를 향해 건설적으로 나아가는 국가, 그리고 당파 싸움과 파업으로 항상 쓸모라고는 없는 분란만 가득한 국가! 어느 나라가 살아남을 수 있을지는 명백하지 않소?"

"으음, 제 소견에는 후자야말로 더 오래 버틸 것 같군요."

킴은 지기 싫었는지 실로 무식한 소리를 거침없이 늘어놓았다.

"혹시 레밍이라는 쥐 아십니까? 제일 앞의 대장 쥐를 따라 쥐 떼들이 우르르 움직이는데, 대장이 강이나 절벽에 몸을 던지면 다 함께 자살을 택한다고 합니다. 마치… 일치단결해 파멸을 향해 나아가는 국가 같지 않습니까?"

빌어먹을. 이 옐로 몽키, 아리아인의 피가 아무리 강렬하게 번뜩인다 하더라도 이미 저열한 피가 너무 섞여 재활용조차 불가능하게 된 하등종족 같으니.

루덴도르프와 똑같았다. 마치 이리저리 화려한 깃털을 장식하는 공작새처럼 제 전공을 장식했지만, 속알맹이는 맛없는 살만 가득한 관상용 인간. 직업군인이라는 것들은 다 이 모양인가? 나라를 위한 헌신이라곤 찾아볼 수 없고, 기계적으로 정권에 복종할 뿐인 노예들인가? 루덴도르프는 패배했기에 그 추한 민낯이 드러났다. 이 역겨운 아시안은 아직 패배하지 않았기에 저렇게 뻔뻔스럽게 낯짝을 들고 다닐 수 있을 뿐, 어떠한 차이도 느껴지지 않았다.

이제 알 수 있었다. 이자야말로 세계를 지배하려는 유대인들이 준비한 사탄의 종자였다. 아리아인의 레벤스라움을 억누르고, 순결해지려는 대독일의 앞날을 가로막으려는 더러운 씨앗이었다!

히틀러는 애써 분노를 가라앉히며 카랑카랑하게 목소리를 높였다.

"실로 안타깝구려. 나중에 고국으로 돌아가서 잘 생각해 보시오. 과연 조국을 위한 진정한 애국이 무엇인지! 앞으로 우리가 이끌어나갈 독일이 얼마나 성장할지 직접 보고 느끼시오!"

"알겠습니다. 계속 지켜보고 있지요. 하지만 그 뭐라고 해야 할까… 수상 각하의 고견을 듣고 있다 보면, 언젠가 이 유럽 땅에 다시 한번 대전쟁이 터지리란 예감이 막 오더란 말이죠."

"나는 평화를 사랑하오. 나치즘은 결코 피를 부르는 사상이 아니오! 우리 민족의 정당한 권리를 되찾기 위한 움직임이지!"

"예에, 그러시군요. 영국인과 프랑스인들이 어떻게 생각할진 잘 모르겠지만, 모쪼록 이 유럽 땅에 평화가 지속되길 기원하겠습니다."

"그들이 독일 민족을 위한 자리를 마땅히 양보한다면, 당연히 평화는 유지될 게요."

킴은 질렸다는 듯 자리를 털고 일어났다.

"저는 군인이고, 군인은 원래 까라면 까는 놈입니다. 그러니 부디 저희의 우호 관계를 생각해서, 독일이 결코 두 번째 전쟁을 일으키는 비극이 없 길 빌지요."

"전쟁은 우리가 고르는 게 아니오. 우리에게 개목줄을 강요한 저들이 고르는 것이지!"

"그 개목줄에 제 공로도 약간 포함되어 있다는 걸 생각해주시죠."

이제 더 이상 서로에게 남은 호의란 존재하지 않았다. 저 역겨운 유대— 자본주의의 하수인. 유럽의 재앙을 강 건너 불구경하며 무기와 물자를 팔아먹기에 급급한 추악한 수전노들의 졸개.

한때는 그를 좋게 평가한 적도 있었다. 하지만 그건 수상이 되기 전, 자신의 나약함이 낳은 허상일 뿐이었다. 이제 그는 전 독일인의 영도자가 되었고, 이 세상을 마음대로 주무를 수 있는 전능한 힘이 있었다. 히틀러는 마지막 자비를 베풀어, 이 천지 구분 못 하는 옐로 몽키에게 약간의 가르침을 하사하기로 했다.

"너무 오만하게 굴지 마시오 중령. 만약 다음 전쟁이 터진다면, 미국인들이 유럽에 오기도 전에 모든 것은 다 끝나 있을 테니."

"아 그래요? 그래도 결국엔 제가 베를린으로 전차를 끌고 와서 네놈들의 머리통을 다 날려버릴 텐데. 그날만 기다리고 계십쇼, 이 싹수 노란 인간아."

마지막 순간까지 실로 밉살맞은 말만 골라 하는 원숭이였다.

* * *

"당신과 같은 나약한 이들을 내가 참호에서 참 많이도 봤소! 능력은 있으나 행동할 용기가 없던 자들! 눈앞의 불의에서 고개를 돌린 채 일신의 영달만 추구하는 자들! 킴 장군, 당신은 해낼 수 있는 능력이 있는 사람이오! 유대—자본주의를 격퇴하고 사람들을 해방시키는 대업은 우리같이 타고난 초인들의 의무란 말이야!"

콧수염 기른 미친개가 왈왈 짖어댔다. 침 튀잖아, 이 개자식아. 이미 여기 오기 전에 본국 훈령은 확실하게 받아놓았다. 애시당초 이 미친놈들은 무슨 깡으로 남의 나라 장교에게 쿠데타를 사주하고 있는 거지? 온갖 범죄로 정권을 처먹으니 진짜 감이란 게 사라졌나.

"그, 죄송한데 말이죠. 저는 1인 독재니, 수령님이니 하는 소리만 들으면 자다가도 이가 갈리는 놈이란 말입니다. 자유, 민주, 평등의 깃발이 없으면 없는 데다 꽂으려고 군복을 입은 새끼란 말입니다."

얼른 통역 안 하고 뭐 해. 니가 좆되든 말든 상관없으니 내 말 제대로 전달하라고.

"저는 독일인들이 정치적 자살을 하든 말든 알 바 아닙니다. 우리 병사… 윌슨 대통령이 민족자결주의를 제안했으니까요."

하. 윌슨. 윌슨. 등신 같은 새끼. 독일에 와서 아주 재미있는 사실을 알았다. 히틀러와 우파 친구들은 사민당을 공격할 때 허구한 날 '베르사유 조약에 서명해 나라를 팔아먹었다.'라는 멘트를 썼는데, 말 그대로 조약에 서명한 게 카이저 퇴위 이후 새로 정권을 잡은 사민당 사람들이었기 때문이다.

그런데 왜, 1차대전을 일으킨 팔 병신 카이저 빌헬름이나 독일 군부의 수장이던 힌덴부르크, 루덴도르프 대신 뜬금없는 사민당 사람들이 나와서 서명을 했나? 윌슨. 그 새끼가 지정했더라. '독일인의 참된 정부에게서 서명받아야겠음'이라고 뻗대서. 저 희한한 발상이 나치에게 얼마나 큰 도움이 되었고 바이마르 공화국의 족쇄가 되었는가를 따져 보면, 윌슨도 대충 나치 독일에서 장관 정도는 해도 괜찮지 않을까?

"그러니 제 자결적 선택 역시 존중해주시면 저엉말 고맙겠습니다. 여러분들이 합중국에서 폭동을 사주하던 빨갱이들과 대체 무엇이 다르겠습니까?"

"중령은 세상을 조금 더 배워야겠습니다. 내가 말하는 것은 빨갱이들처럼 파괴하기 위한 혁명이 아닌, 더욱 건설적인 방향으로 합중국을 발전시키기 위한 방법론이오! 사회진화론적으로 생각해 보시오. 강력한 지도자의 아래에서 일치단결해 미래를 향해 건설적으로 나아가는 국가, 그리고 당파 싸움과 파업으로 항상 쓸모라고는 없는 분란만 가득한 국가! 어느 나라가 살아남을 수 있을지는 명백하지 않소?"

이상타. 왜 꼭 독재자들은 자신들이 미래를 향해 나아간다고 굳게 믿는 담? 당신이 만들 독일엔 폐허밖에 없다니까. 이제 그냥 적당히 나한테 실망 좀 해주라. 인사 나누고 서로 빠이빠이하자니까. 그렇게 애끓는 표정으로 설득하려 쑈하지 마라고, 이 싸이코패스야.

"으음, 당연히 후자가 낫지요. 혹시 레밍이라는 쥐새끼 아십니까? 앞장서는 콧수염 쥐를 따라 노예 쥐새끼들이 우르르 움직이는데, 두목이 강이나 절벽에 몸을 던져도 좆도 모르는 새끼들이 다 함께 뒈지러 뛰어든답니다. 이거 꼭 주제 파악도 못 하고 사방천지에 싸움 걸어서 뒈질 준비하는 어떤 나라 같지 않습니까?"

이렇게까지 독설을 던졌는데 이 새끼는 요지부동이었다. 뭐지? 히틀러가 이렇게 대인배였나? 아무리 봐도 통역이 살고 싶어서 말을 곡해하는 것 같다. 슬쩍 그에게 다가가 "말 멋대로 바꾸면 책임지셔야 할 겁니다."라고 속삭여주니 동공에 지진이 일어났다. 맞는 것 같네.

"실로 안타깝습니다. 고국으로 돌아가서도 잘 생각해 보십시오. 과연 조국을 위한 진정한 애국이 무엇인지! 앞으로 우리가 이끌어나갈 독일이 얼마나 성장할지 직접 보고 느끼시오!"

"알겠습니다. 계속 지켜보고 있지요. 하지만 그 뭐라고 해야 할까… 수상 각하의 고견을 듣고 있다 보면, 언젠가 이 유럽 땅에 다시 한번 대전쟁이 터지리란 예감이 막 오더란 말이죠."

"나는 평화를 사랑합니다. 나치즘은 결코 유혈 가득한 사상이 아니라, 어디까지나 우리 민족의 정당한 권리를 되찾기 위한 운동일 뿐입니다!"

"예에. 저엉말 대애단하시군요. 해적 놈들과 바게트 새끼들이 정당한 권리라고 생각할진 잘 모르겠지만, 모쪼록 이 유럽 땅에 전쟁이 없길 좀 빌겠습니다."

"그들이 독일 민족을 위한 자리를 마땅히 양보한다면, 당연히 평화는 유지될 게요."

콧수염 새끼들은 진짜 하나같이 내껀내꺼, 네껀내꺼라는 마인드인가? 혹시 퉁퉁이신가? 스탈린은 적어도 내가 만만해서 내놓으라고 질러봤지, 이 새끼는 대체 무슨 깡으로 영국과 프랑스에게서 삥을 뜯겠다고 이러는지 모르겠다. 문제는 진짜 저렇게 지르고 팠다는 건데…….

"저는 군인이고, 군인은 원래 까라면 까는 놈입니다. 그러니 부디 저희의 우호 관계를 생각해서, 독일이 결코 두 번째 전쟁을 일으키는 비극이 없길 빌겠습니다."

"전쟁은 우리가 고르는 게 아니오. 우리에게 개목줄을 강요한 저들이 고르는 것이지!"

"그 개목줄에 제 업적도 제법 들어가 있다는 걸 생각해주시죠."

이제 히틀러는 완전히 화가 나서는 쒸익쒸익대고 있었다. 아무것도 아닌 그냥 선동가에서 권력을 꽉 잡은 권력자로 발돋움한 지금, 앞에서 따박따박 떠들어대는 내가 얼마나 좆같겠어.

"너무 오만하게 굴지 마시오 중령. 만약 다음 전쟁이 터진다면, 미국인들이 유럽에 오기도 전에 모든 것은 다 끝나 있을 테니."

"아 그래요? 그래도 결국엔 제가 베를린으로 전차를 끌고와서 네놈들의 머리통을 다 날려버릴 텐데. 그날만 기다리고 계십쇼, 이 싹수 노란 인간아."

1945년. 딱 기다리고 있어라.

나는 마침내 베를린을 떠날 수 있었다. 이 지옥 같은 악의 소굴에서 한시바삐 나가고 싶었다.

같은 시각. 미합중국 앨라배마주, 터스키기(Tuskegee).

"자, 따끔합니다."

"아, 악! 원래, 원래 이렇게 아픕니까?"

"네. 지금 환자분은 흑인들 고유의 질병인 나쁜 피(Bad Blood)에 걸려 있습니다. 정확한 진료를 위해 필요하니 조금만 기다려주세요."

흑인들이 주로 거주하는 이곳에서, 미국 공중보건국은 무료로 의료 봉사를 나와 병마에 싸우는 흑인들을 지원해주고 있었다.

"국장님."

"왜?"

"이거… 정말 괜찮겠습니까?"

"러시아 놈들이 반체제적이고 아일랜드인이 알콜중독인 것처럼, 깜둥이들이 문란한 거야 당연히 그들의 습성 아닌가. 그러니 매독도 흑인병이지."

과학의 발전은 위대한 이성과 약간의 희생으로 이루어지는 법. 깜둥이 몇이 매독으로 좀 죽는다 한들, 인류가 병마에서 구원받을 수 있다면 충분히 수지맞는 장사였다.

(4권에 계속)

고증입니다

작 중	날 짜	실 제
1932년		
	3월	3월 13일 제1차 대선
	4월	4월 10일 대선 결선 투표, 힌덴부르크 당선
	6월	6월 1일 폰 파펜 내각 출범
	7월	7월 20일 프로이센 쿠데타, 주정부 와해, 수상이 프로이센 주지사 겸임
8월 초 김유진 독일 방문	**8월**	
10월 말 김유진 소련 방문	**10월**	
11월 6일 공화국 총선, 나치 제1당	**11월**	11월 6일 공화국 총선, 나치 제1당
12월 초 히틀러 수상 취임	**12월**	
12월 중순 김유진 독일 재방문		
12월 31일 독일 국회의사당 방화		
1933년		
1월 1일 대통령 긴급조치 발령	**1월**	1월 30일 히틀러 수상 취임
1월 8일 공화국 총선, 나치 제1당		
1월 26일 수권법 통과		
	2월	2월 27일 독일 국회의사당 방화 사건
		2월 28일 대통령 긴급조치 발령
	3월	3월 5일 공화국 총선. 나치 제1당
		3월 23일 수권법 통과

원 역사와 작중 타임라인 비교

검은머리 미군 대원수 3

1판 1쇄 인쇄 2023년 3월 22일
1판 1쇄 발행 2023년 4월 12일

지은이 명원(命元)
매니지먼트 스튜디오JHS
펴낸이 김영곤 **펴낸곳** (주)북이십일 레드리버

책임편집 유현기 배성원 서진교 강혜인
디자인 (주)여백커뮤니케이션
출판마케팅영업본부장 민안기
마케팅1팀 배상현 한경화 김신우 강효원
출판영업팀 최명열 김다운
제작팀 이영민 권경민

출판등록 2000년 5월 6일 제406-2003-061호
주소 (10881) 경기도 파주시 회동길 201(문발동)
대표전화 031-955-2100 **이메일** book21@book21.co.kr
내용문의 031-955-2403

ISBN 978-89-509-2380-8
　　　 978-89-509-3624-2(세트)